Der verlorene Zwilling

D1727449

Roman

Impressum

Herstellung und Verlag:

BoD - Books on Demand, Norderstedt

ISBN 978-3-7431-8446-6

Dietmar R. Horbach

Der verlorene Zwilling

I

Gisela konnte sich gar nicht satt sehen an diesem wundervollen Rosenstrauß mit seinen roten und gelben Blüten, die sich teilweise noch sehr zierten, die volle Pracht ihrer, von der Natur verliehenen Schönheit, zu entfalten, während andere sich dem Betrachter in ihrer vollsten Form- und Farbenvollendung darstellten. Ein angenehm bezaubernder und berauschender Duft strömte ihr entgegen, der sie an Sommer, Sonne und das erste Treffen mit Daniel erinnerte. Ihre Freude über den Blumenstrauß war unbeschreiblich. Doch war ihr nicht klar, was sie zuerst betrachten und mit ganzer Seele genießen sollte - diesen prächtigen Rosenstrauß oder das Gesicht Daniels, das sie über diese Blumen hinweg anstrahlte.

Daniel, ihr Freund, blickte sie mit seinen azurblauen Lausbubenaugen so lieb und freundlich an, wie er es selten getan hatte. Ein paar seiner rotblonden Haarsträhnen drängten sich vorwitzig vor seine Stirn. Unter seiner Profil betonten Männernase prangte stolz ein roter, kräftiger Schnauzbart, den sie ihm schon damals, kurz, nachdem sie sich kennenlernten, am liebsten abrasiert hätte; aber Daniel lehnte diesen Wunsch stets kategorisch ab.

Dann blickte Gisela auf seine, für einen Mann ungewöhnlich schönen Lippen, die halb geöffnet, einer Reihe weißer Zähne Gelegenheit gab, sich zu profilieren. Denn Daniel war eitel und ging zweimal im Jahr zum Zahnarzt.

Gisela hatte das starke Verlangen, diese Lippen zu küssen. Sie näherte sich ihnen und sein angenehmer, frischer Atem tauchte alles in ein Gemisch von Pfefferminz und Tabak, das sie so liebte. Dieser Zustand ließ ihre Seele Glück und Wonne empfinden. Ein Gefühl, welches ihr in den letzten Monaten vergönnt war. Gerade, als ihre Lippen sich trafen, da klingelte es plötzlich schrill und unangenehm.

„Lass es klingeln", dachte sie und fühlte die warmen, weichen Lippen auf den ihren. Sie öffnete leicht ihren Mund, um seine Zunge zu empfangen und zu schmekken. Doch dieses Klingeln, dieses verrückte Klingeln nahm kein Ende.

So riss sie sich ungewollt von Daniel los, um zu öffnen. Doch wo war die Tür? Es war auf einmal alles so verschwommen. Wo war denn diese verflixte Tür nur? Und es hörte nicht auf zu klingeln.

Mit diesen Gedanken tauchte sie langsam und widerwillig in die Gegenwart zurück. Es war eine raue, wirkliche Gegenwart, die sie in Empfang nahm.

Draußen peitschte dieser fürchterliche, seit Tagen andauernde Regen prasselnd gegen die Fensterscheiben. Sie hörte den Wind böenartig aufheulen und neben ihrem Ohr klingelte noch immer dieser hässliche, unerbittliche Wecker, der sie aus diesem wunderschönen, noch fühlbaren Traum gerissen hatte. Langsam fand sie in das Leben zurück.

„Erst einmal wach werden", dachte Gisela. Ächzend drehte sie sich auf die Seite. Jetzt, wo sie wach war, spürte sie wieder die ziehenden, manchmal sehr heftigen Rückenschmerzen, die seit Wochen ihr ständiger Begleiter geworden waren. Ihr, wie ein praller Medizinball aufgeblasener, schwangerer Bauch, der inzwischen von vielen Schwangerschaftsnarben quer überzogen war, lag schwer auf der Seite. „Noch eine Woche", dachte sie und fühlte ein Gemisch von Freude, endlich von dieser körperlichen Last befreit zu sein, und daneben auch Angst, die Beschwernis und Plage der Geburt durchleben zu müssen, in ihrem Inneren. Plötzlich beulte sich der Bauch an ihrer Oberseite ein wenig aus. Gisela griff danach und fühlte für ein, zwei Sekunden so etwas wie einen kleinen Fuß.

„Na, willst du mir guten Morgen sagen?" sprach sie laut zu ihrem Baby, als wenn der Kleine sich schon in die Welt hinaus geboxt hätte und neben ihr liegen würde. Wie oft stellte sie sich dieses wunderschöne Bild in der letzten Zeit vor.

Dann dachte sie an den Traum zurück und versuchte sich noch einmal das Gesicht von Daniel als reales Bild zurückzurufen. Beim Aufwachen hatte sie noch seine sanften Lippen gespürt. „Wo bist du, Daniel?" rief sie halblaut. „Wo bist du nur?"

Denn dieser junge, draufgängerische Mann war seit Monaten spurlos verschwunden. Er war von einem Tag auf den anderen aus ihrem Leben gegangen, als er erfuhr, dass sie ein Kind von ihm erwartete.

Es waren schwere, schreckliche Leidenstage gewesen, die sie danach durchlebte. Neben den körperlichen Beschwerden wie Übelkeit und Erbrechen, den üblichen, doch zum ersten Mal für sie sehr ungewohnten Schwangerschaftsanzeichen, die sie immer wieder aus ihrem gewohnten Lebens- und Arbeitsrhythmus herausgerissen hatten, waren es die seelischen Schmerzen und Qualen, über den Verlust ihres geliebten Freundes, die sie nächtelang nicht schlafen ließen, weil immer wieder Weinkrämpfe sie schüttelten und die Gedanken sie zermürbten, warum Daniel das getan hatte. Warum nur, warum?

Dabei waren sie so verliebt gewesen. Und sie waren beide noch so jung. Daniel wurde 21 und Gisela war gerade 18 geworden. Schon als sie sich im Mai letzten Jahres kennenlernten, spürte Gisela seinen großen, unersättlichen Freiheitsdrang. Doch zu Beginn ihrer Beziehung hatte sie das nicht gestört. In ihrer kindlichen Naivität, wie sie es im Augenblick einer hereinbrechenden Selbsterkenntnis später nannte, war sie der Überzeugung, ihn durch ihre gemeinsame Liebe zu ändern.

Doch die Zeit der Schwangerschaft und der damit verbundenen tausendfältigen Probleme, angefangen bei der Kündigung ihrer Einzimmerwohnung, bis zum Rausschmiss aus ihrer letzten Firma, führte sie zum einen in einen Zustand totaler Resignation und Verzweiflung, zum anderen formte sie diese Zeit zu einer jungen, selbständigen Frau und werdenden Mutter, die kampferprobt alles aufbot, um sich und ihr Kind zu erhalten. Das Schicksal schenkte ihr aber auch Sonnentage in ihrem Leben. So erschien eines Tages die Glücksfee in Gestalt ihrer Tante Lisbeth, gerade in dem Augenblick, als sie verheult durch die Straßen von Kleinkönigsau rannte, weil ihr Chef sie an die Luft gesetzt hatte. Und mit dieser Tante Lisbeth war für heute Morgen um zehn ein gemeinsamer Einkaufsbummel vereinbart, damit die letzten Sachen vor der Geburt des Kindes noch eingekauft werden konnten.

Gisela sah auf den Wecker, der brav die Uhrzeit zur Verfügung stellte, und nicht mehr aufmuckte, als sie ihm vorhin mit einem Schlag auf den Kopf mundtot gemacht hatte. Es war jetzt kurz vor halb acht Uhr. Schwerfällig erhob sie sich und setzte sich erst einmal auf die Bettkante. Aus der Küche ertönte leise Schlagermusik.

„Na, wenigstens etwas Positives bei diesem Sauwetter", sprach Gisela mit sich selbst und streckte sich laut gähnend. Nach ein paar Minuten hatte sich ihr Kreislauf stabilisiert, und sie stand stöhnend auf. Das machte sie nur, wenn sie alleine war. Sonst hatte sie sich in der Gewalt und gab niemanden Anlass, sie zu bemitleiden. Im Laufen zog sie den geblümten Bademantel über, der über der Stuhllehne neben ihrem Bett hing und schlurfte, die restliche Müdigkeit aus den Körper schüttelnd, ins Bad.

Wenn man von Kleinkönigsau die Bundesstraße 491 nahm und in Richtung Römmelskirchen fuhr, gelangte man nach ungefähr acht Kilometern durch einen kleinen Ort mit dem schönen Namen Effelsburg.

Neben den 842 Einwohnern, die sich in ihren sehr schmucken Ein- und Zweifamilienhäusern rund um die Bundesstraße ansiedelten, gehörten noch 20 Hunde, 13 Katzen und eine Menge Kleinvieh an Hühnern, Gänsen, Enten und sogar Schweinen nebst einem Papagei namens Lora, der bei der alten Witwe Klara Henning sein Quartier hatte.

Ein kuscheliges Waldgelände in welchem ein kleiner Badesee wie von Architektenhand vortrefflich eingebettet war und in dem die Kinder und Jugendlichen in der Badesaison herumplantschten und tobten, rundete, neben den teils meisterhaft angelegten Vorgärten und Gärten mit allerlei Anpflanzungen und bunten Blumen, das Bild eines gemütlichen, romantischen Ortes ab, der schon dreimal den Schönheitswettbewerb des Kreises „Unser Ort soll schöner werden" gewonnen hatte.

Hier, in einer Parallelstraße der B 491, intelligenterweise „Dorfstraße" genannt, wohnte im Haus Nr. 17 Familie Steffen. Vater Hugo Steffen war in dritter Generation Landwirt und besaß 20 Stück Milchvieh, das seine Frau Helma allmorgendlich mit lautem Gebrüll auf die nahe Weide trieb. Nur wenn es im Sommer ganz warm war, blieben die Kühe und der Bulle, der eifersüchtig über seinen Harem wachte, auch nachts draußen. Der dritte in der Familie war Rüdiger, der neben den Nesthäkchen Sissi und Bettina, der Stolz der Familie war.

Rüdiger war vor ein paar Monaten zur Infanterie einberufen worden, was ihm gar nicht gefiel. Da er sich bei einem Nachtmarsch einige deftige Blasen und einen Wolf gelaufen hatte, schrieb ihn der Truppenarzt für ein paar Tage krank und der Spieß gab ihm die ausdrückliche Erlaubnis, seinen Wolf zu Hause auszukurieren.

Gestern war, wie so häufig in einem Ort wie diesem, ein zünftiger Skatabend im Dorfkrug gewesen. Rüdiger hatte mit ein paar Freunden kräftig mitgemischt und gewonnen. So war es sehr spät, oder man kann auch sagen - sehr früh geworden, als er in sein Bett fiel und einen Sägewettbewerb im Abholzen von besonders starken Bäumen im Schlafe gewinnen wollte.

Jetzt, um 08.30 Uhr, drangen immer noch Schnarch- und Grunz-Geräusche aus seinem Zimmer an das Ohr der Zwillinge, die sich kichernd anschauten und köstlich darüber amüsierten.

Von draußen hörte man plötzlich Schritte. Es war Helma Steffen, die gerade aus dem Hühnerstall gekommen war und die Eier eingesammelt hatte. Horchend blieb sie vor Rüdigers Kammer stehen. Dann klopfte sie an. „Rüdiger!" rief sie mit ihrer hohen, durchdringenden Stimme. „Rüdiger!" klang es mehrmals über den Flur. Aber Rüdiger hörte nur auf zu grunzen. Dann ertönten seine Schnarchgeräusche lauter als zuvor.

Mutter Steffen ging in die Küche, legte die Eier in eine Schüssel und griff zu härteren Methoden. Mit dem Fleischklopfer bewaffnet, machte sie sich ins Gefecht. Sie drückte die Klinke herunter. Die Tür war, wie sie befürchtete, verschlossen. Dann nahm sie zunächst ihre Faust und hämmerte gegen die Tür. „He, hörst du nicht, Rüdiger. Du musst aufstehen, wenn du noch zum Doktor nach Kleinkönigsau willst."

Es half nichts. Sie musste zur Offensive übergehen. Mit dem Fleischklopfer knallte sie gegen die Tür, die an verschiedenen Stellen schon einige Einschläge aufwies. „He, verdorrich noch mal, komm doch endlich hoch", keifte sie und ihre Stimme wurde erheblich lauter.

Da rührte sich etwas in seinem Zimmer. „Was is'n los?" klang es kläglich von drinnen.

„Das ist schon gleich neun. Ich denk' du willst um zehn beim Doktor sein!" rief Mutter Steffen und war froh, dass sie ihn wachbekommen hatte.
"Wie spät is das?" gurgelte es wieder aus dem Zimmer. „Gleich neune, Junge! Mach, dass du in Schweiß kommst, sonst kannst du gleich morgen wieder nach Kiel fahr'n."
Man hörte nun tapsende Schritte, die sich der Türe näherten. Dann wurde der Schlüssel herumgedreht und ein verschlafener, eckiger Blondschopf mit zerwühlten kurzen Haaren glotzte Helma Steffen etwas dümmlich an. Aus seinem vom lauten Gähnen weit aufgerissenen Mund strömte Klara eine Wolke von Alkoholdunst entgegen, den sie noch bei ihrem allwöchentlichen Kaffeekränzchen mit Stine und Alwina benutzen könnte, um sich zu berauschen.

Etwas angewidert drückte sie mit Daumen und Zeigefinger ihre Nase zu und näselte: „Nu, mach aber zu, Junge. Der Doktor verlängert seine Sprechstunde nicht, weil du verpennt hast." Dann drehte sie sich rasch um, weil es sie nach frischer Luft verlangte und rauschte ab in die Küche.

Rüdiger warf die Tür mit einem Rums zu und verschwand im Bad, um menschlichen Bedürfnissen nachzukommen, die ihn anfingen zu quälen.

Kleinkönigsau, eine norddeutsche Kleinstadt mit 10.756 Einwohnern, hatte es trotz mehrmaliger Versuche, in der politischen Wertetabelle nach oben zu rutschen und zur Kreisstadt zu avancieren, zum Leidwesen des Bürgermeisters Fred Holderlin bis heute nicht geschafft. Dennoch war das Bestreben des gesamten Rates, für Kleinkönigsau eine moderne, zeitgemäße Urbanität zu erschließen, ungebrochen. Das begann damit, dass neben einer Jungenrealschule, die später zu einer Gesamtrealschule umbenannt wurde, auch vor sechs Jahren ein Gymnasium gebaut wurde. Das bedeutete eine erhebliche Erleichterung für die Schüler dieser Stadt, die sonst mit dem Schulbus fünfzehn Kilometer nach Malente, in die Kreisstadt fahren mussten.

Es reichte schon, dass die Bürger bei Bedarf das dortige Krankenhaus in Anspruch nehmen mussten.

Was die Innenstadt und die damit verbunden Einkaufsmöglichkeiten anbelangte, bewiesen die Stadtväter eine weitreichende Visionsfähigkeit und besaßen genügend Innovation, bestimmte Projekte zu planen und durchzusetzen. Aufgrund von gestützten, politisch festgesetzten Grundstückspreisen, etablierten sich in den vergangenen zehn Jahren so viele Einzelhändler und Kaufhäuser sowie Fachgeschäfte in Kleinkönigsau, dass es hier alles vom Kragenknopf bis zum Lkw zu kaufen gab. Nun die Einwohner dieser Stadt bekundeten immer wieder die Zufriedenheit mit ihren Stadtvätern in ihren Aussagen bei den durchgeführten Umfragen, die im Auftrag des Stadtrates in den letzten vier Jahren durch die beauftragten

Institute durchgeführt wurden. Kurzum, es ließ sich
gut leben in Kleinkönigsau.

Gisela Köster stieg etwas mühevoll aus dem Bus der
Linie 47 aus, der sie in die Innenstadt gebracht hatte.
Da bis zum Treffen mit ihrer Tante noch einige Zeit
blieb, schlenderte sie gemächlich die Fußgängerzone
entlang. Hier wetteiferten die verschiedenartigsten
Geschäfte, Boutiquen, Einzelhändler und Verkaufs-
buden mit einer riesigen Fülle von angepriesenen Waren, die gekonnt dekorativ und kundenbewusst mit
dem allerherrlichsten Vorweihnachtsschmuck und
anderen farbenfrohen Dekorationen sehr aufwendig
geschmückt waren, und warteten auf ihre Opfer, die
Kunden, die sich gerne durch die dargestellte Pracht
gefangen nehmen ließen und kauften, was das Zeug
hielt.

Ein wunderbarer Duft an Kaffee und Gebäck und süßen Kuchen strömte auf die Straße, wenn die Käufer
sich gegenseitig die Klinke in die Hand gaben und die
Türen für kurze Zeit offen standen. Obwohl erst heute
der zweite November war, deutete die geschäftige
Betriebsamkeit der Geschäftsleute daraufhin, dass sie
ein, mit viel klingender Münze in den Kassen, sich
entwickelndes Weihnachtsgeschäft erwarteten, dem
sie auch siegessicher und mit freudiger Hoffnung
entgegenblickten.

Die schwangere Gisela betrachtete die verlockenden
Auslagen kaum mit Interesse, da sie in ihren Gedanken doch immer zu Tante Lisbeth abschweifte. Sie
hatte ihrer Tante, der Schwester ihrer Mutter, so viel
zu verdanken und wusste, sie könnte es ihr nicht vergelten. Als sie vor zwei Jahren Hals über Kopf aus

dem Elternhaus geflohen war, weil das Zusammen-
leben mit ihrer Stiefmutter Corinna einfach für sie,
Gisela, unerträglich geworden war, öffnete Tante Lisbeth Tür und Tor und teilte mit ihr für ein paar Monate sämtliche Bereiche ihrer Wohnung.

Die Erinnerung an ihre Mutter wurde wieder sehr
deutlich. Sie war gerade elf Jahre alt, als ihre Mutter
an Krebs erkrankte und nach fast einem Jahr qualvoll
verstarb. Die jüngeren Geschwister Dieter und Rosie
waren zu diesem Zeitpunkt sieben und vier gewesen.
Dieser schwere Verlust hatte sie alle zutiefst getroffen. Nichts war mehr so wie vorher. Da ihr Vater dau-
ernd Überstunden machen musste, war Gisela sehr
früh gefordert, sich um die kleineren Geschwister zu
kümmern. Aber ein zwölfjähriges Mädchen kann
nicht die Stelle einer Mutter übernehmen, ohne sich
dabei nervlich und körperlich aufzureiben.

So erkrankte sie eines Tages schwer. Die Ursache war
ein Gemisch aus körperlichem Zusammenbruch, tie-
fem Seelenschmerz über den Verlust ihrer Mutter und
eine tiefe Sehnsucht nach ihr. So kam Gisela mit den
Geschwistern für sechs Wochen zur Kindererholung
nach Sylt. Dort wurde sie therapeutisch behandelt und
ein wenig von all den vorherigen Strapazen abgelenkt.

Ja und dann, dann lernte Vater eines Tages Corinna
kennen. Corinna war zehn Jahre jünger als Vater. Er
lernte sie in einem Café kennen, in dem sie als
Bedienung arbeitete. Kurz danach erklärte Vater ihnen, dass er Corinna heiraten würde. Die Kinder besaßen kein Mitspracherecht, ob sie es für gut hielten

oder nicht. Denn eine Frau, die nach dem Rechten sehen würde, musste wieder ins Haus. Aber diese Frau war kein Ersatz für ihre Mutter. Sicherlich lag es auch daran, dass Gisela mitten in der Pubertät steckte und mit ihren fünfzehn Jahren oft genug rebellisch gegen ihre Stiefmutter opponierte. So kam, was kommen musste.

Die vielen Streitereien wurden vom Vater verständnislos durch seine Anordnungen beendet. Gisela zog sich immer mehr in sich selbst zurück. Das Verhältnis zu ihrem Vater verkümmerte, und die Sehnsucht nach ihrer Mutter fraß an ihrer Seele. Zwei Jahre später hielt sie es nicht mehr aus. Nach einer weiteren, verbitterten Auseinandersetzung mit dem Vater und ihrer Stiefmutter, verließ sie trotzig, vor Enttäuschung und Bitterkeit weinend, das Haus. Da sie sich nicht zu helfen wusste, wandte sie sich an Tante Lisbeth. Und diese Tante stand ihr auch jetzt zur Zeit der Schwangerschaft und baldigen Niederkunft mit so viel Liebe bei, dass sie oftmals keine Worte fand, diese Hilfe mit ihren Worten zu würdigen.

„Hallo Gisela." Bei diesen Worten wachte sie aus ihren Gedanken auf. Tante Lisbeth kam frisch gestylt auf sie zu. Sicher hatte sie seit sieben wieder beim Friseur gesessen. Eine kurze Frage dazu, bestätigte ihre Vermutung.

Die frisch geföhnte Frisur ließ die Tante um einige Jahre jünger erscheinen, obwohl sie auch schon Mitte vierzig war. Tante Lisbeth legte viel Wert auf ihre äußere Erscheinung und ging zweimal im Monat zur Kosmetikerin. Der leger fallende, schicke Kamelhaarmantel verschloss den Blicken der Mitmenschen,

dass sie bereits Kleidergröße 44 trug und einen regel-
recht Diätkampf gegen ihre Pölsterchen führte.
Doch ihre Vorliebe für Süßes machte aus einer zum
Diätkampf gerüsteten Jean d'Arc eine dahinschmel-
zende Verehrerin aller Pralinees und marzipanhalti-
gen Zuckerwerke.

„Guten Morgen, Tante Lisbeth", begrüßte Gisela sie
mit einem Kuss auf die Wange. „Hast du schon lange
gewartet?"

„Mein Kind, ich wollte mir schon ein Hotelzimmer
ansehen, damit ich mich ausruhen kann", antwortete
die Tante und lachte laut über ihre Bemerkung.

Auch Gisela wurde davon angesteckt. Sie hakte sich
bei Tante Lisbeth unterb und schon gingen die beiden
munter drauflos, und blickten dem geplanten Einkaufsbummel nach ihren Wünschen und den Möglichkeiten ihres Portemonnaies entsprechend, entgegen.

Rüdiger Steffen wischte sich den Mund ab und sah
auf die Uhr. „Mensch, es ist höchste Zeit, dass ich
loskomme. Sonst nimmt mich der Doktor nicht mehr
ran." Er riss seine Jacke vom Haken und stürzte nach
draußen. Dort schwang er sich hinter das Steuer seines gelben, verblichenen Ford Taunus, der mit seinen
zehn Jahren auf der Haube ins bockige Alter gekommen war. Die Fahrertür schmückte vom letzten
Unfall noch eine leichte Beule. Doch Rüdiger fehlte
es an Zeit und Geld, sie zu reparieren.

Heute Morgen spielte der Wagen sofort mit. Mit auf-
heulendem Motor jagte Rüdiger los, Richtung Kleinkönigsau.

Da die Zeit ihm unter den Fingern zerrann, überholte
er, wo er nur konnte. Ein Treckerfahrer, der gemütlich die Straße entlangtuckerte, wäre fast aus seinem
Sitz gefallen, als Rüdiger mit lautem Hupen an ihm
vorbeiraste. Ein glucksendes Lachen war zu vernehmen, das gleich wieder erstarb und sich in ein flu-
chendes Schimpfen verwandelte, weil in der nächsten
Kurve zwei Lkws verhinderten, dass er seinen verrückten Fahrstil so fortsetzen konnte. Jedes Mal,
wenn Rüdiger daran vorbeidonnern wollte, tauchten
auf der Gegenfahrbahn andere Fahrzeuge auf.

„Verdammt, das schaff ich nie", brüllte er seinen Ärger heraus. Da war endlich eine Lücke. Er schaltete
nun ziemlich sauer in den dritten Gang und trat aufs
Gaspedal, dass der Motor aufheulte. Kaum war er an
den beiden vorbei, als wieder einige Fahrzeuge aus
Kleinkönigsau an ihm vorbeirasten.

Da sein Auspuff bereits einige undichte Stellen aufwies, röhrte dieser besonders laut. So donnerte er in
die Stadt hinein. Missmutig schaltete er zurück und
fuhr mit fast 70 km/h weiter.

Dazu kam, dass sein Alkoholpegel von gestern Abend
noch seine Wirkung zeigte und Rüdiger durch ein
dumpfes Gefühl in seinem Kopf in seiner Reaktion
beeinträchtigt war.

Gisela und Tante Lisbeth traten aus Hagendorfs Kaufhaus und schlenderten, da es ihnen gelungen war, ein

günstiges Schnäppchen zu ergattern, sich angeregt unterhaltend weiter.

Dabei steuerten sie den Zebrastreifen an der Hauptstraße an. Die Ampel wechselte gerade auf grün, und die beiden Damen setzten ihren Fuß auf die Straße. Das angeregte Gespräch wurde dabei fortgeführt. Sie waren so auf der Mitte des Zebrastreifens angekommen, als ein gelber, für sie später undefinierbarer Wagen mit quietschenden Reifen um die Ecke bog und den Zebrastreifen ins Visier nahm. Vor Schreck ließ Gisela ihre Tüten fallen. Der Wagen fuhr direkt auf sie zu.

Hinter dem Steuer stierte Rüdiger mit aufgerissenen Augen auf die Frauen. „Au Scheiße, was macht ihr denn da?" brüllte er. Dann trat er mit Wucht auf die Bremse.

Der Motor heulte mit überdrehten Touren laut auf. Die Bremsen quietschten fürchterlich, und Rüdiger verlor fast die Gewalt über den Wagen, der nach links ausbrach. Der Geruch von verbranntem Gummi zog ins Wageninnere. Rüdiger hatte das Gefühl, die beiden Frauen schon zu überrollen.

Dieser Sekundenbruchteil genügte jedoch, dass andere Passanten die beiden Frauen zur Seite rissen. Tante Lisbeth fiel auf die Seite, und Gisela stolperte über sie weg. Dabei knallte sie mit dem Knie auf das Pflaster. Es schmerzte fürchterlich und Gisela schrie auf und zeigte ein schmerzverzerrtes Gesicht. Schon schoss Blut durch die Strumpfhose, die zerrissen war. Ein junger Mann sprang vom Straßenrand herzu und hob Gisela vorsichtig hoch. Zwei andere Passanten küm-

merten sich um Tante Lisbeth, die besser davongekommen war als Gisela.

Inzwischen gewann Rüdiger die Kontrolle über seinen Wagen zurück. Da er an den beiden Fußgänge-
rinnen vorbei war, gab er schleunigst Gas, um ab-
zudampfen. Denn die Polizei durfte ihn in diesem
Zustand nicht erwischen. Da alles so schnell geschah,
war niemand von den Passanten, die diese Szene miterlebten, in der Lage, sich die Autonummer zu merken. So schoss der junge Steffen weiter, ohne sich um
die Frauen, die nun am Straßenrand kauerten, zu
kümmern.

Gisela versuchte trotz des blutenden Knies, aufzustehen. Sie biss auf die Zähne, um den Schmerz im
Knie zu unterdrücken. Plötzlich brüllte sie laut auf
und fiel auf die Straße zurück. „Au, Hilfe, ich glaube
es geht los. Meine Wehen!"

Jemand war inzwischen in einen Laden gestürzt und
bat den Inhaber, einen Rettungswagen herbei zu telefonieren. Von Ferne hörte man die Sirene, die immer
lauter wurde. Tante Lisbeth schüttelte sich und kam
mit Hilfe zweier Passanten, die sich sehr um die beiden Frauen bemühten, auf die Beine. Ihre große Sorge
galt Gisela, deren Wehen plötzlich intervallmäßig
einsetzten. Der junge Mann von vorhin brachte die
Tüten herbei, die auf der Straße lagen. Es war alles
einfach chaotisch. Doch schon näherte sich der Rettungswagen, und die vielen illustren Zuschauer, die
sich schnell eingefunden hatten und begierig die Szenerie begafften, wurden durch die Sanitäter beiseite
gedrängt. Man legte Gisela, die immer noch leise vor
Schmerzen stöhnte und sich in ihrer Lage entsetzlich

vorkam, auf eine Trage. Dann brauste der Wagen mit den Frauen davon, wobei die schrille Sirene die Passanten zusammenzucken ließ, nach Malente ins Krankenhaus.

Die drei, vom Zahn der Zeit bereits angenagten, roten Backsteinhäuser des Reginenkrankenhauses, die in den Zwanziger Jahren erbaut wurden, standen im krassen Gegensatz zu den gepflegten, saftig grünen Parkan-lagen des Krankenhausgeländes, in welches sie wie Spielzeug hineingesetzt waren. Nur die zweigeteilten Fenster mit ihren Läden strahlten in einem leuchtenden Weiß, da sich erst vor zwei Wochen eine Malerkolonne daran austobte. An den Häusern zwei und drei standen noch die Gerüste, während man Haus eins bereits davon befreit hatte. Jedes Haus lag ungefähr 500 m voneinander entfernt. Über gepflasterte Verbindungswege konnte man zu den anderen Häusern sehr schnell gelangen. Unterirdisch und fernmeldetechnisch hatte man auch keine Kosten und Mühen gescheut, und die Gebäude miteinander durch Tunnelgänge verbunden. Das hatte den Vorteil, dass das Personal und die Patienten unberührt vom Norddeutschen Wetter, das manchen Tagen aus einem lausigen Tief mit triefenden Regenschauern und böigen Winden bestehen konnte, zwischen den einzelnen Häusern hin und her wechseln konnten, ohne sich den unangenehmen Witterungsverhältnissen aussetzen zu müssen.

Denn die einzelnen Abteilungen waren mehr oder weniger darauf angewiesen, miteinander zu kommunizieren und zu arbeiten. In Haus eins war die Verwaltung mit den Räumen für den Medizinischen Direktor untergebracht. Weiterhin befanden sich dort die Großküche und zusätzliche Zimmer für Schwesternschülerinnen und noch weiteres Pflegepersonal, die dort während ihrer Ausbildung wohnen konnten. Die Chirurgie mit der Unfallambulanz und die Innere Abteilung befanden sich mit der gesamten Röntgenabteilung in Haus 2; während man in Haus 3 die Frauen- und Kinderklinik eingerichtet hatte.

Bei schönem Wetter luden die aufgestellten Bänke in dem parkähnlichen Gelände zum Verweilen ein. Ein kleiner Spielplatz war für die Kinder ebenfalls neben Haus 3 eingerichtet worden; und oft tönte Kinderlachen herüber, das gleichermaßen ansteckend auf Patienten und Besucher wirkte, die dort ihre ausgiebigen Spaziergänge durchführten und frische Luft schnappten.

Heute war eigentlich ein Routinetag. Vor Haus 2 hatte bis zu diesem Augenblick dreimal der Rettungswagen gehalten und Unfallopfer eingeliefert. In der Inneren und bei den Kindern gab es heute einige Entlassungen und morgen würde es wieder ein paar Aufnahmen geben. Die Ärzte und Schwestern in der Frauenklinik waren mit zwei Entbindungen beschäftigt, die jedoch ohne Komplikationen abgeschlossen werden konnten.

Dr. Staudinger schrubbte sich die Hände mit einer Bürste. Neben ihm stand Schwester Maria, eine der Hebammen, und zog sich den grünen Kittel aus. „Noch so eine Bilderbuchentbindung, dann ist der Tag für heute gelaufen", bemerkte Dr. Staudinger und lächelte dabei vor sich hin.

„Ja, Sie haben Recht, aber das weiß man ja immer nicht, was auf einen zukommt", antwortete Schwester Maria und verließ den Waschraum, um den anderen beiden Schwestern bei der Essensausgabe zu helfen. Dr. Staudinger begab sich auf die Station I, um nach dem Rechten zu sehen. Er war heute als Stationsarzt für die Stationen I bis III zuständig und pendelte hin und her. Erst heute Nachmittag würden ihn zwei Kollegen ablösen, die sich den Dienst teilten.

Vor einem halben Jahr wechselte er seinen Arbeitsplatz als Assistenzarzt von einer Privatklinik in Bochum hierher nach Malente. Den Grund seines Wechsels hatte er niemanden erzählt, obwohl so mancher neugierig fragte. In der kurzen Zeit, in der er hier auf der Entbindungsstation arbeitete, hatte er sich das Vertrauen seiner Kollegen und der Schwesternschaft bereits erworben. Wenn man ihm begegnete, lag meistens ein leichtes Lächeln auf seinen Zügen. Von normaler Statur, er war ungefähr ein Meter dreiundsiebzig groß und von schlankem Wuchs, war er eine gepflegte Erscheinung.

Besonders auffallend war sein schwarzes krauses Haar, das er immer kurz hielt. Seine braunen Augen schenkten den Menschen, mit denen er sprach oder die er ansah, einen sanften Blick. Es gab kaum Augenblicke, in denen seine Augen aufgeregt funkelten. Nein, im Gegenteil! In den letzten Wochen lag in seinen Augen irgendwie eine gewisse Traurigkeit, die von den Kollegen jedoch kaum bemerkt wurde.

Er war mit seinen 33 Jahren noch Junggeselle und bewohnte eine Zweizimmerwohnung in der Stadt, die nur sechs Autominuten von der Klinik entfernt lag.

Für die Schwestern auf der Station war er ein ganz
normaler, kollegialer Typ, der bisher noch niemand
der holden, ledigen Weiblichkeit animiert hatte, sich
privat um ihn zu kümmern.

Auf den Stationen war es ruhig. Die junge Frau, die
vor einer halben Stunde von einem gesunden Jungen
entbunden hatte, war versorgt worden und lag nun
erschöpft in Zimmer 113. Das Baby befand sich auf
der angrenzenden Säuglingsstation und schlummerte
unwissend ins Leben. Es schien ein Routinetag zu
werden, und das konnte das Personal gut gebrauchen,
da es oft genug turbulente Augenblicke gab, wenn
sich die Geburtstermine gegenseitig in die Hacken
traten oder an manchen Tagen sechs bis acht Operationen bei Ärzten und Schwestern deutliche Stress-
symptome hervorriefen.

Dr. Staudinger betrat gerade das Ärztedienstzimmer,
als eine Lautsprecherdurchsage ihn aufforderte, sofort in Kreißsaal II zu erscheinen. Er trank schnell
einen Schluck Selterswasser und begab sich danach
sofort in den angesagten Raum. Dort waren Schwester Olga und Schwester Maria bereits damit beschäftigt, alle Geräte für die angekündigte Geburt vorzu-
bereiten.

„Ein Notruf! Eine junge Frau im neunten Monat
wurde beinahe angefahren. Der Unfallschock hat bei
ihr heftige Wehen hervorgerufen. Wahrscheinlich haben wir eine Spontangeburt", wurde er bei seinem
Eintritt von Schwester Maria empfangen. Er wusch
sich die Hände und ließ sich den OP-Kittel umlegen.

Dann erklang auch schon die Sirene des Rettungs-wagens, der vor Haus 3 hielt. Ein paar Minuten später wurde Frau Köster von den Sanitätern in den Kreißsaal geschoben. Da sie im Wagen eine Beruhigungsspritze erhalten hatte, fühlte sie sich ein wenig benommen. Die Schmerzen in ihrem Knie waren stärker geworden.

Dr. Staudinger lächelte sie an und begrüßte sie dann freundlich. „Guten Tag, Frau Köster, ich bin Dr. Staudinger und werde ihnen helfen, so schnell wie möglich ihr Baby zu bekommen."

Gisela lächelte etwas gequält und deutete auf ihr notdürftig verbundenes Knie.

„Ich habe Schmerzen, Herr Doktor", stöhnte sie und verzog das Gesicht, weil bei der Umbettung auf das Bett ein stechender Schmerz durch das Knie zog.

„Wir kümmern uns darum", antwortete der Arzt. "Sagen Sie, was machen ihre Wehen?" „Bis jetzt habe ich keine weitere Wehe mehr bekommen", war die Antwort.

Dr. Staudinger gab leise Anweisungen an die anwesenden Schwestern und nahm den Verband vom Knie ab. Die Haut war blutig abgeschürft und Dr. Staudinger konnte schon beim bloßen Hinsehen erkennen, dass die Kniescheibe verschoben war. Eine Operation war dringend notwendig. Er spritzte etwas Eisspray auf das Knie, um es etwas betasten zu können. Als er das Knie berührte, begann es wieder zu bluten. Gisela war kurz erschrocken, als das kalte Spray ihre Haut berührte. Doch dann tat das Knie nicht mehr so weh.

„Wir machen einen Stützverband, da wir wohl nachher operieren müssen", erklärte er Gisela, der ganz schwummrig bei der Nachricht wurde.

„Ist es denn schlimm, Herr Doktor?" fragte sie ihn. „Die Kniescheibe ist verschoben. Wir müssen uns das Knie von innen ansehen. Aber nun wollen wir uns erstmal um das Baby kümmern." Er streichelte Gisela die Wange und lächelte sie dabei wieder an. Kaum wurde das Baby wieder in den Mittelpunkt gestellt, als es sich auch schon wieder meldete. Eine kräftige Wehe durchzog Giselas Körper und sie schrie auf. „Au, Aua!" Sie biss auf die Zähne, und Schweißperlen traten ihr auf die Stirn.

Inzwischen hatte Schwester Maria den Wehenschreiber angeschlossen, der die rasenden Herztöne des Kindes wiedergab. Schwester Olga tupfte Gisela mit einem feuchten Tuch den Schweiß von der Stirn und legte ein Kissen in ihren Rücken, dass sie ein wenig mehr Stabilität hatte. Inzwischen half Schwester Maria der Patientin, sich so weit zu entkleiden, dass der Arzt ungehindert die Geburt einleiten konnte.

Dr. Staudinger nahm vor Gisela Platz. Ihre Beine lagen leicht angewinkelt auf dem Bett und standen auseinander. Der Arzt besah sich den Muttermund. „O ja! Er ist schon mehr als ein Fünfmarkstück groß. Fein, es entwickelt sich gut", meinte er zu den beiden Schwestern. Dann blickte er auf den Wehenschreiber, während sich die nächste Wehe ankündigte.

Ein ziehender Schmerz durchfuhr Giselas Unterleib. Sie fühlte sich fast auseinander zu bersten.

„Ahh, Auaa." Schwester Maria stand hinter Gisela, um ihr den Rücken zu stärken. Die Hebamme übernahm den vorderen Platz von Dr. Staudinger.

„In ein paar Minuten geht es los mit der ersten Presswehe, Frau Köster. Atmen Sie ruhig durch. Sie machen das sehr gut. Ja, ruhig durchatmen, - weiter so!" Schwester Olga, eine weitere Hebamme, machte der werdenden Mutter Mut und sprach ihr gut zu. Gisela blickte sie starr an, denn jetzt erfolgte die erste Presswehe als drängte sich alles, was unten war, aus ihrem Körper heraus. Sie brüllte laut auf.

„Pressen!" rief die Hebamme und versuchte, die Beine ruhig zu halten. Zwischen der ersten und zweiten Presswehe rang Gisela nach Luft. Schwester Maria tupfte ihr wieder die Stirn ab, die vor Schweißperlen so troff.

Dann kam schon die nächste Wehe. Sie schrie, als wenn es um ihr Leben ging. „Es ist gut, Frau Köster", hörte sie Schwester Olga aus der Ferne rufen. „Es ist schon zu sehen."

Dr. Staudinger beobachtete unterdessen den Wehen-Schreiber und hörte die Herztöne des Kindes, die wie wahnsinnig aus dem Monitor dröhnten.

Der Muttermund war so weit geöffnet, dass Olga schon den Kopf des Kindes sehen konnte. Gisela war am Ende ihrer Kraft. Doch schon überwältigte sie die nächste Presswehe. Sie hatte das Gefühl, sterben zu müssen. Alles riss an ihrem Unterleib, und sie schrie, sie schrie und hörte nicht mehr auf zu schreien. Dann war es plötzlich vorbei. Sie sah nur noch wie im Nebel, dass die Hebamme einen blutverschmierten, kleinen Körper hochhob und zu Dr. Staudinger herüberging. Dieser gab Schwester Maria die Anweisung, Gisela noch etwas Lachgas zu geben, dass sie sich beruhigte. Dann wurde sie auf die Kinderstation gerufen.

Nachdem Schwester Olga die Nabelschnur abgebunden hatte, saugte Dr. Staudinger das Fruchtwasser aus der Lunge. Der Kleine, es war ein Junge, begann zu schreien. „Er hat kräftige Lungen", meinte Dr. Staudinger und lächelte unbemerkt unter seinem Mundschutz. Dann begann er mit der Untersuchung des Neugeborenen.

Die Hebamme hatte unterdessen die Placenta untersucht, als Gisela plötzlich aufstöhnte. Der Stoß Lachgas hatte sie in Ohnmacht sinken lassen. Sie fühlte und sah nicht mehr, was um sie herum geschah.
Schwester Olga beugte sich zu ihr herunter, da merkte sie, dass da noch jemand heraus wollte. Schnell griff sie herzu, da sich der Kopf schon zeigte.

„Herr Doktor! Dr. Staudinger", rief sie den Arzt mit lauter Stimme. Dieser hatte das erste Kind untersucht und in ein kleines, bereitgestelltes Bettchen gelegt. Dann kam er zu ihr herüber. Inzwischen zog Schwester Olga den zweiten Jungen heraus.

Beide sahen sich an. Schwester Olga wusste, was nun im Hirn von Dr. Staudinger vor sich ging. „Das ist die Chance", sagte er mit ernstem Gesicht zu Olga, die ganz rot wurde. Dr. Staudinger nahm ihr das Kind ab. „Kümmern Sie sich um die Patientin und legen Sie ihr den ersten Säugling ins Bett. Wir müssen sowieso nachher das Knie operieren", gab er Schwester Olga die Anweisung. Die nickte nur stumm, und zwei Tränen kollerten ihr die Wangen herunter.

Dr. Staudinger reinigte den Kleinen, den er bei sich hatte und saugte auch ihm die Lungen aus. Er schrie etwas zaghafter als der Zwillingsbruder. Aber sie glichen sich wie ein Ei dem anderen, wie eine Kopie dem Original. Nachdem er die Untersuchung abgeschlossen hatte, nahm er sein Handy und wählte.

„Ja, hallo", meldete er sich. „Es ist soweit, wir haben es", hörte man ihn sagen. „Ist gut, in einer Viertelstunde." Dann legte er auf und zog dem Kleinen das Babyzeug vom Krankenhaus über. Der kleine Mann nuckelte an seinen Fingern und schrie zwischendurch empört auf, weil er seine Hungerbedürfnisse nicht stillen konnte.

Ein paar Minuten später klopfte jemand an die Tür. Dr. Staudinger öffnete sie und gab einem Mann in Chauffeuruniform Einlass.

„Wo ist es?" fragte der Mann ohne jede Regung im Gesicht, als er den Raum betrat. Dr. Staudinger führte ihn zu dem kleinen Bettchen. Das Baby war inzwischen ruhig geworden und nuckelte noch immer an seinen Fingern.

„Ist es gesund?" fragte der Fremde. Dr. Staudinger nickte. „Es ist alles in Ordnung. Ich habe die erforderlichen Untersuchungen vorgenommen. Sie können es mitnehmen."

Der Fremde nickte zufrieden. Er öffnete eine große Tasche und entnahm ihr einen Umschlag, den er dem

Arzt übergab. Dann legte Dr. Staudinger vorsichtig den Säugling auf eine Decke in der Tasche. Mit einer zweiten Decke wurde er zugedeckt, und der Fremde zog den Reißverschluss zu, den er wenige Zentimeter offen ließ. Dann wandte er sich zur Tür und verließ das Untersuchungszimmer.

Zehn Jahre später

II

Die alten, ehrwürdigen Ulmen schaukelten bedächtig ihre dichten Kronen, und die Blätter zitterten leise im Wind. Es war ein zarter Frühlingswind, der an diesem Morgen durch die Bäume wehte und die Gesichter der Menschen erfrischte. Die rissigen Ulmen rauschten schon über achtzig Jahre mit ihren gewaltigen Blätterkronen auf dem Schulgelände des Jungengymnasiums in Ebershausen, als raunten sie sich gegenseitig ihre Erlebnisse zu. Die ersten Schüler hatten sie damals mit Begeisterung unter Anleitung des jungen Biologielehrers, Wilhelm Böck, gepflanzt.

Auf wie viele Schüler und Lehrer blickten die alten Bäume wie Gouvernanten während all der Jahre nicht herunter? Sie kamen als kleine springlebendige Jungs und verließen die Schule Jahre später als junge Männer, um sich mit Bravour und Eifer ins junge Leben zu stürzen. Auch so manch ein Junglehrer hatte seine berufliche Karriere hier begonnen, war geblieben und wurde später bei einem der Schulfeste in die Pensionierung entlassen.

Das hohe Schulgebäude mit der anliegenden Haus-
meisterwohnung erstrahlte seit einigen Wochen im
neuen Glanz. Der Stadtrat hatte endlich, nach jahre-
langem Ringen mit den Parteien und zuständigen
Gremien, die Mittel zur Generalrenovierung bewil-
ligt. Nur dem Eingreifen der Bevölkerung mit ihren
Demonstrationen und der Medien, die sich in verschiedenen Artikeln und Leserbriefen Luft über den
untragbaren Zustand der Schule machten, war es zu
verdanken, dass eine Einigung erzielt wurde.

Nun war die Schule wieder ein Schmuckstück geworden, und die Lehrer, insbesondere Hausmeister Liebermann, hatten ihre große Mühe und Not, die Schüler von ihren kleinen Kritzeleien abzuhalten, die sie
vorher an die Wände, besonders in der Toilette, ge-
malt oder eingeritzt hatten. Nun, da sich alles im frischen, hellgelben Farbton präsentierte, war man bestrebt, diesen Zustand so lange wie möglich zu erhalten.

Vom nahen Sportplatz ertönten anfeuernde Rufe herüber. Die Schüler der Klasse 5c eiferten im Volleyballspiel gegen die Klasse 5a, die ihre stärksten Spieler einsetzten, um unbedingt zu gewinnen. Denn es
ging um die Teilnahme an den Schülermeisterschaf-
ten, die Ebershausen alle zwei Jahre mit der briti-
schen Partnerstadt Coventry mal in England und mal
in Ebershausen veranstaltete. So versuchten die Schüler und ihre Trainer, alles auf eine Karte zu setzen, um
die Fahrkarte zu den Spielen zu gewinnen.

Laut dröhnte der Pfiff des Schiedsrichters in den Ohren der Jungen, die mit hochrotem Kopf hinter dem
Ball her rasten. Jochen Stresemann war gerade bei ei-

nem Foul erwischt worden. Ohne sich um den Pfiff zu kümmern, jagte Jochen mit dem Ball an Ralf Bölter vorbei, den er heftig anrempelte, sodass dieser zu Boden stürzte. Er schrie laut vor Schmerzen auf, und sein Knie, das hart auf den Boden aufgeschlagen war, fing sogleich an zu bluten. Sofort bildeten die Jungen eine Traube um den Verletzten, dem vor Schmerzen die Tränen kamen, und der laut jammerte.

„Aua, Aua, das tut weh", schrie er und biss sich auf die Lippen. Herr Köppers, der Klassenlehrer bei der 5a war, versuchte mit lauten Worten, die Traube der Kinder auseinander zu treiben, damit die beiden Sanitäter, die während des Spiels an der Seite standen, zu dem Verletzten einen freien Zugang hatten und ihn versorgen konnten.

„Weg, nun macht mal Platz da, lasst die Sanitäter durch", rief er mit seiner kräftigen Bassstimme gegen die durcheinander brüllenden Jungen an. Bernd Falkenberg, der Mannschaftskapitän der Gegnerklasse, ging auf Jochen zu und packte ihn in Brusthöhe an seinem T-Shirt und schob ihn vor sich her.

„Eh, Stresemann, Alter, wenn du noch mal so 'ne Sauerei machst, dann hagelt´s Keile, ist dir das klar?" Jochen, der als der Größte in seiner Klasse keine Angst vor irgendjemand besaß, bekam ein rotes Gesicht vor Zorn. Er griff die Hand von Bernd, die sich an seinem T-Shirt festgekrallt hatte, und drehte sie seitwärts, um sie von sich zu lösen.

„Sag' mal, spinnst du, Falkenberg? Wenn du nicht gleich los lässt, dann kriegst du eins an´s Maul, verstanden?" Dabei landete er mit seiner Linken einen kurzen Haken gegen Bernds rechte Seite. Dabei traf er die untere Rippe.

Bernd spürte, wie ihm die Luft wegblieb und schlug mit der Rechten auf Jochens Nase. Sofort schoss ein Blutstrahl heraus, der sich auf Bernds Arm und sein T-Shirt ergoss. Jochen spürte den heftigen Schmerz in seinem Gesicht und wollte sich gerade revanchieren, als zwei Lehrer die beiden Jungen hinten am Kragen packten und sie auseinanderzogen.

"Sagt mal, seid ihr nicht gescheit?" brüllte Dr. Stegmayer die Streithähne an. Der andere war Klaas Miltenberg, der Englischlehrer der 3. Klasse, der gerade vorbeigekommen war.

„Ihr habt sie wohl nicht alle?" fuhr Dr. Stegmayer fort. Dabei war er sichtlich erregt, denn er hasste nichts mehr, als wenn sich die Menschen stritten und sogar noch schlugen. "Seid ihr zwei Neandertaler, die in diese Zeit gerutscht sind, oder seid ihr vernünftige Jungs, die einmal nützliche Mitglieder in unserer Gesellschaft werden wollen?" Bernd und Jochen blickten den Konrektor betroffen an, dann schauten sie sich ins Gesicht. Ihr feindlicher Ausdruck wich plötzlich einem schüchternen Grinsen, und sie gaben sich die Hand. Jochen, dem das Blut noch aus der Nase über das T-Shirt tropfte, hob nun die Nase hoch, und einer der Sanitäter stand plötzlich neben ihm und legte Verbandsmull auf die schmerzende Nase, die immer deutlicher anschwoll.

Die Sportstunde wurde vorzeitig abgebrochen, und die Schüler liefen in die Turnhalle, um unter die Dusche

zu gehen. Der verletzte Ralf war von einem Krankenwagen abtransportiert worden. Die Jungen waren nun
fast alle schlecht gelaunt. Jetzt war sicher ihre Reise
nach England gefährdet, und sie konnten das Treffen
mit den englischen Jungen abhaken.

Jochen, dem die Nase noch tüchtig schmerzte, war
nicht unter die Dusche gegangen. Es wurmte ihn, dass
die anderen Schüler nun ihm die Schuld in die Schuhe
schoben, dass die Teilnahme an der Englandfahrt ver-
patzt war. Je mehr er darüber nachdachte, desto wütender wurde er wieder. Da er immer bestrebt war, in
seiner Klasse und der Parallelklasse eine führende
Rolle unter den Schülern zu spielen, verletzte ihn diese Situation umso mehr. Denn er hatte es in kurzer
Zeit geschafft, ein paar Schüler von ihm abhängig zu
machen, die nun mit ihm eine Clique bildeten und die
anderen, wenn es Jochen, der Boss, bestimmte, terro-
risierten. Vor allen Dingen hatte Jochen seine Leute,
die für ihn auch Schularbeiten und Referate schrieben. Wehe, sie machten es nicht. Und da ein paar der
intelligenten Jungen sehr schmächtig waren, fürchteten sie sich, von Jochens Clique eine Abreibung zu
kassieren. So fügten sie sich lieber in ihr unvermeid-
liches Schicksal und schrieben sich die Finger für
einen Menschen wund, den sie nicht ausstehen konnten.

So erging es auch Ulli Krause, der gerade mit feuchten Haaren und einem Handtuch bekleidet, das er um
seine schmalen Hüften geschlungen hatte, aus der
Dusche kam. Ulli war auch stinksauer auf Jochen,
weil er die Klassentour vermasselt hatte. Am liebsten

hätte er ihm die Englischarbeit nicht geschrieben, die morgen abzugeben war.

Aber Ulli dachte an die letzte Keile, die er vor einem halben Jahr erhielt, weil er Jochen die Aufgaben einer Mathematikarbeit nicht zugesteckt hatte. Denn Dr. Stegmayer war sehr streng und seine Augen wachten über die Schüler, wenn sie bei einer Klassenarbeit schwitzten und die Nase in die Bücher steckten. Wehe, er erwischte einen beim Schummeln. Dann war eine dicke Sechs fällig, und die wollte eigentlich keiner riskieren.

So schlurfte Ulli auf seinen Latschen an Jochen vorbei und würdigte ihn keines Blickes. Dieser wollte das nicht so gelten lassen und blökte ihn von der Seite an: „Eh, Krause, wann krieg' ich die Englischarbeit? Du weißt ja, morgen ist Abgabe."

Ulli antwortete nicht, da er damit beschäftigt war, sein Haar abzutrocknen und nicht verstand, was Jochen gerade sagte.

Jochen griff nach einem anderen Latschen, der in seiner Nähe war und warf ihn auf Ulli. Der Latschen klatschte auf seinen Rücken, und Ulli sprang erschrocken zur Seite und brüllte auf: „Aua, bist du bescheuert Stresemann, was soll der Blödsinn?"

„Ich hab' dich was gefragt! Was macht die Englischarbeit?"

„Was soll sie machen, meine ist o.k.!" antwortete Ulli trotzig, denn nun wollte er nicht klein beigeben. Wo Jochen doch allen Grund dazu hatte, nicht so eine große Klappe zu haben. „Du kannst dir deine Englischarbeit vom Direx schreiben lassen, von mir bekommst du sie nicht", war die nächste Antwort aus Ullis Mund. Dabei blitzte er Jochen noch mit einem bösen Blick an, der nun seine Entschlossenheit sah.

Einen Augenblick war er verdutzt, denn damit hatte er nicht gerechnet. Aber Jochen gab nicht auf. Denn schließlich war er der Boss in der Klasse, und niemand sollte sich unterstehen, seinen Anweisungen nicht zu folgen. Der kleine Floh Ulli Krause schon gar nicht.

„Sag' mal, hast du 'ne Horde Mongolen um dich stehen, die dir helfen; oder hast du den Verstand verloren?" maulte er Ulli an.

Dieser zog sich schweigend an und schielte nun doch ein wenig vorsichtig zu Jochen hin.

Jochen stand auf und ging zu Ulli herüber. Im selben Augenblick kamen noch weitere Jungen aus der Dusche. Zwei Anhänger von Jochen und solche, die Jochen gerne die Pest an den Hals gewünscht und alles mitgemacht hätten, was ihm eine Niederlage bereitete.

So beugte sich Jochen vor und blickte Ulli tief in die Augen. „Pass auf, wenn du die Englischarbeit nicht bis morgen Nachmittag bei mir abgeliefert hast, dann bist du nach der Schule dran. Du kannst dir schon mal den Ast aussuchen, an dem ich dich aufhängen werde." Um seine fiese Drohung zu bekräftigen, gab er Ulli noch einen Stoß, der ihn fast auf Benjamin geworfen hätte. Dieser fing Ulli auf, und so fand er wieder Halt. Jochen verließ wutschnaubend den Ankleideraum und begab sich ins Klassenzimmer.

Abends stocherte Ulli lustlos in seinem Essen herum. Sein Blick war starr auf den Tisch gerichtet. Doch in seinem Kopf jagten die Gedanken hin und her.

„Wenn ich morgen die Englischarbeit nicht fertig habe, dann macht er mich platt". Langsam kroch Angst, ausgehend von seiner Magengegend, in ihm hoch und verteilte sich in seinem ganzen Körper. Doch dann gingen seine Gedanken wieder zu dem Vorfall von heute Vormittag, und die Wut und der Ärger darüber, dass die Reise nach England vermasselt war, vertrieben die Angst und machten sich in ihm breit. „Der Jochen spinnt, wenn er denkt, dass ich zu Kreuze krieche. Nein, ich nicht. Auch, wenn ich noch klein bin."

Er soll seinen Triumph nicht haben. Ulli überlegte, dass er seine beiden Freunde, Michael und Joachim, informieren und bitten würde, ihn morgen auf dem Heimweg zu begleiten. Aber, wenn ich ihnen gleich sage, wer da auf mich wartet, dann gehen die sowieso nicht mit. Also, doch die Englischarbeit für den Blödmann machen. Sofort meldete die andere Stimme sich wieder. „Sag‘ mal, was bist du eigentlich für ein Waschlappen. Irgendwann muss man doch mal die Macht dieses Jungen brechen. Der Kerl beherrscht nachher die ganze Klasse." Aber warum sollte er, Ulli, es unbedingt tun? Er war mit der Kleinste in der Klasse, auch wenn er in den Leistungen mit an der Spitze stand.

Ullis Mutter, die ihren Sohn schon eine ganze Weile von der Seite beobachtet hatte, wagte einen Vorstoß. „Du Ulli, was ist mit dir? Geht es dir nicht gut?"

Dieser hörte die Stimme seiner Mutter von weiter Ferne und reagierte nicht darauf.

„Hallo Ulli, träumst du? Ich habe mit dir geredet!"

„Ja, Mama, was ist?" kam es kläglich aus seinem Mund heraus. Dabei sah er seine Mutter nicht einmal an.

„Geht es dir nicht gut? Bist du krank?"

„Ich, krank? Nein - das ist schon okay. Ich, ich hab' nur keinen Hunger", antwortete er und traute sich immer noch nicht, seine Mutter anzuschauen. Denn sie hatte etwas, was fast alle Mütter hatten, die ihre Kinder genau kannten. Sie war in der Lage, in seinen Augen zu lesen, was in ihm vorging. Und diese Sache, die musste er alleine erledigen. Ja, sein Entschluss stand fest. „Ich werde es alleine erledigen, auch wenn ich dabei untergehe." Insgeheim hoffte Ulli noch auf ein Wunder. Aber es war keines in Aussicht.

Ulli schob den halbvollen Teller von sich und stand auf, um in sein Zimmer zu gehen. Seine Mutter schaute mit sorgenvoller Miene hinter ihm her. Sie hätte zu gerne gewusst, was in ihm vorging. Doch darin war ihr Sohn eisern. Was er nicht sagen wollte, das kam nicht über seine Lippen. Er erinnerte sie darin an ihren verstorbenen Mann, der genauso war.

Am nächsten Morgen war das Wetter trübe, genauso wie Ullis Stimmung. Ohne ein Wort kleidete er sich an, aß kaum von seinem Frühstücksbrot und machte sich auf den Weg in die Schule. Graue, düstere und regenschwere Wolken schoben sich gegenseitig über den Himmel, und plötzlich fing es an zu regnen.

Ulli nahm den Regen kaum wahr. Seine Gedanken kreisten nur um Jochen und die Englischarbeit. Er vermied es, mit Jochen in Kontakt zu kommen, und schlich sich an ihm vorbei, als dieser mit einigen Jungen aus seiner Clique sprach.

Während der ersten Stunde, in der sie Deutsch bei Frau Girlander hatten, wurde Ulli plötzlich von hinten ein Zettel zugeschoben. Er faltete ihn, ohne aufzufallen, vorsichtig auseinander und las: „Wo ist die Englischarbeit, Krause? Wenn ich sie nächste Stunde nicht bekomme, ist das der letzte Tag in deinem Leben!" Dahinter waren ein paar Totenköpfe gekritzelt. Ulli wusste, woher dieser Zettel kam. Unauffällig drehte sich Ulli um, und sah in Richtung Jochen. Der blickte ihn wütend an und zeigte ihm unter dem Tisch die Faust. Da um Jochen herum ein paar seiner „Söldner" saßen, schielten auch diese zu ihm rüber und drohten Ulli.

Diesem wurde ganz schlecht. „Was mach ich nur?" dachte er. „Ich habe noch die Möglichkeit, in der Pause nach der zweiten Stunde die Arbeit zu schreiben." Fast hätte er sich dazu entschlossen, doch plötzlich sprach Frau Girlander davon, dass ein Mensch Mut beweist, wenn er in eine schwierige, manchmal ausweglose Lage hineingeht, ohne zu wissen, wie sie ausgeht. Sie konnte nicht wissen, wie Ulli diese Aussage ansprach. „Nein, da muss ich durch", sagte die andere Stimme in seinem Innern wieder, und seine alte Entschlusskraft war fast wieder vollständig zurückgekehrt.

Nach der zweiten Deutschstunde war Pause. Ulli schlenderte mit Michael und Joachim zur Kantine herüber, um sich eine Tüte Kakao zu kaufen. „Sagt mal, habt ihr nach der Schule Zeit, mich zu begleiten?" versuchte Ulli seine Freunde zu ködern.

„Wieso, hast du was vor? Willst du uns einen ausgeben?" grinste Michael und gab Ulli einen freundschaftlichen Klaps auf die Schulter.

„Nein, ich will`s euch sagen. Jochen wartet auf mich. Ich habe seine Englischarbeit nicht geschrieben."

Da war's raus. Die beiden anderen starrten ihn mit offenen Mund an. „Was, du hast dem Stresemann die Englischarbeit nicht geschrieben?" rief Michael halblaut. Und Joachim wollte wissen: „Warum hast du das getan?"

„Weil ich es leid bin, dass dieser Großkotz die ganze Klasse tyrannisiert. Er hat uns gestern die Fahrt nach England vermasselt. Und ich weiß, dass wir uns alle darauf so gefreut haben."

Michael und Joachim nickten beifällig.

Plötzlich sagte Michael: „Du Ulli, mir fällt ein, dass ich mich noch mit meiner Schwester treffe, die mir noch 'ne Hose kaufen will. Ich kann dich gar nicht begleiten."

Ulli nickte schicksalsergeben und blickte Joachim hilfesuchend an. Dieser nickte und antwortete: „Ich komme mit!"

So war es doch ein kleiner Trost, und Ulli ging nicht mehr so einsam seinem Todesurteil entgegen, wie er dachte. Da schellte die Pausenklingel, und sie mussten in die Klasse zurück.

Herr Köppers, der als Klassenlehrer auch das Fach Englisch in der Klasse 5a unterrichtete, trat gutgelaunt in den Klassenraum. Heute war die Englischhausarbeit fällig, die er der Klasse vor fünf Tagen aufgegeben hatte. Sie war für seine Begriffe ziemlich schwer gewesen, aber er wollte die Schüler testen und ein wenig die Spreu vom Weizen trennen. Denn spätestens am Ende der sechsten Klasse müssten die Schüler wieder an ihre alten Schulen zurückkehren, die dem Niveau des Gymnasiums nicht gewachsen wären und das Lernpensum nicht erreichen würden. Herr Köppers kannte seine Pappenheimer und wusste genau, wer von den Schülern in den Hauptfächern, und dazu gehörte nun einmal auch Englisch, gut mitkam und wer sich einen faulen Lenz machte. So gehörte Jochen Stresemann unter anderem zu den Schülern, die Köppers besonders auf dem Kieker hatte. Denn ihm war da letztens etwas zu Ohren gekommen, das ihn als Pädagoge mächtig erschüttert hatte. Ihm fehlten jedoch die Beweise, um in konkrete Handlungen zu treten.

Zunächst war es ihm eine innere Genugtuung, die Arbeit von den Schülern einzusammeln und später zu korrigieren.

Die Schüler saßen nach der Begrüßung ihres Klassenlehrers wie die Ölgötzen still auf ihrem Platz. Alle waren sie gespannt, was nun folgen würde. Besonders zwei waren zum Bersten mit Spannung angefüllt. Der eine, weil nun die Stunde der Wahrheit kommen würde und er hinterher zu seiner eigenen

Hinrichtung gehen würde. Der andere, der eine große Katastrophe auf sich zukommen sah, der er beim besten Willen nicht ausweichen konnte. Dafür tobten in seiner Seele die größten Rachegefühle, die sich nach der Schule Luft machen sollten. Ulli Krause und Jochen Stresemann.

„Sooo!" begann Herr Köppers gedehnt und schaute die Klasse an wie eine Kobra, die sich gerade ihr Beutestück aussucht. "Die Englischhausarbeiten waren heute fällig. Und ich gehe davon aus, dass ein jeder von euch sie auch mithat." Mit diesen Worten stand er bedächtig auf und ging nach links zum ersten Tisch. Die Schüler legten die Arbeiten auf den Tisch oder kramten in den hinteren Bänken danach, um sie Herrn Köppers auszuhändigen.

Langsam näherte sich der Lehrer dem Tisch, an dem Jochen Stresemann saß. Diesem wurde es ganz heiß in seinem Innern, und er hätte sich am liebsten ein großes Loch gewünscht, in das er hätte versinken können. Die Katastrophe war unausweichlich. Jochen blickte in das Gesicht von Herrn Köppers. Dieser streckte seine Hand fordernd nach vorne, um die Englischarbeit in Empfang zu nehmen. Jochen schaute ihn mit den Augen eines Raubtieres an, das den Jägern in die Falle gegangen war und nun auf den Fangschuss wartete.

Jochen Stresemann ergab sich in sein Schicksal. Mit gerunzelter Stirn schüttelte er langsam den Kopf. "Ich weiß nicht, wo sie ist. Heute Morgen hatte ich sie noch in die Schultasche gelegt. Jemand muss sie mir gestohlen haben."

Es war mucksmäuschenstill in der Klasse. Man hätte eine Stecknadel fallen hören können. Entsetzte Gesichter schauten abwechselnd auf den Klassenlehrer und wechselten zu Jochen herüber. Jeder ahnte, was jetzt kommen würde.

Herr Köppers machte zunächst ein skeptisches Gesicht. Er glaubte zu träumen und traute seinen Ohren nicht, was er da gehört hatte. „Könntest du das noch einmal wiederholen?" meinte er in seiner zynischen sprachlichen Dehnung zu dem Schüler, der ihm so wundervoll ins Netz gegangen war. Ein Volltreffer! Ein triumphales Ereignis größten Ranges zeichnete sich hier ab.

Jochens Stimme klang kläglich, als er halblaut seinen Satz wiederholte: „Sie befand sich heute Morgen noch in meiner Tasche. Jemand muss mir die Englischarbeit geklaut haben."

Niemand wagte zu lachen, obwohl fast alle in der Klasse wussten, dass Ulli dem Jochen die Englischarbeit schreiben musste. Und der größte Teil der Schüler gönnte es Jochen, das er nun in der tiefschwarzen Tinte saß und eine Sechs kassierte.

„Nun gut!" Herr Köppers spitzte die Lippen. „Da du die Arbeit nicht mithast, gebe ich dir eine runde sechs. Außerdem wirst du morgen nach Schulschluss hier nachsitzen und die Arbeit nacharbeiten. Ist das klar?"

Jochen nickte wortlos. Er hatte einen trockenen Hals und schluckte schwer. Ulli dachte nur: „Warum muss der erst morgen nachsitzen und nicht heute?" Jetzt war die Sache nicht mehr zu retten. Heute Abend würde es wohl keinen Ulli Krause mehr geben, und seine Mutter hätte den nächsten Todesfall in der Familie zu beklagen. Auch Ulli schluckte schwer, und Tränen schossen ihm in die Augen.

Die Pausenklingel gellte schrill durch das Schulgebäude und kündete das Ende der Schulzeit an. Ulli packte seine Bücher und das Etui ein. Joachim, der zugesichert hatte, Ulli zu begleiten, schlurfte von seinem Platz herüber. Ihm war nicht wohl in seiner Haut. Nach dem Vorfall in der dritten Stunde wurde ihm mehr und mehr bewusst, auf was er sich da eingelassen hatte. Auf der anderen Seite wollte er Ulli nicht im Stich lassen, denn dieser half auch ihm sehr oft in einigen Fächern. Und ohne Ulli stand auch Joachim nicht da, wo er zurzeit zensurenmäßig stehen konnte. Alles das wägte Joachim nun ab und entschloss sich, bei der erstmöglichen Gefahr die Biege zu machen. Irgendeine Ausrede würde ihm dann später schon einfallen.

Als sie die Eingangstür öffneten und die Treppe nach unten benutzten, war niemand mehr zu sehen. Die Schüler waren bereits fort. Von Jochen und seinen Leuten fehlte jede Spur. Ulli konnte sich ungefähr denken, wo die anderen Jungen jetzt auf sie warten würden. Schweigend gingen sie nebeneinander her und suchten die Straßen mit ihren Blicken ab, um die Gegner zu entdecken.

Sie bogen gerade in eine Nebenstraße ein, um sie in Richtung des kleinen Parks zu überqueren. Joachim entdeckte sie zuerst. „Du Ulli, da hinten sind sie", raunte er dem Kleinen zu. Jetzt sah auch Ulli die vier, die auf der Bank saßen, an der sie vorbei mussten.

Jochen saß als erster. Was musste der für eine Wut im Bauch haben. Joachim tat Ulli leid. Er wollte ihn jetzt doch nicht im Stich lassen. „Nur Mut, vielleicht geht es ja glimpflicher ab, als wir denken", versuchte er ihn aufzumuntern. Ulli seufzte tief. „Vielleicht hast du Recht", meinte er, aber er glaubte nicht daran.

Nun näherten sie sich langsam dem Ort der kommenden Auseinandersetzung. Die vier erhoben sich und standen in abwartender Haltung, die Arme auf der Brust verschränkt. Ulli ging vorneweg und Joachim folgte ihm einen Schritt dahinter. Als sie auf Höhe der Jungen waren, kam Jochen auf die beiden zu. Die anderen folgten in einem kurzen Abstand.

„Da bist du ja, du Würstchen", giftete Jochen Ulli an und machte ein wütendes Gesicht. Ulli blieb stehen. Er hatte fürchterliche Angst und sein Herz klopfte bis zum Hals.

„Hab' ich dir nicht gesagt, dass ich dich fertig mache, wenn du mir nicht die Arbeit gibst?"

Bevor Ulli antworten konnte, meldete sich Joachim zu Wort. „Mensch, sei doch nicht so, der Ulli hat das nicht so gemeint."

„Was willst du eigentlich herumkotzen? Wer hat dich Floh eigentlich gerufen, he?" brauste ihn Jochen an. Joachim schluckte, wurde rot und schwieg.

Dann griff Jochen mit seiner Rechten Ullis Pullover an der Halsgegend und zog ihn zu sich heran. Sein Zorn kannte keine Grenzen. Er ballte die Faust, um Ulli ins Gesicht zu schlagen.

Da fuhr plötzlich ein Junge pfeifend auf einem Fahrrad auf die Gruppe zu. Als er die Jungen bemerkte und mit einem Blick feststellte, was sich da abspielte, bremste er scharf, stieg ab, legte das Fahrrad beiseite und näherte sich langsamen Schrittes.

„Toll", rief er. „Ein starker Junge, der einen Schwachen verprügeln will. Wirklich heldenhaft."

Jochen drehte sich zu ihm um und brüllte: „Eh, was willst du denn Alter? Verpiss dich!"

Die anderen Jungen, die hinter Jochen standen, nahmen eine Drohgebärde ein, um dem Eindringling zu zeigen, dass sie auch noch da waren.

Ulli, der an Jochens Faust hing, sah den Jungen ungläubig an und hoffte nun doch auf sein Wunder. Joachim, der gut zwei Meter in abwartender Haltung gestanden hatte, straffte seinen Körper und zeigte damit, dass er sich wieder mutig eingeben wollte.

„Ich glaub', du machst 'ne schlechte Figur, wenn du dich an dem Kleinen vergreifst, Gaucho," erwiderte der Angesprochene nun ganz ruhig und blickte Jochen scharf in die Augen. Jochen wurde von diesem festen Blick irritiert und zögerte einen Augenblick. Dann ließ er Ulli los und ging dem Anderen entgegen.

„Was willst du, willst du eine vor's Maul haben?" Dann schoss seine Rechte vor, um den Jungen zu treffen. Dieser, wohl einen halben Kopf kleiner als Jochen, drehte sich fix, erfasste die Faust von Jochen. Dann drehte er, eh sich Jochen versah, den Arm nach

hinten, fasste Jochen in die Haare und zog sie ruckartig nach hinten. Jochen brüllte vor Schmerz auf.
"Lass mich los, du!" war sein ganzer Kommentar.
Aber er lag hart im Griff des anderen Jungen, der
nicht nachließ. Die drei Kumpel von Jochen wollten
ihm zu Hilfe eilen. Da sprang Ulli nach vorne und
schubste den ersten gegen die anderen, so dass sie alle
durcheinander purzelten und auf den Boden fielen.

„So, und nun schert euch fort, bevor ich eklig werde",
rief Ullis Retter den Jungen zu, die sich aufrappelten
und davon stoben. Zu Jochen sagte er: „Und dir rate
ich, den Jungen in Ruhe zu lassen, sonst kriegst du es
mächtig mit mir zu tun, klar?"

Jochen nickte mit einem von Wut und Schmerzen
verzerrtem Gesicht. Dann ließ der andere ihn los und
Jochen rannte seinen Kumpels nach.

„Nun, das wäre erst einmal geschafft", wandte er sich
nun an Ulli. Er gab ihm die Hand, die Ulli mit einem
erleichterten Herzen und grinsendem Gesicht ergriff.
„Ich bin Raimund Köster", sagte er. Ulli und Joachim
sagten ihre Namen und erzählten ihm, wie es zu der
Situation gekommen war.

„Das sind ja schöne Manieren in eurer Stadt", antwortete Raimund lachend und berichtete nun, dass er mit
seiner Mutter erst vor drei Tagen hierher gezogen
war. Dann hob er sein Rad auf, und die drei gingen in
Richtung Busbahnhof weiter.

Als Ulli zu Hause die Tür öffnete, schoss es aus ihm
heraus. „Du Mama, ab heute glaube ich an Schutzengel." Seine Mutter schaute ihn ungläubig an und

musste feststellen, dass ihr Junge ganz anders nach Hause kam, als er morgens weggegangen war. Dann berichtete er ihr, mit leuchtend roten Wangen, was er vor einer halben Stunde erlebt hatte. Frau Krause wünschte sich, diesen Jungen kennenzulernen, da es ihr wichtig war, welchen Umgang ihr Ulli pflegen würde. Es sollte schneller kommen, als sie es je dachte.

Die Tür wurde aufgeschlossen und Raimund betrat den kleinen Flur. Kisten und Kartons standen noch herum, die ausgepackt werden mussten. Vor ein paar Tagen waren er und seine Mutter in diese Stadt und in diese Wohnung gezogen. Seine Mutter erhielt aufgrund einer Zuschrift auf eine Anzeige in der hiesigen Tageszeitung eine neue Anstellung als Schreibkraft.

Wie froh waren sie doch gewesen. Denn die langjährige Arbeitslosigkeit, die sie ziemlich zermürbte, und die von Zeit zu Zeit großzügige finanzielle Unterstützung von Tante Lisbeth, die sich immer noch rührend um ihre Nichte und deren Sohn Raimund kümmerte, musste ja mal ein Ende finden.

Wenn es nach der Tante gegangen wäre, dann hätte es so ruhig weiter gehen können. Aber Gisela wollte auf eigenen Beinen stehen. Und für eine alleinstehende Mutter mit Kind gab es schwer eine Arbeitsstelle. Doch nun hatte es ja geklappt, und die beiden waren frohen Herzens umgezogen.

Nur Tante Lisbeth, die in Kleinkönigsau geblieben war, bedauerte diesen Umzug natürlich. Denn sie

mochte ihre Nichte und deren Sohn sehr. Aber für die
Entwicklung der beiden war es wohl besser.

„Raimund, bist du das?" rief Gisela aus der Küche.
„Ja Mama, wer soll's schon sein, als dein Sohn, dein
Freund und Helfer", erwiderte er und spazierte grin-
send in die Küche. Seine Mutter gab ihm eine kleine,
liebevolle Kopfnuss und stellte ihm das Essen auf den
Tisch.

„Du kommst ziemlich spät, das Essen ist inzwischen
schon kalt geworden. Normalerweise bist du pünkt-
licher", ertönte die berechtigte Rüge von Mama, die
sehr auf Pünktlichkeit achtete.
"Richtig, Mama!" antwortete Raimund. "Doch ich
wurde noch aufgehalten. Stell dir vor, da waren vier
Jungs, die einen kleinen Jungen verprügeln wollten.
Der tat mir so leid, und darum bin ich dazwischen gegangen."

„Hast du dich etwa wieder geprügelt?" wollte Mama
nun wissen. „Dazu ist es nicht gekommen", kam die
Antwort. „Der Bursche, der Ulli, so heißt der Junge,
der verprügelt werden sollte, gerade schlagen wollte,
erhielt von mir eine kurze Anwendung und war dann
still. Und die anderen...." Dabei fing Raimund an zu
lachen. „Die anderen hat Ulli geschubst und sie purzelten durcheinander. Nachdem sie sich wieder auf-
gerappelt hatten, gaben sie Fersengeld und verschwanden mit dem vierten."

Seine Mutter, die gerade mit dem Abwasch fertig war
und die Töpfe abtrocknete, griff nach der Postecke
und angelte einen Brief hervor. „Hier ist die Antwort
von der Schule", meinte sie. „Jetzt wird es wieder

ernst für dich. Ich habe dich auf dem Gymnasium angemeldet. Morgen gehen wir zur Schule."

Raimund nickte. Er war froh, dass wieder ein normaler Rhythmus in das Leben einkehrte. Er musste sich
jedoch erst wieder daran gewöhnen, dass seine Mutter
bis nachmittags um fünf arbeiten würde. Sonst war sie
immer zu Hause gewesen. In Zukunft war er mehr auf
sich alleine gestellt und würde auch mehr im Haushalt
helfen müssen. Doch dazu war Raimund immer bereit
gewesen.

Am nächsten Morgen, es war gegen elf Uhr, klopfte
Dr. Stegmayer, der Konrektor, an die Tür der Klasse,
in der die 5a unterrichtet wurde. Es gab gerade Geo-
graphieunterricht, der von Frau Leuschner durchgeführt wurde. Im Augenblick war es für die meisten
der Kinder etwas langweilig, und die Unterbrechung
war ihnen äußerst willkommen.

„Entschuldigen Sie bitte, Frau Kollegin", wandte sich
der Konrektor an die Lehrerin, die ebenfalls froh war,
denn die steigende Unaufmerksamkeit der Klasse war
ihr nicht entgangen.

„Ich bringe Ihnen hier einen neuen Schüler, Raimund
Köster. Er ist erst vor ein paar Tagen hierher gezogen." Dann schob er Raimund vor, der sich suchend
in der Klasse umsah. Er hoffte nämlich, Ulli irgendwo
zu entdecken. Dieser hatte Raimund gleich erblickt
und grinste über das ganze Gesicht.

Als er nun Raimunds schweifenden, suchenden Blick
wahrnahm, erhob er die Hand und rief: „Hier Raimund, hier ist noch frei!"

Frau Leuschner, die bemerkte, dass die beiden Jungen sich kennen mussten, nickte und forderte Raimund auf, sich neben Ulli hinzusetzen.

In der hinteren Ecke wurde laut getuschelt. Jochen, der die Blamage von gestern noch nicht verdaut hatte, flüsterte seinem Kumpel Henning zu, der auch zu den dreien von gestern gehörte: „Das hat mir gerade noch gefehlt. Der Typ kommt in unsere Klasse. Wir müssen alles daransetzen, ihn kleinzukriegen."

Henning nickte und gab den andern Beiden von Jochens Gang auch ein Zeichen.

Frau Leuschner, die die Kontrolle über die Klasse wiedergewinnen wollte, begrüßte zunächst Raimund und forderte ihn auf, sich kurz vorzustellen. Nachdem dieser das getan hatte und dabei bemerkte, dass auch der Junge anwesend war, dem er gestern seine Grenzen aufzeigte, setzte er sich danach wieder hin und blickte zur Lehrerin.

„So nun ruhig Kinder, wir wollen uns wieder dem Unterricht zuwenden", rief Frau Leuschner mit lauter Stimme, und alle Augen wandten sich ihr wieder zu.

Nach der Schulzeit gingen Ulli und Raimund zusammen aus dem Schulgebäude. „Was ist, kommst du noch mit zu mir nach Hause?" wandte sich Ulli an seinen neuen Tischnachbar. Raimund überlegte kurz. „Ja, meine Mutter kommt erst nach fünf zurück. Zwei Stunden kann ich noch mitkommen", war seine Antwort.

Ulli freute sich, und die beiden machten sich auf den Weg. Dabei stellte sich heraus, dass Ulli gerade mal zehn Minuten von der neuen Wohnung, die Raimund und seine Mutter bezogen hatten, entfernt wohnte.

Ulli klingelte. Nach einer Weile summte der Türöffner, und er drückte die Tür auf. „Na, da bin ich mal gespannt, was meine Mutter sagt", bemerkte er und ging voran.

Frau Krause staunte nicht schlecht, als Ulli ihr seinen „Schutzengel" vorstellte.

„So, du bist der Raimund. Schön, dass ich dich kennenlerne", antwortete sie und gab ihm die Hand. Raimund lächelte etwas verlegen und begrüßte dann Ullis Mutter.

Dann verschwanden sie beide in Ullis Zimmer.

Später hörte Frau Krause oftmals fröhliches Kinderlachen aus dem Zimmer, das sie schon lange nicht mehr gehört hatte. Sie war froh, dass Ulli endlich einen Jungen gefunden hatte, mit dem er gerne zusammen war.

So entwickelte sich eine Freundschaft, die Jahre später auf eine sehr harte Probe gestellt wurde.

III

Wild gellten die Schreie von Madame Furiosa, wie Sven sein Kindermädchen und vorübergehende Hilfe im Haushalt, immer nannte, durch die riesige Eingangshalle der vor zwei Jahren architektonisch aufgemotzten Gründervilla der Firma Carstens und Co aus den späten Zwanziger Jahren.

„Hilfe, Hilfe, das mache ich nicht mehr mit. Dieses Ekel, igitt, dieser freche, fürchterliche Bengel. Ich kündige." Ihr fülliger Busen wogte auf und nieder, so erregt war sie wieder über den üblen Streich, den ihr der Sohn des Hauses, Sven Carstens, mit seinen zehneinhalb Jahren gespielt hatte.

Gerade war sie dabei, einen der alten Läufer zum Abtransport für den Sperrmüll in den Keller zu bringen. Stöhnend schleppte sie das schwere Ding, wie sie es empfand, die halbdunkle Treppe herunter, weil wieder 'mal eine Birne defekt war, als sie hinter sich ein Geräusch hörte.

Etwas erschrocken drehte sie sich um. An ihrem Kopf vorbei schoss an einem Bindfaden hängend, der an ihrem langen ekligen, dicken Schwanz verknüpft war, eine tote Ratte, die vom Kopf bis zum Hinterteil wohl 25 Zentimeter maß. Sie stockte, und das Blut gefror ihr in den Adern. Würgen bemächtigte sich ihres Magens und kroch, sich entladend nach oben. Ein spitzer, heller Schrei tiefsten Entsetzens machte sich ihrer Kehle Luft, und fast wäre sie in Ohnmacht gefallen.

Die Dame des Hauses, Madelaine Carstens, saß bei ihrem Fünfuhrtee, den sie jeden Nachmittag trank. Ihr Mann, Carl, hatte ihr vor einigen Minuten telefonisch aus der Firma mitgeteilt, dass er dringendst nach Hamburg müsse, um an einer Messe teilzunehmen. Diese Besuche kannte Madelaine schon seit Jahren. Carl war darin sehr spontan, und wie es ihm in den Kopf kam, blieb er manchmal einige Nächte fort, um sich auf den Fachmärkten zu orientieren, wie er sagte. Anfangs hatte sie sich darüber oftmals mokiert und in ihr seelisches Schneckenhaus zurückgezogen, doch nun war sie daran gewöhnt. Bisher war sie noch nicht dahinter gekommen, ob ihr Mann sie auch betrügen würde. Aber am Ende war es Madelaine schließlich egal, denn sie wollte nur ihre Ruhe haben und ihre Psychose pflegen, und dazu hatte sie genug Zeit und Geld zur Verfügung. Denn Carl Carstens war ein äußerst reicher, erfolgreicher Geschäftsmann.

Sie war froh, dass ihre Mutter für ein paar Wochen aus Winnipeg zu Besuch gekommen war. So war sie nicht alleine in dem großen Haus, das ihr auch nach Jahren noch unheimlich vorkam.

Aber es war das Elternhaus ihres Mannes, der es von seinem Großvater väterlicherseits nach dem Tode des Vaters geerbt hatte.

Madelaine Carstens nahm die Tasse hoch und rührte den braunen Kandis um, den sie vorher eingegeben hatte, als der Schrei von Milli Kreutzbach, so hieß das Kindermädchen, an ihr Ohr drang. Vor Schreck zitterte sie mit den Händen und verplörrte den aromatisch duftenden Tee, sodass ein Teil seines Inhaltes auf die Untertasse schwappte.

„Was ist denn da schon wieder los?" rief ihre Mutter, die die Gepflogenheiten ihres Enkels noch nicht so genau kannte und der allen Mitgliedern des hohen Hauses fast immer auf den Wecker fiel.

Die Frau des Hauses stellte die überschwemmte Untertasse mit der noch halbvollen Tasse Tee auf den kleinen Tisch neben ihr, als die Tür zum Salon aufgerissen wurde und Madame Furiosa - das Kindermädchen - hereinstürzte. Sie machte eine kurze gezwungene Verbeugung und anschließend ihrem Herzen Luft: „Gnädige Frau", dröhnte ihre Stimme und man konnte sich des Gefühls nicht erwehren, ein Vulkanausbruch stünde bevor. „Gnädige Frau, das war das letzte Mal, dass dieses Ekel,..." Sie stutzte kurz, aber nun war es heraus, und es war ihr auch egal, denn sie hatte die Nase von diesem Rotzbalg voll, „das dieser Junge mich so erschreckt hat. Ich kündige!"

„Aber so beruhigen Sie sich doch", lenkte die Großmutter des Jungen ein, die sofort Partei für diesen Nichtsnutz ergriff und bot, der noch am ganzen Körper zitternden Milli, einen Stuhl an. „Was ist denn los?" fragte nun Madelaine mitfühlend, denn bisher kannte man den Grund ihrer fürchterlichen Entrüstung noch nicht. "Was hat Sven denn schon wieder angestellt?" Madelaine kannte ja ihren Sohn. Er liebte es, den Kindermädchen, und dieses war schon das zehnte in sieben Jahren, das sie verlassen wollte, immer wieder Streiche zu spielen. Da sie sehr kränkelte und oft in physischer und auch psychischer Behandlung bei mehreren Spezialisten war, konnte sie sich nicht so sehr um dieses lebhafte, hyperventilierende Kind kümmern. Dabei wollte Sven nur eines. Er wollte geliebt werden. Die von ihm veranstalteten Kapriolen dienten einzig und allein dazu, auf sich aufmerksam zu machen.

Soweit er zurückdenken konnte, hatte er ein gespaltenes Verhältnis zu seiner Mutter. Er betrachtete sie, je älter er wurde, als eine Art Versuchskaninchen, die auf die Angriffe seiner Zärtlichkeiten, denn Sven wollte als kleines Kind gerne mit ihr schmusen, unterschiedlich reagierte. War sie gut drauf, so konnte er ihr einen Kuss auf die Wange drücken. War sie nicht gut drauf, und das geschah häufiger, denn Madelaine Carstens war oft fern des elterlichen Hauses und ein sehr gesehener Gast in einigen Sanatorien im Zür'cher Oberland, wo eine köstliche, würzige Luft die Lungen angenehm erfrischte und wo sie ein bis zweimal im Jahr ihren psychischen Zustand untersuchen und aufpäppeln ließ, dann ließ sie ihren Sohn nicht an sich heran, und er musste traurig in sein Zimmer gehen, wenn er sie in den jüngeren Jahren begleiten durfte. Doch ab seinem achten Lebensjahr blieb er immer daheim und genoss es, das Dienstpersonal durcheinander zu bringen.

Den Vater sah Sven als einen Polizisten, Feldhauptmann oder Ordnungshüter an - und man könnte noch eine Menge Personen aufzählen, die Recht und Ordnung und Gesetz vertraten - aber er war ihm kein Vater im üblichen Sinne. So etwas kannte der Junge bisher nicht. Wie oft hatte er für seine Kapriolen, die aus dem Rahmen herausfielen, die Hand des Vaters gespürt, die sein kleines rundliches Körperteil, das normalerweise zum Sitzen geeignet war, arg traktierte und dabei unzweifelhaft versuchte, den Sohn auf die richtige Bahn zu bringen. So wuchs in seiner kleinen Seele mit den Jahren ein gewisser Hass gegen Erwachsene, der sich darin äußerte, ihnen die unmöglichsten, manchmal schon ins Perverse hineinreichenden Streiche zu spielen, an denen er eine diebische Freude hatte und tiefe Befriedung und Lust empfand.

Bevor Madame Furiosa und seine Mutter das Corpus Delicti für die Maßregelungen des Vaters in Gewahrsam nehmen konnten, hatte er es bereits beseitigt. Die tote Ratte flog sofort in den Mülleimer. Dann ging Sven noch grinsend und sich amüsierend auf sein Zimmer. Das Zimmer lag im ersten Stock und hatte einen Balkon. Dicht neben dem Balkon führte die verzinkte Dachrinne nach unten, die Sven oft genug als Klettergerüst benutzte, wenn ihm seine Streiche Stubenarrest einbrachten und seine Freunde draußen zum Spielen riefen. Ja, Sven ließ sich einfach nicht bändigen. „Wo soll das einmal noch hinführen?" jammerte seine Mutter oft, die sich nicht im Entferntesten ausmalen konnte, was wirklich noch geschehen würde.

Gerade als Sven das Radio angestellt und es sich auf seinem Bett bequem gemacht hatte, um zu überlegen, was er wohl noch heute anstellen könnte, klopfte es an die Tür. Es war Oma Anna. Sie trat ins Zimmer, und Sven setzte sich brav hin, sie mit erwartungsvollen Augen anschauend. Wenn sie kam, dann konnte das Donnerwetter nicht so groß werden. Oma Anna setzte sich neben ihn, legte die Hand auf seine Schulter und sah ihn ernst an. „Mein lieber Junge, warum hast du das wieder getan?" versuchte sie ein gütliches Gespräch mit ihrem Enkel zu beginnen.

Sven machte auf schüchtern, zuckte die Schultern und sah seine Oma mit treuen Dackelaugen an. Eigentlich war es ihm selbst nicht klar, warum er so war, wie er war. Denn Erkenntnisse über das psychologische Verhalten eines Jungen, der eigentlich nur gerne gehabt werden wollte wie er war, waren ihm nicht geläufig, und so war sein Achselzucken eigentlich ehrlich und verständlich.

„Sie hat übrigens gekündigt", war der nächste Satz von Oma Anna. Als dabei ein freudiges Leuchten in seinen Augen zu sehen war, schüttelte die Oma den Kopf. „Ich werde wohl so lange hierbleiben müssen, bis deine Mutter wieder ein anderes Kindermädchen gefunden hat", meinte sie eigentlich mehr zu sich selber.

„Am liebsten wäre mir, wenn wir gar kein Kindermädchen mehr hätten, Oma", bemerkte Sven, und sein Gesicht hellte sich dabei auf. „Am besten wäre, wenn du hier immer wohnen würdest", sprudelte es aus ihm heraus, und das Strahlen eines Kindes leuchtete der Oma entgegen, die sichtlich gerührt war von so viel Gefühlsnähe. Denn sie war vorher davon überzeugt gewesen, dass ihr Enkel dazu nicht in der Lage sei.

Oma Anna lächelte vor sich hin. „Das mag schon sein, mein Junge", war ihre Antwort. „Doch du weißt, dass mein Sohn in Winnipeg wohnt und auch dort sind noch Enkelkinder, die auf ihre Oma warten." „Aber die hatten dich doch schon all die Jahre", erwiderte Sven und einige Sorgenfalten ließen sich auf seiner Stirn blicken, wie eine Wolke, die sich vor die Sonne schob.

„Das stimmt allerdings", antwortete die Großmama und musste innerlich über die Scharfsinnigkeit ihres Enkels schmunzeln. „Doch ist dort in Winnipeg auch mein Haus, und Rufus, unser Hund, wartet auch auf mich." Sven hörte auf, seine Oma zu bedrängen, doch hierzubleiben. Seine Gedanken eilten voraus, und sahen schon im Geiste, wie sich viele Frauen melden und als Kindermädchen angestellt werden wollten.

Sven saß auf dem Sessel seines Vaters und besah die sich bewerbenden Personen. Eine nach der anderen lehnte er ab. Zu dick, zu mager, zu frech, zu lotterig. Er fühlte sich wie ein Chef und bemerkte nicht, dass ihm die Oma einen Kuss auf die Stirn drückte und sich dann wieder empfahl. Als plötzlich die große Eingangstür zugeschlagen wurde, kehrte er aus seinem Wachtraum zurück. Madame Furiosa war gegangen - endgültig. Und Sven freute sich diebisch darüber.

An der Ausfallstraße von Brandenburg in Richtung Autobahn stand ein kleines Restaurant, Hirschgarten genannt. Eigentlich stand es hier sehr günstig, denn die vielen Brummifahrer, die von Süden und Westen kamen, um von hier ins Land zu fahren und ihre Ladungen zu löschen oder aufzunehmen, machten meistens eine kurze Rast bei Wilma, wie sie die Gastwirtin nannten. Immer ein freundliches Wort auf den Lippen für die Fahrensleute, die keinen einfachen Job machten, war sie sehr beliebt, und die Gemütlichkeit in ihrer Kneipe zog auch so manchen Bewohner von Ebershausen aus den angrenzenden Häusern der beginnenden Stadt in ihren Bann. Zuweilen ging es lustig zu und hoch her. Nicht, dass die Leute sich total betrunken hätten, denn da passte Wilma scharf auf. Nein, es war eine leutselige Stimmung, und man fühlte sich wohl im Hirschgarten.

Wilma sah auch den Menschen, die hier ein- und auskehrten, sofort an, wenn sie etwas bedrückte. Und ein aufmunterndes Wort aus ihrem Munde hat so manchen Gast wieder fröhlich vorwärts blicken lassen, wo vorher dunkle Wolken schwebten und sich ein Unwetter ankündigte.

Von Zeit zu Zeit blickte die Wirtin, die seit heute Morgen an der Theke stand, hinüber zu einer jungen Frau, die schon seit über zwei Stunden still in der Ecke saß, an einer Cola nippte und noch nicht einmal ihr Eibrötchen gegessen hatte. Dass dieses gute Mädchen problembeladen war, merkte Wilma gleich, als sie etwas unsicher eingetreten war und sich an diesen Tisch verdrückte. „Was mag sie nur haben?" dachte Wilma und stellte zwei frischgezapfte Bier auf die Theke, die von einem der Brummifahrer vom Tisch am Fenster entgegengenommen wurden.

Gerade als sie wieder ihren Blick in Richtung der jungen Frau wandern ließ, erhob diese ihren Kopf, und ihre Blicke begegneten sich sekundenlang. In ihren Augen konnte man so viel Traurigkeit lesen, dass sie das Herz von Wilma rührte. Als sich die junge Frau erkannt fühlte, wandte sie ihren Blick schnell ab und starrte zu den Brummifahrern herüber, die ausgelassen Skat kloppten und schreiend und johlend ihre Freude dabei hatten.

Wilma gab mit einem kurzen Augenwink dem alten Jochen, der morgens kellnerte und so ein Faktotum für alles war, Bescheid, dass er den Platz an der Theke einnehmen sollte. Dann ging sie zu der jungen Frau herüber.

„Entschuldigen Sie", begann sie mit ihrer sanften, warmen Stimme. „Ich habe sie schon ein Weilchen beobachtet. Darf ich mich zu Ihnen setzen?"

Die junge Frau blickte überrascht auf, nickte aber irgendwie befreit, dass sich jemand um sie kümmerte. Dann sah sie verlegen auf ihr Cola-Glas und wusste nicht, wie sie reagieren sollte.

„Also, ich will Ihnen nicht zu nahe treten, aber dass Sie Probleme haben, das sieht'n Blinder mit'm Krückstock", fuhr Wilma fort. Dabei lächelte sie ihr Gegenüber an, um sie ein wenig aufzumuntern. Diese sah sie nun an, und zwei Tränen kullerten die Wangen herab.

„Kindchen, nu nicht gleich weinen, das bringt die Sache auch nicht in Ordnung". Sie reichte ihr ein Taschentuch herüber, das die junge Frau dankend annahm.

„Ich komme aus Frankreich", schilderte sie daraufhin und musste sich erst einmal schnäuzen. „War dort als Au-pair-Mädchen tätig und wollte eigentlich zu meinen Eltern nach Magdeburg. Aber dort sind sie nicht mehr, und ich weiß nicht, wo sie sich aufhalten."

„Sie haben also kein Geld, keinen Job und sind mutterseelenallein", vermutete Wilma. Die junge Frau bestätigte die Aussage mit einem kräftigen Kopfnicken. „Ich vergaß mich vorzustellen. Mein Name ist Corinna Matzinger. Ich suche einen Job hier. Egal was, Hauptsache, ich kann mir mein Geld verdienen", kam es stoßweise aus ihr heraus, denn sie wollte die Wirtin von ihrer Willigkeit überzeugen.

„Lassen Sie man gut sein. Ich mach Ihnen einen Vorschlag. Sie bleiben erst einmal hier und helfen in der Küche und dann seh'n wir weiter, einverstanden?"

Corinna glaubte zu träumen und blickte Wilma mit großen Kinderaugen an. Diese schmunzelte und rief Roswitha, die dicke Köchin, her. Dann besprach sie sich kurz mit den beiden. Daraufhin nahm Corinna ihre Tasche mit ihren wenigen Habseligkeiten und ließ sich von der Köchin ihr Zimmer zeigen und hinterher in die Arbeit einführen.

Carl Carstens knöpfte sich den Hemdkragen zu und schnappte ein wenig nach Luft dabei. In der letzten Zeit hatte er wieder zugenommen. „Immer diese Geschäftsessen, die es in sich haben", seufzte er innerlich und zog sich weiter an. Seine Frau Madelaine rauschte ins Schlafzimmer. „Beeil dich Carl, die ersten Leute kommen in fünfzehn Minuten, um sich vorzustellen."

„Warum hast du den Termin auch so früh gelegt?" fauchte er sie an und bürstete seine restlichen Haare, die er gekonnt über die beginnende Stirnglatze verteilte. Es ärgerte ihn, dass er sich selbst um diesen „Kinderkram", wie er es ausdrückte, kümmern musste. Aber Madelaine hatte darauf bestanden, gleich nachdem Milli gegangen war. Obwohl Carl den größten Teil der zur Verfügung stehenden Tages- und manchmal auch Nachtzeit außerhalb des Hauses und der ehelichen Gemeinschaft verbrachte, sollte er doch wissen, welche Personen als Dienstpersonal die Villa bevölkerten.

Carl hatte dem Termin für die Vorstellung eines neuen Kindermädchens nur widerwillig zugestimmt. Eigentlich war er der Ansicht, dass Sven ohne Kindermädchen viel besser aufwachsen würde, wenn seine Frau Madelaine die Mutterrolle so erfüllte, wie es seiner Vorstellung entsprach. Er erinnerte sich noch genau, dass sie ungefähr zwei Jahre nach ihrer Trauung den Wunsch hatte, unbedingt ein Kind zu bekommen und es beim besten Willen, trotz der hochtechnischen und medizinischen Voraussetzungen, die man damals kannte und anwandte, nicht gelang. Madelaine war immer mehr in Grübeleien verfallen, die sich zu einer tiefen Depression entwickelten, die die Familie und die Ehe äußerst belastete.

Damals war es gerade fünf Jahre her, dass er die Firma für medizinische Großgeräte, die in aller Welt vertrieben wurden, von seinem Vater übernommen hatte. Die Firma blickte auf zweihundert Angestellte, die für sie tätig und auf drei Filialen verteilt waren, nämlich auf dem Stammsitz hier in Brandenburg und je eine Tochterfirma in Bochum und in Frankfurt am Main. So konnte Carl sich kaum um die krankhafte Entwick-lung seiner Frau kümmern, die er eigentlich immer noch liebte. Er bemühte sich sehr um sie, und Geld spielte natürlich keine Rolle dabei, so dass Madelaine die besten Ärzte konsultieren konnte und zwei- bis dreimal im Jahr in das Sanatorium in die Schweiz fuhr.

Irgendwann teilte ihm ein guter Bekannter eine Adresse mit, bei der man schnell und günstig Adoptionen vermittelt bekommen konnte. Denn es dauerte Jahre, eine offizielle Adoption vorzunehmen, und die Behörden hätten sich sicherlich quergestellt, wüssten sie um den Gesundheitszustand seiner Frau.

So wählte er diesen riskanten Weg, der ihnen vor zehn Jahren den Sohn Sven bescherte. Um den lieben Anverwandten in der gesamten Familie, vornehmlich

seinen Schwiegereltern, eine heile Welt vorzugau-
keln, waren sie beide in die Schweiz gefahren und
nach einigen Wochen mit dem Kind zurückgekommen. Eine offizielle Adoption wurde mit amtlichen
Papieren nachgewiesen und alles schien nun in bester
Ordnung zu sein. Nur die Psychose von Madelaine
kam nicht zur Ruhe. Sie verstärkte sich sogar noch.
Nach Monaten konnte sie unter Kontrolle gebracht
und bisher auch darunter gehalten werden. Nur hatte
die Liebe zwischen ihnen beiden schwer gelitten und
spürbar nachgelassen. Carl konnte in den letzten Jahren manch einem Angebot, das ihm auf Geschäftsrei-
sen gemacht wurde, nicht widerstehen. Manchmal
belastete ihn dieser Zustand, aber er hielt ihn für un-
veränderbar, solange Madelaine weiterhin unter ihrer
Krankheit litt.

Seinen Sohn, dem er von Anfang an ein wenig skeptisch begegnete, sah er als Nachfolger der Firma; und
so wollte er ihn auch aufziehen oder dressieren. Das
hatte sich Carl vom ersten Tage an vorgenommen und
war gewillt, diesen Plan auch in aller Konsequenz
durchzusetzen. Dabei achtete er nicht auf die Interessen des Jungen, sondern war der Meinung, dass
dieser eines Tages schon erkennen würde, wie fantas-
tisch das Angebot war, dass er von ihm bekäme. Ein
Firmenchef über dann vielleicht schon dreihundert
Angestellte zu sein.

Er war weiterhin in seine Gedanken versunken. Die
Klingel an der Haustür, die laut schellte und Aufmerksamkeit forderte, ließ ihn in die Gegenwart zurückkehren. Er verließ das pompöse Schlafzimmer
und begab sich in das Empfangszimmer, wo Made-

laine und die Schwiegermutter, die er noch nie mochte und die ihm seit der ersten Begegnung mit ihr, immer gleichgültiger wurde, bereits Platz genommen hatten und die erste Bewerberin erwarteten. Runkewitz, der im Haus als Butler oder Gärtner fungierte, je nachdem welche Tätigkeit gerade von ihm gefordert wurde, führte sie herein.

Eine kleine rundliche Frau, nett aussehend, und dabei den Typ eines Hausmütterchens verkörpernd, trat vor die Kommission und machte eine kleine Verbeugung.

„Guten Tag, mein Name ist Fanny Bellmer. Ich möchte mich um die Stelle als Kindermädchen bewerben, die Sie in der Allgemeinen annonciert haben", gab sie in einer etwas piepsigen, aber festen Stimme zum Ausdruck.

Der Bewerberin wurde ein Platz auf dem bereitstehenden Stuhl angeboten.

Sven, der seit einigen Tagen wusste, dass heute einige Frauen kämen, um sich als neues Kinder- und Hausmädchen vorzustellen, hatte seine eigene Art, die Leute zu testen, ob sie wohl seinen Ansprüchen genügen würden.

Als die erste Bewerberin gerade vom Familienrat gezielt befragt wurde, klingelte es erneut an der großen Haustür, und Runkewitz schlurfte hin, um zu öffnen. Vor ihm stand eine etwas ältlich wirkende, hagere Frau. Sie stellte sich als Bewerberin für die ausgeschriebene Stelle vor und wurde eingelassen und ins kleine Zimmer auf dem Flur, das man als Wartezimmer nutzte, geführt.

Dort kauerte hinter einem Vorhang der kleine Sven und besah sich die eingetretene Person durch einen kleinen Spalt in demselben, der ihm zur Verfügung stand. Als er das ernste, lange Gesicht der in schwarz gekleideten Person sah, drehte sich ihm schon der Magen um, im Gedenken, es könnte die neue Hüterin seines Wohl und Wehe sein. Dieser Anblick stachelte sein Bestreben an, alles zu versuchen, damit sie es nicht würde.

Maria Dellrogge, besagte Person, schaute sich in dem spärlich eingerichteten Raum um. Sie musterte kritisch und mit Falten auf der Stirn, die ihre Skepsis ausdrückten, den kleinen Bücherschrank, in dem einige Jugendbücher aus der derselben Zeit der Hausherrin ruhten und schon seit Jahren nicht mehr in die Hand genommen waren. Sie blickte auf die Bilder an der gegenüberliegenden Wand, die den Gründer der Firma, Johannes Carstens, und seine Gattin abbildeten. Dann setzte sie sich auf einen der Stühle, die für die Bewerberinnen zur Verfügung gestellt waren. Da sie dem Jungen hinter dem Vorhang das Angesicht zuwandte, konnte dieser nun die Reaktion auf seinen ersten Testversuch genau beobachten.
Langsam, aber zielsicher, kroch eine riesige Vogelspinne unter dem Vorhang hervor und bewegte sich auf die Besucherin zu. Diese sah plötzlich gut einenhalb Meter vor sich dieses Ungetüm. Ihre Augen weiteten sich vor Entsetzen. Vor Angst griff Maria an ihren Hals, und ein schriller, ohrenbetäubender, spitzer Schrei drang wie eine Sirene aus ihrem weit geöffneten Mund, dass man hinten das Zäpfchen sehen konnte. In ihrer Hilflosigkeit war sie auf den Stuhl gesprungen und hielt sich mit der rechten Hand den

Rock zu, da sie befürchtete, dass das Untier sie anspringen würde.

So fand sie Runkewitz, der mit besorgtem Gesicht ins Zimmer gestürzt kam. Er blickte befremdet auf die wild gestikulierende und auf den Boden zeigende Frau. Doch Runkewitz konnte beim besten Willen nichts entdecken. Außer dem etwas altmodischen Blumenmuster auf dem Teppich und ein paar Krümeln, die sich darauf ausruhten, sah er nichts.

„Da, da, da", tönte es quietschend immer wieder aus dem angstvoll geöffneten Mund der Bewerberin heraus.

„Aber, liebe Frau, was ist denn?" erkundigte sich Runkewitz anteilnehmend. "Ich kann nichts entdekken. Soll ich Ihnen ein Glas Wasser holen?"

Das war zu viel für Maria Dellrogge. „Ich habe deutlich eine riesige Spinne gesehen, so eine, - eine Drosselspinne, oder wie die heißt", meinte sie nun, ärgerlich werdend. Dann bemühte sie sich, von dem Stuhl herunter zu kommen, wobei sie die Hand von Runkewitz ausschlug, die er ihr hilfreich anbot.

„Nein, das ist zu viel. Ich gehe! In so einem Haus werde ich keine Sekunde länger bleiben." Mit diesen Worten stakste sie aus dem Zimmer auf die Außentüre zu. Runkewitz eilt ihr nach und öffnete. Maria Dellrogge schoss hinaus, vorbei an zwei jüngeren Frauen, wobei eine noch ein mädchenhaftes Aussehen hatte, die der Scheidenden sprachlos und mit leichtem Lächeln nachschaute.

„Meine Damen, sind sie auch wegen der Stellung gekommen?" sprach Runkewitz sie an. Sie nickten, und
er ließ sie ein. In Gedanken malte er sich schon das
nächste Drama aus, da er den fürchterlichen Sohn der
Herrschaften kannte.

Dieser hatte sich den Mund zugehalten, um nicht vor
Lachen zu platzen. Es kribbelte am ganzen Körper
und die Freude über seinen gelungenen Streich konnte sich, solange die „Vogelscheuche", wie er sie nannte, noch mit Runkewitz im Zimmer war, nicht entla-
den. Natürlich hatte er, als sie wild schreiend und ges-
tikulierend auf den Stuhl gesprungen war, die künstliche Vogelspinne wieder in sein Versteck zurückge-
holt. Als die beiden das Zimmer verließen, machte er
sich erst einmal durch sein kicherndes Lachen Luft.
Doch währte die Phase nicht lange, da die beiden
jungen Frauen, angeführt von Runkewitz, ins Zimmer
traten.

Sven beobachtete, wie sich eine der Frauen auf einen
Stuhl setzte, während die andere aus dem Fenster
schaute. Er konnte ihr Gesicht nicht sehen, so versuchte er erst einmal, sich den Gesichtsausdruck der
sitzenden Dame einzuprägen. Dann überlegte er, welche Methode er nun anwenden sollte. Zwei Dinge hatte er noch zur Auswahl: Eine dicke, fette Kröte, die er
vor zwei Tagen von einem Schulfreund für 2 Tafeln
Schokolade und seine Lieblingszwille erstanden hatte, oder aber zwei Mäuse, die sich in der anderen
Schachtel befanden.

„Wenn sie keine Angst vor Mäusen, Kröten oder
Spinnen haben", dachte sich der Bub, „dann werden

sie auch bei schlimmeren Attacken nicht gleich in Ohnmacht fallen." Langsam öffnete er die Schachtel, in der die fette Kröte saß und ihn fragend anstarrte. Er wollte sie gerade herausnehmen, als eine der Frauen hinaus, zur Vorstellung, gerufen wurde. Die junge Frau am Fenster drehte sich um. Sven konnte ihr Gesicht sehen und es gefiel ihm. Sie machte einen guten Eindruck auf ihn, wie eben eine junge Frau einen Eindruck auf einen fast elfjährigen Jungen machen kann.

„Aber den Test muss sie bestehen", sprach's in seinem Hirn, und er holte die Kröte heraus. Langsam schob er sie unter den Vorhang hindurch.

„Korax", ertönte es plötzlich, und Corinna Matzinger fuhr erschrocken zusammen. „Ja, mei, hab' ich mich erschrocken", entfuhr es ihr. Dann beugte sie sich zu der Kröte herunter.

„Ja, wer bist denn du?" begann sie eine Unterhaltung mit dem Tier, ohne auch nur im Geringsten eine Antwort zu erwarten. „Bist du ein verwunschener Prinz?"

„Korax", machte die Kröte, und schwupp setzte sie vielleicht einen halben Meter zu Corinna hin. „Na, da schau her, du magst mich wohl?" antwortete Corinna auf diesen Sprung.

Hinter dem Vorhang wurde es plötzlich lebendig. Sven, dem die Reaktion sehr gut gefallen hatte, regte sich und schob den Vorhang beiseite. Corinna blickte ihn zunächst erstaunt an, hatte sich dann aber wieder gefangen. „Nun, ist das deine Freundin?" sprach sie Sven an.

Dieser grinste verlegen und meinte: „Eigentlich hab'
ich andere Freunde. Das ist Mulle, mein Testorgan."

„Dein Testorgan? Was testest du denn?" fragte Corinna, und es kam ihr so eine leise Ahnung. „Na Kindermädchen, ist doch klar, oder?" tönte die überzeugte,
leicht schnodderige Antwort des Jungen.

Jetzt wurde es für Corinna interessant. Sie erinnerte
sich an die Kinder, die sie in Frankreich als Au-pair-
Mädchen betreute. Da war auch ein Junge drunter, der
diesem in seiner Art ähnlich war. Und da Corinna
Kinder liebte, reizte es sie sehr, auszuprobieren, wie
schnell sie ein Kinderherz öffnen konnte. Und das
Gefühl bestärkte sie, dass es ihr bei diesem Jungen
gelingen könnte.

„Ich heiße übrigens Corinna", stellte sie sich vor. „Ich
bin Sven Carstens, der Schrecken des Hauses", kam
die Retourevorstellung, wobei Sven grinsen musste.
Auch Corinna lachte laut und strich ihm freundlich
über den Kopf.

Sven zuckte erschrocken zurück, nicht, weil er Angst
hatte, aber so etwas kannte er nicht und es war ihm
fremd, obwohl es wohlgetan hatte.

Er schnappte die Kröte und wollte sie gerade in die
Schachtel zurücklegen, als die andere junge Frau zurückkam und Runkewitz Corinna bat, ihn zu begleiten. Sven schnappte seine beiden Schachteln und verschwand aus dem Zimmer.

Ein paar Tage später saß die Familie beim Mittags-
tisch. Carl war mit seinen Gedanken bei einer Trans-
aktion mit Ungarn. Dort waren vom ungarischen Ge-

sundheitsministerium 1000 Röntgengeräte bestellt worden. Da die Sache noch über das Auswärtige Amt lief, stand eine Besprechung im Außenministerium an. Das bedeutete, dass er morgen früh die Maschine nach Berlin nehmen müsste.

Anna von Bonin, Carls Schwiegermutter, dachte an ihre Rückreise nach Winnipeg. Jetzt, wo alles klar mit dem neuen Kindermädchen war, konnte sie, lieber früher als später, zu ihren Kindern nach Kanada zurückkehren. Madelaine, ihre Tochter, tat ihr sehr leid. Aber da sie immer mit ihrem Schwiegersohn aneinander geriet, sah sie ihn lieber von weiter Ferne. Was dem lieben Schwiegersohn übrigens sehr in den Kram passte.

Madelaine schweifte mit ihren Gedanken zu ihrer nächsten Kur in die Schweiz. Das letzte Mal war sie vor einem Jahr dort gewesen. Da sich nun ein neues Kindermädchen für Sven gefunden hatte, konnte sie getrost ihre Reise antreten.

Sven dachte an Corinna. Er hoffte sehr, dass sie das neue Kindermädchen sein würde. Da weder Vater noch Mutter und noch nicht mal die Oma mit ihm darüber gesprochen hatten, war er der Meinung, dass es so laufen würde.

Madelaine unterbrach die Stille mit ihren Worten, die nur durch die Kaugeräusche der Anwesenden gestört wurde. „Nächsten Montag wird das neue Kindermädchen anfangen", sagte sie und blickte dabei zuerst ihren Mann und dann ihren Sohn an, wobei sie versuchte, die Reaktionen beider zu registrieren und auszuloten. Natürlich gelang es ihr nicht bei ihrem Mann, der gar nicht hingehört hatte. Doch Sven schaute von seinem Teller auf und patschte nebenbei einen Soßenspritzer auf die neue, weiße Tischdecke.

„Pass doch auf, Junge", rügte ihn die Oma und wischte mit einer Serviette an der Decke herum. „Lass das sein", kam der Kommentar von Carl, „die war sowieso fällig und wird gewaschen."

„Welche kommt denn?" fragte Sven gedehnt und sah seine Mutter erwartungsvoll an. „Ich glaube es ist Frau Foster", meinte sie und sah ihre Mutter dabei fragend an. Diese nickte zur Bestätigung. „Ja, das ist Liane Foster, wie sie sich vorstellte."

Klatsch machte es. Der Löffel fiel Sven aus der Hand, und die Soße spritzte bis auf die Hand seiner Mutter.

„Kannst du nicht aufpassen, du Tollpatsch?" schimpfte der Vater, der weit aus seinen Geschäftsgedanken in die Gegenwart tauchte und dem Jungen schon eine langen wollte. Dieser war aufgesprungen und brüllte: „Die will ich aber nicht. Ich will die Frau haben, die Corinna heißt."

„Wer ist die Corinna?" fragte nun Carl seine Frau. Corinna war die letzte, die sich vorgestellt hatte. Du warst doch schon gegangen. „Na und, wie war diese Frau, welche Referenzen konnte sie aufweisen?"

„Sie arbeitete zuletzt als Au-pair-Mädchen in Lille und hat eigentlich ein gutes Zeugnis", antwortete Oma Anna und sah ihren Schwiegersohn mit einem zustimmenden Blick an. Denn ihr hatte die Corinna auch besser gefallen als diese Liane Foster. Sie wirkte ein wenig schnippisch in ihren Antworten.

Aber Madelaine hatte darauf bestanden, dass diese es sein sollte.

„Wenn ich Corinna nicht bekomme, dann will ich gar keine", konterte Sven wieder und blickte seine Mutter böse an. Die Stirn war in Falten gelegt, und er gebärdete sich wie der Herr im Hause. „Das hast du Dreikäsehoch wohl nicht zu entscheiden", konterte Madelaine wütend, weil sie ihre Felle fortschwimmen sah und sich die Parteien gegen Liane und für Corinna konstituierten. Carl, der ein Ende dieses Eklats herbeiwünschte, sprach das Machtwort: „Also wir stimmen ab. Wer ist für Frau Foster?" Madelaine erhob ihre Hand. „Wer ist für Frau... wie heißt sie eigentlich mit Familiennamen?" "Matzinger!" antwortete Oma Anna und hob die Hand. Gleichzeitig schnellte der Arm von Sven hoch.

„Ich enthalte mich der Stimme, da ich sie nicht kenne", entschied Carl, und damit war Corinna Matzinger gewählt und als Kindermädchen angenommen.

Wilma wischte gerade die Tische ab, als Corinna die Treppe herunterkam. „Na Corinna, haben Sie was von Ihrer Vorstellung gehört?"

„Bisher noch nicht", antwortete sie und machte dabei ein leicht zweifelndes Gesicht. „Ich habe eigentlich kein gutes Gefühl dabei."

„Ach, das wird schon klappen", antwortete Wilma und wischte mit ihren starken Oberarmen auf dem Tisch herum, als müsste sie ihn abhobeln. „Und wenn nicht, dann ist genügend Arbeit hier."

„Ich will nochmal schnell zur Post", teilte Corinna mit und verschwand durch die Tür. Sie war kaum fünf Minuten weg, da klingelte im Hirschgarten das Telefon. Wilma legte die Bürste beiseite, trocknete sich im Gehen die Hände und nahm ab. „Hier ist das Lokal Hirschgarten, Wilma Kalluweit am Apparat."

„Ja, hier spricht Runkewitz. Ich rufe im Auftrag von Frau Carstens an. Sagen Sie mal, wohnt bei Ihnen eine Frau Matzinger?"

„Ja, das tut sie", antwortete Wilma.

„Kann ich die Dame mal sprechen?" war die nächste Frage.

„Nee, das geht leider nicht. Sie ist nicht da. Kann ich ihr etwas ausrichten? Ich bin nämlich ihre Vermieterin."

„Dann richten Sie ihr doch aus, dass sie mal hier anruft. Es geht um die Stelle als Kindermädchen."

Wilma sagte zu und legte den Hörer auf, als es kleingelte. Es war der Postbote. Zwei Stunden später rief Corinna an. So bekam sie die Stelle als Kindermädchen bei der wohlhabenden Familie Carstens. Sie war das erste Kindermädchen, das nach ein paar Wochen nicht gekündigt wurde, und die dem kleinen Sven so manche Hilfestellung leistete, die ihn doch nicht

daran hinderte, weiterhin auf eine schiefe Bahn zu
geraten.

IV

Langsam rollte die schwarze, gepanzerte Limousine
auf den grau gepflasterten Park- und Rastplatz, den
man vor einigen Jahren auf dem Berghang hier oberhalb des Ausläufers der Schwäbischen Alb extra für
Touristen angelegt hatte. Von diesem Platz aus konnte man bei einer gemütlichen Rast seinen Blick weit
in das malerisch wirkende Land schweifen lassen.

Schon manch ein Künstler konservierte die Schönheit
dieses wohl bei der Schöpfung bevorzugten Landstri-
ches in einem Gemälde, und es war für jeden Betrachter eine rechte Augenweide, diesen Ausblick zu genießen. Wenn das Wetter sich von seiner besten Seite
zeigte und klare Sichtverhältnisse herrschten, konnte
man sogar kilometerweit bis nach Stuttgart schauen.
Zumindest sah man einige Schornsteine ihren blassen
Qualm in den Himmel blasen, die schon zu dem riesigen Industriegebiet gehörten. Dieses war in den Au-
ßenbezirken der Stadt über die Jahre hindurch stark
gewachsen.

Nachdem die Limousine stand, senkten sich unter
leisem Surren des elektrischen Fensterhebers zwei
der Autofenster, wobei ein Blick in das Innere des
Wagens möglich wurde.

„Da drüben liegt Ebershausen", wies die Person auf
dem hinteren Sitz, auf der linken Seite sitzend, mit
dem Finger in die Ferne. Die Stimme gehörte einem
südosteuropäisch aussehenden Mann so Mitte drei-

ßig, mit einem groben, flächigen Gesicht, das an eine
Plakatwand erinnerte. Den Menschen selbst konnte
man von Bulgarien bis zur Türkei gehörend, zuord-
nen. Ein sorgfältig gestutzter, schwarzer Schnurrbart
bewegte sich im Rhythmus seiner Worte auf und ab,
die er langsam aussprach, da er der deutschen Sprache
nicht so mächtig war. Schräg oberhalb seines rechten
Auges fiel eine kleine Narbe auf, die sich weißlich auf
seinem sonst braunen Teint abzeichnete. Sie war noch
ziemlich frisch und hatte noch nicht die Färbung der
übrigen Haut angenommen. Sein schwarzes, lok-
kiges Haar, das bis tief in den Nacken reichte und sich
über den geöffneten weißen Hemdkragen wölbte,
glänzte seiden im Sonnenlicht. Es duftete im Wagen
nach frischem Rasierwasser, türkischer Herkunft.

„Du siehst das ganze Gebiet. Ich möchte es für unsere
Firma einnehmen und einen neuen Kundenstamm
hinzugewinnen. Dazu gebe ich dir drei Monate Zeit,
bis das Geschäft anläuft und die ersten Mitarbeiter
angeworben sind." Dabei blickte er den neben sich
sitzenden Mann mit leicht zusammengekniffenen Augen an, als erwarte er eine sofortige Antwort.

Dieser, ein etwa dreißigjähriger, muskulös gebauter
Mann, dessen kantiges Gesicht mit seinen ausge-
prägten Wangenknochen einen ostslawischen Eindruck hinterließ, nickte auf die Anweisung des erste-
ren hin. Seine große, höckerige Nase, die jedermann
sofort auffiel, neigte sich dazu gehorsam.

„Es wird nicht einfach sein, in drei Monaten genügend Außenmitarbeiter zu finden", murmelte er gequetscht aus seinen kaum geöffneten, schmalen Lippen. Denn er kannte die Reaktion seines Chefs auf

kritische Bemerkungen hin. Er duldete kaum einen Widerspruch bei seinen präzisen Befehlen, es sei denn, er war begründet und konnte seinen Anordnungen und Entschlüssen eine noch positivere, gewinnbringendere Wendung verleihen, und das musste immer mit klingender Münze in Verbindung stehen.

„Es muss aber sein, Igor", schoss diesem die sofortige Antwort entgegen, die eine kleine Nuance schärfer im Ton an das Ohr des Genannten drang. Der „alte Krake" hat seine Tentakel bereits auf dieses Gebiet ausgestreckt und die Kolumbianer haben auch schon Lunte gerochen. Somit eilt es, hier Fuß zu fassen und unseren Bereich zu vergrößern. Ich hoffe, ich habe mich deutlich genug ausgedrückt?"

Igor nickte wieder, ohne etwas zu entgegnen. Sein kurzgeschorenes, blondes Haar leuchtete in der Sonne. Sein Dreitagebart umspielte das Kinn und die Wangen mit blonden Härchen. Es sah aus wie ein abgeerntetes Stoppelfeld. Natürlich hatte er verstanden. Der „alte Krake", damit war die Russenmafia gemeint, dehnte ihren Wirkungsbereich immer weiter aus. Die Methoden, die sie dabei benutzte, kannte Igor nur zu gut. Denn als Weißrusse mit einer kasachischen Mutter konnte er für kurze Zeit wertvolle Erfahrungen in ihren Reihen sammeln. Dabei lernte er es, selbst einige Kunden, die nicht zahlten oder sich weigerten, sich der grausamen Macht zu fügen, mit den Methoden der Mafia zu behandeln. Eigentlich konnte er froh sein, damals mit dem Leben davongekommen zu sein. Seine übereilte Flucht in den Westen nach Deutschland war nicht so schnell bemerkt worden.

In Frankfurt war er sofort wieder untergetaucht und
fand schnell Anschluss in den einschlägigen Krei-
sen. Gut vier Wochen später wurde er von einem der
jungen Dealer, die neuerdings wie Fliegenpilze aus
der Erde schossen und nur Unheil verbreiteten, seinem jetzigen Chef vorgestellt. Dieser begutachtete
ihn kurz, aber sorgfältig und folgte dann seinem Gespür, einen Blick für fähige Mitarbeiter zu besitzen.
Er wurde sofort eingestellt. Igor zeigte sein Können
und bewies seinem neuen Arbeitgeber Loyalität. Er
baute in kurzer Zeit eine neue Filiale in einem der no-
belsten Viertel Mannheims auf. Seine Joints wurden
ihm in den Discos aus der Hand gerissen, und LSD
sowie Ecstasy-Tabletten fanden schnell ihren Absatz.
Die Dealer anderer Firmen wurden schnell ausgeboo-
tet. Doch bevor es zu einem Krieg zwischen den riva-
lisierenden Firmen kommen konnte, wurden Konfe-
renzen abgehalten, in denen es manchmal hoch her
ging und viel Geld von einer Seite zur anderen floss,
um weitere Konfliktverschärfungen zu verhindern.
Danach hatte ihn der Chef befördert, und ihm den
Aufbau hier auf dem Land anvertraut, mit dem Mittelpunkt in Ebershausen.

Der Chef nickte dem Fahrer fast unmerklich zu. Dieser nahm die kurze Bewegung im Rückspiegel wahr.
Er hatte die ganze Zeit teilnahmslos am Steuer gesses-
sen und sich gedankenversunken durch die elegante
Designersonnenbrille die herrliche Landschaft angesehen. Nun startete er die Limousine und rollte langsam vom Parkplatz auf die Straße nach Ebershausen
hinab.

Aus einem der schräg geöffneten Fenster des erst kürzlich weiß übergestrichenen Gebäudes dröhnte fetzige Popmusik überlaut in die laue Frühlingsnacht hinaus. Vergeblich kämpften die Anwohner seit Jahren gegen den Lärm an, der ihnen bis weit in die Morgenstunden den Schlaf raubte. Trotz mehrerer Gerichtsverfahren gegen die Betreiber der Diskothek "Pantheon" und schärfster, von der Kommune festgelegter Auflagen hatte sich nur eines geändert. Die Diskothek war durch den veranstalteten Medienrummel in der Presse und im Fernsehen sowie den sporadisch veranstalteten Razzien der hiesigen Polizei nur noch bekannter und beliebter bei den jungen Leuten von Ebershausen geworden. Ja, sie strömten in Massen aus allen Teilen der Stadt und den umliegenden Dörfern ins Pantheon. Hier war was los. Hier ging die Post ab.

Man konnte hier nicht nur die hübschesten Mädchen anbaggern, nein! Seit einiger Zeit wurden auch andere Sachen angeboten, die schnell durch die Mundpropaganda bei den jungen Leuten ihre Runde gemacht hatten und noch mehr Teenies und Twens ins Pantheon zogen wie Motten an das Licht, die bei einer Berührung mit der Lichtquelle dampfend verglühen.

Da es noch früh war, strömten die jüngeren Teenies einzeln oder gruppenweise laut schwatzend und kichernd in die Diskothek, um Spaß zu haben und dem Alltag mit seinem Stress und Widerwärtigkeiten zu entkommen. Viele von ihnen lockte das Bedürfnis hierher, ihren persönlichen Problemen zu entfliehen, die sich bei einem jungen Menschen zwischen vierzehn und achtzehn Jahren manchmal gigantisch und kaum lösbar auftürmten: Stress mit den Eltern, Stress mit der Schule und mit Freunden. Einfach alles war in diesem Alter problembeladen, und so manch ein Teenager suchte dieser oftmals selbstgemachten Hölle zu entfliehen und griff nach den fragwürdigen Angeboten, die überschwänglich in ihrer nicht zu überbietenden Vielfältigkeit zur Verfügung standen und einen vermeintlichen Glückszustand propagierten, den es im Endeffekt nicht gab. Sie führten so manchen, der sich ihnen anvertraute, noch tiefer ins jammervolle Elend und verschafften ihm nach einem kurzen Glücks- und Höhenrausch auf die Dauer einen Zustand der Selbstzerstörung, der oft mit dem Tod endete. Doch das erkannten diese jungen Menschen, die sich nach Liebe und Glück sehnten, oftmals erst, wenn es zu spät war. So wurden viele Opfer dieser angebotenen Glücksbringer, die sie in eine scheinbar bessere Welt führten, aus der es aber kaum ein Zurück gab.

Georg Grabowsky, genannt Schorsch, stand etwas gelangweilt mit zwei Kumpels im schwach ausgeleuchteten Garderobenbereich der Disco und schüttete sich gerade ein kleines Bier in den Hals. Sie warteten hier, um zu sehen, welche Miezen hereinkommen würden und an welche man sich 'ranmachen konnte, wie sie es immer in ihrem Jargon nannten. Als er die Flasche, verbunden mit einem ekelhaft lauten Rülpser, leer absetzte, öffnete sich die Tür und ein weiterer Pulk „Frischfleisch", wie er sich auszudrükken pflegte, betrat den Vorraum, um zunächst das WC aufzusuchen, da sie nochmals ein wenig Farbe auflegen wollten. Es waren fünf Mädchen im Alter zwischen vierzehn und siebzehn, die hier des Öfteren verkehrten. Schorsch und seine Kumpel kannten sie vom Sehen, aber sie waren ihnen bisher nicht so aufgefallen. Doch heute war es anders.

Als die Mädchen an den Boys vorüberzogen, kicherten sie und stießen sich gegenseitig an. „Hi, Mädels, seid ihr gut drauf?" rief Schorsch ihnen entgegen und grinste breit. Seine Kumpel, Heiner und Jochen, fielen ins Grinsen mit ein, und die Mädchen liefen an ihnen vorbei mit Zielrichtung Toilette, die ohnehin überfüllt war. Ein stetes Gedränge sorgte hier immer für Unruhe.

„Die kleine Blonde find' ich gut, die mach' ich nachher an", meinte Jochen und war im Begriff in den Discosaal zu gehen, aus dem in Intervallen die Musik ohrenbetäubend heraus dröhnte, wenn die Tür geöffnet wurde und jemand hinein ging oder hinaus wollte. Zwischendurch hörte man die ungewohnte raue Stimme des Discjockeys, der die nächste Scheibe auflegte und seine Zoten abriss.

„Lass uns reingehen", brüllte Schorsch gegen den Lärm an, der gerade auch den Vorraum füllte. Die Anderen nickten lahm und trotteten ihm nach, als er sich in Bewegung setzte. Drinnen mussten sich ihre Ohren erst einmal an den Lärm gewöhnen. Ihre Augen schlossen sich instinktiv. Sie blinzelten in das Ge-flimmer, das die Lichtorgeln mit ihren grellen, far-bigen Strahlen erzeugten. Im unregelmäßigen Rhyth-mus blitzten sie auf und schossen durch den dunklen Raum. Dosierte Laserblitze besorgten den Augen der Anwesenden den Rest an schädlichen Reflexen. Der ansonsten abgedunkelte Saal gab für Sekundenbruchteile die Sicht frei, wenn die Lichtorgel und die Laserblitze in Aktion waren.

Auf der mit weißer Leuchtfarbe gekennzeichneten Tanzfläche, die gerade zu einem Drittel besetzt war, hopsten Jungen und Mädchen, oder vereinzelt auch Mädchen zusammen, zum Takt der Musik herum und verdrehten im Rhythmus der wummernden Töne ihre Glieder. Die Luft war stickig, und Rauchschwaden schwebten hier und da behäbig durch die träge Luft. Manchmal roch man Schweißfahnen, die von der Tanzfläche herüberwehten, wobei sich die Gerüche der Akteure miteinander vermischten, oder man wurde von einer Spur frischen Deos überrascht, die Mädchen im Vorübergehen spendeten, weil sie es beim Auffrischen in der Toilette in die schwitzenden Achselhöhlen gesprüht hatten.

Der Discjockey, heute übrigens ein tiefschwarzer Afrikaner aus Togo, dessen Zähne beim Sprechen und Grinsen im Licht der aufblinkenden Scheinwerfer superweiß aufblitzten, war mit Begeisterung bei der Sache. Er war neu in diesem Job, und es war das zweite Mal, dass er die Silberscheiben mit gekonnter Schnelligkeit zu Gehör brachte. Dazu gab er witzige Kommentare, wenn er einen neuen Titel auflegte. In seiner erhöhten Position, rechts neben der Tanzfläche, konnte er auf die, sich anschließende lang gezogene Bar und die Eingangstür blicken, wenn sich bei seinem emsigen Treiben dazu Gelegenheit bot. Neben den Sitzmöglichkeiten auf den Barhockern luden noch einige Tische mit kleinen, weißen Metallstühlen ein, sich hinzusetzen. Von dort aus konnte man auch gut die Tanzfläche im Auge behalten.

„Leute, hier kommt das Beste, das Schönste, was eine Scheibe nur zu bieten hat", tönte seine raue, erotische Stimme über das Mikrofon, als er einen neuen Song ansagte. „Hier kommt Splash in the Gardenparty, der neuste Hit von den Spleenish Fearbrothers." Die Ansage dieses Titels wurde mit einem riesigen Gekreische der Kids beantwortet, die schon in Position standen, um ihren wartenden Gliedern einen neuen Verrenkungskursus zu bescheren.

„Komm, wir gehen an die Bar", schlug Schorsch vor und nahm bereits auf einem Hocker Platz, da er meistens bestimmte, was die drei machten. Die andern beiden folgten seinem Beispiel. „Was soll's sein, Jungs?" rief ihnen der Barkeeper, ein etwas schmierig aussehender Kosovoalbaner, nicht unfreundlich zu und putzte zunächst an seinem tropfenden Glas weiter, das er gerade aus dem Spülwasser gezogen hatte.

„Cola Bacardi", lautete Jochens Antwort, und die anderen nickten zustimmend.

Dann drehten sie sich zur Tanzfläche hin, um die sich bewegenden jungen Menschen zu beobachten.

Inzwischen waren auch die fünf Mädchen von vorhin hereingerauscht und nahmen an einem der acht Tische, die neben der Tanzfläche standen, Platz. Ein junger, gutaussehender Kellner nahm lächelnd ihre Bestellung auf. Auch die Mädchen schauten sich zunächst das Treiben auf der Tanzfläche an, in der Hoffnung, einer der Jungs würde sich auch an sie wenden, um mit ihnen zu schwofen.

Schorsch trank glucksend sein Colaglas mit einem Zug halbleer. Die Wärme in diesem Raum, die trotz der beiden, ihr Bestes gebenden, altersschwachen Ventilatoren, die an der Decke rotierten, durch die Aktivitäten der Menschen entstanden war, hatte ein plötzliches Durstgefühl in ihm erweckt. „Schaut mal, die Mädels da drüben", rief er seinen Freunden zu und zeigte in Richtung der Tische. „Woll'n wir los? Die warten doch nur auf uns."

„Klar", antwortete Jochen und nahm noch einen kräftigen Schluck. Nur Heiner zierte sich noch und wiegerte sich, mitzukommen, da er immer eine Anlaufzeit benötigte.

Am Tisch der Mädchen kam plötzlich Bewegung auf. Interessiert blickten sie die beiden Jungen an, die sich ihnen entschlossen näherten. „Auf wen von uns die das wohl abgesehen haben?" meinte Katja und grinste zu Sabine herüber, die neben ihr saß und plötzlich spürte, dass ihre Hände schweißnass wurden. Leicht nervös wischte sie über ihre Jeanshose. Lisa und Dorit bemerkten die Jungen erst, als sie am Tisch standen, und schauten sie ziemlich erstaunt an, denn sie hatten sich gerade über einen cool aussehenden Boy unterhalten, der auf der Tanzfläche mit einer kleinen Blonden die verrücktesten Verrenkungen machte, um Aufmerksamkeit zu erregen. Nur Christiane, die sowieso schüchtern war bis zum Geht-nicht-mehr, starrte irritiert an den Jungen vorbei. Sie hätte gerne getanzt, aber da ihre Gesichtsakne ihr Aussehen benachteiligte, worunter sie sehr litt und sie deshalb selten zum

Tanzen aufgefordert wurde, malte sie sich überhaupt keine Chance aus, dass einer der beiden sie auffordern würde.

Jochen, der auf dem Weg zu den Mädchen zwischen Katja und Sabine gewählt und sich für die blonde Katja entschieden hatte, grinste sie nun an: „Na, wie isses? Woll'n wir?" Mit diesen flapsigen Worten, die durch ein Kopfnicken in Richtung Tanzfläche verstärkt wurde, hoffte er, den gewünschten Erfolg zu erzielen. Katja musterte ihn. Er sah nicht übel aus. „Nur seine Zähne könnte er wohl öfter putzen", dachte sie, denn sie hatten einen gelben Schimmer. Es dauerte für Jochen fast eine kleine Ewigkeit, aber dann nickte sie, und beide schlurften zur Tanzfläche hinüber, wo gerade eine Scheibe der Discoprinzen aufgelegt wurde. Die Kids johlten vor Begeisterung, und schon hopsten sie wieder um die Wette.

Schorsch hatte sich Lisa auserkoren. „Hi, hast du Lust?" sprach er sie an, und ein leichter Anflug von Röte erfasste sein Gesicht. Lisa schaute ihn kurz an und schüttelte den Kopf. Bevor er jedoch etwas angesäuert den Rückzug einleiten konnte, stand Sabine auf und erfasste seine Hand. Schorsch war froh, dass sein Gesicht gewahrt wurde und folgte ihr auf die Tanzfläche.

„Wolltest du nicht?" wandte sich Christiane an Lisa und strich sich über das Haar. „Er war nicht mein Typ", erhielt sie zur Antwort. Dabei nippte Lisa an ihrer Cola und widmete sich weiter dem Studium der tanzenden Paare.

Heiner hatte sich noch einmal Cola Bacardi bestellt und war durch den dritten Rum ein wenig mutiger geworden. Irgendwie tat ihm das eine Mädchen am Tisch leid. „Soll ich, oder soll ich nicht?" überlegte er und sah zu den beiden herüber. Dann gab er sich einen Ruck und stakste langsam, eine aufkommende Hitze spürend, auf den Tisch zu, an dem Lisa und Christiane saßen.

Christiane blätterte gerade in einer Teenagerzeitung, die, schon mehrere Wochen alt, auf dem Nachbartisch gelegen hatte. Dadurch wurde sie erst von Lisa durch einen kleinen Schubs gegen ihr Bein aufmerksam gemacht, dass jemand vor ihr stand. Sie blickte überrascht hoch und schaute in das rote Gesicht von Heiner, der fast einen Kloß runterzuwürgen schien, weil er nicht wusste, was er nun sagen sollte. Auch Christiane wurde von einer plötzlichen, heißen Woge erfasst, die ihr die Röte ins Gesicht trieb. Sie war ebenfalls sprachlos wie ein Murmeltier nach dem Winterschlaf und sagte keinen Pieps.

Da rettete Lisa die Situation und meinte lächelnd: „Ich glaube, sie spielen gerade was Gutes, wenn ihr euch beeilt, bekommt ihr's noch mit." Dann gab sie Christiane einen leichten Schubs, die nun, Heiner nicht aus den Augen lassend, mit diesem zur Tanzfläche abschob. Sie war so verwundert, dass sie jemand aufgefordert hatte. Sie konnte es immer noch nicht glauben.

Lisa sah ihnen grinsend nach. Dorit, die gerade mal nach draußen musste, schaute sie fragend an. „Was amüsierst du dich?" fragte sie und griff nach einer neuen Cola, die der Kellner kurz vorher auf ihren

Platz hingestellt hatte. „Es war zu lustig mit Christiane. Sie konnte es nicht fassen, dass ein Boy sie angesprochen hatte. Und dabei war der noch so schüchtern."

„Hast du wieder Mama gespielt und ein bisschen nachgeholfen?" kam es von Dorit herüber. Lisa nickte und beobachtete den jungen Kellner. „Der da wär mein Typ, mit dem würd' ich gern mal tanzen oder noch mehr", meinte sie und wies mit dem Kopf zu ihm herüber. Dorit wandte sich um. „Hmhm! Nicht schlecht, der Süße", grinste sie. „Aber wie willst du es anstellen, ihn kennenzulernen?"

„Ich weiß noch nicht, aber es wird mir noch was einfallen", antwortete Lisa, und ihre Blicke klammerten sich schmachtend an den jungen Boy, der gerade zur Theke zurückging, um ein paar Bestellungen aufzunehmen. Dabei drehte er sich in Richtung der Tische und fing den Blick von Lisa auf. Er wollte schon weiter in Richtung Bar schauen, da spürte er, dass der Blick besonders intensiv war. Er lächelte Lisa zu und knipste mit einem Auge.

Lisa lächelte zurück und wandte ihren Blick zunächst ab, da sie nicht so aufdringlich wirken wollte. Doch heimlich beobachtete sie ihn weiter aus den Augenwinkeln.

Dieser trug zunächst die Getränke an einen der anderen Tische, die sich langsam mit jungen Leuten füllten.

Die nächste Scheibe, die aufgelegt wurde, war ein langsamer Blues, der von Angela Montie gesungen

Wurde, Gelegenheit für die Jungen und Mädchen, den Tanzpartner etwas hautnaher zu spüren und auf Tuchfühlung zu gehen. Katja zögerte erst ein wenig, als Jochen sie zu sich heranzog und seine Wange an ihren Kopf presste. Dann ließ sie es doch geschehen und spürte seine Körperwärme, was ihr nicht unangenehm war. Sie roch den männlichen Duft seiner Haut durch das geöffnete Hemd und schloss die Augen. Sie ließ sich von der Musik berauschen und tanzte wie in Trance.

Sabine unterdrückte ein aufkommendes Würgegefühl, als sie die Bierfahne roch, die ihr entgegenwehte, weil Schorsch während des Tanzens immer mit ihr reden wollte. Er machte einen auf cool und plante, Sabine hinterher abzuschleppen. Doch diese ahnte das und hatte nicht die Absicht darauf hereinzufallen. „Eh, Meister, lass mal'n bisschen locker. Bei dir sitzt man ja wie im Schraubstock", rief sie ihm ins Ohr. Schorsch grinste und meinte so etwas wie: „Was Schorsch im Griff hat, lässt er so leicht nicht wieder los."

Daraufhin trat sie ihm auf die Füße. Er maulte laut und sah sie etwas giftig an, dabei ließ er sie los und tanzte mehr auf Abstand.

Heiner und Christiane waren dabei, ihre Schüchternheit mit jedem Takt ein wenig mehr abzubauen. Christiane fühlte sich glücklich, mit einem Jungen tanzen zu können, und Heiner machte auf sie einen guten Eindruck. So drückte sie ihn mehr an sich, und Heiner ließ es, selbst im Glück schwelgend, mit sich geschehen. Begierig sog er den Duft ihrer Haare ein, die nach Aprikose rochen.

Während dieses Songs ging plötzlich die Eingangstür auf, und zwei Männer, so um die dreißig, erschienen im Saal. Sie mussten sich verlaufen haben, denn ihrem Alter und Aussehen nach passten sie nicht hierher. Das merkte Piet, der junge Kellner, sofort. Er blickte zur Bar und gab dem Barkeeper, der gerade zu ihm herübersah, einen Wink. Nun gingen die beiden Fremden, der eine von ihnen fiel sofort durch seine extrem große Hakennase auf, an die Bar und setzten sich.

Lisa und Dorit beobachteten weiterhin die Tanzenden. Plötzlich stand Piet an ihrem Tisch und wandte sich Lisa zu, die ihn ganz überrascht anstarrte. Ihr Puls ging ein paar Takte schneller, und ihr Atem rasselte aufgeregt, als sie das Lächeln des jungen Kellners erwiderte. „Darf es noch etwas sein?" fragte er mit seinem Strahlemanngesicht und hatte nur Augen für Lisa. „Ja, noch 'ne Cola bitte", hauchte sie und starrte ihm noch nach, als er zur Theke zurückging.

„Ist er nicht süß?" flüsterte sie halblaut wie in Trance. Dorit nickte bestätigend und blickte ihm ebenfalls nach. Dabei leckte sie sich über ihre Lippen.

„Zwei Whisky", gab der eine der Fremden kurz die Bestellung beim Barkeeper auf. Dieser nickte und machte sich an die Arbeit, den erhaltenen Auftrag zu erledigen.

„Wie willst du das hier anstellen, Igor?" wandte sich Vladi, ein Kroate, der schon einige Jahre im Geschäft war und die Bestellung aufgegeben hatte, nun an den Angesprochenen.

„Lass uns mal die Jungs beobachten. Es wird sich sicher was ergeben, den einen oder anderen anzusprechen", antwortete er und nippte an seinem Whisky. Dann drehte er sich um, die Tanzfläche seinem Blick präsentierend. Vladi ergriff seinen Whisky und drehte sich ebenfalls lässig um, dem Blicke Igors folgend.

Piet, der den zwei Männern einen abschätzenden Blick zugeworfen hatte, näherte sich mit seiner Cola dem Tisch, an dem sich Lisa und Dorit gerade köstlich amüsierten, weil Sabine sauer und verärgert an den Tisch zurückgekehrt war. Aufgebracht berichtete sie von Schorschs Bierfahne und ihrem aufkommenden Würgegefühl. Als Piet die Cola vor Lisa auf den Tisch stellte, verharrte er einen Augenblick länger, als es seine Zeit hergeben konnte. Lisa, die den hektischen Worten Sabines lauschte, sah plötzlich den Kellner kommen.

„Er hat so ein feines Gesicht", dachte sie und schaute ihn fragend an. Am liebsten hätte sie sich nicht mehr von seinem Anblick gelöst.

„Hier bitte, die Cola", sagte Piet und wies mit dem Finger darauf hin. Lisa schaute auf das Glas und entdeckte unter dem Filz einen kleinen Zettel. Hastig ergriff sie diesen und las eine Telefonnummer. Darunter stand: Ruf mich bitte um 21.00 Uhr an, dann bin ich zu Hause. Ihr Herz jubelte. Sie blickte zu Piet empor, der sich lächelnd an den anderen Tisch wandte und noch einmal mit dem rechten Auge knipste. Wenn er lächelte, schlich sich ein kleines Grübchen um seinen Mundwinkel und ließ ihn noch niedlicher erscheinen, als er ohnehin schon war, empfand Lisa und nickte ihm zu. Dabei errötete sie leicht.

Schorsch war wütend zur Bar zurückgestapft. Brummend setzte er sich neben die beiden Typen auf einen Barhocker. „Diese blöden Weiber", brummelte er stinkig in seinen Bart, den er nicht hatte.

Igor drehte sich zu ihm, da er dem unzufriedenen Jugendlichen am Nächsten saß. „Na, wer hat dir die Milch versauert?" fragte er und konnte ein leichtes Grinsen nicht verhindern. Doch als Schorsch ihn wütend ansah, als wollte er sagen: Was kümmert dich das überhaupt?, schluckte er das Grinsen schnell herunter. Vladi runzelte ein wenig die Stirn und sah zu Igor herüber.

Doch dieser hatte sich schnell wieder im Griff und rief zu dem Barkeeper herüber: „Bring uns mal'n Doppelten für unsern Freund hier. Der ist ja mächtig fertig."

Schorsch, der nicht so schnell begriff, dass er gemeint war, wandte sich nun an Igor. „Warum tun Sie das, Mister?" kam seine Frage gedehnt aus seinem Mund, verbunden mit einem Stirnrunzeln, das an ein Waschbrett erinnerte.

„Weil ich nicht zuseh'n kann, dass so junge Leute wie du so schnell wegen eines unbedeutenden Mädchens aus der Fassung geraten", antwortete Igor mit warmer Stimme, um sein Mitgefühl zu unterstreichen.

„Ach, Sie meinen die", grinste Schorsch nun gedehnt und nahm den doppelten Whisky, den ihm der Barkeeper hinstellte, in die Hand. „Prost", kam es Igor und Vladi gleichzeitig aus dem Munde, und Schorsch goss sich den Doppelten herunter wie ein harter Cowboy, denn er wollte doch Eindruck bei den beiden schinden. Doch er verschluckte sich und bekam einen fürchterlichen Hustenanfall. Igor klopfte ihm kräftig auf die Schulter, und der Anfall verging langsam. „Na", meinte er, über das ganze Gesicht grinsend, „der hatte es wohl in sich? Kannst übrigens Igor zu mir sagen", schob er nach und reichte Schorsch die Hand, die dieser mit einem Grinsen annahm.

Schorsch nickte und fühlte sich nach diesem Schluck, der wärmend durch seine Kehle gelaufen war und in seinen Magen ein wohliges Brennen verursachte, schon irgendwie besser. Er dachte im Augenblick gar nicht mehr an seine Kumpel, die ohnehin mit den Mädels beschäftigt waren. Durch den Whisky fühlte er sich wieder mutig. Die Abfuhr, die er vorhin ziemlich heftig von Sabine erhalten hatte, entfernte sich augenblicklich aus seinem Kurzzeitgedächtnis. So wandte er sich nun neugierig an Igor, der ihn aus den Augenwinkeln beobachtete.

„Sagt mal, was treibt euch eigentlich in einen Schuppen wie diesen? Hier findet ihr doch nur Kids. Mit denen habt ihr doch nichts im Sinn, oder?"

„Was wir suchen", dabei warf Igor Vladi einen kurzen Blick zu, den dieser verstanden hatte, und wandte sich sofort wieder leicht lächelnd Schorsch zu, der ihn fragend dabei ansah.

„Wir suchen Männer wie dich!"

„Und wozu?" kam die knappe Frage von Schorschs Lippen. Nun hatte ihn die Neugier endgültig gepackt. Nervös leckte er über seine Lippen und rieb sich seine schweißig feuchten Hände an der Hose.

„Wir suchen Männer, die noch ein gutes Stück Geld verdienen können, wenn sie wollen."

„Ach, 'nen Job", antwortete Schorsch. In seiner Antwort lag eine Enttäuschung, und das Interesse war aus seinen Augen erloschen. Obwohl, wenn er darüber nachdachte, er doch immer an chronischem Geldmangel litt, was ihm noch nie gefallen hatte. Mit seinem Azubilohn, den er ohnehin, bis auf ein kleines Taschengeld, bei seinem Alten zu Hause abgeben musste, konnte er keine großen Sprünge machen. Nur 'nen zweiten Job zu machen, dazu hatte er keine Lust.

Vladi wechselte mit Igor einen kurzen Blick. Igor überlegte kurz, wie er den Jungen wieder für seine Sache gewinnen konnte.

„Es ist kein üblicher Job", sagte er flüsternd, um die Aufmerksamkeit für seine Worte auf sich zu ziehen. Schorsch drehte den Kopf nach rechts und sah Igor überrascht an. Wieder auflebende Neugier lag in seinem Blick, und er spürte in sich ein Verlangen, der Sache auf den Grund zu gehen. Denn nun witterte er eine Chance, seinen Träumen ein Stück näher zu kommen, auch wenn es sich hier um eine Sache handeln könnte, bei der er mit dem Gesetz in Konflikt kommen würde. Aber das störte Schorsch nicht im Geringsten.

Igor hatte das kurze Aufblitzen in den Augen seines Gesprächspartners wahrgenommen. Er lächelte ihn freundlich an und rückte noch ein Stück näher. „Du müsstest ein paar Kunden werben und ihnen die Ware zukommen lassen", flüsterte er noch leiser, so dass Schorsch ihn kaum verstand.

„Was für Ware?" fragte er und rieb sich wieder die Hände an der Hose. Igor griff in seine Innentasche und legte ein kleines Briefchen auf den Tisch. Schorsch erblickte das Päckchen und ahnte, was es wäre. Er blickte Igor in die blauen Augen, die seinen Blick wie einen tiefen See verschluckten. „Kokain?" Schorsch sprach dieses Wort ganz leise, dass es nur Igor hören konnte. Dieser nickte und steckte das Päckchen wieder ein.

„Wieviel springt für mich dabei heraus?" wollte Schorsch nun wissen. Er setzte sich wieder gerade hin und nippte an seinem zweiten Whisky, den Igor spendiert hatte.

„Für jeden Kunden bekommst du zweihundert, und wenn du im Geschäft drin bist, kannst du es bequem auf fünftausend im Monat schaffen", erhielt er von einem grinsenden Igor zur Antwort, der seinen Erfolg schon in der Tasche wähnte. Schorsch schluckte schwer. Er glaubte, sich verhört zu haben. „Das ist ja mehr, als mein Alter nach Hause bringt", überlegte er blitzschnell. Ihm war bei den letzten Worten Igors ganz schummrig geworden. „Fünftausend ist ja 'ne Menge Holz." Schorsch nickte und deutete seinem Gesprächspartner an, fortzufahren.

Die Musik hatte inzwischen gewechselt. Ein röhrender Beatsound machte die weitere Unterhaltung der beiden jedoch unmöglich. Heiner und Christiane hatten nur Augen füreinander und tanzten so eifrig, dass sich bald dunkle Schweißflecken auf Heiners Hemd abzeichneten. Jochen sah sich nach Schorsch um, der in einem angeregten Gespräch mit den Neuankömmlingen schien. Gerade wollte er zu ihm herübergehen, um ihn wieder zu den Mädchen zu holen, da standen die drei an der Bar plötzlich auf und verließen den Raum. Jochen starrte ihnen mit offenem Mund nach. „Wenn das man gutgeht", war sein einziger Kommentar. „Was ist'n los?" hörte er neben sich Katja fragen. Er schüttelte den Kopf und meinte: „Komisch, das Schorsch mit den beiden mitgegangen ist. Macht er doch sonst nicht."

„Du kannst ihn ja später fragen", lachte Katja und zerrte ihn wieder auf die volle Tanzfläche, nachdem sie schnell noch einen Schluck Cola genommen hatte. Der DJ legte gerade wieder einen heißen Schmusesong auf, und Katja legte ihren Kopf zärtlich an Jochens Schulter. Ihr gefiel dieser Junge plötzlich, und sie wollte ihn nicht mehr loslassen, wenigstens nicht heute Abend.

Schorsch saß neben Igor, und Vladi steuerte den grauen Mercedes sicher durch die kühle Nacht. Es hatte zu regnen angefangen und die Scheibenwischer quietschten leise im Takt ihrer schwankenden Bewegungen. Leise dudelte das Radio. Auf dem Rücksitz weihte Igor den Jungen in seinen neuen Job ein. Dieser nickte eifrig und versuchte, sich die Worte, die ihm der andere leise, aber eindringlich entgegenbrachte, genauestens einzuprägen.

V

Der rote Glutball der Sonne senkte sich rasch über der Savanne Angolas hinunter zur Erde, und eine kurzlebige Dämmerungszeit beugte sich ergeben vor der tiefklaren Nachtfee, die mit ihrem glitzernden Sternenhimmelgewand wieder einmal Position am Firmament bezogen hatte.

Miala Orlando, der mit seinem Taufnamen Antonio hieß, blickte auf das Feuer in seiner Nähe, dessen Flammen lebendig und spritzig in die Höhe schossen und in ein Nichts verflogen. Das alte Knüppelholz, das seine Schwester des Tages mühevoll gesammelt hatte, verbrannte mit lautem Knacken, wobei die Funken durch den aufkommenden Nachtwind von Zeit zu Zeit in die Höhe wirbelten. Ein paar streunende Hunde kläfften in der Ferne.

Mitunter hörte man auch den Schrei von Hyänen, die auf der Jagd waren.

Der Geruch der kochenden Maniokwurzeln, die einzige Nahrung, die sie seit Wochen hatten, drang in seine Nase und regte seine Magennerven an. Ein leises Knurren stieg aus seinem Inneren nach oben, und Miala spürte den Hunger aufkommen. Er war froh, dass er vor zwei Tagen noch eine kleine Antilo-

pe erlegen konnte. Viel war davon nicht mehr übrig.
Aber für eine Mahlzeit würde es wohl noch reichen.

Nun kroch seine Mutter aus der Hütte und bückte sich
vor dem schiefen, verbeulten Aluminiumtopf, in dem
die Maniokwurzeln siedeten. Sie rührte darin herum
und legte den Rest des Antilopenfleisches hinein, damit es gar werden konnte.

Der junge Miala blickte in das Dunkel und hing seinen Gedanken nach. Die Männer, darunter auch sein
Vater, hatten das Dorf vor ein paar Tagen verlassen.
Sie wollten auf die Jagd gehen und den Dorfbewohnern das nötige Fleisch besorgen. Der Vater hatte ihm
davon berichtet, dass jetzt in Angola Krieg herrsche
und viele Männer sich zu der UNITA geschlagen hätten, der Rebellenbewegung, die für die vollständige
Unabhängigkeit Angolas kämpfte. Selbst Kinder in
seinem Alter und darunter, und er würde in drei Mon-
den 15 werden, gesellten sich zu den Rebellen und
kämpften in vorderster Front mit. Seitdem immer
wieder Gefechtslärm in der Savanne ertönte, hatten
sich die Antilopen- und Zebraherden zurückgezogen.
Es wurde immer schwieriger, Nahrung zu erjagen.

Schreckensnachrichten waren sogar bis in ihr Dorf
gedrungen. Diese Rebellen und auch die Regierungstruppen sollten keine Gnade kennen. Wer nicht mit
ihnen sympathisierte, musste mit seinem Todesurteil
rechnen.

Vor vier Wochen war ein Cousin seines Vaters ins
Dorf gekommen. Er hatte von schrecklichen Metze-
leien gesprochen und war selbst Zeuge gewesen, wie
ein 12jähriger einem anderen 15jährigen die Hoden

abgeschnitten hatte. Dieser sei unter jämmerlichen Schmerzen und Schreien verblutet. Andere hatten wie wild um sich geschossen und Frauen und Kinder mit Messern und Macheten umgebracht und verstümmelt. Ja, er selbst, Miala, hatte mal einen Mann auf dem Markt gesehen, der bettelte und dabei seine beiden Armstümpfe mit flehenden Worten und Gebärden nach oben hob. Es war ein jammervoller Anblick gewesen, und Miala war nahe dran, sich zu übergeben.

All diese Gedanken schossen ihm nun durch den Kopf. Bis hierher war der Krieg noch nicht gekommen, und der Vater hatte gemeint, dass er auch nicht so schnell in diese Gegend kommen würde. Doch wohl war ihm nicht. Wie sehr hätte er den Vater herbei gewünscht. Doch nun trug Miala die Verantwortung für die Mutter und seine kleine Schwester, die erst neun Jahre alt war.

Er schüttelte sich plötzlich, weil die Kälte in seinen Körper kroch. Darum machte er einige Schritte in Richtung des Feuers. Der Rauch kam nun zu ihm herüber und trieb ihm die Tränen in die Augen.

„Wir können gleich essen", sagte seine Mutter leise. Miala nickte und rief seine Schwester, die drinnen in der Hütte mit einer kleinen Holzpuppe spielte. Sie brachte die alte Schüssel, aus der sie immer aßen, mit nach draußen. Leise summend füllte die Mutter die weichgekochten Wurzeln mit dem Sud hinein. Das Stück Fleisch legte sie auf ein flaches Holzbrett.

Dabei bemerkte Miala aus den Augenwinkeln den hungrigen und gierigen Blick seiner kleinen Schwester. Er wusste, dass ihm, da der Vater nicht anwesend war, das Fleisch zustand. Doch Miala fühlte sich mies, wenn er nun das Fleisch allein essen würde. Er nahm ein Messer, das an seiner Seite im Halfter hing, und schnitt drei gleiche Stücke auf. Dann legte er die Teile vor seiner Mutter und seiner Schwester in die Schüssel. Die Mutter sah ihn erstaunt an und wollte sein Vorgehen schon ablehnen. Doch als sie seinen entschiedenen Blick sah, lächelte sie und akzeptierte seine Handlungsweise. Auch die kleine Schwester blickte ungläubig ihren Bruder an. Dieser tat so, als sähe er dieses nicht. Insgeheim fühlte er eine große Freude in sich aufkommen. Er war jetzt der Mann, der die Familie schützen musste.

Nach dem Essen zog es ihn auf den Palaverplatz. Dort saßen einige alte Männer, die nicht mehr auf die Jagd gehen konnten, um ein mächtiges Feuer herum und erzählten von früheren, schöneren Zeiten. Die jüngeren Männer standen ehrfurchtsvoll hinter ihnen und lauschten begierig ihren Erzählungen. Doga, ein junger kräftiger Mann von ungefähr zwanzig Jahren, teilte die Wachen für die Nacht ein. Er hatte diese Aufgabe vom Dorfältesten zugewiesen bekommen und erfüllte sie ernst und gewissenhaft. In diesen schlechten Zeiten mussten sie auf alles gefasst sein. Bei der Verteilung hatte Miala Glück, denn er brauchte diese Nacht nicht wachen, sondern konnte beruhigt schlafen gehen.

Er wandte sich an seinen Freund Lubadika, der die nächste Wache mit zwei anderen jungen Männern zu halten hatte. „Was meinst du, wird der Krieg auch in unser Dorf kommen?"

„Ich weiß es nicht, Miala", kam leise die Antwort aus seinem Mund, und er blickte in die Dunkelheit, da von dort Löwengebrüll herübertönte.

„Wenn die Männer der UNITA kommen, werde ich mit ihnen gehen", meinte Lubadika leise und blickte Miala mit einem feurigen Blick an. Denn er war für die Freiheit Angolas und würde alles tun, um dabei mitzuhelfen.

Miala war sich nicht sicher. „Der ganze Krieg taugt nichts", antwortete er seinem Freund. Dabei schüttelte er den Kopf. „Nur Leid und Tod wird über die Menschen gebracht. Jede Seite meint, für die gerechte Sache zu kämpfen und vergisst das Leid, das sie über diejenigen bringen, die nicht auf ihrer Seite sind."

„Das stimmt zwar, aber wie willst du die Menschen überzeugen?" fragte ihn sein Gegenüber. „Mit Worten, Lubadika, mit Worten und mit guten Taten", gab Miala zur Antwort, und jetzt leuchteten seine Augen im Feuerschein.

„Das ist nur in der Einbildung der dummen Menschen möglich", meinte Lubadika. "Die Menschen sind schlecht. Du hast es gehört, was sie von den Regierungstruppen berichtet haben, wie sie die Menschen quälen und töten."

„Aber das machen die Männer der UNITA ebenso mit ihren Gegnern. Keiner kennt Gnade und Erbarmen und kann so die Menschen überzeugen und auf ihre Seite ziehen."

Lubadika nickte und schwieg. „Wenn wir auch viel darüber reden, werden wir keine Antwort finden", dachte er und zog es vor, nicht mehr darüber zu diskutieren.

Miala verabschiedete sich von seinem Freund und schlenderte gemächlich auf seine Hütte zu, in der Mutter und Schwester sich bereits zur Ruhe gelegt hatten.

Er streckte sich auf seiner gepolsterten Grasmatte aus und blickte ins Dunkel. Seine Gedanken kreisten noch um den Krieg, und er konnte nicht schlafen. Die tiefen Atemzüge seiner ängstlichen Mutter und der kleinen Schwester drangen an sein Ohr, und er registrierte es zufrieden.

„Wie lange werden wir wohl noch so ruhig leben können?" Doch er konnte sich darauf keine Antwort geben. Dann drehte er sich auf die rechte Seite, legte den Arm unter seinen Kopf und schloss die Augen.

Etwas später waren auch von ihm nur noch tiefe, ruhige Atemzüge zu hören.

Mitten in der Nacht wurde er plötzlich durch einen Mordslärm aus dem Schlaf gerissen. Draußen war es hell erleuchtet, und er hörte Feuer knistern. Es roch intensiv nach Rauch, der durch die Öffnung in ihre Hütte eindrang. Seine Schwester klammerte sich mit angsterfüllten Augen an die Mutter, die sich fast unsinnig vor Angst in die äußerste Ecke drückte. Plötzlich wurden Schüsse hörbar. Maschinenpistolensalven peitschten in die Nacht. Schreie von Frauen und Kindern mischten sich mit dem Brüllen von Verletzten und Sterbenden.

„Ich sehe nach", rief er der Mutter zu, die am ganzen Körper vor Angst zitterte. Miala huschte aus der Hütte und wäre bald über einen alten Mann gestolpert, der sich mit schmerzverzerrtem Gesicht auf dem Boden krümmte. Aus seinem rechten Bein schoss das Blut heraus. Doch der Junge konnte ihm nicht helfen. Duckend eilte er zur nächsten Hütte. Auch diese brannte lichterloh. Die Hitze war unerträglich, und der Rauch biss gemein und trieb ihm die Tränen in die Augen.

Männer und Jugendliche rannten schreiend aus dem Dorf. Uniformierte schossen ihnen brüllend hinterher. Es waren die Männer der UNITA, die das Dorf überfallen hatten. Er sah einige seiner Freunde tot auf dem Boden liegen. Mit Entsetzen und weit aufgerissenen Augen nahm er diese schreckliche Situation wahr. Ekel stieg in ihm hoch, und er musste sich übergeben. Die Männer, Frauen und Kinder, die nicht in das Dunkel entfliehen konnten, wurden auf dem Palaverplatz zusammengetrieben. Dort trieben die Freischärler, die teils noch halbe Kinder waren, mit den armen verängstigten Dorfbewohnern ihre perversen Spiele.

Bevor sie ihn entdeckten, rannte er zu seiner Hütte zurück.

„Schnell, schnell", rief er seiner Mutter und Schwester zu. Bevor sie aus der Hütte eilten, ergriff er noch einen Speer, und dann lief er ihnen voran. Geduckt, immer wieder zurückschauend liefen sie, so schnell sie konnten, von dem Ort des Schreckens weg. Die Hütten brannten fast alle - ihr Dorf, ihre Heimat, war zerstört. Tränen vor Zorn und Verzweiflung liefen

Miala über die Wangen. Die Dunkelheit und Unge-
wissheit verschluckte sie vor den Augen der Mörder.
Sie waren dem Gemetzel entronnen. Später hörte er
von einem Onkel, dass fast alle Dorfbewohner hinge-
metzelt wurden.

Miala kannte sich in diesem Gebiet aus. Da sie nun
aus der unmittelbaren Reichweite des Grauens heraus
waren, verlangsamten sie ihren Schritt. Miala blickte
um sich, um die Orientierung nicht zu verlieren. Im
Osten erblickten sie nun einen kleinen Streifen Lich-
tes, das den kommenden Morgen ankündigte. Sie
kämpften sich durch das hohe Gras. Miala wusste eine Abkürzung zur Piste, die von Autos befahren wurde. Von dort konnten sie die Richtung in das nächste
Dorf besser finden. Vor allen Dingen waren sie dort
vor Raubtieren sicher, die sich nicht so nah an die
Wege der Menschen heranwagten.

Die kleine Schwester schluchzte kaum hörbar an der
Seite der Mutter. Verstört hielt sie ihre Hand fest und
stolperte vorwärts. Sie war müde und wollte schlafen.
Die Mutter versuchte, sie zu trösten so gut es ging.
Sie sprach leise auf sie ein. Tränenlos schluckte sie
das Leid herunter, das ihre Seele zerschnitt.

Miala spähte und vergewisserte sich immer wieder,
nach allen Seiten umsehend, ob ihnen niemand folgen
würde. In ihm war ein Urinstinkt erwacht, und er fühlte sich wie eines der Tiere in der Savanne, die immer
die Gefahr vor Augen hatten, selbst Opfer eines von
Stärkeren zu werden, während diese unter den
Schwächeren nach Opfern für ihren unbändigen Hunger suchten. Aus seinem Inneren drang plötzlich ein
gieriges Verlangen, jemanden dieser Leute, die alles

Gute in seinem Leben zerstört hatten, zu töten, genauso abzuschlachten, wie sie es mit seinen Leuten aus dem Dorf gemacht hatten. Und er schrie seinen unbändigen Hass in die Dunkelheit. Er rannte plötzlich los und schrie und schrie. Dann warf er sich auf die Erde und schluchzte bitterlich, dass sein Körper unter der seelischen Entladung bebte.

Behutsam legte sich eine Hand auf seinen Kopf und streichelte ihn sanft. Ganz langsam beruhigte er sich wieder. Dann blickte er mit fragenden Augen, in denen die Tränen wie die Sterne glänzten, seine Mutter an.

„Warum, Mutter, warum sind die Menschen so grausam?" „Ich weiß es nicht, mein Sohn", antwortete sie und zuckte mit den schwachen, gebrechlichen Schultern, die doch so viel tragen mussten. „Das weiß nur Gott allein", seufzte sie und blickte sehnsüchtig nach oben. Dort hatten sich die Wolken verzogen und einen wunderbaren Blick in das Trilliardenheer der Sterne freigegeben. Es wurde kalt und plötzlich froren sie alle. Dann nahmen sie ihren Weg in die ungewisse Zukunft wieder auf. Am Horizont wurde es langsam heller, so dass sie die Umrisse der wenigen Bäume wahrnehmen konnten. Vor ihnen, wohl noch kilometerweit entfernt, lag Kibuitu, die nächste Stadt. Würden sie dort den Vater antreffen?

An einer Biegung entdeckten sie plötzlich die ersten Leichen. Ekliger Verwesungsgeruch wehte ihnen mit dem allmorgendlich aufkommenden Ostwind herüber. Mehrere Männer und Frauen, die furchtbar zugerichtet waren, lagen zum Teil auf dem Weg und im

Gras. Miala blickte nach oben. Die ersten Geier zogen schon ungeduldig ihre Kreise und warteten auf den Augenblick, ihre von der Natur mitgegebene Aufgabe als Aasfresser zu erledigen. Während die Mutter mit der Tochter sich rasch abwandte und schon weiterzog, näherte sich Miala den Toten, um zu sehen, wer sie waren und ob er noch etwas Brauchbares mitnehmen konnte. Die Zeit und die Möglichkeit, die Toten zu begraben, hatten sie nicht. Denn die Männer der UNITA würden nicht ewig in dem Dorf bleiben, sondern mordend weiterziehen.

Und die Gefahr, von ihnen entdeckt zu werden und wie diese Menschen am Straßenrand zu liegen, war immer noch sehr groß.

Angewidert blickte er in ihre Angesichter. Zwei der Frauen erkannte er wieder und einen der Männer. Die anderen waren zu entstellt, um sie aus der Anonymität herauszuholen. Dann untersuchte er genau die wenigen Habseligkeiten, die im Staube des Weges lagen. Außer einem noch zu gebrauchenden Hackmesser ergab die Suche keine nennenswerten Reichtümer, die es mitzunehmen lohnte. So wandte sich Miala mit einem kurzen Blick von den Leichen ab und lief der Mutter und Schwester etwas rascher hinterher. Diese warteten schweigsam, als sie ihn kommen sahen.

„Es waren Leute aus dem Nachbardorf", erklärte er beiläufig, als sie weiterliefen. Die Mutter nickte und hielt die Hand über die Augen, denn sie hatte in der Ferne ein paar Punkte wahrgenommen, die sich bewegten. Die Sonne hatte inzwischen ihr purpurrotes Morgengewand in ein helles Strahlenkleid eingetauscht und war im Begriff, die Höhe des Firmaments zu erklimmen. Die Punkte bewegten sich in Richtung Kibuitu, waren aber langsamer als die drei. Als sie näher kamen, konnten sie einen Trupp Menschen ausmachen, die auch auf dem Weg in die Sicherheit waren. Es waren die ersten Flüchtlinge, auf die sie trafen. Vor allen Dingen sahen sie Mütter mit ihren Kindern, die sie teilweise auf dem Arm trugen. Sie stapften stumpfsinnig mit leerem Blick auf die noch nicht zu sehende Stadt zu. Einige trugen ihre letzten Habseligkeiten, die sie noch schnell während der gehetzten Flucht aufraffen konnten, auf ihren Köpfen. Neben den Frauen trotteten ein paar alte Männer mit ausgemergelten Körpern und faltigen Gesichtern, die sich auf zurechtgehauenen Krücken stützten.

Einer Familie war es gelungen, einen alten Karren mitzunehmen, der von zwei, bis auf die Knochen abgemagerten Ochsen gezogen wurde. Man hatte zwei alte Frauen und einige Babys daraufgelegt. Zwei der Babys wimmerten leise vor sich hin. Sie hatten Hunger oder waren krank, aber der Treck ließ sich noch keine Zeit, um Rast zu machen. In allen Gesichtern stand noch das Entsetzen des Überfalls der Rebellen der UNITA. Der Schock, den die meisten von ihnen dabei erlitten hatten, würde sie für den Rest des kurzen Lebens kennzeichnen.

Mialas Mutter lief plötzlich auf eine Gruppe Frauen zu. Sie lamentierte laut und redete auf die Frauen ein: „Ah, Makiese, du bist es. Hast du deine Kinder bei dir?" Die so Angesprochene drehte sich zu ihr um und lachte sie an. „O, Tando Ibekwe, liebe Cousine. Wie schön dich zu sehen. Sind bei dir alle wohlauf?"

„Ja, ja", kam die schnelle Antwort, und dann redeten sie wie ein Wasserfall aufeinander ein. Die mit ihnen gehenden Frauen nahmen regen Anteil an diesem Informationsaustausch und freuten sich mit ihnen über das Wiedersehen.

Miala rief plötzlich, dass sie stille sein sollten, denn vor ihnen ertönte ein dröhnendes Brummen. Zwei alte rostige Lkws, die eher auf einen Schrotthaufen gehörten, als sie auf diesen Pisten fahren zu lassen, fuhren auf die Gruppe zu. Aber noch taten sie ihre Dienste, die Ladeflächen waren bis zum letzten angefüllt mit Soldaten, die fröhlich vor sich hin schnatterten und lachten. Als sie die Höhe des Flüchtlingstrecks erreichten, verstummten sie. Der kommandierende Offizier gab den Befehl zu halten. Mit quietschenden Bremsen, Staub und Dreck aufwirbelnd, blieben die Laster nach ein paar Metern stehen. Der Offizier befahl den Soldaten abzusteigen. Diese murrten auf und wurden sofort von einigen Vorgesetzten mit scharfen Worten zur Ordnung gerufen.

Der Offizier trat auf die Flüchtlinge zu und beabsichtigte, von diesen Menschen Informationen über die Rebellen einzuholen. Miala, der etwas weiter weg stand, trat vorsichtig ein paar Schritte näher, um das Gespräch mitzuhören.

„Wo habt ihr die Rebellen zuletzt gesehen?" Seine Frage löste ein Wortspektakel aus, denn jeder wollte dem Offizier nun erklären, wo sich die Mörder aufhielten.

Dieser hob die Hände, um die, durch die Erinnerung auf ihre menschliche Tragödie aufgeschreckten Menschen zu beruhigen.

„Ruhe! Ruhe!" befahl er in seinem gewohnten Militärton. Sofort ebbte das Geschnatter ab. „Der Reihe nach!" kam der nächste Befehl. Dann zeigte er auf Miala.

„Du, komm mal her!"

Miala trat auf ihn zu. Sein Herz pochte vor Erregung. Er befürchtete in seinen Gedanken, was kurz danach aus dem Munde des Offiziers Wirklichkeit wurde.

„Du kennst dich hier aus?"

Miala nickte und blickte zu seiner Mutter herüber, die sich der Gruppe nun näherte, da ihr Sohn sich nicht zurückgehalten hatte. Auch sie fühlte eine Katastrophe nahen, und ihre Seele stemmte sich gegen diesen neuen Schmerz, der ihr nun zugefügt würde. Dann kam, was beide befürchteten. „Dann kommst du mit uns!" klang es knapp und unabänderlich.

„Nein! Nein, das könnt ihr nicht machen." Mit lautem Schreien warf sich die Mutter vor die Füße des Offiziers und umklammerte seine schmutzigen Stiefel. Der trockene Schmutz färbte ihr Gesicht hell und gab ihr das Aussehen einer Marionette. Doch das war der Mutter egal. Sie wollte ihren Sohn retten, denn sie brauchte ihn wie das tägliche Brot.

Er war ihr Schutz, ihr Halt. Miala sah mit weit aufgerissenen Augen auf seine Mutter, die im Staub

lag, um ihn freizubekommen und das Herz des Offiziers zu rühren. Diesem schwollen die Adern an seinem Kopf, und voller Zorn schlug er mit seinem Of-
fiziersstab auf die vor ihm liegende Frau ein.

„Hör auf zu wimmern, er kommt mit", brüllte er zu
ihr herunter.

Die anderen Flüchtlinge waren schweigend und entsetzt ein paar Schritte zurückgewichen, als sich die
Frau vor den Soldaten warf. Nun, als sie sahen, dass
der Soldat die Frau schlug, riefen einige zuerst leise,
dann immer mutiger: „Lass ihn gehen! Lass ihn gehen!" Immer mehr Stimmen schlossen sich dem Ruf
an. „Lass ihn gehen, lass ihn gehen!" tönte es nun fast
fordernd aus ihren Kehlen.

Die Soldaten richteten plötzlich die Maschinenpistolen auf die Flüchtlinge und warteten auf den Befehl
ihres Vorgesetzten. Ein Wort hätte genügt, sie nieder-
zustrecken.

Doch der Offizier, der sich aus dem Griff von Mialas
Mutter befreit hatte, gab den Befehl, die Flüchtlinge
auf die Ladeflächen der Laster zu verteilen. Ehe sie
sich versahen, wurden sie, darunter Mialas Mutter
und Schwester, mit derben Flüchen der Soldaten und
manchem Stoß eines Kolbens dorthin verfrachtet.

Miala stand verzweifelt inmitten der Soldaten und sah
das Bild der sich entfernenden Laster im Staub der
Piste. Die Schreie seiner Mutter und Schwester tönten
zu ihm herüber. Sie wurden immer dünner, bis sie zuletzt dem Geräusch der aufbrechenden Truppe wichen.

Da wusste Miala, dass er seine Mutter und Schwester nicht mehr wiedersehen würde. Es war, als wenn ein Messer durch seinen Körper schnitt. Widerstandslos folgte er dem Befehl eines Soldaten, der ihn aufforderte, mitzukommen.

Noch ganz versunken in seinen Trennungsschmerz trottete Miala neben den Soldaten her, ohne bewusst zu registrieren, wohin sie marschieren würden. Nach einer Stunde sahen sie in der Ferne eine dünne Rauchsäule nach oben steigen. Wieder kreisten Geier in der schon warmen Luft, denn die Sonne gab an Hitze her, was sie in den Frühsommertagen in Afrika aufbieten konnte. Der Trupp Soldaten marschierte schweigsam in Richtung der Rauchsäule. Sie wussten nun, wo das nächste Dorf lag. Miala fand langsam in die Gegenwart zurück. Sein Wille wuchs immer stärker, die Soldaten bei der nächsten Gelegenheit, die sich ihm bieten würde, zu verlassen. Doch im Augenblick musste er sich wohl in sein Schicksal fügen.

Vor ihnen tauchten die ersten verkohlten Hütten auf. Das Feuer brannte noch und einige Flammen fraßen gierig an dem trockenen Stroh und Gras weiter. Als sie die ersten Hütten vorsichtig, nach noch Lebenden ausspähend, passiert hatten, entdeckten sie auf dem Palaverplatz einige Hyänen, die an den dort liegenden Leichen ihre Gier stillten. Ihr wütendes Knurren, mit dem sie einige Aasgeier verjagten, die in der Nähe auf ihre Gelegenheit warteten, drang laut zu den Männern herüber. Sobald sie sich zu nahe heranwagten, um den ersten Bissen zu erhaschen, jagten zwei der Hyänen auf die Geier zu, die respektvoll einige Meter davonhüpften. Der süßliche Leichengeruch stand in der Luft und einige Soldaten würgten den aufkommenden Brechreiz herunter. Miala drehte sich ab, als einige Soldaten auf Befehl des Offiziers das Feuer auf die Hyänen eröffneten. Unter lautem Gewinsel jagten sie davon, sofern sie es noch konnten. Zwei streckten sofort jaulend ihre Körper nieder. Die Geier hoben ihre großen Schwingen und flogen unter hässlichem Gekrächze in die nächsten Baumwipfel, die ein wenig Schatten boten.

Der Offizier gab den Befehl, die Hütten zu durchsuchen und die Toten zu begraben. Nach einer Rast von einer Stunde marschierten sie weiter in Richtung Norden, da sie dort den Haupttrupp der Rebellen vermuteten. Schweigsam kämpften sie sich durch das fast mannshohe Gras. Unter der ausdörrenden Mittagshitze schwitzten die Soldaten, dass sich ihre Khakihemden dunkel färbten. Schweigend wurde Meter um Meter zurückgelegt. Miala, der zwischen zwei stämmigen, muskulösen Männern marschierte und kaum mit ihnen Schritt halten konnte, fühlte seine Zunge vor Durst am Gaumen kleben.

„Habt ihr was zu trinken?" rief er dem Manne an seiner rechten Seite zu. Der blickte stur auf den Weg und antwortete zwischen den Zähnen: „Jetzt nicht, in zwei Stunden, wenn wir im nächsten Dorf sind, dann gibt es was zu trinken."

Miala hatte das Gefühl, als schwänden ihm die Sinne. Noch zwei Stunden, bis er trinken konnte. Sein Hals war ausgedörrt. Er leckte sich über die trockenen Lippen und fühlte seine Zunge kaum. Es war, als wenn sie nicht zu ihm gehörte.

Da fegte plötzlich eine MG-Salve über ihre Köpfe hinweg, und in den ersten Reihen brachen einige Soldaten aufschreiend zusammen. Schwarzes, dickflüssiges Blut spritzte sofort aus ihren Körpern und versickerte im Boden.

„Volle Deckung", brüllte der Offizier. Alle warfen sich ins hohe Gras. Miala landete neben seinem rechten Begleiter. Er hielt sich die Ohren bei dem Lärm zu, den die wild durcheinander schießenden Rebellen und die Regierungssoldaten verursachten. Durch das hohe Gras konnten die Soldaten nicht erkennen, aus welcher Richtung der Feind schoss. Sie stellten das Feuer kurz ein, um den Standort des Gegners zu bestimmen. Ein, zwei Minuten war es plötzlich still. Einer der beiden Soldaten, die neben Miala lagen, hob langsam den Kopf. Schon ratterte das Maschinengewehr erneut, und die Geschosse heulten ihnen um die Ohren. Miala machte sich vor Angst vorn in die Hose. Er merkte es nicht einmal.

„Hoffentlich hört dieser Wahnsinn bald auf", sprach er zu sich selbst.

Durch Handzeichen deutete der Offizier, dass sie ausschwärmen sollten. Einer der Männer neben Miala tippte mit dem Finger auf seine Schulter und wies ihn an, langsam zu folgen. Kriechend schlichen sie nach rechts auf einen kleinen Hügel zu.

Sie waren gerade unterhalb des Hügels bei einer kleinen Buschgruppe angekommen, als zwei, drei schwarze Gestalten wie ein Blitz über ihnen waren. Miala sah, wie eine Machete in der Sonne aufblinkte, und geräuschlos hieb einer der Rebellen dem nächsten Soldaten in den Schädel. Dieser hatte nicht einmal mehr die Gelegenheit, einen Ton von sich zu geben. Das Blut spritzte zu Miala herüber, der entsetzt das Bild des aufgespaltenen Schädels sah. Irr vor Angst sprang er auf und rannte los. Er rannte und rannte. Dabei achtete er nicht auf die Rufe der Rebellen, und auch die Schüsse, die dann aufbellten, beachtete er nicht. Miala wollte nur fort von dem Ort des Grauens. Plötzlich spürte er einen Schlag auf seinen Oberschenkel und einen stechenden Schmerz. Doch er rannte weiter, bis er erschöpft vor Schmerzen niederfiel und liegen blieb.

„Jetzt ist es aus. Sie holen mich und bringen mich um", jagte es durch seinen Kopf. Er schloss mit seinem Leben ab. Sein Atem ging rasselnd. Doch niemand kam. Er hörte keine Schritte. Der Kampfeslärm wurde von ihm wie unter Trance wahrgenommen. Als seine Hand auf den Oberschenkel fasste, der ihm so schmerzte, fühlte er Nässe auf seiner Hose. Dann sah er nur noch das Blut in seiner Hand, und ihm schwanden die Sinne.

VI

Fünf Jahre später

„Du, Raimund, nächsten Freitag steigt bei mir die große Party", begrüßte Ulli gut gelaunt seinen treuen

Freund, als sie sich auf dem Weg zur Schule wie immer an der alten Pappel trafen, um den Weg gemeinsam fortzusetzen.

„Das ist ja neu, dass bei dir 'ne Party steigt", antwortete dieser erstaunt und lächelte ihn von der Seite an.

"Na ja, ich hab' meine Mutter endlich 'rumgekriegt und ihr was vorgejammert, dass ich auch mal 'ne anständige Geburtstagsparty haben möchte."

„Ach ja, du wirst ja übermorgen fünfzehn." Raimund pfiff leicht durch die Zähne. "Gehst ja schwer auf die Zwanzig zu", bemerkte er mit einem Augenzwinkern.

„Ach, hör auf, als Teenager hat man's eh nicht leicht. Viele Dinge, die man sieht und sich wünscht, kann man sich noch nicht leisten, weil man das entsprechende Geld nicht hat. 'Nen Millionär müsst man als Vater haben, dass wär toll."

Raimund lachte und gab seinem Freund Ulli einen leichten Knuff auf die Schulter. Seit sie sich vor fast fünf Jahren kennenlernten, war ihre Freundschaft immer enger geworden. Eigentlich waren sie fast unzertrennlich wie siamesische Zwillinge. So wurden sie auch von den Klassenkameraden genannt, wenn sie nicht in der Nähe waren. Denn die hatten gewaltigen Respekt vor ihnen, seitdem Raimund damals Jochen, das Großmaul, verdroschen hatte und für Ulli ein neues Leben begann. Denn die Peinigung durch den Klassenstärksten und Ullis Sklavenarbeit für ihn waren danach gleich zu Ende.

Ulli besaß ab sofort seinen eigenen "Bodyguard" wie er es zu nennen pflegte und genoss es gewaltig. Raimund amüsierte dieser Ausspruch des um fast einen Kopf kleineren Jungen, der doch eine Menge Fähigkeiten in sich trug, wie er später feststellte. Jochen war vor zwei Jahren sitzengeblieben und terrorisierte jetzt die Jungs in der anderen Klasse, wie sie es von Joachims Bruder erfuhren. Aber sie sahen ihn kaum und wenn, dann ging er ihnen sowieso aus dem Weg. „Hast du die Lateinvokabeln gepaukt?" fragte ihn nun Ulli und riss ihn dabei aus seinen Gedanken. „Na klar, hab' ich. Sollten wir heute den Test schreiben, bin ich gewappnet."

„Ich hab's leider vergessen", gestand Ulli, und ein paar kleine Falten waren auf seiner Stirn sichtbar. Er hoffte natürlich auf Raimunds Hilfe. Doch der ließ ihn ein wenig zappeln.

„Na, dann streng dich an. Du hast ja noch bis zur dritten Stunde Zeit. Dann kommt ja erst die Diekmann."

Ulli brabbelte was in seinen Bart, den er nicht hatte, wie „Du bist mir der richtige Freund! Mich schmählich im Stich zu lassen, während ich verschmachte." Aber er glaubte selbst nicht, was er sagte, denn Ulli war in der Lage, die Vokabeln in fünfzehn Minuten zu lernen und mit geschlossen Augen runterrappeln zu können.

Mittlerweile erreichten sie ihr Ziel, die Schule. An der Treppe zur Eingangstür wartete Joachim auf die beiden. „Hallo, wisst ihr schon, dass wir heute die schreckliche Mathearbeit zurückbekommen?"

„Ach ja", bemerkte Ulli. "Hab' ich doch ganz vergessen. Aber ich hatte kein schlechtes Gefühl dabei."

„Aber ich", meinte Joachim und verdrehte die Augen dabei. Die Schulklingel schellte unerbittlich und verkündigte den Schülern, unverzüglich die Klassenräume aufzusuchen. In der 9a tauschte man noch die letzten Neuigkeiten aus, wie der Geräuschpegel in der Klasse bekundete. Als der neue Klassenlehrer, Karl Bogner, die Klasse betrat, dauerte es noch eine kurze Weile, bis Ruhe einkehrte.

„Guten Morgen", begrüßte er die Jungen, als sich auch der letzte Schüler ihm zuwandte. „Guten Morgen, Herr Bogner", tönte es aus 27 Kehlen.

„Na, dann woll'n wir mal zur Tat schreiten, meine Herren", begann der Klassenlehrer den Unterricht. „Ich habe mir eure Mathearbeiten durchgesehen und war über euren Wissensstand erschüttert. Ein Trupp Neanderthaler hätte 'ne bessere Arbeit hingelegt, glaube ich."

Diese Worte zeigten ihre Wirkung. Ein paar in der Klasse verzogen ihr Gesicht, als hätten sie einen Liter Essig getrunken. Andere blickten irritiert durch die Gegend, als wenn sie das alles nichts anginge. Dann holte Herr Bogner die Arbeiten aus seinem Aktenkoffer und fing an, sie zu verteilen. Ein Stöhnen und Raunen ging durch die Reihen, als die Schüler ihre geistigen Ergüsse begutachteten und die roten Zensuren zur Kenntnis nahmen.

„O Schiet, schon wieder 'ne Fünf!" jaulte Bernd Wohlert und haute auf den Tisch.

„Ich auch!" klang es zutiefst enttäuscht von einem der Tische hinten links. Klaus Metternich machte ein jammervolles Gesicht. Fast hätte er losgeheult, doch er konnte sich gerade noch zusammenreißen. Einige schienen ganz zufrieden zu sein. Sie hatten eine Drei oder eine Vier. Das war zwar kein gutes Ergebnis, aber es versaute nicht den Schnitt, wie sie es zu sagen pflegten.

Raimund blätterte die Arbeit um und stellte überrascht fest, dass ihm am Ende eine Zwei minus anstrahlte. „Na bitte", dachte er, „kann sich doch sehen lassen." „Na Ulli, was hast du denn?"

Der machte ein saures Gesicht und sah gar nicht glücklich aus. Der Klassenbeste hatte eine Drei plus und war richtig enttäuscht.

„Sei doch froh, die Arbeit war wirklich schwer", gab Raimund seinen Kommentar ab. Doch Ulli, der fast nur Zweien und Einsen schrieb, konnte sich nicht damit trösten.

„So'n Mist", schimpfte er. „Da vermassel ich mir doch die Eins im Zeugnis."

„Es gibt Schlimmeres", versuchte ihn sein Freund aufzurichten.

Joachim hatte eine Vier und war damit zufrieden. Seine Ambitionen waren sowieso bei Mathe nicht so hoch. Seine starken Seiten fanden sich im sprachlichen und künstlerischen Bereich wieder. Da konnte er mit anderen Zensuren aufwarten.

Nachdem Herr Bogner die Schüler ein wenig die Arbeit verdauen ließ, ging er zur Tagesordnung über.

„So, nun wollen wir uns wieder dem Unterricht zuwenden. Ich möchte heute und in den nächsten zwei Stunden noch einmal die Gleichungen mit zwei Unbekannten durchnehmen, damit ihr es endlich kapiert und ich mich nicht für euch genieren muss", setzte er die Stunde fort. Ein leises Geraune ging durch die Klasse und dann büffelten sie wieder, dass ihnen die Köpfe rauchten.

Während des Unterrichtes wurde Ulli ein kleiner Zettel durchgeschoben. „Willst du heute Nachmittag mit uns schwimmen gehen? Benjamin" stand auf dem Zettel.

Benjamin Kreuzner kam vor einigen Monaten in die Klasse, und die anderen merkten bald, dass er ein Sportass war. Er war Mitglied im Ebershausener Turnverein von 1895. Ulli beneidete ihn darum, denn er wollte gern dort in der Handballmannschaft mitspielen. Doch bisher konnte er dem Verein nicht beitreten, weil seine Mutter nicht in der Lage war, die Beiträge zu zahlen. Und Zeitung austragen, wie er es vorgeschlagen hatte, ließ ihn seine Mutter nicht alleine. Raimund, der nicht in einen Sportverein gehen wollte, kannte Ullis geheimen Wunsch. Doch wäre er Ulli zuliebe mit in den Verein gegangen. Sie hatten darüber jedoch noch nicht eingehend gesprochen.

Ulli zeigte Raimund den Zettel. Er überlegte und nickte dann. Denn er hatte heute Nachmittag Zeit, schwimmen zu gehen. Ulli signalisierte Benjamin, dass es okay wäre und sie mit zweien zum Schwimmen kämen. Benjamin grinste herüber und widmete sich dann wieder dem Unterricht.

Ohrenbetäubender Lärm klang ihnen am Nachmittag vom Spaßbassin herüber. Eine Gruppe elf- bis dreizehnjähriger Jungen hatte ihren Spaß daran, sich lauthals gegenseitig ins Wasser und die Rutsche hinunter zu schubsen. Das Wasser spritzte hoch und schwappte manchmal über das Bassin.

Mit drei weiteren Jungen waren Raimund und Ulli ins Schwimmbad gefahren. Sie schwammen zunächst ein paar Runden, um sich fit zu machen. Dann machten sie eine kleine Pause am Beckenrand. Während Raimund mit Joachim und Michael ein paar Mädchen aus der Schule entdeckten, die sie sofort unter lautem Geschrei nassspritzten, schwamm Ulli zu Benjamin herüber, der ein wenig seitlich im Wasser stand und sich am Beckenrand festhielt.

„Du Benjamin, ich wollte dich noch was fragen", begann Ulli sein Gespräch. „Na, man los. Ich bin ganz Ohr", antwortete Benjamin. „Was kostet eigentlich der Jahresbeitrag bei euch im Verein?"

„Kommt drauf an, was du machst!"

„Was zahlst du denn?" "Ich zahle, oder besser, mein Daddy zahlt 180,00 DM im Jahr." „O, das ist 'ne Menge Holz", meinte Ulli nachdenklich und schon bewölkten ein paar kleine Fältchen seine Stirn.

„Ich weiß gar nicht, wie ich das aufbringen soll", brummelte er nun mehr zu sich selber.

„Wieso kann deine Mutter das nicht aufbringen?"
„Nein, das ist es ja gerade. Wir können das nicht.
Seitdem Papa vor ein paar Jahren verstorben ist,
müssen wir mit sehr wenig Geld auskommen."

„Schade, aber dann musst du dir was dazuverdienen",
kam es von Benjamin rüber.

„Ja, wird mir wohl nichts anderes übrig bleiben. Aber
auch das ist so 'ne Sache. Mama will mich nicht
alleine arbeiten lassen. So war sie auch dagegen, dass
ich alleine Zeitungen austrage."

„Aber es gibt sicherlich noch andere Jobs, die du machen kannst", erklärte Benjamin, löste sich vom Bek-
kenrand und schwamm in Richtung der anderen, weil
er die Mädchen auch mal nassspritzen wollte. Ulli
behielt seine Gedanken für sich und schwamm Benjamin nach.

Er hatte plötzlich an dem ganzen Badevergnügen keinen Spaß mehr. Zu sehr war er mit seinem Wunsch,
in den Verein einzutreten, beschäftigt. Raimund sah
ihm an, dass er mit seinen Gedanken woanders war.
Doch er ließ ihn zufrieden und wollte nicht weiter auf
ihn eindringen. Ulli würde sich schon äußern, wenn
er es wollte.

Auf dem Heimweg kehrten sie noch im Supermarkt
ein, da Raimund noch etwas besorgen wollte. Ulli
stand vor den Kassen und besah sich teilnahmslos die
Werbeschilder, die bunt und marktschreierisch die
Kunden fangen wollten, um den Verkauf anzukur-
beln. Plötzlich fiel sein Blick auf ein handgemaltes
Schild. „Suchen dringend Schüler zum Auszeichnen

von Waren. Zahlen 5,00 DM pro Stunde. Bitte an der Kasse 3 melden." „Das ist ja genau das Richtige", dachte Ulli begeistert und wartete nun brennend auf Raimund, der gerade an der Kasse auftauchte.

„Tut mir leid, dass es so lange gedauert hat", gab Raimund von sich, als er neben Ulli stand. Dieser winkte ab und wies auf das Schild hin. „Na und?" antwortete Raimund. „Willst du dich etwa bewerben?"

„Na klar!" entgegnete Ulli. „Das ist doch die Gelegenheit für mich, den Jahresbeitrag für den Sportverein zu verdienen."

„Ob deine Mutter das wohl erlaubt?" stellte Raimund die Frage in den Raum.

„Ich denke schon", meinte Ulli. "Und wenn nicht, dann sag' ich, dass du auch mitmachst. Hast du Bock dazu?"
"Wenn ich es mir richtig überlege, könnte ich auch ein wenig Geld gebrauchen. Wir könnten dann beide in den Sportverein gehen und würden unserem Namen als siamesische Zwillinge auch darin gerecht werden."

Ulli lachte bei Raimunds Antwort.

„Ich finde es ganz toll, dass du mit mir kommst", sagte er und stolzierte auf die Kasse 3 zu. Die Kassiererin sah die beiden Jungen fragend an. „Na, was kann ich denn für euch tun?" „Wir wollen uns für den Schülerjob bewerben", antwortete Ulli und bekam rote Wangen vor Aufregung.

„So, den Job wollt ihr haben?" kam es gedehnt aus dem Mund der Kassiererin. Dann drehte sie sich in Richtung Laden um und rief mit lauter Stimme: „Karola, kannste mal kommen? Hier wollen zwei den Schülerjob haben."

„Komme gleich", kam es aus Richtung des Brotstandes, und einen Augenblick später stand eine rundliche Frau, Mitte vierzig, vor ihnen.

„Na, dann kommt mal mit ins Büro", teilte sie den Jungen mit und stapfte voran.

Dort berichteten die Jungen ihr Anliegen, und nach ungefähr einer Viertelstunde waren beide engagiert. Man hatte sich darüber geeinigt, dass die beiden erst zu Hause nachfragen und sich dann telefonisch wegen eines Termins melden würden.

„Das ging ja sehr schnell", bemerkte Ulli, als sie wieder draußen waren und den Heimweg antraten.

Raimund nickte bestätigend, und sie radelten wie es der Verkehr erlaubte, auf altbekannten Wegen zurück. An der alten Pappel winkten sie sich gegenseitig zu, und jeder trat den Rest des Weges alleine an.

„Hallo, Mami", begrüßte Ulli seine Mutter mit einem flüchtigen Kuss. Er war durch die Raserei ganz rot im Gesicht. „Na, Junge, ihr seid bestimmt wieder gerast, wie du aussiehst", antwortete sie und holte das warmgestellte Mittagessen aus dem Backofen. „Nun iss erst einmal", forderte sie ihren Jungen auf und wandte sich dem Roman in der Tageszeitung zu, den sie gerade las.

Ulli sog den Duft des leckeren Essens ein und machte sich hungrig darüber her. Er kaute und schluckte mit vollen Backen.

„Nun mal langsam, keiner nimmt dir was weg." Ullis Mutter war immer bemüht, ihm die rechten Manieren beizubringen, was jedoch oftmals nicht so von Erfolg gekrönt zu sein schien.

Zwischen zwei Bissen versuchte Ulli nun seiner Mutter die Geschichte mit dem Sportverein und dem neuen Job beizubringen.

„Du, Mama", begann er gedehnt und stopfte sich wieder eine Gabel mit Nudeln in den Mund. Doch Mama hörte nicht, denn der Roman hatte sie fest im Griff.

„Mama?" kam es zwischen fünf Nudelstücken und der leckeren Soße gequetscht aus seinem Kehlkopf.

„Was ist denn? Lass mich doch erst einmal zu Ende lesen", antwortete Mama, um sich Ruhe zu verschaffen.

Doch das war für Ulli die Gelegenheit. Wenn sie nicht so richtig hinhörte, konnte er ihr die Sache besser unterjubeln.

„Mama, ich will in den Sportverein eintreten", sagte er halblaut und wartete auf das Echo von Mama.

Diese schien wieder nicht gehört zu haben. Dann tönte es wie aus weiter Ferne: „Du kannst ja dort gar nicht hin. Das haben wir doch alles schon besprochen. Du weißt, dass ich das Geld nicht dafür übrig habe."

„Aber ich habe doch schon einen Job, um die Beiträge zu verdienen", schob Ulli nun als zweites Spitzenereignis seiner Mutter zu.

Keine Antwort.

„Was sagtest du? Ach, Ulli, ich bin gleich fertig, ja? Dann können wir darüber reden, Schatz", war Mamas Kommentar.

Ulli sah ein, dass er warten musste, und verputzte den Rest auf seinem Teller. Dann stellte er den Teller und das Besteck auf die Spüle und ging auf seinen Platz zurück.

Mama sah von ihrem Roman auf. Die Fortsetzung war nicht so zu ihrer Zufriedenheit ausgefallen, und Ulli merkte es sofort.

„So, nun raus mit der Sprache, wo drückt dich der Schuh?" Mama war jetzt ganz Ohr für ihren Sohn.

„Ich habe gesagt, dass ich schon einen Job habe, um die Beiträge zu verdienen."

„Komm mir nicht wieder mit dem Zeitungsaustragen", wehrte sie gleich ab und hob automatisch die Hände, als wollte sie weitere Angriffe ihres Sohnes auf ihr Einverständnis abwehren.

„Aber Mama, nun hör doch erst einmal zu", bemerkte Ulli etwas unwirsch.

„Raimund und ich haben einen Job im neuen Supermarkt. Wir können dort Preise auf die Waren aufkleben. Wir haben das schon alles geklärt. Du musst nur einverstanden sein und es ihnen sagen, dann ist alles klar."

„So, so, dann ist alles geklärt", meinte Frau Krause nachdenklich und sah ihren Filius mit dem prüfenden Mutterblick an. „In der Schule ist er ja gut, und so habe ich sicher keine Sorge, dass er mit seinen Leistungen nachlassen wird", schoss es ihr durch den Kopf.

„Also, wenn Raimunds Mutter das auch erlaubt, dann kannst du den Job machen", gab sie nun zögernd ihr Einverständnis.

„Au prima, Mama", rief Ulli laut aus und fiel seiner Mutter spontan um den Hals. „Du bist die beste Mama der Welt!" rief er und drückte sie.

„Nun bleib' mal auf dem Teppich, Kleiner", lachte Frau Krause und wandte sich aus dem Klammergriff ihres Sohnes.

Dann blickte sie ihm nach, wie er in sein Zimmer ging, um Schularbeiten zu machen. Plötzlich fühlte sie ein Unbehagen in ihrem Innern. Sie hatte auf einmal das Gefühl, als wenn auf ihren Sohn und sie eine Gefahr zukommen würde, der sie nicht ausweichen konnten. Angst kroch in ihr hoch, und sie versuchte, dieses Unbehagen abzuschütteln. Schnell stand sie auf, um die paar Sachen abzuwaschen, die sich auf der Spüle angesammelt hatten. Sie schaltete das Radio ein, um abzuschalten und die Gedanken zu verdrängen. Raimunds Mutter war natürlich damit einverstanden, dass ihr Junge mit seinem Freund den Job annahm. So verbrachten sie ihre Nachmittage stundenweise im Supermarkt, um die eingelieferten neuen Artikel auszuzeichnen. Nach ein paar Wochen gelang ihnen die Arbeit schon mit einer gewissen Routine. Ulli, dem es Spaß machte, mit Zahlen zu jonglieren, konnte viele Preise schon aus dem Kopf eingeben. Eines Nachmittags zeichneten sie gerade die neu eingelieferten Weinsorten aus, als der Abteilungsleiter auf sie zukam. Er mochte die beiden Jungs, die durch ihr freundliches Auftreten die Mitarbeiter des Supermarktes beeindruckten und schon bald zur Belegschaft zählten.

„Hallo, ihr beiden", sprach er sie gut gelaunt an. „Wenn ihr mit den Kisten Wein fertig seid, dann könnt ihr noch drüben bei den Würstchen weitermachen."

Raimund und Ulli nickten zustimmend und machten sich weiter über ihre Kisten Wein her.

„Du Ulli, was bin ich froh, wenn der Job hier fertig ist. Es ist so langweilig und nervtötend immer nur die Preise auf die Flaschen zu kleben." „Das stimmt zwar", antwortete dieser. „Aber was sollen wir machen? In ungefähr zwei Wochen haben wir den ersten Jahresbeitrag für den Sportverein erarbeitet. Dann können wir die Früchte ernten", meinte er dann grinsend.

Raimund sah auf und blickte in Richtung Medienabteilung. Dort sah er plötzlich drei Jungen aus der Parallelklasse auftauchen.

„Du Ulli, da hinten sind doch Heiner und David aus der 9b von Dr. Baumann. Den anderen kenn' ich nicht."

Ulli blickte hinüber und kniff die Augen ein wenig zusammen, um die Jungen besser erkennen zu können. Mit der Weitsicht gab es seit einigen Wochen etwas Schwierigkeiten, aber Ulli wollte keine Brille haben. „Das wäre ja eine Katastrophe", hatte er sich gesagt.

„Wie soll ich denn da Handball spielen?"

„Den kenn' ich auch nicht. Aber was machen die denn da bei den CDs?"

Beide starrten sie herüber und vergaßen dabei ihre Arbeit. Einen Augenblick später sahen sie, wie einer der drei, es war der, den sie nicht kannten, etwas unter seinen Pullover steckte.

„Ulli, hast du das gesehen?" rief Raimund und hielt den Mund vor Erstaunen offen.

„Diese Spinner", rief Ulli und legte den Preisscanner nieder, denn die drei strebten nun eilig in Richtung der Kasse, um den Laden zu verlassen.

Ulli lief von rechts auf die Jungen zu, wobei er fast eine ältere Kundin angerempelt hätte. Raimund kam von der linken Seite angespurtet. An der Kasse trafen sie aufeinander.

„O, hallo ihr beiden", grinste sie Heiner an und David hob die Rechte, verbunden mit einem kurzen „Hi!"

Der andere hatte sich abgedreht, da er die Jungen
nicht kannte. Sie wollten gerade an der Kassiererin
vorbei, da stellte sich Raimund vor den dritten und
hielt ihn fest. „Was hast du denn, spinnst du?" fauchte
ihn dieser an und wollte an ihm vorbei. Ulli war nun
hinter dem Jungen und rief: „Mach mal deinen Pullover hoch und leg die CDs auf den Tisch."

Durch dieses Spektakel waren andere Kunden aufmerksam geworden. Frau Bertram an der Kasse kleingelte Sturm, und der Abteilungsleiter näherte sich im
Laufschritt. Da sich Raimund und Ulli auf den Jungen
konzentrierten, der die Sachen hatte, nutzten Heiner
und David die Gelegenheit, um sich schnell abzuset-
zen, denn sie wollten nicht damit hineingezogen werden. Später bestritten sie, zu dem Jungen zu gehören,
als sie auf die Polizeiwache geladen und befragt wurden. Man konnte ihnen nichts nachweisen.

„Was ist denn hier los", rief Herr Böhmermann, der
Abteilungsleiter, als er sich der Menschentraube näherte, die sich rasch um die Jungen gebildet hatte. Er
musste sich ein wenig mühsam den Weg durch die
Kunden bahnen. Als er bei Raimund und Ulli eintraf,
ergriff Raimund die Arme des gestellten Jungen und
riss sie hoch. Vier CDs polterten auf den Kassentisch,
und der Junge, der sich als überführt sah, fing nun an
zu weinen. Wie ein Häufchen Unglück stand er da.
Inzwischen war ein Polizeiwagen mit Blaulicht und
Sirene vor dem Supermarkt eingetroffen. Zwei Beamte trafen ein und mischten sich unter die Gruppe.

„Meine Damen und Herren, bitte machen sie Platz",
wiesen sie die Kunden an, sich wieder um die Kauf-

geschäfte im Supermarkt zu kümmern. Nach einem kurzen Gespräch mit dem Abteilungsleiter und den beiden „Hausdetektiven" nahmen sie Klaus Schönberg, so hieß der Junge, mit ins Präsidium.

„Na, ihr beiden", meinte der Abteilungsleiter leicht lächelnd, wobei er Ulli bewundernd auf die Schulter klopfte. „Das habt ihr prächtig gemacht, ich werde mich bei der Konzernleitung persönlich für euch einsetzen."

Dann gingen sie wieder an ihre Arbeit und der Pulk Menschen löste sich zusehends auf.

Natürlich sprach sich dieses Ereignis wie ein Lauffeuer in der Schule herum. Klaus Schönberg musste die Schule verlassen. Da man Heiner und David nichts nachweisen konnte, kamen sie noch mit dem Schrecken davon. Aber sie mieden fortan die Begegnung mit Raimund und Ulli. Diese wurden von den anderen Schülern mit gemischten Gefühlen beurteilt. Einige waren auf ihrer Seite und begrüßten ihre Handlungsweise. Andere hielten sie für Kameradenschweine, die einem Mitschüler die Weiterentwicklung auf der Schule versaut hätten.

Raimund und Ulli hatten jedoch ihren Vorteil davon. Sie erhielten eine Prämie von der Konzernleitung, die ihnen der Abteilungsleiter aushändigte. So konnten sie sich in ihrem neuen Sportverein anmelden. Ihr Ruf eilte ihnen voraus.

Gemeinsam schlenderten sie zu dem neu getünchten Anbau hinüber, der vor einigen Jahren rechts neben der Turnhalle als Anbau errichtet wurde. Dort befand sich das Büro des Ebershausener Turnvereins von 1895.

Sie klopften kräftig an die Tür, und nach einem kurzen „Herein!" traten sie ein. Eine junge Dame, so Mitte zwanzig, blickte sie mit großen Augen hinter ihrer Brille an.

„Wir wollen uns im Sportverein anmelden", antwortete Ulli auf die Frage nach ihren Wünschen.

Sie stand etwas schwerfällig auf, und drehte sich, leicht räuspernd einem der Aktenschränke zu, die hinter ihrem Schreibtisch standen, und entnahm dann einer Schublade, die sich quietschend öffnete und wieder schloss, zwei Antragsbögen.

„So, hier sind die Antragsbögen, die müsst ihr ausfüllen und von euren Eltern unterschreiben lassen", flötete sie dienstbeflissen und wartete darauf, dass die Jungen das Büro wieder verließen. Denn sie war gerade dabei, ein Kreuzworträtsel zu lösen und brannte darauf, damit fortzufahren. Die beiden Jungen nahmen die Anträge und verabschiedeten sich mit einem freundlichen Gruß.

Eine Woche später war das erste Training angesagt.

„Hört mal her", rief der Trainer Rudi Köpke sein Team zusammen. Der Lärm in der Turnhalle, der durch die springenden und laufenden Handballer und die Bälle, die auf den Boden klatschten, verursacht wurde, ebbte ab, und die Jungen scharten sich um ihren Trainer. „Hier sind Raimund und Ulli, die beiden wollen in unserem Team mitspielen. Also nehmt sie an und zeigt ihnen, was ich euch beigebracht habe."

Zuerst war Lauftraining angesagt. Raimund und Ulli, die im ersten Drittel mitliefen, wurden von einem schlaksigen Blonden, dessen Gesicht einer leichten Vulkanlandschaft glich, weil sie von Pickeln übersät war, von der Seite angesprochen: „ He, wollt ihr hier auch so anfangen, wie neulich im Supermarkt?"

Ulli und Raimund sahen sich kurz an. Dann konterte Ulli: „Eigentlich nicht, denn wir gehen nicht davon aus, dass es im Team jemand gibt, der die anderen beklaut."

„Trotzdem habt ihr meinem Freund Klaus ganz schön die Zukunft vermiest", bellte der Blonde zurück.

„Wieso wir?" fragte Raimund. „Die Zukunft hat er sich schließlich selbst versaut. Hätte er doch nicht die CDs geklaut, wär das nicht passiert."

„Man macht doch mal 'nen dummen Jungenstreich, oder seid ihr immer brav?"

„Nein, sind wir nicht", rief Ulli und japste ein wenig beim Laufen. „Aber wir können immer noch mein und dein unterscheiden."

„Okay", antwortete der Blonde und fiel ein wenig zurück. „Wir können ja nochmal darüber reden."

Dann spurteten Raimund und Ulli durch. Da sie in den letzten Wochen eigenes Training absolviert hatten, um fit für das Handballteam zu sein, konnten sie mit den anderen Jungen gut mithalten.

Ein Pfiff des Trainers ließ sie langsam auslaufen. Der Atem der Jungs ging stoßweise. Einige japsten und spuckten sich den Stress heraus. Dann sammelten sich die Spieler wieder beim Trainer. Die Hemden ihrer Trikots waren schon dunkel gefärbt, und der Geruch des Männerschweißes wehte ihnen um die Nase.

„So nun woll'n wir mal sehen, ob ihr dem Gegner den Ball abnehmen könnt. Wir gehen jetzt ´rüber in die Halle. Dann teilt ihr euch paarweise auf, und abwechselnd versucht ihr, dem andern den Ball abzuluchsen." Rudi Köpke drehte sich nach diesen Worten um und lief in Richtung Halle. Die Jungen folgten ihm in Gruppen und unterhielten sich dabei leise. Dort angekommen, teilten sie sich, wie abgesprochen, in Gruppen auf. Raimund spielte mit einem dunkelhäutigen, schwarzhaarigen Jungen zusammen, der ihm an Kraft und Geschwindigkeit ebenbürtig war. Er hieß Romualdo, wie es sich dann später herausstellte, und lebte mit seiner Mutter, die vor einigen Jahren aus Rio de Janeiro wieder nach Ebershausen zurückgekehrt war, ganz in der Nähe, wo er wohnte. Raimund fand den Jungen sympathisch. Er spielte auch fair, und Raimund genoss den Zweikampf mit ihm.

Ulli war mit dem Blonden von vorhin zusammen. Bei dem Zweikampf mit ihm stellte sich heraus, dass es Ulli wegen seiner geringeren Körpergröße doch äußerst schwer fiel, den Ball zu erwischen. Der Blonde grinste Ulli frech an, wenn er den Ball hatte, und reizte ihn mit den Worten: „Na, Kleiner, willst du den Ball haben? Na fein, dann fang ihn dir!"

Ulli wurde richtig sauer. Gerade hatte er dem anderen den Ball abgeluchst, als dieser ihn anrempelte und ein Bein stellte. Ulli hatte für Sekundenbruchteile dieses eklige Pickelgesicht vor sich und vernahm seinen üblen Mundgeruch. Dann flog er auf seine Knie und konnte sich gerade noch abstützen, um größere Verletzungen zu verhindern.

Es geschah beim Training öfter, dass jemand hinfiel. Denn sie waren alle keine Jungs aus Zucker. So nahm niemand Notiz davon. Ulli unterdrückte dabei einen Schmerzensschrei und legte sich auf die Seite. Die Knie waren abgeschürft und bluteten leicht. Der Blonde stand über Ulli und reichte ihm die Hand.

„Entschuldige, ich war wohl 'n bisschen grob", rief er und grinste dabei. Ulli hatte einige Verwünschungen auf den Lippen, aber er biss sich auf die Unterlippe. Wortlos übersah er die Hand und stand auf.

Der Trainer war für einige Zeit anderweitig beschäftigt gewesen und kehrte in diesem Augenblick zurück. Er beendete für heute das Training, und die Jungen schlenderten abgekämpft in die Dusche, um sich zu erfrischen. Ulli humpelte hinterher.

Eine Woche später wurden Raimund und Ulli schon für das nächste Spiel aufgestellt. Diesmal spielten sie gegen den SV Münzstadt in der Kreisliga. Es war hart, aber fair gewesen. Einige von den Jungs trugen ein paar Blessuren davon, aber sie hatten gewonnen. Und das bedeutete den lang ersehnten Aufstieg in der Liga. Rudi Köpke, der Trainer, war mehr als zufrieden und spendierte der Mannschaft ein leckeres Eis.

Nach zehn weiteren Spielen, sie waren nun schon fast
ein Vierteljahr im Verein, saß Ulli eines Tages noch
im Umkleideraum und trödelte herum. Ein Teil der
Mannschaft war schon gegangen. Nur noch Manni,
der Blonde und Romualdo, der Brasilianer, wie sie
ihn nannten, waren noch unter der Dusche. Raimund
hatte am heutigen Training nicht teilnehmen können,
da er seine Mutter dringend zu einer Fahrt nach Hamburg begleiten musste.

Ulli band seine Schnürsenkel zu und blickte ein wenig trübsinnig vor sich hin. Er war mit sich unzufrie-
den und ärgerte sich sehr darüber, dass ihn Trainer
Köpke gestern auf seine Leistungen angesprochen
hatte. Es war ihm schon selbst aufgefallen, dass er
mehr Kraft brauchte, um dem Gegner, der meistens
aus größeren Spielern bestand, den Ball abzujagen
und mehr Durchhaltevermögen während eines Spie-
les. Er war schon zweimal kurz vor Ende eines Spie-
les gegen einen anderen ausgetauscht worden. Wenn
es so weitergehen würde, sah Ulli schon die Gefahr
auf sich zukommen, dass er bald aus dem Handballteam ausscheiden müsste.

„Das darf nicht geschehen - nur das nicht", dachte er
und überlegte angestrengt, was er bloß unternehmen
konnte, um sich in diesen Disziplinen steigern zu
können. Denn er wollte unter keinen Umständen aufgeben, so sehr fraß der Ehrgeiz an ihm, ein guter
Handballspieler zu werden.

In seinen Gedanken bekam Ulli nicht mit, dass die
Tür sich leise quietschend öffnete, und der Co-Trainer Georg Grabowsky, der seit drei Monaten im Verein angestellt war, eintrat. Er sah Ulli und ging auf ihn

zu. „Ach, hier bist du, Ulli", sprach er den Jungen an. „Ich habe dich schon überall gesucht."

Ulli blickte ihn an, als wenn er aus der Ferne kommend, jemand erkennen würde.

„Ach, Schorsch, was willst du denn von mir?" antwortete er, immer noch geistesabwesend in seinen Gedanken kreisend.

Dieser setzte sich ihm gegenüber auf eine Bank und sah ihn prüfend an. „Ich mache mir ein wenig Sorgen um dich", fuhr er fort. Ulli tat so, als wüsste er nicht, was Schorsch von ihm wollte. Auf seinen fragenden Blick hin, wurde dieser jedoch deutlicher.

„Ja, weißt du, wir alle schätzen dich im Team", begann er vorsichtig. „Aber ich habe das mit Rudi schon besprochen. Du hast in der letzten Zeit nachgelassen."

Ulli bekam es mit der Angst zu tun. Er wurde sichtlich nervös, was sich in seinem Sprechen ausdrückte. „Äh, Schorsch, äh... ich weiß, dass ich noch ein wenig mehr zulegen muss. Und ich denke, dass ich noch ein wenig wachsen muss, um diesen langen Kerlen ebenbürtig zu sein. Äh..."

Schorsch unterbrach ihn lächelnd. „Nun mach dir man keine Sorgen, Ulli, es gibt da gewiss etwas, was dir hilft, mehr Power zu erhalten."

„Ja, meinst du?" antwortete Ulli und schaute ihn mit großen Augen an. Der Schorsch tat ja so, als hätte er ein Rezept dafür.

„Was meinst du denn damit, es gibt bestimmt was dafür?" Schorschs Lächeln verwandelte sich in ein

Grinsen, das Ulli irgendwie nicht gefiel. Nun wurde er misstrauisch und war auf der Hut.

„Weißt du, es gibt da gewisse Mittel, die dich aufbauen können!" „Du meinst Doping?" Ulli fiel der Unterkiefer herunter bei seiner Frage. Davor hatte er panische Angst. Schorsch wurde plötzlich ernst. „Es gibt noch andere Sachen, die dich aufbauen und unüberwindlich machen gegenüber deinen Gegnern. Und die willst du doch schlagen, oder?"

Ulli nickte, aber so hatte er sich das nicht gedacht.

„Du willst doch groß als Handballspieler rauskommen. Damit sie nicht mehr den kleinen Ulli hänseln, sondern Respekt vor dem Champion Ulrich Krause haben, nicht wahr?"

Ulli nickte wieder und war sprachlos. Er fühlte sich von diesem Mann magisch angezogen, aber eine nicht zu beschreibende Angst kroch in ihm hoch, diesem Mann ausgeliefert zu sein und in etwas hineinzugeraten, das er nie mehr ändern könnte.

Bevor Schorsch weitersprechen konnte, kamen lachend und lärmend Manni und Romualdo aus der Dusche. Sie stutzten plötzlich und wurden still, als sie Ulli und den Co-Trainer sahen.

Schorsch nutzte die Gelegenheit und sagte zu Ulli: „Also du weißt, wir müssen nochmal über dein Training sprechen. Am besten ist, du rufst mich nochmal an."

Ulli nickte und wandte sich von ihm ab. Dann stand er auf, und sie verließen die Umkleidungsräume, da Ulli den beiden Mitspielern keine Gelegenheit zum Ausfragen geben wollte.

Als sie draußen waren. zog ihn Schorsch zur Seite. Niemand konnte die beiden sehen. Er griff in seine Tasche und zog ein kleines Päckchen heraus und wog es leicht in seiner Hand. „Dieses Pulver hier, mein Junge", sagte er bedächtig und sah Ulli tief in die Augen, „dieses Pulver hier ist ein Zauberpulver und gibt dir das, was du haben willst, Ulli Krause."

Ulli sah ihn an. Es war, als schnürte sich ihm alles zu. Doch er konnte der Sache nicht ausweichen. Ganz langsam griff seine kleine Hand nach dem Päckchen und steckte es in seine Jackentasche.

„Nimm erst mal nur die Hälfte, hörst du?" hörte er Schorsch wie aus weiter Ferne sagen. „Nur die Hälfte, sonst ist die Dosis zu stark."

Dann ging er wie mechanisch zu seinem Fahrrad und radelte los.

VII

Corinna Matzinger sah die Post durch, die ihr Runke-witz gerade auf den Küchentisch gelegt hatte. Diese Gelegenheit nutzte er jeden Morgen, da Corinna ihm danach immer einen Obstler kredenzte, den er mit Genuss trank. Manchmal waren es auch zwei. Dann widmete er sich wieder seiner Gartenarbeit, die er mit Leidenschaft verrichtete.

Darüber hinaus fiel es ihm nicht mehr so leicht wie früher, neben der Gärtnertätigkeit seinen Posten als Butler auszufüllen. Daher hatte Corinna, die das erste Kindermädchen im Hause Carstens war, das nicht nach ein paar Wochen die Flucht vor dem Sprössling Sven ergriff und die in den letzten Jahren das Wohlwollen der Frau des Hauses, Madelaine Carstens, erlangte, diese große Aufgabe übernommen und war zur Hausdame und Wirtschafterin aufgestiegen.

Mit dem kleinen Sprössling, der sich inzwischen zu einem sechzehnjährigen, pubertierenden Teenager mit all seinen Ecken und Kanten entwickelt hatte, gab es stets neue Probleme zu bewältigen. Da Corinna ihn bei dem Bemühen, ihm die rechte Erziehung angedeihen zu lassen, ein paar Mal vor dem fühlbaren Erleben einer gerechten und empfindlichen Strafe, die zur Bewältigung der ausgeheckten Streiche und Hinführung zu einer inneren Umkehr notwendig gewesen wäre, bewahrt hatte, entstand eine Brücke des Vertrauens, die mit den Jahren immer fester und tragfähiger wurde. Fortan war Corinna in manchen Dingen die graue Eminenz, die um viele Dinge wusste, ihn aber nicht verpfiff.

Schon bald merkte Corinna, dass der Junge im Grunde nur die Zuneigung eines Menschen benötigte, um ihn ein wenig friedlicher agieren zu lassen. Doch weder die Mutter, die außer der Pflege ihrer Krankheiten nur die Befriedigung persönlicher Bedürfnisse für wert achtete und um deren Erfüllung sie stets be-

müht war, noch der Vater, der sich immer mehr in
sein Geschäftsleben zurückzog und hier und da ein
wenig bei anderen weiblichen Wesen die Erfüllung
seiner sexuellen Wünsche begehrte und erhielt, hatten
das Wohl des Kindes im Auge. Dieser hingegen na-
belte sich dieser immer mehr aus der elterlichen Gemeinschaft ab und entwickelte sein eigenes Leben.

Corinna, die das alles mit der Zeit mit Erschrecken
wahrnahm, versuchte stets einen Ausgleich zu schaffen, indem sie Sven zuhörte, wenn dieser seine Ge-
schichten loswerden wollte. Sie versuchte, ihm die
Wärme zu geben, die ihm fehlte, und meinte, mit
manchen Ratschlägen den Weg in eine positive Richtung zu verändern. Anfangs registrierte sie auch eine
gewisse Vertrautheit, die sich in ihm zu entwickeln
schien. Doch dann erlebte sie, und das ließ die Enttäuschung in ihr zunehmen, dass das Vertrauen zu ihr
abnahm, als die Zeit der Pubertät in dieses junge Leben trat und Sven sich immer mehr in seine eigene
Welt verstieg, an der sie kaum noch Anteil hatte. Sven
versank immer mehr in den Sumpf unguter Einflüsse,
die schon fast den Charakter einer kriminellen Entwicklung zeigten. Doch das konnte Corinna nur ahnen, denn sie wusste kaum, was er tagsüber so trieb.
Denn Sven kam nach der Schule in der Regel spät
nachmittags nach Hause und verschwand manchmal
abends, wenn der Vater noch in der Firma saß und die
Kurven der Verkaufsstatistiken miteinander verglich
oder die Aktienkurse studierte, um spät in der Nacht
zurückzukehren.

Madelaine, seine Mutter, befand sich mal wieder seit drei Wochen zu einer Kur im Zürcher Oberland. Sie genoss die Freiheit von ihrem Gefängnis, wie sie das alte, für sie unheimliche Anwesen der Familie Carstens nannte. Dort fühlte sie sich so eingesperrt. Da sie selbst kaum Kontakte zu anderen Leuten pflegte, besonders zu denen, die ihrem Mann geschäftlicherweise wichtig waren, war es im Laufe der Jahre nicht zu verhindern, dass sie in eine gewisse Isolation geführt wurde, die manchmal eine tiefe Einsamkeit und das Eintauchen in zermürbende Depressionen bewirkte.

Carl Carstens machte sich schon seit längerer Zeit Gedanken um seinen Filius. Seinem Wunsch und persönlichen Bestreben, dass dieser einmal die Führung der Carstenschen Firma übernehmen würde, stand er immer häufiger zweifelnd gegenüber. Gerade in der jetzigen Situation seiner körperlichen und geistigen Entwicklung als junger Mensch, lag Sven alles andere als ein Interesse an der Firma nahe. Denn, wenn Carl in der letzten Zeit, in der der Junge, wie er es meinte, sich schon langsam Gedanken über seine berufliche Entwicklung machen sollte, mit ihm darüber reden wollte, wich er seinem Gespräch stets aus. „Das hat doch noch Zeit, Papa", gab er dem Vater dann zur Antwort. Aber für Carl hatte es gar nicht mehr so viel Zeit, die richtige Entscheidung zu treffen und für die Firma die richtigen Weichen zu stellen. Nun, nach dem Abitur, kam die Entscheidung und Carl wollte dann seinem Sohn die Sache schon schmackhaft machen. So dachte er jedenfalls, würde er es tun. Dieser, sein Sohn Sven, dachte jedoch im Traum nicht daran, in die Firma einzusteigen. Es war ihm zu langweilig, medizinische Geräte und Großapparaturen wie Röntgengeräte und Dialyseapparaturen und was es in der Medizin noch alles an technischen Geräten gab, zu vertreiben. Ihn reizte das Abenteuer, die Gefahr. Er liebte es, am Rande der Legalität zu agieren und sich darüber zu amüsieren, wenn ihm niemand auf die Schliche kam. So befand er sich immer am Abgrund des Gesetzes und lebte mit der Gefahr, in die Regionen der Kriminalität abzustürzen.

In diesem Augenblick befand er sich auf dem Schulhof des Ritter-Julius-Gymnasiums, wo er sich in die hintere Ecke verdrückt hatte, damit der Pausendienst habende Lehrer nicht auf den Gedanken kommen konnte, ein Auge auf ihn zu werfen. Er erwartete seine beiden Kumpel Achim und Roland, die es nicht minder faustdick hinter den Ohren hatten wie ihr Anführer Sven.

Sven blinzelte zu den tobenden und kreischenden Kindern hinüber, da ihn die Sonne ein wenig blendete. Da erkannte er Achim, der, sich verstohlen umsehend, in seine Richtung geschlendert kam.

„Na endlich, da bist du ja. Wo bleibt Roland denn?" empfing ihn Sven mit ungeduldigen Worten. Doch ehe Achim antworten konnte, stand Roland hinter diesem und grinste Sven an. „Was ist los, Chef? Hier bin ich doch."

Die drei steckten nun die Köpfe zusammen, und es hätte wahrscheinlich ein Blinder mit dem Stock gemerkt, dass die Jungs etwas aussheckten.

„Also, hast du was ausgekundschaftet?" blickte Sven seinen Kumpel Achim mit listigen Augen an. „Klar, Boss", antwortete er. „Seit einer Woche ist das Haus leer. Die Bögendorfs sind bestimmt in Urlaub. Nicht mal 'ne Nachbarin versorgt die Blumen, denn die haben sich verkracht, wie mir Stephan erzählte."

„Also passt auf, um acht wird's dunkel. Wir treffen uns gegen neun hinter dem Haus bei der großen Plantane. Und zieht euch bloß dunkel an und setzt 'ne Pudelmütze auf oder sowas, klar? Das Werkzeug besorge ich."
Die anderen nickten ihr Einverständnis, und dann trennten sie sich, weil auch schon die scheppernde Pausenklingel sie wieder in die Klassenräume rief. Dann verschwand jeder auf seine Etage.

Es war ein tüchtiger Wind aufgekommen, als Sven, dunkel gekleidet und mit einer Pudelmütze auf dem Kopf, sein Fahrrad schnappte und in Richtung Böhmers Garten fuhr, in dessen Stadtteil die Villa lag, die ihr Anlaufpunkt und Operationsgebiet war. Ein heftiger Wind stemmte sich ihm entgegen. Sogar die Straßenlaternen, die seit einer Stunde brannten, schwankten zeitweise hin und her.

 Sven benutzte die ruhigeren Nebenstraßen, wie es abgemacht war. Kaum jemand kam ihm dort entgegen. Es war kurz nach halb neun, als er an der alten Buche vor dem Stadtgarten eintraf. Von seinen beiden Kumpeln war noch nichts zu sehen. Sven beäugte die Lage und stellte fest, dass sich nur wenige Autos zu diesem Zeitpunkt auf der Straße befanden und eine kleine Gruppe Passanten auf der anderen Straßenseite lärmend vorbeizog.

„Na, die haben wohl auch schon einen getankt", dachte er bei sich, als Roland auf seinem Rennrad um die Ecke schoss und auf ihn zuradelte. Die Bremsen quietschten laut, als er aufgrund der Geschwindigkeit abrupt vor ihm bremste und vom Rad abstieg.

„Mensch, mach nicht so'n Lärm. Muss doch nicht gleich jeder mitkriegen, dass wir hier sind", raunzte ihn Sven an.

„Okay, Boss, war'n Versehen. Ist Achim schon da?"

„Nein, aber der braucht ja immer länger, das weißt du", kam die Antwort rüber.

Sven blickte auf seine Armbanduhr. „Ich gebe ihm noch zwei Minuten", sprach er im Flüsterton und blickte Roland von oben bis unten an.

„Na, die richtige Kleidung hast du ja angezogen, aber wo ist deine Mütze?" "O, Schiet, die hab' ich vergessen", antwortete dieser kleinlaut. Denn seine blonden Haare waren ziemlich auffällig, wenn ein Lichtstrahl sie traf. Sven wollte gerade loslegen, als sie beide Achim ankommen sahen. Ziemlich gemütlich trat er in die Pedalen und war auch schon bei den beiden.

„Na, Opa, hastest endlich geschafft?" begrüßte ihn Sven und grinste ihn an.

„Klar, Alter", antwortete dieser und keuchte noch, da er in einem anderen Stadtteil wohnte und einen weiteren Weg hatte als die anderen.

„So, hört her, damit ich das nicht zweimal sagen muss", begann Sven mit seinen Anweisungen. „Wir gehen jetzt ein Stück durch den Park. Vor dem Gärt-

nerschuppen stellen wir die Räder ab und laufen zu
Fuß weiter. Denn auf diesem Weg kommen wir genau
von hinten an das Grundstück der Villa. Wir klettern
über den ersten Stock auf die Veranda, wenn es nicht
eine günstigere Möglichkeit zum Einsteigen gibt.
Dort oben sind meistens die Fenster nur angelehnt,
oder wir können eine Balkontür aufbrechen."

„Wie kommen wir da hoch?" fragte Achim und sah
Sven neugierig an.

„Hier in der Satteltasche hab' ich ein Seil mit 'nem Enterhaken. Und denkt d'ran! Es wird nichts brutal zerstört. Wir suchen in Ruhe nach Geld und Schmuck.
Auf dem Rückweg, wenn wir wieder bei unseren Rädern sind, dann trennen wir uns, klar?"

Die beiden Jungen nickten. „Habt ihr die Taschenlampen?" Wieder folgte ein schweigsames Kopfnik-
ken als Zustimmung.

„Na, dann los, auf zur Schlacht", flüsterte Achim und
grinste wieder. Dann schoben sie ihre Räder in den
dunklen Park. Die Blätter der Baumkronen im dunklen Stadtpark rauschten wispernd, als wollten sie sich
die Pläne der drei untereinander mitteilen, da der
Wind erneut durch sie fuhr. Die angeschalteten Fahrradfunzeln beleuchteten spärlich den Weg vor ihnen.
Die dunklen Bäume, an denen sie vorbeigingen, wirkten wie starke Riesen auf sie.

Nach zehn Minuten, die sie schweigend hintereinander zurücklegten, erreichten die drei den Gärtner-
schuppen, in dem die Stadtgärtner immer ihr Werkzeug und Material lagerten. Sie lenkten die Räder hin-

ter den Schuppen und stellten sie unabgeschlossen ab, damit sie auch schnell wegflitzen konnten, wenn es notwendig würde.

Sven nahm das Seil aus der Tasche und verteilte das rechtliche Werkzeug wortlos an die beiden Kumpel. Es war nun ihr fünfter Einbruch, den sie miteinander durchführten. Dabei hatten sie schon eine gewisse Routine entwickelt, denn jeder von ihnen kannte seine spezielle Aufgabe. Wenn auch die ersten Brüche nicht sehr effektiv waren, so empfanden sie es als eine tiefe Befriedigung, dass ihnen bisher noch niemand auf die Schliche gekommen war und die Polizei immer noch im Dunkeln tappte, obwohl dementsprechende Presseberichte die Einbrüche geschildert hatten und die Polizei fieberhaft weitersuchte. Doch dieses Mal erhofften sie sich eine ergiebige Beute, denn die Hauseigentümer waren vermögende Leute. Da sie schon Rentner waren, gingen die Jungen davon aus, dass nicht alles Geld auf dem Konto lag und ein Teil davon im Hause verwahrt würde.

Schweigend liefen sie weiter. Der weiche Erdboden verschluckte ihre Schritte. Es roch verfault, und die Erde strömte einen Humusgeruch aus. Die Taschenlampen blitzten auf und wiesen ihnen in der Dunkelheit den Weg. Dann zeigte Sven nach links zu einem Haus, das sich schwarz gegen den dunkelblauen, mit wenigen Sternen versehenen Nachthimmel abhob.

„Da ist es", flüsterte er, und sie verließen den Park durch ein riesiges Loch, das in der abschließenden Hecke schon seit langen von allen möglichen Leuten als Durchschlupf benutzt wurde. Nun befanden sie sich auf dem Grundstück

Von der Straße hupte ein Auto, und in der Ferne bellte ein Hund. Der bewölkte Himmel löste sich langsam auf, und das Mondlicht fiel kalt und hell auf die Erde und beleuchtete die Szenerie. Sven blieb stehen und lauschte nach irgendwelchen Geräuschen in der Nähe. „Macht die Lampen aus", flüsterte er. „Wir können jetzt genug sehen."

Dann huschten sie schnell weiter. Der Schatten des Hauses verschluckte sie dann ein wenig später. Zuerst suchten sie nach Einstiegsmöglichkeiten im Parterrebereich. Ein Kellerfenster war leicht angewinkelt, ließ sich aber nicht weiter öffnen. Kurz ließ Sven seine Taschenlampe aufblitzen. Da ertönte hinter ihm ein unterdrückter Fluch. Achim war gestolpert und auf seine Knie gestürzt. Verbissen hielt er den kurzen Schmerz aus.

„Sei doch still", herrschte ihn Roland an. Von vorne kam gleich ein warnendes „Pssst!"

Sie sahen keine andere Möglichkeit, als über die Veranda ins Haus einzudringen, da alle Fenster und die Terrassentür verschlossen waren. Doch die Seite der Veranda wurde vom Mond beschienen. Sven verharrte kurz und zeigte zum Mond hin, da die beiden ihn fragend anstarrten. „Wenn wir jetzt nach oben klettern, kann uns jeder sehen", erklärte er ihnen sein Warten.

Doch ein paar Minuten später hatten sie Glück. Der Mond wandte sich ab, als wollte er den Jungen bei ihrem Einbruch nicht zusehen, und die Wolken schoben sich vor ihn wie ein Vorhang, der einen Akt beschließt. Sven schleuderte das Seil und schwang den

Enterhaken nach oben. Es gab ein kurzes, klickendes Geräusch, und der Haken saß fest. Dann kletterte er langsam an der Mauer hoch. Schon war er auf der Veranda verschwunden. Es dauerte einen Augenblick, dann blinkte seine Taschenlampe kurz zweimal auf. Das war das Zeichen für die anderen, dass er eine Einstiegsmöglichkeit gefunden hatte. Nun kletterten auch Achim und Roland nacheinander hoch. Oben erwartete sie Sven, der bereits im Schlafzimmer der alten Leute stand und die Balkontür offenhielt.

Die Taschenlampen blitzten erneut auf, und sie schlichen sich durch das fremde Haus. Da länger nicht gelüftet war, roch es hier oben nach schlechter Luft und getragener Bekleidung. Sie drangen weiter vor und liefen vorsichtig über eine große Treppe nach unten. Der Teppich verschluckte ihre Schritte. Große Bilder hingen an den Wänden, die sicher wertvoll waren, aber die sie nicht transportieren konnten. Daher fanden sie nicht ihr Interesse. Dann öffneten sie die Glastür zum Wohnzimmer. Eine riesige Schrankwand voller Bücher nahm zunächst ihren Blick gefangen. Die runden Lichtflecke der Taschenlampen bewegten sich ruckartig durch den ganzen Raum. Sven steuerte auf die, den Büchern gegenüberliegende Wand auf ein dort hängendes Bild zu. Er hob es ab und hatte richtig vermutet. Dahinter befand sich ein Tresor. Achim nahm einen Stuhl und stellte ihn vor den Tresor.

„Hier, nimm mal die Lampe", befahl er Roland, der sie in Empfang nahm und auf den Tresor leuchtete. Achim war auf den Stuhl gestiegen und legte sein Ohr an den Tresor. Langsam drehte er das Zahlenschloss nach links und rechts.

„Na, was ist?" meinte Roland ungeduldig. „Psst!" entfuhr es Achim, und nun lauschten sie alle drei. Hin und wieder machte es leise klick, klick. Achim standen die Schweißtropfen auf der Stirn. Nach endlosen vierzehn Minuten fasste er an den Griff, und der Safe öffnete sich.

„Voila, Sesam öffne dich", grinste er die beiden anderen an.

Sven leuchtete in die dunkle Öffnung. Da lagen Briefe, und weiter hinten stand eine Kassette. Er griff danach und holte sie aus dem Tresor. Sie war abgeschlossen. Ein Schlüssel steckte nicht. Wieder leuchtete er in den Tresor hinein. Nachdem er die Briefe hochgehoben hatte, fand er auch den Schlüssel.

„Mensch, Emil, mach' hin", rief Kalle Bolljahn energisch. Der so Angesprochene drückte gerade die WC-Spülung, zog den Reißverschluss hoch, und stapfte in das Zimmer, aus dem Kalle gerufen hatte. Sie beide gehörten zu einem Sicherheitstrupp, der auf Bestellung die Häuser der vermögenden Leute überwachte und von Zeit zu Zeit kontrollierte.

„Ick komm ja schon, Kalle", antwortete er in seinem tiefen Bass. „Man wird doch wohl noch mal seinen Bedürfnissen nachgehen dürfen."

„Is doch klar, Emil. Aber wir sind schon spät dran. Die erste Kontrollrunde war schon fällig. Du weißt, dass der Boss sehr penibel ist." „Weeß ick ja, Kalle. Nu lass uns losziehen", war Emils Antwort. Sie verließen eilig das Gebäude, nachdem Kalle abgeschlossen hatte. Dann stiegen sie in den alten Golf, und es ging los auf Tour.

„Hier bei Manuszewski ist die erste Kontrolle", wies Emil seinen Kollegen an und zeigte auf die Karte. Kalle drückte den Blinker herunter, und sie bogen nach rechts in die Hindenburgstraße ein.

Gerade, als Sven die Kassette öffnen wollte, fuhr ein Wagen mit röhrendem Motor die Auffahrt zum Haus hinauf. Zwei Scheinwerfer warfen ihr Licht neugierig durch die große Fensterscheibe und blendeten die Jungen für einen kurzen Augenblick. Das Wohnzimmer war in diesem Augenblick hell erleuchtet, so dass sich die Jungen schon entdeckt fühlten. Doch die Gardinen ermöglichten keinen Blick von außen ins Innere des Hauses. „Hinlegen!" befahl Sven und drückte sich auf den flauschigen Berberteppich. Dabei flog die Kassette einen halben Meter nach vorn und traf mit der Spitze Achim an dessen Fußgelenk.

Er konnte einen jähen Aufschrei nicht unterdrücken. „Aua, verdammt! Pass doch auf, wo du das Ding hinwirfst", brüllte er mit schmerzverzerrtem Gesicht.

„Mensch, halt die Klappe, Alter", fauchte Sven und blickte wütend zu Achim herüber. Doch der Schmerz verging nicht so schnell. Sein leises Stöhnen war weiterhin zu hören.

Plötzlich wurde die Haustüre geöffnet und das Licht auf der Diele angeknipst. Die fremde Person musste noch ein paar von Achims Lauten gehört haben, denn sie rief: „Ist da wer? Herr Bögendorf, sind Sie wieder zurück."

Da keine Antwort kam, wurde Kalle, der auch hier seine Kontrolle durchführte, misstrauisch. Er öffnete den Halfter und entnahm die Pistole. Dann entsicherte er sie und bewegte sich vorsichtig, den Arm mit der Pistole vorgestreckt, in Richtung des Wohnzimmers. Dort kauerten die drei Jungen schwitzend und zitternd hinter dem Sessel und der Couch. Jetzt war jemand da, der sie entdeckt hatte. Alle drei waren der Meinung, dass es die Polizei wäre. Roland wagte kaum zu atmen. Achim keuchte schwer, da das Fußgelenk noch schmerzte. Nur Sven bewahrte einen kühlen Kopf. Er erblickte unter dem Sessel hindurch die Beine des Wachmannes, der langsam auf ihn zukam. Es dauerte fast wie eine halbe Ewigkeit, als Kalle das Licht im Wohnzimmer anschaltete. Sein Blick fiel sofort auf den offenen Tresor an der Wand. Seine Pupillen weiteten sich vor Angst, denn nun wusste er, dass noch jemand im Haus war. Da er nicht mehr der Jüngste war, befürchtete er, einem durchtrainierten Einbrecher nicht gewachsen zu sein.

Er wollte gerade Emil verständigen, als die drei auf ein Zeichen von Sven hin aufsprangen und auf ihn zueilten. Dieser Überraschungsangriff war zu viel für ihn. Ein Fausthieb traf ihn ins Gesicht, und er brüllte auf. Die Pistole flog im hohen Bogen ins Zimmer auf den Teppich, als Sven mit voller Wucht gegen seinen Arm trat. In Rolands Händen befand sich plötzlich die Kassette, und er schlug mit voller Wucht zu. Kalle sah nichts mehr als Dunkelheit und ging zu Boden.

„Nun aber schnell nach hinten raus", rief Sven und war schon auf dem Sprung. Roland behielt die Kassette und folgte ihm, während Achim hinterher humpelte. Als sie hinter der Hecke verschwanden und zu ihren Rädern liefen, stellte Achim plötzlich fest: „Mensch, das Seil! Das Seil hängt doch noch da." Sven blieb abrupt stehen. „O Schiet, das hol ich noch. Bleibt bei den Rädern, bis ich komme." Er eilte zuruck, um das Seil zu holcn.

„Kalle, wo bleibste denn?" machte sich Emil Gedanken. Kalle wäre schon längst zurück, wenn alles klar dort wäre. Er sperrte seinen Golf ab und ging ins Haus. „Hallo, Kalle, wo bist du?" rief er.

Dann eilte er über die Diele ins Wohnzimmer. Dort fand er seinen Partner auf dem Boden liegend. Aus einer offenen Wunde am Kopf sickerte Blut.

„Mensch Kalle, was ist denn los?" jammerte Emil und rüttelte Kalle ein wenig. Dieser stöhnte auf, bewegte sich aber nicht. „Du lebst ja, wie gut", entfuhr es Emil. Dann wählte er über sein Handy die Polizei. Während er telefonierte, hörte er ein Geräusch von hinten. In seiner Erregung achtete er nicht darauf. So entging es ihm, dass es Sven gelang, das Seil von der Veranda zu lösen. Schnell wickelte er es auf und lief zu seinen beiden Kumpel in den dunklen Stadtgarten. Diese warteten schon ungeduldig.

„Mann, wo bleibst du denn?" riefen sie beide. Die ersten Polizeisirenen waren zu hören und näherten sich dem Haus. Sven nahm Roland die Kassette ab und verstaute sie in seiner Satteltasche. In der anderen verschwand das Seil mit dem Enterhaken.

„Wir trennen uns jetzt", meinte er dann. „Und morgen Abend treffen wir uns bei mir, klar. So um acht Uhr, okay?" Die beiden anderen nickten. Dann schnappten sie ihre Räder und radelten aus dem Stadtgarten. Dort trennten sie sich, und jeder radelte in eine andere Richtung, vorbei an Polizeiwagen, die immer noch zu der Bögendorfschen Villa fuhren.

Am nächsten Morgen prangte es in großen schwarzen Lettern in den Tageszeitungen: Einbruch in der Villa des Finanzrates a.D. Bögendorf.

In dem Artikel wurde Bezug auf die anderen Einbrüche genommen, die bisher noch nicht aufgeklärt waren. Die Polizei wurde von einigen Redakteuren sehr scharf angegriffen und die Aufklärungsquote von bisher begangenen Verbrechen sehr kritisch unter die Lupe genommen.

Dieses missfiel dem Polizeichef und dem Bürgermeister natürlich. In einer schnellstens einberufenen Pressekonferenz versuchten sie beide, die angeschlagene Position der Polizei wieder aufzuwerten und das schiefe Bild der Unfähigkeit geradezurücken. Doch die Presse wurde durch die Darstellung der Behördenvertreter und der Politik nicht auf einen anderen Pfad ihrer Berichterstattung gelenkt, sondern hielt noch fest an dem Bild der erfolglosen Exekutive.

Kalle, der nach dem Zusammenstoß mit den drei Dieben ins Krankenhaus eingeliefert wurde, konnte Inspektor Hachinger keine besonderen Hinweise liefern, da er sich nur daran erinnern konnte, wie drei wilde Männer auf ihn zustürmten und ihn zusammenprügelten. Einen genauen Hinweis, wie die drei aussahen, konnte er leider nicht geben. Und so saß die Polizei mit ihren Ermittlungen erneut auf dem Trokkenen.

„Das müssen Profis gewesen sein", murmelte Ephraim Knüttelbaum immer wieder leise vor sich hin. Er war der Assistent von Peter Hachinger, der als Kriminaloberinspektor diesen Fall übernommen hatte.

„Keine Fingerabdrücke, auch nicht auf der Safetür. Alle Achtung, die verstehen ihr Handwerk", murmelte er wieder und kaute dabei an einem Dienstkugelschreiber. „Und den Safe haben die so geknackt. Alle Achtung!" Dabei pfiff er leise durch die Zähne. Er las den Bericht von der Spurensicherung erneut durch.

„Verdammt, das wird 'ne harte Nuss, die Jungs zu schnappen." In seinen Gedanken ging er alle die schweren Ganoven durch, die sie in ihrer Dienstzeit schon hinter Schloss und Riegel gebracht hatten. Auf ein paar konnte die Art und Weise, wie der Einbruch vorgenommen worden war, zutreffen. „Wir werden alles überprüfen!" beruhigte er sich mit seinen Gedanken selbst.

Er goss sich noch einen Kaffee ein, der frisch auf der Maschine vor sich hin dampfte. Da polterte es an der Flurtür, und mit schlurfenden Schritten näherte sich jemand dem Büro.

„Aha, der Chef kommt aus dem Krankenhaus", rief er ihm entgegen. Der hatte inzwischen die Tür laut hinter sich zugeknallt. Ephraim sah seinen Chef an und wusste sofort, dass dieser jetzt auch keine erfolgreiche Nachricht von dem Wachmann mitbrachte. „Alles Blöde auf der ganzen Linie F", maulte Peter Hachinger, der sich über seinen Dreitagebart strich und ein kratzendes Geräusch verursachte. Wobei F ganz einfach die Abkürzung für Ephraim war.

„Chef, das müssen Profis sein; das sieht man doch auf der ganzen Linie", begann dieser nun seine ausgeklügelten detektivischen Überlegungen an den Mann zu bringen. „Keine Fingerabdrücke sagt die Spurensicherung."

„Dieses ist der fünfte Bruch, der in kurzer Zeit in unserer Stadt verübt wurde. Vielleicht stammen die ja auch aus dem Osten, Rumänien, Bulgarien oder so..." sinnierte der Chef laut vor sich hin und griff sich auch eine Tasse, um sich den duftenden Kaffee einzuverleiben.

„Es hilft nichts! Ich seh' mir die Sache morgen nochmal von draußen an, und du wirst dir all die Knackis aus dem Fotoalbum vornehmen und prüfen, ob von denen einer in Frage kommt, klar?"

Ephraim nickte und gähnte laut. Es war schon wieder fast neunzehn Uhr. „Komm, lass uns für heute Feierabend machen", schlug er dem Chef vor und räumte seine Sachen auf.

„Komm' rein und mach die Tür zu", rief Sven seinem Kumpel Achim von oben aus seinem Zimmer zu, der gerade geklingelt hatte und abwartend in der Diele stand. Da es draußen wie aus Kübeln schüttete, stand er dort wie ein begossener Pudel und triefte aus allen

Poren. Von seinem klatschnassen Haar perlten die Tropfen herunter und liefen ihm in den Mund.

„Wenn Sie da noch länger stehen, junger Mann, dann bildet sich ein See unter Ihnen", bemerkte Runkewitz räuspernd und war im Begriff, Achim die Jacke abzunehmen. Dieser lächelte etwas verlegen und entledigte sich seiner nassen, schweren Jacke. Dann war er schon auf der Treppe und verschwand einen Augenblick später in Svens Zimmer.

„Roland kommt etwas später", empfing ihn Sven und bot ihm ein Glas Cola an. Achim nahm es ihm ab und trank gierig.

„Weißt du, ob die Polizei schon etwas herausgefunden hat?" fragte er Sven, der sich auf sein Bett lümmelte.

„Was die Medien berichten, lässt darauf deuten, dass sie noch keine Spur gefunden haben", antwortete er.

„Mein Vater hat sich furchtbar über den Einbruch aufgeregt", berichtete Achim und grinste Sven dabei an. „Ich glaub' der würd mich totschlagen, wenn der wüsste, dass sein Sohn dabei gewesen ist."

„Wir müssen dafür sorgen, dass sie nicht auf unsere Spur kommen. Das bedeutet für euch Maul halten und niemals etwas verraten. Auch nicht in 'ner schwachen Stunde."

„Hast du die Kassette schon aufgemacht?" fragte Achim neugierig. "Nee, du. Das wollte ich jetzt machen, wenn wir alle zusammen sind." Sie sprachen noch über die Schule, als es erneut klingelte. Einen

Augenblick später trat Roland ein, der auch einen durchnässten Eindruck machte.

„Hi, Fans", rief er lachend und schüttelte sein nasses Haar. „Das ist vielleicht 'n Sauwetter." „Gibt's was Neues?" empfing ihn Sven. „Nee, nicht das ich wüsste", kam die Antwort gedehnt aus seinem Mund.

„So, nun woll'n wir mal unsere Schatzkiste ansehen", drängelte Achim und hatte schwitzende Hände vor Aufregung.

„Dann schließ mal die Tür ab, dass uns keiner stört", antwortete Sven. Achim schlurfte zur Tür, und als diese abgeschlossen war, zog Sven die Kassette unter seinem Bett hervor. Da sie bei ihrer Flucht den Schlüssel verloren hatten, benutzte Sven einen Hammer und einen Schraubenzieher, um die Kassette zu öffnen. Nach ein paar wuchtigen Schlägen war das Schloss soweit demoliert, dass sie geöffnet werden konnte.

Erwartungsvoll sahen sechs Augen auf die Kassette, um den Inhalt zu begutachten. „Oh, sieh mal, Geld!" riefen Achim und Roland zugleich. Tatsächlich, zwei Bündel Banknoten in Hunderterscheinen lagen in der Kassette. Dann fanden sie noch Aktienpapiere und Schmuck: Zwei Ketten, davon eine Perlenkette, zwei Armbänder aus Gold und vier Ringe, wovon zwei mit Diamanten besetzt waren.

„Mensch, das ist ja toll", triumphierte Roland. Sven nahm zuerst das Geld und zählte es. Dabei machte er gleich drei Haufen. Dabei stellte sich heraus, dass es fast sechstausend Mark waren, so dass jeder fast zweitausend bekam.

Sven blickte in die Gesichter seiner Freunde. Die glühten vor Aufregung wegen der Situation, dass sie jetzt so viel Geld besaßen. Ein schlechtes Gewissen hatte eigentlich nur Achim. Aber er wagte es nicht zu sagen, denn die beiden anderen hätten es ihm gleich ausgeredet. So schwieg er lieber.

„Hört mal zu, ihr beiden", begann Sven und sah seine beiden Kumpel mit einem durchdringenden Blick an. Wenn er sie so ansah, dann hatten sie eigentlich Angst vor ihm, denn Sven konnte sehr brutal werden, wenn er richtig drauf war.

„Also, hört genau zu! Wenn ihr das Geld jetzt mitnehmt, dann versteckt es so, dass es eure Eltern oder Geschwister nicht finden. Und seid vorsichtig mit Ausgeben. Wenn ihr euch jetzt plötzlich teure Sachen kauft, dann merken die was bei euch zu Hause. Und dann werden die misstrauisch, versteht ihr?" Achim und Roland nickten mit glühenden Gesichtern.

„Am besten, ihr lasst das Geld in Ruhe. Noch lieber würd' ich's für euch aufbewahren, bis eine Zeit vergangen ist und dann erst geben. Aber ich will euch die Freude daran nicht verderben. Mit dem Schmuck werde ich noch warten, bis ich ihn an den Mann bringen kann. Denn die Bögendorfs werden ihn ja als vermisst melden. Also darf er so schnell nicht auftauchen, klar?" Wieder nickten die beiden. „Mit dem anderen Zeugs können wir nichts anfangen. Aber ich lass es noch in der Kassette. Habt ihr noch Fragen?"

Dabei sah er sie grinsend an. Doch die Beiden sahen nur auf die Geldstapel vor ihnen.

„Nun steckt das Zeug ein", mahnte sie Sven. Nachdem sie es verstaut hatten und die Kassette wieder unter dem Bett lag, öffnete Sven erneut die Zimmertür. „So, nun lasst uns mal was anderes machen. Hab' ich euch eigentlich schon mein neues Spiel gezeigt?" versuchte Sven seine Freunde auf ein anderes Gebiet zu lenken. Die beiden schüttelten den Kopf, und dann ließen sie sich vor Svens Computer nieder, um es unbedingt kennenzulernen.

Als das Ehepaar Bögendorf, das durch die Polizei telefonisch in seinem Urlaubsort auf den Diebstahl aufmerksam gemacht wurde, den erlittenen Schaden mit eigenen Augen besah, erlitt Waldemar Bögendorf einen Herzanfall, der ihn einige Zeit in stationäre Behandlung des Virchow-Krankenhauses brachte. Minna Bögendorf, seine Frau, wollte nicht allein in der Wohnung bleiben. Deshalb fuhr sie, da beide keine Kinder hatten, zu ihrer Schwester nach Berlin.

Die Polizei arbeitete fieberhaft an dem Fall, da ihr die Presse mit festen Krallen im Nacken saß. Kriminaloberinspektor Hachinger war schon des Öfteren zu seinem Chef bestellt worden. Doch konnte er diesem noch keine genauen Aufklärungserfolge anbieten. Jedes Mal verließ er mit einem hochroten Kopf das Büro, weil er sich so sehr darüber ärgerte.

Auch dieses Mal hatte es eine unschöne Auseinandersetzung gegeben. „Mensch, Peter begreif es doch endlich. Wir benötigen dringend - ich wiederhole - dringendst einen Erfolg in dieser Sache. Der Innenminister ist mir schon aufs Dach gestiegen, weil wir noch nichts Konkretes in diesem Fall aufzuweisen haben. Zwar haben diese Politiker keine Ahnung, wie es an der Front aussieht. Doch wartet er auf einen Erfolg, und wenn es nur ein klitzekleiner wäre."

Peter Hachinger sah seinen Chef mit den Augen eines angeschlagenen Basset an, der sich immer auf seine Ohren tritt und sich wundert, warum er nicht weiterkommt.

„Deine Argumente sind mir klar, Hans", antwortete er. "Aber bis heute konnten wir aus allen Spurenergebnissen nichts entdecken. Keine Fingerabdrücke, und da es in dieser Nacht geregnet hatte, waren alle Möglichkeiten, irgendwelche Fußspuren zu sichern, ebenfalls vergeblich."

„Was ist mit der Überprüfung der infrage kommenden Profis?" wandte Kriminalrat Meiserlich ein.

„Also mein Assi, der F, hat alle bekannten Leute überprüft. Drei saßen still und sicher. Die anderen hatten ein einwandfreies Alibi. Man konnte niemandem auch nur das Geringste nachweisen."

„Ja, Peter, wenn du mir nicht bis spätestens nächste Woche etwas Brauchbares liefern kannst, werde ich gezwungen sein, einem anderen Kollegen den Fall zu übertragen. Der Minister hat mich schon auf diese Möglichkeit hingewiesen." Dabei machte er selbst ein säuerliches Gesicht zu dieser Aussage, dass man das Gefühl hatte, er sei mit dieser Entscheidung, wenn sie dann fallen würde, selbst nicht einverstanden. Peter

Hachinger lief vor Ärger puterrot an. „Bestell deinem Minister, dass er mich mal kreuzweise kann", brüllte er los. „Als wenn wir hier pennen würden. Hauen wir uns nicht schon die Nächte um die Ohren? Die Überstunden kann man schon gar nicht mehr zählen." Er japste vor Aufregung nach Luft.

„Beruhige dich doch, so war das nicht gemeint", versuchte der Kriminalrat seinen Freund und Kollegen zu beruhigen. „Ich hab' doch nur versucht, dir die Gedanken des Ministers beizubringen."

„Das reicht auch", regte Peter sich weiter auf. „Es ist besser, wir brechen die Besprechung hier ab, sonst bekomm ich noch 'nen Schlaganfall vor Wut", schloss er das Gespräch und verschwand grußlos durch die Tür. Kriminalrat Meiserlich schüttelte den Kopf, als die Tür mit einem heftigen Knall zugehauen wurde und sich sein Freund entfernte.

Eine Woche später trat etwas ein, dass für Oberinspektor Hachinger die Wende sein sollte. Achim und Roland, die Sven geradezu beschwörend ermahnt hatte, mit dem Geld nicht um sich zu werfen und sie dadurch auffallen würden, konnten der verlockenden Versuchung nicht widerstehen. Das Geld kribbelte in ihren Fingern, und so geschah es, dass beide, unbeabsichtigterweise und nicht abgesprochen, in neuen Designerklamotten in der Schule erschienen. Von beiden wussten die Mitschüler, dass ihre Eltern nicht gerade begütert waren. Und so musste es kommen, dass die ganze Klasse staunend um sie herum stand und die Schüler ihren manchmal spitzfindigen Kommentar abgaben.

„Eh, ihr zwei", machte Rüdiger Pleitzke, der Klassenclown, sie an. „Habt ihr im Lotto gewonnen, oder ist eure reiche Oma aus U.S.A. gestorben?"

Andere stimmten in diese Frotzelei mit ein.

„Man, ihr habt wohl 'nen Bruch gemacht, dass ihr euch so teure Sachen leisten könnt."

Achim wurde puterrot, und Roland verschluckte sich bei der Antwort, dass er husten musste. Doch dann hatte sich Achim wieder gefangen und meinte grinsend: "Vielleicht versucht ihr das mal mit Arbeiten." „Ihr und arbeiten", ulkte Rüdiger und begann lauthals zu lachen. Die anderen stimmten mit ein. In diesem Augenblick trat Sven, der sich verspätet hatte, in den Kreis und sah seine Kumpel, die als Zielscheibe für die Klasse dienten, in ihrem Outfit. Vor Schreck wurde er ganz bleich.

"He, Sven, schau dir die beiden an, seh'n die nicht geil aus? Die hat bestimmt das Kaufhaus Rothenburg geschickt, dass sie uns animieren sollen, auch die Klamotten zu kaufen", lachte Benjamin Strohmann. Und wieder ging ein Gelächter durch die Reihen der Jungen.

Ehe Sven etwas antworten konnte, schrillte die Pausenklingel unerbittlich und ermahnte die Schüler, in die Klassen zu gehen.

Zum Teil kopfschüttelnd trotteten sie in den Klassenraum. Achim und Roland, die sich nach hinten hielten, wurden von Sven, als kein anderer Schüler in der Nähe war, um sie zu belauschen, angefaucht: „Sagt mal, seid ihr total bescheuert? Hab' ich euch nicht gesagt, ihr sollt den Scheiß lassen? Was meint ihr, wenn das irgendwelche Leute jetzt der Polizei weitergeben." Und damit hatte Sven den Nagel auf den Kopf getroffen.

Das Telefon klingelte nervend. Ephraim Knüttelbaum schluckte den Bissen herunter und meldete sich, noch kauenderweise und daher etwas umständlich: „Polizeiobermeister Knüttelbaum, 14. Revier, was kann ich für Sie tun?" „Ja, hier ist Sigrid Kolschewitz, die Mutter von David Kolschewitz. Wissen Sie, mein Junge geht in das Jungengymnasium hier in Brandenberg. Und..."
Es dauerte ziemlich lange, bis Frau Kolschewitz berichtete, was ihr auf dem Herzen lag und sie dem Polizeibeamten sagen wollte.

Doch dann hatte Ephraim es begriffen. „Sie meinen also, wir sollten mal die zwei Jungen überprüfen, die plötzlich neue Sachen haben, weil Sie wissen, dass der Vater des einen arbeitslos ist und bei dem anderen die Mutter gerade die Arbeit verloren hat?"

„Ja, ja...." Wieder kam ein riesiger, kaum zu verkraftender Wortschwall aus der Hörermuschel in das Ohr von Ephraim geflossen, so dass dieser etwas genervt den Hörer vom Ohr hielt. Dann war das Gespräch beendet und F notierte sich die Namen der beiden Jungen.

Am Nachmittag war Krisensitzung. Corinna Matzinger hatte ihren freien Tag, und Runkewitz war im Garten beschäftigt. Svens Vater war in der Firma, wo er fast die ganze Zeit des Tages verbrachte, und seine Mutter war noch drei Tage in der Schweiz, ihre Kur zu genießen.

So war sturmfreie Bude bei Sven, und er brauchte nicht vorsichtig zu sein. Aus diesem Grunde kam er frei aus sich heraus, als seine Freunde Achim und Roland bei ihm eingetroffen waren.

„Sagt mal, ihr Idioten, ich dachte mich trifft der Schlag, als ich euch heute Morgen so sah. Was habt ihr euch dabei gedacht?" „Äh, wir wollten eigentlich...", begann Roland zaghaft zu antworten und blickte auf Achim, der ebenfalls belämmert dreinblickte.

„Ihr wolltet uns gefährden, denke ich", antwortete Sven, immer noch wütend über die Eskapaden, die sie dort angezettelt hatten.

„Also, wenn ihr mich fragt, bin ich überzeugt, dass über kurz oder lang die Polizei bei euch auftauchen wird. Und dann habt ihr kein Alibi, wo ihr die Sachen und das Geld herhabt."

„Aber was sollen wir denn machen?" kam die verzagte Frage von Roland. „Ihr besorgt euch jetzt 'nen Job, klar? Zeitungen austragen, Rasen mähen oder ähnliches. Dann jobbt ihr rund um die Uhr, damit ihr Geld reinbekommt. Dieses Geld legt ihr weg. Und wenn die Polizei dann fragt, dann habt ihr euch das Geld verdient."

"Doch wenn die fragen, warum wir uns die Klamotten schon jetzt gekauft haben, was dann?"

„Dann mhm! Dann - hab ich euch das Geld vorgestreckt. Ich habe mein Sparbuch geplündert und es euch gegeben."

"Das wär 'ne Möglichkeit, aber so richtig gefällt mir die Sache nicht", murrte Achim und blätterte nebenbei in einem Journal.

„Wenn ihr das nicht so eilig gehabt hättet, müssten wir das Problem jetzt nicht lösen müssen", konterte Sven und warf Achim einen bösen Blick zu. „Dann hör auf darin 'rumzublättern. Aber - mir kommt da eine Idee!"

„Was denn für eine Idee? Mensch, erzähl schon - ", rief Roland. Beide sahen sie mit großen Augen auf Sven, als wenn dieser eine großartige Offenbarung verkündigen würde. „Wir müssen noch einen Bruch machen, um die Polizei in die Irre zu führen." „Was meinst du, noch einen Bruch?" Die beiden sahen sich irritiert an.

„Ja, und wo?" kam die Frage von Achim.

„Das sag' ich, wenn es soweit ist", schmunzelte Sven in sich hinein und war in Gedanken schon mit dieser Angelegenheit beschäftigt. Da schoss ihm auf einmal eine Idee ins Gehirn, die ihm bei näherer Betrachtung immer mehr zusagte und sich zunehmend entwickelte.

VIII

Ulli beugte sich begierig über das weiße Pulver und zog es hastig mittels eines kleinen Röhrchens tief durch seine Nase ein, bis nichts mehr auf dem braunen Papier vorhanden war. Es kitzelte dabei in der

Nase und er musste niesen. Dann atmete er tief durch.
„Na, endlich wieder eine Ladung." Bei diesen Gedanken musste er lachen. Er wusste, dass es nicht lange
dauern würde, bis das geschnupfte Kokain seine Wirkung tat. Es würde, wie immer, rechtzeitig zum Spiel
wirken und Kräfte in ihm frei werden lassen, die ihn
bis ins Unendliche laufen ließen und ihn befähigten,
wie bei den Spielen zuvor, alle an die Wand zu drän-
gen.

Wenn sich danach wieder dieser ekelhafte Kater ein-
stellte, den er so hasste, und dabei seine Stimmung
weit unter den Nullpunkt sank, dann würde er wieder
zu Hause in seinem Zimmer auf dem Bett liegen und
in Gedanken den Triumph nacherleben, den er im
Rausch in seiner Seele fühlte, seitdem er dieses Zeug
nahm. Damit konnte er diese schmerzlichen Nachwir-
kungen nicht beseitigen, aber etwas mildern.

Bevor er sich für das Spiel umzog, ließ er seine Gedanken noch ein wenig in die Vergangenheit wandern. So sah er sich in plastischen, realitätsnahen Gedankenbildern vor gut einem halben Jahr, als er das
erste Mal aufs Schorschs Aufforderung hin diesem in
seiner schmuddeligen Wohnung einen Besuch abstat-
tete. Zuerst lehnte er den Kontakt mit ihm ab, doch
als ihn Schorsch, der Hilfstrainer seines Vereins, zum
ersten Mal Kokain anbot und demonstrierte, wie man
es nimmt, war Ulli von der Wirkung dieses Stoffes
fasziniert. Er spürte, dass plötzlich ungeahnte Kräfte
und Reserven in ihm mobil wurden. Alle waren beim
nächsten Spiel überrascht, und sie konnten es nicht
fassen, dass der kleine Ulli Krause plötzlich die
Führung im Spiel übernahm und nacheinander fünf

Tore warf. Welcher Triumph für ihn. Der Beifall der Zuschauer erzeugte ein Hochgefühl in seiner Seele, dass er vorher noch nie gekannt hatte. Raimund, sein Freund, war ganz aus dem Häuschen nach dem Spiel. Denn Ulli tat ihm immer leid, wenn er von den anderen Jungen, die Ulli alle um einen bis zwei Köpfe überragten, im Team als das letzte Rad am Wagen betrachtet wurde. Ulli war der Kleine, der nicht so viel brachte. Stets versuchte Raimund, seinen Freund nach solchen Erlebnissen wieder aufzumuntern und neuen Mut zu machen. Aber das war auf einmal nicht mehr erforderlich. Ulli zeigte es ihnen. Doch niemand ahnte damals, dass er begonnen hatte zu koksen.

Er lächelte in sich hinein bei dem Gedanken, dass selbst Raimund, sein bester Freund, davon noch nichts gemerkt hatte und zog sich weiter an. Dann hängte er seine Sporttasche um und flitzte die Treppe herunter. Unten wartete Raimund schon auf ihn.

„Da bist du ja endlich", empfing er Ulli. „Wir müssen uns beeilen, denn wir sind spät dran."

„Na, dann lass uns mal in die Pedale treten", grinste dieser und schwang sich mit einem Satz auf sein Rad. Dann spurteten sie los. Zehn Minuten später stellten sie die Räder am Sportplatz „Dümpeler Heide" ab und eilten in die Umkleideräume.

Dort wartete man schon auf sie. „Los beeilt euch", rief der Trainer und unterstützte mit kreisenden Handbewegungen seine Worte. Kurz danach liefen sie auf den Platz, auf dem schon die Jungen der Gegnermannschaft sich warmliefen und mit herausfordernden Blicken auf die anderen Spieler warteten.

Als die Mannschaft an der Absperrung zu den Zuschauern, die sich aus den Mitschülern der Mannschaften und deren Freunden sowie einigen interessierten Vätern zusammensetzte, vorüber lief, lehnte
Schorsch leicht vornüber gebeugt, die Arme auf die
Barriere stützend. Ulli blickte rasch zu ihm hinüber
und signalisierte ihm, dass er noch mehr Stoff brauchte. Dieser grinste zurück, dass er verstanden hatte,
und hielt seinen rechten Daumen in die Höhe. Ulli lächelte kurz, und schon trabten die Jungen an ihm vorbei.

Da das Kokain bei Ulli bereits jetzt zu wirken begann,
wurde er dabei sehr redselig. Er brüllte den Gegnern
seine Zoten herüber, um sie für das Spiel anzuheizen.

„He, passt auf, heute werdet ihr 12 zu null ge-
schrubbt" und „Heute machen wir euch fertig!"

Einige Burschen der Gegnermannschaft schnappten
die Zurufe auf und reagierten prompt.

„Pass auf Kleiner, dass wir dir nicht die Hose beim
Laufen runterzieh'n." „Der kleine Großkotz wieder",
tönte es von ihnen aufgebracht zurück. Diese Wort-
spiele heizten die Stimmung so richtig an, so dass einige bereits jetzt auf Touren waren.

Der Schiedsrichter bemühte sich vergeblich, mit aus-
holenden Gesten seiner Hände, die Jungen zu beruhigen. Dann gellte sein Anpfiff schrill über den Platz,
und es kam eine quirlige, hektische Bewegung in die
beiden Mannschaften, die wie explodierend ausein-
anderspritzten.

„Hierher, hierher", brüllte Andreas, der Spielführer der Gegnermannschaft, mit sich überschlagender Stimme seinen Leuten zu. Er stand in einer günstigen Position und hatte kaum Abwehr um sich herum. Der Ball flog zu ihm herüber, und er fing ihn auf. Das heißt, er wollte es. Plötzlich schoss ein kleines Etwas von einem Jungen vor ihm her und sprang fast über ihn hinweg. Bevor Andreas reagieren konnte, hatte Ulli den Ball im Griff und lief, den Ball auf den Boden werfend, mit ihm davon. Gleichzeitig suchte er sich einen Weg in Richtung des gegnerischen Tores. Sein ganzer Körper dampfte vor Anstrengung, und sein Gesicht glühte.

Ein Aufschrei hallte laut durch die Zuschauerriege. Ullis Fans rasten vor Begeisterung. Sie brüllten, dass einige schon fast heiser wurden: "Ulli, Ulli, Ulli!" Dieser flitzte wie ein Blitz an den sich ihm entgegenwerfenden Gegnern vorbei und legte ein Tempo drauf, so dass den eigenen Mitspielern und selbst Raimund der Unterkiefer herunterfiel.

Dann wurde er von Kalle, einem hochaufgeschossenen Lulatsch der Gegnermannschaft, abgebremst. Ulli warf den Ball zu Raimund, den dieser geschickt fan-gen konnte, und schon drehte er sich halblinks im Wurf auf das Tor.

„Toor! Toor! Toor!" brüllte die Masse der Zuschauer auf. Der Trainer war aus dem Häuschen. Er drehte sich zu seinem Co-Trainer Schorsch Grabowsky um und rief begeistert: „Also der Kleine ist ja in Topform. Den müssen wir unbedingt fördern."

Schorsch grinste und nickte bejahend mit dem Kopf. "Klar, Chef, aus dem ist bestimmt noch was 'rauszuholen." Dabei jagten seine Gedanken in eine ganz andere Richtung, was den Kleinen anbelangte.

Das Spiel lud sich weiter auf wie eine Gewitterwolke, und den laufenden Anfeuerungsrufen der Zuschauer war zu entnehmen, dass die Spieler ihren vollen Einsatz brachten. Nach einer Viertelstunde stand es 6:3 für die Mannschaft von Raimund und Ulli. Bis zum Ende der ersten Halbzeit zeigten sich jedoch bei einigen von den Mannschaften Ermüdungserscheinungen. Doch Ulli hatte immer noch genügend aufgestaute Energie, so dass es ihm gelang, noch vier Tore zu werfen. Beim Abpfiff durch den Schiedsrichter stand es 10:6 für den Ebershausener Turnverein.

Als Raimund die Umkleideräume betrat, tönte ihm ein lauter Redeschwall seiner Mitspieler entgegen, die alle eindringlich auf den kleinen Ulli einredeten.

Seine Ohren mussten sich erst an die überlaute Geräuschkulisse gewöhnen, denn die Worte überschlugen sich bei einigen. Ulli blickte seinen Freund grinsend an und hielt sich die Ohren zu.

„Mensch, Ulli, das nächste Mal kannst du mehr abgeben, sonst kannst du alleine spielen." „Wir freuen uns ja, dass du die Tore ´reingeknallt hast, aber lass uns auch noch ´ran ans Tor."

Von solchen und ähnlichen Worten wurde der kleine Star überschüttet, bis der Trainer, sich laut Gehör verschaffend, mit dem Co-Trainer die Räume betrat.

„Könnt ihr mal 'n Augenblick ruhig sein? Man versteht ja kein Wort mehr bei eurem Geschrei", gab er ein wenig unwirsch von sich. Langsam kam die kleine, aufgebrachte Meute zur Ruhe.

„So, jetzt kann man vernünftig reden. Was gibt's also?" Kaum hatte er diese Frage gestellt, als aus neun Kehlen erneut ein Wortschwall auf ihn einstürmte.

„Ruhe, zum Kuckuck", brüllte er nun. „Jeder nach der Reihe." „Wir wollen, dass Ulli nicht alleine die Tore wirft", meldete sich Heiner, der schon lange zur Mannschaft gehörte. „Der gibt ja überhaupt nicht ab, will alles alleine machen", kam es von rechts. Die anderen nickten zustimmend, und der Trainer hob die Hand hoch.

„Erst einmal können wir zufrieden sein, dass unsere Mannschaft, und darin der Ulli, so viel Tore geworfen hat. Das muss ihm erst mal einer nachmachen. Zum anderen habt ihr Recht, wenn auch von seiner Seite ein wenig mehr Teamgeist gezeigt würde, nicht wahr Ulli?"

Dabei sah er mit erwartender Miene auf den Jungen. Dieser runzelte zunächst die Stirn. Dann merkte man, wie er sich zusammenriss: „Sie haben recht, Trainer. Ich werde mehr mit den Jungs zusammenspielen. Sonst macht es für die anderen wohl keinen Spaß."

Gerade wollten einige der Mannschaft noch etwas sagen, da ertönte schrill die Glocke, die zweite Halbzeit anmahnend. Die Jungen rannten wieder auf das Spielfeld hinaus, nachdem sich einige noch schnell erfrischt hatten. Als Ulli bei Schorsch vorbeikam,

flüsterte er diesem zu: „Ich brauch' dringend was!"
Schorsch nickte und flüsterte ebenso zurück: „Dann
sei heute Abend pünktlich und bring' Geld mit. Du
stehst noch bei mir in der Kreide."

In der zweiten Halbzeit hatte Ulli auf einmal einige
Mühe. Er passte ein paar Mal nicht auf und verlor den
Ball an die andere Mannschaft. Die Bemerkung von
Schorsch ging ihm immer durch den Kopf. Er wusste,
dass dieser von ihm noch Geld von der letzten Sen-
dung bekam, doch das war das Problem. Er hatte kein
Geld mehr. Und Taschengeld gab es erst wieder in
zwei Wochen.

Ein Aufschrei der Zuschauer ließ ihn aus seinen
Gedanken auffahren. Raimund stand plötzlich neben
ihm. „Was machst du denn, Ulli?" rief er erregt. Ulli
hatte einen Spieler von der Gegnermannschaft erneut
durchgelassen, und es war diesem gelungen, ein Tor
zu werfen. Nun stand es dreizehn zu sechzehn für das
Beckenhausener Real-Gymnasium.

„Ist schon in Ordnung, Raimund", brüllte Ulli zurück
und war nun auch im Spiel wieder bei der Sache. Er
rannte gehetzt nach vorne und konnte sich wieder den
Ball ergattern. Dann rannte er damit auf das andere
Tor zu, alle entgegenspringenden Gegner überwin-
dend. Die Verteidiger umspielte er gekonnt, und
schon saß der Ball im Netz. Dreizehn zu siebzehn.

Am Ende wurden die Spieler des Real-Gymnasiums
wie immer geschlagen. Ullis Mannschaft gewann mit
neunzehn zu fünfzehn. Obwohl sie das Spiel gewannen, waren einige der Jungen des heimatlichen Vereins stinksauer. „Wenn Ulli sich in der zweiten Hälfte

mehr zusammengerissen hätte, dann hätten wir noch mehr Tore geworfen", begann Oliver Kleinschmidt, die miese Stimmung gegen Ulli erneut aufzuheizen. „Du hast Recht", antwortete Rüdiger und nickte beifallsheischend, sich nach den anderen umsehend. Auch er brachte sich gerne in den Vordergrund.

Ulli, den die Bemerkung seines Mitspielers ärgerte, musste aber zugeben, dass sie alle Recht hatten. Allmählich spürte er, dass die Wirkung des Kokains ins Gegenteil überschlug. So riss er sich erneut zusammen und antwortete nur kurz: „Ihr hättet euch ja selbst mehr ins Spiel einbringen können."

„Nun hört mal her", erhob Raimund seine Stimme, da es ihn auch mächtig wurmte, dass sie ihren ganzen Frust bei seinem Freund abluden. „Lasst mir den Ulli in Ruhe, der hat sein Bestes gegeben. Wir sind ja schließlich auch mal schlecht in Form, oder?"

Die Angesprochenen sahen Raimund zunächst verblüfft an, und einige nickten zum Teil, wodurch sie ihre Zustimmung gaben, und zogen sich weiter um. Ulli bedankte sich bei Raimund und schlüpfte in seine Schuhe. Er ärgerte sich selbst darüber, dass sie in der zweiten Spielhälfte so abgesackt waren.

Die beiden verließen die Umkleideräume und schlenderten zu ihren Rädern. Kurz bevor sie aufstiegen, meinte Ulli: „Sag' mal, kannst du mir vierzig Mark pumpen?" „Ich?" erwiderte Raimund überrascht. "Ich habe selbst nur noch zwanzig. Die kannst du haben. Aber sag' mal, wieso brauchst du neuerdings so viel Geld. Hast du Schulden?"

"Nee, das nicht...", antwortete Ulli gedehnt und drehte sich schnell von Raimund weg, damit er sein Gesicht nicht sehen konnte. Denn er wollte ihn unter keinen Umständen in seine Sachen einweihen. Denn eines war ihm dabei klar. Raimund würde nicht eher locker lassen, bis er den Namen seines Dealers erführe.

„Ach, lass schon, ich komme irgendwie zurecht", antwortete er deshalb und schwang sich auf sein Rad. Raimund fuhr ihm langsam hinterher und schüttelte den Kopf. Bald befand er sich auf seiner Höhe. Er sah Ulli von der Seite an. „Hör mal, ich gebe dir den Zwanziger. Musst ihn mir aber spätestens nächste Woche wiedergeben, klar?"

Ulli nickte und fuhr schweigsam weiter. Auch Raimund konzentrierte sich nun auf den stärker werdenden Verkehr und ließ Ulli in Ruhe. Als sie an die Stelle kamen, an der sich ihre Wege immer trennten, hielten sie an. Raimund kramte sein Portemonnaie ´raus und gab Ulli das Geld.

„Danke", murmelte dieser und schwang sich wieder auf's Rad. „Seh'n wir uns heute noch?" rief ihm Raimund nach. Ulli drehte sich beim Fahren halb um. „Ich glaube nicht..." hörte Raimund ihn rufen, und dann war er schon um die Ecke. „Komisch", dachte Raimund. „Der Ulli hat sich in der letzten Zeit ziemlich verändert. Wer weiß, was der hat. Ich werde mal mit seiner Mutter reden." Mit diesen Gedanken fuhr er heimwärts.

Ulli fühlte sich recht mies, als er zu Hause das Rad in den Keller trug. Die Gegenwirkung des Giftes machte sich stark bemerkbar. Diese Reaktion seines Körpers hasste er, doch musste er sie in Kauf nehmen. Die elenden Kopfschmerzen begannen erneut und pochten zermürbend an sein Hirn. Als er in die Wohnung kam, warf er seine Tasche auf den Flur und hing die Jacke an den Haken.

„Ulli, kommst du essen, denn ich will doch gleich los?" hörte er seine Mutter aus der Küche rufen. Mit schweren Schritten schlurfte er in die Küche.

„Eigentlich hab' ich gar keinen Hunger", bemerkte Ulli müde. Seine Mutter sah ihn mit ernstem Gesicht an. Sie fühlte gleich, dass da etwas nicht in Ordnung war. „Sag' mal, was hast du? Du siehst so bleich aus. Geht es dir nicht gut?"

Ulli bewegte seinen Kopf schwach, dass es wie eine Verneinung aussah. „Ich habe fürchterliche Kopfschmerzen, Mama", antwortete er und vermied es, sie anzusehen. Er setzte sich vor seinen Teller und stocherte lustlos darin herum.

„Junge, hier nimm zwei Tabletten." Mit diesen Worten schob sie ihm die Pillen herüber und stellte ein Glas Wasser dazu. „Das kommt von deinem wilden Handballspiel", fuhr sie dann fort. „Ich habe dir immer gesagt, seitdem du in diesem Handballverein bist, hast du dich sehr verändert, mein Junge." Dabei sah sie ihn mit einem sorgenvollen Gesicht an.

Ulli winkte kurz ab. „Das stimmt nicht, Mama", antwortete er. "Ich möchte mit diesen Kopfschmerzen nicht darüber reden."

Denn er spürte wieder mal die Auswirkung des Kokains und fühlte sich sauelend. „Am besten, ich leg'
mich ein wenig hin. Das wird schon nachher besser",
flüsterte er und schlurfte fast wie ein alter Mann in
sein Zimmer.

Ullis Mutter wollte ihr Treffen absagen, aber er wollte
es nicht. „Es wird schon gleich besser", war sein
Kommentar. Als Frau Krause die Tür ins Schloss zog,
war ihr Sohn schon eingeschlafen.

Raimund blickte auf sein Arbeitsheft, um sich seinen
Schulaufgaben zu widmen. Aber er war mit den Gedanken nicht bei der Sache. Immer wieder schweifte
er von seiner Arbeit ab und sah seinen Freund Ulli vor
sich. Seit einigen Monaten hatte er sich so sehr verändert. Jedes Mal, wenn ihn Raimund daraufhin ansprach, wich dieser ihm jedoch aus.

Besonders wunderte ihn die plötzliche Kondition, die
er bei den Spielen aufwies. Das hatte er vorher nie gebracht. In Raimunds Gedanken schlich sich eine leise
Ahnung. „Ob er wohl irgendetwas einnimmt?" dachte
er. Vielleicht sind es Tabletten oder ein anderes Stimulanzmittel.

Noch war sich Raimund nicht ganz sicher, aber er
wollte der Sache auf den Grund gehen. Denn die
Freundschaft mit Ulli war ihm zu wichtig, und er
wollte seinen Freund nicht so einfach in Verhältnisse
abdriften lassen, die er vielleicht selbst nicht mehr
steuern konnte. Dafür hatte er ihn viel zu gern, um ihn
so laufenzulassen.

Er drehte das Radio lauter, da seine Lieblingsgruppe gerade den neusten Hit brachte. Dann widmete er sich wieder seinen Hausaufgaben, was ihm jedoch nur unter einem hohen Maß an Konzentration gelang, da sich Ulli immer wieder ins Gedächtnis drängte.

Dieser wachte ein paar Stunden später, wie aus einer anderen Welt kommend, auf. Er fühlte sich immer noch apathisch und völlig ausgebrannt. Die Kopfschmerzen hatten zwar nachgelassen, seine Laune war jedoch auf den Tiefpunkt gesunken. Sein Missmut steigerte sich erheblich, als er sich darüber klar wurde, dass er keinen Stoff mehr hatte. Dann fiel ihm wieder ein, dass Schorsch von diesen blöden Schulden gesprochen hatte.

In der Hosentasche fühlte er den Zwanziger von Raimund. „Dann muss ich mir noch unbedingt Geld besorgen", mahlte es in dumpf in seinem Hirn. Einige Augenblicke lag er regungslos auf seinem Bett. Seine Gedanken suchten, soweit es in seinem Zustand möglich war, nach einer Quelle, das nötige Geld zu bekommen. Dann schoss es ihm ein. „Ja, Mama hat doch immer eine Dose, in die sie Geld für besondere Gelegenheiten hineinlegte. Aber wo ist die Dose?" Nun gab es für Ulli keinen Halt mehr. Er sprang hoch und machte sich auf die Suche nach dem Geld. Bevor seine Mutter zurückkommen würde, müsste er es gefunden haben.

„Und wenn sie nun feststellt, dass das Geld fort ist?" sprach er mit sich selbst. „Egal, ich finde schon eine Gelegenheit, es wieder hineinzulegen." So beruhigte sich Ulli, und er spürte das gierige Verlangen in seinem Körper, wieder das Gift aufzunehmen.

Er versuchte sein Glück zunächst im Wohnzimmer-
schrank. Das Geschirr räumte er geräuschvoll beiseite. Dabei achtete er nicht auf die Gläser. Und schon
fiel ein Glas auf den Boden und zerbrach in viele
Scherben.

„Verdammt, auch das noch", schimpfte Ulli vor sich
hin. Er beschloss, die Scherben erst aufzufegen, wenn
er das Geld fände. So suchte er, immer nervöser werdend, weiter. Ein Fach nach dem anderen wurde von
ihm durchkramt. Seine „Begeisterung" kannte keine
Grenzen. Im Geist malte er sich schon aus, das Geld
nicht zu finden und dann keinen Nachschub kaufen
zu können. Das katapultierte seine Stinklaune mit
Volldampf in die Höhe. Dieser Gedanke ließ ihn ganz
heiß werden, und die Schweißtropfen perlten von seiner Stirn.

Dann bückte Ulli sich, um die unteren Schubladen
durchzuwühlen. Er stützte sich mit seiner Linken auf
dem Teppich ab und schrie augenblicklich. Er riss die
Hand hoch, und schon lief das Blut am Arm herunter.
Er hatte sich an einer Glasscherbe geschnitten. „Au,
verdammte Scheiße", brüllte er. „Das tut vielleicht
weh!"

Er wollte aufspringen, um sich ein Pflaster aus der
Küche zu holen, da fiel sein Blick auf eine flache, gelbe Schachtel. Als er sie herauszog und öffnete, fand
er endlich das lang ersehnte Geld. Zwei Fünfziger und
ein Zwanziger lagen darin. Erfreut über den Erfolg,
grinste er trotz des vorherigen Missgeschicks und
steckte sich die beiden Fünfziger ein. Dann eilte er in
die Küche. Er wusch sich das Blut vom Arm und
klebte ein Pflaster auf die kleine Wunde an der Hand.

Bald hätte er vergessen, die Glasscherben zu beseitigen, da es ihn drängte, zu seinem Dealer zu fahren. Denn die Zeit war knapp geworden. Schnell erledigte er diese Arbeit und stellte alles wieder so her, wie es vorher war. Die Dose mit dem Zwanziger schob er noch etwas weiter in die Ecke des Schubfaches hinein, in der Hoffnung, seine Mutter würde doch in der nächsten Zeit nicht dort hineinschauen. „In den nächsten Tagen werde ich das Geld dort wieder hineinlegen und sie wird nichts davon mitbekommen", überlegte er dabei.

Einige Minuten später radelte Ulli, so schnell er konnte, in den Stadtteil, in dem sich die ungemütliche Wohnung von Schorsch befand. Er nahm sich nicht die Zeit, sein Rad abzuschließen, sondern klingelte Sturm. Rrrrriiiingg! Rrrriiiinngg!

Es rührte sich nichts. Schon fiel sein Stimmungsbarometer auf 10 unter null. Noch einmal klingelte er und wollte den Daumen nicht vom Klingelkopf nehmen. Aus dem zweiten Stock des alten, schäbigen Wohnblocks zeigte sich auf einmal der dicke Kopf von Schorsch.

„He, wer klingelt denn da wie ein Idiot?" brüllte er lautstark nach unten. Ulli trat schnell einen Schritt zurück, damit Schorsch ihn sehen konnte. „Ach, du bist's. Wieso kommst du so spät?" rief er zu ihm herunter. „Ich hab' noch gepennt", antwortete Ulli und sprang auf die Tür zu, als der Summer ertönte. Dann jagte er keuchend die Treppen nach oben, denn einen

Fahrstuhl gab es in diesem fünfstöckigen Wohnblock nicht. Schorsch öffnete Ulli die Tür, und dieser trat noch keuchend, aber erleichtert ein. Jetzt war er seinem Ziel schon viel näher.

„Hast du das Geld mitgebracht?" knurrte Schorsch, als Ulli auf der leicht verdreckten und befleckten Couch Platz genommen hatte. „Ja, hier sind Hundertzwanzig, mehr hatte ich nicht. Ich hoffe, das reicht?"

Schorsch stand vor ihm und sah mit einem gewissen Wohlwollen auf den Kleinen herunter. Dann nahm er seine Zigarette aus dem Mundwinkel und grinste ihn dreckig an. „Wozu soll das reichen? Für 'ne neue Ladung Koks? Dass ich nicht lache."

Ulli trafen seine Worte wie ein Peitschenhieb. Schützend zog er sein rechtes Bein hoch und legte seine Arme darum. Seine Stirn in tiefe Falten gelegt, blickte er den bisher sehr freigiebigen Co-Trainer ängstlich an. Gedanken wie – „Was mach' ich, wenn er mir nicht genug mitgibt? Der kann mich doch nicht hängen lassen." – gingen ihm durch den Kopf.

Schorsch spürte die ängstliche Reaktion des Jungen. Genau das war seine Absicht. Bisher war er sehr großzügig ihm gegenüber gewesen. Aber Schorsch wusste, dass er Ulli jetzt an der Leine hatte, und diese Leine besaß eine Schlinge, die er nun langsam zuzog. Ulli sollte mehr Kohle 'rausrücken. Und er würde es machen, egal wie. Denn Schorsch wusste, dass er nun süchtig war. „Also, pass auf, Kleiner. Du schuldest mir noch neunzig vom letzten Mal. Und mit deinen dreißig bekommst du keinen Koks. Versuch's doch mal mit was anderem." Bei diesen Worten machte er mit seinem rechten Arm eine einladende Bewegung zu einen alten, schäbigen Esstisch hin, der voller Drogen war. Ulli schluckte und musste mit den Tränen kämpfen. Aber er wollte hier vor dem Dealer keine Schwäche zeigen. Deshalb schluckte er sie herunter und rief mit lauter Stimme, die ihm wohl selbst Mut machen sollte: „Was anderes? Na klar! Warum nicht, ist 'ne coole Idee von dir."

Dann erhob er sich langsam von der Couch und stiefelte auf den Tisch zu. Sein Blick fiel zunächst auf das weiße Pulver, sein Kokain. Augenblicklich spürte er das große Verlangen, zuzugreifen und sich den Beutel einzustecken. Daneben lagen einige festere Stücke, die fast wie dicke Brocken Waschpulver aussahen. „Das ist Crack", meinte Schorsch, der nun hinter ihm stand. Es war Kokain mit Backpulver vermischt. Er zeigte auf einige braune Stücke, die neben einem Tellerchen mit Tabakskrümeln lagen.

„Hier habe ich Haschisch, das könntest du für dein Geld kriegen", grinste Schorsch, und sah wie Ullis Blicke immer gieriger wurden. „Daneben ist Marihuana, das kannste zu einem Joint drehen und rauchen."

„Aber nicht zu Hause", antwortete Ulli. „Dann stinkt das Zeug und meine Mutter kommt dahinter." „Wie wär's denn mal mit 'nem LSD-Trip? Der ist doch auch nicht zu verachten."

Ulli erblickte ein ähnliches, weißes Pulver, das fast wie Kokain aussah. „Das ist Heroin, da lass' ich dich noch nicht 'ran", war die Antwort des Dealers. Er wusste, dass dieses früher oder später von ihm konsumiert würde, denn da landen sie alle. Und er hatte in den letzten drei Jahren genug junge Menschen gesehen, die diesen Weg bis zu ihrem bitteren, jungen Ende gegangen waren. Doch ein Gewissen besaß Schorsch nicht.

„Sie bekommen nur, was sie wollen", war seine Devise, und er empfand nicht die geringsten Skrupel in diesem schmutzigen, teuflischen Geschäft.

„Übrigens, Ulli, wenn du nicht genug Geld hast, dann wüsste ich was für dich." „Was denn?" antwortete dieser und war mit seinen Gedanken ganz woanders. „Na, du könntest doch noch andere werben. Zum Beispiel deinen Freund Raimund. Was hältst du davon?"

„Raimund? Niemals! Wenn der erfährt, dass ich kokse, dann schleift er mich gleich zur Polizei - und dann bist du auch geliefert."

„Wirklich, ist das so ein Braver?" Dabei grinste Schorsch und strich Ulli mit der Hand über den Kopf. „Ich hoffe doch, dass du ihm nichts darüber sagst, oder?" Bei dieser Frage sah er Ulli prüfend in die Augen, um festzustellen, ob er auch die Wahrheit sagte oder verlegen würde.

Doch Ulli reagierte, ohne dass Schorsch ein verdächtiges Anzeichen in seiner Stimme oder seiner Bewegung entdecken konnte. "I wo, Schorsch. Wo denkst du hin. Ich will mir doch den Zufluss meiner Energiequelle nicht abschneiden."

„Dann ist es ja gut", meinte Schorsch nachdenklich und beschloss, die Sache im Auge zu behalten.

Ulli wollte gerade ein paar LSD-Pillen greifen, als es unerwartet klingelte. Schorsch tat überrascht und zuckte mit seinen Schultern. Dann schlurfte er, seine hängende Jeans über den Erdboden schleifend, zur Tür. Ulli hörte das laute Poltern der Schritte auf der alten, quietschenden Holztreppe. Dann hörte er unbekannte Stimmen. Es mussten Jugendliche wie er sein.

Schorsch kam mit zwei Jungen zurück. Ulli schätzte sie auf 16 oder 17. Dann stellte Schorsch sie knapp vor. „Das ist Ulli, noch neu im Geschäft. Und das sind Olaf und Kevin." Die beiden grinsten Ulli an. „Hi, Ulli, alles klar?" war ihr kurzer Kommentar zur Begrüßung. Ulli nickte. Er blickte auf die grauen Gesichter, deren Augen tief in den Höhlen lagen und kaum noch ein Leuchten hervorbrachten. Man sah gleich, dass sie auch Konsumenten von Schorsch waren. Und Ulli schätzte, dass sie schon ein paar Stufen weiter waren.

Seine gedankliche Feststellung und Meinung wurde gleich von Olaf bestätigt. Er eilte auf das Heroin zu und wollte sich ein paar Briefchen nehmen. Doch Schorsch war schon zur Stelle. „Erst die Kohle Olaf, dann das Vergnügen", meinte er grinsend. Dabei konnte man seine ungepflegten, gelben Zähne sehen, die abstoßend wirkten. „Okay, Boss", antwortete Olaf und kramte 200,00 Mark, kleingefaltet aus seiner Gesäßtasche. Er legte sie auf den Tisch und ergriff nun zwei Briefchen.

„Heute kannst du noch eins dazunehmen", lachte Schorsch und legte ihm seine Hand auf die Schulter. „Ich bin heute spendabel."

Olaf grinste und steckte sich noch ein Briefchen ein.

„Und was willst du?" drehte sich Schorsch zu Kevin um, der sich bisher ruhig verhalten hatte. Er beäugte die ganze Zeit Ulli, der für ihn eine gewisse Sympathie ausstrahlte.

„Ich? - ja, ich nehme etwas Koks", war seine Antwort, die ziemlich gedehnt aus seinem Mund zu hören war. Auch hier musste erst bezahlt werden. Darin kannte Schorsch kein Pardon. Ohne Geld kein Stoff.

Diesen Grundsatz bekam Ulli nun zu spüren. Da er nur noch die dreißig Mark hatte, reichte es nur für etwas Hasch. Das Kokain, das er so gerne genommen hätte, war unerreichbar für ihn. Dieser Zustand bewirkte eine innere Wendung für Ulli. Sein Gehirn trachtete von jetzt an nur noch danach, Geld zu beschaffen, egal wie, um an den Stoff zu kommen, den sein Körper so sehr begehrte und der ihn Stück für Stück zerstören würde.

„Bleibt noch 'n bisschen", schmunzelte Schorsch sichtlich zufrieden. „Es wird gerade so gemütlich." Doch Ulli, der sich schon ziemlich lange aufgehalten hatte, wollte unbedingt nach Hause, da er nicht wusste, ob seine Mutter schon zurück war und auf ihn wartete. So verabschiedete er sich kurz von den dreien.

Schorsch, der ihn zur Tür brachte, gab ihm noch Informationen mit auf den Weg. "Denk' dran, Ulli. Für

Koks bekomme ich 100,00 DM pro Päckchen. Damit das nächste Spiel läuft, klar?"

Ulli nickte stumm und polterte die knarrenden Holzstufen herunter. Dann schwang er sich auf sein Rad und fuhr eilig nach Hause.

Als er dort schwitzend ankam, war seine Mutter noch nicht zu Hause. Sie hatte heute ihr Damenkränzchen, und da blieb sie schon mal etwas länger. Diesen Vorteil wollte Ulli gleich nutzen. Er überlegte, wie er das Zeug am besten nehmen könnte.

„Wenn ich es rauche, dann riecht sie es sofort", waren seine Gedanken. Dann fiel ihm ein, dass man Hasch auch in den Tee rühren und trinken konnte. „Das ist es", war sein Gedanke, und Ulli setzte sofort Wasser auf. Dann kramte er im Vorratsschrank und entdeckte schwarzen Tee mit Orangenaroma. Nach dem Aufguss zog das Orangenaroma in seine Nase, und er sog es tief ein. Dann bröckelte er einen kleinen Teil des Haschisch in den Tee, der sich sogleich auflöste. Er rührte den Tee um. Dann trank er langsam Schluck für Schluck und genoss es sichtlich. Schnell räumte er dann die Küche auf und ging in sein Zimmer. Müde ließ er sich auf das Bett fallen. Dann lag er auf dem Rücken und stierte an die Decke. Vorher hatte er seine Lieblingsmusik aufgelegt, die leise dudelnd durch den Raum zog. Seine Gedanken kreisten zurück zu dem Besuch bei Schorsch. Er versuchte, sich das Gesicht von Kevin vorzustellen, der ihm nicht unsympathisch gewesen war, während ihm Olaf egal war.

Deutlich zeichnete sich plötzlich das Gesicht von Kevin an der weißen Decke ab. Es wurde immer größer.

Rasend schnell kam es auf ihn zu. Kevin grinste ihn an. Wie ein riesiger Ballon färbte sich der Kopf nun feuerrot und verwandelte sich plötzlich in eine Mohnblume, die ihre Kapsel öffnete, und die Mohnkörner flogen als kleine, schwirrende Bienen um seinen Kopf. Ja, er hatte plötzlich das Gefühl, als würden sie mitten durch sein Gehirn sausen, und jedesmal erklang eine kleine Glocke dabei.

Er richtete sich von seinem Bett auf und blickte auf die Fenstervorhänge, die sich auf einmal in riesige Pflanzen verwandelten. Diese vermehrten sich augenblicklich, so dass sein Zimmer einem Dschungel von Pflanzen glich. Ulli schwitzte plötzlich und zog sich seinen Pulli aus. Ein Knurren ließ ihn herumfahren. Ein Tiger stand plötzlich im Zimmer und fletschte seine Zähne. Ulli lag mucksmäuschenstill auf seinem Bett, und ängstlich zog er langsam die Bettdecke bis zu seinem Kinn. Der Tiger blickte ihn an und schien zu grinsen. Dann veränderte sich sein Gesicht, und Schorsch grinste ihn plötzlich an und lachte schallend laut, dass er sich die Ohren zuhalten musste.

„Aufhören", brüllte Ulli und warf sich die Decke über die Ohren. Er wollte nichts mehr hören und sehen. Denn so etwas hatte er bei dem Genuss von Kokain nicht erlebt. Das war ihm schrecklich und faszinierend zugleich. Auf einmal fror er fürchterlich. Sein ganzer Körper zitterte. Er schlüpfte unter die Decke und versuchte, sich zu wärmen.

Doch das Frieren nahm kein Ende. Sein Blick fiel auf seine Hände, die bleich und starr auf der Decke lagen. Über ihm ertönte plötzlich leise Musik, aus der Ferne immer näher kommend und lauter werdend. Diese

Musik glich einem Harfenchor und schwoll zu einem Crescendo an, dass er sich wieder die Ohren zuhielt. Ulli brüllte dagegen an, um sich davon abzulenken. Allmählich ebbte dieser Musikhurrikan ab, und auch die Bilder vor seinen Augen verblassten.

Nun lag er benebelt, kaum in der Lage, einen klaren Gedanken zu fassen, auf seinem Bett. Nach einer kurzen Weile, die ihm wie eine Ewigkeit vorkam, zog er sich aus und legte sich, mit seiner Unterwäsche bekleidet, ins Bett. Eine tiefe Traurigkeit bemächtigte sich seiner Seele, und die Tränen liefen ihm das Gesicht herunter, ohne dass er es ändern konnte und auch wollte. Dann übermannte ihn eine Müdigkeit und Ulli schlief ein.

Als seine Mutter spät nach 23.00 Uhr in sein Zimmer blickte, nachdem sie zurückgekehrt war, fand sie, dass er ziemlich blass aussah. Doch weiter konnte sie nichts Bemerkenswertes an ihm entdecken. Sie zog ihm die Bettdecke hoch, die er im Schlaf abgestrampelt hatte, küsste ihn auf die Stirn und löschte das Licht.

Am nächsten Morgen, es war ein Samstag und natürlich schulfrei, schlief er bis gegen elf. Mit kleinen Wieselaugen blinzelte er in das Tageslicht, das seinen Weg vom Fenster ins Zimmer nahm und ausleuchtete. Es war ihm viel zu grell, und so schloss er sofort wieder die Augen. „Aua, was blendet das bloß?" murmelte er und drehte sich zur dunkleren Zimmerseite um. Von ferne hörte Ulli seine Mutter in der Küche rumoren. Doch er hatte überhaupt keine Lust, aufzustehen. Irgendwie versuchte er nun, seine Gedanken zu ordnen und sich an den gestrigen Abend zu erinnern und die Bilder wieder auf seinen geistigen Bildschirm zu holen. Was zusammenhängend dort in seinem Oberstübchen haftengeblieben war, war die grinsende Fratze von Schorsch und die fürchterliche, laute Musik.

„Nein", schüttelte sich Ulli und war sich im Klaren. „Nein, so ein Zeug nehme ich nicht mehr." Mit diesem Vorsatz stand er langsam auf und wankte ins Bad. Ein Blick in den Spiegel ließ ihn zurückschrekken. Seine Augen machten einen entzündeten, roten Eindruck, und tiefdunkle Augenränder ließen sein Jungengesicht steinalt erscheinen. Angewidert wandte er sich von seinem Spiegelbild ab und zog sich aus. Dann stellte er sich zitternd unter die Dusche. Erfrischend klatschte der Wasserstrahl auf seinen Körper und mobilisierte neue Kräfte in ihm.

Mit der Erfrischung kamen wieder klare Gedanken in sein Gehirn, die ihn aber umso mehr darauf aufmerksam machten, dass er sich Geld beschaffen musste. Geld, um die Kasse aufzufüllen, und Geld, um seinen Drogenkonsum zu finanzieren. Auch wenn er sich vor ein paar Minuten klar wurde, dieses Zeug nicht mehr zu nehmen, spürte er doch ein gewisses Verlangen seines Körpers, es wieder zu probieren.

Ulli wehrte sich dagegen, und er sollte bald feststellen, dass seine Mühe vergeblich war. Die Sucht hatte ihn gepackt und ließ ihn nicht mehr los.

Die nächsten Tage waren in der Schule voller Arbeit. Eine Klausur jagte die nächste, und es blieb kaum Zeit, zum Training zu gehen. Ulli war Raimund immer ausgewichen, wenn dieser versuchte, das Ge-

spräch auf sein komisches Verhalten zu lenken. Er
hatte immer andere Ausflüchte, wie zu gestresst, keine Lust, und so weiter. Raimund sah sich diese Ab-
weisungen eine Zeitlang an. Dann beschloss er, seinen Freund Ulli zu beobachten, wo er sonst noch so
hinging. Er mochte seinen Freund sehr und wollte ihn
nicht untergehen lassen. Darum verkraftete er auch
die unfreundliche Art, mit der Ulli ihn abkanzelte,
wenn er die Dinge genauer untersuchen wollte.

Ulli hatte inzwischen die gelbe Schachtel im Wohn-
zimmerschrank vergessen. Frohgelaunt radelte er an
diesem Nachmittag nach Hause. Raimund hatte zunächst nicht wieder neugierig gefragt, und sie hatten
ein paar schöne Stunden miteinander verbracht. Ulli
konnte sogar mal wieder richtig lachen, und sie fühlten sich wie früher, als alles noch stimmte.

In der Erinnerung an diese Stunden, ein wenig vor
sich hersummend, betrat Ulli die Wohnung. Im Flur
stand seine Mutter mit einem ernsten Gesicht. Ja, sie
machte den Eindruck, als hätte sie geweint. Ullis
Summen verstummte augenblicklich. Er starrte seine
Mutter an, die ihm eine gelbe Schachtel entgegen-
hielt.

Was hast du mit dem Geld gemacht, Junge?" fragte
sie ernst. In ihrer Stimme klang ein wenig Verzweiflung mit, da sie sich nicht erklären konnte, wohin ihr
Junge geraten war.

Ulli starrte sie wortlos an. Kein Ton kam über seine
Lippen. Eine Träne löste sich aus seinem rechten
Auge und lief langsam in seinen Mundwinkel. „Jetzt

ist es aus", dachte er. Ihn überkam das Gefühl, ohnmächtig zu werden.

IX

Carl Carstens blätterte etwas unwirsch, da er wie immer in Zeitnot war, mit lautem Rascheln die Zeitung um und überflog hastig die nächsten Artikel. Seitdem seine Frau Madelaine aus der Kur wieder zu Hause war, frühstückte er in den ersten Tagen aus einem gewissen Pflichtgefühl heraus, gepaart mit einer kleinen Prise des Bedürfnisses, gemeinsam mit ihr und seinem Sohn. Doch schon hatte der Alltag sie alle wieder eingeholt, und er empfand es eigentlich als Zeitverschwendung, diesen Ritus weiterhin zu pflegen. Es engte seine persönliche Freiheit insofern ein, dass er nicht so, wie er es beabsichtigte, seine zahlreichen Termine einhalten konnte.

Wie immer, gab er beim Lesen der Artikel seinen Kommentar ab. Deshalb wusste Madelaine bereits, bevor sie dazu kam, in die Zeitung zu blicken, welche aktuellen Artikel dort abgedruckt waren. Aber sie vermied es, ihn dabei zu stören, denn oft genug bekam sie von ihm eine verletzende Antwort. So hatte sie seit längerer Zeit beschlossen, ihn in Ruhe zu lassen.

„Na, sieh dir einer das an", erhob Carl seine dröhnende Bassstimme und räusperte sich gleichzeitig. „Die werden auch immer dreister mit ihren Einbrüchen." Madelaine Carstens hob leicht die Augenbrauen, während ihre zarten Kiefer das Marmeladenbrötchen im gleichmäßigen Rhythmus zermahlten. Dann blickte sie auf ihren Mann, das heißt, sie sah nur die zwei Seiten Zeitung, die vor Erregung ihres Mannes auf und ab zitterten.

„Hier steht es. Der Einbruch in der Villa des Finanzrates a.D. Bögendorf konnte bis jetzt noch nicht aufgeklärt werden. Obwohl die Polizei zahlreiche Hinweise aus der Bevölkerung verfolgte, konnte sie noch keine heiße Spur, die zu den Einbrechern führte, ausmachen."

Seine Stimme wuchs zu einem Crescendo an, und man konnte sich des Eindrucks nicht erwehren, als wollte er Runkewitz, der im Garten die Blumen beschnitt, den Artikel vorlesen, als er seinen Kommentar fortsetzte. „Was können die überhaupt? Wenn man falsch parkt, schreiben sie einen auf, aber Verbrecher packen, da versagen sie." Damit beendete er plötzlich seine Aussage zu diesem Thema und schloss sich damit den vielen Menschen an, die eine ähnliche Meinung heutzutage über die Polizei ihr Eigen nannten.

Ein Blick auf die Uhr ließ ihn die Zeitung von sich stoßen und mit einem Satz aufspringen, dass der Stuhl bald umgefallen wäre.

„Mensch, ich bin schon spät dran. Mein Termin mit dem Bürgermeister ist schon in zwanzig Minuten." Dann hauchte er etwas, wie einen Kuss auf die Wange seiner Frau und verließ fast fluchtartig das Esszimmer.

Filius Sven, der die ganze Zeit in Gedanken versunken war und gleichmäßig einschläfernd sein Brötchen kaute, war hellhörig geworden, als sein Vater den Artikel über den Einbruch erwähnte. Schnell griff er sich die Zeitung und überflog die Zeilen.

„Die Polizei ist der Ansicht, dass hier Profis am Werk waren, da man den Tresor gefunden und geknackt hatte." Sven grinste in sich hinein. Es gefiel ihm natürlich und motzte sein Ego ordentlich auf, dass die Zeitungsschreiber ihn für einen Profi hielten.

„Na, das ist doch schon was", murmelte er leise vor sich hin und entdeckte wie vorhin sein Vater, dass auch er sich beeilen musste, um rechtzeitig zur Schule zu kommen.

Seine Mutter läutete nach der Küchenmamsell. Diese erschien mit einem großen Tablett und erhielt den Auftrag, abzuräumen.

„Mein Junge", hauchte sie mit leidender Stimme, die ihm immer so auf die Nerven ging. Madelaine hatte sich diese leidende Art zu sprechen bereits vor Jahren im Sanatorium angewöhnt. Je leidender dort die Leute miteinander zu kommunizieren pflegten, desto wichtiger präsentierten sie ihre Krankheitsfälle den Mitpatienten und Besuchern und wuchsen in deren Ansehen. Carl Carstens konnte es jedenfalls auf den Tod nicht ausstehen und raunzte sie immer an, wenn ihre Stimme diesen, nach seiner Meinung abartigen, todgeweihten Klang annahm. Sven hörte nicht mehr hin, denn es war ihm egal wie sie mit ihm sprach.

"Ich werde heut' Nachmittag mit der Frau Bürger-
meisterin dinieren. Vor abends bin ich nicht zurück.
Aber Corinna wird dir schon alles geben, was du be-
nötigst, mein Liebling, ja?" Sven nickte und hauchte
ihr, ebenso wie Carl vorher, einen flüchtigen Kuss auf
die Wange und rannte aus dem Zimmer.

Kriminalassistent Ephraim Knüttelbaum, genannt
"F", kaute mit langen Zähnen an seinem Frühstücksbrot, dass er sich heute Morgen, noch ganz verschlafen, selbst geschmiert hatte. Irgendwie schmeckte es
nicht. Ab und zu nahm er einen kräftigen Schluck des
schwarzen, bitteren Instantkaffees, um das dröge Brot
aufzuweichen, damit er es besser hinunterschlucken
konnte.

Immer wieder blickte er auf diese, bereits durch Fett-
flecken verunzierte Akte, deren Fall er einfach nicht
lösen konnte.

Zwanzig Hinweise aus der Bevölkerung, die nach und
nach im Kommissariat eintrudelten und denen sie
genauestens nachgegangen waren, zeigten bis jetzt
keinen Erfolg in der Einbruchssache Bögendorf. Und
sein Chef, Kriminaloberinspektor Hachinger, wurde
von Tag zu Tag wütender. Der Druck aus der Chefetage wuchs immer mehr und wirkte sich wie eine vor
der baldigen Entladung stehende Gewitterfront auf
die weitere Ermittlung aus. Absatz für Absatz las er
die Aktenvermerke, Notizen und sonstigen Eintra-
gungen zum wiederholten Male durch. Dann hielt er
plötzlich inne.

„Ob wir uns nochmal diesen Jungen vorknöpfen, diesen Achim Menkendorff? Von diesem Hinweis hatte

ich mir eigentlich mehr Erfolg erhofft, und ich bin sicher, da steckt auch noch mehr dahinter", murmelte er halblaut vor sich hin. Dann wischte er mit dem rechten Handrücken seinen fettigen Mund ab und stieß einen lauten Rülpser aus, da er sich alleine wähnte. Doch zwei Zimmer weiter rief ein Kollege laut und vernehmlich: „Noten her, die Sau will singen."

„Blödmann", dachte F und schloss die Akte. Dann erhob er sich ruckartig. Er ergriff seine zerschlissene, speckige Wildlederjacke, setzte seine Schlägermütze auf halb acht und meldete sich ab: „Wenn der Chef fragt, ich bin nochmal in dieser Schule, klar?" Die Schreibkraft nickte geistesabwesend und sah noch nicht mal einmal hoch, so sehr war sie in ihre Schreibarbeit vertieft.

In der Klasse 9a ging es hoch her. Dr. Paulenz war heute Morgen überraschend mit einer jungen, rothaarigen Referendarin erschienen. Nachdem er sie als Regina Poltress vorstellte, bat er sie, den Unterricht mit der Klasse zu beginnen. Dabei schnitt er einige Grimassen, die so etwas wie ein Es-wird-schon-alles-gutgehen-Gefühl bei seiner Kollegin erzeugen sollte.

Noch etwas verschüchtert, begann sie mit dem Unterricht.

Die Jungen starrten auf die trotz ihrer unzähligen Sommersprossen gut aussehende junge Frau, und einige grinsten dreckig und gaben verdächtige Zeichen an ihre Klassenkameraden weiter. Doch ließ sich die Referendarin davon nicht beirren und begann mit einer Erzählung von Rose Mackenrow. Nachdem sie mit fester Stimme einen kurzen Absatz vorgelesen hatte, bombardierte sie die Klasse so mit Fragen, dass den Jungen hören und sehen verging und keiner mehr grinste, wenn er sie ansah. Sie entwickelte im Lauf des Unterrichtes eine Begeisterung für das Thema, welche die Klasse in ihren Bann zu zog.

„Du, da hinten, hast dich noch gar nicht gemeldet", rief sie mit ihrer frischen, an eine kleine Glocke erinnernde Stimme und deutete mit dem Finger auf Sven Carstens, der sich mit verschränkten Armen gemütlich zurücklehnte und dem Treiben vor sich als bestallter Beobachter zusah. Ihn interessierte dieses Fach Literatur kein bisschen. Außerdem war er mit seinen Gedanken noch mit dem Artikel beschäftigt, den er heute Morgen schnell überflogen hatte. Allmählich wurde ihm die Ermittlung der Polizei zu brenzlig, und er beschloss, die Sache zu seinen Gunsten zu ändern. Denn Sven befürchtete, dass die Polizei doch noch einmal über seine Kumpel auf seine Spur kommen könnte. Und dieses wollte er unter allen Umständen verhindern. Soweit durfte es auf keinen Fall kommen. Nicht auszudenken, wie sein Alter toben würde, wenn er dahinter käme, dass er hinter diesen Einbrüchen stecken würde. Vielleicht war es auch gut, hier aus der Stadt für eine Weile zu verschwinden. Aber noch hatte Sven keine Idee, wie er das anstellen könnte.

Sven blickte der Referendarin mit leicht zusammengekniffenen Augen, die ein wenig Unschlüssigkeit verrieten, ins Gesicht. Diese beantwortete seinen Blick aus ihren grünen Augen freundlich auffordernd und erwartete von ihm eine Äußerung auf ihre Frage.

Da Sven in der Lage war, neben den Gedanken, die sein Interesse erweckten, auch noch dem Unterrichtsstoff zu folgen, war er darum nicht verlegen. „Ich denke, Rose Mackenrow hatte offensichtlich Probleme mit Männern" begann er mit seinen Ausführungen. „Aus diesem Grunde hat sie den Absatz von der Begegnung mit Jakob so verkrampft geschrieben." Seine Aussage wurde von ihm mit einem leichten Grinsen begleitet.

Der Rest der Klasse schaute gebannt, teils abwartend, teils spöttisch triumphierend, zuerst die Referendarin und dann den Klassenlehrer an. Dieser begann zu schmunzeln, da ihm beim Anhören des Textes ähnliche Gedanken gekommen waren. Dann platzte es aus den Jungen heraus, und ein dröhnendes Gelächter schallte aus dem Klassenraum.

Das war der Augenblick, als Ephraim Knüttelbaum, begleitet von Frau Müller aus dem Sekretariat, davorstand und dieselbe an die Türe klopfte. Natürlich ging das zarte Klopfen des zarten Persönchens in der übermäßig lauten Geräuschkulisse unter.

„Na, heute möchte ich auch noch mal zur Schule gehen", war F's Kommentar. Die Sekretariatsdame errötete leicht und klopfte erneut. Dann öffnete sie die Tür, ohne ein Herein abzuwarten. Das Gelächter hatte sich noch nicht beruhigt. Doch durch die Unterbrechung der Eintretenden dämpfte es sich sofort. Alle Augen blickten die Eintretenden fragend an.

„Entschuldigen Sie, Herr Dr. Paulenz", flötete die Angestellte und deutete auf F. „Dieser Herr ist von der Kripo und möchte einen Schüler sprechen."

Dr. Paulenz ging fragenden Blickes auf F zu und unterhielt sich leise mit ihm. Die Jungen schauten sich verdutzt an. Nur drei von ihnen kannten den Grund und warteten mit vor Spannung verkrampften Gliedern, was jetzt kommen würde. Ihnen wurde plötzlich heiß in ihrer Kleidung, und zwei von ihnen hätten sich am liebsten in einem Mauseloch verkrochen.

Dann drehte sich der Klasselehrer langsam um und zeigte auf Achim. „Hallo, Achim, kommst du mal bitte? Der Herr möchte dich sprechen."

Achim wurde es augenblicklich schlecht. Das zeigte sich plötzlich in einer Blässe, die sich seines Gesichtes bemächtigte. Man hatte den sicheren Eindruck, er würde gleich ohnmächtig. Er drehte sich zu Sven um und warf ihm einen flehenden Blick zu. Dieser forderte ihn durch seine Mimik auf, durchzuhalten und hielt seinen Daumen nach oben.

Dann verließen die drei Personen den Klassenraum.

Dr. Paulenz hatte erhebliche Mühe, wieder Ruhe in die Klasse zu bringen, denn als F mit den beiden anderen gegangen war, entwickelte sich sofort eine laute Geräuschkulisse, weil alle durcheinander redeten. „Ruhe, sag ich! Nun seid doch mal ruhig", rief er fruchtlos gegen die Schallmauer an, die den Klassenraum nun erfüllte.

In der großen Pause steckten Roland und Sven die Köpfe zusammen. Sie hatten sich ein wenig abseits zu den verblühten Rhododendronbüschen verkrochen, damit sie nicht von anderen belauscht wurden.

„Hoffentlich hält Achim durch", flüsterte Roland halblaut und sichtlich nervös. Dabei suchte er, den Anblick von Sven zu erhaschen, der den Eindruck machte, als könnte ihn nichts erschüttern. Doch auch ihm schwirrten die unmöglichsten Gedanken durch den Kopf. Er konnte sich des Gefühls nicht erwehren, als wenn der Augenblick, dass sie entdeckt würden, bereits eingetreten war. Auf Rolands Stirn hatte sich eine senkrechte Falte gebildet, die immer dort erschien, wenn er in höchster Sorge und Aufregung war.

„Bleib ruhig, Roland! Er weiß, was auf dem Spiel steht und wird schon dichthalten." Sven boxte seinen Kumpel freundschaftlich in die Seite und grinste ihn dabei an. Nun verlor sich Rolands Sorgenfalte, und er sah wieder etwas zuversichtlicher drein.

Gerade wollte er Sven einen Vorschlag machen, der ihm augenblicklich eingefallen war, als er Achim auf sie zukommen sah „Da kommt er ja und macht noch eigentlich einen guten Eindruck", war Svens Kommentar.

Roland drehte sich herum, und Achim zeigte mit seinem aufgerichteten Daumen, dass alles klar war. „Na und, wie war's?" bestürmte ihn Roland sofort. Sven zog die beiden noch mehr in die Büsche, und dann berichtete Achim.

„Also, die haben mich ganz schön in der Mangel gehabt", begann er. „Nun mach' schon", bedrängte ihn Roland und Sven deutete ihm, zu schweigen.

„Die wollten wissen, woher ich die neuen Klamotten habe."

„Und was hast du geantwortet?" fragte Sven.

„Ich hab' ihnen gesagt, dass ich das Geld von dir geliehen habe und es jetzt durch meine Wochenendarbeit wieder zurückbezahle." Sven überlegte kurz. „Das ist gar nicht so schlecht", meinte er dann. „Das verschafft dir eigentlich ein gutes Alibi."

„Wollten die noch mehr wissen?" meldete sich Roland erneut. „Aber komm, und lass dir nicht die Würmer einzeln aus der Nase ziehen." Denn er platzte vor Wissbegier.

„Aber ja, natürlich wollten sie wissen, wo ich an dem Abend gewesen war, als der Einbruch bei Bögendorfs stattfand."

„Und was hast du gesagt?" „Nun, dass ich bei dir geschlafen habe, Roland. Wir haben ein astreines Video gesehen." „Ja, und du bezeugst, dass er bei dir war, klar?" war Svens Antwort, als Roland ein wenig irritiert dreinblickte.

Bevor sie noch weiter beratschlagen konnten, ertönte unerbittlich die Pausenklingel und mahnte zum Unterricht. Ganz zufrieden mit dem Ausgang der ersten Schlacht, schlenderten die drei in den Klassenraum zurück.

Es war am späten Nachmittag, als Roland feststellte, dass der Zeitpunkt, an dem sie sich an der alten Mühle treffen wollten, immer näher rückte. Er war immer noch nicht mit den Schularbeiten fertig und wusste, dass seine Mutter noch einige Arbeiten von ihm erledigt haben wollte. Die Arbeiten später vorzunehmen, hatte keinen Zweck, da sein kleiner Bruder Klaus, die alte Petze, dieses seiner Mutter sofort zutragen würde. Doch er musste es dieses Mal riskieren und abhauen. Es ging schließlich um ihren Kopf, und den wollten sie nicht riskieren. So verstaute er daher, ohne viel Geräusche zu verursachen, seine Schularbeiten und schlich sich aus dem Zimmer.

Mama war in der Küche beschäftigt, und Klaus wurde von den Tele-Tabbies gefangengenommen. Das war die beste Gelegenheit, sich zu verdrücken. Vorsichtig schlich er zur Garderobe, nahm mit einem kurzen Ruck die Jacke vom Haken und zog sie im Laufen über. Dann öffnete er leise die Tür. Auch ein leises Quietschen erregte nicht die so bekannte Aufmerksamkeit seiner Mutter. Leise und sachte zog er die Tür ins Schloss. Seine Schuhe hatte er noch in der Hand. Leise schlich Roland das Treppenhaus hinunter. Erst unten schlüpfte er in die Schuhe. Gerade wollte er sein Fahrrad schnappen und sich auf den Weg machen. Da stand plötzlich wie aus dem Nichts dieser Polizeimensch hinter ihm und sprach ihn an: „O, da hab' ich ja noch Glück gehabt", rief F grinsend aus und stellte sich vor Roland hin. „Der junge Mann ist auf dem Weg zu seinen Freunden?"

„Ähh, ja! Das heißt nein." Roland errötete und stotterte irgendein dummes Zeug vor sich hin. „Weißt du, eigentlich hab' ich ein paar Fragen an dich. Wir können es kurz machen. Du steigst zu mir ins Auto, und wenn wir fertig damit sind, kannst du zu deinen Freunden verschwinden, klar?"

Roland nickte, und es blieb ihm nichts weiter übrig.
So folgte er dem Kriminalassistenten ins Auto. Ein
weiterer, jüngerer Kripobeamter saß auf dem Beifahrersitz und öffnete von innen die Tür. Roland hatte
hinten Platz genommen, und F setzte sich neben ihn.

„Stimmt das", begann er das Verhör und sah Roland
dabei mit einem durchdringenden Blick an. „Stimmt
das, dass du mit Achim an dem betreffenden Tag
zusammen warst und er bei dir geschlafen hat, als der
Einbruch bei Bögendorfs war?"

Roland nickte und zwinkerte etwas unentschlossen
mit den Augen. Plötzlich wurde ihm ganz heiß. Diese
Fragerei von dem Bullen war fürchterlich. Er fühlte
sich wie in einer Zwangsjacke. „So mussten die In-
quisitionsgerichte im dunklen Mittelalter auch abgelaufen sein", durchfuhr es ihn.

„Und was habt ihr gemacht?" bohrte F weiter. „Wir
haben ein oder zwei Videos gesehen, bevor wir zu
Bett gingen", war die Antwort. Dabei sah Roland den
Kriminalbeamten nicht an. „Welche Videos?" kam es
aus dessen Mund.

„Hört das denn nie auf?" dachte Roland, und kleine
Schweißperlen sammelten sich konzentriert auf seiner Stirn. „Ja, was für Videos? Ich weiß das nicht
mehr so genau. Sie waren auch nicht so interessant",
meinte Roland und schloss für einen kurzen Augenblick die Augen. „So, so. Die waren nicht so interessant. Kann ich mir gar nicht vorstellen", näselte
F von der Seite. „Junge Leute wie ihr die sehen sich
einen Reißer an oder was mit Sex, stimmt es?"
Roland blickte kurz zu F herüber und grinste. „Nee,

immer muss das nicht sein", antwortete er etwas
stotternd.

Ungefähr noch zehn Minuten musste Roland über
sich ergehen lassen. Dann durfte er endlich gehen.
Draußen japste er nach frischer Luft. Er ging wie benommen zu seinem Fahrrad, und der graue Ford der
Kripo fuhr stadteinwärts los.

„Nun aber nichts wie weg hier", dachte Roland und
schwang sich auf sein Rad. „Die anderen werden
schon auf mich warten."

Sven und Achim waren zunächst stinksauer auf Roland. Doch als er ihnen von dem Verhör berichtete,
wollten die beiden genau wissen, was er gesagt hatte.

„Ich hab' ihm nur bestätigt, dass Achim bei mir war
und wir Videos angesehen haben", gab er den beiden
zur Kenntnis.

„Jetzt fehlt nur noch, dass sie mich verhören", murmelte Sven und überlegte sich im Stillen, was sein
Vater dazu sagen würde, nachdem er heute Morgen
seinen Kommentar beim Zeitunglesen gehört hatte.
Besonders lustig konnte das nicht werden. Aber er
würde es überleben. Nur seine Kumpels bereiteten
ihm Sorgen. Über kurz oder lang würden sie dem
Druck nicht standhalten können, und sie würden sich
in Widersprüche verstricken und sich verplappern.
Das musste er verhindern. In seinem Gehirn reifte
langsam ein Plan, den er nur noch ausfeilen musste.

Er sah seine Kumpels mit listigen Augen an, und über
seine Züge legte sich ein leichtes Grinsen. „Was ist,
warum grinst du so?" wollte Roland wissen.

"Mir kommt da so eine Idee? Was haltet ihr davon, wenn wir noch einen Einbruch machen?" „Was, noch einen Bruch? Bist du verrückt?" schoss es aus den beiden heraus. „Ja, und zwar, um sie abzulenken. Damit sie auf den Gedanken kommen, eine ganz andere Gruppe hätte diese Einbrüche durchgeführt."

„Und wo sollen wir 'rein?" fragte Achim, der die Sache langsam zu durchschauen begann. „In kein Wohnhaus, wie bisher. Sondern wir brechen in die Fabrik meines Vaters ein!" Achim und Roland hing die Kinnlade herunter. "In die Firma deines Vaters?" „Jetzt ist er ganz überge-schnappt", meinte Roland und sah Achim kopfschüttelnd an.

Sven musste lachen. „Überlegt doch mal. Bisher waren die Einbrüche immer in Privathäuser gewesen. Wenn wir nun eine Fabrik nehmen und dort die Portokasse ausräumen, dann werden sie sicherlich nicht annehmen, dass dieses Schüler gemacht haben. Das müssen dann Profis sein."

Nun nickte auch Roland. „Nicht schlecht, dein Gedanke", war sein Kommentar, wobei er leicht durch die Zähne pfiff.

„Wir treffen uns am Wochenende, sagen wir am Samstag um 17.00 Uhr bei mir, klar? Dann besprechen wir alles genau. So, und nun hab' ich noch zu tun. Macht's gut."

Mit diesen Worten verabschiedete sich Sven und bestieg sein Rad. „Irgendwie ist das ja ein gerissener Typ", meinte Roland, als er mit Achim in die entgegengesetzte Richtung fuhr.

Die nächsten Tage verliefen für die Jungen ziemlich ruhig. Zu ihrem Erstaunen wurden sie zu keinem Verhör mehr geladen. Es klingelte auch kein Polizist an ihren Türen. Dieses sollte auch vorläufig so bleiben. Da ihnen der Zufall eine Situation bescherte, wie sie besser nicht sein konnte und sie außerhalb des Interesses der hiesigen Polizei stellte.

Sven hatte etwas länger geschlafen. Das unaufhörliche, nervtötende Bimmeln des Telefons unten in der Diele, weckte ihn aus dem schönsten Schlummer. Benommen blickte er auf seine Uhr und stellte fest, dass es Samstagmorgen gegen zehn Uhr war. Heute wollte er sich mit seinen Freunden treffen. Sven hörte, wie der Hörer abgenommen wurde und sich Corinna meldete. Kurz darauf gellte ihre Stimme nach oben. „Sven, bist du schon wach?"

Doch dieser rührte sich nicht, denn er hatte keine Lust, aufzustehen und zum Telefon herunterzukommen.

Kurz darauf klopfte es an die Tür. Als Sven keinen Laut ertönen ließ, öffnete Corinna leise die Tür und blickte ins Zimmer. Einen Augenblick verharrte sie und blickte zu ihm herüber. Die Stille war ihr verdächtig, und so ging sie an sein Bett. Sven konnte es nicht mehr länger verbergen, dass er wach war, und ein leichtes, zurückhaltendes Grinsen umspielte seine Lippen. "Hab' ich mir doch gleich gedacht, dass du schon wach bist, du Schlawiner", rief Corinna aus und begann, ihn zu kitzeln. Doch darauf hatte Sven nur gewartet. Mit einem Satz huschte er aus dem Bett und stand vor ihr. Sein Atem ging stoßweise, aber nun war er richtig wach.

Corinna blickte diesen jungen, muskulösen Oberkörper an und drehte sich leicht weg. Denn sie wollte Sven keine Gelegenheit geben, seinen vor Lebensenergie strotzenden Körper, der nach den ersten Erfahrungen mit dem weiblichen Geschlecht gierte, in Aufruhr zu bringen. Obwohl sie fand, dass er gut aussah und sie sich einen Erfahrungsaustausch mit ihm durchaus vorstellen konnte. Aber sie wollte ihre schöne Position bei den Carstens nicht auf's Spiel setzen.

„Das war übrigens Achim, dein Freund", bemerkte sie beim Verlassen des Zimmers. „Er meinte, du solltest unbedingt die Zeitung lesen, da stände ein interessanter Artikel drin."

Dann ging sie nach unten.

Sven setzte sich auf's Bett. Er spürte einen leichten, schmerzhaften Druck auf seiner Blase und eilte ins Bad, um sich zu entleeren. Dann sprang er unter die Dusche. Nachdem er geduscht und sich angekleidet hatte, eilte er nach unten und suchte die Zeitung, die bereits auf dem Frühstückstisch lag.

Corinna teilte ihm mit, dass sein Vater wieder auf Geschäftsreise sei und seine Mutter noch im Bett liege, da sie Migräne hatte. So konnte er sich ungehindert dem Artikel widmen. Auf der zweiten Seite stand er. Einbrecher gefasst stand in großen Lettern darüber. „Gestern Nacht gelang es der Polizei, einen Einbrecher auf frischer Tat zu schnappen, als er in eine der Villen am Südende der Stadt einbrechen wollte. Ein Streifenwagen, der sich in der Nähe befand, wurde auf einen hin- und herfahrenden Lichtkegel aufmerksam, der von einer stark leuchtenden Taschenlampe herrührte. Als die Besatzung der Erscheinung nachging, konnte sie einen Mann, Mitte Vierzig, auf frischer Tat ertappen, wie er gerade durch die Terrassentür, die er gewaltsam geöffnet hatte, in die Villa einsteigen wollte. Nun vermutet die Polizei, dass diesem Dieb auch die anderen Verbrechen zur Last gelegt werden können. Mit einem baldigen Geständnis wird gerechnet."

Svens Gesicht bekam das breite, zufriedene Grinsen, das er immer aufsetzte, wenn sich die Dinge für ihn zu seiner großen Zufriedenheit entwickelten.

Schnell frühstückte er und biss mit herzhaftem Appetit in das Brötchen. Dann rief er seine Freunde an, die ebenfalls aus dem Häuschen wegen des Artikels waren. Er verabredete sich mit ihnen für sechzehn Uhr.

Seiner Mutter stattete er einen kurzen Pflichtbesuch ab. Sie war froh, als er wieder ging, da sie unter heftigen Kopfschmerzen litt. Da es bereits nach 11.00 Uhr war, fuhr er noch schnell mit dem Rad in die Stadt, um noch einige neue CDs zu kaufen, die ihn interessierten.

Dann saßen die drei Freunde wieder in Svens Zimmer und steckten die Köpfe zusammen. Corinna, die ein paar Mal daran vorbei musste, hörte ein lautes Gemurmel, konnte aber nichts verstehen. Und sie hatte auch keine Zeit, den Jungen zu lauschen, obwohl sie manchmal gern wüsste, was Sven so trieb.

„Aber wir müssen doch nirgendwo mehr einbrechen", rief Achim erregt und fuchtelte dabei mit seinen Armen umher. „Ich denke, die haben den Täter und der hat gestanden?"

„Das wissen wir nicht, Achim", antwortete Roland, ebenso aufgeregt wie sein Freund und schüttelte missbilligend den Kopf. „Was in der Zeitung steht, kann sich auch als Ente herausstellen. Dann suchen die weiter, um den richtigen Einbrecher zu fangen."

„Wenn er es nicht gesteht, die Einbrüche gemacht zu haben; und er kann es ja nicht, weil wir es waren, dann suchen die Bullen nach weiteren Spuren. Ist doch klar, oder?" Sven versuchte, seinen Kumpels die Situation genau zu verdeutlichen.

„Ja, und wie stellst du dir das nun vor?" ergab sich Achim in die neue Lage und wollte eine Entscheidung von Sven, der ja sowieso alles immer managte. Dabei klimperte er nervös mit seinen Augendeckeln.

„Wir werden am besten Freitag in die Firma einbrechen. Denn dann ist mein Dad auf einer Tagung in München. Sonst springt er noch zu allen unmöglichen Zeiten dort herum und könnte uns dabei stören. Ich weiß, wo die Portokasse ist. Meistens liegen da so ein- oder zweitausend Mark drin. Das ist nicht viel, aber wir wollen doch auch die Bullen auf die falsche Fährte locken. Aus diesem Grund brechen wir doch dort ein."

Sven sah die beiden mit einem herausfordernden Blick an. „Na, was ist? Macht ihr nun mit, oder soll ich das Ding alleine drehen?" Ihre Unentschlossenheit machte ihn sauer. Aber Sven beherrschte sich, weil er die Jungen unbedingt dazu benötigte. So wollte er durch seine Übellaunigkeit die Sache nicht gleich abblasen müssen.

„Ja, und wann soll's denn losgehen?" fragte Roland und sah Achim an, der noch immer etwas zweifelnd an seiner Unterlippe nagte. „Mensch, Achim, Kopf hoch, das wird schon klappen", munterte er ihn auf. „Bisher hat alles geklappt, und es wird auch wieder gelingen."

Roland lächelte seinen Freund dabei an. Dieser ließ die Falten auf seiner Stirn verschwinden, und ein erleichtertes Grinsen eroberte sein Gesicht.

Sven war heilfroh, dass ihn Roland so unterstützte und wollte vom Thema abschweifen. „Kommt, wir trinken erst mal einen", rief er, und die beiden nickten erleichtert. Dann flegelten sie sich auf die Couch, während Sven schnell in den Keller huschte und drei kühle Bier mit heraufbrachte.

Es war bereits dunkel geworden, und die Straßenlaternen gaben ihr Bestes, um ihre Umgebung zu erleuchten und die Finsternis zu bekämpfen. Die drei radelten schon seit einer guten halben Stunde zu der Firma hin. Die kleinen Lichter ihrer Fahrradfunzeln tanzten hin und her. Doch die guten Augen der Jungen durchbrachen das Dunkel, so dass sie genug sehen konnten. In der Ferne ertönte das heisere Gebell eines Kettenhundes, der aus verschiedenen Richtungen Antwort bekam.

Achim keuchte ein wenig, da sie nun bergauf fahren mussten. „Wie lange denn noch?" rief er gedämpft zwischen zwei Atemstößen und wartete auf eine Antwort von Sven, der vor ihm in gleichmäßigen Drehungen radelte.

„Wir sind gleich da", kam Svens Antwort, und man merkte auch ihm die Anstrengung an. Roland, der gut zwei Meter hinter ihnen fuhr, ging dabei mit seinen Gedanken spazieren.

Oben auf der Anhöhe bog Sven nach rechts ab, und dann sahen sie hinter einer Buschgruppe die Fabrikgebäude liegen. Straßenlaternen erhellten den Weg dorthin, aber auf dem Gelände brannte am Hauptgebäude nur eine Lampe, die ein spärliches, gelbliches Licht auf einen kleinen Fleck am Fußboden warf.

Vor dem Haupttor, das natürlich verschlossen war, bog nach links und rechts ein kleiner Weg ab, den die Wachen benutzten, die extra von Svens Vater eingestellt worden waren, da vor einem Jahr bereits in der Lagerhalle eingebrochen worden war. Der Diebstahl von mehreren medizinischen Großgeräten konnte jedoch erfolgreich verhindert werden. Sven bog nach links ab und die beiden folgten ihm hintereinander. Nach zwei Minuten gelangten sie an ein kleines Seitentor, das in den Zaun eingelassen war. Die Bremsen quietschten, als Sven anhielt. Roland der nicht aufpasste, fuhr leicht auf Achims Rad auf. „Pass doch auf, du Esel", schimpfte dieser gleich los. Man merkte ihm an, dass er sehr nervös war.

Bevor Roland antworten konnte, mahnte sie Sven zur Ruhe. „Mensch, wollt ihr unbedingt die Wachen herbeirufen?" zischte er, leicht verärgert. Dann holte er ein kleines Schlüsselbund aus der Hosentasche und suchte den richtigen Schlüssel. Ein leichtes Klicken war zu hören, und das Tor im Zaun öffnete sich geräuschlos. Leicht gebückt, liefen sie fast auf Zehenspitzen auf das Hauptgebäude zu, in dem die Büroräume untergebracht waren. In der alten Pförtnerloge brannte ein schwaches Licht. Sven wusste, um diese Uhrzeit, es war eine Viertelstunde vor Mitternacht, da musste der Wachposten sich in der Pförtnerloge befinden. Vielleicht döste er ja ein wenig vor sich hin. Das kam schon öfter vor. Doch Sven kannte einen Seiteneingang, an dem sie jetzt angekommen waren. Ihr Atem rasselte hörbar und ging stoßweise.

Auch hier suchte Sven aus seinem Schlüsselbund den richtigen Schlüssel heraus und schloss auf. Nachdem die Jungen im Gebäude verschwunden waren, schloss er die Tür wieder zu, um die Wache, die gleich ihre Runde drehte, nicht darauf aufmerksam zu machen.

Dann polterten sie die Treppen hinauf. Dabei waren sie sich sicher, dass sie niemand hören konnte. Im zweiten Stock lagen die Büros. Hier verschluckte strapazierfähige, tiefblaue Auslegware ihre Schritte. Als sie nun am Büro von Svens Vater vorbeikamen, schaute Sven kurz herein. „Hier sitzt also der Alte", dachte er und begutachtete das Zimmer mit kurzem Blick. Es wirkte kalt und geschäftsmäßig. Keine Blumen, die eine persönliche Atmosphäre hätten vermitteln können.

„Nun komm", mahnte Roland, und Sven löste sich aus dem Zimmer seines Vaters. Dann betraten sie das Büro von Frau Singer, die als Chefsekretärin auch die Portokasse verwaltete. Sven kannte sich hier aus.

„Handschuhe an", befahl er, und die beiden gehorchten. Da der Schreibtisch und die Schränke abgeschlossen waren, nahmen sie neues Werkzeug aus der schwarzen Tasche, die Achim mitgenommen hatte.

„Wir müssen hier wild auftragen", murmelte Sven, „damit sie denken, hier waren Leute an der Arbeit, die sich nicht auskannten." Dann begann er, mit einem langen Schraubenzieher und einem kleinen Kuhfuß die Schreibtischschubladen aufzuhebeln. Seine zwei Freunde nahmen sich die Schränke vor und bearbeiteten sie in ähnlicher Weise.

Nach kurzer Zeit knackten die Schlösser der Schreibtischschubladen. Sven zog sie nacheinander auf. Diktiergerät, Schreib- und Pauspapiere kamen zum Vorschein. Auch Privates von Frau Singer entdeckte er. Parfüm, Lippenstift und andere Kosmetikartikel, die ihn nicht interessierten. Die letzte Schublade enthielt, was er suchte, die Schlüssel für die Schränke.

„Hier sind die Schlüssel", rief er den Jungen zu und reichte sie Achim der sofort begann, die Schlüssel auszuprobieren.

„Ich such' mal in den anderen Räumen", meinte Sven und verließ den Raum. Roland nickte, und Achim war damit beschäftigt, die richtigen Schlüssel zu finden.

Sven lief einige Büros weiter, so dass er sicher war, von den beiden nicht mehr gehört zu werden. Dann ergriff er den Telefonhörer und legte ein Taschentuch über den Hörer und wählte eine Nummer.

„Polizeirevier 26, Dechanatstraße, Wachtmeister Knippers am Apparat", tönte es ihm aus dem Hörer entgegen.

„Sie suchen doch die Einbrecher, die hier in Brandenberg die Gegend unsicher machen?" antwortete Sven.

„Ja, natürlich", erwiderte der Wachtmeister. „Aber wer sind Sie überhaupt?"

„Das tut nichts zur Sache", hauchte Sven scharf in die Muschel. „Wenn Sie die kriegen wollen, dann kommen Sie im Eiltempo zur medizinischen Fabrik von Carstens, da ist was los!"

Er hörte noch, wie der Wachtmeister Einzelheiten wissen wollte, aber er legte den Hörer auf.

„Das muss genügen", sagte sich Sven und verschwand aus dem Zimmer. Leise schlich er sich an dem Büro vorbei, in dem Roland und Achim fieberhaft nach der Portokasse suchten. Dann eilte er, so leise wie möglich, nach unten. Er gelangte wieder durch die Seitentür nach draußen. Durch die Finsternis geschützt, rannte Sven zum Haupttor und öffnete die kleine Tür einen Spalt und ließ sie offen. Weiter rannte er am Zaun entlang, bis er zu der kleinen Tür kam, wo sie die Räder zurückgelassen hatten. Schnell nahm er sein Rad und flitzte in die Stadt zurück. Er war gerade an der Zufahrtsstraße angekommen, als ihm drei Polizeiwagen entgegenkamen. Sie hatten Blaulicht und Martinshorn ausgeschaltet. Schnell sprang Sven vom Rad und versteckte sich hinter einem Busch, als die Wagen vorbeirasten.

Inzwischen suchten Roland und Achim weiter nach der Portokasse. „Wo Sven bloß bleibt?" meinte Roland nachdenklich. Doch Achim forderte ihn auf, lieber mitzusuchen. „Der kommt wohl gleich, vielleicht muss er ja mal", grinste Achim und pfiff leise durch die Zähne. Vor ihm lag eine graue Metallkassette, die er nun aus dem Schrank hob. Er stellte sie auf den Schreibtisch und suchte anhand der Schlüssel, ob sich der von der Kassette auch am Bund befinden würde. Doch sein Suchen blieb erfolglos.

„Verdammter Mist", fluchte er halblaut. "Wir müssen die Kassette aufbrechen."

„Können wir die nicht mitnehmen?" entgegnete Roland. „Ja, aber wir müssen auf Sven warten. Er hat doch gesagt, wir sollen hier 'nen Budenzauber veranstalten." Dann ergriff er den Schraubenzieher und versuchte, das Schloss gewaltsam zu knacken.

Es dauerte eine geraume Weile, bis sie die Kassette geöffnet hatten. Vor ihnen lagen eine Menge Geldscheine. Achim griff hinein und holte das Geld heraus. Auf ein Geräusch, das vom Flur kam, achteten sie nicht besonders, denn sie dachten, Sven würde endlich zurückkommen.

Dann wurde plötzlich die Deckenbeleuchtung eingeschaltet. Roland und Achim kniffen überrascht die Augen zusammen und fuhren herum. Sie blickten verwundert in die Augen von vier Polizeibeamten, die sie grinsend ansahen. „Na, da haben wir ja die Juwelen, die wir schon lange suchen", rief ein stämmiger Polizist mit einem struppigen Schnäuzer.

Dann klickten die Handschellen, und die beiden wurden widerstandslos abgeführt. Sie waren immer noch sprachlos, weil sie mit allem, nur nicht damit gerechnet hatten.

Als sie in den Polizeiwagen geschubst wurden, flüsterte Roland Achim ins Ohr: „Hoffentlich konnte Sven sich retten." Achim nickte und hatte ganz andere Gedanken, wenn er an Sven dachte.

Die ganze Stadt war entsetzt, als die Zeitung die Neuigkeit in ihren Blättern brachte und Leser informierte. Besonders in der Schule wollten die Diskussionen nicht aufhören, und so manche Eltern wollten ihre Kinder immer wieder vor den beiden Bösewichtern gewarnt haben. Natürlich wurde ihnen der Schulbesuch weiterhin auf dem Gymnasium verwehrt, und so gingen Achim und Roland nun auf eine drittklassige Hauptschule. In der Klasse wurden sie zunächst von den Schülern nicht beachtet und isoliert. Doch gab es nach und nach genug interessierte Jungen, die von ihnen alles über die Diebstähle wissen wollten. Der Rummel um ihre Person ging ihnen auf die Nerven, und sie hielten sich sehr zurück mit ihren Äußerungen.

Besonders Carl Carstens, der empört über die Schulkameraden seines Sohnes war, dass sie in seiner Fabrik eingebrochen hatten, schüttete seinen Unmut jeden Morgen beim Frühstück über seinen Sohn und seine Frau aus.

„Diese verdammten Bengel sollte man täglich über's Knie legen und ihnen das Fell windelweich schlagen", schimpfte er lauthals und konnte sich gar nicht beruhigen. Sven, der aus den Gründen, dass er sie loswerden wollte, suchte keinen Kontakt mit seinen Kumpeln.

Bisher war es ihnen wohl nicht in den Sinn gekommen, dass er sie verraten hatte. Doch Sven befürchtete, dass ihnen das beim Verhör irgendwie zu Ohren kommen könnte.

So igelte er sich seit Tagen in seinem Zimmer ein und versuchte, die stichhaltigsten Argumente zu finden, um bei einem Verhör den Verdacht von sich weit wegzuschieben. Besonders sorgte er sich darüber, welch ein riesiges Donnerwetter sein Vater wohl veranstalten würde, wenn seine Mittäterschaft überhaupt in Erwägung gezogen würde.

Dieses Donnerwetter sollte nicht lange auf sich warten lassen. Eines Morgens, es war gegen 11.00 Uhr, standen zwei Polizisten vor der Carstenschen Villa und wünschten Sven zu sprechen. Corinna, die öffnete, verwies sie an die Schule, in der sich Sven befinden musste.

Dort war gerade Pause, als die Polizisten eintrafen und sich nach Sven durchfragten. Er sah die beiden ankommen, und augenblicklich kam ihm der Gedanke, zu fliehen. Doch das hätte alles verraten, schoss es ihm sofort durch den Kopf. So begleitete er die Beamten zu ihrem Wagen und fuhr mit ihnen zum Präsidium.

Die beiden Männer begleiteten ihn ins Büro von POI Hachinger. Dort wartete F bereits ungeduldig auf den Jungen. „Nimm Platz", fuhr er ihn etwas überreizt und unfreundlich an. Sven befürchtete das Schlimmste. Ihm wurde plötzlich ganz heiß, und er wischte sich mit der Hand über die Stirn, die auf einmal schweißnass war.

„Du kennst doch die beiden Jungen, die bei euch in der Firma eingebrochen haben", begann F und spielte dabei mit einem Bleistift. Sven blickte auf den Bleistift, der ihn irritierte, und schluckte zunächst. Dann nickte er brav und antwortete: „Ja, die kenne ich."

„Und ist dir nie aufgefallen, dass die beiden so ein ungewohntes Hobby haben und in andere Wohnungen einbrechen?" verhörte F ihn weiter.

Sven räusperte sich und schüttelte den Kopf. Es wunderte ihn, dass der Kriminalbeamte ihm nicht auf den Kopf zusagte, dass er mit in der Patsche saß, ja, dass er eigentlich der Drahtzieher der kriminellen Handlungen war.

„Nun, schüttele nicht den Kopf, sondern äußere dich dazu", brummte F und wurde langsam etwas ungeduldig.

„Wir haben immer miteinander Ball gespielt und uns über die Schule unterhalten. Und was man als Junge so macht, so von Mädchen - und so."

F grinste leicht, als er das mit den Mädchen sagte und erinnerte sich kurz daran, wie es das erste Mal bei ihm war. Dann wurde er wieder ernst und sah den Jungen genau an. „Was haben die denn gesagt?" versuchte nun Sven schüchtern eine Frage und sah F mit einem fragenden Blick an.

„Eigentlich stell' ich hier die Fragen", kam die Antwort, jedoch nicht unfreundlich, herüber. Dann fuhr er fort: „Aus denen war bisher nichts 'rauszukriegen. Darum befrage ich dich ja, ob du mir einen Anhaltspunkt geben kannst."

Sven wurde mutig. F sah, wie auf seine Antwort über die Schweigsamkeit der Diebe ein Ruck durch den Körper von Sven ging.

„Wir haben nie über so etwas gesprochen", berichtete er nun. „Sie hätten es auch nicht nötig gehabt. Denn ab und zu konnte ich ihnen etwas Geld geben, da sie kaum Taschengeld besaßen."

F nickte zustimmend und stellte noch einige weitere Fragen. Dann war er entlassen.

Einige Tage später verplapperte sich Roland in einem Verhör und nannte Svens Namen. Daraufhin wurde er erneut im Revier vorgeladen und von Kriminaloberinspektor Hachinger selbst verhört. Nun zeigte sich, dass Svens Überlegungen, die er sich die Tage vorher gemacht und sich dabei auch ins Kreuzverhör genommen hatte, eine gute Ausgangsposition für ihn waren, um dem Oberinspektor nicht in die Falle zu gehen. Es gelang der Polizei nicht, ihn der Mittäterschaft zu überführen. Das Erstaunliche war, dass die beiden Jungen auch dichthielten und kein Sterbenswörtchen von Svens Rolle in dem ganzen Spiel an die Polizei weitergaben.

Abends, als er in seinem Zimmer war, hörte er, wie ihn sein Vater rief. Sofort sprang er von seinem Bett auf und eilte nach unten ins Esszimmer, in dem sich sein Vater befand. Er sah ihm seine Wut schon an. Die Adern an seinen Schläfen traten geschwollen hervor, und sein Gesicht hatte eine krebsrote Färbung angenommen, die schon einen Stich ins Bläuliche annahm. Das kam von dem Alkohol, den sein Vater in der letzten Zeit vermehrt zu sich nahm.

Er blickte Sven ernst an und riss seine Augen dabei weit auf. Diesen Blick kannte Sven, und er verhieß nichts Gutes. „Sag' mal, die Polizei hat dich verhört? Was wollten die denn von dir?" In seiner Stimme schwang eine knisternde Spannung mit, die sich auf Sven übertrug.

Dieser versuchte, einen innerlich ruhigen Eindruck zu machen, aber innerlich war er bis auf's Äußerste gespannt.

„Die wollten nur wissen, ob ich etwas mit den Sachen zu tun hätte, die sie gemacht haben. Weil wir, nun weil wir doch Freunde waren...."

Der Vater versuchte, seinen Sohn mit dem Blick zu durchröntgen, denn er war Sven gegenüber sehr misstrauisch. Doch wünschte er in seinem Innern, dass Sven mit dieser Sache nichts zu tun hatte. Darum wollte er klare Gewissheit über seine eventuelle Mittäterschaft haben.

„Und, hast du etwas damit zu tun?" war seine bohrende Frage.

Sven wusste, was geschehen würde, wenn er es zugeben würde. Sein Vater würde ausrasten und ihn windelweich schlagen. Auf der anderen Seite würde er noch mehr enttäuscht über ihn sein, und beides hielt

Sven nicht für gut, dass er es nun wissen müsste. So log er, ohne dass ihn eine körperliche Reaktion verraten hätte. „Nein, ich habe damit nichts zu tun." Doch Carl Carstens war damit noch nicht zufrieden. Er stellte ihm noch einige Fragen, und Sven hatte große Mühe, Antworten zu geben, die ihn nicht in Bedrängnis brachten.

Dann hörte er, wie der Vater sagte: „Ich habe mir darüber Gedanken gemacht. Die Medien zerreißen sich das Maul über den Fall und die Leute ebenfalls. Daher habe ich beschlossen, dass du einige Zeit hier verschwindest, bis Gras über die Sache gewachsen ist. Du wirst nächste Woche in ein Internat an den Bodensee kommen. In der Schule habe ich dich schon abgemeldet.

Sven tat, als wäre er von der Entscheidung seines Vaters überrascht und erschrocken. Doch innerlich jubelte er. Genau das war sein Wunsch gewesen. Endlich weg von hier.

Als er im Bett lag, wusste er jedoch nicht, ob er sich darüber freuen sollte oder nicht.

X

Raimund blickte immer wieder hinüber zu dem Platz, auf dem Ulli in der Klasse saß. Seit drei Tagen war sein Freund schon wieder nicht zur Schule gekommen. Heute wollte er sich nach ihm erkundigen, da es in den letzten Tagen keine Gelegenheit gab, weil die Zeit sehr knapp war und er seiner Mutter in der Küche helfen musste. Dem Unterricht folgte Raimund heute mit einem halben Ohr, da die Sorgen um Ulli ihn schon des nachts beschäftigten, und er grübelte, wie er seinem Freund bloß in dieser schlimmen Situation helfen könnte.

Die wildesten Gedanken über Ullis Zustand ließen ihn nicht zur Ruhe kommen. Er musste dieser Sache auf den Grund gehen, auch wenn vielleicht die Freundschaft darunter leiden würde, was natürlich nicht Raimunds Absicht war. Doch Ullis Weigerung, den Freund über seinen Zustand ins Vertrauen zu ziehen, hatte einen gewissen Abstand zwischen ihnen entstehen lassen. So überlegte er krampfhaft, wie er Ullis Bereitschaft, seine Hilfe anzunehmen, erzielen konnte.

„Als erstes werde ich mit seiner Mutter sprechen", kam es ihm in den Sinn. „Ja, die Mutter kennt ihn noch besser und ist täglich mit ihm zusammen."

Doch dann überlegte er sich, dass Mütter manchmal ihre Kinder doch viel weniger kennen, denn auch seine Mutter wusste natürlich nicht alles von ihm, obwohl er ein freundschaftliches Verhältnis zu ihr hatte und ihr vieles anvertraute. Doch die Sache mit Ulli hatte Raimund auch vor ihr geheimgehalten.

„Wenn ich es mir recht überlege", dachte er, „befürchte ich schon fast, dass es Drogen sind, die Ulli nimmt und nicht nur Tabletten, um sich aufzuputschen."

Dieser Gedanke beunruhigte ihn noch viel mehr, und er beschloss, sich nicht mehr von Ulli abweisen zu lassen, bis die Angelegenheit geklärt war und auch ein Weg gefunden wurde, ihn davon abzubringen.

Die Schulstunden zogen sich hin wie ein lang gezogener Kaugummi. Als es endlich soweit war und die Pausenklingel diesmal das Schulende wie eine Fanfare hinausstieß, eilte Raimund, so schnell er konnte, zu seinem Rad. Fast hätte er einen Schüler überrannt, der unsanft auf die Seite gestoßen wurde. Auf dessen Schimpfkanonaden rief Raimund nur ein flüchtiges „'Tschuldigung!" und raste an ihm und anderen Schülern, die nun eiligst Platz machten, vorbei.

„Wie fürchterlich die Ampeln nur so schnell auf Rot schalten konnten", schoss es ihm durch seinen Kopf. Denn an fast jeder zweiten Ampel musste Raimund warten. Ungeduldig klopfte er mit seinem rechten Fuß auf den Asphalt, als könnte er es nicht erwarten, alle Passanten zu überholen, um sein Ziel als erster zu erreichen.

Dann stand er endlich vor Ullis Wohnhaus. Das Rad wurde eiligst abgeschlossen, und schon rannte er die Treppen hoch, wobei die Stufen knarrend ihre Begleitmusik lieferten. Oben, im dritten Stock, hielt er keuchend an und drückte auf den Klingelknopf.

„Rrrrr! Rrrrr!" ertönte die Türklingel heiser und fühlte sich in ihrer Ruhe gestört. Es rührte sich nichts. Wieder drückte er auf den Klingelknopf. „Rrrrrrrrrr!" Nach einer halben Minute, die Raimund wie eine Ewigkeit vorkam, hörte er Schritte, die sich der Tür von innen näherten. Die Tür wurde einen Spalt geöffnet, und er blickte in das verweinte Gesicht von Ullis Mutter. Die Augenlider waren sichtlich angeschwollen, und die roten Augenränder sprachen ein beredtes Zeugnis, was hier geschehen war. „Ulli ist krank", flüsterte sie und presste ihr Taschentuch an ihre Brust.

„Ich weiß", antwortete Raimund leise und passte sich ihrer Lautstärke an. „Deshalb komm ich ja, Frau Krause. Ich muss unbedingt mit Ihnen reden." Fast flehentlich blickte er Ullis Mutter an, denn er wollte unter keinen Umständen die Gelegenheit mit ihr zu reden, verpassen.

Einen kurzen Augenblick blickte sie starr vor sich hin und schien zu überlegen, ob sie Raimund hereinließe. Dann zog ein Ruck durch ihren Körper, der ein Ja zu entscheiden schien. Willig öffnete sie ihm die Türe, und Raimund trat ein.

In der Küche bot sie dem Freund ihres Sohnes einen Stuhl an. Raimund setzte sich und räusperte sich kurz, etwas unentschlossen, zu beginnen. Doch dann hatte er sich wieder gefangen.

„Frau Krause", begann er dennoch zögernd. „Ich weiß über Ulli Bescheid. Sein Zustand ist mir schon seit längerem bekannt. Und jedesmal, wenn ich ihn daraufhin ansprach, wich er mir aus und wollte nicht mit der Sprache heraus."

Ullis Mutter blickte ihn aus traurigen Augen an. Dann schien sie an ihm vorbei ins Leere zu blicken. „Ich weiß es erst seit kurzem. Seitdem er mir Geld gestohlen hat, um sich dieses – Zeug zu besorgen." Dabei zögerte sie, weil sie den Namen dieses Zeugs nicht wusste und weil sie sich davor ekelte, es auszusprechen. „Dieses Zeug zu beschaffen. Ich habe ihn angefleht, einen Arzt aufzusuchen, um sich helfen zu lassen. Er lehnte es ab. Dann bat ich ihn, zur Polizei zu gehen, sonst würde ich ihn anzeigen. Da hat er mich angebrüllt und geschrien, dass ich dann nicht mehr seine Mutter wäre und er mich verlassen würde."

Bei diesen Worten begann sie, wieder zu weinen. Sie wischte sich mit dem zerknüllten Taschentuch die Tränen ab.

Raimund war bei diesen Worten sichtlich erschrokken und bleich geworden. So schlimm hatte er sich Ullis Zustand nicht vorgestellt. Dann wurde er richtig zornig. Zornig über sich selbst, dass er bei seinem Freund versagt hatte, wie er dachte. Zornig über diesen Dealer, der Ulli abhängig gemacht hatte. Er schwor sich in diesem Augenblick, dieses Schwein zu kriegen und der Polizei auszuliefern.

„Ich verspreche Ihnen, Frau Krause", redete Raimund auf sie ein und streichelte ihre Hand, weil er sich irgendwie hilflos ihr gegenüber fühlte und nicht wusste, wie er reagieren sollte.

„Ich verspreche Ihnen, dass ich die Sache aufrollen werde und das Schwein suchen werde, das ihm die Drogen verkauft, bis die Polizei ihn hat. Ja, das verspreche ich Ihnen", bekräftigte er nochmals und blickte Frau Krause an. Diese schnäuzte sich, um die Nase freizubekommen und nickte dann. „Ja, Raimund, tu das", antwortete sie mit stockender Stimme und versuchte, nicht mehr zu weinen. „Es muss ein Ende damit haben, und ich denke, ich gehe damit zur Polizei."

„Bitte, warten Sie noch ein wenig", bemerkte Raimund. „Wenn Ulli dahinter kommt, dann sind Sie ihn los. Er wird Sie sicherlich verlassen." „Meinst du, dass er das wahrmacht?" Ihr Blick signalisierte panisches Entsetzen bei dieser Frage.

Raimund nickte wortlos und bat Frau Krause, zu Ulli zu dürfen. „Er schläft, glaube ich", meinte sie leise. „Aber ich werde mal nachsehen."

Er folgte Ullis Mutter in den Flur. Als sie die Tür zu Ullis Zimmer öffnete, kam ihm ein leicht muffiger Geruch entgegen, der einem entgegenschlägt, wenn ein Zimmer längere Zeit nicht gelüftet wurde. Die Vorhänge waren noch zugezogen, und der Raum lag in einem schummerigen Halbdunkel.

Raimund blickte Frau Krause über die Schulter und sah Ulli, leicht gekrümmt, in seinem Bett liegen. Die Decke war halb abgestrampelt, und er konnte auf seinem nackten Arm einige winzige, dunkle Punkte ausmachen. Er deutete sie ganz richtig als Einstiche für Spritzen. „Soweit ist er also schon", durchfuhr es Raimund erschrocken, und in Gedanken fragte er sich, ob es überhaupt möglich war, ihn davon noch wegzubekommen.

Frau Krause flüsterte etwas von Entschuldigung, dass es hier so aussieht, und verzog sich rasch in ihre Küche. Raimund ging ins Zimmer und schloss die Tür.

Dann zog er einen Vorhang halb beiseite, um etwas Licht hineinzubringen. Auf einem kleinen Tisch neben dem Schrank lagen ein paar kleine, durchsichtige Päckchen mit einem weißen Pulver, das aussah wie Traubenzucker.

Ullis Bekleidung lag unordentlich auf den Stuhl hingeworfen. Seine Schranktür stand halboffen. Ein leises Stöhnen entrang sich aus seinem halbgeöffneten Mund. Raimund trat nun an sein Bett und setzte sich auf die Bettkante. Ullis bleiches Gesicht wirkte wie das einer Wachsfigur. Seine Augen, die Tränensäcke darunter dunkel gefärbt, waren fest geschlossen. Der Brustkorb hob und senkte sich mit Ausstoßen der tiefen Atemzüge.

„Nein, ich werde ihn jetzt nicht wecken", dachte Raimund und stand auf. Er nahm sich vor, Ulli in der nächsten Zeit endlich zur Rede zu stellen.

„Aber dann kannst du dich nicht herausreden, mein Lieber", waren dabei seine Gedanken.

Er verabschiedete sich von Frau Krause, die immer noch weinend in der Küche gesessen hatte. „Ich verspreche Ihnen, mit Ulli zu reden. Und dieses Mal muss er Farbe bekennen", betonte er und betrat wieder die knarrenden Stufen des Treppenhauses. Hinter ihm schloss sich leise die Tür.

Während Raimund langsam wieder nach Haus radelte, weilten seine Gedanken noch bei seinem Freund. Irgendwie kroch der Ärger erneut in ihm hoch, dass Ulli die Katze nicht aus dem Sack ließ, und den Dealer nicht bekannt gab. Aber das würde auch gleichzeitig bedeuten, dass er keinen Stoff mehr bekam. Und da sein Freund dazu nicht bereit war, auf die Drogen zu verzichten, weil er davon offensichtlich abhängig geworden war, musste er ein anderes Druckmittel finden, um ihn umzustimmen. Doch im Augenblick fiel ihm nichts Passendes ein.

Die weiteren Tage waren angefüllt mit lernen, lernen und noch mal lernen. Die Klassenarbeiten gaben sich in den Fächern Englisch, Mathe, Deutsch, Geschichte und Physik reihum die Hand, so dass die Schüler gar nicht zur Besinnung kamen. Für Ulli war ein ärztliches Attest eingetroffen, das ihn für eine Woche krank meldete.

Raimund hatte kaum Zeit, die kleinen Aufgaben zu erledigen, die ihm seine Mutter dann auftrug, während sie arbeitete. So konnte er sich währenddessen nicht um Ulli kümmern, aber das war ihm zur Zeit auch recht. Denn er überlegte immer noch, welchen Plan für die Rückführung Ullis aus dem Drogensumpf er schmieden konnte. „Sicherlich wird es ihm recht sein, wenn ich ihn jetzt in Ruhe lasse", dachte er und gab sich damit zufrieden.

Doch als die letzte Arbeit geschrieben war, saß Ulli Krause am Dienstagmorgen wieder auf seinem Platz als wäre nichts geschehen. Er bemühte sich, einen passablen Eindruck zu machen. Doch wer ihn kannte und genau hinsah, nahm wahr, dass Ulli noch ein sehr müdes und abgeschlafftes Bild bot. Verstohlen sah er zu Raimund herüber. Dieser erwiderte seinen Blick mit aller Deutlichkeit und ein flüchtiges Lächeln umspielte seine Züge. Ulli nahm das Lächeln dankbar an und beantwortete es zaghaft. In der Pause spazierten sie langsam den Schulhof auf und ab. „Ich war letztens bei dir", begann Raimund das Gespräch, um den Kontakt mit Ulli wieder ins Lot zu bringen.

„Ich weiß", kam leise die Antwort, und dabei blickte Ulli ihn von der Seite an.

"Geht es dir jetzt besser?" fragte Raimund und steckte seine Hände in die Hosentaschen, als wollte er seine Gedanken verstecken. Denn am liebsten hätte er ihm all seine Sorgen um seinen Freund ins Gesicht geschrien. Doch er wusste, dass er es behutsam angehen lassen musste, sonst kapselte sich Ulli noch mehr ab, und die Freundschaft würde zerbrechen. Und das wollte Raimund unter keinen Umständen zulassen.

„Eigentlich geht es mir ganz gut", antwortete Ulli gedehnt, blickte aber seinen Freund dabei nicht an.

Irgendwie wollte Raimund ihn zur Rede stellen, denn er spürte, dass es jetzt bald zu einer Entscheidung kommen müsste. Die Angst kroch in Raimund hoch, dass diese Freundschaft bald ihren Abbruch finden könnte, weil Ulli auf diesen verrückten Weg ging und wohl nicht zurückkehren wollte.

„Kommst du heute Nachmittag zum Schwimmen und anschließend noch mit in die Stadt?" versuchte er, Ulli vorsichtig aus dem Netz der Isolation zu befreien, in das er sich selbst seit Monaten immer mehr verstrickte. Ulli überlegte einen kurzen Augenblick. Dann hellte sich sein Gesicht auf, das sich bei der Frage von Raimund zunächst abweisend zeigte.

„Jaaa", meinte er gedehnt, und der Anflug eines Lächelns umspielte für einen Sekundenbruchteil sein alt gewordenes Gesicht. „Ja, ich denke, ich komme mit", meinte er. Dann lachte er Raimund an, und dieser antwortete ebenso, denn er war auf einmal unheimlich zufrieden mit dem Ausgang des kurzen Gespräches.

Die Stunden in der Schule verliefen langsam. Der Uhrzeiger kroch kaum weiter, als wenn er mit Pattex angeklebt worden wäre. Mathe bei Herrn Bogner. Der Klassenraum war angefüllt mit algebraischen Gleichungen, die den Jungen fast die Luft zum Atmen raubten. Ihr Denkmechanismus war bis aufs Äußerste strapaziert, und so manch einer stöhnte, ohne dass es ihm bewusst war. Doch Herr Bogner war ganz in seinem Element, als hätte er algebraische Gleichungen mit der Muttermilch aufgesogen.

Die nächste Stunde nach der großen Pause wurde ebenfalls zu einer Vergewaltigung der Schüler, als wenn sich diese verflixten Lehrer miteinander abgesprochen hätten.

Frau Diekmann, die diesmal den Französischunterricht übernommen hatte, weil die eigentliche Fachlehrerin erkrankt war, wollte die Jungen wohl zu reinen Franzosen umwandeln, die ab sofort nichts anderes mehr sprechen durften. Doch auch diese und die anderen Stunden nahmen irgendwann ihr Ende, und die Schüler nahmen das Klingen der Schulglocke wie aus weiter Ferne zur Kenntnis, so dass sie sich kaum darüber freuten, endlich Schulschluss zu haben.

Raimund, der mit Ulli wie gewohnt nach Hause radeln wollte, wurde enttäuscht, da Ulli noch etwas vorhatte, wie er sagte und in Richtung Innenstadt fuhr. So schwang sich Raimund auf sein Rad und trat, in Gedanken versunken, in die Pedalen. In seinem Gehirn formten sich langsam die Fragen, die er Ulli stellen wollte. Er befürchtete, dass Ullis Mutter doch noch zur Polizei gehen würde, da sie sich keinen Rat mehr für ihren Sohn wusste. Er hoffte auch, Ulli doch noch in seiner Entscheidung beeinflussen zu können, bevor dieser Schritt auf ihn zukam.

Zu Hause stellte er das Rad in den Keller und polterte laut die Treppen nach oben in die Wohnung.

Gisela, seine Mutter, schaute ihn verdutzt an, als er mit so viel Lärm in den Korridor trat. „Was ist denn los, Junge? Du polterst hier so rum. Denk doch an das Baby von unten. Es schläft bestimmt", mahnte sie ihn, den erhobenen Zeigefinger an die Lippen gelegt.

Raimund grinste. „Ist ja gut Mama, so'n Baby kann doch nicht immer schlafen", rief er lachend, und dann drückte er seiner Mutter einen Kuss auf die Wange.

„Na, war's schlimm heute?" Mit diesen Worten begleitete sie ihren Filius in die Küche, der sich an den Tisch setzte. Die Suppe dampfte seit längerem, und er sog gierig die leckeren Düfte ein, die sich aus dem gefüllten Teller in seine Nase drängten.

„Du gehst dir erst einmal die Hände waschen, bevor du zulangst", empfahl ihm seine Mutter. Da sie darin keinen Widerspruch duldete, trottete er ins Bad, um den Ritus zu vollziehen. Dann langte er tüchtig zu.

„Übrigens", informierte er seine Mama zwischen zwei Löffeln Suppe, „heute Nachmittag gehe ich mit den andern schwimmen. Und stell dir vor, Ulli kommt mit."

„Na, endlich lässt er sich auch mal wieder sehen", antwortete sie und freute sich für ihren Sohn mit, da die beiden doch jahrelang die dicksten Freunde waren.

Am Nachmittag saß Raimund im Schwimmbad ungeduldig auf der Bank und wartete auf Ulli. Sein Blick ging zum wiederholten Male zur großen Uhr, die dort erst vor einem halben Jahr aufgestellt worden war. „Schon zwanzig Minuten über die Zeit", murmelte er unwirsch. „Der kommt wohl doch nicht."

Bernd Wohlert rief vom Beckenrand herüber: „Eh, Raimund, komm jetzt rein, wer weiß, wann der Ulli kommt. Es macht richtig Gautz im Wasser. Nun komm' endlich." Raimund sah noch einmal zur Eingangstür, durch die sein Freund eigentlich kommen sollte und erhob sich dann. „Vielleicht hast du Recht", meinte er gedehnt. Enttäuscht setzte er sich auf den Beckenrand und kühlte seine Beine im Wasser ab. Dann hüpfte er mit einem Satz ins kühle Nass, das über ihm aufspritzte, als er mit einem kurzen Schrei untertauchte. Dann war er wieder an der Wasseroberfläche und kraulte zu seinen Klassenkameraden, die sich gerade gegenseitig ins Wasser tauchten. Raimund schwamm erst auf Klaus Metternich zu, um ihn zu packen und ebenfalls unterzutauchen.

Da rief Benjamin plötzlich: „Da ist er ja. Du, Raimund, da kommt Ulli!" Und tatsächlich. Ulli kam in seiner roten Badehose gerade durch die Tür. Er ging langsam auf den Beckenrand zu.

„Wie dünn der aussieht", bemerkte Bernd halblaut. Er erhielt einen Seitenstüber von Klaus, so dass er sofort schwieg und sich ärgerlich die Rippen rieb. Ja, Ulli hatte durch seinen Drogenmissbrauch tüchtig abgenommen. Man konnte seine Rippen zählen, und die Haut war stellenweise bläulich bis kalkweiß.

Ulli sah, wie sie ihn alle anstarrten. Er schluckte, aber tapfer bis er sich auf die Unterlippe. Da erschien auch schon Raimund und rettete die Situation. „Hallo, Ulli, da bist du ja endlich. Toll, dass du da bist."

Ulli lächelte ein wenig gequält. Er registrierte es als eine nette Geste seines Freundes und hüpfte ins Wasser. Als er wieder auftauchte, sah er in die Gesichter seiner Schulkameraden, die ihn immer noch anstarrten.

„Was ist? Woll'n wir nicht was los machen? Untertauchen oder so was?" rief Ulli und griff sich Benjamin, um ihn ins Wasser zu bringen. Da kam wieder Leben in die Jungs, und sie schwammen aufeinander zu. Raimund wurde gleich von zweien gepackt. Aber da er einen Kopf größer war, gelang es ihm, sich seiner Angreifer zu bemächtigen und sie nacheinander unterzutauchen. Sie tobten und lachten wie die kleinen Kinder, und es machte einen Heidenspaß.

Später saßen oder lagen sie auf den Liegen, die zur Ruhe aufgestellt waren, und unterhielten sich über die neuesten Kapriolen des Lebens. Raimund und Ulli saßen etwas abseits von den anderen.

„Sag' mal, Ulli, hat das deine Mutter damals ernst gemeint, als sie sagte, dass sie die Polizei holen würde,
wenn das nicht anders würde mit dir?"

Ulli blickte Raimund mit müden Augen an. Er zuckte
leicht mit den Schultern. „Weiß nicht!" antwortete er
und legte sich auf den Rücken, um Raimund nicht ansehen zu müssen.

„Kann sein, kann aber auch sein, dass sie sich doch
nicht traut." „Na, und du? Meinst du nicht, dass sie
sich aus Liebe zu dir solche verrückten Gedanken
macht?" „Mag schon sein, Raimund. Aber es gibt
kein Zurück mehr", meinte er, und man konnte die
Bitterkeit aus seiner Stimme heraushören.

„Wieso nicht?" antwortete Raimund und sah ihn mit
fragenden Augen an. „Es gibt immer einen Weg zurück, wenn man will."

„Du weißt nicht, ob ich will. Ob ich noch kann", kam
die lakonische Antwort aus Ullis Mund.

„Aber du bringst dich doch um, Ulli. Das hast du nicht
verdient. Mensch, wir sind doch seit Jahren die besten
Freunde. Warum hast du mir nie etwas davon gesagt,
dass du Drogen nimmst? Warum eigentlich nicht?"

„Ich hab' mich nicht getraut, mit dir darüber zu sprechen." „Aber jetzt lass uns doch sprechen. Lass uns
einen Weg finden, dass du aus dem Schlamassel wieder 'rauskommst. Ich bitte dich, Ulli." Es kam keine
Antwort. Raimund sah seinen Freund wieder an und
bemerkte, dass er feuchte Augen hatte, weil es ihm
das Gespräch ganz schön an die Nieren ging.

„Ich kann nicht, Raimund, ich bin schon an der Nadel", flüsterte Ulli, und ein tiefer Seufzer aus seinem Inneren begleitete seine Aussage.

„Verdammt noch mal, Ulli, es gibt einen Weg, glaub' es mir." Raimunds Stimme war lauter geworden, dass die anderen herübersahen.

„Bitte, sei nicht so laut, ich will nicht, dass die anderen etwas darüber hören", bat Ulli und schwieg nun verdrossen.

„Entschuldige Ulli, das wollte ich nicht", antwortete Raimund halblaut. Das Gespräch kam nicht mehr in Gang, weil Ulli die Augen schloss und nicht mehr darüber reden wollte.

Raimund erhob sich und holte zwei Eis. Als er zurückkehrte, war die Liege, auf der Ulli gelegen hatte, leer. Er war einfach gegangen.

In den nächsten Tagen wurde Ulli wieder krank gemeldet. Er versuchte, ihn zu Hause zu erreichen, aber Ulli ließ sich durch seine Mutter verleugnen. Er wollte Raimund nicht mehr sprechen.

Raimund schmerzte dieser Umstand sehr. „Da haben wir den Salat. Genau das, was ich nicht wollte", gestand er sich ein. „Jetzt ist es aus mit der Freundschaft, und ich sehe ihn wohl nicht mehr wieder." Er sprach mit seiner Mutter darüber, weil er jemanden brauchte, um Dampf abzulassen und dieses schwierige Problem zu verarbeiten. Diese versuchte, ihn zu trösten und ein paar Hinweise zu geben, wie er die Sache wieder in den Griff kriegen könnte. Doch Rai-

mund war zutiefst verletzt und traurig über das Ergebnis seines Gespräches. Er wollte seinen Freund nicht
verlieren, sondern ihn retten. „Und wenn ich es gegen
deinen Willen tun muss - du Dummkopf. Ich werde
es machen." Dabei wischte er sich die Tränen von der
Wange.

Eine Woche später fuhr Raimund zum Training. In
Gedanken spielte er schon damit, aus dem Handballverein auszutreten, da Ulli kaum noch kam und an
den Trainingsstunden teilnahm. An Spielen war gar
nicht erst zu denken. Umso mehr wunderte er sich, als
er Ulli schon im Umkleideraum antraf.

„Du hier, ich denke du bist krank?" rief er erstaunt.

„Man darf doch noch wieder gesund werden, oder?",
war Ullis patzige Antwort. „Ja, natürlich", antwortete
Raimund. Er verbarg seinen aufkommenden Unmut
und zog sich schweigend um.

Die anderen Kumpels stürmten nun nacheinander
lauthals in die Umkleideräume und begrüßten Ulli mit
großem Hallo. Deshalb gab es auch keine Berührungspunkte mehr zwischen den beiden. Als der Trainer kam, ging es zum Training in die Halle.

Ulli war in keiner guten Verfassung. Immer wieder
verlor er den Ball und konnte nicht richtig zuwerfen.

„Na, bist 'n bisschen aus der Übung was?" rief der
Trainer und zwinkerte ihm aufmunternd zu. Ulli nickte und strengte sich weiter an. Er mied den Kontakt
mit Raimund und hielt sich zu den anderen Spielern,
die er sonst nicht abkonnte.

Bevor sie noch ein wenig Körpertraining machten, verabschiedete sich Ulli bereits und wollte duschen gehen. Der Trainer nickte, und Ulli trabte lahm davon.

Als sie nach dem Training unter der Dusche standen, stieß Romualdo Raimund an und fragte ihn, wobei er sich die Haare einschäumte: „Du, sag' mal, was is'n mit Ulli los? Der ist doch nicht okay, oder?"

„Ja, du hast recht", flüsterte Raimund in sein rechtes Ohr. „Es geht ihm nicht gut. Hat im Augenblick 'ne schlechte Phase. Vielleicht ist das in'n paar Wochen wieder besser." Romualdo nickte und duschte sein Haar ab.

Raimund hatte sich abgewandt und begann, sich einzuseifen. Er wollte mit den anderen nicht darüber reden. Im Umkleideraum herrschte reges Treiben beim Umziehen, und der Lärm war ziemlich heftig, da sich die Jungs unterhielten.

Plötzlich ertönte ein tierisches Gebrüll. Der blonde Manni war krebsrot im Gesicht und wandte sich mit wütendem Gesicht an seine Mitspieler.

„Eh, das finde ich Scheiße, wisst ihr." Der Lärm um ihn herum ebbte abrupt ab, und alle starrten ihn an.

„Mir hat jemand das Portemonnaie geklaut", rief Manni, und seine Stimme zitterte vor Wut.

Die anderen raunten nun dazwischen und gaben ihren Kommentar ab.

„Das kann nicht sein. Hier war doch keiner."

„Wer soll das denn gewesen sein", rief Romualdo und zuckte mit den Schultern.

Der Trainer, der den Lärm im Umzugsraum gehört hatte, stand plötzlich vor ihnen.

„Was ist los Männer, wo brennt's denn?" rief er lachend, um die Jungs erst einmal stillzukriegen.

„Man hat mich beklaut, Coach", brüllte Manni sauer und steigerte sich in seiner Anklage immer weiter.

„Du, das ist aber eine schwerwiegende Beschuldigung", rief der Trainer und versuchte, der aufkommenden Eskalation Herr zu werden.

„Vielleicht hast du ja auch deine Geldbörse in einer anderen Hose gelassen", meinte er.

„Hab' ich nicht!" war Mannis rüde Antwort.

„Okay", rief nun der Trainer. „Wir wollen alle nach Hause gehen und das Spielchen nun beenden, okay?"

Die anderen nickten und schauten ihn erwartungsvoll an.

„Ihr öffnet nun alle eure Spinde und Taschen und jeder wird kontrolliert, klar?" Der Trainer blickte gespannt in die Runde, ob er wohl ein Veto von jemanden hören würde. Doch alle waren einverstanden. „Romualdo, öffne als Erster deinen Spind", forderte er nun diesen auf. Dieser öffnete seinen Spind und seine Tasche. Alles wurde herausgekramt. Nichts wurde ge-funden. So geschah es bei dem Nächsten und so weiter.

Raimund öffnete seinen Spind und zog seinen alten Sweater hervor, um unten Platz zu machen. Da flog ihm etwas Schwarzes entgegen. Es war eine Geldbörse. „Da ist sie ja", brüllte Manni und stürzte sich auf sein Portemonnaie. Es war leer. „Verdammte Scheiße, wo hast du das Geld?" wütete Manni und wollte sich auf Raimund stürzen. Der Trainer warf sich jedoch dazwischen und konnte so eine Schlägerei verhindern.

„Ruhe, benehmt euch wie vernünftige Menschen", brüllte er nun. Dann sah er Raimund an. Dieser stand bleich und verdattert vor ihm und sah den Trainer an, als wollte er sagen: „Ich bin hier im falschen Film, das glaub' ich einfach nicht."

Doch er schüttelte den Kopf und brachte kein Wort heraus, so überrascht war er.

„Hast du die Geldbörse genommen?" fragte ihn der Trainer.

Raimund schüttelte den Kopf. „Ich schwör', Coach, ich bin selber wie vom Donner gerührt. Ich habe das Geld nicht genommen, ich schwör' es." Die anderen Jungen blickten teils mitleidig, teils zornig auf Raimund.

„Okay", rief der Coach. „Wir gehen jetzt alle nach Hause und sprechen morgen darüber, klar?" Ein Stimmengewirr erhob sich wieder, weil die Jungen durcheinander redeten. Sie hatten alle nicht damit gerechnet, dass gerade Raimund der Übeltäter war.

Manni steckte seine Börse ein und wandte sich an Raimund. „Da waren achtzig Mark drin. Die gibst du mir wieder, klar? Oder ich polier dir die Fresse, Alter." Raimund hörte gar nicht hin. Wie in Trance zog er sich an und verließ gesenkten Hauptes das Vereinshaus. Er fuhr, als wenn er sich in einem Film befinden würde, durch die Straßen und wusste nicht mehr, was er machen sollte.

XI

Sven Carstens lümmelte sich auf seinem, mit einem blau-weiß karierten Bettzeug bezogenen Bett, und dachte an zu Hause. Seine Gedanken weilten bei seinen ehemaligen Freunden Achim und Roland, und er fragte sich, ob sie wohl dahinter gekommen waren, dass er sie der Polizei ausgeliefert hatte. Anscheinend war ihnen diese Tatsache nicht bewusst geworden, denn sonst hätte seine Mutter oder Corinna das schon längst in einem Brief erwähnt. Einmal in der Woche erreichte ihn Post von zu Hause. Manchmal schrieb seine Mutter selbst, aber die meisten Briefe sandte ihm Corinna, das Hausmädchen. Seit er vor mehr als acht Wochen hier in dieses Internat gekommen war, bekam er nur einen einzigen Telefonanruf von seinem Vater, der ihm mitteilte, dass sein Taschengeld gekürzt worden sei, weil er die Sache mit dem Einbruch noch nicht verdaut hatte. Insgeheim gab er ihm die Schuld dafür. Sven ärgerte sich über diesen Anruf. Wie er sich jedoch kannte, würde ihm schon etwas einfallen, sich die fehlenden Mittel anderweitig zu beschaffen. Noch zeigte sich dazu keine Gelegenheit. Aber er konnte warten, bis sie sich bot.

Sven beschloss, seine ehemaligen Kumpel Achim und Roland der Vergangenheit zu überlassen und nicht weiter über eine eventuelle Veränderung des Ausganges dieser Geschichte nachzusinnen. Er bereute ohnehin nicht, dass er die Sache so gesteuert hatte, im Gegenteil, er war froh, hier im Internat zu sein, weg von seinen Eltern. Jetzt konnte er sich endlich nach eigenem Gutdünken entfalten.

Sein Zimmer teilte er sich mit Peter Frederic, einem ech-ten Norddeutschen, dessen strohblondes Haar kurzgeschoren war. Seine wasserblauen Augen passten zu seinem blassen Teint. Doch wehe, er setzte sich zu sehr der Sonne aus. Dann konnte man ihn mit dem Hinterteil eines Pavians vergleichen. Sein Vater war Däne, und die Mutter stammte aus Mecklenburg-Vorpommern. War wohl 'ne gelungene Mischung. Eigentlich war der Junge okay. Er gab nur immer so mit den Mädchen an, die er, so dachte sich Sven, nie gehabt hatte. Er hielt ihn für verrückt, aber gutmütig. Man konnte mit ihm auskommen.

Sven erinnerte sich, wie er am ersten Tag mit dem Taxi, vom Bahnhof kommend, hier hochgefahren war. Zunächst nahm er an, er würde in irgendein Kloster hoch in den Bergen gebracht, aber es stellte sich heraus, dass das Internat etwas oberhalb der Stadt

Lindenau am Bodensee lag. Von hier oben, besonders aus dem Turm, in dem die älteren Schüler wohnten, hatte man einen wunderbaren Blick auf den See und die weitere Umgebung. Das große, weiße, vierstökkige Hauptgebäude mit seiner, weit ausladenden Steintreppe und dem geschwungenen, schwarzen Eisengeländer, machte den Eindruck eines Märchenschlosses. Es war sehr beeindruckend. Die zwei massiven Säulen am Eingangsportal wirkten wie zwei Riesen, die zum Schutz des Gebäudes dort Wache hielten. Daneben hatte der Architekt links und rechts, wie die kleinen Schwestern, zwei Schlafhäuser für den größten Teil der Schüler und die Lehrerschaft errichtet. Sie waren einige Jahre später gebaut worden, als der Schulbetrieb expandierte und das Internat sehr bekannt wurde. Die Bauerlaubnis gab nur eine zweigeschossige Bauweise vor. Umrahmt waren die Häuser mit Tannen und Fichten, die sehr hoch gewachsen waren und fast bis in den Himmel strebten. Zwischen den Bäumen lugte die Spitze des Turmes hervor, als wollte er triumphierend sagen: „Ich bin doch größer als ihr."

Dieser Anblick war für Sven sehr beeindruckend gewesen, und damit wuchs in ihm die Neugier, wie wohl die Lehrer und Schüler hier sein würden. Zunächst erfragte er sich den Weg ins Sekretariat, und nachdem er forsch angeklopft hatte, trat er nach einem kräftigen "Herein!" durch die Tür ins Innere.

Da Frau Mischke, die Sekretärin, die eigentlich nur halbtags arbeitete, krank war, blickte ihn ein rundliches, verdutztes Männergesicht mit kleinen, kullerrunden Wieselaugen an, dessen Schmuckstück ein roter, nach oben gezwirbelter, riesiger Schnauzbart war. Es war Herr Dr. Ruprecht Morgenthau, der Direktor des Internates, persönlich.

„Was kann ich für dich tun?" lispelte er hastig und suchte dabei weiterhin geschäftig nach etwas, das er wohl dringend benötigte.

„Guten Morgen", rief Sven höflich und musste innerlich über den Mann lächeln. Aber er gefiel ihm irgendwie. Er hatte so etwas Komisches an sich wie ein Zirkusclown, der das Publikum mit seinen lustigen Späßen zu immer neuen Lachtiraden reizen konnte.

„Mein Name ist Sven Carstens. Ich komme aus Brandenberg und bin hier neu", antwortete er.

„Ah, der neue Schüler", widmete sich der Direktor nun mit einer größeren Aufmerksamkeit dem Jungen. „Gleich, mein Junge. Frau Hengstenberg wird sich gleich um dich kümmern."

Dann drehte er sich zu einer offenen Tür um und rief nach seiner zweiten Sekretärin. „Komme gleich", antwortete eine sympathische Stimme, und nach ein paar Minuten trat eine zierliche Person mit schwarzem Bubikopf aus der Tür und blickte den Direktor fragend an. Dieser deutete auf Sven und bat sie, ihn in die Klasse von Herrn Dr. Nevermüller zu bringen. „Aber selbstverständlich, Herr Direktor", flötete sie, und dann schoss sie dem schlaksigen Jungen, der einen Kopf größer als sie war, voraus in die obere Etage, in der sich die Klassenräume befanden.

Aus einem der Klassenräume tönte eine laute, sonore Bassstimme, die einem Opernsänger gehören könnte. Genau vor dieser Tür blieb sie stehen und klopfte an. Von drinnen tönte ein voluminöses „Herein!", und schon öffnete die Sekretärin die Klassenzimmertür.

Fünfundzwanzig Augenpaare, einschließlich des hünenhaften Herrn Dr. Nevermüller, blickten auf die zwei.

„Hier bring' ich den Neuen", gab Frau Hengstenberg freundlich lächelnd bekannt und schloss nach kurzem Kopfnicken des Lehrers leise die Tür. Nun stellte sich Herr Nevermüller als Klassenlehrer bei Sven vor. „Das ist hier die 10a, mein Junge. Zu der gehörst du nun jetzt. Dahinten links ist noch ein Platz frei." Mit seinem langen Arm wies er Sven auf einen der hinteren Stühle. Dieser ging auf den Tisch zu und nahm neben einem dunkelhaarigen, etwas pickeligen Jungen Platz, dessen ausgeprägter Adamsapfel einem Geier alle Ehre bereitet hätte. Er trug einen Mittelscheitel, und seine Augen wurden von mädchenhaft langen Wimpern geziert, die ihm dadurch einen treuen Hundeblick verliehen.

Als sich Sven gesetzt und seine Utensilien verstaut hatte, war Dr. Nevermüller schon wieder in den Unterricht eingetaucht und deklinierte mit dröhnender Stimme französische Verben. Eine Weile saß er ruhig da und beobachtete die einzelnen Schüler, denn es war ja alles neu für ihn. Dann konzentrierte er sich mit den anderen Schülern auf den Unterricht und stellte mit Zufriedenheit fest, dass er die Deklination dieser Verben schon in seiner alten Schule gelernt

238

hatte und es sich für ihn nur um eine Wiederholung handelte.

Hier schien die Zeit schneller zu fliegen als zu Hause, denn bald darauf schellte die Pausenklingel und kündete das Ende der Schulstunde an. Doch Dr. Nevermüller dachte nicht daran, sie zu beenden. Er diktierte den Schülern mit einer Begeisterung ihre Hausaufgaben, dass sie nur so um ihre Ohren rauschten. Sven wunderte sich darüber, und als der Lehrer endlich aus der Klasse war, umringten ihn die meisten, um ihn auszuquetschen.

„Wo kommst du denn her?" fragte ihn ein Rothaariger mit einer Armee von Sommersprossen im Gesicht. Sven dachte im Augenblick, dass wohl alle Sommersprossen hier geschrien haben mussten, als es auf der Platzverteilung in seinem Gesicht ging. Doch später stellte er einmal beim Sport fest, dass Lewins ganzer Körper damit bedeckt sein musste.

„Ich komme aus Brandenberg, und ich heiße Sven Carstens", gab er zur Antwort und lachte die neuen Klassenkameraden freundlich an.

„Weißt du schon, wo du schläfst?" tönte eine andere Frage an sein Ohr. Sven schüttelte den Kopf, da meldete sich Peter Frederic der Däne, wie ihn die anderen nannten: „Bei mir ist noch ein Platz frei, kannst gerne zu mir kommen."

Sven nickte wieder und wusste nicht, auf welche weitere Frage er zuerst hinhören sollte, als die Klingel erneut zur neuen Stunde mahnte. Kaum war das laute Schrillen, an das man sich erst gewöhnen musste, vorbei, als Frau Kreskin in den Klassenraum trat. Eine große Frau, Mitte Dreißig, die ein freundliches Gesicht hatte, das von brünetten Locken eingerahmt war. Sie musste über ein Meter achtzig sein, schätzte Sven und begutachtete sie mit einem neugierigen Blick. Als sich ihre Blicke trafen, runzelte die Lehrerin kurz die Stirn, die sich aber sofort wieder glättete, und ein Lächeln, wie ein Sonnenaufgang an der Adria, verschönte ihre Züge. „Aha, du bist also Sven Carstens, der neue Schüler, nicht wahr?"

Sven nickte, stand auf und machte eine leichte Verbeugung. Die anderen Jungs kicherten, so dass Sven ein wenig verlegen wurde. „Du kannst dich setzen", gab Frau Kreskin zur Antwort. Sie registrierte sein höfliches Benehmen mit einem leichten Schmunzeln und begann mit dem Unterricht. Nun war Deutsch an der Reihe und zwar die Interpretation einer Geschichte von Gotthold Ephraim Lessing.

So vergingen die ersten Wochen. Sven lag auf seinem Bett und genoss die Freistunde. Da klopfte es an die Türe.

„Herein", rief er und drehte seinen Kopf zur Türe, um zu sehen, wer einträte.

Es war Lennart von der Parallelklasse, mit dem er sich ein wenig angefreundet hatte. „Komm rein", forderte Sven ihn auf und setzte sich aufs Bett, um Lennart Platz zu machen.

„Na, wie geht's dir Alter?" begann Lennart und grinste ihn an. „Bin okay", war die Antwort. Sven runzelte leicht die Stirn in Erwartung weiterer, geistiger Ergüsse seines neuen Freundes.

„Wir haben gleich Physik zusammen", fuhr dieser fort. „Der Stundenplan hat sich geändert."

„Ach! Passiert das hier öfter?" Svens Frage war mit einem leicht säuerlichen Unterton gepaart, da er sich auf dieses Fach noch nicht vorbereitet hatte, dann nach dem Plan war es erst übermorgen dran.

„Der Becker ist krank, und deshalb wird das mit den Klassen zusammengemixt", gab Lennart unbekümmert Antwort auf seine Frage. „Aber kannst beruhigt sein, ich hab' die Aufgaben gelöst. Kannst sie von mir abschreiben."

Sven grinste und stand auf. Sie verließen den Raum und traten auf den Flur. Sven, der nach rechts blickte, übersah einen Eimer. Es schepperte, und eine Wasserflut ergoss sich plötzlich aus dem polternden Eimer über einen Teil des Flures. Beide Jungen fuhren erschrocken herum.

„Verdammt noch mal", brüllte Sven. „Wer lässt denn hier so 'nen blöden Eimer stehen?" Aus einem Nebenzimmer trat auf einmal mit hochrotem Kopf ein junges Mädchen, vielleicht siebzehn oder achtzehn Jahre alt. Sie sah die Bescherung auf dem Boden, und ihre Augen funkelten in einem aufkommenden Zorn den Jungen entgegen. „Wer von euch beiden Trotteln hat denn da wieder geschlafen?" fauchte sie die beiden an. „Nun mal sachte, Schwester", hob Sven abwehrend die Hand. „Wir sind gestresste Schüler, die auf dem Weg zu ihrer nächsten Unterrichtsstunde sind." Dabei verzog er das Gesicht zu einem breiten Grinsen. Das Mädchen gefiel ihm. Sie sah in ihrem kurzen, zornigen Aufwallen richtig süß aus, fand Sven. Durch sein vermittelndes Grinsen glätteten sich auch ihre Gesichtszüge, und das Lächeln wurde, eine Stufe weniger breit, von ihr erwidert. Die Schärfe war aus ihren Worten entwichen, als sie die Jungen aufforderte, in ihre Klasse zu gehen. Sie würde das hier schon machen. Lennart war schon auf dem Weg in das nächste Stockwerk. Doch Sven blieb noch stehen und schaute dem Mädchen bei der Arbeit zu. Sie bückte sich und wischte das Wasser auf. Dann blickte sie Sven fragend an. „Ist was?" war ihr kurzer Kommentar.

„Wohnst du in der Stadt?" fragte Sven und grinste sie wieder an. Sein Lausbubengesicht gewann durch die sich auf den Wangen abzeichnenden Grübchen einen liebenswerten Akzent, dem sie sich nicht entziehen konnte. Doch sie wollte es ihm nicht so leichtmachen, da er ohnehin jünger war als sie. „Und wenn es so wäre, was geht's dich an?" gab sie schnippisch zur Antwort.

„Weil ich dich gerne wiedersehen möchte", kam es in einem Ton von ihm zurück, der wie ein Vorstoß klang.

„Dann musst du bis Dienstag warten, dann hab' ich wieder Dienst", lächelte sie und drehte sich von ihm weg, um ihm nicht zu zeigen, dass sie sich über seine Absicht freute.

Lennart mahnte Sven zur Eile, da die Stunde schon angebrochen war, und sie machten sich zusammen auf den Weg. Auf einmal erfüllte ihn ein richtiges Hochgefühl, und den Anpfiff von Herrn Überseher, dass sie zu spät zur Stunde kamen, steckte er ruhig weg.

In den nächsten Tagen war Sven sehr rührig, alle möglichen Leute, von den Klassenkameraden über einige Lehrer, die er schon gut kannte, bis zum Personal im Sekretariat zu fragen, wer denn nun das Mädchen war, das dort im Wohngebäude den Flur gesäubert hatte. Von den meisten erhielt er eine negative Antwort, begleitet mit Andeutungen, die von Kopfschütteln bis zu einem wissenden Grinsen reichten, da ihnen eine solche Person nicht bekannt war. Doch im Sekretariat bei Frau Hengstenberg war ihm der Erfolg vergönnt, denn sie mochte den Jungen mit den wachen Augen, wie sie sich über Sven ausdrückte.

„Eigentlich sind das ja dienstliche Informationen, die ich nicht weitergeben darf", meinte sie und blickte ihn, leicht schmunzelnd, über den Brillenrand an. Sie blätterte gerade in einer Kartei, um für den Direktor, Dr. Morgenthau, eine Statistik aufzustellen, die noch bis Ende des Monats erledigt werden musste.

Dann steckte sie ihr Lineal zwischen die Karten und wandelte mit wippenden Hüften auf den Schrank zu, der die Personalkarten beherbergte. Sie zog die dritte Schublade von oben auf, um die Geheimnisse des Mädchens preiszugeben.

Sven trat nervös auf der Stelle, denn das nicht endende Suchen von Frau Hengstenberg spannte seine

Geduld, die er ohnehin kaum besaß, ganz schön auf die Folter.

„Na endlich", murmelte er leise, als sie etwas später eine Karte zog. Dann kam sie langsam auf Sven zu und legte die Karte mit der Schrift nach unten auf die Theke, die sie von Sven trennte. Dieser konnte seine Ungeduld nicht mehr beherrschen, was an seinen leicht aufgerissenen Augen zu sehen war. Er trat einen Schritt auf die Sekretärin zu. Nun standen sie sich gegenüber. Die Hengstenberg genoss die Situation. Der kräftige, dunkelhaarige Junge, dessen gutaussehendes Gesicht ihr gefiel und der eher wie achtzehn aussah als wie sechzehn wirkte, schaute sie mit fragenden Augen an.

„Bist wohl verknallt in die Kleine, was?" fragte sie, und ein breites Grinsen erhellte ihr Gesicht, und es zeigten sich für einen Augenblick ihre schönen, weißen Zähne. „Kann schon sein", erwiderte Sven. „Nun, wie heißt sie?"

Dann drehte sie das Blatt um. „Sie heißt Marlena de Clark, und schon achtzehn Jahre alt", war ihre Antwort. „Und wo wohnt sie?" „Sie wohnt in der Hubertusgasse 17, gleich unten, wenn du in den Ort hineinkommst." Sven bedankte sich bei ihr mit einem Kuss auf die Wange, und die Hengstenberg blickte dem Jungen verträumt nach, als er das Sekretariat verließ. „Ja, jung müsste man noch mal sein", dachte sie und widmete sich wieder ihrer leidlichen Statistik.

Die Schulstunden zogen sich wie Kaugummi in die Länge. Erst übermorgen hatte er Ausgang und konnte in die Stadt. Am Abend, als er mit Peter Frederic über die Französischarbeit sprach, fragte er seinen Zimmergenossen, was wohl geschehen würde, wenn er sich außerhalb der Freistunden in die Stadt begeben würde.

„Wenn sie dich erwischen, dann gibt's zunächst einen Verweis. Wenn du mehrere Verweise hast, benachrichtigen sie deine Eltern; und wenn das nicht aufhört, fliegst du", war seine Antwort.

Sven nickte und blickte auf seine Armbanduhr. Es war jetzt halb fünf Uhr nachmittags. Wenn er nach dem Abendbrot gegen halb sieben Uhr verschwinden würde, könnte er um halb neun Uhr wieder zurücksein.

„Wie bekommt man einen Schlüssel für das große Tor?" wollte er nun wissen. „Das große Tor wird erst gegen 23.00 Uhr verschlossen. Wenn du bis dahin zurück bist, kommst du noch rein. Was hast du denn vor?"

Sven grinste. „Ist wohl 'n Mädchen, was?" nickte Peter wissend und bekam glasige Augen. Sven nickte und nahm sich vor, heute Abend Marlena aufzusuchen.

Da er nicht wusste, ob er rechtzeitig wieder im Internat sein würde, gelang es ihm, wobei der größte Teil seines restlichen Geldes, das ihm für diesen Monat zur Verfügung stand, draufging, einen Nachschlüssel für das Haupttor zu ergattern. Kurz nach halb sechs Uhr verließ er die Schule und fuhr mit der Linie 19 in die Stadt. Am Bahnhof stieg er aus und befand sich nach einer Viertelstunde Fußmarsch in der Nähe ihres Wohnortes.

Autos hupten, der Feierabendverkehr lief so langsam aus. Passanten, die bis nach 18.00 Uhr arbeiten mussten oder die noch einkaufen waren, hasteten an ihm vorbei, als er in die Hubertusgasse einbog. Er orientierte sich an den Hausnummern.

„Ach, da drüben ist ja die Nummer 17." Je näher er dem Haus kam, desto deutlicher spürte er sein Herz aufgeregt pochen. Er blieb stehen und schaute in das Schaufenster eines Buchladens, um sich zu beruhigen. Nach einer Weile tiefen Durchatmens setzte er seinen Weg fort.

Dann stand er an der Eingangstür und schaute auf die Klingeln. Ja, im dritten Stock stand der Name de Clark. Er drückte auf die Klingel. Nichts tat sich. Wieder drückte er, diesmal etwas länger, auf den Klingelknopf. Wieder tat sich nichts. Ein drittes Mal versuchte Sven sein Glück.

„So ein Mist", schimpfte er leise vor sich hin. Er konnte ja nicht wissen, dass Marlena um diese Zeit einen Weiterbildungskurs in Englisch besuchte. Lustlos entfernte er sich von dem Haus und schlenderte in Richtung Innenstadt. Missmutig schoss er eine leere Coladose auf die Straße. Ein Wagen, an dem sie vorbeischleuderte, hupte, und der Fahrer drohte ihm mit dem Zeigefinger. Sven streckte ihm die Zunge heraus. Es war ihm jetzt alles egal. Irgendwie musste er seinen Frust loswerden.

Eine halbe Stunde später hatte er seinen vergeblichen Versuch schon fast verschmerzt. In Gedanken malte er sich die Begegnung mit ihr am nächsten Dienstag aus, wenn sie wieder in der Schule wäre. Gedankenverloren blickte er in einige Schaufenster und nahm doch nichts war. Vor einem Fotofachgeschäft schaute er sich die Kameras an und überlegte, dass er wohl auch eine neue benötigte, da seine alte noch zu Hause in Brandenberg lag und vor sich hinstaubte. Nebenbei nahm er Schritte war, die sich näherten, aber irgendwie nicht weiter entfernten. Als sein Gehirn diesen Vorgang registrierte und er sich bewusst war, dass hinter ihm jemand stehen müsste, wurde er angesprochen.

„Ach, das ist aber ein Zufall", hörte er eine junge Frauenstimme. Wie elektrisiert drehte er sich um. Das war sie. Richtig, da stand Marlena vor ihm und lächelte ihn an. „Wie kommst denn du hierher?" fragte sie und ging auf ihn zu, um ihm die Hand zu geben.

„Ach, ich? Ich war ein bisschen bummeln hier in der Stadt", antwortete er, und ein breites Grinsen ließ sein hübsches Jungengesicht noch frecher erscheinen. Marlena registrierte wieder die beiden Grübchen an seinen Wangen. Er gefiel ihr. Je länger sie ihn anblickte, desto mehr fand sie Gefallen an ihm.

„Und was machst du jetzt?" forschte sie vorsichtig, in der Hoffnung, dass er nicht wieder verschwinden würde.

„Ja, wo ich dich nun gefunden habe, denke ich, wir könnten noch einen schönen Abend zusammen ver-

bringen, was meinst du?" Sein schelmisches Jungen-
grinsen eroberte sie Stück für Stück.

Sie lachte, und ihre perlweißen Zähne glänzten im
Neonlicht des Schaufensters. „Okay, einverstanden.
Aber wo soll's hingehen?"

„Kennst du nicht ein Lokal in der Stadt, in dem sich
die Jugend von Welt trifft?" fragte er zurück.

Sie überlegte kurz, nickte und sagte: „Klar, gehen wir
ins Roxy, da ist immer etwas los. Aber - !" Sie sah ihn
von der Seite an. „Das ist nicht so billig, und ich habe
die letzten Zwanzig Mark im Portemonnaie", meinte
sie etwas ernst.

„Dann nehmen wir meine Zwanzig noch, und der
Abend ist gerettet", grinste Sven und legte den Arm
um ihre Schulter. Gemeinsam, sich gegenseitig an-
strahlend, spazierten sie los, um das Lokal zu erreichen.

Als sie eintraten, stellten sie fest, dass der Laden noch
ziemlich leer war. Sechs oder sieben Paare saßen an
den verschiedensten Tischen. Poppige Diskomusik
tönte halblaut aus den Lautsprechern, so dass eine
Unterhaltung noch möglich war. Sie setzten sich etwas abseits in den hinteren Raum, um ungestört zu
sein. Sven bestellte zwei Cola und eine Pizza für
jeden. Dann berichtete er Marlena ein wenig von der
Schule. Marlena ließ sich die Pizza schmecken, da sie
großen Hunger hatte und bestätigte Svens Unterhaltung hin und wieder mit einem Kopfnicken und einem
niedlichen Lächeln. Sven fand, dass sie schöne Zähne

hatte. Hin und wieder griff auch er nach seinem Stück Pizza, um sich daran zu laben.

Als er damit fertig war, lehnte er sich nach hinten in das schwarze Lederpolster. Dabei stieß er mit seinen Beinen an Marlena, die ihr Bein nicht zurückzog, sondern die Berührung erwiderte.

Sven lächelte leicht und trank an seiner Cola. Marlena sah ihn an, und Sven spürte aus ihrem Blick, dass sie sich nach mehr Berührung sehnte.

„Und was machen wir jetzt?" Mit dieser Frage beugte er sich leicht nach vorne und berührte ihre Hände. Marlena senkte ihren Blick und flüsterte: „Lass uns zahlen, und dann zeige ich dir, wo ich wohne, okay?"

Sven nickte und zahlte. Dabei verschwieg er, dass er vor zwei Stunden bereits vor ihrer Haustüre gestanden hatte. Dann verließen sie das Lokal. Sven umarmte sie, und so eng aneinandergeschlungen, schlenderten sie durch die Straßen. „Jetzt müsste mich der Frederic sehen", dachte Sven. „Der würde vor lauter Staunen seinen Mund nicht mehr zukriegen."

Sven wusste nach ein paar Minuten nicht mehr, wo er sich befand. Er bemerkte nur, dass immer weniger Passanten auf der Straße waren, und an einer Ecke blieb er stehen, bevor sie über die Straße gingen. Marlena blickte ihn fragend an. Dann zog er sie zu sich und küsste sie ganz leicht auf die Lippen. Sie erwiderte diesen Kuss, in dem sie ihre Lippen fest an die seinen presste. Durch Sven schoss ein feuriges Gefühl. Es war das erste Mal, dass er so bewusst ein

Mädchen küsste. Er spürte, dass das Gefühl weiter unten etwas in Bewegung brachte und er trennte sich von Marlena. Sie legte seine Hand um seine Hüfte und sie gingen langsam weiter. Zwischendurch sahen sie sich immer mit verliebten Augen an.

Dann zeigte sie auf ein dreistöckiges älteres Haus. „Da oben wohne ich", sagte sie. Sven nickte. Sie ließen ein Auto vorbei und überquerten die Straße. Dann standen sie vor dem Eingang. Sven wurde etwas unsicher. „Wohnst du alleine?" fragte er. Marlena lächelte. „Nein, ich wohne noch bei meiner Mutter. Aber", und dabei lächelte sie ihn verführerisch an, „gerade heute hat sie ihren Abend, an dem sie vor Mitternacht nie zurück ist." Sven lächelte sie an. In ihm stieg eine heiße Welle hoch, und er fühlte, dass er errötete.

Marlena tat, als wenn sie es nicht bemerkte und zog ihn mit. Leise schlichen sie die Treppen nach oben, um die Nachbarn nicht unnötig darüber zu informieren. Marlena schloss die Türe auf, und Sven nahm den Duft von Blumen wahr, die im Wohnzimmer standen, als er eintrat. Dann legte er seine Jacke ab und folgte Marlena in ihr Zimmer.

„Mach's dir bequem", flötete sie, und ihre Augen strahlten ihn an. „Ich besorg' uns was zu trinken."

Sven flegelte sich auf die Couch und sah sich das Zimmer genau an. Die Wände waren in einem altrosa Ton gestrichen. Ein paar Poster von männlichen Filmstars waren an der einen Seite angebracht. Darunter stand ein halbhoher Schrank mit Glasfenstern, in denen er einige Bücher erblicken konnte. Sein

Blick wandte sich Marlena zu, die mit zwei Gläsern prickelndem Sekt ankam.

„Hier, das gibt Stimmung", sagte sie und prostete ihm zu. Sven trank gierig, denn er hatte Durst. „Nicht so schnell, Junge, das Zeug muss man genießen", kicherte sie und schenkte ihm aus der Flasche nach, die sie aus der Küche holte.

Sven spürte beim dritten Glas eine beginnende, prickelnde Hochstimmung in sich aufkommen. Er zog Marlena, die sich zu ihm setzte, heran und küsste sie mit sich steigerndem, sexuellem Verlangen, Marlena ganz zu besitzen. Eines wurde ihm immer klarer, heute wollte er es endlich wissen, wie das mit einem Mädchen ist.

Das prickelnde Gefühl steigerte sich immer mehr, und eine heiße Welle durchzog seinen Körper, als er ihre Hand auf seiner Hose spürte. Dann war es um sie geschehen. Sie rissen sich gegenseitig die Kleider vom Körper. Dann spürte er ihren warmen, weichen Körper und roch den Duft ihrer Haut. Begierig drang er in sie ein, nachdem sie sich geöffnet hatte.

Stunden später, als er wieder in seinem Zimmer lag, versuchte er, sein erstes Mal mit einer Frau immer und immer wieder nachzuempfinden. Wie hatte er gewünscht, dass das Gefühl des Höhepunktes, als er kam, nie enden würde. Auch Marlena hatte ihren Höhepunkt erreicht und küsste ihn danach zärtlich und lange. Schon morgen wollte er wieder mit ihr zusammen sein. Er konnte nicht anders. Selbst wenn er dafür riskieren müsste, von der Schule zu fliegen.

Doch es kam anders. Bei dem Versuch, unerkannt in sein Zimmer zu gelangen, war Sven gesehen worden. Einer der Schüler aus der Oberklasse, der gerade Dienst hatte, sah ihn, wie er über den dunklen Hof zu seiner Unterkunft schlich. Er verpetzte ihn natürlich beim Klassenlehrer und dieser zitierte Sven nach dem Unterricht am Nachmittag zu sich auf sein Zimmer.

„Also, Sven, Sie sind gestern gegen 23.45 Uhr gesehen worden, als Sie, durch das kleine Tor kommend, auf dem Weg zu den Schülerunterkünften waren."

Dr. Nevermüller, der die Klasse erst vor sechs Monaten neu übernommen hatte, blickte Sven über seinen Brillenrand scharf und mit einem ernsten Blick an. Er war nicht gewillt, solche Kapriolen zu dulden, und wollte gleich beim ersten Mal an Sven ein empfindliches Exempel statuieren.

Sven blinzelte zurück und versuchte, in seinem Blick zu lesen, wie die Chancen standen, sich durch die Sache zu flunkern. Er fühlte, dass es keinen Zweck hatte, die Sache zu leugnen. Jedoch wollte er den wahren Grund seines Ausfluges natürlich verschweigen und suchte krampfhaft nach einer plausiblen Ausrede.

„Es stimmt", nickte Sven, und er sah, wie der gespannte Körperzustand des Lehrers einem leichten Aufatmen wich. „Wissen Sie, meine Mutter hat hier in der Nähe, ungefähr dreißig Kilometer von hier, einen Cousin wohnen. Und sie bat mich letztens, diesen doch einmal zu besuchen. Da ich hörte, dass er erkrankt war, wollte ich nicht länger warten. So bin ich mit dem Bus nach Mühlhausen gefahren, und zurück habe ich den letzten Bus verpasst. So musste ich laufen und kam deshalb zu spät wieder zurück." Mit treuem Augenaufschlag verkaufte Sven Dr. Nevermüller diese Geschichte.

Dieser nagte an seiner Unterlippe, als ob er die Geschichte anzweifelte. Dann wichen die aufkommenden Falten von seiner Stirn, denn er war nicht gewillt, in die Sache einzudringen. So ermahnte er Sven nur mit deutlichem Unterton: „Das nächste Mal, wenn Sie aus dem Haus gehen, um ihren Onkel zu besuchen, dann melden Sie sich gefälligst bei mir ab oder beim diensthabenden Schüler. Ist das klar?"

Sven nickte brav, und der Klassenlehrer entließ ihn. Er vermutete zwar, dass Sven ihn angelogen hatte, aber er behielt die Sache im Hinterkopf, um bei passender Gelegenheit darauf zurückzukommen, wenn sich noch einmal eine ähnliche Situation mit Sven ergeben würde.

Als Sven draußen war, atmete er erleichtert auf. In seinem Zimmer wartete Peter Frederic ungeduldig auf ihn. „Nun, wie war's? Erzähl schon!"

„Wie soll's gewesen sein?" lächelte Sven und hob die Schultern, als wenn es die einfachste Sache der Welt gewesen sei, dem Lehrer eine krumme Story unterzujubeln.

„Ich habe ihm eine Story verkauft, und ich glaube, er hat sie gefressen."

Peter ließ nicht locker. „Was war eigentlich gestern? Ich hab' dich gar nicht mehr gehört, als du kamst. War's schon spät?"

„Ja, kurz vor Mitternacht", antwortete Sven und zog sich seinen Trainingsanzug an. Denn jetzt hatte es keinen Zweck mehr, sich davonzustehlen. Falls er gleich wieder erwischt würde, müsste er sicherlich das Internat verlassen. Und darauf wollte es Sven nicht ankommen lassen. Denn wie sollte er dann wieder mit Marlena zusammenkommen?

„Na und, was war? Hast du sie getroffen?" forschte Peter weiter, und man sah seinen Augen an, wie begie-rig er alles wissen wollte.

„Natürlich hab' ich sie getroffen", schmunzelte Sven. Er wusste, dass Peter mehr wissen wollte. Aber dieses Vergnügen ging ihn nichts an. „Ja, und weiter? Lass dir doch nicht die Würmer einzeln aus der Nase ziehen. Hast du's gemacht?" Bei der Vorstellung, Sven hätte mit Marlena geschlafen, wurde ihm ganz heiß.

Sven grinste. „Es war sehr schön", flötete er, nahm sein Duschzeug, warf das Handtuch über die Schulter und verließ den Raum, um duschen zu gehen. Er musste noch immer über Peter schmunzeln, der unbedingt aus ihm herauskitzeln wollte, was mit den beiden so los war.

Er öffnete die Tür zum Umkleideraum und hörte die Duschen rauschen. „Ach, da ist schon jemand drin", dachte er und zog sich langsam aus. Dann nahm er sein Duschzeug und die Zahnbürste und öffnete die Tür zum Duschraum. Heißer Dampf schoss ihm entgegen. Er wollte gerade den Duschraum betreten, als er erschrocken stehenblieb.

Unter der Dusche standen zwei Jungen, die Körper eng aneinander gepresst, und knutschten sich ab. Weil die Dusche lief, hatten sie nicht gehört, dass Sven eingetreten war.

Sven hatte noch nie schwule Jungen gesehen. Er wollte sich räuspern, um sie zu warnen, aber dann zündete ein boshafter Gedanke wie ein Blitz in seinem Hirn und fraß sich dort fest. Er erkannte den großen Blonden und wusste, dass er, genau wie er, erst vor ein paar Monaten ins Internat gekommen war. Der Gedanke, der ihm so plötzlich gekommen war, begeisterte ihn immer mehr, und er witterte seine Chance. Langsam zog er sich zurück und schlich auf die Toilette.

XII

Die Bilder, die sich vor ihm auf der Straße aneinander reihten, kaum erfassend, blickte Raimund etwas dümmlich aus dem Fenster und ging mit seinen Gedanken spazieren. Acht Wochen waren bereits vergangen, dass man ihn sofort aus dem Sportverein ausschloss, weil er vermeintlich einem seiner Kameraden Geld gestohlen haben sollte. Zuerst ertrug er diese schmachvolle Anklage kaum. Er quälte sich immer wieder mit der Frage, wer ihn wohl in diese schlimme Lage gebracht haben könnte. Doch jedesmal, wenn sich der Gedanke an Ulli aufdrängte, verwarf er ihn sofort wieder und war wütend über sich selbst, solche schlechten Gedanken über ihn zu haben. Sicher, Ulli war drogenabhängig. Aber würde er ihn, seinen besten Freund, in so eine prekäre Lage bringen? Raimund glaubte es nicht und wollte es auch nicht wahrhaben, obwohl sein Verstand ihn eines Besseren belehren wollte.

Gisela, seine Mutter, empfand sofort, dass ihr Sohn ein großes Problem mit sich herumschleppte. Doch sie wartete geduldig und hoffte, dass er sich ihr irgendwann offenbaren würde. Obwohl sie alle Dinge früher mit ihm besprochen hatte, konnte sie es sich nur damit erklären, dass er die Sache mit sich allein abmachen und sie nicht beunruhigen wollte. Sie klopfte leise an seine Zimmertür. Als er sich nicht meldete, öffnete sie vorsichtig die Tür und sah, wie er gedankenverloren aus dem Fenster starrte. Behutsam trat sie hinter ihn und legte sachte ihre Hand auf seine Schulter. Raimund spürte ihre Hand und reagierte erst etwas unwillig darauf. Dann nahm er ihre Berührung schweigend hin.

„Ach, Raimund, willst du nicht darüber reden? Meinst du, ich hätte nicht gespürt, dass du ein Problem hast? Wenn ich dir irgendwie helfen kann?" Sie verstummte, weil ihr Sohn keinerlei Reaktion auf ihre Worte zeigte, und blickte auch aus dem Fenster.

Nun drehte sich Raimund langsam um und blickte seine Mutter mit traurigen Augen an.

Er öffnete seinen Mund und langsam, immer schneller purzelten die Worte heraus, die sich dann wie ein erlösender Strom hörbar den Weg ins Freie bahnten: „Sie haben mich aus dem Sportverein ausgeschlossen, weil ich einem Jungen Geld gestohlen haben soll." Sein Blick suchte zaghaft den ihren, und Gisela erkannte die Angst in seinen Augen, dass sie ihm nicht glauben würde.

„Das würdest du nie tun", antwortete sie überzeugend und versuchte dabei, neuen Mut und Verständnis in ihren Worten mitschwingen zu lassen. Ein kurzes Leuchten huschte wie ein freundlicher Sonnenstrahl über sein Gesicht. Dann umarmte er seine Mutter, wobei er den lieblichen Duft ihrer Haare wahrnahm und in sich aufsog. Er war froh, weil er wusste, dass sie ihm glaubte und zu ihm hielt. Gisela streichelte über sein welliges Haar und schwieg. Dann berichtete Raimund seiner Mutter die ganze Geschichte, die ihn seit Wochen quälte. Dabei fühlte er, als wenn Zentnerlasten von seiner Seele fortgespült würde, so erleichtert war er auf einmal. Und die ganze Welt sah wieder freundlich aus. In seinem Innern fasste er erneut Mut, der in ihm mehr und mehr den Gedanken reifen ließ, der Sache auf den Grund zu gehen.

„Ulli fehlt schon wieder seit einer Woche", berichtete er Gisela. „Und hast du dich mal um ihn gekümmert, wie du es doch sonst immer getan hast?" fragte sie ihn schließlich und schaute ihn mit ihrem prüfenden Mutterblick an.

Raimund schüttelte den Kopf und erwiderte ihren Blick. „Ich war so stinkwütend auf ihn, dass es mir egal war, was er machte. Die Freundschaft ist sowieso zu Ende", murmelte er. Seine Augen blickten dabei wieder etwas traurig.

„Aber Junge, gerade wenn ein Freund in Not ist, sollte der andere sich für ihn einsetzen. Du kannst doch eine Freundschaft nicht gegeneinander aufrechnen", erklärte sie ihm.

Raimund blickte seine Mutter erstaunt an und schien langsam zu begreifen, dass er von Ulli in dem Zustand, in dem er sich befand, zu viel erwartet hatte. Ulli war ja gar nicht in der Lage gewesen, die Freundschaft durch sein Verhalten zu beantworten und zu erhalten, wie er es früher getan hatte. Er war nur noch auf Hilfe angewiesen. Ja, und er, Raimund, war wirklich der Einzige, der ihm diese Hilfe noch geben konnte.

Doch dann regte sich erneut in ihm auch sein verletzter Stolz. Die Bilder der vergangenen Wochen schossen an seinem geistigen Auge vorbei, in denen Ulli ihn so sehr verletzt hatte und die Freundschaft einfach mit Füßen trat. Nun sollte er wieder derjenige sein, der klein beigab und so handeln sollte, als wäre das alles nie geschehen. Nein, irgendwie sträubte sich sein beleidigtes Ego dagegen, und er wollte es ihm nicht so leichtmachen.

Dann kam die andere Stimme wieder in sein Ohr, die flüsterte: „Er kann doch nicht anders. Du musst ihm helfen. Sonst machst du dich schuldig."

Gisela, die merkte, dass in ihrem Sohn eine gedankliche Auseinandersetzung stattfand, hatte sich unbemerkt entfernt. Denn als Raimund sie suchte, hörte er es aus der Küche klappern. Er lächelte. Dann hatte er sich durchgerungen, und sein Entschluss stand fest.

Er würde Ulli helfen, wenn es noch einen Weg gäbe, ihn aus dieser Drogenhölle herauszuführen.

Als am nächsten Tag die Schule zu Ende war, lenkte Raimund seinen Drahtesel zu Ullis Wohnung. Er rannte keuchend die knarrenden Stufen nach oben und klingelte heftig. Sein Atem ging stoßweise, als er Schritte auf die Tür zukommen hörte. Einen Spalt wurde die Tür geöffnet, und ein altes, tränenüberströmtes Gesicht fragte ihn, was er wolle. Raimund erkannte mit Schrecken das Gesicht von Ullis Mutter. Als sie ihn richtig wahrnahm, öffnete sie die Tür. „Ach, du bist es", flüsterte sie, kaum hörbar. „Komm herein!"

Raimund trat ein und folgte ihr in die Küche. Es roch nach Sauerkraut und abgestandenem Geschirr. Die Küche war auch nicht aufgeräumt, wie es sonst hier üblich war. Selbst der Mülleimer quoll über. Frau Krause schien wohl am Ende zu sein.

„Er ist seit ein paar Tagen nicht nach Hause gekommen. Da hab' ich die Polizei gerufen. Die haben ihn gestern aufgegriffen und ihn nach Hause gebracht. Er sieht so elend aus...."

Mit diesen Worten brach es wie ein Wasserfall aus ihr heraus. Sie beugte den Kopf auf den Tisch und schluchzte in ihr kleines Taschentuch, dass es Raimund ganz elend wurde. Er hatte keine Ahnung, wie er darauf reagieren sollte. Er saß einfach still da und hörte dieses jämmerliche Weinen der verzweifelten Mutter, ohne etwas tun zu können. In ihm stieg auf einmal eine ohnmächtige Wut auf. Wut gegen Ulli, der seiner Mutter dieses antat. Wut gegen den Menschen der Ulli dahingebracht, und ihm dieses Zeug angedreht hatte. Frau Krause blickte kurz auf, sah aber Raimund nicht an. „Er ist nur eine halbe Stunde geblieben, hat ein paar Sachen mitgenommen, und ist dann wieder verschwunden. Er hat mich noch nicht mal angesehen, als er ging. Als die Tür zuknallte, wusste ich, dass ich ihn für immer verloren hab'." Wieviel Verzweiflung klang aus diesen Worten. Raimund fühlte Übelkeit in sich hochkommen, doch dachte er plötzlich an seine Mutter, die ihn auch zu trösten versucht hatte.

„Frau Krause, es gibt immer einen Ausweg", versuchte es Raimund und hatte das Gefühl dabei, dass seine Worte lächerlich klangen und nichts ausrichteten. „Ich muss jetzt gehen", flüsterte er und wandte sich ab, denn er konnte diese weinende Frau nicht mehr sehen. Auch ihn würgte es in der Kehle. Sachte zog er die Tür zu und polterte die Treppe hinunter. Unten nahm er sein Fahrrad und schob es vor sich her, da er sich nicht auf den Verkehr konzentrieren konnte. So sehr hatte ihn diese Begegnung mit Frau Krause mitgenommen.

In den darauffolgenden Tagen konzentrierte sich Raimund wieder voll auf den Unterricht. Er merkte, dass er in einigen Fächern, wie Physik und Geometrie, tüchtig abgefallen war, da ihn die Sorge um Ulli vom Lernen abhielt. Seiner Mutter berichtete er von dem Besuch bei Ullis Mutter. Daraufhin nahm sich Gisela vor, doch einmal einen Besuch bei ihr zu machen. In der Schule wurde das Verschwinden von Ulli zunächst, wie immer, totgeschwiegen. Es hieß einfach, er sei schwer erkrankt. Die einzigen beiden, die außer Raimund die wahre Geschichte von Ullis Fehlzeiten kannten, waren der Direx und der Klassenlehrer Dr. Schmiedeskamp. Doch die hielten sich bedeckt und ließen nichts nach außen dringen. Da Ulli schon des Öfteren gefehlt hatte, fiel es nur wenigen in der Klasse auf.

Es klingelte zur ersten großen Pause. Die Schüler stürmten lärmend und erleichtert aus den Klassenräumen auf den Hof, wobei die Phonzahl erheblich anstieg. Raimund schwamm mit dem Strom der Jungen nach draußen auf den hinteren Schulhof. Dort setzte er sich auf eine alte Bank, deren Holz über die Jahre eingedunkelt war und wickelte sein Pausenbrot aus. Es duftete gut, und es reizte seinen Appetit noch mehr. Gerade, als er mit Genuss hineinbeißen wollte, setzte sich Heiner Lönsberg neben ihn, ein Junge, der Raimunds Größe hatte. Er kam erst vor einem halben Jahr in die Klasse, da er mit seinen Eltern aus dem Kohlenpott hierher gezogen war. Doch Heiner integrierte sich schnell in die Klasse und fand auch schnell Anschluss bei den anderen Schülern. Er war bereits ein paar Mal mit Raimund, Ulli und ein paar anderen Jungen beim Schwimmen gewesen.

„Hallo Raimund, lass dich nicht stören", begann er, leicht grinsend, wobei die beiden Grübchen in seinen Wangen ihm einen schelmischen Ausdruck verliehen. „Ich wollte dich nur nach Ulli fragen, ist er krank?"

Raimund sah Heiner nachdenklich an. Er runzelte die Stirn und überlegte kurz, ob er mit der Sprache 'raus sollte. Dann antwortete er leise: „Das kann man wohl sagen. Er ist seit über einer Woche von zu Hause fort und keiner weiß, wo er sich befindet", schloss er seinen Kommentar, in der Hoffnung, dass er bei Heiner nicht an den Falschen geraten war, der sofort alles ausposaunen würde.

Heiner pfiff leise durch die Zähne. „Au Backe", war seine Antwort. „Das sieht ja nach scharfer Munition aus, die da abgeschossen wird. Und nun? Was sacht denn seine Mutter?"

„Die ist völlig verzweifelt. Die Polizei ist auch schon eingeschaltet."

Heiner schüttelte den Kopf. „Ich hab' mir schon häufiger Gedanken um Ulli gemacht. Nimmt der etwa Drogen?"

Raimund sah ihn mit aufblitzenden Augen an. „Versprichst du mir zu schweigen?" fragte er ihn. Heiner nickte erneut und blickte um sich, ob sich nicht andere Schüler ihnen zu weit näherten, um etwas zu hören. „Na klar, tu ich das", raunte er, denn er fand Raimund sympathisch und wollte gerne Kontakt mit ihm haben. Da sein Freund Ulli nicht mehr mit ihm war, hatte er Raimund öfter beobachtet und festgestellt, dass er nur noch alleine war.

„Ja, es stimmt. Die wenigsten wissen darüber Bescheid und es soll auch möglichst so bleiben. Aber ich denke, dass sich das mit der Zeit nicht mehr zurückhalten lässt."

Heiner blickte wieder zu den anderen Schülern hin, die sich in einiger Entfernung mit Fangen amüsierten.

„Sag mal, hast du am Sonnabend was vor?" Heiner überlegte. „Na das Übliche! Wohl Einkaufen und mein Zimmer aufräumen", murmelte er. „Hättest du Lust, mir zu helfen, Ulli zu suchen?"

Heiner überlegte. Dann sah er Raimund an und ein Lächeln erschien auf seinem ernsten Gesicht. „Okay, ich bin mit dabei. Willst du sonst noch jemanden mitnehmen?"

Raimund schüttelte den Kopf. „Erst einmal nicht, das wirbelt nur Staub auf."

Bevor er weiterreden konnte, verkündigte die schrille Pausenklingel unerbittlich das Ende der Pause an. Langsam schlenderten sie zum Hauptportal wie zwei verschworene Musketiere.

Am Sonnabendmorgen war Gisela mit einem Blumenstrauß losgezogen, um Ullis Mutter zu besuchen. Raimund erledigte erst seine kleinen Aufträge, die ihm seine Mutter, wie immer am Wochenende, erteilte und traf sich später mit Heiner an der Schule.

„Es ist wohl besser, wenn wir zuerst den Bereich um die Schule und den Sportverein durchkämmen, bevor wir uns weiter entfernen, findest du nicht auch?" fragte Raimund seinen Schulkollegen. Dieser nickte. Sie stiegen schweigend auf ihre Räder und fuhren langsam durch die Straßen von Ebershausen. Dabei achteten sie sorgfältig auf alle jungen Menschen, die ihnen begegneten. Manchmal fuhren sie so langsam, dass die Autos hinter ihnen hupten, wenn sie die Jungen überholten. Doch weit und breit war keine Spur von Ulli.

Nach einer Stunde, die Sonne lachte vom Himmel, und es war ziemlich warm geworden, machte Raimund vor einer Eisdiele in der Innenstadt halt.

„Komm, wir essen ein Eis, das haben wir uns jetzt verdient", schmunzelte er, und Heiner nickte bestätigend. Auch ihm lief der Schweiß an den Schläfen herunter, und die Haare wirkten dort bereits wie angeklatscht.

Sie setzten sich draußen an einen Tisch. Als die Bedienung erschien, bestellten sie zwei große Eisbecher.

„Ob sich Ulli überhaupt noch in der Stadt befindet", meinte Heiner und sah Raimund fragend an, wobei einige Falten auf seiner Stirn erschienen, die seine Skepsis ausdrückten.

„Du, ich glaub' nicht, dass Ulli hier weg ist. Er wird sich weiterhin hier aufhalten, doch wer weiß wo?"

Nach einer Weile kam die Bedienung mit dem Eis, und die Jungen machten sich gierig darüber her.

„Du?" rief Heiner zwischen zwei Löffeln leckeren Eises, das so herrlich im Munde zerschmolz. „Ulli muss doch jemanden kennen, der auch in dieser Drogenszene steckt, meinst du nicht auch?"

Raimund sah ihn an, und es schien, als wenn ihm in diesem Augenblick jemand eine Tür aufgeschlossen hatte. „Du hast recht, Heiner", kam seine Antwort. „Jetzt, wo er mich nicht mehr hat, muss er mit anderen, die so wie er in der Klemme stecken, zusammensein. Wenn ich nur wüsste, wo sich diese Leute aufhalten?" „Könnte man das nicht in der Schule herausbekommen? Ich werd' mal meinen Bruder fragen, der hat seine Nase immer überall drin", nickte Heiner und schob sich den Rest des Eises hinein.

„Dann ist es wohl besser, wenn wir unsere Suche jetzt abbrechen", antwortete Raimund seinem Gegenüber und fragte, ob Heiner noch ein Eis essen wollte.

„Na klar, so was Leckeres hab' ich schon lang nicht mehr genossen", lachte er voller Freude, und Raimund bestellte noch zwei Becher.

Dann unterhielten sie sich noch über die Schule, und Heiner erzählte ein wenig aus seinem Leben. Auch Raimund berichtete ein wenig von sich. Er hatte das Gefühl, als wenn ihm der Himmel hier einen Ersatz für Ulli schicken würde. Heiner wurde ihm immer sympathischer, und im Augenblick sah es so aus, als wenn sich da eine neue Freundschaft entwickeln würde.

In den nächsten Tagen arbeiteten sie an der Suche nach Ulli zusammen und befragten alle möglichen Schüler aus den verschiedensten Klassen. Doch die Antwort viel immer negativ aus. Niemand konnte sich vorstellen, wo Ulli jetzt abgeblieben sein könnte. Selbst als sie vorsichtig begannen, sich bei den Lehrern zu erkundigen, wurden die Ergebnisse nicht besser. Es verstärkte sich sogar der Eindruck, dass die Sache mit Ulli totgeschwiegen wurde. Denn es wurde von Seiten der Schulleitung keine offizielle Bekanntgabe über das Fehlen von Ulli in der Schule gemacht.

Als die beiden eine Woche später wieder einen freien Nachmittag miteinander verbrachten, und neben ihren Fahrrädern durch den an die Innenstadt grenzenden kleinen Park schlenderten, meinte Raimund: „Ich habe das Gefühl, Heiner, als wenn wir den Schlüssel für unser Problem im Sportverein finden, wo Ulli und ich zuletzt waren."

„Dann lass uns doch mal rüberfahren, vielleicht treffen wir ja jemanden an?" gab Heiner zur Antwort.

Raimund überlegte. Die Sache mit ihm war zwar schon einige Monate vergangen, aber es überkam ihn ein unangenehmes Gefühl, wenn er daran dachte, dort wieder zurückzukehren.

„Ach, lass mal", sagte er und wollte Heiner den Gedanken austreiben. „Das können wir immer noch."

„Aber warum denn?" drängte sein neuer Freund und stieß in an. „Wir sind doch hier ganz in der Nähe. Los, wir versuchen es mal, komm!"

Mit diesen Worten schwang er sich aufs Fahrrad und verließ den Park in Richtung Stadion. Raimund konnte nicht anders, denn er wollte Heiner die Geschichte nicht erzählen, aus Angst, dieser würde sich von ihm abwenden. Doch er fuhr langsam hinterher, bis er ihn wieder eingeholt hatte.

Als sie am Sportplatz ankamen, war zur Freude Raimunds niemand zu sehen. "Schade", murmelte Heiner. „Ich hätte es mir gewünscht, dass wir jemand sprechen könnten." Sie wollten gerade wieder umdrehen, da sahen sie jemanden aus dem angrenzenden Gebäude kommen, in dem sonst immer trainiert wurde, wenn es zu stark regnete. Es war Georg Grabowsky, der Co-Trainer. Dieser hatte Raimund gerade noch gefehlt. Ihn konnte er am wenigsten leiden. Doch es war zu spät, um umzukehren.

Als Schorsch sie sah, machte er zunächst ein verblüfftes Gesicht und wollte schon an ihnen vorbeigehen, ohne sie zu beachten. Doch Heiner wandte sich an ihn: „Entschuldigen Sie, gehören Sie hier zum Sportverein?"

Schorsch blieb stehen und blickte Heiner von oben bis unten an, als fühlte er sich veräppelt. „Na, dann frag' doch den mal", war seine kurze Antwort, indem er auf Raimund zeigte. Dieser war puterrot geworden. Einmal vor Scham und dann vor Wut, weil wieder die ganze Geschichte in ihm hochkam und sich in Erinnerung brachte.

Heiner blickte zu Raimund und dann wieder zu Georg Grabowsky. Irgendwie hatte er auf einmal das Gefühl, sich jetzt vor Raimund stellen zu müssen.

„Das mag schon sein, dass er es weiß", rief er. „Aber ich habe Sie ja gefragt." Seine Stimme bekam dabei einen fordernden Unterton, der Georg sofort aufmerken ließ. Um sich die beiden vom Hals zu halten, beschloss er, die Sache kurz zu Ende zu bringen. „Wisst ihr, ich habe keine Zeit, länger mit euch zu diskutieren", rief er ärgerlich und wandte sich um.

Doch Raimund, der sich von seiner ersten Attacke erholt hatte, rief mit scharfer Stimme: „Wo ist Ulli?" Grabowsky drehte sich um. „Was weiß ich?" antwortete er und blickte mit seinen kleinen Wieselaugen auf

Raimund. „Hättst ihn doch nicht alleine lassen sollen", bemerkte er dann mit einem breiten, dreckigen
Grinsen auf seinem fetten Gesicht. „Wenn du dich
mehr um ihn gekümmert hättest, dann wärt ihr vielleicht noch zusammen."

Durch Raimund jagte eine Welle des Zorns. Am
liebsten hätte er sich auf diesen schmierigen Typen
gestürzt und ihm eins aufs Maul gehauen. Doch Heiner, der die Reaktion von Raimund bemerkte, hielt
Raimund an seinem Arm fest.

Grabowsky hatte sich wieder umgedreht und war
langsam gegangen. Raimund war noch nicht in der
Lage, etwas zu sagen. Nach einer Viertelstunde hatte
er sich einigermaßen erholt. Dann berichtete er Heiner die Geschichte mit Ulli und dem vermeintlichen
Diebstahl.

Doch was er befürchtet hatte, trat nicht ein. Heiner
löste die Freundschaft nicht. Er glaubte Raimund, und
die beiden wuchsen als Freunde noch mehr zusammen.

Wieder einmal schrillte diese hässliche Pausenklingel
und läutete zur zweiten, großen Pause. Raimund und
Heiner schlenderten langsam über den Hof und unterhielten sich über die letzte Unterrichtsstunde. Da
rannte ein rothaariger Junge aus der Parallelklasse auf
sie zu. „Hallo, Egon, was gibt's denn", rief Heiner, als
er ihn bemerkte. „Ich such' euch schon den ganzen
Morgen", meinte dieser, leicht keuchend, und man
spürte, wie aufgeregt seine Stimme war. Heiner und
Raimund blickten ihn fragend an. „Ich muss euch was
berichten", fuhr er hastig fort. „Mein Cousin Leslie

hat Ulli gesehen!" „Was?" riefen die Beiden aus einem Munde. Auch sie hatte nun die Erregung gepackt, die aus den Worten Egons übergesprungen war.

„Ja und zwar treibt er sich nun mit anderen Drogis herum. In der alten Fabrik haben sie ihr Domizil." „In der alten Fabrik, am Stadtrand?" fragte Raimund und sah Heiner an. Dieser nickte. Sie wussten, was sie nun zu tun hatten.

Drei Tage später, es war ein Freitagnachmittag verabredeten sich die beiden am Schulhof, um von dort aus in Richtung Stadtrand zu fahren. Raimund, der seiner Mutter mitgeteilt hatte, dass er bei Heiner übernachten würde, wartete bereits ungeduldig auf seinen Freund. Doch dieser kam nicht pünktlich. Da schon fast eine halbe Stunde über der geplanten Zeit verstrichen war, wollte Raimund gerade ärgerlich losfahren, als Heiner winkend angeradelt kam.

„Was war denn los, dass du jetzt erst kommst?" empfing ihn Raimund ein wenig vorwurfsvoll.

„Ich musste für meinen Vater noch etwas besorgen", rief er und bremste quietschend vor seinem Freund. Ganz rot im Gesicht vom Strampeln, ging sein Atem stoßweise. „Können wir los?" mahnte Raimund und wartete eine Bestätigung von Heiner gar nicht erst ab. Er trat in die Pedalen und fuhr schon ein paar Meter drauflos.

Heiner schüttelte über ihn den Kopf und folgte ihm wortlos. Da er noch aus der Puste war, dauerte es eine

Weile, ehe er neben Raimund radelte. „Wie lange werden wir brauchen?" fragte er.

„Wahrscheinlich 'ne knappe Stunde", war Raimunds Antwort, der schwungvoll in die Pedalen trat. So fuhren sie schweigend weiter. Unterwegs überholten sie klingelnd langsamere Radfahrer.

Raimund hatte sich den Weg auf der Karte genau eingeprägt, aber die Gegend kam beiden nach einer Weile fremd vor.

„Ich bin hier noch nie gewesen", meinte Heiner. Raimund nickte. „Ich auch nicht", gab er kurz zur Antwort.

Nach einer halben Stunde bogen sie an der Stresemannstrasse, einer großen Kreuzung, nach links ab.

„Von hier aus ist es nicht mehr weit", rief Raimund. Doch Heiner, der gerade einer älteren Radfahrerin ausweichen wollte, achtete nicht auf den Weg. Plötzlich machte es „Pffft!", und sein Vorderreifen war auf einmal platt.

„Du, ich hab 'nen Platten", rief Heiner ärgerlich und Raimund, der vor ihm fuhr, bremste sein Rad ab. „Mensch, so'n Mist", brummte er. „Gerade jetzt, wo ich dich brauche." Heiner nahm sein Flickzeug aus der Satteltasche und begann, das Rad auszubauen. Es war schon gegen halb sechs, und es dämmerte bereits.

„Weißt du was, fahr schon vor. Ich komme nach, wenn ich den Reifen geflickt habe", meinte Heiner, während er an dem Rad weiterhantierte. Als keine unmittelbare Antwort erfolgte, sah er Raimund kurz an. Dieser schüttelte den Kopf, denn er wollte nicht alleine fahren, da man nie wusste, welche Typen sich dort in der Fabrik herumtrieben, und ob sie Ulli überhaupt dort finden würden, konnte er nicht mit Sicherheit sagen.

Doch Heiner gab nicht nach. Endlich bestieg Raimund sein Rad und fuhr weiter, in der Hoffnung, dass Heiner bald nachkäme.

Die ersten Straßenlaternen leuchteten schon und erhellten spärlich den Radweg, als Raimund die letzte Wohnsiedlung verließ und einen Feldweg entlang fuhr, der zu der alten Fabrik führte. Der Weg vor ihm wurde nur von dem Licht der kleinen Fahrradfunzel sichtbar gemacht. Merklich kroch ein wenig Furcht seinen Nacken hoch und blieb in seinem Kopf hängen. Die Fabrik, so hatte man ihm berichtet, stand jetzt schon drei Jahre leer. Der letzte Eigentümer war plötzlich gestorben. Da er keine Nachkommen hatte und niemand das Gelände mit der Fabrik, in der früher Rasenmäher hergestellt wurden, kaufen wollte, verwahrloste sie schnell und wurde bald, zum Leidwesen der Behörden, ein Domizil für wildernde Tiere und Stadtstreicher. In der letzten Zeit hatten sich dort auch Drogenabhängige eingenistet, die sich mit den paar Stadtstreichern arrangierten und gegenseitig duldeten.

Raimund wurde es immer mulmiger zumute, je weiter er sich dem alten, verfallenen Gebäude näherte. Er hatte zwar in der Satteltasche eine Taschenlampe mitgenommen, aber die Tatsache, dass Heiner immer noch nicht wieder aufgeschlossen hatte, gefiel ihm ganz und gar nicht.

Im Gegensatz zum hellen, blassblauen Stück Himmel, das bald von der aufkommenden Nacht vertilgt würde, hob sich der finstere Bau der Fabrik drohend ab. Raimund stieg nun vom Rad und ging langsam weiter. Er blickte nervös um sich, immer auf der Hut, falls jemand auftauchen würde. So näherte er sich zögernd dem Gebäude, deren zerschlagene Fenster wie die Augen eines Blinden leblos in die Gegend starrten. Ein leichter Wind war aufgekommen, und die paar Bäume, die hier verloren standen, ließen ihre Blätter rauschen, das wie ein unheimliches Flüstern zu ihm herüberdrang. In der Ferne bellte ein Hund, der noch nicht einmal Antwort bekam. Sonst hörte er nichts. Dann, als er um das Haupthaus herumging, hörte er vor sich Stimmen. An einem offenen, prasselnden Feuer, dessen Flammen gut anderthalb Meter hochschossen und die Gegend gespenstisch in unregelmäßigen Abständen beleuchteten, standen ein paar junge Leute, die sich daran wärmten. Er blieb stehen und spähte vorsichtig zu ihnen herüber, unschlüssig, ob er sich weiterhin diesem Ort nähern sollte. Da es bereits dunkel war, konnte er keine Einzelheiten mehr erkennen. Auch Ulli, der ja ziemlich klein war, sah er nicht unter ihnen. Irgendwie verließ ihn der Mut, und er wollte schon umdrehen.

Da bollerte plötzlich eine raue Stimme hinter ihm, die Raimund erschreckend zusammenfahren ließ: „Eh, was machst du denn hier?"

Raimund drehte sich blitzschnell um und blickte mit geöffnetem Mund auf eine schmutzige Gestalt mit grünem Irokesenschnitt. Ihre Kleidung war überall beschmutzt und auf ihrem Unterarm thronte eine tätowierte Schlange, deren Maul gierig geöffnet war, als wollte sie ihn packen.

Raimund fasste seinen ganzen Mut zusammen, um nicht ängstlich auf sein Gegenüber zu wirken. „Ich suche jemanden", rief er dem anderen zu, der näher gekommen war. Seine Stimme hörte sich irgendwie kläglich an.

„Hier?" knurrte dieser und begutachtete Raimund nun von oben bis unten.

„Ja, und zwar Ulli. Ulli Krause."

„Ulli? Kenn ich nich", bellte der hässliche Typ eine kurze Antwort herüber.

„Doch, so'n Kleiner, der soll bei euch sein", beharrte Raimund und blickte den Mann, der wohl zwei Köpfe größer als er war, herausfordernd an. In seinem Gesicht zog sich eine tiefe Narbe vom linken Ohr bis zum Kinn hinunter. Sie mochte von einem Messer stammen.

„Na, dann komm mal mit", entschied dieser nun und ging an Raimund vorbei in Richtung der anderen am Feuer. Raimund roch im Vorübergehen den alten Schweiß des Mannes und seine schmutzige Kleidung. Er musste sich wohl seit Wochen nicht mehr gewaschen haben. Ein leichtes Würgegefühl stieg in ihm hoch.

Dann folgte er ihm zögernd. Weglaufen konnte er sowieso nicht mehr und es lag auch nicht in seiner Art zu kneifen.

Die anderen blickten in ihre Richtung, als sie aus dem Halbdunkel im Feuerschein auftauchten.

„Hallo, Gringo", riefen einige und musterten Raimund von oben bis unten. „Wen hast du uns denn da mitgebracht? Will der etwa zu uns?" Auf diese Frage grinsten einige, und leises, heiseres Gelächter war zu hören.

„Er sucht einen Ulli Krause. Den ham' wir doch nicht hier, oder?" Die ersten schienen zu überlegen. Ein langer, spindeldürrer Junge, vielleicht 17 oder 18, rief nun: „Vielleicht will er zu Benjamin, der vor einiger Zeit gekommen ist."

Einige nickten beifällig und murmelten: „Ja, vielleicht will er zu Benjamin."

„Ach, ihr meint Benni?" grinste Gringo verhalten und wandte sich an Raimund. Dem kam das alles ziemlich spanisch vor. Wieso sprachen die von einem Benjamin, wo er doch Ulli hieß.

„Du musst wissen, wir fragen hier nicht nach den richtigen Namen, dann können wir auch den Bullen nichts verraten. Weil, nun, weil dein Ulli so klein ist, nennen wir ihn Benjamin oder Benni."

Raimund nickte und blickte auf die ausgemergelten Jungs. Sie kamen ihm vor wie die Bewohner eines anderen Planeten. Hier hausten sie nun, fernab von ihren Familien, von Geborgenheit und einem angenehmen Leben. Ausgestoßene der Gesellschaft, die keiner mehr haben wollte. Aber wollten sie zurück? Er dachte an Ulli, der seine Hand auch nicht angenommen hatte, die er ihm immer angeboten hatte, als sie noch Freunde waren. Gezeichnet von den Drogen, die sie immer mehr vergifteten und den Körper aushöhlten, bis der „Goldene Schuss" sie erlöste, fristeten sie nun ihr Leben. Ja, ihm schien es, als vegetierten sie nur noch dahin. Auf einmal ergriff ihn eine richtige Wut auf diese widerlichen Dealer und die Drogenmafia, die den jungen Menschen nur den Tod brachten und diesen Verbrechern schier unermesslichen Reichtum.

„Ich glaube, Benni schläft noch", rief ein Blonder, dem mindestens fünf Zähne im Oberkiefer fehlten und der dadurch wie sein eigener Großvater aussah. Sein Gesicht wirkte dadurch sehr eingefallen.

Raimund überlegte, was er tun sollte, da hörte er plötzlich eine bekannte, aber schwache Stimme hinter sich.

„Was machst du denn hier, Raimund?"

Er drehte sich abrupt um. Vor ihm stand ein Häufchen Unglück, sein kleiner Freund Ulli Krause. Er wirkte noch kleiner und zusammengeschrumpfter, als er ihn in Erinnerung hatte. Seine Gesichtshaut, auf die der Feuerschein sich flackernd widerspiegelte, hatte Ähnlichkeit mit einem Greis. Er trug einen viel zu großen, schmutzigen Pullover, dem man mal eine rote Farbe ansehen konnte. Die Ärmel bedeckten die Hände.

„Ulli", antwortete Raimund leise, und ihm war das Heulen näher als alles andere. Doch überwand sich Raimund tapfer und schluckte es herunter.

„Ulli, ich wollte dich noch mal sehen und sprechen."

Er trat auf Raimund zu, und sie gingen ein wenig abseits. Die anderen nahmen daraufhin ihre Unterhaltung wieder auf und kümmerten sich nicht mehr um die beiden.

Schweigend waren sie ein paar Schritte aus der Hörweite der Jungs gegangen. „Deine Mutter heult sich die Augen nach dir aus", flüsterte Raimund und sah Ulli an.

Dieser schwieg und nickte. Dann antwortete er leise: „Ich weiß Raimund. Doch ich konnte nicht bleiben. Die Polizei war schon ein paar Mal da, und ich brauchte einfach Stoff. Ich kann nicht mehr zurück." Raimund seufzte hörbar, weil die Ohnmacht dieses entsetzlichen, unabänderlichen Zustandes ihn wie eine Zentnerlast zu Boden drückte.

„Und wenn du eine Entziehungskur machst?" warf er ein, um irgendetwas zu sagen, obwohl er wusste, dass es zwecklos war. „Ich begleite dich auch; ich fahr mit dir mit", unterstrich er seinen Vorschlag.

„Das schaff' ich nicht mehr", erwiderte Ulli leise.

„Übrigens, verzeih mir, dass ich dich damals so in Schwierigkeiten gebracht habe." Ulli sah Raimund an und fasste seinen Arm. Raimund empfand ein kurzes Aufblinken in seinen Augen. Da sein Gesicht wieder im Dunkeln war, sah er Ullis Tränen nicht. Er wusste, dass Ulli von der Geschichte im Sportverein sprach.

„Also doch", dachte er. Aber das war ihm jetzt völlig egal. Er verzieh Ulli; er würde ihm immer verzeihen, wenn er nur mitkäme. Wenn er doch nur zu retten war. Eine kurze Weile sprachen sie noch über die alten Zeiten, dann verabschiedete sich Ulli von ihm.

„Mach's gut, Alter", sagte er und drückte Raimund die Hand. Dann drehte er sich um und verließ Raimund ohne sich auch nur umzusehen.

Raimund ging zu seinem Fahrrad und hob es schweigend auf. Dann wandte er sich zurück auf den Weg, den er gekommen war. Unterwegs liefen ihm die Tränen die Wangen ´runter. Die Ohnmacht, die er wieder empfand, ließ ihn heulend nach Hause radeln.

Gisela wollte ihn mit einer Gardinenpredigt empfangen, die sich gewaschen hatte, weil er so spät nach Hause kam. Als sie ihren Sohn jedoch ansah, schwieg sie betreten. „Da musste etwas ganz Schlimmes vorgefallen sein", dachte sie sich.

Raimund begrüßte sie kaum. Im Vorbeigehen zur Küche murmelte er leise: „Ich war bei Ulli. Es ist alles so schrecklich." Gisela ging ihm nach, und als er sich hinsetzte, streichelte sie ihm zart über das verschwitzte Haar.

Nach einer Weile sah Raimund sie an. Wieder konnte er die Tränen nicht zurückhalten. „Warum nur, Mama? Warum nur, Ulli?" fragte er sich, ohne eine Antwort von ihr zu erwarten. Still drückte sie ihren Sohn an sich und weinte mit ihm. Seit sie mit Ullis Mutter gesprochen hatte, waren die beiden sich nähergekommen und so besuchten sie sich gegenseitig, wenn es ging. Gisela wollte Regina bei ihrem Los helfen und gab sich alle Mühe, sie zu unterstützen.

Am nächsten Morgen berichtete Raimund in der Schule Heiner von seinem Treffen mit Ulli. Dieser hatte ein weiteres Loch in seinem Vorderreifen entdeckt, das er nicht flicken konnte, und musste sein Rad nach Hause schieben.

Der Lehrplan und die Fächer nahmen sie wieder gefangen, und es hagelte Klausuren. So, wie mit Ulli früher, büffelte Raimund jetzt mit Heiner, damit sie die Arbeiten erfolgreich schreiben konnten.

Einige Wochen später, sie saßen gerade in der zweiten Englischstunde und brüteten über Conditional I und II, die Raimund doch ein wenig Schwierigkeiten machten, da klopfte es an die Tür. Bevor Frau Kleinschmidt „Herein!" rufen konnte, steckte Hausmeister Bieder seinen Kopf herein, und nachdem er den Rest seines Körpers nach innen geschoben hatte, flüsterte er der Lehrerin etwas ins Ohr. Alle achtundzwanzig Augenpaare stierten ihn an.

Frau Kleinschmidt wandte sich Raimund zu. „Du sollst zum Direktor kommen", sagte sie mit einem teilweise fragenden und teilnehmenden Blick.

Raimund erhob sich mit einer krausen Stirn und folgte stumm dem Hausmeister. Er überprüfte sofort in Gedanken sein Sündenregister, fand aber nichts, was ihm der Direktor vielleicht hätte ankreiden können.

Nachdem der Hausmeister, der wie immer angeklopft und der Direktor „Herein!" gerufen hatte, betraten die beiden das Direktorenzimmer. Neben Herrn Weideling, dem Direktor, und Frau Hübner, der Konrektorin, standen zwei Polizisten in Uniform und ein Herr

in Zivil. Sie alle blickten mit ernsten Gesichtern auf
die Eintretenden, und Raimund befürchtete jetzt das
Schlimmste. Er schätzte den Mann in Zivil als Kripo-
beamten ein. Wie recht er hatte, sollte er gleich erfahren.

„Raimund", begann der Direktor und sah ihn ernst
durch seine Goldbrille an. Auf seiner Stirn hatten sich
die Falten waschbrettgleich gelegt. „Herr Krewitz ist
von der Kripo, genauer gesagt, von der Drogenfahndung. Da du der Freund von Ulli Krause bist, sollst
du es zuerst erfahren." Dabei nickte er dem Kriminalbeamten zu. Der räusperte sich kurz und wandte
sich an Raimund: „Sag' mal, äh, ich darf doch du
sagen, oder?" begann er. Raimund nickte und ahnte
das Fürchterlichste. „Ja, hast du deinen Freund Ulli in
der letzten Zeit gesehen?"

Raimund überlegte angestrengt, ob er die Situation
von der letzten Begegnung berichten sollte, dann entschloss er sich, die Wahrheit zu sagen.

Er nickte. „Ja, vor ungefähr dreieinhalb Wochen hab'
ich ihn das letzte Mal gesehen. Es war an der alten
Fabrik, drüben im östlichen Stadtteil.

Herr Krewitz nickte nun ebenfalls. „Ja, das war auch
der Ort, wo wir ihn heute gefunden haben. Die Spritze
mit Heroin steckte noch in seinem Arm. Ulli ist tot."

„Nein!" rief Raimund entsetzt und drückte die Tränen
zurück, die plötzlich hochgeschossen kamen. „Nein,
das ist nicht wahr!"

„Doch, Raimund", antwortete der Kripobeamte leise
und senkte ein wenig seinen Kopf. Der Direktor und

die Konrektorin blickten nun betreten zu Boden. Der Hausmeister schniefte leise und wischte sich die Augen.

Raimund sah auf die Erwachsenen. „Ich habe es irgendwann kommen sehen", sagte er ebenfalls mit leiser Stimme. „Aber dass es so schnell ging, damit hatte ich nicht gerechnet." „Ja, Frau Krause weiß inzwischen auch Bescheid", begann der Direktor, das Gespräch in Gang zu bringen, das ins Stocken geraten war. „Am besten ist, Raimund, dass du bis morgen Stillschweigen bewahrst. Denn wir werden es morgen früh erst in der Schule bekanntgeben."

Raimund nickte wortlos und wandte sich zum Gehen. Der Hausmeister öffnete die Tür und trat mit ihm in den Korridor. Nun konnte es Raimund nicht verhindern, dass ihm die Tränen doch die Wangen herunterliefen, und es war ihm auch egal. Ulli war tot. Sein Freund Ulli war nicht mehr. Er konnte es noch immer nicht fassen und dachte, er wäre im falschen Film. Doch langsam kroch wieder die Wut in ihm hoch, ein Hass gegen den Drogendealer, der Ulli in diesen Zustand gebracht hatte. Laut sprach er zu sich selber: „Ich werde dich kriegen, du Schwein, glaub' es mir. Ich werde dich fangen und dann wirst du deine gerechte Strafe bekommen."

Raimund wischte sich mit dem Ärmel über die Augen und betrat schweigend die Klasse. Alle starrten ihn an. Doch er hielt, was er zugesichert hatte. Schweigend setzte er sich auf seinen Platz.

Die kleine Kapelle quoll über vor Menschen, die hineindrängten, um noch einen Platz zu erhalten. Regina Krause wurde von einer entfernten Tante und von Gisela Köster begleitet und gestützt. Raimund setzte sich mit Heiner in die zweite Reihe. Der Direktor und die Lehrer waren ebenfalls gekommen. Viele Freunde, Nachbarn und Bekannte saßen mit den Schülern in der Kapelle und warteten auf den Beginn der Trauerfeier. Vor ihnen stand der helle Sarg, auf dem ein Gesteck mit weißen Lilien angebracht war. Zwischen den vier- und achtarmigen Kerzenleuchtern, auf denen leicht schwankend die Lichter brannten, standen viele Kränze und Blumengebinde. Eine Orgel spielte zaghaft und etwas piepsend das Largo von Händel.

Es war eine beklemmende, unbekannte Atmosphäre für die meisten der hier Anwesenden.

Raimund dachte an Ulli. In Gedanken sah er ihn vorne am Sarg stehen. So, wie er ihn das letzte Mal gesehen hatte. Seine Seele empfand tiefe Traurigkeit. Ihn hielt nun das Ziel aufrecht, den Dealer zu fangen.

Der Pfarrer, der gleichzeitig in der Schule unterrichtete, betrat die kleine Kanzel.

Er betete still und begann mit seiner Ansprache.

Als sich die große Trauerversammlung, nachdem der Sarg beigesetzt war, zerstreut hatte, nahmen Gisela mit Regina, Raimund und Heiner ein Taxi und fuhren zu Kösters Wohnung.

Regina, die vollgepumpt war mit Beruhigungstabletten, denn sonst hätte sie diese Beerdigung nicht ertragen, wurde von Gisela ins Schlafzimmer gebracht, wo sie sich ein wenig ausruhte.

Dann brühte sie Kaffee und beauftragte Raimund und Heiner, beim Bäcker an der Ecke Kuchen zu holen. Später saßen sie schweigend und kauten ihren Kuchen. Gisela schlürfte den heißen Kaffee, und die Jungs tranken Cola.

„Weißt du, Heiner", meinte Raimund plötzlich zwischen zwei Bissen. Dieser sah ihn fragend an und biss genüsslich vom Bienenstich ab.

„Zunächst werde ich den Dealer fangen", sagte Raimund, und sein Gesicht spiegelte seine Überzeugung wider, dass es ihm gelingen würde. „Und wenn ich die Schule fertig habe, dann geh' ich zur Polizei und bringe diese Schweine zur Strecke."

Heiner nickte und antwortete schmatzend: „Okay, Raimund, ich bin dabei."

Gisela Köster blickte schweigend auf die Jungen. Sie war überzeugt, dass ihr Junge diesen Plan Wirklichkeit werden ließ, obwohl sie sich damit überhaupt nicht einverstanden erklären konnte.

Doch weitere Gedanken wollte sie sich jetzt nicht darüber machen, da die Küchentür geöffnet wurde und Regina blass und verweint eintrat.

XIII

In den letzten Tagen hagelte es Klausuren, dass den Jungen das Gehirn qualmte und sie Mühe hatten, die Stofffülle zu verarbeiten. Sven erblickte nicht die geringste Chance, sich von seinen Büchern zu trennen, um eine Stunde mit Marlena verbringen zu können. Heute Morgen, in der großen Pause, traf er sie jedoch unverhofft an. Sie wischte gerade den Flur im zweiten Stockwerk, und Sven befand sich auf dem Weg in den Physiksaal. Er musste lächeln, wie er sie so eifrig wischen sah, und stieß sie leicht von hinten an. Ärgerlich fuhr sie augenblicklich herum und wollte gerade mit einer Schimpfkanonade loslegen, als sie Sven erblickte.

„Ach so, du bist es. Ich dachte schon, einer der Kleinen würde mir wieder einen Streich spielen."

Sven wollte sie berühren, doch sie zischte: „Lass das, wenn das jemand sieht. Dann gibt es nur Ärger!"

„Seh'n wir uns heute Abend?" flüsterte Sven und blickte auf seine Armbanduhr, da die Physikstunde gleich begann.

„Das liegt an dir", antwortete sie ebenso leise und lächelte ihn dabei verlockend an. Sven nickte und raunte ihr schnell zu: „Okay, bis heute Abend, Süße!" Dann rannte er den Flur entlang, ohne mitzubekommen, wie Marlena ihm amüsiert mit einem leichten Grinsen nachsah. Er hörte schon die polternden Schritte von Dr. Hagemeyer, als er schnell im Klassenraum verschwand und sich auf seinen Platz setzte.

Der Physiklehrer schrieb zwar keine Klausur, aber man konnte den Eindruck haben, dass er mit einer Rakete das Thema über die Schwerelosigkeit durchraste. Einige der Schüler verdrehten die Augen bei diesem Tempo, und man sah direkt, wie sie die Ein-

schaltquoten in ihrem Gehirnskasten auf Null herun-
tergefahren hatten. Sie kamen einfach nicht mehr mit.
Der Rest, der sich redlich mühte, schwitzte vor sich
hin, und am Ende der Stunde hatte Dr. Hagemeyer ein
Schlachtfeld hinterlassen, auf dem nur abgeschlaffte,
stöhnende Schüler herumlagen, die eine Schlacht verloren hatten.

In der großen Pause gab es deshalb ein wenig Stress-
rehabilitation. Man unterhielt sich über den neuesten
Film, Musikcharts und andere wichtige und interessante Themen. Die Tricks bei den neusten Computer-
spielen und Discoabenteuer wurden untereinander
ausgetauscht und von den Zuhörenden begierig aufgesogen.

Sven schlenderte allein über den Schulhof in Richtung Schulgarten und stieß dabei eine halb platt getre-
tene Coladose mit scheppernden Geräusch vor sich
her. In seinen Gedanken beschäftigte er sich damit,
wie er am Abend in die Stadt zu Marlena kommen
konnte. Vorhin war ihm vorhin blitzartig eingefallen,
dass heute Abend eine Deutsch-AG von 19.00 bis
21.00 Uhr angesetzt war, die er eigentlich nicht
schwänzen wollte. Denn auf dem Programm stand
Schillers Kabale und Liebe, und darüber würden sie
eine, bereits von Dr. Nevermüller wolllüstig angekündigte, Klausur schreiben. Aber die Sehnsucht
nach dem Mädchen war so riesig, dass er alle ver-
nünftigen Argumente für die Teilnahme an der AG
beiseiteschob und nur noch nach einer Möglichkeit
suchte, beide Termine günstig miteinander zu ver-
quicken.

Plötzlich blickte er hoch und entdeckte, etwas durch einen der großen Sträucher verdeckt, den Blonden und seinen Freund von neulich. „Ach ja, die Episode im Duschraum", kehrte die Erinnerung zurück, und er musste grinsen. „Ja, den krieg' ich noch", murmelte er halblaut und ging langsam, aber unauffällig, auf die beiden zu.

Die Jungen waren so im Gespräch vertieft, dass sie nicht bemerkten, wie sich Sven ihnen näherte. Der Wind stand günstig und wehte ihm Bruchstücke ihres Wortwechsels zu.

„Sehen wir uns heute Abend?" fragte der Blonde den anderen schlaksigen, brünetten Jungen, der fast ein Mädchengesicht hatte, wie Sven fand. Dieser schüttelte den Kopf. Dann fragte er zurück: „Geht das auch morgen Abend? Wie immer, vor dem Keller, bei dir?"

„Ja! Und pass auf, dass dich keiner sieht", antwortete der Blonde. Sven grinste in sich hinein. Er hatte genug gehört. Das war ja irgendwie günstig. Vielleicht konnte er da ein wenig seine Nase hineinstecken und den Gedanken, der ihm damals gekommen war, in lockende Früchte eintauschen.

Die Pausenklingel mahnte die Schüler wieder an den Ernst des Lebens und somit, in die Klassenräume zurückzukehren. Jetzt wurde ihnen in Svens Klasse mit der englischen Literatur das Leben schwergemacht. Da er schon immer eine Vorliebe für Fremdsprachen besaß, kam er auch hier gut mit und konnte noch seinem Nebenmann, Rolf Hagemeyer, einige Tipps geben, die diesem wie wahre Wunder erschienen.

Der Rest des Tages lief normal ab. Es war gegen
neunzehn Uhr, Sven lümmelte sich, müde und laut
gähnend, auf seinem Bett herum, als Peter Frederic
laut ins Zimmer hereinpolterte. „Na, alles klar, Alter?" gröhlte er, als er Sven, so träge vor sich hin-
dösend, auf dem Bett erblickte. Der sah kaum auf und
knurrte etwas wie: „Alles paletti, Alter!" Doch dann
schoss ein Gedankenblitz durch sein Hirn, und er
musterte Peter, der sich an seinem Schrank zu schaffen machte. Dabei erhob er sich halb von seinem La-
ger.

„Du, sag' mal, Peter, heute ist doch die Deutsch-AG,
nicht wahr?" „Klar, warum fragst du?" „Weil ich
wissen will, ob du hingehst?"

Peter sah ihn etwas dümmlich dabei an, als er mit seiner Fragerei fortfuhr. „Bist du etwa wieder?" Dabei
grinste er plötzlich über beide Backen, und in seinem
Blick war ein eigentümliches Flackern zu erkennen,
das Bände sprach.

Sven nickte und erwiderte: „Na klar, Alter! Darum
sollst du mich auch entschuldigen und mir die Aufgaben mitbringen."

„Was springt dabei 'raus?" forderte Peter und sein
Gesicht spiegelte den Eifer eines jüdischen Teppich-
händlers wider, der kurz vor einem sensationellen
Abschluss steht.

Sven überlegte ein wenig länger als sonst. Dann
blickte er Peter mit einem Pokergesicht an und nu-
schelte so beiläufig: „Wenn ich dir bei der nächsten
Mathearbeit zu 'ner zwei verhelfe, geht das okay?"

Zunächst zeigte sich bei Peter weniger Reaktion, als er erwartete. Aber da dieser gerade in Mathe auf einem sinkenden Boot lebte, das kurz vor dem Kentern schien, kam ihm Svens Vorschlag gerade recht. Er nickte, und die Sache war zwischen beiden entschieden.

Roswitha de Clark, Marlenas Mutter, betrachtete ihr Konterfei etwas missmutig vor dem großen Spiegel in ihrem gemütlichen Schlafzimmer. Seit Stunden versuchte sie, aus ihrem Gesicht, in dem schon die ersten Falten den Alterungsprozess des menschlichen Lebens unwiderruflich eingeleitet hatten, die Kopie von Jean Weatherby hervorzuzaubern, die vor kurzem einen Oscar erhielt und die Roswitha so sehr mochte. Doch es wollte ihr nicht gelingen. Sie hockte enttäuscht, mit hängenden Mundwinkeln, vor dem beleuchteten Spiegel, der nun wirklich sein Bestes gab und überlegte, ob sie das Treffen mit Berthold, den sie vor einem halben Jahr auf dem Ball der einsamen Herzen in der City kennengelernt hatte, absagen sollte. Doch dann sah sie sein großes Lausbubengesicht, dass er mit 48 immer noch hatte, vor sich und entschied sich, ihn vor der Katastrophe eines gescheiterten Abends zu bewahren.

Ein tiefer Seufzer, der sich ihrer Seele entrang und laut hörbar wurde, ließ Marlena, die gerade am Schlafzimmer vorbeiging, aufhorchen und stehenbleiben. Sie öffnete leise die Tür und murmelte mit beruhigender Stimme: „Na, Mutsch, alles klar?" „Ach nein, Kind!" ertönte mit jammernder Stimme, die zwei schwere Seufzer nachklingen ließ, die Antwort.

„Es will nicht klappen, Schatz!" schob sie als Erklärung nach und blickte in den Spiegel, in dem nun
Marlena hinter ihrem Rücken auftauchte. Sie sah
gleich das Dilemma, und da sie auf dem Gebiet der
weiblichen Alleinherrschaft, nämlich sich ordentlich
aufzumotzen, um den Männern den Kopf zu verdre-
hen, ein gewisses Naturtalent besaß, ergriff sie die
Gelegenheit im wahrsten Sinne beim Schopfe. Mit ruhiger Hand verwandelte sie das Gesicht ihrer Mutter
innerhalb von zwanzig Minuten in ein bühnenreifes
Antlitz, das wahrlich einen Oscar verdient hätte. Von
Minute zu Minute wuchs das Selbstbewusstsein ihrer
Mutter, und am Ende der Prozedur erhob sich eine
strahlende Roswitha von ihrem Platz.

„Mein Kind, tausend Dank für deine Hilfe. Was
würde ich nur ohne dich tun?" war die Lobeshymne,
die sie ihrer Tochter sang. Und diese nahm sie dankend an, wobei es nur Eigennutz war, denn innerlich
freute sie sich schon riesig auf das Tete-a-tete mit
Sven, der es so gut draufhatte. Das Einzige, was sie
störte, war, das Sven erst sechzehn war. Denn sie hätte gerne einen älteren Freund gehabt. Aber der war
zurzeit nicht in Sicht.

Als Marlena mit viel Mühe endlich ihre Mutter aus
dem Haus und auf den Weg gebracht hatte, nahm sie
den Hocker vor dem Frisierspiegel ein und zauberte
in kürzester Zeit ein zartes Make-up auf ihr Gesicht,
das ihre Jugendlichkeit noch mehr unterstrich. Kaum
drehte sie den Lippenstift zu und legte ihn zur Seite,
als es etwas stürmisch klingelte. „Das wird Sven
sein", flog der Gedanke durch ihren Kopf.

Als sie die Tür langsam und etwas gespannt öffnete, wie er wohl auf sie reagieren würde, da war es Marlena, die vor Erstaunen große Augen machte. Sven hatte sich mit einem marineblauen Blazer, unter dem ein weißer, leichter Rollkragenpullover in persilweißer Kraft leuchtete, und der eleganten, grauen Gabardinehose in Schale geschmissen. In der Hand hielt er galant eine rote Rose, die er ihr erwartungsvoll entgegenstreckte. Als sich ihre Blicke trafen und auf beiden Seiten Wohlgefallen signalisierten, brach ein jugendliches, überschäumendes Gelächter aus ihnen heraus, und sie lagen sich in den Armen. Ein zärtlicher Kuss besiegelte den Willkommensgruß.

Dann zog sie Sven sanft herein und schloss die Tür. „Wir müssen den Nachbarn keine Schau darbieten, dann weiß meine Mutter gleich morgen, was hier los war", kommentierte sie ihre Vorgehensweise.

Leise summend, stellte sie die Rose in die lange Stielvase und goss Wasser hinein. Sven hatte sich seines Jacketts entledigt und es etwas unordentlich über den Sessel gelegt. „Hier herrscht Ordnung, junger Mann", belehrte ihn Marlena schmunzelnd und hing die Jacke an die Garderobe im Flur.

Dann kehrte sie mit einem Teller belegter Brote, die sie vorher eilends geschmiert hatte, und einer Flasche Wein aus der Küche zurück.

„Nun machen wir es uns erst einmal gemütlich", meinte sie und forderte Sven auf, zuzugreifen. Da junge Menschen immer Appetit, wenn nicht sogar Hunger, haben, griff er sofort zu. Zwischen zwei Bissen fragte ihn Marlena, ob sie lieber den Film im

Fernsehen ansehen wollten, oder ob sie ein altes Video aus ihrem Zimmer holen sollte.

„Mir egal", knurrte Sven und schluckte sein Eibrot herunter. „Wähl doch du, ich mache alles mit."

„Typisch Mann", feixte sie und entschied sich dann für den Film im Fernsehen.

Es war ein Actionfilm, der auch genug Liebesszenen enthielt, die ihnen kurzweilige Anregungen bieten würden, dachte sie dabei.

Dann saßen sie, halb liegend, eng aneinander gekuschelt, auf der Couch. Der Film wurde von ihr nur oberflächlich begleitet. Zwischendurch schaute Marlena Sven an, wenn er intensiv die Szenen verfolgte und fast mit dem Film zu einem Teil verschmolz. Sie musste lächeln. Er war noch ein richtiger Junge. Aber sie mochte ihn. Doch sie wollte ja noch ein wenig mehr, als nur den Film mit Sven anzusehen.

Sanft fuhr sie mit dem Fingernagel ihres Zeigefingers über seine Seite, das es kitzelte. Er zuckte zusammen. „Lass doch mal, das muss ich unbedingt sehen", entfuhr es ihm und beugte sich nach vorne.

Dann ging Marlena zum Sturmangriff über. Ihre kühle Hand fuhr unter den Pullover. Sie spürte seine weiche Haut. Leise massierte sie ihm den Rücken und spürte, wie sich die Haut unter ihrer Bewegung zusammenzog. Dann folgte die andere Hand, die sich langsam nach vorne tastete. Als sie an seinem Bauchnabel die Behaarung fühlte, spürte sie eine innere Erregung, die ihr das Blut in den Adern pulsieren ließ. Sven drehte sich langsam um. Auch bei ihm hatten die zärtlichen Streicheleinheiten von Marlenas Hände eine körperliche Stimulierung hervorgerufen, die sich besonders stark in seinem unteren Bereich zeigte. Sven öffnete seinen Mund. Dann fuhr er mit der Zunge über seine Lippen und verschmolz augenblicklich mit ihrem geöffneten Mund. Unter heftigem Stöhnen gaben sie sich ihren Gefühlen zueinander hin. Man hatte den Eindruck, als wollten sich die Zungen gegenseitig duellieren.

Es war ihnen überhaupt nicht bewusst, wie es geschehen war, aber sie lagen plötzlich ohne ihre Bekleidung nebeneinander. Sven, der vor einigen Tagen in der Schülerbücherei, hinten in einer dunklen, wenig benutzten Ecke, ein Buch über die Liebespraktiken der Inder gefunden und es abends eifrig studiert hatte, wollte nun Marlena damit überraschen, was ihm, ihrer Reaktion zufolge, auch sichtlich gelang. Sie wunderte sich, was dieser Junge doch auf diesem Gebiet draufhatte.

So genoss sie sein draufgängerisches und doch zartes Liebesspiel, das wieder in einem gemeinsam erlebten Höhepunkt gipfelte, der sie erschöpft, schweißgebadet und glücklich stöhnend, befreite. Svens heiße Lippen suchten ihre Brustknospen, und zärtlich spielte seine Zunge an ihnen. Marlena streichelte durch seine Haare und seufzte stöhnend: „O wie schön, o ist das schön!"

Als sie hinterher nach dem Duschen eine Zigarette rauchten, meinte Marlena: „Ich glaube, es wird nie wieder jemand geben, der so gut ist wie du." Sven grinste. Es machte ihn wahnsinnig stolz, bei einem Mädchen solchen Erfolg zu haben, und es gab seinem

Ego eine übermäßige Goldlackierung. Endlich war mal jemand da, der ihn lobte und toll fand, was er machte.

Für ihn war es keine Liebe, denn wahre Liebe, die sich immer wieder gibt, kannte er nicht. Er mochte dieses Mädchen. Er fand es hübsch; und doch war das Zusammensein mit ihr eher eine Selbstbefriedigung seines unersättlichen Egos, das nach Anerkennung und Bewunderung hungerte.

Eine Weile lagen sie so nebeneinander und liebkosten sich. Dann glitt Marlenas Blick, wie nebensächlich, zur Uhr. Sie erschrak. „Ach, du meine Güte", rief sie beim Anblick des Zifferblattes und der sich darauf spiegelnden Zeitaussage auf. „In ein paar Minuten wird meine Mutter zurück sein. Schnell! Schnell! Du musst weg!"

Sven griff gelassen nach seinen Sachen und zog sich mehr schleppend an, als wolle er die Begegnung mit der Mutter geradezu heraufbeschwören. Marlena sah ihm etwas erschrocken zu. „Warum bist du so langsam? Sie darf dich hier nicht sehen!" kam es aus ihrem halbgeöffneten Mund, der ein wenig vor Erregung zitterte. Sven fand sie dabei so sexy, ergriff sie, ohne ihre Gegenwehr zu erwarten, bei den Schultern. Dann zog er sie an sich und küsste sie begierig. Dabei spürte er plötzlich ihre Gegenwehr. Gewaltsam riss sie sich von ihm los. „Nun mach' schon, du willst doch nicht alles verderben, oder?"

„Ist ja gut", antwortete er, ein wenig ärgerlich unter ihren Anweisungen geworden. Dann zog er seine Jacke an, blickte sie kurz an, und verschwand durch die

Tür, die sie bereits ungeduldig geöffnet hatte, und
polterte die Treppen herunter. Unten angekommen,
stürzte er an einer, ihn entgeistert anblickenden Frau
mittleren Alters vorbei, die ihm erschrocken Platz
machte. Es war Marlenas Mutter, die etwas weinselig
von ihrem Treffen zurückgekehrt war.

Draußen pfiff ihm ein kühler Wind entgegen, der ihn
augenblicklich erfrischte, und in die Gegenwart zu-
rückführte. Es dunkelte bereits, und die Straßenlaternen gossen ihr Licht bereitwillig auf die Straße. Einige Autos suchten mit tastenden Scheinwerfern den
Weg zu ihrem Ziel. Kaum ein Mensch war auf der
Straße, als sich Sven auf sein, vom Hausmeister der
Schule stibitztes, oder besser ausgeliehenes, Fahrrad
schwang und kräftig in die Pedalen trat. Gut zehn
Minuten später keuchte er die Zufahrtsstraße zum Internat hoch. Er schwitzte, und sein Atem ging rasselnd. Aber irgendwie tat es ihm gut, sich nach dem
Schäferstündchen so zu verausgaben. Spürte er doch
noch mehr Energie in sich, die danach drängte, in
sichtbare Kraft umgesetzt zu werden.

Peter Frederic war gerade von der Deutsch-AG zurückgekehrt und lümmelte sich auf seinem Bett
herum, als Sven mit frischer Gesichtsfarbe schwungvoll ins Zimmer trat. Peter grinste ihn an: „Na, wie
war's?"

Sven grinste in sich hinein. „Es war schon okay, Alter", entfuhr es ihm. „Wie war's bei dir, alles klar mit
der AG?"

„Ach, lass mich in Ruhe. Wir sollen Teile von Schiller deklamieren und beim nächsten Schülerfest vortragen. Ist das nicht blöd?"

Sven, der nicht richtig zugehört hatte, da er mit seinen Gedanken noch bei Marlena weilte, nickte nur beiläufig. Da Peter keine Antwort erhielt, drehte er sich in Richtung seines Zimmernachbarn und maulte: „He, was ist? Interessiert dich das nicht?"

„Was?" antwortete Sven gedankenverloren. Seinem Gesicht konnte man die geistige Entfernung ansehen, die er gerade zu überbrücken versuchte, um in der Gegenwart zu landen. Peter grinste und schüttelte seinen Kopf. „Mensch, Alter, das muss ja toll bei dir gewesen sein", mutmaßte er und leckte sich grinsend die Lippen.

Da Sven plötzlich müde wurde, ebbte das Gespräch ab, bis die beiden schwiegen. Er verschwand in den Duschraum und legte sich kurz darauf ins Bett. „Nacht", murmelte er noch Peter zu, der in einem Schmöker las, und dann war er auch schon eingeschlafen.

Die nächsten Tage waren in Svens Klasse von einem Wettkampf geprägt, den wohl alle Schüler in der ganzen Welt gewollt oder ungewollt als Tortur über sich ergehen lassen müssen. Die Lehrer testeten wiederholt die Fähigkeit, wieviele Klausuren doch ein Schüler in kürzestem Zeitraum aushalten kann, ohne das Handtuch zu schmeißen oder auszuflippen. Dr. Nevermüller, Frau Kreskin und der Direx, gaben sich mit weiteren Lehrkräften die Klinke in die Hand, als hätten sie zum kräftigen Halali geblasen, bis das Wild, besser gesagt der letzte Schüler, erledigt war.

Sven kaute an seinem Kuli und versuchte krampfhaft, die richtige Lösungsformel für diese verzwickte Matheaufgabe in seinem Hirn zum Leben zu erwecken, aber es wollte ihm nicht gelingen. Verstohlen blickte er nach links. Dort saß Holger Wätjen und stierte ebenfalls ein wenig blöd vor sich hin. Der wusste die Lösung auch nicht. Fast unmerklich schwenkte er seinen Blick langsam in Richtung von Frau Schopenhauer, die als neue Referendarin die erste Wache über die Klasse bei der Mathe-Klausur vom Direx übernommen hatte. Die konnte ihren Blick gezielt durch die Klasse schweifen lassen und ganz schön scharf hinsehen, wo etwas faul war, wusste Sven. Für einen Sekundenbruchteil trafen sich ihre Blicke, doch es schien für Sven eine Ewigkeit zu sein. Dann senkte er seinen Blick wieder auf sein Blatt, um ja keinen Verdacht, kiebitzen zu wollen, aufkommen zu lassen. Zwei Minuten später wagte er einen erneuten Kontrollblick zur Lehrerin hinüber. Es hatte den Anschein, als würde sie unbeteiligt in einer Frauenzeitschrift lesen. Doch Sven ließ sich davon nicht blenden. Plötzlich fühlte er, wie etwas unter seinen Ellenbogen geschoben wurde. Er hob ihn sacht an und verdeckte das kleine Papier sofort. Langsam, ganz langsam, es schien eine Zeitreise in die Ewigkeit zu sein, griff er nach dem Zettel, zog ihn zu sich, und las die Lösungsformel. Sebastian, der Primus, saß doch hinter ihm. Er hatte ihm die Formel zugeschoben, als er an Svens unruhigem Verhalten spürte, dass dieser in Bedrängnis war.

Sven löste die Aufgabe anhand der Formel und grinste leicht in sich hinein. „Dafür werde ich Wastel einen ausgeben", beschloss er zufrieden und machte sich über die anderen Aufgaben her, die ihm nicht weiter schwerfielen.

Rrrrriiiiing! tönte die Pausenklingel und beendete die Höllenqualen der Klasse. Stöhnend und ausgewrungen gaben sie ihre Aufgaben ab. Einige versuchten noch, die letzten Weisheiten auf ihr Papier zu kritzeln, aber die energische Stimme der Referendarin ließ sie ihr Vorhaben schnellstens beenden.

Sven drehte sich zu Sebastian um. „Danke", meinte er grinsend und haute mit seiner rechten, flachen Hand auf die rechte, ausgestreckte Hand des Angesprochenen, dass es laut klatschte. „Geht schon in Ordnung", antwortete dieser ebenfalls mit einem zufriedenen, breiten Grinsen, das seine strahlenden Zähne zur Schau stellte. Sebastian wusste, dass Sven ihn auf anderen Gebieten, wie Sport, bei denen er gewisse Schwächen zeigte, unterstützen würde.

Die Sonne lachte die Jungen an, als sie auf den Pausenhof drängten, der vom Lärm der umhertollenden, sich abreagierenden Jüngeren erfüllt war. Sven folgte einer kleinen Gruppe aus seiner Klasse und schlenderte mit ihnen in die Raucherecke. Dort zündete er sich eine angebotene Zigarette an. Tief zog er den Rauch in seine Lungen. Das Echo war ein kleiner Hustenreiz, der seinen Oberkörper rüttelte. Schweigend blickte er auf die laufenden Schüler und sah plötzlich den schwulen Blonden langsam auf sich zukommen. Da erinnerte er sich, dass er ihn unbedingt sprechen wollte. Seinen Namen kannte Sven bereits. Er hieß Jean-Claude Westermeier. Seine Eltern waren sehr wohlhabend, hatte Sven von einem Klassenkameraden aus dessen Klasse gehört. Als der Blonde gut drei Meter an Sven vorbeiging, blickte er ihn an und grüßte freundlich herüber. Sven antwortete mit einem Nicken und lächelte leicht. „Du wirst mich noch kennenlernen", dachte er dabei und blickte ihm nach.

Dieser Augenblick sollte schneller kommen, als Sven es erahnen konnte. Die Internatsschüler nahmen gerade im großen Speisesaal ihr Mittagessen ein. Der Raum war von einer lärmenden Geräuschkulisse erfüllt, die von den schwatzenden und hin und her laufenden Schülern erzeugt wurde. Es duftete nach Kartoffeln und Rotkohl. Hin und wieder wurden Stühle über den Fliesenboden mit lautem Geräusch geschoben. Plötzlich wurde die große Flügeltür aufgestoßen, und der riesige Holger Steffen stürzte winkend in den Speisesaal. „Hört mal alle her", brüllte er gegen den ohrenbetäubenden Lärm der Schüler an. Durch das Fuchteln seiner Hände wurden immer mehr Jungen auf ihn aufmerksam, und der Geräuschpegel ebbte zusehends ab, bis er völlig erstarb.

„Hört mal alle her", wiederholte Holger seine Botschaft und hielt einen großen Zettel in die Höhe. „Hier hab' ich es schwarz auf weiß, Leute. Wir richten im nächsten Jahr die Schüler-Olympiade aus."

Diese Nachricht schlug wie eine Bombe ein. Die Schülerolympiade, das war ja großartig. Die Jungs wussten, dass sich viele Internate für die Ausrichtung der Olympiade beworben hatten. Auch ihr Internat hatte in den letzten Jahren vergeblich versucht, dieses große Sportspektakel ausrichten zu können. Doch nun war es ihnen zum ersten Mal gelungen. Ein tosender Jubel scholl aus den Kehlen der Jungen. Manche trampelten lärmend auf den Fußboden oder hämmerten mit ihren Fäusten auf die Tische, dass die Teller klirrend hochhüpften. Es brauchte eine gute Zeit, bis sich die Schüler wieder beruhigt hatten und die aufsichtführenden Lehrer wieder Ruhe in den Saal brachten.

Von diesem Augenblick an herrschte richtige Ausgelassenheit unter den Schülern, und die Lehrer merkten einen richtigen Motivationsschub in den Klassen, so dass alle vom Olympiafieber angesteckt wurden.

Zuerst sollte das Olympiakomitee gegründet werden. Die Aula füllte sich zusehends mit Schülern und Lehrern, die geräuschvoll Platz nahmen. Der Lärmpegel brabbelnder Schüler, die alle von dem bevorstehenden Ereignis erfüllt waren, entwickelte sich zu einem Orkan. Auf der Bühne, die der Schulleitung als Podium diente, saßen bereits einige der Vertrauenslehrer und der Vertreter der Schüler, Mike Quickborn. Als der Direx die Aula betrat, und ihn die Schüler in den hintersten Reihen bemerkten, hörten sie mit ihrem Gequatsche auf, so dass der Geräuschpegel in sich zusammensank und schließlich eine erquickende Stille herrschte. Erwartungsvoll starrten alle Augen auf den Direx, der nun an seinem Platz angelangt, die Anwesenden begrüßte:

„Liebe Kolleginnen und Kollegen, ihr lieben Schüler!

Die heutige Zusammenkunft steht unter einem erfreulichen Stern. Wie euch bereits bekannt ist, hat unser

Internat den Auftrag erhalten, im kommenden Jahr die Schüler-Olympiade zu organisieren und auszurichten. Aus diesem Grunde wollen wir heute das olympische Komitee auswählen, das sich dann mit Eifer in die vor ihm liegende Aufgabe und Arbeit stürzen wird."

Die Worte des Direktors erweckten erneut die Begeisterung der Schüler, die ein lautes Gejohle ertönen ließen, dass durch schrille Pfiffe vereinzelter Jungen, die sich mal austoben wollten, übertönt wurde. Die Lehrer begannen zu klatschen, um die Begeisterung in eine kontrollierte Beifallsphase abklingen zu lassen. Der Direx, der die Freude der Jungen verstehen konnte, hörte einige Minuten geduldig zu. Dann hob er die Hand und verschaffte sich mit lauter Bassstimme Ruhe. Augenblicklich brach der Lärm ab, und alle warteten auf die weitere Entwicklung, die in der Auswahl des Komitees gipfeln sollte.

„Ich glaube, liebe Kolleginnen und Kollegen, unsere Schüler benötigen schnellstens die Möglichkeit zu trainieren, damit ihre Kräfte in den olympischen Disziplinen sinnvoll eingesetzt werden."

Einige lachten über den Scherz, und der Direktor fuhr in seiner Rede fort: „In den letzten Wochen hatten ja alle die Gelegenheit, sich für das olympische Komitee zu bewerben. Ich muss sagen, ich bin sehr überrascht und erfreut, dass sich viel mehr dafür gemeldet haben, als wir benötigen. Aber keine Sorge, jeder von euch bekommt eine Aufgabe, und wenn er die Schweißtropfen der teilnehmenden Sportler hinterher aufwischen muss."

Diesmal zündete der Kalauer des Direx ein wenig mehr. Nachdem das Gelächter wieder abgeebbt war, las der Direx die Namen der Teilnehmer vor, die sich gemeldet hatten. Dann verteilten Schüler die Wahlzettel an das Auditorium. Plötzlich wurde es still im Saal, denn jeder schrieb die Namen seiner Favoriten auf, die dann mit den meisten Stimmen in das olympische Komitee gewählt werden sollten.

Nach zehn Minuten, als sich erneut eine allgemeine Unruhe im Saal breitmachte, gingen die Schüler mit den Papierkörben, die als Wahlurnen dienten, durch die Reihen und sammelten die Zettel ein.

„Wir machen jetzt eine Pause von zwanzig Minuten", rief der Direx in die, sich wieder in Gesprächen befindende, Menge. „Dann treffen wir uns wieder hier und geben die Wahl bekannt."

Mit viel Getöse erhoben sich die Schüler von den Stühlen und strömten dem Ausgang zu, um auf dem Hof unten ein wenig Luft zu schnappen und sich die Beine zu vertreten.

Sven schloss sich Peter und Sebastian an, die drei Schritte vor ihm aus der Aula gingen. Die beiden hauten sich lebhaft die Argumente um die Ohren, wer denn nun von den Paukern in das olympische Komitee gewählt werden sollte.

„Also, ich bin für den Weinberger, der hat wenigstens Ahnung vom Sport", wandte Peter ein, da Sebastian ganz klar für den Erlenbeck votierte, da dieser, seiner Meinung nach, mehr Power besaß, um so ein Komitee zu führen.

„Das Wichtigste für mich ist", fiel Sven dazwischen, „dass die richtigen Mannschaften aufgestellt werden. Denn was nutzt das beste Komitee, wenn wir keine Topmannschaften haben, die auch gewinnen."

Die beiden anderen stimmten seinem Beitrag zu, und damit war die kleine Diskussion zu Ende.

Spät am Abend, Sven hatte keine Gelegenheit, in die Stadt zu fahren, um Marlena aufzusuchen, dachte er wieder an den Blonden. „Irgendwie muss ich ihn in der nächsten Zeit zu fassen bekommen", überlegte er, denn sein Plan musste langsam zur Tat werden.

Doch er musste sich noch fast zwei Wochen gedulden. Nach der Wahl des Komitees, in dem natürlich Richard Weinberger vertreten war, der als der beste Sportlehrer in der Schule galt, und sicherlich gute Mannschaften zusammenstellen würde, wurden die ersten Teams ausgewählt.

Sven hatte sich mit Peter für die Volleyballmannschaft gemeldet. Sie waren beide genommen worden. Da die Trainingsstunden außerhalb der allgemeinen Schulzeit lagen, war das erste Treffen am Montagabend in der großen Sporthalle.

Zu Svens großem Erstaunen gehörte auch der blonde Jean-Claude zu ihrem Team. Als sie alle in der Halle standen und den Worten von Thomas Erlenbeck, dem kleinen, drahtigen, energiegeladenen Sportlehrer interessiert lauschten, der auch noch in der Stadt am städtischen Gymnasium unterrichtete, beobachtete Sven den Blonden. Er sah gut aus, das war ihm klar, aber das war's nicht, was ihn interessierte. Besonders muskelbepackt schien er nicht zu sein. Sven überlegte, wie er ihn hinterher sprechen könnte.

Die erste Trainingsstunde verlief ein wenig chaotisch. Zunächst wurde Lauftraining absolviert. Dabei zeigte sich, dass Sven und Jean-Claude die Zähesten waren, deren Ausdauer überdurchschnittlich schien. Der Blonde sah ein paar Mal zu Sven herüber. Er wunderte sich wohl, dass Sven ihm in jeder Weise mit seinen Leistungen ebenbürtig war. Nach dem Duschen, Sven hatte sich Zeit gelassen, da auch Jean-Claude sehr langsam war, ergab es sich, dass beide gemeinsam die Dusche verließen.

„Na, du bist ja gut drauf beim Laufen", sprach Sven ihn an. Jean-Claude drehte sich zu ihm um und musterte Sven ein wenig skeptisch von oben bis unten. „Wahrscheinlich denkt er jetzt, ich will was von ihm", dachte Sven und versuchte, diesen Eindruck zu entkräftigen, in dem er sich beim Ausziehen umdrehte.

„Du aber auch", kam die Antwort von Jean-Claude. „Sag' mal, irgendwo hab' ich dich schon gesehen", setzte er sein Gespräch fort.

Sven grinste leicht, und dann schaute er ihn ernst an. Langsam ging er zum Angriff über: „Ja du hast recht, Schwanzlutscher", entgegnete er.

Jean-Claude hielt mit seiner Bewegung inne. Sein Gesicht wurde aschfahl. Seine Stimme zitterte leicht, als er antwortete: „Was hast du da gesagt?" Verlegen drehte er sein Handtuch in den unruhigen Fingern.

„Du hast mich schon richtig verstanden", antwortete Sven und kniff leicht die Augen zusammen. Diese Geste ließ sein Gesicht gefährlich erscheinen. „Ich denke, du hast dich vor drei Wochen in unserer Dusche mit dem kleinen Johann köstlich amüsiert."

Jean-Claude riskierte eine schwache Abwehr. „Ich weiß nicht, wovon du sprichst", kam es von seinen etwas blutleeren Lippen. Sein Blick wich dem von Sven aus. Unsicher blickte er neben ihn auf den Boden. Auf seiner Stirn bildeten sich Schweißtropfen. „Ich habe euch eine Zeit lang beobachtet", fuhr Sven fort. Seine Worte klangen in den Ohren von Jean-Claude wie Schläge. „Mich persönlich hat es ja nicht gestört", berichtete Sven, fast gelangweilt, weiter. „Aber ob es vielleicht die anderen Schüler oder die Lehrer stört, wenn sie hören, dass ein Schwuler unter ihnen ist?"

Die letzten Worte kamen gedehnt aus Sven heraus, als wenn er sie wie ein gekonnter Schauspieler herausbrachte.

Jetzt spiegelte das Antlitz von Jean-Claude blankes Entsetzen wider. „Was willst du von mir?" fragte er, in der Hoffnung, die Sache noch gut abwenden zu können.

„Wenn ich's mir richtig überlege", erwiderte Sven und blickte wie teilnahmslos auf seine Finger. Dabei war sein Geist zum Zerreißen gespannt, und er hieb wie mit einem Messer auf seinen Gegner ein. Seine Worte trafen zielsicher. „Wenn ich mir's recht überlege, dann könntest du das mit einem Blauen im Monat in die richtige Bahn bringen. Denn ich habe gehört, dass deine Eltern nicht unvermögend sein sollen." Dabei ging ein schmieriges Grinsen über sein Gesicht, das sich an dem aschfahlen Gesicht Jean-Claudes, der Sven wie blöde ansah, weidete.

Langsam bekam dieser wieder Farbe. Das Angebot Svens war nicht das Todesurteil für ihn gewesen, aber es tat ihm sehr weh. Er bekam nur fünfzig DM Taschengeld in der Woche. Doch mit etwas Raffinesse könnte er etwas mehr bekommen, dann würde die Sache klappen. Wenn dieser Idiot dort nur dichthalten würde.

„Okay", entgegnete Jean-Claude und biss sich auf die Unterlippe. „Du bekommst das Geld. Aber du musst auch dichthalten."

„Ehrensache!" erwiderte Sven. „Ich schweige wie ein Grab, so lange der Rubel rollt."

Damit war das Gespräch erledigt. Schweigend zogen sie sich nach dem Schlagabtausch an und verließen getrennt die Duschräume in der Turnhalle.

Zwei Tage später steckte Jean-Claude ihm einen Umschlag zu, ohne Sven eines Blickes zu würdigen. Dieser grinste und steckte den Umschlag ein. Ab sofort war für ihn eine gute Einnahmequelle gesichert.

Die Begeisterung, die durch die Wahl des Olympiakomitees ausgelöst worden war, verlor sich ein wenig, weil die letzten Klausuren vor den Sommerferien von den Lehrern nur so durchgehauen wurden. So schwitzten die Schüler nicht nur bei den Vorentscheidungen zur Auswahl bei der Teilnahme an der Schüler-Olympiade, sondern auch bei den bissigen Klausuren, die manch einem große Übelkeit in den Magenwänden verursachte und sie sich tierisch übergaben. Andere bekamen Kopfschmerzen und meldeten sich krank. Doch es half alles nichts. In diesem alljährlichen Ritus der Klausurentreibjagd fühlten sich die Schüler wie die gejagten Schwarzkittel und sahen die Pauker nur noch als Jäger und Treiber an.

Doch auch diese Zeit ging vorüber und die Freude auf die Ferien, in denen der größte Teil der Schüler in die heimatlichen Gefilde zurückkehrte, verdrängte alle Angst und Pein und gab Körper und Seele wieder frische Aufwinde und wärmende Sonnenstrahlen.

Sven, der dieses Mal auch nach Hause fahren wollte, obwohl seine Mutter mal wieder zur Kur weilte und sein Vater von Kongress zu Kongress jagte, so hatte es jedenfalls Corinna in ihrem letzten Brief mitgeteilt, wollte vor den Ferien noch einmal ein Rendezvous mit Marlena haben. In der letzten Zeit gab es für ihn kaum eine Gelegenheit, sie in der Schule zu sehen oder abends auf die Pirsch zu gehen. Irgendwie hatte Sven den Eindruck, dass ihm Marlena aus dem Wege ging, obwohl er dafür keine Beweise hatte. Es war nur so ein komisches Gefühl, das sich bemerkbar machte.

So duschte er ausgiebig, zog sich für seinen Auftritt schick an, und benutzte das Aftershave, dass ihr beim ersten Mal so gut gefallen hatte. Er hatte eine Flasche Wein besorgt, einen guten natürlich, um den Abend vor den Ferien mit ihr gebührend zu feiern. Kurz nach acht machte er sich auf den Weg.

Der Bus war natürlich wie immer, unpünktlich. Zehn Minuten später, als es der Fahrplan schwarz auf weiß anzeigte, hielt er schnaufend an der Haltestelle. Sven sprang hinein und setzte sich auf einen der letzten freien Plätze. Zwei kleine Mädchen, die in seiner Nähe standen, zogen die Duftwolke lächelnd ein, die von ihm zu ihnen herüberwehte und grinsten ihn an. „Dumme Puten", dachte Sven und blickte konzentriert aus dem Fenster, um sie nicht anzublicken.

In der Stadt angekommen, lief er schlendernd an den Schaufenstern vorbei, an denen er schon so oft mit Marlena eng aneinander geschmiegt vorbeiflaniert war. Er blickte auf seine Armbanduhr. „Hat noch'n wenig Zeit. Die Mutter wird wohl noch nicht weg sein", waren seine Gedanken. Innerlich sah er schon die Bilder, wie ihn Marlena zu sich heranzog und zärtlich küsste. Diese Vorstellung ließ ihn unbewusst schneller eilen, so dass er nach wenigen Minuten vor ihrem Haus stand.

Die Haustür stand leicht offen. Vor dem Hause parkte ein Passat Kombi, den er hier noch nicht gesehen hatte. Leicht beschwingt schwang er sich die ächzenden Stufen herauf und stand, leicht nach Luft japsend, vor ihrer Tür.

Er klingelte. Es rührte sich nichts. Erstaunt klingelte er ein zweites Mal. Wieder war Stille. Dann drückte er in seiner Ungeduld auf den Klingelknopf und ließ nicht los. Da hörte er plötzlich Schritte. Mit aufkommendem Unmut stellte er fest, dass es sich nicht um Marlenas Schritte handelte, die kannte Sven. Dann wurde die Tür aufgerissen.

Ein dunkelhaariger, großer Typ mit Seehundschnauzer stand vor ihm und schaute ihn grimmig an. Sein Gesicht verzerrte sich und böse giftete er Sven an: „Was willst du Kleiner, verpiss dich. Marlena ist meine Braut, klar?" Sven, der bei der Begegnung erschrocken einen halben Schritt zurückgewichen war, fing sich wieder und blökte sauer zurück. „Was willst du, alte Gichtlatte? Glaube kaum, dass sie dich selbst auf dem Schrottplatz aufgelesen hat."

Der rechte Arm des Typen schnellte nach vorn, mit der er Sven am Kragen packen wollte, um mit der Linken kräftig zuzuschlagen. Dabei verzerrte sich sein Gesicht zu einer wütenden Fratze.

Doch bevor es zum Schlagaustausch kam, erschien plötzlich Marlena im Hintergrund. Sie war nur leicht bekleidet, und der Träger ihres BHs war an der rechten Schulter heruntergerutscht. Dieser Anblick erklärte Sven alles. Doch wollte er es aus ihrem Munde wissen, deshalb blieb er trotzig stehen.

„Macht nicht so'n Krach, damit sich die Nachbarn nicht beschwer'n. Ich kriege Ärger mit meiner Mutter", rief sie halblaut und zog den Typen in die Wohnung zurück. Dann wandte sie sich zu Sven. „Tut mir leid, Sven", murmelte sie, dass er es nur hören konnte. „Ich wollte mal 'nen richtigen Mann, weißt du? Letzte Woche hab' ich ihn getroffen, und wir kennen uns schon länger..."

Bevor sie jedoch weiterreden konnte, entgegnete der verletzte Sven scharf, und in seinen Worten mischten sich Enttäuschung, Wut und Abscheu für das Mädchen: „Alles klar, Marlena! Du brauchst nichts weiter zu sagen..." Dann drehte er sich auf dem Absatz herum und rannte polternd die Treppe herunter. Unten angekommen, trat er mit voller Wucht gegen die Autotür des parkenden Passats, da er vermutete, dass er dem Arsch da oben gehörte. Den Wagen mit einer tüch-tigen Beule zurücklassend, rannte er wütend davon. Die Flasche Wein knallte er dabei auf den Bürger-steig, dass sie mit lautem Knall explodierte. Der Bür-gersteig färbte sich von dem ausgeflossen Wein rot wie Blut. Einige Fußgänger, die diesen Auftritt auf der anderen Straßenseite miterlebten, schüttelten unwillig den Kopf und riefen etwas herüber. Dann gingen sie, heftig über den Vorfall redend, weiter.

Als Sven zu Hause ankam, war er froh, dass Peter Frederic nicht da war. So schmiss er sich auf's Bett, und vor Wut heulte er los. „Diese beschissenen Weiber", rief er immer wieder wütend und schwor, sich nie wieder in ein Mädchen zu verlieben. „Denen werde ich es zeigen", schnaubte er, finster vor Wut. „Wartet nur ab!"

Drei Tage später, als die Ferien begannen und das Internat sich zusehends leerte, weil in die Freiheit stürmende Kinder und Jugendliche in die bereits wartenden Autos der Eltern drängten, die sie abholten, oder mit dem Bus zur Bahnstation fuhren, um sich sternförmig in ihren Zügen in die Heimat zu begeben, waren Svens tiefe Enttäuschung und der schwere Seelenkummer noch nicht vergangen. Er versuchte es, diese Situation so schnell wie möglich zu verarbeiten und sie ins Unterbewusstsein zu verdrängen. Doch er hatte seine große Mühe damit. Es tat immer noch sehr weh. Und weil es so wehtat, bildete sich auf seiner Seele eine hässliche Narbe, die später noch viele Frauen zu spüren bekamen. Es war ein gewisser Hass auf Mar-lena und auch auf seine Mutter, die er stets auf andere Frauen projizierte. Sie hatten sehr darunter zu leiden.

Als sein Zug in Brandenberg einlief, sah er auf dem Bahnsteig schon winkend Corinna stehen. Darüber freute er sich und wuchtete, als der Zug endlich stand und die Lok hielt und prustend, weißen Dampf versprühend, durchatmete, den Koffer aus dem Abteil. Dann stand er auf dem Bahnsteig und flog in die offenen Arme von Corinna. Er war wieder zu Hause.

XIV

Raimund blickte, wie so oft, aus dem Fenster seines Zimmers. Seine Augen schienen etwas Besonderes zu suchen, doch sein Gehirn verweigerte die klare Befehlsausgabe, ihnen ein bestimmtes Ziel zuzuordnen. Er war mit seinen Gedanken wieder bei Ulli. Dabei spürte er einen krampfartigen Schmerz in seiner Herzgegend, weil ihm der Tod seines Freundes immer noch sehr zusetzte. Sein Schmerz wurde jedoch gleich von einer aufkeimenden Wut abgelöst. Die Wut fixierte sich auf den Verbrecher, der Ulli vor Jahren in diesen Drogensumpf gezogen und ihm dieses verflixte Zeug angeboten hatte.

Langsam drehte er seinen Kopf nach links. Sein Blick fiel unbewusst auf den Kalender. Der 15. April war heute. „Was?" murmelte er vor sich hin, im Erkennen, wie weit die Zeit vorgeschritten war. „Es kann nicht wahr sein, dass schon wieder drei Wochen nach Ullis Beerdigung vergangen sind. Und die Polizei hat noch immer keine Spur von den Dealern. Es wird sicher mal wieder alles im Sand verlaufen, und keiner wird gefasst." Bei diesen Gedanken spürte er, wie sich sein Zorn immer mehr steigerte und auf die, seiner Meinung nach, totale Unfähigkeit der Polizei übertrug.

Die Stimme seiner Mutter, die nun aus der Küche nach ihm rief, wirkte wie eine Befreiung aus einer Zwangsjacke. Raimund entzog sich mit aller Kraft dieser ihn beherrschenden Gefühle, stand auf und schlenderte langsam in Richtung Küche, in der seine Mutter schon etwas ungeduldig auf ihn wartete.

„Wo bleibst du denn so lange?" empfing sie ihn mit leicht vorwurfsvollen Worten. Als sie jedoch sein Gesicht sah, begriff sie, dass er sich schon wieder mit den Gedanken um Ulli zermürbte. „Du musst dich nicht mit diesen Gedanken zerfleischen, Raimund. Du hast doch keine Schuld an seinem Tod."

„Ich weiß Mama", antwortete Raimund und blickte seine Mutter mit traurigen Augen an. „Aber ich möchte wenigstens, dass die Gauner gefasst werden, die ihn dahin gebracht haben. Das sind wir ihm doch schuldig, oder?"

Gisela nickte. Ja, das waren sie Ulli schuldig. Und auch seiner Mutter, mit der Gisela seit dieser Zeit eng befreundet war. Irgendwie war es das Wenige, was zu einer spürbaren Milderung dieses schrecklichen Unglücks hätte beitragen können. Wenn überhaupt davon gesprochen werden könnte.

Doch das Leben forderte seine Aufmerksamkeit und den Blick für die Realität. Gisela schickte ihren Sohn zum Einholen und gab ihm den Zettel und das Geld mit. „Und vergiss nicht, Brot mitzubringen", rief sie ihm noch auf der Treppe nach. Es schallte laut nach im Treppenhaus. Doch Raimund war schon draußen. Er schwang sich auf sein Rad und trat kräftig in die Pedalen.

Als er den Edekaladen betrat, in dem sie immer einkauften, starrten einige Kunden auf ein Plakat und diskutierten heftig und laut über den Inhalt. Raimund, den sie nicht bemerkten, trat näher an die Leute heran und wollte ebenfalls die Miteilung auf dem Plakat lesen.

„Nun mal nicht so drängeln, junger Mann", fuhr ihn ein älterer Herr mit Glatze und grauem Schnäuzer an. Seine Brille war ein wenig verrutscht, als Raimund ihn unbewusst an die Seite drängte, um die Schrift zu lesen. Ein kaum gemurmeltes „Entschuldigung!" rutschte beiläufig aus seinem Mund. Dann nahm ihn das Plakat gefangen.

„5000 DM Belohnung! Wer kann Näheres über den Tod eines Jugendlichen sagen, der am 06. März in der Wiehlinger Str. aufgefunden wurde? Hinweise auf Personen, die an diesem Tag dort vorbeigingen, nimmt die Polizei, usw. usw. entgegen."

Eine ältere Frau meinte mit einer abweisenden Handbewegung: „Die kriegen se' ja doch nicht!" und wandte sich wieder ihrem Einkauf zu. Einige Stimmen der Umherstehenden murmelten etwas wie eine Zustimmung, und die kleine Gruppe, die sich vor dem Plakat gebildet hatte, löste sich wieder auf, und jeder ging seiner Beschäftigung nach. Nur Raimund blieb noch stehen und war wieder in Gedanken versunken.

„Ich werde mit Heiner noch mal zur alten Fabrik fahren, wo Ulli zuletzt gehaust hat, und dort einige der Leute ausfragen. Vielleicht geben die mir ja einige wichtige Hinweise?" Dann wandte er sich auch ab und konzentrierte sich auf den Einkaufszettel.

Gegen 14.00 Uhr wollten sich die beiden an der großen Kreuzung treffen, an der die lange Chaussee lag, die zur alten Fabrik führte. Heiner erwartete Raimund schon ungeduldig, als dieser, keuchend vor Anstrengung, angeradelt kam. Die Bremsen quietschten leicht, als er vor Heiner anhielt und sich den Schweiß von der Stirn wischte.

„Ich steh' hier schon 'ne halbe Stunde", empfing ihn Heiner und grinste, weil Raimund so aus der Puste war.

„Komm, lass uns losradeln", fuhr er fort. Dabei schien sein Grinsen kein Ende zu finden. „Ich erzähl dir was Neues, was dich umhau'n wird", war sein Kommentar, als er sich auf seinen Drahtesel schwang und losspurtete.

„Was is'n los?" rief ihm Raimund nach und trat wieder voll in die Pedalen, um Heiner zu nachzufolgen. Nachdem sie auf gleicher Höhe waren, berichtete dieser, dass sie in der 7b einen Schüler mit einem weißen Pulver erwischt haben, als er gerade auf der Toilette das

Zeug inhalieren wollte. „Natürlich haben sie ihn sofort nach Hause geschickt und die Eltern informiert", fuhr Heiner fort und wich schwungvoll einem Loch aus, das plötzlich vor ihm auftauchte. „Pass auf", rief er Raimund zu, der es bereits gesehen hatte und es ebenfalls gekonnt umfuhr.

„Hast du seinen Namen?" wollte Raimund wissen. Heiner schüttelte den Kopf und antwortete: „Nee, weiß ich nicht. Aber ich krieg' es 'raus. Morgen oder übermorgen können wir der Sache nachgehen."

Inzwischen erreichten die Jungen das Gelände vor der alten Fabrik. Als das verrottete, kahle Gebäude vor ihnen auftauchte, hielten sie kurz an und banden die Räder an einen kleinen Baum, dessen Rinde in Höhe der Fahrradstangen bereits abgeschabt war. „Haben wohl schon mehrere gemacht und die Räder angebunden", murmelte Heiner. Dann schlugen sie sich durch die angrenzenden Büsche auf dem kleinen, ausgetretenen Weg in Richtung Fabrik. Niemand war auf dem Gelände zu entdecken. Ein paar Stare zwitscherten munter um die Wette, als würden sie an einem Sängerwettbewerb teilnehmen. In der Ferne bellte heiser ein Hund.

Als sie gerade die beiden verkohlten Plätze passierten, auf denen noch schwelende Holzbalken lagen und einen unangenehmen Geruch verbreiteten, tauchten zwei bullige Punks vor ihnen auf, die aus einer mit Brettern vernagelten Seitentür ins Freie getreten waren.

Raimund und Heiner blieben stehen. Die beiden Punks kamen raschen Schrittes auf sie zu. „He, wo kommt ihr denn her? Habt ihr euch verlaufen?" wurden sie von dem größeren der Punks angerufen. Doch als sie näher kamen und die Punks Raimund erkannten, veränderten sich ihre Gesichter, und sie grinsten leicht. „Ach, du bist es", bemerkte der Sprecher. „Ist schon ´ne Scheiße, die mit deinem Freund passiert ist", fuhr er dann fort, um irgendwie etwas für seine Meinung Nettes zu sagen. Raimund reagierte nicht auf seine Bemerkung. Als die Punks vor ihnen standen, überlegte Raimund, ob er sie direkt nach den Dealern befragen sollte. Heiner war einen halben Schritt zurückgetreten. Ihm war es nicht geheuer beim Anblick dieser skurrilen Gestalten. Ihre Hosen standen vor Dreck und hatten lauter Belüftungslöcher. Die anderen Bekleidungsstücke, bestehend aus T-Shirts und zwei Westen, starrten ebenfalls vor Schmutz und wiesen zerrissene Löcher auf. Ein gewisser Geruch, der ein Gemisch aus Schmutz, Schweiß und einer Alkoholfahne zu sein schien, wehte ihnen entgegen und ließ einen gewissen Ekel hochkommen.

Bevor der Große wieder seinen Mund, dessen braune Zähne ein paar Lücken aufwiesen, aufmachen konnte, ging Raimund zum Angriff über. „Sagt mal, wo is'n euer Chef?"

„Du meinst Palino, den Bären?" antwortete der Große.

Raimund nickte und wischte sich über seinen Mund. „Sagt mal, wisst ihr, woher Ulli seine Drogen herhatte?" fuhr er fort, ohne die Antwort auf den Verbleib des Chefs abzuwarten.

Die beiden Punks grinsten und schauten sich an. Dabei zeigte sich, dass auch dem anderen ein paar Zähne fehlten. „Meinst du, wir sind bescheuert?" antwortete der Große, und seine Gesichtszüge veränderten sich urplötzlich aus dem Grinsen in ein Gesicht, das trotzig und abweisend war. „Wir werden dir doch nicht unsere Quellen nennen, woher wir unsern Stoff bekommen. Wenn du den Typen finden willst, dann musst du ihn suchen. Aber bis du den hast, ist der über alle Berge." Bei den letzten Worten zog wieder ein wissendes Grinsen über sein Gesicht.

Raimund hätte am liebsten in die Visage hineingeschlagen. In ihm kam wieder eine Wut hoch, die sich auch äußerlich zeigte. Um jedoch keinen Krawall zu machen, beschloss er, noch andere zu befragen.

„Sind noch'n paar von den Jungs da?" „Kann sein", antwortete der Große und machte Anstalten zu gehen. Raimund und Heiner nickten den beiden noch zu und setzten ihren Weg zur Fabrik fort, während die anderen auf dem Weg gingen, den die beiden Freunde gekommen waren.

Raimund öffnete die vernagelte Seitentür, die sich quietschend öffnete. Sie traten in eine riesige Halle ein, und ihre Augen mussten sich zunächst an das Halbdunkel darinnen gewöhnen. Einen Augenblick blieben sie stehen und horchten nach irgendwelchen Geräuschen, die ein Lebenszeichen der hier hausenden Bewohner preisgeben würden. Doch außer ein paar Wassertropfen, die sich ihren unbekannten Weg durch das verrottete Gebäude gebahnt hatten und in eine sich gebildete Pfütze klatschten, war nichts zu vernehmen.

So setzten sie ihren Weg durch die Halle fort. Ihre Schritte verursachten ein lautes Echo, das von den Wänden und der Decke widerhallte. Instinktiv traten sie leiser auf, um ihre Anwesenheit nicht gleich zu verraten. Der Geruch von altem Öl und verrostetem Eisen erreichte ihre Nasen. Kurzum, hier stank es fürchterlich nach vergammelten und fauligen Sachen. Rasch gingen sie weiter, eine Tür suchend, die ihnen eine weitere Möglichkeit bot, nach oben zu kommen und noch andere Punks zu finden.

Heiner wies auf eine eiserne Tür, die halb verrostet schräg in den Angeln hing und den Blick auf eine eiserne Treppe freigab. „Lass uns hier hochgehen", flüsterte Raimund und ging voran. Die Schritte hallten dumpf auf den eisernen Stufen. Oben angekommen, lugten sie vorsichtig nach links und rechts, doch sie konnten keine Menschenseele entdecken. Vorsichtig tasteten sie sich einen dunklen Flur entlang, der von einem geringen Strahl Tageslichtes, das durch ein zu dreiviertel dichtgestelltes Flurfenster in die Finsternis drang, spärlich erhellt wurde. Plötzlich drangen Geräusche an ihr Ohr. Raimund blieb sofort stehen und zu Heiner umdrehend, legte er den Finger an seinen Mund, damit dieser ebenfalls stillblieb. Bei Heiners verdutztem Gesichtsausdruck huschte Raimund ein leichtes Lächeln über das Gesicht. Doch dann war er sofort wieder ernst. Es waren Schnarchgeräusche, die aus einem Raum vor ihnen drangen. Leise schlichen sie voran und blickten in den offenen Raum, denn eine Türe, die ihn schließen konnte, war weit und breit nicht zu sehen.

Das abgehackte Schnarchen dröhnte nun laut an ihr Ohr. Menschliche Schweißausdünstungen und Uringeruch drangen unangenehm und beißend in ihre Nasen, die sie im ersten Augenblick zuhielten. Zwei junge Männer und ein junges Mädchen lagen halbnackt auf verschmutzten Matratzen, die hässliche Flecken auf-

wiesen. Raimund und Heiner mochten sich nicht ausmalen, woher sie stammten. Die Männer schnarchten
um die Wette, während das Mädchen still vor sich
hingrunzte, den Mund aufgerissen, dass man ihre
Zunge sah, die in der Mitte mit einer kleinen, silbernen
Kugel gepierct war.

Die beiden Jungen blickten sich an, unschlüssig, was
sie nun machen sollten. Einige Augenblicke später gab
Raimund das Zeichen zum Rückzug. Vorsichtig drehten sie sich um und wollten den Raum verlassen. Bei
diesem Versuch stießen sie mit einem Hünen von einem Menschen zusammen, dass es klatschte. „Eh", rief
Raimund erschrocken und fuhr augenblicklich zurück.
Heiner ging es nicht anders. Sie waren mit dem Chef
der Punker – Palino, dem Bären - zusammen gestoßen.
Dieser stand, die Arme verschränkt, vor ihnen und
starrte sie mit einer grimmigen und zu allem entschlossener Miene an. Eine dicke, schwarze Warze, die unterhalb des rechten Auges hervorhing, gab seinem Gesicht, dass ohnehin schmutzig und mit einem Dreitagebart versehen war, ein abstoßendes Aussehen. Raimund
konnte sich nicht erinnern, ihn vorher gesehen zu haben. „Ich hoffe, ihr habt jetzt eine gute Begründung,
hier zu stehen, bevor ich euch in die ewigen Jagdgründe
schicke", dröhnte seine Bassstimme durch den Flur,
das es laut in alle Richtungen schallte.

Das Schnarchen der beiden Männer im Zimmer hinter
ihnen verstummte augenblicklich. Man hörte einige
grunzende Geräusche, die von erwachenden Menschen
stammten. Irgendwann, es schien eine Ewigkeit zu dauern, blickte einer der Männer mit wirrem Blick aus dem
Zimmer und bölkte: „Eh, was is'n da los, kann man

nich mal in Ruhe pennen?" Doch Palino reagierte nicht darauf. Der Hauch eines leichten Grinsens huschte augenblicklich über sein Gesicht, und das rechte Auge zuckte kurz, bevor er die beiden Jungen vor ihm wieder mit wildem Blick anstarrte.

Aber das beachteten die beiden Jungen nicht, deren Herz in die Hose gerutscht war. Doch Raimund ließ sich seine Furcht nicht anmerken. „Angriff ist die beste Verteidigung", dachte er sich und blickte dem Boss fest in die Augen. „Hallo Palino, du kennst mich doch. Ich bin der Freund von Ulli, den es vor'n paar Wochen erwischt hat. Ich wollt' nur mal nach seinen Sachen sehen, weil seine Mutter danach fragte", log er, ohne rot zu werden.

Der Bär, der zwar eine gewisse Bauernschläue aufwies und den meisten hier auch im Denken überlegen war, blickte plötzlich etwas freundlicher drein. „Ach ja, ich kenn dich. Na, hast ja Glück gehabt", meinte er nun. Dann brüllte er in die Dunkelheit vor sich einen Namen. „Eh, Bastard, rück' mal die Sachen von dem Kleinen 'raus. Der Typ hier will sie mitnehmen." Es dauerte eine Weile, dann bewegte sich eine kleine, dunkle Gestalt schlurfend auf die drei Männer zu. Aus dem Dunkel löste sich ein weiterer Punk, dessen Haare feuerrot leuchteten. Sein kleines Gesicht war schrumpelig und faltig. Es starrte vor Dreck. Er trug drei Plastiktüten, die mit undefinierbaren Sachen gefüllt waren.

„Hier sind seine Sachen", meinte er, zum Chef gewandt. „Den Rest ham wa aufjeteilt", gurgelte er im berlineri-schen Akzent. Der Chef nickte und machte Anstalten, sich von den Jungen zu verabschieden. „Nun seht zu, dass ihr ´rauskommt", meinte er nun grinsend. „Ihr kennt ja den Weg."

Raimund und Heiner nickten und verließen den langen Korridor in Richtung Ausgang. Dumpf dröhnten ihre Schritte wieder auf der Treppe. Als die beiden wieder bei ihren Rädern eingetroffen waren, ließen sie zunächst die Tüten fallen. Heiner wischte sich mit der Hand den perlenden Schweiß von der Stirn und meinte: „Mann, Raimund, das war aber knapp. Ich dachte schon, der killt uns."

„Ja, ich befürchtete auch schon das Schlimmste", antwortete dieser nickend. Dann machte er sich daran, die Tüten zu durchsuchen. „Was sollen wir mit diesem schmuddeligen Zeug? Igitt, es stinkt so eklig nach Schmutz und Schweiß." Dazu machte er ein angewidertes Gesicht.

Heiner nahm die letzte Tüte und drehte sie mit der Öffnung nach unten. Dabei schüttete er die verknüllten Sachen vor sich aus. Aus einem Wäschestück fiel plötzlich ein zusammengefalltetes Papier heraus. Er nahm es hoch und untersuchte es sorgfältig.

„Du, schau mal hier, was das ist", interessierte er Raimund mit seinen Worten. Dieser beendete die Sucherei in seinem Wäschehaufen und wandte sich Heiners Fund zu. „Da steh'n ja Namen drauf." Nun lasen sie beide die Namen, die dort in kritzeliger Schrift verzeichnet waren. Da das Blatt ziemlich verschmutzt war, war es schwierig, die Namen zu entziffern.

„Hier steht was von einem Polen", dachte Raimund laut nach. Heiner, der ihm nicht folgen konnte, sah ihn mit fragenden Augen an. „Was meinst du? Kennst du den?"

„Ich glaube, ich habe da einen Verdacht", war Raimunds Antwort, und wissend ging sein Blick in die Ferne. „Nehmen wir das Zeug mit. Vielleicht will ja seine Mutter noch etwas davon haben", meinte er dann. Als sie die Sachen auf den Fahrrädern verstaut hatten, begannen sie mit ihrer Rücktour.

„Hauptwachtmeister Lewien, geben Sie mir doch mal die Meldung von heute früh her. Ich glaube, damit können wir etwas anfangen." Inspektor Krewitz nahm das Fax entgegen, verschwand in seinem Büro und begab sich in Klausur, um sich ganz diesem Fall zu widmen. Der Drogentote bereitete ihnen richtige Sorgen. Kriminalrat Obermeyer, der Alte, wie er ihn nannte, saß ihm mit der Klärung des Falles mächtig im Nacken. So versuchte er, jede Spur, die sich der neu gebildeten Soko-Krause zeigte, intensiv zu verfolgen, um in dem Fall erfolgreich zu sein. Übel gelaunt räumte er ein paar Akten auf die Seite, ehe er sich mit seinen fast 115 Kilo stöhnend auf den Bürostuhl warf, der quietschend und nachfedernd seinem Gewicht nachgab. „Diese verfluchten, idiotischen und stinkenden Drogenheinis", schimpfte er vor sich hin und machte damit seiner Ohnmacht, in dem Fall nicht weiterzukommen, erst einmal Luft. Angewidert überflogen seine kleinen, blaugrauen Augen wieselartig zum wiederholten Male das Schreiben, das er in seinen Händen hielt, die leicht zitterten.

Auf dem Weg nach Sondershausen, an der Stadtgrenze von Ebershausen, hatte man wieder eine Drogentote gefunden. Sie wies ähnliche Symptome auf wie der letzte Tote, der Junge. „Wie hieß der denn noch?" überlegte Krewitz. „Ach ja, Krause – Ulli Krause!"

Die Nachricht in dem Fax erhärtete seinen Verdacht, dass hier im Umkreis seit geraumer Zeit die Drogenmafia ihr Unwesen trieb. Nur war noch nicht klar, ob es die Russen oder die Türken waren, die ihm und seinen Leuten nun das Leben so schwer machten. Ja, es waren einige Hinweise aus der Bevölkerung eingegangen. Aber bisher war alles Fehlanzeige gewesen. Keine brauchbaren Ergebnisse, die sie nur annähernd in die Nähe der Dealer führten, um zuschlagen zu können.

Inspektor Krewitz fuhr sich nervös über seine Vorderglatze, griff mit der linken Hand zur Kaffeetasse, die neben ihm stand, und schlürfte den restlichen Kaffee hinunter, der lauwarm und eklig schmeckte, was seinem Gesicht auch anzusehen war. Mit seiner rechten Hand griff er in die Hosentasche, zerrte die ramponierte Zigarettenschachtel heraus, und zündete sich dann eine Marlboro an. Ein kräftiger Hustenanfall, der durch den Rauch, der sich neugierig durch seine Nasenflügel gezwängt hatte, verursacht wurde, schüttelte ihn durch. In dem Augenblick öffnete sein Kollege, Cornelius Brockmeyer, die Tür und schaute etwas belustigt auf den zuckenden, prustenden und sich schüttelnden Krewitz. „Na, wird's denn gehen? Oder soll ich den Notarzt rufen?" rief er grinsend.

Krewitz blickte zwischen zwei Hustenanfällen irritiert auf seinen Kollegen, brüllte ein „Hab' mich gerade verschluckt, verdammte Scheiße!" und gewann langsam wieder Oberhand über sich. Tief durchatmend erhob er sich aus seinem Bürostuhl und streckte sich.

Brockmeyer fiel plumpsend in den Stuhl, der vor dem Schreibtisch stand und auf dem schon schwitzend manche Leute saßen, die verhört wurden. „Was hältst du davon, wenn wir die Drogis in der alten Fabrik besuchen und die Kumpels löchern? Die bekommen doch ihren Stoff irgendwo her. Sollte doch möglich sein, hier die Sache aufzubrechen, um an den großen Boss zu gelangen." Inspektor Krewitz, der es seinem Gegenüber nachgemacht und sich wieder gesetzt hatte, nickte beifällig. „Ja, mach' das, Cornelius und gib mir einen Bericht darüber. Ich will mir noch mal den Freund dieses toten Jungen vorladen. Vielleicht kann der uns weiterhelfen." Einige Fragen, die noch vonseiten Cornelius Brockmeyer zu klären waren, wurden von Krewitz beantwortet. Dann war dieser wieder allein mit sich und seinem Fall. Er sinnierte vor sich hin. In Gedanken verglich er die beiden Todesfälle miteinander. Das Mädchen wohnte in einem Ort, der vierzig Kilometer entfernt lag. Und doch lagen die beiden Fundorte der Toten ungefähr 20 Gehminuten auseinander. „Hier muss es doch einen Dealer geben", überlegte sein überbeanspruchtes Hirn. Doch so sehr er nach einem Hinweis suchte, der ihn weiterbringen würde, fand er keine Tür, die ihm aufging. Die gedankliche Suche hatte ihn auf einmal ermüdet. Sein großer Kopf fiel leicht nach vorne, während sich seine Augen schlossen. Ein gleichmäßiges Atmen verkündigte, dass der Herr Inspektor ein wenig dahindöste. In diesem Augenblick, wie konnte es auch anders sein, rasselte das blöde Telefon. Durch sein plötzliches Aufschrecken flog ihm die Brille von der Nase und knallte laut vernehmlich auf den Schreibtisch, während das Fax von seinem Schoß rutschte und es sich sanft auf dem Teppich zu seinen Füßen bequem machte.

„Hier Mordkommission, Krewitz", tönte seine Stimme verärgert durch den Hörer. „Hier ist Paul", kam die Antwort vom anderen Ende. „Hast du'n Anschiss vom Chef gekriegt oder 'n Frosch gefressen?"

„Nee, du Blödmann", raunzte Krewitz zurück. „Du hast mich nur bei 'ner wichtigen Arbeit gestört."

„Also hör zu! Ich hab' noch mal die Mutter von dem Jungen interviewt. Sie sagte was von einem Polen, den ihr Junge kannte. Aber seinen Namen wusste sie nicht." „Na toll, Paul. Polen gibt's wie Sand am Meer. Wen soll'n wir uns da 'rauspicken?"

„Du, am besten fangen wir mit denen an, die es hier gibt, klar", maulte nun Paul in den Hörer, weil sein Chef so blöde gekontert hatte.

Plötzlich schoss es Inspektor Krewitz wie ein heller Blitz durch seinen Verstand. „Mensch, Paule, du bist ein Held", brüllte er dem verdutzten Paul so laut ins Ohr, dass dieser den Hörer fast einen Meter von seinem Ohr weg hielt. „Denk' mal daran, der Kleine war doch im Sportverein. War da nicht so'n „Ski", so'n Pole? Wie hieß der noch, Paul?"

„Ich zerbreche mir schon das Gehirn, aber es rührt sich nicht", kam es zurück. „Doch halt, ja – ich hab's. Grabowsky oder so ähnlich."

„Ja, ich glaub', der war's. Also fahr dahin und prüf' die Sache nach, dann kommste zurück, okay?" „Klar", kam die Bestätigung, und mit einem hörbaren Klick hatte Paul aufgelegt.

Raimund und Heiner hatten Frau Krause die Sachen gegeben. Sie war nicht so erfreut darüber, mochte den Jungen aber die Sachen nicht überlassen. Waren sie doch die letzten Dinge, die ihr Ulli besessen hatte.

Sie schoben ihre Räder und schlenderten ein wenig müde nebeneinander her. Heiner, der Raimunds Aussage, er wüsste wohl, wer mit dem Polen gemeint sei, nicht aus dem Kopf ging, wollte mehr Informationen haben. „Du, sag' mal, Raimund", begann er und warf dabei einen Blick auf seinen Freund, um festzustellen, wie dieser auf seine Neugier reagieren würde. „Kann es sein, dass du diesen Typ vom Sportverein meinst, den wir mal aufgesucht haben?"

Raimund, der mit seinen Gedanken spazieren gegangen war, drehte sich zu Heiner und antwortete geistesabwesend: „Hmhmh! Was meinst du?"

„Ich habe dich gefragt, ob du den Typen vom Sportverein meinst, der mit Drogen handelt?" Raimund blieb stehen und sah seinen Freund an, als wenn er ihn aus einer anderen Welt geholt hätte. Einen Bruchteil einer Sekunde blitzte es kurz in seinen Augen auf. Er lächelte Heiner an. „Ja, den genau meine ich. Aber ich kann es nicht beweisen", antwortete er.

Bevor das Gespräch weiterging, klingelte plötzlich aufgeregt ein Radfahrer hinter ihnen, da sie ihm den Weg versperrten.

„Könnt ihr nicht woanders Pause machen?" rief er verärgert. Die beiden Jungen schoben ihre Räder zur Seite, murmelten etwas wie „T'schuldigung!" und stellten sie an eine alte Buche, deren Blätter im Winde leicht rauschten. Raimund hockte sich ins Gras, und Heiner setzte sich daneben.

„Wir sollten einen Schlachtplan entwerfen", meinte er und leckte sich dabei mit der Zunge über die Lippen. „Ja, aber wie?" entgegnete Raimund und sah ihn dabei gespannt an. Heiner gefiel ihm als Freund immer mehr. Er war ihm ebenbürtig und brauchte keinen Schutz wie der kleine Ulli. Der war ein richtiger Partner und es erfreute Raimund, dass er ihn kennengelernt hatte. Wieder schmunzelte er leise in sich hinein.

„Was ist, warum lachst du so?" kam die Frage von Heiner, der dabei seine Augenbrauen hochhob. „Ich dachte nur gerade, wie gut, dass wir uns gefunden haben. Irgendwie verstehen wir uns gut."

„Ja", nickte Heiner. „Und komischerweise, als die Sache mit Ulli zu Ende ging. Ich hatte auch noch nie so einen Freund und Kumpel wie dich." Dabei errötete er leicht, denn irgendwie nahm das Gespräch jetzt eine komische Richtung auf. Schweigend saßen sie nun da, und jeder hing seinen Gedanken nach.

„Nun lass uns mal etwas ausdenken, wie wir den Grabowsky schnappen können; sonst vergehen wir noch vor Liebenswürdigkeiten", grinste Raimund, und schon waren sie wieder beim Thema.

„Du", schoss es auf einmal Heiner durch den Kopf. „Ich kenne den langen Riekemann aus der 10c von Meyer-Schleendorf, der hat schon mal gefixt. Den könnt' ich ja mal ansprechen."

Raimund nickte, war aber mit den Gedanken woanders. „Weißt du was? Wir sollten den Grabowsky beobachten oder observieren, wie ich das letztens im Krimi gesehen habe. Wenn wir an den ´rankommen und können das beweisen, dann gehen wir zur Polizei.“

„Aber das schaffen wir nicht alleine“, erwiderte Heiner und nagte leicht an seiner Unterlippe. Wir können noch’n paar von den anderen mit einweihen.“ „Meinst du?“ war Raimunds Antwort. „Ich möchte das nicht so breittreten. Nachher geht das durch die ganze Schule. Und der Grabowsky kriegt davon Wind.“

„Ja, aber zwei oder drei brauchten wir noch“, überlegte Heiner und nannte ein paar Namen. Raimund nickte zustimmend, und nach ein paar Minuten machten sie sich wieder auf den Weg. Irgendwie war ihnen jetzt wohler. Es gab einen Schlachtplan.

Das Handy klingelte pausenlos. Georg Grabowsky erhob seinen Kopf und fuhr sich mit der rechten Hand über sein aufgedunsenes Gesicht. „Mensch, welcher Idiot ruft denn jetzt mitten in der Nacht an?“ knurrte er wütend vor sich hin. Dann langte er zum Stuhl ´rüber, an dem seine Jacke hing, aus der das Handy, wie um Erlösung bittend, seine Klingeltöne von sich gab.

„Ja?“ ertönte die brüchige Stimme von Georg, dabei musste er sich kräftig räuspern. „He, Schorsch“, klang ihm eine eiskalte Stimme entgegen. „Hier ist Igor“, hörte er. Im Nu war er hellwach. „Pack‘ deine Sachen und verschwinde, die Bullen sind hinter dir her.“

„Woher weißt du das?“ „Ist doch egal“, kam die Antwort, und die Stimme war wie ein scharfes Messer.

„Wenn du deinen Hals retten willst, dann packe alles zusammen und komm' zu Rico. Dort sehen wir weiter." Dann knackte es leicht im Hörer, und das Gespräch war beendet.

Schorsch Grabowsky legte das Handy auf den Stuhl, riss seine Hose herunter, und suchte nervös nach seinen Zigaretten. Leicht schniefend steckte er sich eine an und legte sich erst einmal auf sein Bett zurück. „Wieso sind die Bullen hinter mir her?" überlegte er und konnte zunächst keinen klaren Gedanken fassen. Sein Blick auf die Uhr zeigte ihm, dass es gerade Mitternacht vorbei war. Dann stand er auf und schlich ans Fenster. Vorsichtig schob er die Gardine beiseite und blickte auf die menschenleere Straße. Die Straßenlaterne vor dem Haus wackelte, von ein paar Windstößen gerüttelt, hin und her. Ein paar Blätter wurden hochgejagt und flogen erlebnissüchtig durch die Luft. Sonst war nichts zu sehen. Kein Auto stand unten, das auf irgendeine Observation der Polizei schließen konnte. Schorsch zog sich zufrieden zurück und verschwand, laut gähnend und sich streckend, ins Bad.

Er griff gerade an die Klinke, da klingelte es plötzlich forsch an der Haustür.

Georg Grabowsky zuckte zusammen. Sollten das schon die Bullen sein? Er eilte ins Wohnzimmer zurück und löschte das Licht der kleinen Stehlampe. Wieder klingelte es fordernd und lange. „Was mach ich jetzt?" fragte sich Schorsch. Sein Kopf weigerte sich auf einmal, einen klaren Entschluss zu fassen.

Vorsichtig, sich leise vortappend, um wenig Geräusche zu machen, schlich er sich ins Schlafzimmer zurück.

Das Licht der Straßenlaterne schien hinein und ließ ihn seine Sachen finden, ohne im Zimmer eine Lampe anknipsen zu müssen. Eilig zog er sich an. Wieder klingelte es. Dieser beißende Klingelton ließ ihn zusammenfahren. „Verdammte Scheiße", fluchte er leise vor sich hin. „Die haben mir gerade noch gefehlt. Den Stoff kann ich nicht mehr beseitigen." Er wollte gerade ans Fenster eilen, um über seinen Balkon auf den Nachbarbalkon in die andere Wohnung zu kommen. Er wusste, dass die alte Pedelke nicht zu Hause war. Und da sie ihm einmal gezeigt hatte, wo der Schlüssel hing, hätte er durch ihre Wohnung heraus können. Er öffnete gerade das Fenster, da klingelte es wieder schrill, und eine jugendliche Stimme rief: „Eh, Schorsch, mach' doch auf. Ich weiß, dass du da bist."

Schorsch fiel erleichtert in sich zusammen. Hastig atmete er aus, und die Spannung in seinem Körper verflüchtete sich. Es war Bastian, der Hungerhaken. Er brauchte mal wieder neue Ware. „Wie oft hab' ich diesem Idioten eingehämmert, nicht in der Nacht zu kommen", schimpfte er vor sich hin. Er latschte zur Tür und öffnete. Der lange Bastian sah ihn fragend an, als er eintrat.

„Sag' mal, bist du bescheuert, um diese Zeit hierher zu kommen?" fuhr Georg den Jungen an, der vor Angst die Augen weit aufriss und mit offenem Mund wie ein begossener Pudel die Ohren hängen ließ. Bei seinem Versuch zu antworten, geriet er wie immer ins Stottern, wenn er sich verteidigen musste: Wa, wa, wa, waaarrrummm sssolll ich denn nich kkkommen?"

Georg schüttelte den Kopf und zog ihn in den Flur. Mit einer schrägen Kopfbewegung forderte er ihn auf, mit ins Wohnzimmer zu kommen.

Der lange Bastian warf sich auf die zerschlissene Couch, deren Bezug mit Essensresten bekleckert war, und fing wieder zu reden an: „Iii iiich bbbbrauchch doch noch Stofff."

„Jetzt um diese Zeit?" schimpfte Grabowsky und schüttelte energisch den Kopf. „Jetzt kann ich dir nichts geben!"

„Aaa aabber iiich bbbrauch doch uuunbedingt noch wa, wa waass."

Georg dachte kurz nach. Er hatte keine Zeit mehr und musste hier unbedingt weg. Das Beste war, auf den Wunsch des Jungen einzugehen, um ihn schnell wieder loszuwerden. Er entschied sich deshalb, dem Bastian seinen Stoff zu geben. Es war ohnehin erst mal Schluss damit. Hier konnte er sich so schnell nicht wieder blicken lassen. Der Zug war abgefahren.

„Also gut", meinte er, und seine Stimme hörte sich nicht mehr so verärgert an. „Ich gebe dir was. Aber es ist vorerst das letzte Mal." Mit diesen Worten stand er auf und ging ins Schlafzimmer hinüber, wo er die Sachen gelagert hatte.

Der lange Bastian konnte die Botschaft gar nicht so schnell verarbeiten und wusste nicht, ob er lachen oder weinen sollte. Er bekam Stoff, aber das letzte Mal? „Wwwwwooher soll ich dann wwwellcheenn nnnnehhhmenn?" fragte er sich laut, und ehe er eine Entscheidung hätte treffen können, war Schorsch mit dem Zeug zurück. „Hier", rief er und warf ihm das Päckchen mit dem schneeweißen Pulver ′rüber. „Ist ′ne Vorzugssendung. Gib mir 50 und die Sache ist perfekt." Dabei grinste er den Langen an.

„Wwwaaasss, Fffffünfffzig? Die hab' ich nich, kannst höchstens Zwwwwaaanzig kriegen!" Schorsch Grabowsky schüttelte den Kopf und riss ihm den Stoff wieder aus der Hand, den Bastian gerade in seine verschmutzte Jeansjacke stecken wollte. Er hatte es eilig und stand wie auf heißen Kohlen. Doch billiger verkaufen wollte er auch nicht.

„Kkkaaannn ich dir ddddaas Geld nicht spspspäääter geben?" Der Lange glotzte Georg bittend an wie ein Hammel, der gleich geschlachtet würde.

Die Zeit drängte und die Bullen konnten jeden Augenblick hier eintreffen. Widerwillig bestätigte er diesen Kuhhandel. „Okay, gib's mir später", brummelte er und reichte ihm das Päckchen, das Sebastian gierig einsteckte. Er würde es nie wieder hergeben und wenn er mit dem Leben bezahlen müsste.

Bevor Bastian noch einige Fragen stellen konnte, die ihm Grabowsky nicht beantworten wollte, gab er ihm zu verstehen, die Wohnung zu verlassen.

„Tut mir leid Basti, ich hab's schrecklich eilig." Dann schob er den überraschten Jungen aus der Tür und schloss sie rasch.

„Puuhh! Nun aber schnell, bevor die Bullen hier aufkreuzen." Ein leichtes Stöhnen entfuhr ihm und die

Knie knackten, als er sich bückte, um den alten, abgefetzten Koffer unter dem Bett hervorzuholen. Schnell riss er Unterwäsche, Pullis, eine zweite verwaschene Jeans aus dem Schrank und warf alles unordentlich in den Koffer. Eine ebenso alte, zerschlissene Reisetasche, deren roten Farbton man nur erahnen konnte, angelte er sich vom Schrank und füllte sie mit dem restlichen Marihuana und Heroin, dass er im Schlafzimmer deponiert hatte.

Den Rest Tabletten warf er hinzu, und mit einem Ssssiippp zog er den Reisverschluss zu.

Dann schnappte er seine Jacke, die sich auf der Couch lümmelte, und zog sie rasch über. Ein letzter prüfender Blick, ob er alles, was er benötigte und was ihn nicht verraten konnte, auch mitnahm, führte ihn noch einmal durch die Räume. Etwas wehmütig blickte er sich um. Aber er musste sich losreißen.

„Schade, hab' gerne hier gewohnt", murmelte er halblaut vor sich hin, als er leise die Tür zuzog und abschloss. Dann schlug er den Jackenkragen hoch, schnappte sich Tasche und Koffer, und stiefelte die Treppen herunter. Seine Schritte hallten laut und hohl auf den Steinstufen und verursachten ein lautes Echo im Treppenhaus. Als er das Haus verließ, schloss eine Mieterin, die ihm nachgesehen hatte, die Tür. Die alte Pedelke war doch zu Hause gewesen. Sie wunderte sich, dass der freundliche Herr Grabowsky des Nachts die Wohnung verließ.

Paul Verhoeven drückte noch einmal auf den Klingelknopf. Dabei ruhte sich sein Finger breit und gemütlich darauf aus. Paul hörte das Geräusch der Klingel bis hier unten an der Haustür. Er wollte gerade gehen, als sich schräg über ihm quietschend ein Fenster öffnete und ein altes, runzeliges Frauengesicht sich dort zeigte. Es war die alte Pedelke. „Was klingeln Sie denn so stürmisch, junger Mann?" rief sie ihm mit einer schrillen, heiseren Stimme zu. Er musste sich richtig anstrengen, um sie zu verstehen.

„Ich suche Herrn Grabowsky", rief Paul, leicht genervt, zurück. „Die Mosky?" kam es vom Fenster zurück. Dabei legte die Pedelke die rechte Hand hinters Ohr, um besser hören zu können. Ihr Hörgerät lag wohlverwahrt im Nachtschrank. Sie benutzte es nie.

Paul, den die blöde Ruferei nervte, legte die Hände wie einen Trichter an den Mund und rief: „Nein, den Grabowsky will ich sprechen."

„Der ist nicht da", kam triumphierend die Antwort. „Der ist heut' nacht um eins weggegangen und noch nicht zurückgekehrt", fügte die alte Pedelke hinzu, um dem Mann zu zeigen, wie gut sie informiert war.

Paul bedankte sich und lief zu seinem Dienstwagen. Als er eingestiegen war, nahm er das Mikrofon und ließ sich mit Inspektor Krewitz verbinden.

„Hier Krewitz", hörte er die Stimme seines Chefs ein wenig krächzend über den Lautsprecher. „Ich bin hier gerade bei Grabowsky. Der Vogel ist wohl ausgeflogen. Was machen wir jetzt?" „Komm zurück und hol' dir'n Durchsuchungsbefehl. Vielleicht finden wir 'n Foto und setzen ihn auf die Fahndung", erwiderte Krewitz und legte auf.

Eine halbe Stunde später startete Paul den Dienstwagen erneut in Richtung des Gesuchten. In der Tiefe seiner Brusttasche knisterte wohlverwahrt der unterschriebene Durchsuchungsbefehl. Wachtmeister Dahlke begleitete ihn. Er hatte eigentlich schon Feierabend, wurde aber für diese kleine Exkursion von Krewitz kurzfristig sogar dienstlich zurückbeordert. Das passte ihm gar nicht. Deshalb quengelte er die ganze Fahrt über, dass er schon genug Überstunden auf seinem Konto habe.

Paul, der schon mit seinen Gedanken bei der Durchsuchung der Wohnung war und durch das Geschwafel seines Kollegen in seiner kriminalistischen Denkungsweise behindert wurde, konterte zurück: „Mensch, Erwin, halt' endlich die Klappe. Das is'n dicker Fang, wenn wir den kriegen. Wahrscheinlich haben wir dann den Hauptdealer, der für die ganze Region zuständig ist."

„Woher willste denn das wissen?" brummelte Dahlke missmutig, weil er sich unverstanden fühlte. „Ich weiß es eben. Kriminalistisches Gespür. Hat übrigens Krewitz auch schon gesagt", „Hör mir bloß mit dem auf", ereiferte sich nun sein Kollege. Dabei stieß er unsanft gegen den Holm des Fahrzeugs, weil Paul plötzlich laut hupend einem entgegenkommenden Laster ausweichen musste. „Blödmann", brüllte er laut und bedauerte, dass er dem Fahrer kein saftiges Strafmandat ausfüllen konnte.

Dann erreichten sie das Haus mit Grabowskys Wohnung und betraten das Treppenhaus. Die alte Pedelke, die geduldig am Fenster wie eine lauernde Katze vor einem Mauseloch ausgehalten hatte, öffnete leise die

Tür, als sich die Polizeibeamten am Schloss zu schaffen machten. Ein kurzes Knacken und ein heftiger Ruck gegen die Tür und schon konnten die Herren eintreten. Das war das Signal für die alte Pedelke. Neugierig trat sie, eifrig spähend, aus ihrer Wohnungstür und stand schon im Flur von Grabowskys Wohnung.

„Hallo", krächzte ihre Stimme heiser. Dabei tat sie, als wüsste sie nicht, wer da in die Wohnung gegangen war. Wachtmeister Dahlke, der flüchtig eine Stimme gehört hatte, drehte sich beim Betreten des Schlafzimmers um und kehrte in den Flur zurück. Dort fand er eine für seine Vorstellung uralte Frau vor, die verlegen mit ihren knöchernen Fingern ein Taschentuch in der Hand hielt und es umständlich an die Nase setzte, von der sich gerade ein dicker Tropfen nach unten fallen lassen wollte.

„Verzeihen Sie", krächzte die alte Pedelke. „Herr Kommissar, Sie suchen sicher den Georg? Den Georg Grabowsky?"

Dahlke nickte der Frau aufmunternd zu, um sie zu weiteren, für die Fahndung wichtigen Aussagen zu bewegen. „Ja, das tun wir", murmelte er. Dann fügte er lauter hinzu, da die alte Pedelke mit dem rechten Zeigefinger auf ihr Hörgerät zeigte, an dem sie anschließend aufgeregt drehte: „Wissen Sie, wo er sich aufhält?" „Wer fällt?" antwortete Frau Pedelke, sicher, den Herrn Kommissar verstanden zu haben.

Er fasste sie an den linken Ärmel und zog sie, da sie sich ein wenig sträubte, vorsichtig, aber bestimmt, in die Wohnung und schloss mit lautem Geräusch die Wohnungstür. „Muss ja nicht gleich das ganze Treppenhaus hören", meinte er dabei mehr zu sich selbst.

Die Pedelke hielt ihr Ohr mit dem Hörgerät in seine Richtung, und der Polizist wiederholte seine Frage erneut. Die Pedelke schüttelte den Kopf. „Er ist heute Nacht um eins aus dem Haus gegangen. Hatte 'nen Koffer bei sich. Mehr weiß ich auch nicht", war ihre Antwort.

Inzwischen kehrte Paul mit strahlender Miene, auf der der totale Sieg eingraviert war, aus dem Wohnzimmer zurück. In seinen Händen hielt er zwei Plastiksäckchen, die mit einem weißen Pulver gefüllt waren. Dann zauberte er aus seiner Uniformtasche noch drei Röhrchen, die mit Tabletten vollgestopft schienen.

„Na, was sagste nun?" triumphierte er und hielt seinem Kollegen das Zeug vor die Nase. „Das ist der Beweis, damit kriegen wir ihn", dröhnte sein Bass durch den Flur ins Treppenhaus. Das hatte sogar die alte Pedelke verstanden, obwohl sie immer noch nicht wusste, worum es ging.

„Wenn wir ihn schon hätten, dann wären wir 'ne Ecke weiter", grinste Wachtmeister Dahlke und stopfte das Beweismaterial in eine Ledertasche. Dann verließen sie mit der kopfschüttelnden Pedelke die Wohnung und versiegelten sie.

Trotz der massivsten Anstrengungen verzeichneten die Männer der Soko-Krause in den nächsten drei Monaten kaum einen Erfolg. Alle Spuren, die sie fanden, verliefen in ein Nichts.

Raimund blickte kurz von seinen Hausaufgaben in Englisch auf den, an der Wand hängenden, Kalender. Über sein Gesicht huschte ein kurzes Lächeln. Wenn er auf den 15. Juli blickte, dann freute er sich tüchtig, denn die längst vor einem Jahr geplante Klassenfahrt nach Prag war nicht nur eine lohnende Abwechslung des oftmals nervenden Schulbetriebes. Nein, er kam auch auf andere Gedanken und war nicht immer mit Ullis Tod beschäftigt.

Es hatte vor ein paar Monaten in der Zeitung gestanden und auch das Regionalfernsehen gab eine zwanzigminütige Sondersendung über den Fall Ulli Krause. Den verdächtigen Dealer Grabowsky konnte die Polizei bisher nicht schnappen. Der hatte sich rechtzeitig aus dem Staub gemacht und war unauffindbar. Raimund hatte es richtig wütend gemacht, als er den Namen des ehemaligen Co-Trainers offiziell als Verdächtigen hörte. Schließlich war ihm der Verdacht schon viel früher gekommen. Hätte er nur auf seine innere Stimme gehört, mahnte er sich selbst vorwurfsvoll, dann hätten sie ihn sicherlich fassen können. Aber ob die Polizei ihm geglaubt hätte, darüber war sich Raimund auch nicht sicher gewesen. Und somit wurden seine Selbstvorwürfe zum Schweigen gebracht. Seine Mutter hatte bereits alle Sachen zurechtgelegt, die er für die Klassenfahrt nach Prag, die übrigens zehn Tage dauern sollte, mitnahm. In drei Tagen war es endlich soweit.

Der ICE rauschte durch die Nacht. Raimund hatte die schmutzigen gelb-braunen Vorhänge zugezogen und es sich auf den kühlen Kunstledersitzen, die von einigen Schmierfinken tüchtig bekritzelt waren, bequem gemacht. Heiner, der ihm schräg gegenüber saß, legte seine Beine auf den Sitz gegenüber und kramte begierig in einem kleinen Rucksack, der mit Proviant vollgestopft war, dass er an den Seiten ausbeulte.

„Na, du wirst doch nicht die ganze Fahrt hindurch spachteln", grinste Raimund und sah belustigt zu, wie Heiner sein Wurstbrot herauszog und die Auflage mit Augen und Nase auf ihre Verzehrbarkeit hin überprüfte. Dann schob er sich das Brot genussvoll in den Mund und biss ab.

Raimund gähnte. Er war hundemüde und versuchte zu schlafen. Das gleichmäßige Rattern der Räder sorgte dafür, dass sein Begehren in die Tat umgesetzt wurde und er bald in das Land der Träume hinüberzog.

Irgendwann, mitten in der Nacht, wurde er durch ein quietschendes Geräusch geweckt. Sein Körper wehrte sich jedoch, der Quelle des Geräusches durch Öffnen der Augenlider, die sich krampfhaft geschlossen hielten, nachzugehen. Langsam kamen sie jedoch dem Befehl seines Gehirns nach und öffneten sich. Er setzte sich aufrecht hin, fuhr sich mit der rechten Hand durch das Gesicht, das sich gähnend der Realität stellte, alleine im Abteil zu sitzen. Dann kratzte er sich den Kopf und glitt mit den Fingern durch die Haare. Langsam wurde Raimund wach. Wo war Heiner?

„Wahrscheinlich ist er zum Klo", dachte Raimund und versuchte, aus dem Fenster zu blicken. Er sah nur Dunkelheit, und hin und wieder huschte ein Baum oder Strauch an ihm vorbei, der die Bahngleise säumte. Das Rauschen des Windes und das Rattern des Zuges drangen intensiver an sein Ohr. Auf einmal stand Heiner an der Abteiltür. Er zog sie mit einem Ruck auf, und an seinem Gesicht erkannte Raimund, dass etwas Ungeheuerliches geschehen sein musste. Mit weit aufgerissenen Augen und roten Wangen platzte es heraus: „Du, ich glaube, ich habe diesen Polen im Zug gesehen. Du weißt doch, diesen...“

„Meinst du Grabowsky?“ antwortete Raimund aufgeregt. Im Nu war alle Müdigkeit verflogen, und derselbe Eifer, den Heiner ausstrahlte, hatte ihn selbst ergriffen.

„Wo ist er?“ „Komm mit, er ist weiter hinten. Wir müssen vorsichtig sein, denn er ist nicht allein. So drei oder vier wild aussehende Typen sind bei ihm.“ Raimund nickte. „Doch was machen wir mit den Sachen hier? Wir können sie doch nicht alleine lassen.“

„Es ist nur für einen Augenblick, und wir können den anderen Bescheid sagen, dass einer aufpasst“, gab Heiner zur Antwort.

So verließen sie das Abteil und liefen nach rechts, um ein Abteil mit Klassenkameraden zu finden. Hier auf dem Gang drang das Pfeifen des Windes und Rattern des Zuges lauter an ihr Ohr. Als sie durch die Schleuse zwischen zwei Waggons eilten, kroch die Nachtkälte durch ihre Bekleidung und schüttelte jegliche Müdigkeit aus dem Körper.

Im ersten Abteil hatten sie kein Glück. Alle schliefen und schnarchten laut, als wenn ein ganzes Sägewerk Überproduktion angemeldet hätte. Der Geruch schlafender Menschen zog in ihre Nase. Schnell schlossen sie das Abteil und hasteten weiter. Beim übernächsten fanden sie den langen Jochen, der sich gerade genüsslich einer Zigarette hingab und den Qualm aus dem leicht geöffneten Fenster blies.

„Du, Jochen, wir brauchen deine Hilfe", rief Heiner halblaut gegen den Lärm des Windes an. Jochen hielt die Hand an sein linkes Ohr und zuckte mit den Schultern. Anscheinend hatte er ihn nicht verstanden. Raimund näherte sich Jochens Ohr und gab ihm zu verstehen, mitzukommen. Dieser zog noch einmal an dem Rest seiner Zigarette und warf das Überbleibsel aus dem Fenster. Dann gingen sie zu dritt zurück zu Raimunds und Heiners Abteil. Auf dem Weg dahin informierte Raimund seinen Klassenkameraden. Dieser ließ sich schwerfällig auf dem Sitz am Fenster nieder, als sie das Abteil erreichten, und griff erfreut nach einem Micky-Maus-Heft, das er neben sich fand. Schon war er in diese amüsante Lektüre vertieft.

Raimund und Heiner setzten ihren Weg fort. Dabei wurden sie etwas durchgeschüttelt, weil der Zug eine lange Kurve zog. Ein paar Waggons weiter verlangsamte Heiner sein Tempo und deutete mit dem rechten Zeigefinger auf das Abteil vor ihnen.

Tatsächlich, da saß er. Grabowsky hatte sich ein wenig verändert. Er ließ sich anscheinend einen Bart wachsen, um nicht so schnell erkannt zu werden. Raimund hatte ihn jedoch sofort unter den andern Männern, mit denen er zusammensaß, erblickt.

„Was machen wir jetzt?" flüsterte Heiner in Raimunds Ohr. Doch Raimund zuckte die Schultern. Er wusste im Augenblick auch nicht, wie sie es anstellen sollten, dass Grabowsky gefasst werden konnte. Da wurde die Abteiltür aufgerissen, und ein Fahrgast zwängte sich an

ihnen vorbei. In diesem Augenblick sah Grabowsky
auf. Raimund drehte sich rasch zur Seite, damit er nicht
erkannt wurde. Heiner, der diese Situation nicht mitbekommen hatte, stierte in das Abteil und konnte von dem
Dealer voll gesehen werden.

Raimund zog Heiner neben sich. Dabei beobachtete er
Grabowsky weiter. Dieser machte den Eindruck, als
überlege er, wo er Heiner schon mal gesehen haben
könnte. Dabei ging sein Blick häufiger in Richtung des
Ausganges.

„Du, ich glaub', der hat dich erkannt", raunte Raimund
und schob Heiner etwas zurück auf den Gang, dem er
folgte. Als er nun die Stimme des Fahrkartenkontrol-
leurs hörte, kam ihm eine Idee.

„Die Fahrkarten, bitte", trat der Kontrolleur zu ihnen,
und seine Hand forderte das Genannte. Heiner übergab
ihm die Fahrkarte. Als Raimund an der Reihe war,
sagte er: „Hören Sie, im Abteil dort sitzt ein gesuchter
Verbrecher. Grabowsky heißt er. Er ist ein Dealer und
hat meinen besten Freund auf dem Gewissen. Bitte,
rufen Sie die Polizei."

Der Kontrolleur stierte ihn zuerst dumm an, als ob er
den Sinn von Raimunds Worten nicht verstanden hätte.
An der nächsten Station würde er aussteigen und hätte
Feierabend. Also war er nicht auf Ärger programmiert,
der ihm jetzt bevorstand.

Er grinste leicht verlegen und antwortete: „Na, du hast
wohl zu viel Krimis gelesen, was?" Mit diesen Worten
wollte er sich an den Jungen vorbeischleichen und sei-

nen Kontrollgang fortsetzen. Doch Raimund hielt ihn am Ärmel fest.

„Bitte", rief er und seine Augen drückten die Notsituation aus, in der sich die Jungen befanden. „Das ist wahr. Dieser Mensch hat ein Leben auf dem Gewissen und die Polizei sucht ihn." Bevor die beiden ihn noch länger festhalten würden, ergab er sich in die Situation und antwortete: „Okay, Jungs! Ich gehe jetzt nach hinten in mein Dienstabteil und telefoniere mit der Bahnpolizei. Wenn sie 'was vorliegen haben, komm ich zurück und sage euch, ob sie bei der nächsten Station einsteigen. Wenn ich in fünfzehn Minuten nicht wieder hier bin, könnt ihr's vergessen. Dann lag nichts vor."

Raimund und Heiner nickten gleichzeitig. Ihre Wangen glühten vor Aufregung. Raimund blickte sofort auf die Uhr, als der Kontrolleur weiterging. Heiner trat plötzlich von einem Bein auf das andere. „Ich muss mal. Bleib' hier, ich komme gleich zurück." Damit schob er sich in Richtung WC am Ende des Waggons.

Langsam machte Raimund wieder einige Schritte in Richtung des Abteils, in dem Grabowsky saß. Die Männer, die mit ihm waren, rissen nach seiner Vermutung ein paar Witze. Ihre Stimmen tönten laut, und sie lachten schallend. Andere Fahrgäste blickten mit unfreundlichen Mienen verstohlen zu ihnen herüber, da sie sich gestört fühlten. Raimund tippte darauf, dass es Rumänen oder Bulgaren waren. Jedenfalls hatten sie einen südosteuropäischen Akzent. Plötzlich erhoben sie sich wie auf einen Befehl hin. Mit ihnen auch Grabowsky. Sie drehten sich von ihm weg und verließen den Waggon.

„Was mach ich jetzt?" überlegte Raimund aufgeregt. Heiner war noch nicht da und die fünfzehn Minuten waren auch noch nicht um. Er wollte den Dealer nicht aus den Augen verlieren und öffnete die Abteiltür, um ihnen zu folgen.

„Wo bleiben denn nur Heiner und der Kontrolleur?" schoss es ihm durch den Kopf. Der Zug, der gerade wieder eine leichte Steigung nahm, ließ ihn in seinem Lauf zur Seite schwanken, so dass er auf der Verfolgung einige Fahrgäste anrempelte. Ein flüchtiges „Entschuldigung", entrann sich seinen Lippen beim Vorwärtseilen, denn Raimund hatte Sorge, die Männer zu verlieren.

Er war wieder an ein Waggonende angelangt und wollte durch die Tür zum nächsten Waggon laufen, als er auf einmal von zwei kräftigen Händen gepackt und nach hinten gerissen wurde. Raimund konnte gar nicht so schnell reagieren. Er knallte mit dem Hinterkopf gegen die Waggonwand. Dabei knackte es ganz fürchterlich in seinem Schädel, und funkelnde Sterne umtanzten seine Stirn. Etwas verschwommen blickte Raimund in das wütende Gesicht Grabowskys. Angewidert roch er dessen warmen Atem, der nach Fusel und ungeputzten Zähnen roch. Sein Magen wehrte sich gegen diesen Gestank, und Brechreiz erfüllte seinen Mund.

„Was schnüffelst du Ratte hinter uns her?" zischte Grabowsky ihn wütend an. Bevor Raimund antworten konnte, tauchten zwei andere Kumpane neben ihm auf. Sie grinsten dreckig, und Raimund hatte das Gefühl, dass sein letztes Stündchen geschlagen hatte.

XV

Sven drehte sich brummig auf die andere Seite und streckte sich, als das Tageslicht störend auf sein Gesicht fiel und ihn weckte. Langsam kehrte er aus dem Bereich des erquickenden Schlafes in die helle Gegenwart zurück und öffnete blinzelnd die Augen. Etwas dösig um sich blickend, schielte er noch verschlafen auf seinen Wecker, der auf dem Nachttisch stand. Danach war es bereits nach zehn. Unentschlossen ließ er sich auf seine Kissen zurückfallen und starrte tranig an die Decke. Unten hörte er dumpfe Schritte.

Es war Corinna, die sich bereits seit sieben Uhr geschäftig auf den Beinen befand. Sie hatte seit kurzem auch die Arbeit von Runkewitz, dem alten Butler, übernommen, da dieser vor drei Tagen ins Krankenhaus eingeliefert werden musste. Häufige Magenschmerzen, die in der letzten Zeit verstärkt auftraten und ihn sehr quälten, ließen ihn den Arzt aufsuchen.

Dieser überwies ihn nach einer kurzen Untersuchung mit einem bedenklichen Gesicht sofort ins Krankenhaus. Bei einer Magenspiegelung wurde ein faustgroßes Geschwür entdeckt, von dem man sofort eine Probe ins Labor geschickt hatte. Das Ergebnis stand noch offen, obwohl man bereits mit einer medikamentösen Behandlung begonnen hatte.

„Wahrscheinlich wird der alte Runkewitz in Rente gehen müssen", dachte Sven einen Augenblick an den alten Butler. Doch dann schwenkten seine Gedanken zu den letzten Tagen zurück. Seit er in den Ferien zu Hause war, hatte er nur gefaulenzt, lange geschlafen, Corinna mit seinen manchmal außergewöhnlichen

Wünschen genervt, abends in die Disco gegangen und ein paar alte Kumpels getroffen und über alte Zeiten gequatscht und mit ihnen gesoffen.

Aus diesem Grund hatte es ihn dorthin gezogen. Die jungen, albernen Dinger interessierten ihn nicht. Er fand sie lächerlich blöd. Seitdem er seine sexuellen Erfahrungen mit Marlena gemacht hatte, betrachtete er Corinna oftmals mit verlangenden Augen. Sie hatte das schon bei der Begegnung am Bahnhof gespürt, als sie ihn abholte. Sven blickte sie an wie ein Mann, der etwas von ihr wollte. Besonders, wenn sein Blick auf ihren wohlgeformten, festen Busen traf, wurde ihr ganz komisch zu Mute. Doch sie wollte dem Jungen, dem sie als kleines Kind den Po abgeputzt hatte, keine Chance geben, sich mit ihr einzulassen. Dafür liebte sie ihren Job viel zu sehr, um ihn durch ein flüchtiges Abenteuer zu verlieren.

Sven bemerkte ihre Abwehr, wenn er sie mit sexhungrigen Augen ansah. Doch darüber wollte er jetzt nicht nachdenken, obwohl sein junger, ausgeruhter Körper ihn eines Besseren belehren wollte und sich intensive Gefühle an der entscheidenden Stelle bemerkbar machten. Doch seine Gedanken öffneten eine andere Schublade in seinem Erinnerungsvermögen. Einer seiner früheren Klassenkameraden berichtete ihm vorgestern, dass seine ehemaligen Kumpel Achim und Roland von der Schule geflogen waren, als die Einbruchssache von damals ans Licht gekommen war. Sven wunderte sich nur darüber, dass man ihn nicht einen Fetzen in dieser Angelegenheit verdächtigte. Warum die beiden dichtgehalten hatten, konnte er bislang nicht begreifen. Sven hatte Achim vor ein paar Tagen im Kaufhaus Kranzler gesehen. Doch dieser wandte sich rasch ab, als er Sven erblickte. Roland sei in eine andere Stadt gezogen, in die Nähe von Flensburg, hatte es geheißen. Plötzlich standen die Eskapaden von damals vor seinem geistigen Auge, als wären sie gestern gewesen. Doch sie berührten ihn kaum. Für ihn war die Sache als Jugendsünde abgetan. Sollten sich doch die anderen den Mund fusselig darüber reden. Gerade, als er überlegte, ins Bad zu gehen, klopfte es leise an die Tür. Sven ließ ein langgezogenes „Jaaa" ertönen, und die Tür wurde geöffnet. Corinna schaute herein und sagte ihm, dass sie jetzt einkaufen führe. „Das Frühstück steht unten in der Küche", antwortete sie auf sein lässiges Nicken hin und zog sich dann zurück. Sven schlug die Decke zurück und verschwand im Bad.

Missmutig saß er, langsam kauend, in der Küche und schlürfte seinen Kaffee herunter, der inzwischen lauwarm war. Corinna hatte ihm bereits Brötchen geschmiert. Doch er aß mit langen Zähnen. Irgendwie gefiel es ihm zu Hause nicht mehr. Seine Mutter, zu der er seit Jahren kein Verhältnis mehr hatte, lag mal wieder mit schweren Depressionen im Sanatorium in der Schweiz.

Sein Vater befand sich in Saarbrücken und besuchte einen Medizinerkongress, auf dem er die neuste Erfindung seines modernen Blutzuckertestgerätes vorstellen wollte.

„Der Alte ist auch nur auf Achse", knurrte Sven vor sich hin. Da klingelte das Telefon. Er ließ es fünf oder sechsmal klingeln und überlegte sich, ob er überhaupt rangehen sollte. Doch der Anrufer war penetrant und ließ nicht locker. „So ein Arsch", schimpfte Sven und ging in den Flur, um abzunehmen. Es war sein Vater.

„Hallo Sven", hörte er seine Stimme, die abgekämpft und erschöpft klang. „Wie geht es dir?" „Danke gut, Dad", gab er zur Antwort zurück, obwohl es nicht stimmte. Aber er wusste, dass sein Vater sich sowieso nicht ernsthaft um seinen Zustand kümmerte.

„Du, Junge, es tut mir leid, dass ich nicht morgen zurückkomme. Ich muss dringend noch nach Lissabon. Dahin hätte ich dich gerne mitgenommen. So sehen wir uns wohl erst in drei Tagen. Sag Corinna, sie soll dir zweihundert Mark geben, damit du etwas Geld für die Ferien hast. Ich muss jetzt Schluss machen. Der Kongress geht weiter."

Noch ehe Sven etwas antworten konnte, hatte sein Vater schon wieder aufgelegt. Er schlurfte in die Küche zurück. So war das seit Jahren. Keiner interessierte sich wirklich für ihn. Dass er noch zweihundert Mäuse bekam, fand er wohl ganz gut. Denn er hatte ja noch hundert von dem Blonden. „Mit Geld wollen sie alles gutmachen", brummte er vor sich hin und schüttelte dabei den Kopf. Irgendwie fühlte er sich elend und allein gelassen. Nun, wo auch sein Verhältnis mit Marlena kaputt war, suchte er Trost und Geborgenheit, die er nirgends fand. Bevor er diesen Gedanken weiter nachhängen konnte, hörte er, wie die Tür zuschlug. Corinna war von ihrem Einkauf zurückgekommen und stand auch schon ächzend in der Küche. Sven war aufgestanden und nahm ihr eine der schweren Einkaufstaschen ab und stellte sie auf den Tisch.

„Bist du gleich weg?" fragte Corinna, wobei sie die Lebensmittel in den Kühlschrank verstaute.

„Ich weiß noch nicht! Warum?" war Svens Antwort. „Weil du mir ein bisschen helfen könntest", murmelte sie und nahm die Eier aus dem Karton, um sie richtig einzuordnen. „Okay", bestätigte Sven mit einem Kopfnicken und reichte ihr die Sachen aus der zweiten Tasche. Er fühlte sich auf einmal ganz wohl in Corinnas Nähe. Im Vorbeigehen roch er ihr Parfüm, das ihm gut gefiel. Obwohl er damit beschäftigt war, die Lebensmittel aus den Einkaufstaschen zu nehmen und Corinna zu reichen, verursachte der Parfümduft in seiner Nase eine Reizung seines Körpers in der Lendengegend.

Corinna war mit dem Wegräumen der Lebensmittel beschäftigt. Hin und wieder warf sie einen Blick auf Sven. Sie spürte, dass er sie wieder so komisch ansah, ließ sich aber nichts anmerken.

„Ich bin übrigens heute Abend nicht da. Nehme meinen freien Tag", sagte sie beiläufig und lächelte ihn dabei an. „Die Tomaten kommen in den Korb dahinten", mit diesen Worten wies sie auf einen bräunlichen Korb, der auf dem Küchenschrank stand.

„Es ist alles so anders hier", bemerkte Sven und setzte sich wieder an den Tisch, um das restliche Brötchen zu essen.

„Ja, deine Mutter hat mir in allem freie Hand gelassen. Da habe ich einige Dinge hier verändert", meinte sie und trank gierig ein Glas Milch, das sie sich gerade eingegossen hatte. „Es ist übrigens eine Postkarte von ihr angekommen. Hast du sie schon gelesen?" fragte sie

Sven und blickte ihn von der Seite an. Dabei wischte sie sich den kleinen Milchschnauzer von der Oberlippe. „Ja, ich hab sie überflogen", erwiderte er und kaute gelangweilt an seinem Brötchen weiter.

„Hast du gar kein Interesse, zu wissen, wie es ihr geht?"

„Nöö!" antwortete Sven gedehnt und schlürfte seinen restlichen Kaffee. „Sie lebt schon seit Jahren in ihrer eigenen Welt. Eigentlich lebt hier jeder für sich. Vater kennt nur die Firma und seinen Erfolg. Ich möchte wetten, dass er noch eine Geliebte hat, obwohl ich das nicht beweisen kann. Und Mutter ist abgedreht und lebt in einer Scheinwelt, besonders seit Oma tot ist."

„Aber ist das nicht eine schreckliche Situation?" warf Corinna hastig ein, und man sah ihrem Gesichtsausdruck an, wie bedauernd sie diesen Zustand in der Familie empfand. „Du solltest deinem Vater und seiner Firma mehr Interesse entgegenbringen", fuhr sie fort und sah Sven dabei mit einem fordernden Blick an, der ihn umstimmen sollte.

„Iiiich?" antwortete er, und ein breites Grinsen erfüllte sein ganzes Gesicht. „Ich habe nicht die Spur eines Interesses, diese blöde Firma später zu übernehmen. Eigentlich weiß ich noch gar nicht, was ich überhaupt machen werde. Aber diese Firma – Nee! Niemals!"

„Das wird deinem Vater aber gar nicht schmecken. Denn er hat oft genug davon gesprochen, dass er nur darauf wartet, wenn du alt genug bist, um sie zu übernehmen."

„Dann hat er sich eben getäuscht", reagierte Sven belustigt und grinste etwas schmutzig vor sich hin. Der

Gedanke, ihn darin zu enttäuschen, bereitete ihm eine hinterhältige Freude. Denn mit seiner Absage an die Firma könnte er ihm einen Teil von seinen Enttäuschungen wiedergeben, die Sven von ihm in seinem Leben bisher erfahren hatte.

Das Gespräch wurde nun durch das Schweigen beider abgeschlossen, da Corinna sich achselzuckend wieder ihrer Arbeit widmete. Sven zog sich geräuschvoll auf sein Zimmer zurück und schmiss sich auf sein Bett. Dann überlegte er, was er den heutigen Tag so anstellen könnte. In seinen Gedankenbildern tauchte plötzlich Lisa auf. Lisa Kortmann, die Sven noch von einem Schulfest in Erinnerung hatte.

„Ich sollte Lisa mal anrufen und mit ihr etwas unternehmen", sprach er zu sich selbst und grinste wohlgefällig bei dieser Idee, weil er sich schon mit ihr auf einer Party oder Disco sah. Dabei drängten sich seinem Gehirn mehr die Gedanken auf, was er hinterher mit ihr anstellen würde. „Aber was ist, wenn sie keine Zeit hat?" schlich sich die Gegenfrage in seinen Geist, die sein selbstbewusstes Grinsen in ein Nichts auflöste. „Egal", protestierte er dagegen. „Ich probier's halt."

Nachdem seine Pläne für den Tag festgesteckt waren, erhob er sich stöhnend, weil er die Bequemlichkeit auf seinem Bett aufgeben musste, und suchte die Telefonnummer von Lisa heraus. Doch er hatte Pech. Lisa war gar nicht da. Sie war verreist.

Knurrig schmiss er den Hörer auf den Apparat und verließ, ohne ein festes Ziel, verärgert das Haus. Als Corinna die eingekauften Sachen verstaut hatte, lief sie zur Tür, da es geklingelte.

Draußen stand Amanda, die zweimal die Woche kam, um bei der groben Hausarbeit und der Wäsche zu helfen.

„Hallo, Amanda", lächelte sie und machte den Weg für die stöhnende und aus allen Bronchien pfeifende, schwergewichtige Frau frei. Diese polterte in die Diele und steuerte auf den Umkleideraum zu, um gleich an die Arbeit zu gehen. Ein heiseres „Hallo" entrang sich gurgelnd ihrer Kehle und schon war sie in ihrem Raum verschwunden. Corinna runzelte die Stirn und blickte Amanda kopfschüttelnd hinterher.

Dann widmete sie sich, etwas Lärm machend, der weiteren Küchenarbeit zu, die auf sie wartete. „Scheint wohl heute schlechte Laune zu haben", erklärte sie sich den Auftritt der Reinemachefrau, die eigentlich sonst zu einem, sämtliche Neuigkeiten austauschenden, eifrigen Schwätzchen aufgelegt war.

Eine gute Stunde später klingelte es erneut an der Tür. Corinna schälte die Gurken für den Salat ab. Sie pfiff einen Schlager mit, der gerade aus dem Radio in der Küche ertönte. Dadurch überhörte sie das erste Klingeln. Als es ihr bewusst wurde, rief Amanda von der Diele, dass sie die Türe öffnen würde. Sie widmete sich weiter ihrer Arbeit und hörte auf den Hit aus dem Radio.

Als Amanda nicht gleich in der Küche auftauchte, um zu berichten, wer da an der Tür geläutet hatte, überfiel sie eine plötzliche Unruhe. Sie beendete ihre Schälarbeit, und horchte aufmerksam in Richtung Diele. Dort tönte eine ihr fremde Stimme, die sich nicht abweisen ließ, und Corinna überkam das Gefühl, dass Amanda irgendwie dort an der Türe mit dieser Person überfordert war. Sie legte schnell die Gurke auf den Teller, wischte sich kurz die Hände ab, und eilte an die Haustüre.

Als sie hinter Amanda stand, blickte sie über deren Schulter in das eingefallene und mit vielen Falten zerfurchte Gesicht eines Mannes, der wohl Mitte vierzig sein musste, aber gut zehn Jahre älter aussah. Seine leicht gebogene, übergroße Nase wirkte wie ein Felsmassiv in seinem Gesicht. Der beim Sprechen sich öffnende Mund ließ den Blick auf ein schlechtes, ungepflegtes, kariöses Gebiss fallen.

Neben diesem ersten Erscheinungsbild fiel Corinna noch die saubere, aber abgetragene und verblichene Bekleidung des Fremden auf.

Dieser hatte seinen stechenden Blick von Amanda gewandt und visierte nun Corinna an, die nicht wusste, wen sie vor sich hatte. Amanda, die vor Erregung aus allen Poren dampfte und Corinnas Gegenwart mitbekam, trat erleichtert zur Seite und gab den Weg für Corinna frei.

Der Fremde hatte sich anscheinend überzeugt, sein neues Gegenüber zu kennen, da er nun ein freundliches Lächeln aufsetzte und Corinna erleichtert anblickte. „Du musst Corinna sein, nicht wahr?" sprach er sie an. Ehe sie antworten konnte, redete er weiter. „Mensch, kennste mich nich mehr? Ick bin doch Hubert - Hubert Knaupmeier, dein Cousin." Corinna starrte diesen komischen Mann befremdet an, da sie beim besten Willen in ihm nicht ihren Cousin Hubert erkennen konnte.

„Ja, Mensch, Corrile!" fuhr dieser fort, und seine Stimme nahm an Intensität zu, weil sein Gegenüber immer noch begriffsstutzig vor ihm stand. „Weeßte nich mehr, wie wir mit Jochen und Egon und, na wie hieß denn noch die Kleene,..." Dabei stoppte er seinen Redeschwall und überlegte offensichtlich, wie das Mädchen hieß, mit der sie zusammen im Steinbruch Altenhausen gespielt hatten.

Nun begriff Corinna. Den Namen Corrile kannte nur ihre engste Familie. Jetzt fiel es ihr wie Schuppen von den Augen. Das war ja Hubert Knaupmeier. Huppsi, wie sie ihn immer nannten. Darüber hatte er sich damals fürchterlich geärgert.

„Huppsi?" rief sie nun und reichte ihm lachend die Hand. „Jetzt erkenn ich dich. Komm herein", rief sie erleichtert, dass die Szenerie ein solches Ende nahm, während Amanda sie mit stummen Blicken missbilligend verfolgte. Mit offenen Mund gab sie den Weg frei. Der verlorene Cousin Hubert betrat zufrieden die Villa Carstens.

Nachdem er seinen kleinen Koffer abgestellt und in der Küche Platz genommen hatte, genoss er den Kaffee und das große Stück Topfkuchen, das ihm Corinna angeboten und eiligst hinstellte. Amanda vergaß ganz ihre Arbeit und nahm ebenfalls in der Küche Platz, um auch einen Kaffee zu trinken.

Nachdem Hubert gesättigt war, setzte er seinen Stuhl etwas zurück, verschränkte seine Arme über seinen Oberkörper und berichtete den anwesenden Frauen aus seinem Leben.

Das Schicksal habe es nicht gut mit ihm gemeint, berichtete er und erzählte, wie er, nachdem seine Mutter
früh gestorben war, mit neunzehn aus dem Haus ausziehen musste. Unerfahren und leichtgläubig habe er
sich einer Gruppe junger Männer angeschlossen, die
alle so schnell wie möglich die große Mark machen
wollten. Es kam, wie es wohl kommen musste. Er wurde dazu überredet, dunkle Geschäfte zu machen. Dabei
wurden geltende Gesetze umgangen und übertreten.
Ehe er sich versah, war er bei einer seiner Touren von
der Polizei erwischt worden. Zunächst gab es für ihn
eine Bewährungsstrafe.

Hubert trennte sich danach von seinen Gefährten, die
ihn auf die schiefe Bahn gebracht hatten, und schaffte
es, sich für eine kurze Zeit einen guten Job zu besorgen.
Doch lief er ein paar Jahre später wieder einem dieser
ehemaligen Kumpane in Berlin über den Weg. Dieser,
Karl, so hieß er, beeinflusste ihn erneut negativ, so dass
die beiden nach kurzer Zeit wieder begannen, krumme
Dinger zu drehen. Natürlich wurde Hubert wieder erwischt. Diesmal kam er jedoch nicht so glimpflich davon.

Hubert machte eine lange Pause und nahm noch einen
genüsslichen Schluck von dem Kaffee, den ihm Corinna noch eingeschenkt hatte.

Amanda, die mit aufgesperrtem Mund und Nase und
leichtem Mundgeruch, seinen Ausführungen gefolgt
war, hatte immer mehr den Eindruck, dass sie einem
gerissenen Spitzbuben gegenübersaß. Sie erhob sich
mit verkniffenen Gesicht und verließ mit der Bemerkung, die so klang wie – „Muss noch was tun", die Küche. Corinna, der es bei der Erzählung ihres Cousins

immer mulmiger in der Magengegend wurde, stellte die Kaffeekanne auf die Spüle.

Hubert nickte und schlürfte seinen restlichen Kaffee laut herunter. Dann fuhr er mit seinem Bericht fort. Ja, und nun war er das dritte Mal erwischt worden und kam geradewegs aus dem Gefängnis in Buchenberg, wo er fünf Jahre eingesessen hatte. Eigentlich hatte man ihn zu sieben Jahren verurteilt. Aber wegen guter Führung war er vorzeitig entlassen worden.

„Ja, und nu bin ick hier. Hab' keenen Pfennig mehr uf der Naht und bitte dich, liebes Cousinchen Corinna, mir zu helfen, dass ick wenigstens zu meinen Leuten nach'n Osten kommen kann."

Corinna stierte ihren Cousin mit einem befremdeten Blick an, der mehr ihr Entsetzen widerspiegelte. So etwas hatte ihr noch gefehlt. Verwandtschaft, mit der sie seit Ewigkeiten keinen Kontakt mehr hatte, und der jetzt aus Gefängnis kam. In ihrem Kopf wirbelten die Gedanken nur so herum, um einen Weg zu finden, diesen Hubert so schnell wie möglich wieder loszuwerden. Nicht auszudenken, wenn Herr Carstens dahinter käme. Dann wäre sie ihre Stelle sofort los. Und wenn Sven davon Wind bekäme, wüsste sie nicht, ob er dieses Wissen nicht gegen sie ausspielen würde. Auf jeden Fall schätzte sie ihn so ein.

„Ja, weißt du, Hubert", begann sie stockend, nachdem sich ihr geschocktes Gemüt allmählich wieder beruhigt hatte. „Du kannst wohl eine Nacht hierbleiben, oder am besten ist, du fährst gleich heute Nachmittag wieder weiter. Denn ich weiß nicht, wann Herr Carstens von der Geschäftsreise zurückkommt. Der darf dich hier auf

keinen Fall sehen, dann bin ich meinen Job los. Auch
Sven, der Sohn, sollte dich hier nicht sehen, verstehst
du?"

Hubert nickte enttäuscht. Auch hier war keine Hilfe zu
erwarten. Langsam erhob er sich, um sich von seiner
Cousine zu verabschieden. Corinna blickte nun in seine
traurigen Augen, und auf einmal tat er ihr sehr leid.

„Nein, nun bleib' mal sitzen", rief sie beschwichtigend,
und ihre Stimme klang dabei ein wenig erregt. Hubert
witterte sofort eine Gelegenheit, bleiben zu können,
und er machte einen gekonnt demütigen Eindruck, den
er im Knast gelernt hatte, als er seiner Cousine traurig
in die Augen sah.

„Du kannst das Gästezimmer haben. Wenigstens für
drei Tage. Bis dahin kommt Herr Carstens bestimmt
nicht zurück. Und mit dem Junior rede ich noch", sagte
sie und griff nach ihrem Schlüsselbund.

„Mit dem Junior?" fragte er, leicht misstrauisch geworden.

„Ja, mit Sven. Das ist der Sohn des Hauses, ein sech-
zehnjähriger, aufgeweckter Bursche. Aber der wird
sicher nichts dagegen haben." Dabei schloss sie das
Gästezimmer auf und zog die Vorhänge zur Seite.

Corinna sah nicht Huberts Gesicht, in dem sich leichte
Zweifel anmeldeten. Seine Stirn legte sich nun in Falten. Noch jemand hier im Hause war ihm nicht so geheuer und passte nicht in seinen soeben gefassten Plan.

Als seine Cousine gegangen war, nachdem sie ihm das
Zimmer gezeigt und die Unterbringungsmöglichkeiten

in den Schränken zugewiesen hatte, verstaute er seine Sachen und machte es sich auf dem Bett gemütlich. Nun hatte er erst einmal eine Unterkunft, wenn auch nur für drei Tage.

Sven schlenderte, noch immer leicht verärgert, die Bitterfeldstraße entlang in Richtung Innenstadt. Er fühlte sich nicht wohl in seiner Haut. Corinna hatte ihm zwar die zweihundert DM gegeben, von der sein Vater am Telefon gesprochen hatte. Doch so richtig zufrieden war er mit sich nicht. Das Aushängeschild einer Eisdiele, das in der Sonne einladend blinkte und von einem leichten Wind hin und her schaukelte, erweckte in ihm die Lust auf ein Eis. So steuerte er zielsicher auf einen der verblichenen Tische zu, die vor der Eisdiele standen, und setzte sich. Nachdem die Bedienung nach einigen Minuten angeschlurft kam, bestellte er sich einen Riesenbecher Bananen-Split mit Vanillesoße. In Gedanken sah er das Eis schon vor sich, und er schluckte den sich bildenden Speichel rasch herunter.

Von seinem Platz aus konnte er gut auf die Straße sehen. Passanten liefen vorbei. Manche hatten es sehr eilig. Andere schlenderten gemütlich vorüber. Einige Kinder fuhren lachend auf dem Fahrrad vorbei. Es war kurz vor Mittag, und manche Passanten schienen Pause zu haben, denn die Eisdiele füllte sich langsam. Die Sonne lachte vom azurblauen Himmel herunter. Sie gab ihr Bestes, um die Menschen freundlich zu stimmen. Sven genoss inzwischen sein leckeres Eis und war mit seinen Gedanken im Internat. So bemerkte er nicht, als jemand von der Straße abbog und auf seinen Tisch zuschlenderte.

„Ja, ist es denn möglich, Sven?" ertönte nun eine junge Männerstimme an seinem Tisch. Sven verschluckte sich fast an einem Stückchen Banane und fuhr hustend herum. Er starrte hoch zu der Person, die ihn gerade angesprochen hatte. Als er ihn erkannte, grinste Sven etwas verlegen und hustete immer noch. Dann erhob er sich entschuldigend und begrüßte seinen ehemaligen Kumpel Roland.

„Na, das ist aber ein Zufall, dich hier zu sehen", kam es ihm etwas zögernd von seinen Lippen, denn er erinnerte sich plötzlich, dass Roland nach dieser alten Geschichte nun in Flensburg wohnte.

„Ja", antwortete Roland, nachdem sich beide setzten, wobei er den Eindruck machte, sich wirklich über die Begegnung mit Sven zu freuen. Doch dieser blickte ein wenig skeptisch drein über diese unerwartete Begegnung. Jedoch war er neugierig über das, was Roland zu berichten hatte.

„Ja, also ich bin eigentlich nur auf Besuch in dieser Stadt", fuhr Roland mit seiner Erzählung fort. „Meine Schwester Sylvia wohnt noch hier, bei der bin ich gerade." Dann blickte er Sven an, der gerade den Rest des Eises vom Löffel ableckte. Als er den Löffel klirrend in das Glas zurückfallen ließ, begann Roland mit der Frage, die Sven schon immer bei der Begegnung mit seinen ehemaligen Kumpels befürchtet hatte.

„Was ich dich immer fragen wollte. Du weißt schon, von der Geschichte von damals." Sven hatte seine Stirn in leichte Falten gelegt und hörte abwartend zu.

„Wo bist du eigentlich damals abgeblieben? Plötzlich war die Polizei da, und Achim und ich wurden abgeführt. Wo warst du?"

Sven blickte Roland mit ernstem Gesicht an. Dann blitzte es in seinem Gehirn und er antwortete: „Wie du ja weißt, war ich in einem der anderen Büros. Dort bin ich plötzlich gestolpert und mit dem Kopf gegen ein Regal gestoßen. Dann muss ich wohl ′ne kurze Zeit weggewesen sein. Denn als ich zu mir kam, war alles still. Ich hab noch nach euch gesucht und euch nicht gefunden. Und als ich vergeblich gesucht hatte, bin ich nach Hause gegangen. Nächsten Tag erfuhr ich dann von meinem Vater von dem Vorfall mit der Polizei. Ich konnte ja dazu nichts sagen."

„Aber später", unterbrach ihn Roland und leckte sich vor Aufregung die Lippen. „Warum hast du dich später nicht mehr bei uns gemeldet?"

„Mein Vater hat mir nicht geglaubt, dass ich damit nichts zu tun haben könnte und hat mich sicherheitshalber nach ein paar Tagen von der Schule genommen und in dieses Internat gesteckt", berichtete Sven weiter.

„Ins Internat?" Roland schüttelte den Kopf.

„Ja, ins Internat, und da bin ich jetzt noch", bestätigte Sven und damit war die alte Geschichte für ihn endgültig erledigt. So unterhielten sich die beiden noch eine gute Weile, bevor Roland den Vorschlag machte, aufzubrechen. „Komm, Sven. Das Wiedersehen müssen wir feiern. Ich treffe mich mit ein paar ehemaligen Freunden um 15.00 Uhr in der Cafeteria am Bahnhof. Komm mit und lass uns einen trinken."

Sven überlegte kurz. Da der Tag heute doch schon im Eimer war, wie er dachte, konnte er eigentlich mitgehen. Dann verließen sie, nachdem Sven gezahlt hatte, das Eiscafé. Wenn Sven später zurückdachte, löste sich die Spur dieses Tages recht bald in einem undefinierbaren Nebel auf.

Nachts, gegen halb eins, hielt ein gelbes Taxi vor der Carstenschen Villa. Die Tür öffnete sich quietschend, und eine dunkle Gestalt stieg langsam aus. Kaum war die Tür zugeschlagen, rauschte das Taxi in die dunkle Nacht davon. Die roten Rücklichter des Autos wurden schnell kleiner und lösten sich in der Dunkelheit auf.

Sven torkelte vorsichtig in Richtung der großen Haustür. Zwei Schritte gelangen ihm in die beabsichtigte Richtung, dann war es, als zöge ihn eine andere Macht zur Seite.

„Hoppla", murmelte er vor sich hin. „Dasch ischscha koomisch. Isch will doch nach Hauuusse."

Sein linker Fuß wollte ihn wieder zur Carstenschen Villa bringen, als er über einen kleinen Huckel im Boden stolperte, und ehe er reagieren konnte, lag er auf der Erde. Einen kurzen Moment lag er schweigend da, als wollte er sich der augenblicklichen Situation vergewissern. Dann schoss ein meckerndes Lachen aus ihm heraus.

„Wirklisch koomisch, is doch nich mein Bett, oder?" Dann schien ihm klarzuwerden, dass er die Haustür noch nicht erreicht hatte.

Langsam und bedächtig kam er wieder auf seine Beine. Mit der rechten Hand visierte er die Tür an und schoss, leicht nach vorne gebeugt, darauf zu. Kurz davor hielt er an, richtete sich auf und kramte in seinen Hosentaschen.

„Ah ja, da bissu ja." In sich hineingrinsend, holte er den Schlüssel aus der Tasche. Nach einigen, vergeblichen Versuchen gelang es ihm, den Schlüssel ins Loch zu stecken und aufzuschließen. Die Tür fiel leise ins geölte Schloss.

Es dauerte, bis er den Lichtschalter fand und die Vorhalle durch den großen Leuchter in hellem Licht erstrahlte. Leicht hin und her schaukelnd, peilte Sven die Treppe in das obere Stockwerk an. Dann musste er ja hinauf, um in sein Zimmer zu gelangen.

„Oooh, issas hoch", murmelte er, und ein riesiger Schluckauf ertönte in der Halle. Staksig ging er auf die Treppe zu.

Doch bevor er sie erreichte, hörte er ein ungewohntes Geräusch aus dem Salon. Verdutzt blieb er stehen, pendelte leicht nach vorn und sah irritiert auf die Tür zum Salon. Sie war geschlossen. Wahrscheinlich hatte er sich geirrt. Dann zog er sein rechtes Bein auf die erste Stufe nach, als wieder ein Geräusch aus dem Salon drang. Dieses Mal war es etwas lauter und hörte sich wie ein Klirren an. Nun war Sven auf einmal hellwach. Sein Rausch schien plötzlich wie verflogen. Schnell schaltete er das Licht in der Halle aus. Aus dem Salon lugte spärliches Licht unter der Türe hindurch.

Da die Halle durch hereinscheinendes Laternenlicht von außen etwas erleuchtet wurde, konnte sich Sven fast ohne Störung bewegen. Außerdem kannte er sich hier aus. An der Salontür angekommen, drückte er die Klinke langsam herunter, um kein übermäßiges Geräusch zu verursachen. Vorsichtig öffnete er die Tür und versuchte, einen Blick zu erhaschen.

Was er sah, ließ ihn zunächst in der Bewegung erstarren. Corinna saß gefesselt auf einem Stuhl am Esstisch. Ein Knebel hinderte sie am Reden. Da sie die Tür im Blickwinkel hatte, suchte sie mit den Augen, die vor Angst weit aufgerissen waren, Kontakt mit Sven zu bekommen. Am Ende des Salons waren zwei finstere Gestalten in dunkler Kleidung damit beschäftigt, dem Familiensafe Gewalt anzutun. Auf ihre Arbeit konzentriert, würdigten sie dem Geschehen um sich herum keinen Blick. So war es ihnen auch entgangen, dass Sven die Tür leise geöffnet hatte.

Dieser erholte sich von seinem ersten Schreck. Er überlegte fieberhaft, was zu tun wäre. Der Alkoholkonsum erschwerte jedoch seinen Denkvorgang erheblich. Gegen diese beiden Kerle konnte er alleine nicht ankommen. Leise hob er den Finger an seine Lippen, sah zu Corinna herüber, und deutete auf die beiden Männer. Corinna nickte und blickte zu den beiden herüber. Der eine von ihnen war ihr Cousin Hubert.

Dieser wischte sich den Schweiß von der Stirn und ergriff eine Brechstange aus einem Kasten. Dann wandte er sich an Corinna: „Wir müssen diesem hübschen, kleinen Tresor keine Gewalt antun, Kusinchen. Wenn du uns nur die Nummer sagen würdest, wäre alles viel einfacher." Dabei glitt ein fettes Grinsen über sein Gesicht.

Doch Corinna schwieg und sprühte ihn mit wütenden, funkelnden Augen an.

In den Gedanken verwünschte sie den Augenblick, an dem sie ihn heute Vormittag ins Haus gelassen und sogar ein Zimmer für ein paar Tage gegeben hatte. Das würde sicherlich ihre Stellung kosten, wenn Herr Carstens es erfahren würde. Doch sich hoffte auf die Hilfe von Sven, der ganz plötzlich aufgetaucht und schon wieder verschwunden war.

Dieser schüttelte sich, um den aufkommenden Schwindel loszuwerden, der ihn zu ergreifen drohte. Leise schloss er die Wohnzimmertür. Dann machte er sich auf den Weg in die Küche, in dem sich das zweite Telefon befand. Leise hob er den Hörer ab und wählte die Nummer der örtlichen Polizei. „Hier Polizeirevier vier, Wachtmeister Knippers am Apparat,..." Bevor er weiterreden konnte, gab Sven die Meldung durch, dass Einbrecher in der Carstenschen Villa waren und er dringend Hilfe benötigte. „Kommen sofort!" war die knappe Antwort des Polizisten, und Sven legte den Hörer auf. Durch die Anwahl der Polizeistation auf dem Apparat in der Küche, war ein leises Knacken in dem Apparat zu hören, der auf dem kleinen Beistelltisch im Salon stand.

Corinna hatte dieses leise Knacken vernommen und wusste sofort, dass Sven am Telefon in der Küche war. Erschrocken blickte sie auf die beiden Männer, die geschäftig dem Tresor zu Leibe rückten. Hubert hielt auf einmal inne. „Hör mal auf", fuhr er seinen Kumpel an. „Da is'n Geräusch, wie'n Telefonknacken", murmelte er und suchte, wo das leise Knacken herkam.

„Hör' ich nich", rief der andere und versuchte, wieder mit dem Stemmeisen dem Tresor Gewalt anzutun. Da das Knacken im Apparat aufgehört hatte, wandte sich Hubert ebenfalls wieder der Tresorarbeit zu. Aber im Hinterkopf hatte er plötzlich so ein komisches Gefühl. Er blickte auf seine Cousine, die ihn so eigenartig triumphierend ansah, so als wenn sie mehr wüsste.

Jetzt wandte er sich von seinem Kumpel ab und trat Corinna gegenüber. „Na, Kusinchen. Da is doch was, was hier abgeht, oder?" Dann beugte er sich zu seiner Cousine herunter, und Corinna spürte seinen schlechten Atem. Angewidert hielt sie die Luft an.

„Glaub' nicht, dass du hier Zicken machen kannst. Wann kommt eigentlich der Lümmel von deinem Chef? Der müsste doch schon längst hier sein."

Dann wandte er sich zu seinem Kumpel und rief: „Du, ich geh' mal durch die Räume. Ich hab' so'n komisches Gefühl. Mach' du weiter." Der andere nickte und ließ sich bei seiner Arbeit nicht stören.

Sven suchte fieberhaft nach einem Gegenstand, um sich gegen die beiden Männer wehren zu können. Er riss eine Schublade auf und fand ein großes Küchenmesser mit einer 20 cm langen Klinge. Als er es aus der Schublade nahm, hörte er ein Geräusch hinter sich. Blitzschnell drehte er sich um, das Messer in seiner rechten Hand, die ein wenig zitterte.

Hubert grinste ihn an und knatschte durch seine Zähne, wobei er sein Kaugummi weiterkaute: „Das würd' ich mir ernsthaft überlegen, Kleiner. Das könnte ins Auge gehen." Dabei hielt er ihm eine Pistole entgegen. Hubert machte nicht den Eindruck, dass er mit dem Ding nicht umgehen konnte.

Sven blieb nichts weiter übrig, als das Messer neben sich auf die Arbeitsplatte in der Küche zu legen. Dann hob er seine Hände in Augenhöhe und starrte Hubert mit einem zornigen Blick an.

„So isses brav!" grinste Hubert, und Sven konnte seine schlechten, gelben Zähne sehen. Dann ging er vor ihm her in Richtung Salon.

Doch dort hatte sich die Situation inzwischen auch verändert. Sven hatte nach seinem Telefonanruf mit der Polizei die Haustür einen kleinen Spalt geöffnet, da er hoffte, dass die Beamten wirklich mal als Freund und Helfer pünktlich erscheinen würden.

Es bot sich ihnen ein, für Svens Gefühle, hervorragendes Bild. Huberts Kumpel kniete vor dem Tresor, seine Hände hatte er im Nacken verschränkt. Corinna stand neben einem Polizisten in Uniform und rieb sich die Handgelenke, weil die Fesseln noch schmerzhafte Rö-tungen hinterlassen hatten. Ein weiterer Polizist zielte mit seiner Dienstwaffe auf den Mann am Boden.

Daneben stand der Inspektor und rief mit leicht erhöhter Stimme: „Na, ich denke, jetzt wechseln wir mal die Seiten. Her mit dem Ding!"

Damit meinte er Huberts Waffe, die dieser willenlos dem Inspektor gab. Dabei bekam er plötzlich einen riesigen Hustenanfall, weil er vor Überraschung sein Kaugummi verschluckte.

Sven eilte zu Corinna und wandte sich dem Inspektor zu.

Die Angelegenheit war schnell geklärt. Corinna berichtete, wie sie ihrem Cousin noch Unterkunft gegeben hatte, ganz gegen die Anweisung von Herrn Carstens, niemanden ohne seine Erlaubnis ins Haus zu lassen, der nicht hinein gehörte. Dann schilderte sie die Situation mit dem Einbruch. Bevor die beiden Gauner abgeführt wurden, erhob sich Corinna.

„Entschuldigen Sie bitte, Herr Inspektor", sagte sie, und ihrem Gesicht war eine gewisse Spannung anzumerken. „Bevor er geht, habe ich ihm noch was zu sagen." Ehe der verblüffte Inspektor und die Polizisten reagierten, eilte sie auf Hubert zu und schlug ihm ihre Hand ins Gesicht, dass es wie ein Peitschenhieb knallte.

Hubert riss sein Gesicht erschrocken zurück und rieb sich mit der rechten Hand, an die per Handschellen auch die linke gekoppelt war, die schmerzende Wange. Voller Zorn blickte er seine Cousine an, sagte aber keinen Ton.

Dann wurden die beiden abgeführt.

Sven, der nach den aufregenden Ereignissen von einer plötzlichen Müdigkeit überfallen wurde, sah Corinna mit einem gemischten Gefühl aus Hochachtung und Ablehnung an. Er grinste auf ihren fragenden Blick hin und verabschiedete sich ins Bett. „Morgen reden wir über alles, klar?" Dann war er schon in seinem Zimmer verschwunden, und angezogen, wie er war, ließ er sich auf sein Bett fallen. Sekunden später verkündete sein

lautes Schnarchen, dass er ins Reich der Träume hinab-
geglitten war.

Sven befand sich wieder auf der Rückreise zu seinem
Internat. Die Ferien waren morgen zu Ende. Etwas gelangweilt schaute er aus dem Zugfenster und dachte
noch über das Gespräch nach, dass er am nächsten Tag
mit Corinna geführt hatte. Darin nahm sie ihm das Versprechen ab, keine Einzelheiten zu verraten, die sie in
Bedrängnis brächten. Sven war nach einigem hin und
her darauf eingegangen. Dabei überlegte er sich, dass
er Corinnas Hilfe in irgendeiner Weise gebrauchen
würde, wenn die Zeit dafür gekommen wäre.

Carl Carstens stellte, als er von dieser Sache ein paar
Tage später erfuhr, Corinna und Sven ein paar kurze
Fragen. Doch er war viel zu sehr mit seiner Firma be-
schäftigt, um intensivere Nachforschungen über den
Vorfall anzustellen. Er untersagte Corinna jedoch ein-
dringlich, nochmals fremde Leute ins Haus zu lassen.
Dabei drohte er eine fristlose Kündigung an. Dann nah-
men ihn die aufdringlichen Telefongespräche seiner
Geschäftspartner wieder in Anspruch. So war Corinna
mit einem blauen Auge davongekommen.

Je weiter sie sich dem Zielort, Lindenau, näherten, desto mehr Internatsschüler stiegen in den Zug. Sven, der
sich in eine ruhige Zone verkrochen hatte, um allein zu
bleiben, war ein wenig eingenickt. Die ratternden Räder wirkten mit ihrem gleichmäßigen Rhythmus einschläfernd auf ihn. Plötzlich wurde die Abteiltür aufgerissen, und Sven schreckte hoch. Ein Blondschopf mit
hellen, wasserblauen Augen schob sich grinsend ins
Abteil. „Na, hast gepennt, was?" rief er ihm entgegen.
Es war Peter Frederic, sein Zimmergenosse.

Sven nickte leicht knurrend und nahm die Füße vom gegenüberliegenden Sitz, dass sich Peter dort hinsetzen konnte. „Na, wie war's in den Ferien?"

Sven nickte und antwortete ausweichend: „Nicht übel!" Dann sah er seinen Kumpel an und streckte sich, laut gähnend. „Bei mir war's große Klasse", fuhr dieser in seinem Bericht fort. Ich bin mit meinen Eltern nach Italien gedüst. Dort, am Strand von Rimini, war'n ein paar tolle Mädels. Da lief was, sag' ich dir." Dabei rollte er mit seinen blauen Augen und grinste, dass die Ohren Besuch bekamen.

Sven erwiderte sein Grinsen leicht und verschränkte die Arme auf dem Oberkörper. Sein Bericht klang ihm ein wenig zu angeberisch, als das da wirklich etwas gelau-fen wäre. „Hast du 'was von der Schülerolympiade gehört?" fragte er Peter, um das Thema in eine andere Richtung zu bringen.

„Nö! Hab' ich nich", kam die Antwort. Bevor er weiterreden konnte, wurde die Abteiltür erneut aufgerissen, und zwei weitere Klassenkameraden drängten lärmend ins Abteil.

„He, habt ihr noch Platz?" meinte der rothaarige Carsten Weilheimer, der erst ein halbes Jahr zur Klasse gehörte. Peter und Sven nickten, und die beiden ließen sich geräuschvoll auf die Sitze plumpsen.

„Ich hab' da gerade noch 'was von Olympiade gehört", nahm Matthias das Wort auf. „Jochen hat mir geschrieben, dass die Planungen voll im Gange sind. Wir fangen demnächst mit den Trainingsspielen in den einzelnen Gruppen an, um uns für den Wettkampf im September zu steigern. Bin richtig wild drauf."

Das Thema Olympiade beschäftigte die Jungen noch eine Weile, bis auch sie sich nicht mehr gegen die aufkommende Müdigkeit wehren konnten. Kurz darauf ertönte ein gleichmäßiges Schnarchen aus dem Abteil.

Die ganze Schule war vom Olympia-Fieber angesteckt. Selbst die Lehrer waren darauf bedacht, die Schüler nicht mit zu viel Hausaufgaben und Klassenarbeiten zu piesacken, soweit es der Unterrichtsplan hergab. Dadurch wurde ihnen mehr Zeit eingeräumt, sich mit vollem Elan in die Trainingsspiele einzubringen. Denn jeder in der Schule wollte, dass ihre Schule Olympiasieger werden könnte.

Sven tippte nervös mit seinem rechten Fuß auf den gebohnerten Fußboden, dass es vernehmlich klackerte. Er befand sich mit anderen Jungen vor der großen Anschlagstafel im Korridor, um sich den Trainingsplan für die Spiele anzusehen. Einige drängelten etwas rüde und schubsten die anderen nach vorn. Sie sparten nicht mit bissigen Kommentaren, um diejenigen wegzudrängen, die zu lange davorstanden und ihre Spielzeiten suchten. So entstand ein Stimmenwirrwarr, der die Halle fast in einen Hexenkessel verwandelte.

Sven blickte zufällig nach rechts herüber. In der dritten Reihe stand der Blonde. Er unterhielt sich mit einem anderen Jungen und hatte Sven noch nicht entdeckt. Seit sie wieder im Internat waren, hatte Jean-Claude sich noch nicht gerührt und ihm sein Schweigegeld gebracht. Da Sven die letzten Peseten ausgingen, wartete er bereits ungeduldig auf den Nachschub. Zuerst erwog

er, ihn anzusprechen, doch dann entschied er sich, bis
Ende der Woche zu warten. Dann war er endlich an der
Reihe und notierte sich die nächsten Termine für die
Spiele, bei denen er aufgestellt war.

Danach verließ er, ganz in Gedanken, die Halle. Dabei
spürte er nicht den Blick des Blonden, der ihm nachsah,
bis die Tür hinter ihm ins Schloss fiel.

Dieser saß am Ende der Woche auf einer der Bänke, die
auf dem Schulhof unter den rauschenden Linden standen, und blickte traurig zu Boden. Er kämpfte tapfer
gegen die aufkommenden Tränen an. Doch er konnte
es nicht verhindern, dass eine an seiner Nase vorbei in
den Mundwinkel rann.

Auf den Knien lag ein Brief seiner Mutter. Er konnte
immer noch nicht glauben, was er zunächst flüchtig
überflogen hatte. Doch ergriffen ihn die Zeilen immer
mehr.

Langsam nahm er den Brief hoch und las ihn noch einmal, dieses Mal sorgfältiger, als zu Beginn.

Mein lieber Junge, wenn dich diese Zeilen erreichen,
werden wir wohl vor einem Nichts stehen. Einige,
bösartige Spekulanten haben deinen Vater in den finan-
ziellen Ruin getrieben, was zur Folge hat, dass die Firma bankrott ist und wir mit unserem Privatvermögen
haften werden. In den nächsten Wochen stellt sich
heraus, ob wir unser Haus verlassen müssen oder ob
wir noch eine Frist haben, dort zu bleiben. Zum Glück
hat Tante Dodi einen Teil des Erbes aus Australien
sichergestellt, dass wir uns ei-

ne Zeit über Wasser halten können, bis sich die Dinge geklärt hat und wir wissen, was uns noch bleibt.

Das zusätzliche Geld, das du jetzt immer bekommen hast, kann ich dir nicht mehr schicken. Sei froh, wenn du überhaupt dort bleiben kannst. Es tut mir leid, dass ich dir keine günstigeren Zeilen schreiben kann. Ich werde dich auf dem Laufenden halten. In Gedanken bin ich bei dir.

In Liebe küsse ich dich, deine Mama

Nun war es mit seiner Fassung vorbei. Er blickte um sich, ob auch keiner der Schüler oder Lehrer in seine Nähe kam. Dann drehte er sich zur Seite und weinte hemmungslos. Die Gedanken schossen nur so durch seinen Kopf. Was wird jetzt mit dem anderen, der ihn seit einigen Monaten erpresste? Wird er auf sein Geld warten? Oder wird er ihn verraten? Jean-Claude wagte nicht, den tosenden Gedanken zu folgen, die nun sein Gehirn wie ein Hurrikan aufwirbelten, und sich seines ganzen Wesens bemächtigen wollten, und ihn immer noch trauriger stimmten. Es war zum Verzweifeln. Er sah keinen Lichtblick mehr. Um sich herum sah er nur Finsternis, und alles, was auf ihn einstürmte, wirkte bedrohlich.

Da die Schulzeit glücklicherweise für heute zu Ende war und er für den Nachmittag frei hatte, begann er die neue Situation Stück für Stück zu verarbeiten. Wie sollte er nun Sven begegnen? Denn das Geld war längst fällig, und er hatte gehofft, es heute oder morgen zu erhalten. In Gedanken kontrollierte er noch sein Barvermögen. In seiner Tasche befanden sich noch 40,00 DM. An seinem Geheimplatz im Schrank lagen noch dreißig Mark. Damit besaß er siebzig. Den Rest konnte er sich von seinem Freund leihen, so dass für diesen Monat das Geld zusammengekratzt war. Aber was war im nächsten Monat?

„Egal", sagte er sich, und ein Hoffnungsschimmer bemächtigte sich seiner Gedanken, und etwas Licht kam in die Angelegenheit. „Für nächsten Monat lässt sich auch etwas finden."

Dann eilte er herüber zu Lukas. Er bat ihn um die 30 Mark, die ihm dieser, ohne zu fragen, überließ. Da er auch nicht fragte, wofür er das Geld haben wollte, schritt Jean-Claude erleichtert hinüber in das Haus, in dem Sven sein Zimmer hatte.

Er klopfte etwas zaghaft an. „Herein!" klang es von drinnen. Jean-Claude drückte die Klinke herunter und trat ins Zimmer. Dort saß aufrecht Peter Frederic mit verschränkten Beinen auf dem Bett und rezitierte aus einem Lustspiel von Günter Kuckucksheim. Mitten in seine Rezitation vertieft, sah er zu Tür und blickte den Eintretenden fragend an.

„Ist Sven da?" fragte der. „Ich glaub', der ist mal für kleine Mädchen", war Peters Antwort. Dann wandte er sich wieder seinem Buch zu und ließ den Blonden einfach stehen. Er wunderte sich nur, dass Sven etwas mit dem zu tun hatte.

Einen Augenblick später trat Sven ein. Er stutzte, als er Jean-Claude erblickte. Dieser blickte ihn etwas ängstlich an. „Kann ich dich kurz sprechen", wandte er sich an Sven.

Sven nickte und ging aus dem Zimmer. Jean-Claude folgte mit einem leichten Seufzer. In ihm kroch die Angst vor der Zukunft hoch.

Als sie ungestört in einer Ecke des Flurs standen, blickte Sven ihn an. „Hast du das Geld?" Der Blonde nickte und reichte es ihm herüber.

Dann blickte er Sven an und sagte: „Das ist das letzte Mal! Ich kann dir kein Geld mehr geben."

Sven blickte ihn zweifelnd an und runzelte leicht die Stirn. Sollte dieses nur eine Ausrede sein? „Und warum nicht?" fragte er zurück.

Nun berichtete Jean-Claude von der Situation in der Firma seines Vaters. Sven hörte ein leises Zittern aus seiner Stimme. Einen Augenblick spürte er etwas wie Mitleid mit seinem Gegenüber. Er sah, wie seine schönen, blauen Augen feucht wurden. Doch dann kam wieder dieser Hass in ihm hoch. Warum sollte er zurückstehen? Es war nicht seine Schuld, dass die Firma des Vaters bankrott war.

„Warum soll ich zurückstehen?" hielt er ihm mit kalter Stimme entgegen. „Du kannst ja!" Dabei kam ein schmieriges Grinsen über sein Gesicht, das Jean-Claude in diesem Augenblick als widerlich empfand. „Du kannst es ja bei deinen Leuten - abarbeiten."

Jean-Claude wusste genau, was er meinte und schüttelte sich innerlich.

„Du bist ein Schwein, Sven Carstens", antwortete er mit zitternder Stimme. Dann drehte er sich wortlos um und verließ Sven. Dieser zuckte mit den Schultern und kehrte in sein Zimmer zurück. Das Grinsen war aus seinem Gesicht gewichen. Ein schwacher Anflug von Reue über seine Handlung versuchte sein Inneres zu berühren. Doch er schüttelte es entschieden ab.

„Was wollte der denn?" empfing ihn Peter. „Der wollte nur was über Mathe wissen", log Sven und schaltete den Fernseher ein, um sich abzulenken.

„Der wird wohl irgendeinen Weg finden, mir das Geld zu geben", beruhigte er sein Gewissen, das erneut bei ihm anklopfte. Doch ließ er eine weitere Auseinandersetzung mit diesem Thema nicht zu. Er hatte das Gefühl, als befände sich ein kalter Stein in seiner Brust, wo man das seelische Herz vermutet.

In den nächsten Wochen gingen sich die beiden aus dem Weg, da es ohnehin keine Berührungspunkte gab. Übrigens dachte Sven nicht mehr an die Begegnung mit Jean-Claude, da auch ihn das Olympiafieber gepackt hatte, wie all die anderen Schüler und Lehrer. Der Beginn der Olympiade rückte immer näher. Die ersten Mannschaften aus anderen Städten waren bereits eingetroffen. So füllte sich die Jugendherberge. Auch die gemieteten Unterkünfte in der Umgebung füllten sich stetig mit jungen, sportlich begeisterten und energiegeladenen Menschen.

Im Internat war im Block der Älteren eine Etage für die Gastmannschaften geräumt worden. Einige Klassen, darunter auch die von Sven, waren für die Einquartierung und Betreuung der jungen Leute und deren Trainer zuständig. Sie sorgten für genügend Informationen und Schilder, so dass sich die fremden Jungen nicht verlaufen brauchten. Die Schüler richteten ein Info-

Büro im ersten Stock ein, in dem jeder Schüler nachmittags bis 21.00 Uhr abwechselnd Dienst machte. Da
die meisten Stunden für das Training verwandt wurden, war Sven auch nur einmal dran, die Schüler in die
Stadt zu begleiten und ihnen die interessanten Örtlichkeiten zu zeigen, in denen sie selbst einen großen Teil
ihrer freien Zeit verbrachten.

Ungefähr drei Tage, bevor die Schülerolympiade beginnen sollte, war das letzte Trainingsspiel für seine
Gruppe angesetzt worden. Die Spieler mit den gelben
Trikots standen etwas gelangweilt auf dem Rasenplatz,
da noch zwei Spieler von der gegnerischen Mannschaft, die im blauen Trikot spielten, abwesend waren.

Sven saß auf dem Rasen und blickte desinteressiert zu
einem Schüler, der vom Schülerwohnhaus III auf den
Platz zurannte. Er sah, wie dieser aufgeregt mit dem
Lehrer sprach. Da dieser auch von einigen Mitspielern
der blauen Gruppe umringt war, hörte man plötzlich
lautes unverständliches Rufen. Da erhob der Lehrer
seinen rechten Arm und blies in seine Trillerpfeife, die
an seinem Hals hing. Das Trainingsspiel würde dem-
nach nicht stattfinden. Missmutig erhob sich Sven und
schlenderte langsam, einige Steine vor sich her schie-
ßend, auf die immer größer werdende Gruppe um den
Lehrer zu. Die Stimmen der Schüler wirbelten durcheinander, so dass Sven nichts verstehen konnte. Als er
nahe genug heran war, meldete sich der Lehrer erneut.

„Ruhe!" rief er in die Gruppe hinein und erhob seine
Arme, um die Geräuschkulisse zu dämpfen. „Moment
mal! Seid doch endlich mal ruhig!"

„Im Block III wird ein Schüler vermisst. Wir werden nach ihm suchen. Wer mich freiwillig begleiten will, kommt mit. Die anderen gehen in ihre Unterkünfte, bis weitere Information kommen, klar?" rief er laut. Dann drehte er sich um und eilte stracks auf den Unterkunftsblock zu, gefolgt von etwa zehn bis fünfzehn Jungen.

Sven war zurückgeblieben. Er hatte keine Lust zur Suche. Aber auch in sein Zimmer wollte er noch nicht gehen. So lief er langsam auf eine der Bankreihen zu, die auf den Zuschauertribünen standen, und setzte sich. In seinen Gedanken ging er die gegnerische Mannschaft durch und stellte fest, dass Rüdiger und der Blonde fehlten. „Ja, Jean-Claude fehlte auch", stellte er für sich fest und maß diesem Zustand weiter keine große Bedeutung bei.

„Wer weiß, was da schon wieder passiert ist?" sprach er zu sich selber und erhob sich, um doch in Richtung seines Wohnblockes zu gehen.

Dort begab er sich auf sein Zimmer und legte sich zunächst auf sein Bett. Irgendwie war der Nachmittag abgebrochen, und Sven wollte sich erst einmal ausruhen. Er griff gelangweilt nach einem Buch, das er vor kurzem gelesen hatte, und blätterte ziellos darin herum. Mittendrin in einem Kapitel, las er einfach weiter. Vielleicht hatte er drei oder vier Seiten gelesen, als er lautes Getrampel auf dem Flur hörte. Das Geräusch kam augenblicklich näher, und schon wurde die Tür aufgerissen. Es war Peter Frederic, der mit roten Wangen aufgeregt rief: „Du, Sven, stell dir vor, sie haben den Blonden gefunden, der letztens bei dir war." Fragend blickte ihn Sven an und runzelte die Stirn. „Du, der ist tot! Hat sich auf dem Dachboden aufgehängt."

Nun feuerte Sven das Buch auf sein Bett und sprang erregt hoch. „Wie? – Was sagst du da? Er ist tot. Jean-Claude ist tot??"

Peter Frederic nickte und setzte sich auf Svens Bett. „Du hast richtig gehört. Er ist tot, und man fand in seinem Zimmer einen Abschiedsbrief." Diese Aussage verunsicherte Sven derart, dass er weiß im Gesicht wurde. Peter stellte seine Veränderung fest und sah ihn überrascht an. „Was ist mit dir? Hattest du was mit dem?" wollte er wissen. Sven schüttelte unwillig den Kopf. „Es ist nichts", antwortete er. Dabei log er so schlecht, dass Peter es sogar merkte.

Sven durchlebte eine unruhige Nacht. Alpträume plagten ihn, dass er schweißgebadet ein paar Mal hochschoss. Wie gut, das Peter Frederic ruhig schnarchte und nichts davon mitbekam. Jean-Claude war ihm immer erschienen und hatte ihn angeschrien. „Es ist alles deine Schuld", hatte er immer wieder gerufen. „Du hast mich umgebracht!" Sven grübelte. Was sollte er bloß machen? „Und sie haben einen Abschiedsbrief gefunden. Was da wohl drinsteht?" Sven wälzte sich hin und her. Erst gegen Morgen verfiel er in einen bleiernen Schlaf, so dass ihn Peter wecken musste.

„He, Sven, aufstehen! Hast du den Wecker nicht gehört?" Sven setzte sich auf den Bettrand, fuhr sich mit der Hand durch seine zerwühlten Haare, und grunzte et-was wie: „Nö! Schlecht geschlafen!"

In der ersten Stunde hatten sie Mathe bei der neuen Referendarin. Sven wunderte sich, dass sie die nicht, wie üblich, beim Direx hatten. Doch dann fiel ihm die Sache mit Jean-Claude wieder ein, und er konnte sich schon denken, womit der Direx es zu tun hatte.

Kurz vor Ende der Mathestunde klopfte es. Es war die Sekretärin, die Sven holte. Er erhob sich leichenblass. Als er die Klasse verließ, raunten einige Schüler etwas hinterher, was er nicht verstand. Auf dem Weg zum Direx wurde ihm vor Angst speiübel.

Im Büro angekommen, klopfte Frau Mischke zaghaft an. „Herein!" polterte die Stimme von Direktor Morgenthau. Sven drückte die Klinke herunter und sah in die Augen des Direktors. Sie schienen kalt zu sein und musterten ihn geringschätzig, als hätte er ein ekelhaftes Wesen vor sich.

Seine Stirn hatte sich in eine zerknitterte Wand scharfer Falten verwandelt. Neben dem Direktor, der auf seinem Sessel thronte, standen rechts und links zwei weitere Lehrkräfte, sein neuer Klassenlehrer, Ewald Bornemann, und der Soziallehrer, Ralf Bederske. Beide sahen ihn mit ähnlichen, finsteren Blicken an wie der Direktor.

Dieser räusperte sich nun kräftig, und seine Worte klangen wie ein Orkan in Svens Ohren. „Sven Carstens! Wir haben Sie hierher gerufen, weil ein großes Unglück diese Schule betroffen hat, an dem Sie nicht ganz unbeteiligt zu sein scheinen."

Sven wagte kaum, aufzublicken. Er fühlte, wie sich seine Gesichtsfarbe veränderte und wieder einer schlecht getünchten, weißen Wand glich.

Direktor Morgenthau warf einen abschätzenden Blick auf Sven und fuhr in seiner Rede fort. Dabei drehte er einen Bleistift, was natürlich ein wenig seine Nervosität verriet.

„Sie haben sicher schon gehört, dass sich unser Mitschüler Jean-Claude Westermeier das Leben genommen hat."

Bei diesen Worten schüttelte er sich, und Sven sah, wie ihm die Tränen in die Augen traten. Sven spürte dabei einen dicken Kloß in seinem Hals, den er nicht herunterwürgen konnte. Er nickte still und blickte in die Gesichter der beiden anderen Lehrer, die maskengleich, mit finsteren Blicken auf ihn herabsahen.

„Wir haben im Zimmer von dem Toten einen Brief gefunden. In diesem Brief werden Sie namentlich erwähnt." Er hielt einen Augenblick inne, bevor er weitersprach.

Sven fürchtete das Schlimmste auf sich zu kommen.

„Es ist nicht auszuschließen, dass Sie an dem Tod von Jean-Claude eine gewisse Mitschuld tragen, die für uns aber nicht bewiesen ist. Aber die Vermutung liegt nahe. Was haben Sie dazu zu sagen?"

Sven schwieg. Er glaubte, seinen Ohren nicht zu trauen. Es lag also kein Beweis vor, dass er an dem Tod von dem Blonden mitschuldig war. Er hatte das Gefühl, als wenn gerade eine Schlinge von seinem Hals gelöst wurde, die im Begriff war, sich immer enger um ihn zu ziehen, und ihm die Luft abzudrücken schien. Er atmete tief durch.

Doch die Stille, die nach der Frage des Direktors im Raum herrschte, schien ihn dennoch zu erdrücken. Er wollte sie unterbrechen, aber es war, als ob sein Gehirn nicht in der Lage war, nur einen klaren Gedanken zu fassen.

„Äh!" kam es gequält aus seinem Mund. „Wie bitte?" fragte Direktor Morgenthau. „Äh, ich habe mit dem Tod von Jean-Claude nichts zu tun", kam es aus seinem Mund, und er hatte das Gefühl, eine Roboterstimme zu haben.

„Wie kommt es dann, dass er ihren Namen erwähnt hat?" fragte nun sein Klassenlehrer und blickte dabei die anderen beiden Mitkollegen fragend an.

„Ich hatte ein paar Mal ein kurzes Gespräch mit ihm", berichtete Sven, der sich nun ein wenig gefasst hatte. „Es ging dabei um nichts Besonderes", log er überzeugend.

Nun schaltete sich der Soziallehrer, Ralf Bederske, ein. „Sven", sagte er mit einer weichen, einfühlsamen Stimme. Denn er kannte ihn schon länger. „Sven, ich habe dich immer sehr als kooperativen, mitverantwortlichen Schüler geschätzt."

Sven spitzte die Ohren. Er hatte das Gefühl, besonders vorsichtig sein zu müssen. Vielleicht stellten sie ihm nun eine Falle.

„Sven, hast du jemals gehört, dass Jean-Claude sich an andere Schüler herangemacht hat?" Er blickte den Lehrer an. „Wie meinen Sie das?" fragte er und machte dabei ein nichtsahnendes Gesicht.

„Ich meine, hast du gehört, ob sich Jean-Claude sexuell an andere Schüler herangemacht hat? War er homosexuell?"

Svens Blick kam sehr irritiert zu dem fragenden Lehrer zurück. „Davon weiß ich nichts!" antwortete er und schüttelte den Kopf.

Direktor Morgenthau winkte ab, denn die Sache begann, ihm etwas zu heikel zu werden. „Es ist gut, Sven. Sie können gehen", hörte er den Direktor sagen.

„Wir werden Ihnen eine Nachricht zukommen lassen." Dann erhob sich Sven und verließ den Raum. Es wurden noch mehrere Schüler befragt, die direkten Kontakt mit Jean-Claude hatten. Einige Aussagen bestätigten den Verdacht gegen Sven, durch sein Verhalten den Tod des Schülers mitverschuldet zu haben. Doch es konnten der Schulleitung keine endgültigen Beweise geliefert werden.

Eine Woche später erreichte Sven der Brief, der gleichzeitig an seine Eltern adressiert war. Darin stand, dass die Internatsleitung ihm zwar keine beweisbare Mitschuld an dem Tod von Jean-Claude Westermeier anlasten konnte. Es sei aber besser, dass er auf Grund der bestehenden Gerüchte, die sich nicht einfach wegwischen ließen, das Internat verlassen sollte. Es sei für beide Seiten die beste Lösung.

„Ich frage mich, wie das passieren konnte", brüllte Carl Carstens mit hochrotem Kopf. Seine Halsschlagadern waren fingerdick angeschwollen. Wütend stampfte er durch den riesigen Salon und starrte seinen Sohn herausfordernd an.

Dieser wagte kaum aufzublicken. So zornig hatte er seinen Vater noch nie gesehen. Er versuchte, sich zu konzentrieren, um ihm eine plausible Erklärung zu geben. Aber in seinem Kopf schossen die Gedanken wie Meteoriten durch das All, um beim Aufprall alles Leben zu zerstören. Sven schüttelte den Kopf.

„Ich weiß es nicht", wiederholte er zum so und so vielen Male. „Wieso sagst du: Ich weiß es nicht?" donnerte Carl Carstens zurück. „Du musst doch wissen, warum sie dir eine Mitschuld an dem Tod eines Schülers geben, wenn du keinen Kontakt zu ihm hattest. Ich werde mich mit der Schulleitung in Verbindung setzen."

Sven blickte auf. Entschlossenheit trat in sein Gesicht und verlieh ihm ein markantes, kämpferisches Aussehen. „Das brauchst du nicht", antwortete er bestimmt. „Dort geh' ich nicht wieder hin."

„Wieso gehst du da nicht wieder hin?" Mit hochgezogenen Schultern stapfte Carl Carstens unruhig durch den Salon. Vor der riesigen Bücherwand drehte er sich um und formulierte mehr für sich selbst als für seinen missratenen Filius, Gedanken, welche die Zukunft seines Sohnes betrafen. „Ich habe gute Kontakte in der Schweiz. Ein ehemaliger Kommilitone von mir kann dir einen Platz in einem dortigen Internat verschaffen. Damit du wenigstens deinen Abschluss erhältst und nicht als Versager die Familienehre zerstörst." Mit diesen Worten blickte er verächtlich auf seinen Sohn.

Diesen trafen die Worte und der Blick seines Vaters tief in der Seele. Dadurch vermehrte sich die Abneigung gegen seinen Vater noch mehr. Aber Sven unterdrückte die plötzliche Wut, die nun in ihm hochkam. Er wusste, dass es besser war, in dieser Situation zu schweigen und seine Gedanken, die ganz und gar nicht mit denen seines Vaters übereinstimmten, nicht kundzutun.

Carl Carstens blickte überrascht auf seine Armbanduhr. „Meine Güte, es ist ja schon so spät. Wir klären die Einzelheiten später", rief er und verließ spontan den Salon, um wichtige Termine wahrzunehmen.

Sven lag, noch halb erschlagen von dem Ansturm seines Vaters, auf dem Sofa. Seine Gedanken gingen ein paar Tage zurück, als er, nachdem die Nachricht vom plötzlichen Tod Jean-Claudes wie ein Lauffeuer durch das Internat raste, zum Direktor gerufen wurde. Doch löste er sich davon, denn diese peinliche Situation wollte er nicht noch einmal durchspielen.

Er überlegte, was nun zu tun sei. Auf keinen Fall würde er in dieses Internat in die Schweiz gehen. Er stand langsam auf und näherte sich dem Fenster. Sein Blick fiel unachtsam auf die Straße. Plötzlich hörte er polterndes Laufen. Er sah einen Schwarzen mit angsterfüllten Augen keuchend die Straße herunterlaufen. Es war, als ob dieser Schutz suchte. Suchend blickte sich der junge Mann um und lief auf das Carstensche Grundstück.

Sven lief nach draußen, um den Mann davonzujagen. Als er die Tür öffnete, blickte ihn der Schwarze voller Furcht an. Panik in seinen Augen, rannte er auf Sven zu. „Hilfe", rief er in gebrochenem Deutsch. „Die wollen mich töten."

Fremden gegenüber, besonders Ausländern, hatte Sven nie irgendwelche Sympathien gezeigt. Ja es war ihm eigentlich egal, was auch mit diesem Mann geschehen würde. Doch irgendwie wurde er durch den flehentlichen Blick des Schwarzen irritiert. Es war ihm auf einmal, als wenn ihm eine innere Stimme schicksalsweisend einflüsterte, diesem armen Kerl zu helfen.

Dann hörte Sven weitere Schritte und sah drei Männer auf der Straße, die den Mann, der sich neben ihn geduckt hatte, wohl suchten. Er erkannte sofort die gefährliche Situation und ließ den jungen Mann herein, obwohl ihm das strengstens von seinem Vater verboten war. „Danke!" stammelte der Schwarze und holte keuchend Luft. Langsam beruhigte er sich wieder.

Die anderen Männer waren inzwischen an dem Haus vorbeigerannt. Sven forderte den Mann auf, ihm in die Küche zu folgen. Da Corinna freihatte, war niemand zu fürchten, der etwas von dieser Angelegenheit mitbekommen könnte.

Der Schwarze setzte sich auf den Stuhl, und Sven, den die Situation irgendwie mehr belustigte, als dass er ihren Ernst weiterhin bewusst wahrnahm, setzte sich ihm gegenüber und starrte ihn fragend an.

„Ich heiße Antonio", sagte er. Sven hatte das Gefühl, als hätte er beim Sprechen eine heiße Kartoffel im Mund. Leicht musste er lächeln.
Antonio fasste sein Lächeln ihm gegenüber als freundlich auf. Er lächelte Sven nun an, und zwei Reihen schneeweißer Zähne blitzten ihn aus dem nicht unsympathisch aussehenden, schwarzbraunen Angesicht ent-

gegen. „Du ast mir das Lebben gerettet", sprach er nun mit einer dunklen, sanft klingenden Stimme.

„Aber was wollten die von dir?" fragte ihn Sven, um mehr von diesem Mann zu erfahren.

„Weißt du", begann dieser zu reden, und ein schelmisches Grinsen, ließ zahlreiche Fältchen um seine dunklen Augen schwarze Konturen zeichnen. „Die sind von der Russenmafia. Isch abe Drugs verkauft, und sie sin mir auf die Schlische gekommen."

Svens Gesicht antwortete ebenfalls mit einem leichten Grinsen und signalisierte Antonio Verständnis seiner Situation. „Du warst in ihrem Revier, klar?" fragte er.

Antonio nickte. „Sie sin böse Leute", brubbelte er, und sein Gesicht wurde ernst. „Meine Leute besser. Isch aabeite für Tükken."

Sven dachte bei sich, dass die Türken wohl auch nicht besser sein könnten als die Russen, da sie alle das gleiche miese Geschäft machten. Er bot Antonio ein Glass Cola an, das dieser dankend annahm und gierig trank. Dann blickte er auf die Uhr und rief: „Isch muss nu loos. Has du eine Zettel?"

Sven gab ihm einen Notizblock und etwas zu Schreiben. Dann kritzelte der Schwarze eine Nummer auf das Papier und erhob sich. „Das is meine Nummer. Wenn du mich brauchst, kannst du mich da erreichen." Dann gab er ihm die Hand und verließ, vorsichtig nach links und rechts blickend, schnell das Haus. „Na ja", dachte Sven und sah ihm nach, wie er an der Ecke abbog. „Vielleicht kann ich ihn ja mal wirklich brauchen."

XVI

Raimund fühlte den Puls an seiner Halsschlagader heftig pochen. Ein aufkommendes Schwächegefühl, das seine Sinne zu benebeln begann, versuchte er, mit seiner ganzen Willenskraft zu bekämpfen.

Einer der Kumpanen Georgs blickte aus dem Zug. „Eh, Grabowsky! Es ist gleich soweit. Wir müssen hier ´raus", brüllte er ihm zu, da das Geräusch des Zuges seine Worte fast verschluckte. Georg hatte ihn trotzdem verstanden und lockerte den Griff um Raimunds Hals. Dieser atmete erleichtert und tief durch.

„Wieso hier schon?" bellte Georg zurück und drehte seinen Kopf in Richtung seines Kumpels. „Weil wir hier abgeholt werden", kam die Antwort.

Georg Grabowsky nickte verstehend. Dann wandte er sich an Raimund. „Wenn du Kröte nur einen Mucks machst, steche ich dich ab, klar?" Sein irrer Blick bestätigte die Wortfetzen, die Raimund kaum verstanden hatte. Um seine Absicht zu beweisen, ließ er kurz ein Messer aufblitzen, das schnell wieder in seiner Hosentasche verschwand. Raimund nickte sofort. In seinen Augen spiegelte sich die Angst wider, die er vor diesem Ungetüm empfand.

Dann stiefelten die Männer polternd mit ihrem Gefangenen durch den Vorraum des Waggons, um an das andere Ende zu gelangen. Die Blicke von einigen Mitreisenden begleitete sie verärgert. Raimund sah für sich keine Möglichkeit, diesen Gaunern zu entwischen. Er steckte fest in der Klemme. „Wenn nur Heiner mit dem Schaffner kommen würde“, überlegte er.

Ehe er sich jedoch weitere Gedanken darüber machen konnte, griff Grabowsky plötzlich nach oben und riss an der Notbremse. Eine ruckartige Bewegung, die durch das augenblickliche Bremsen der Lokomotive verursacht wurde, schleuderte sie zur Seite. Die Räder quietschten in schrillem Ton und schmerzten in den Ohren. Die Männer und der Junge wurden gegen die Waggonwand geschleudert. Schreie der Empörung waren zu hören, und Flüche wurden laut. Durch das ruckhafte Abbremsen des Zuges verloren einige Reisende den Halt und stürzten zu Boden, weil sie nicht mit dieser Situation gerechnet hatten. Raimund war gegen die Körper der Männer gefallen und versuchte, sich loszureißen.

„Verfluchte Scheiße, konnste nich sagen, dass de bremst?“ fluchte einer der Männer, der mit seinem Gesicht gegen die Waggonwand geknallt war. Etwas Blut sickerte an seiner Stirn und aus seiner Nase herunter.

„Konntet ihr euch doch denken“, maulte Grabowsky und kümmerte sich nicht um den Verletzten. Dieser tupfte das Blut mit einem schmutzigen Taschentuch ab.

Der Zug war inzwischen nach mehreren ruckhaften Bremsversuchen zum Stehen gekommen. Sie hörten trappelnde, entgegenkommende Schritte. Der Schaffner eilte durch die Waggons, um festzustellen, wer die Notbremse gezogen hatte.

„Nichts wie ′raus hier", rief einer der Männer. „Der Schaffner kommt!"

Grabowsky riss die Tür auf, und die Männer stürzten ins Freie. Raimund wurde einfach mitgerissen. Als der Schaffner, in Begleitung von Heiner, abgehetzt den Waggon erreicht hatte, in dem sich Grabowsky und seine Männer noch kurz vorher befanden, waren sie bereits in der Dunkelheit verschwunden.

Einige hundert Meter weiter, Raimund konnte kaum etwas sehen und hielt sich nur mühsam auf den Beinen, ertönten einige Zurufe in einer Sprache, die er nicht verstand.

„Hierher", rief Grabowsky, und schon hatten sie eine Gruppe von Männern erreicht, die frierend und zitternd auf sie warteten. Ihr Atem schoss wie kleine Nebelwolken in die Höhe.

Es erfolgte eine kurze Begrüßung, bei der Raimund feststellte, dass nur Grabowsky die Männer kannte. Die anderen aus dem Zug standen etwas verlegen neben ihm. Dann drängte einer der fremden Männer, es schien der Anführer zu sein, was sich später bestätigte, zu zwei Kleinbussen hin. Schnell stiegen sie alle ein, die Türen klappten scheppernd zu. Die Motoren jaulten heulend auf, und schon fuhren die Wagen in die Nacht davon.

Die Fahrt verlief über holperige, mit vielen Schlaglöchern versehene Straßen. Dadurch wurden die Männer im Bus heftig gegeneinander gestoßen. Leise ertönten Flüche, wenn einer mit dem Kopf gegen die Buswand stieß. Raimund wurde plötzlich sehr müde. Die Geschehnisse der letzten Stunde zerrten an seinen Nerven. Trotz des Schaukelns schlief er kurz darauf ein.

Sie waren vielleicht gut eine Stunde an verschiedenen Ortschaften vorbeigefahren, als die Wagen abbremsten und nach links auf eine kleine Zufahrtsstraße einbogen. Raimund, der noch schlief, war durch das Abbremsen seinem Vordermann auf den Schoß gerutscht. Dieser schimpfte fürchterlich und riss Raimund gänzlich aus seinem Schlaf.

„Eh, du Idiot, pass doch auf!" „Entschuldigung", murmelte Raimund und rieb sich die Augen, nachdem er sich wieder auf seinen Platz gesetzt hatte.

Nun verloren die Wagen an Geschwindigkeit und rollten auf einen großen Hof. Raimund blickte aus dem Fenster. Er sah in einem winzigen Laternenschein ein finsteres Gebäude stehen. Von dort kamen nun Männer heraus, die mit lautem Hallo die andern begrüßten.

Raimund wurde aus dem Bus gezerrt und stand nun frierend neben den Männern aus dem Zug. „Wen habt ihr denn da mitgebracht?" brummte einer der Männer, die aus dem Haus gekommen waren, als er Raimund erblickte. „Der hat uns im Zug nachgeschnüffelt", antwortete Grabowsky mit ernster Miene. „Er ist aus dem Ort, wo ich zuletzt war."

Als er die Worte hörte, verzerrte sich das schmutzige Gesicht des Fragenden zu einer wütenden Fratze. Laut brüllte er nun: „Ich hab' euch doch gesagt, keine Zeugen!"

Grabowsky zuckte mit den Schultern. Er reagierte gleichgültig auf den Zornesausbruch des anderen. Obwohl es ihm nicht egal war, da es die Autorität bei seinen Männern untergrub.

„Was sollen wir jetzt mit ihm machen?" fragte einer der Männer, die neben dem schmutzigen Mann standen, der seinen Zornesausbruch wieder im Griff zu haben schien. „Ab in den Stall mit ihm. Morgen werden wir darüber reden", knurrte dieser. „Jetzt kommt erst einmal ´rein. Denn ihr seid gewiss hungrig und durstig." Ein allgemeines Gemurmel der Umherstehenden bestätigte seine Aussage.

Raimund, der nichts verstanden hatte, sich aber wohl klar war, dass nichts Gutes für ihn dabei zu sein schien, ließ sich von einem der Männer in den Stall bringen. Der Griff um seinen Arm war ziemlich grob. Raimund verbiss jedoch die Schmerzen und sagte keinen Ton.

Im Stall brannte eine einsame Öllampe vor sich hin und gab kaum Licht. Pferde standen in verschiedenen Boxen. Raimund hörte, wie sie scharrten und schnaubten. Dann wurde er in eine leere Box gestoßen. Er sah einen Ballen Heu, auf den er sich fallen ließ. Verzweifelt kämpfte er gegen die aufkommenden Tränen an. Doch es half nichts. Er war verzweifelt und verschränkte die Arme hinter seinem Kopf. „Was wohl Mama jetzt macht?" dachte er und schlief bald darauf erneut ein, weil er so schrecklich müde nach all dem Erleben war.

Nachdem die Männer mit Raimund in der Dunkelheit verschwunden waren, gab der Schaffner das Signal zur Weiterfahrt. Langsam und stöhnend zog die Lok wieder an. Der Lokführer ließ die Pfeife ertönen und die Menschen setzten sich wieder auf ihre Plätze. An

Schlaf war nicht mehr zu denken, denn Gesprächsstoff hatte man ja nun genug. Heiner blickte noch immer stumm durch das Fenster in die Dunkelheit. Mit aufgerissenen Augen versuchte er, das Erlebte zu verarbeiten. Sie hatten Raimund mitgenommen, seinen Freund Raimund. Tränen schossen ihm plötzlich in die Augen, und er wischte sie mit seinem rechten Ärmel fort.

Dann drehte er sich um und marschierte entschlossen zu dem Waggon zurück, in dem er seine Lehrer wusste. Im dortigen Abteil waren die Menschen ebenfalls durch das plötzliche Anhalten des Zuges wachgerüttelt worden. Zwei Taschen und ein Regenschirm waren von oben aus den Gepäcknetzen gefallen und unsanft auf Herrn Hübner und zwei anderen Personen gelandet. Durch den erschrockenen Schrei, der von Frau Liebstöckl ausgestoßen wurde, waren nicht nur die anwesenden Personen im Abteil wach geworden. Wütende Rufe tönten aus den Nachbarabteilen herüber.

Jetzt, als der Zug wieder anfuhr, beruhigte sich das allgemeine Durcheinander wieder. Herr Hübner und Frau Liebstöckl, die als Assessorin die erste Klassen-fahrt mitmachte, lehnten sich gerade in ihre Polster zurück, als ruckartig die Abteiltür aufgerissen wurde und Heiner hineinstürzte.

„Gibt es denn hier keine Ruhe?" schimpfte ein älterer Herr, der gerade wieder eingedusselt war und aufgeregt durch seine zurechtgerückte Brille den Eindringling böse anstarrte.

„Herr Hübner, Raimund ist fort! Sie haben ihn mitgenommen", rief Heiner erregt, ungeachtet des bösen

Blickes des älteren Herrn. Heiner hatte vor Aufregung rote Flecken im Gesicht.

Herr Hübner und Frau Liebstöckl waren bei Heiners Worten aufgesprungen und drängten nun mit Fragen auf ihn ein.

„Was sagst du da? Raimund?! Wieso? Was ist geschehen?" Herr Hübner deutete Heiner an, das Abteil zu verlassen, damit nicht alle Anwesenden die Hiobsbotschaft mitbekommen sollten. Auf dem Gang ratterten die Räder des Zuges lauter, und Heiner musste fast schreien. Daher verzogen sie sich bis zum Ende des Waggons. Dort berichtete Heiner den beiden, was geschehen war. Frau Liebstöckl schlug vor Entsetzen die Hand vor ihren offenen Mund. Selbst Herr Hübner musste um Fassung ringen, so sehr war er von dieser Nachricht erschüttert. Er überlegte einen Augenblick, was zu tun sei. Dann fragte er Heiner: „Wo befindet sich der Schaffner jetzt?" Heiner zeigte nach hinten und rief: „Folgen Sie mir, ich führe Sie hin." Dann machten sich die drei etwas schwankend auf den Weg, da der Zug auf der unebenen Strecke öfter hin und her rüttelte.

Der Schaffner war gerade damit beschäftigt, seinen Bericht zu schreiben, als es an seine Kabine klopfte. „Herein,," rief er und sah sich plötzlich drei Personen gegenüber. Da er Heiner schon kannte, konnte es sich nur um Lehrpersonal handeln, das ihn begleitete.

„Ich schreibe gerade meinen Bericht", begann er das Gespräch mit Herrn Hübner, der sich vorstellte.

„Könnten Sie uns das Ganze noch mal aus Ihrer Sicht schildern?" warf Herr Hübner ein, da ihm langsam

einige Gedanken kamen, wie er die Sache aufgreifen
wollte. Der Schaffner nickte und berichtete nun etwas
ausschweifend das Erlebnis mit den Jungen. Heiner,
der von Zeit zu Zeit etwas dazwischenreden wollte,
wurde von Herrn Hübner aufgefordert, ruhig zu sein.
Schließlich fügte sich Heiner in die Situation und verschränkte, etwas verärgert, die Arme vor seiner Brust.
Aber er schwieg.

„Haben Sie hier ein Telefon?" wollte Herr Hübner wissen, als der Schaffner umständlich seinen Bericht beendet hatte. Dann erklärte er seinen Plan. Herr Hübner
wollte die Polizei anrufen und sie bitten, in den Ort zu
fahren und dort nach diesen Männern und besonders
nach Raimund zu suchen. Vielleicht wurden sie gefunden, und Raimund könnte dann von der Polizei in den
Zug nach Prag gesetzt werden. Dann wäre er morgen
oder übermorgen schon wieder bei der Klasse sein.
Nicht auszudenken, wenn sie ihn nicht finden würden.
Wie sollte er diesen Zustand vor den Eltern verantwor-
ten? Herr Hübner mochte sich diese Situation nicht
ausmalen. Der Schaffner hatte inzwischen die Verbindung zur Polizei erhalten und schilderte den Polizisten
die Situation. Da die drei nicht verstanden, was der
Schaffner sagte, warteten sie gespannt auf die Antwort.

Als der Schaffner das Gespräch beendet hatte, drehte er
sich räuspernd um, strich wieder über seinen struppigen
Schnäuzer, und wuchs zwei Zentimeter höher zu einer
wichtigen, amtlichen Person. „Ähem", räusperte er sich
erneut. „Die Herren von der Polizei sind bereits im Bilde." Dazu nickte er erhaben, als wäre er der Polizeiprä-
sident persönlich.

„Nun, weiter", fiel ihm Heiner ins Wort. „Lassen Sie sich doch nicht jedes Wort aus der Nase ziehen."

„Junger Mann, stören Sie mich nicht!" antwortete der Schaffner und berichtete ihnen, dass die Polizei diese Leute schon einige Zeit auf dem Kieker hatte und sie bereits observiert wurden. Es könne sich nur um Stunden handeln, dann hätten sie den Klassenkameraden befreit. Herr Hübner nickte und schien erleichtert. Jedenfalls glätteten sich seine Gesichtsfalten, und Frau Liebstöckl bekam vor Aufregung einen Schluckauf.

Nachdem Ihnen der Schaffner noch die Telefonnummer der Polizei gegeben hatte, verließen die drei das Dienstabteil des Schaffners und begaben sich in ihren Waggon. „Hicks! - hicks!" tönte es laut in jedem Waggon, den sie durchquerten, bis es immer schwächer wurde und gänzlich verstummte.

Das Schnauben der Pferde drängte sich in Raimunds Bewusstsein. Er fühlte, dass es Morgen sein musste. Blinzelnd, ein wenig gequält, da sein Körper noch müde war, öffnete Raimund die Augen. Ein großer, schwarzer Pferdekopf, der aus der Nachbarbox herüberlugte, starrte ihn aus dunklen Augen fragend an, als wollte er sagen: „Hey, was machst du denn hier?"

Leise schnaubte es, und der Atem schob sich wie leichter Nebel aus seinen Nüstern. Es war kalt. Raimund schüttelte sich frierend und versuchte, sich mit noch mehr Heu zuzudecken.

Zwei Boxen weiter wieherte plötzlich eines der Pferde laut. Es klang wie ein Willkommensgruß. Andere antworteten sofort, so dass es ein lautes Getöse wurde.

Raimund war erschrocken aufgesprungen. Da musste jemand gekommen sein. Aber er sah niemand. Da tauchte plötzlich vor seiner Box ein kleines Mädchen auf und starrte ihn mit großen, dunklen Knopfaugen an. Raimund richtete sich halb auf, wischte sich über die Augen, und lächelte das Kind an. Da stand es bewegungslos und starrte ihn unentwegt an.

„Hey, wer bist du?" fragte Raimund und wusste nicht, ob das Kind ihn überhaupt verstand.

Da huschte ein scheues Lächeln über sein Gesicht, und die Lippen bewegten sich. „Ich bin Liza, und wer bist du?" hörte Raimund das Mädchen sprechen.

„O, du kannst ja Deutsch?" antwortete er sofort und stand interessiert auf. Langsam näherte er sich. Liza machte einen kleinen Schritt rückwärts. Doch dann blieb sie stehen. „Wir haben Deutsch in der Schule", hauchte sie leise.

„Kannst du mir sagen, wo ich hier bin?" fragte Raimund, da er von ihr mehr erfahren wollte. „Du bist hier auf dem Gestüt meines Onkels Lazlo", antwortete sie schelmisch lächelnd und wunderte sich, dass man so eine Frage stellen konnte.

„Wie heißt der Ort hier?" fuhr Raimund mit seiner Fragerei fort. Doch bevor Liza eine Antwort geben konnte, tauchte ein vierschrötiger Kerl mit einer rötlichen Knollennase auf. Er schnauzte das Mädchen an, das erschrocken zusammenfuhr und schnell aus dem Stall rannte.

Der Mann trat nun an Raimund heran. Er roch seinen Atem, der nach Fusel stank. Dieser reichte ihm wortlos

eine kleine Schüssel. Darin schwappte eine Art Milch-
suppe mit einem Holzlöffel. Als Raimund die Schüssel
ergriff, legte der Mann noch einen Kanten hartes Brot
hinein, den er aus der rechten Jackentasche fischte.

„Warum halten Sie mich hier fest?" rief Raimund dem
Mann zu, der sich schon wieder umgedreht hatte und
dem Ausgang des Stalles zustrebte. Er schüttelte den
Kopf und brummte etwas Unverständliches in seine
Bartstoppeln. Raimund setzte sich enttäuscht nieder auf
den kleinen Heuhaufen. Die Suppe war noch warm. Er
tauchte das Brot in die Schüssel und löffelte die Suppe
in sich hinein. Denn jetzt knurrten seine Magenwände
doch unüberhörbar. Er hatte einen tierischen Hunger.

Kaum war er mit seinem Frühstück fertig, hörte Raimund erneut Stimmen, die sich dem Stall näherten.
Zwei Männer, die genauso finster und schmutzig wie
der erste aussahen, der ihm das Essen gebracht hatte,
traten an die Box. „Du", rief ein kräftiger Bulle, über
dessen stoppeliges Gesicht eine breite Narbe an der
linken Wange herunterführte. Sein dicker, dunkler
Schnäuzer verdeckte einen Teil der Narbe.

„Steh auf und komm mit!" rief er dem Jungen zu.

Raimund erhob sich und folgte den Männern durch die
geöffnete Koppel. „Wo bringt ihr mich hin?" wagte er
zu bemerken.

„Fragen werden nicht gestellt", knurrte der Bulle und
schob ihn vorwärts in Richtung eines alten, rostigen
Caravans. Der erste, schlankere Mann, dessen buschige
Augenbrauen einen finsteren Gesichtsausdruck verstärkten, setzte sich auf den Fahrersitz. Raimund wurde

nach hinten geschoben. Der Bulle setzte sich neben ihn. Er stank auch nach Schnaps und Schweiß. Raimund drehte sich angewidert auf die andere Seite um. Als der Wagen knatternd vom Hof fuhr, sah Raimund in den Augenwinkeln noch Liza, die an einem Holzstoß stand.

Zügig brummte der Caravan über die schotterige Zufahrtsstraße, wobei er eine große Staubwolke hinter sich aufwirbelte. Dadurch konnte Raimund nur einen Teil der Gegend erblicken, die an ihnen vorbeizog. Erst als sie eine asphaltierte Straße erreichten, war es ihm möglich, sein Umfeld zu registrieren. Sie fuhren bergauf. Das bisschen Zivilisation, dass die Gegend hergab, verschwand immer mehr seinen Blicken. Saftig grüne Wiesen, die mit gelben Butterblumen und kräftigem Löwenzahn gesprenkelt waren, und auf denen braun und schwarz geflecktes Vieh zufrieden graste, wurden von tiefschwarzen Tannenwäldern abgelöst, die von grauen, kantigen Felsmassiven unterbrochen wurden.

Raimund kroch langsam wieder die Angst den Nacken hoch. Er spürte ein unangenehmes Kribbeln in seinem Hinterkopf. Die Möglichkeit, nach Hilfe Ausschau zu halten, entfloh immer mehr. „Was werden die wohl mit mir machen?" fuhren die Gedanken wie Blitze durch sein Gehirn. Als sie auf einer Anhöhe waren, fing der Caravan plötzlich an zu stottern. Der Fahrer trat wütend auf das Gaspedal. Nach einem kurzen, hektischen Aufheulen des Motors verstummte dieser. Der Wagen rollte langsam aus.

Der Fahrer fing an zu fluchen, was Raimund der Heftigkeit seiner Worte entnahm. Verstehen konnte er ihn nicht. Der Mann neben ihm stellte dem Schimpfenden einige Fragen, die dieser mit zornigen Worten beantwortete. Seine Augen blitzten voller Entschlossenheit auf, als er mit einer heftigen Armbewegung Raimund befahl, auszusteigen.

Zitternd folgte er seinen Anweisungen. Der Beifahrer, der ebenfalls ausgestiegen war, schubste ihn in Richtung eines dunklen Waldstückes. „Jetzt bringen sie mich um", ahnte Raimund und versuchte fieberhaft, eine Fluchtmöglichkeit zu erkunden. „Warte, bis du im Wald bist", ermutigten ihn plötzlich Gedanken, die seine aufkommende Panik besänftigte. „Ja", dachte er. „Nur da habe ich eine Chance, diesen Gaunern zu entkommen." Langsam stapfte er weiter.

Die beiden Männer folgten ihm in geringem Abstand. Altes, erstorbenes Holz knackte unter seinen Füßen. Von ferne war ein Kuckuck zu hören, und Vogelgezwitscher erfüllte die frische Luft. Doch dieses alles nahm Raimund nur am Rande wahr. Im Nu waren sie im Wald. Der dunkle Waldboden federte ihre Schritte ab und verschluckte die Geräusche. Ein trübes Halbdunkel umgab sie, und Raimund stellte fest, dass die beiden Mühe hatten, sich zwischen den Tannen zu orientieren.

Ein dröhnendes Geknatter ließ sie plötzlich zusammenfahren. Ein Helikopter, der aus dem Nichts gekommen war, donnerte über ihre Köpfe hinweg. Das war die Chance. Die Männer verharrten einen kurzen Augenblick und starrten dem sich entfernenden Helikopter nach. Als sie sich dem Jungen zuwandten, sahen sie nur noch Bäume vor sich. „Verfluchter Mist", tobte der Mann mit der Narbe im Gesicht. „Wo ist der Kerl hin?" Von ferne hörten sie ein Rauschen und sich entfernende Schritte. Der zweite zeigte in die Richtung. „Da drüben ist er." Nun rannten die Männer dem leiser werdenden Geräusch nach.

Raimund hatte die Gelegenheit genutzt, als die beiden Ganoven dem Helikopter nachblickten, und rannte tiefer in den Wald. Er sprang über Baumwurzeln, duckte sich bei herunterhängenden Zweigen, wobei ihm einige kräftig ins Gesicht peitschten und er sich blutende Blessuren zuzog. Sein Atem tobte keuchend in seiner Lunge, und stechende Schmerzen machten sich in seiner Seite bemerkbar. Hinter sich die keuchenden Verfolger hörend, trieb es ihn auf eine kleine Anhöhe, die mit fast mannshohem Farnkraut bewachsen war. Das Gekeuche der Männer kam immer näher. Die Angst fraß in seinem Gehirn. Ein paar Augenblicke blieb er stehen, um sich in dem unbekannten Gelände zu orientieren. Weit hinten entdeckte er plötzlich eine kleine Hütte, auf die er augenblicklich zusteuerte. Den rasselnden Atem eines Verfolgers hörte er schon fast neben sich.

Er verließ die kleine Lichtung und rannte wieder tiefer in den Wald, um nicht gesehen zu werden. Der Waldpfad machte plötzlich einen scharfen Knick nach links. Raimund übersah einen Baumstumpf. Mit seinem linken Schienbein stieß er dagegen. Ein ekliger, stechender Schmerz fuhr durch das Bein. Mit einem unterdrückten Schrei stürzte er zu Boden und rutschte seitlich abwärts unter ein Gebüsch, das ihn fast verdeckte. Trockenes Laub rutschte raschelnd nach. Keuchend lag Raimund dort. Sein Brustkorb hob und senkte sich heftig. Er lauschte nach seinen Verfolgern, doch er hörte keine Schritte mehr. Langsam beruhigte er sich. Einige Augenblicke hörte er das Rufen des einen Mannes. Die Antwort kam gefährlich aus seiner Nähe. Die Furcht, entdeckt zu werden, ließ eine Gänsehaut über seinen Rücken schauern. Er versuchte, kaum zu atmen. Etwa drei Schritte neben ihm lief, schwer atmend, der Gangster mit der Narbe vorüber.

„Hier ist er nicht", hörte Raimund ihn rufen. Dann spuckte der Mann ins Gebüsch. Aus weiterer Entfernung kam die Antwort. Die Schritte entfernten sich rasch. Dann war es stille. Raimund spürte nun wieder seine Schmerzen im Gesicht und besonders im linken Bein. Vorsichtig taste er sein Bein ab. Wie gut, es war nicht gebrochen. Als er das Hosenbein hochschob, entdeckte er eine große Schürfwunde, aus der Blut sikkerte. Er fasste in die Hosentaschen. Kein Taschentuch war vorhanden, um die Wunde notdürftig zu verbinden. Dann zog er sein T-Shirt aus und versuchte, es mit seinen Zähnen und Händen zu zerreißen. Bald hatte er größere Streifen aus dem T-Shirt gewonnen und begann, die schmerzende und pochende Wunde zu verbinden. Dann legte er sich erschöpft auf den Rükken.

„Was mach ich jetzt bloß? Hier ist weit und breit keine Zivilisation." Er spürte, wie die Erschöpfung der Flucht ihn müde machte. Zu weiteren Überlegungen war er nicht mehr fähig,

Er atmete kurz, und seine Augen fielen ihm immer zu. Dann gab er der Müdigkeit nach.

„Verdammt, ich warte hier schon eine Stunde. Ich verlange, den leitenden Polizeioffizier zu sprechen. Es geht um die Entführung eines unserer Schüler", brüllte Herr

Hübner in den schwarzen Telefonhörer. Sein Kopf hatte sich vor Zorn und Ungeduld rot gefärbt.

Es knackte ein paar Mal in der Leitung. Dann meldete sich eine dunkle Männerstimme: „Guten Morgen! Hier spricht Kommissar Jefcsny. Wir haben eine heiße Spur; aber wir können noch nichts Genaues sagen. Sie verstehen? Auch bei uns haben die Wände Ohren."

Herr Hübner nickte, dann fiel es ihm ein, dass der Telefonpartner das ja nicht sehen konnte. „Ja, ja! Ich verstehe - wann können Sie?"

Er wurde kurz unterbrochen. „Geben Sie mir Ihre Telefonnummer. Wenn wir den Jungen haben, informieren wir Sie sofort." Herr Hübner nannte ihm die Nummer. Dann war wieder ein kurzes Knacken in der Leitung, und ein lang gezogenes „Tüüüüüt!" zeigte dem Lehrer, dass der Kommissar aufgehängt hatte.

Wie ein Lauffeuer hatte es sich in der Klasse kurz nach der Ankunft in der Jugendherberge herumgesprochen, dass Raimund entführt worden war. Von allen Seiten wurde Heiner von seinen Klassenkameraden bestürmt, um von dem Vorfall zu berichten.

Herr Hübner hatte den Jungen eingeschärft, noch nichts nach draußen und auch nichts nach Hause dringen zu lassen, da dadurch die Möglichkeit, die Gangster zu fassen, risikoreich belastet würde. Aber wie das so ist. Wenn Verschwiegenheit angesagt ist, gab es einige, die dann erst recht das Geheimnis preisgeben mussten. So gelangte die Nachricht von Raimunds Entführung kurz nach der Verschwiegenheitsbeschwörung von Herrn Hübner nach Ebershausen und sorgte für ein journalistisches Erdbeben. Zeitungsreporter und die Journalisten der regionalen Radio- und Fernsehsender rangen um den ersten Platz, um ein Interview über diese Nachricht der Entführung zu erhalten, die wie ein Blitz eingeschlagen war. Der angeschlagene Rektor des Gymnasiums war kaum in der Lage, die Pressekonferenz zu leiten.

Dieser saß morgens gegen 10.00 Uhr stöhnend auf seinem Sessel und wischte sich den Schweiß von der Stirn. Dr. Niehaus war erst vor fünf Monaten auf diesen Posten gekommen, da der alte Rektor in Pension gegangen war. „Nun auch das noch", entrang es sich gurgelnd seinen Lippen. Dann rief er, laut polternd, in Richtung seiner offenen Bürotür: „Nun machen Sie schon, Röslein, ich brauche die Verbindung zu Hübner, sonst zerreißen mich die Presseleute in der Luft, wenn ich denen nichts anbieten kann."

„Gleich, Herr Direktor, das ist gar nicht so einfach, in die Tschechei verbunden zu werden", piepste die hohe Stimme von Frau Röslein, die auch erst seit einem halben Jahr im Schulsekretariat angestellt worden war. Dann klingelte der Apparat auf Dr. Niehaus Schreibtisch. Ungeduldig riss dieser den Hörer ans Ohr und ein überlautes „Ja, hier Niehaus!" ertönen.

„Hier Hübner, Herr Direktor", hörte er die etwas zaghafte Stimme des Lehrers. „Ja, also Hübner, was ist denn da los bei Ihnen? Wie konnte denn der Junge entführt werden? Wie heißt der überhaupt?" sprudelte es nun aus Dr. Niehaus Mund, der sichtlich erleichtert war, Verbindung mit seinem Kollegen zu haben.

„Alles der Reihe nach", antwortete Herr Hübner. Dann schilderte er dem Rektor, der durch häufiges Räuspern immer nervöser zu sein schien, die missliche Lage. Nach zehn Minuten beendete dann Herr Hübner das Gespräch. Dr. Niehaus tupfte sich seine schwitzende Halbglatze ab und rief erneut nach Röslein.

Kaum war diese in seinem Zimmer erschienen, hörten beide ein lautes Poltern im Sekretariatszimmer, und schon stand eine Frau in mittleren Jahren im Zimmer des Rektors, die am ganzen Körper zitterte. Es war Gisela Köster, Raimunds Mutter.

Dr. Niehaus drehte sich zu ihr um, und man merkte es seinen Worten an, dass er über die Störung ein wenig verärgert war: „Ja, was wünschen Sie bitte?"

Gisela Köster hatte sich nur mit Mühe in der Gewalt. „Entschuldigen Sie, dass ich hier so ′reinplatze. Aber ich muss wissen, was mit meinem Jungen ist." Der Rektor warf einen irritierenden Blick auf Röslein, die hinter dem Rücken von Gisela leicht auf und ab hüpfend versuchte, klarzumachen, dass es sich um die Mutter des entführten Jungen handelte. Dr. Niehaus stutzte, zog seine Stirn leicht in Falten. Dann hatte er begriffen.

Sein immer noch gerötetes Gesicht glättete sich erleichtert, und er wandte sich wieder Gisela zu. „Ja! Ach, ja, - ihr Sohn. Ich habe gerade mit Herrn Hübner tele-foniert."

Er kam nicht weiter, denn Gisela hatte aufgeregt seinen linken Arm ergriffen. „Und was ist los? Wo ist er? Ist überhaupt schon die Polizei benachrichtigt?"

Dr. Niehaus blickte auf seinen linken Arm, der unter Giselas Griff zu schmerzen begann.

„O, entschuldigen Sie bitte", antwortete diese und ließ den Rektor los. „Aber ich erfuhr von der Entführung Raimunds erst vor einer Viertelstunde durch die Mutter eines anderen Schülers. Bitte, sagen Sie mir, was los ist."

Mit leicht erhobenen Armen redete Dr. Niehaus beruhigend auf Gisela ein. Er bat sie, zunächst Platz zu nehmen. Röslein gab er einen Wink, Kaffee zu kochen, was diese auch erleichtert tat.

Dann berichtete er Gisela, was er bisher von Herrn Hübner erfahren hatte. Langsam beruhigte sie sich. Am Ende seiner Ausführungen sprach er davon, dass er mit zwei anderen Lehrern übermorgen an den Ort des Geschehens reisen würde, um die Klasse zurückführen zu lassen und um selbst bei der Suche nach Raimund anzupacken.

Gisela sah ihn mit großen Augen an. „Nehmen Sie mich mit", sprudelte sie hervor. „Denn hier mach' ich mich verrückt."

„In Ordnung!" nickte Dr. Niehaus bestätigend. Dann verabschiedete er sich von Gisela. Als er sie in das Sekretariatszimmer geleitete, standen dort zwei Herren, in Dunkel gekleidet. Sie waren von der Kriminalpolizei und wollten in dem Entführungsfall intervenieren. Dr. Niehaus bot ihnen, leicht entnervt, Plätze in seinem Zimmer an und fragte Röslein erneut nach Kaffee.

Der stechende Schmerz in seinem linken Bein, der durch eine falsche Drehung im Schlaf in sein Bewusst-

sein drang, ließ Raimund nach kurzer Zeit wieder hoch-
fahren. Sein Atem ging stoßweise. Langsam kehrte die
Erinnerung zurück. Raimund horchte auf die Geräusche um sich herum. Das Rauschen der Bäume, das
durch den leichten Wind verursacht wurde, vermischte
sich mit dem Vogelgezwitscher in seiner Nähe. In der
Ferne hörte er Motorengeräusch. Dort musste sich eine
Landstraße oder Autobahn befinden, weil dieses
Geräusch in Intervallen konstant blieb.

Raimund versuchte, sich zu erheben. Das linke Bein
mit der Wunde schmerzte immer noch sehr. Doch er
konnte vorsichtig auftreten So erhob er sich, klopfte die
Blätter von seiner Kleidung und humpelte auf die Lichtung zurück, auf der er sich neu orientieren wollte, um
die Hütte, die er vorhin gesehen hatte, zu finden. Langsam stapfte er vorwärts.

An der Lichtung angekommen, sah er die Hütte wieder
und humpelte Schritt für Schritt darauf zu. Nach einigen Metern musste er eine kurze Pause einlegen, da
die Schmerzen in seinem Bein unerträglich wurden. Er
empfand plötzlich einen schrecklichen Durst. Die Zunge klebte ihm am Gaumen, und er konnte kaum schluk-
ken. „Ich brauche dringend einen Arzt", dachte er.
Dabei wischte er sich den Schweiß von der Stirn. Die
Sonne stand jetzt ziemlich hoch. Es musste um die Mittagszeit sein.

Kurz vor der Hütte blieb er stehen. Er wollte wissen, ob
die Hütte bewohnt war. Doch nichts regte sich. Vorsichtig ging er weiter. Das Holz war schwarzbraun und
stark verwittert. Er zählte drei Fenster. In dem letzten
Fenster war eine kleine Scheibe zerbrochen. Raimund
blickte um sich und suchte nach einem Stein oder ei-

nem Knüppel, um die Scheibe noch mehr einzuschlagen, damit er hineinkommen könnte. Als er sich nach einem trockenen Ast bückte, spürte er ein Knurren in seinem Magen, das ihn daran erinnerte, dass er Stunden nichts gegessen hatte.

Dann stieg er die knarrenden Holzstufen herauf und stand vor der Tür. Diese war, wie er vermutet hatte, verschlossen. Mit einem kurzen Hieb gegen die untere Scheibe des nächsten Fensters, schuf er die Möglichkeit, in die Hütte zu gelangen. Es klirrte kurz, und die Scherben polterten ins Haus. Raimund stand einen Moment still und lauschte, ob der kurze Lärm jemanden in der Nähe herlocken würde. Doch niemand kam. Dann versuchte er, durch die eingeschlagene Öffnung an den Fenstergriff zu gelangen, um das Fenster zu öffnen. Nach ein paar Versuchen gelang es ihm, die Fensterflügel aufzustoßen. Raimund trat näher heran und erblickte im Halbdunkel im Inneren einen kleinen Raum, in dem ein altes Holzgestell stand, das wohl als Bett benutzt wurde. Außer einem wackeligen Stuhl, einem rußigen, schmutzigen, alten Schränkchen mit mehreren Schubladen, war das Zimmer leer. Mit allergrößter Anstrengung zog sich Raimund hoch und kletterte mit dem gesunden Bein ins Zimmer. Das verletzte Bein zog er stöhnend nach. Dann stand er in dem Raum und humpelte zur nächsten Tür, die halb offen stand. Sein Blick fiel auf einen großen Raum, der halb Diele und Wohnraum zu sein schien. Links führte eine abgetretene, farblose Holztreppe nach oben in ein anderes, unbekanntes Stockwerk.

Zwei Holzbänke befanden sich in der dunklen Ecke des Raumes. Davor stand ein klobiger Tisch, auf dem Brot lag. Raimund spürte beim Anblick des Brotes wieder ein gewaltiges Knurren in seinem Magen. Mit zusätzlichen Schmerzen, machte dieser nun von seinem Recht Gebrauch, gefüllt zu werden. Langsam stakste Raimund auf die Bank zu, setzte sich und ergriff das Brot. Es war zwar ziemlich hart, aber noch genießbar. Gierig biss er ein Stück ab und kaute es. Da der Speichelfluss durch seinen abnormen Hunger reichlich war, weichte das Brot schnell auf. Das Brot war bis zur Hälfte gegessen, als er plötzlich hinter sich ein Geräusch hörte. Schnell drehte er sich um und erblickte eine alte Frau mit einem runzeligen Gesicht. Sie war in Schwarz gekleidet. Mit angsterfüllten Augen stand sie da und starrte Raimund an. Dieser legte stumm das Brot auf den Tisch zurück. Er wusste nicht, wie er reagieren sollte. Bevor er sie jedoch ansprechen konnte, tauchte plötzlich eine junge Frau neben der Alten auf. Raimund schätzte sie auf Anfang zwanzig.

Der scharfe Blick aus ihren schwarzen Augen ließ ihn, im Beginn, ein paar Worte zu sagen, gleich verstummen. Sie sprach ihn an, doch er verstand sie nicht.

„Entschuldigen Sie", sprach er sie an. „Ich komme aus Deutschland und bin entführt worden.

Der Blick der jungen Frau wechselte von feindselig zu überrascht, und ein leichtes Lächeln umspielte ihren Mund, als sie ihm in deutscher Sprache mit einer Frage antwortete: „Wo kommst du denn her?"

„Ich komme aus Ebershausen, das liegt in Süddeutschland", war seine Antwort. Plötzlich spürte er wieder seine Schmerzen im Bein und ließ sich mit leichtem Stöhnen auf den Stuhl fallen. Die junge Frau sah, dass er verletzt war und eilte an den Tisch. Die Alte rief ihr ein paar warnende Worte zu, aber die Junge winkte mit der rechten Hand ab.

„Bist du verletzt?" Raimund nickte und zeigte ihr die Wunde am Bein. Der mit Resten seines T-Shirts gemachte Verband war schmutzig und mit Blut durchtränkt. Die junge Frau bückte sich nieder und begann, vorsichtig die Streifen zu lösen. Raimunds Bein zitterte, und er stöhnte leise unter Schmerzen. Inzwischen war die Alte herangetreten und betrachtete die jetzt wieder blutende Wunde. Sie sagte ein paar Worte zu der jungen Frau und eilte an den Herd. Kurz danach flackerte ein Feuer auf, und die Frau nahm einen Kessel, den sie aus einer Balje mit Wasser füllte und auf das Feuer setzte.

„Ich heiße Majuschka", lächelte sie Raimund an, der ängstlich auf sein Bein blickte. „Wir kriegen das wieder hin", fuhr sie fort. „Meine Oma ist eine gute Kräuterfrau und sorgt dafür, dass dein Bein bald wieder heil ist. Du musst jedoch ein paar Tage hier bleiben." Raimund nickte und schickte sich in sein Schicksal. „Inzwischen musst du mir sagen, wo deine Leute zu finden sind. Ich werde Verbindung zu ihnen aufnehmen."

Raimund überlegte, soweit er es unter den jetzt wieder heftiger werdenden Schmerzen tun konnte. Dann nannte er ihr den Namen der Jugendherberge, in der sie mit der Klasse übernachten wollten. Majuschka schrieb sich alles auf. Inzwischen hatte die Alte auf dem Herd einen Sud gekocht. Der Duft von Kräutern erfüllte den Raum. Nun füllte sie eine kleine Schüssel mit der Flüssigkeit und schlurfte zu den beiden herüber. Der Kräuterduft wurde stärker, und der Sud dampfte. Dann holte die alte Frau etwas Watte aus einer Schublade. Aus dieser entnahm sie auch eine Rolle Stoff, der Raimund wie Leinen vorkam.

Dann setzte sie sich auf einen alten Hocker neben Raimunds Bein. Sie nahm ein großes Stück Watte, knetete es ein wenig und tauchte es in den Sud. Bei dieser Hantierung murmelte sie immer etwas vor sich hin. Raimund dachte an eine alte Hexe, die fortwährend Zaubersprüche vor sich hin murmelte. Seine Nackenhaare sträubten sich, und ein Schauer lief über seinen Rücken, als die Alte das getränkte Stück Watte, das durch den Sud noch sehr warm war, auf die Wunde legte. „Aaaahhh!" schrie er laut auf. Majuschka hielt ihn bei den Schultern fest und redete beruhigend auf ihn ein.

Dann nahm die Alte die Leinenrolle und umwickelte sein Bein mit der Watte. Der Sud entfaltete nach kurzer Zeit seine volle Wirkung, und Raimunds Körper mobili-sierte sämtliche Schweißporen. Sein ganzes Gesicht war klatschnass. Majuschka tupfte vorsichtig sein Ge-sicht ab. Auf einmal wurde er ganz müde und schloss erschöpft die Augen.

Inzwischen fuhren die Schüler zu ihrem Leidwesen mit genügend Begleitlehrern wieder in die sichere Heimat zurück. Selbst Heiner, der dagegen heftig protestiert hatte, und seinen Freund nicht im Stich lassen wollte, befand sich im Zug.

Dr. Niehaus, der einen entnervten Lehrer Hübner vorgefunden hatte und ihn psychisch wieder aufmunterte, übernahm die Führung des Lehrerteams, das Kontakt mit der Polizei aufnahm. Ihm und Herrn Straubing, der sich neben Herrn Hübner noch entschlossen hatte zu bleiben, schloss sich natürlich noch Gisela, Raimunds Mutter an. Dr. Niehaus konnte und wollte nichts gegen den festen Entschluss Giselas machen.

Etwas polternd und drängelnd entstiegen sie dem Taxi, das mit quietschenden Reifen vor dem Polizeipräsidium gehalten hatte. Der imposante Bau, der noch aus der kommunistischen Ära der Tschechei stammte, beeindruckte sie sehr. Dr. Niehaus setzte seinen Hut fest auf die Stirn und rief halblaut: „Na, dann wollen wir mal." Die anderen folgten ihm schweigend, wobei Herr Hübner schwer atmete, als sie die steilen Treppen empor stiegen.

Im Vorzimmer des Polizeioffiziers, der die Aktion leitete, wurden sie gebeten, Platz zu nehmen. Kalte, alte Ledersessel, die hier und da schon aufgeplatzt waren und alte, vergilbte Füllwatte zum Vorschein treten ließen, nahmen die vier Personen bereitwillig auf. Verschiedene Telefone klingelten unablässig. Polizeibeamte in Uniform saßen mit amtlichen Mienen an ihren Schreibtischen und beantworteten die Anrufe. Ein Gewirr von fremden Lauten erfüllte die Luft. Dr. Niehaus versuchte gerade, die Eindrücke zu sortieren, die sich ihm boten, als eine Beamtin mit strengem Haarschnitt und mit einer anthrazitgrauen, makellosen Uniform gekleidet, sie höflich aufforderte, ihr zu folgen. Nach einem kurzen Gang über den Flur klopfte sie an eine Tür. Auf eine Antwort hin, öffnete sie und wies der Gruppe freundlich den Weg ins Zimmer. Dann schloss sie die Tür hinter ihnen. Hinter einem mächtigen Mahagonischreibtisch erhob sich ein riesiger Klotz von einem Menschen. Sein feistes Gesicht lächelte die Eintretenden an. Er trat ihnen einige Schritte entgegen und reichte ihnen die Hand, an denen zwei dicke Goldringe funkelten. Sein grauer Anzug zeigte unter den Achselhöhlen dunkle Schweißränder. Schweißperlen glänzten auch auf seiner braunen Glatze. „Aaahh! Die Herrschaften aus Dütschland", rief er mit tiefer, gurgelnder Stimme. Dr. Niehaus stellte seine Mitkollegen und Raimunds Mutter vor.

Der Offizier nannte seinen Namen und wies auf eine Reihe bunter Polsterstühle, die vor einem riesigen, ovalen Tisch standen. „Bittäh, nämmen Sie Platz", gurgelte er erneut und setzte sich neben Dr. Niehaus und Gisela Köster. Nun berichtete er ein wenig von seiner schwierigen Tätigkeit als Polizeioffizier und wie schwer die Zeiten geworden waren, seitdem die Grenzen offen waren. Zwischendurch brachte die Dame mit dem strengen Haarschnitt Kaffee herein, so dass unsere Gruppe von dem uninteressanten Gerede des Offiziers abgelenkt wurde.

Dr. Niehaus, dem es schließlich zuviel wurde, hob die Hand. Der Polizeioffizier schwieg, nahm sich seine Tasse und zog schlürfend den inzwischen lau gewordenen Kaffee in sich hinein.

„Was haben Sie bisher unternommen?" wollte Dr. Niehaus wissen und wusste, dass seine beiden Kollegen und Raimunds Mutter ebenfalls sehr daran interessiert waren, mehr zu erfahren. Nun berichtete der Offizier, dass am nächsten Morgen in der Frühe eine Aktion geplant sei, um die Bande, die seit längerer Zeit observiert wurde und bei der man auch den Jungen vermutete, zu schnappen. Gisela warf ein, dass man doch

keine Zeit verlieren, und nicht bis Morgen warten sollte.

„Äh, värzeihen Sie Madam. Es gäht nischt allein um
Ihren Jungen, sondern die Bande hat noch mähr auf
dem Kärpholz." Gisela sah ein, dass Ungeduld fehl am
Platze war. So beschlossen die Lehrer und Gisela, in
ein Hotel in der Nähe des Präsidiums zu ziehen, und
den nächsten Tag abzuwarten.

Es war am späten Nachmittag, als Raimund die Augen
aufschlug. Vor ihm stand eine Schüssel mit frischem
Salat und duftendem Ziegenkäse, auf dem ein paar
hartgekochte Eier geschnitten waren. Er griff nach
einem Holzlöffel, der daneben lag und ließ es sich
schmecken. Majuschka stand plötzlich neben ihm und
schnitt ihm zwei Schreiben duftendes Brot ab. Er roch
genüsslich an dem frischen Brot und biss herzhaft
hinein. Die Alte machte sich am Herd zu schaffen.

Plötzlich hörten sie polternde Schritte, und jemand
hämmerte an die Tür, die verschlossen war. Eine dröhnende Männerstimme war zu hören. Raimund hatte vor
Schreck den Löffel auf den Tisch fallen lassen und
blickte Majuschka erschrocken an. Die forderte ihn mit
der Hand auf, ihm zu folgen. Die alte Frau hatte inzwischen der dröhnenden Stimme geantwortet und schlurfte langsam zur Türe. Majuschka öffnete eine schmale
Tür, die zu einer dunklen, kleinen Kammer gehörte und
schubste Raimund wortlos hinein. Dann hob sie den
Finger an die Lippen, um ihm zu zeigen, dass er
schweigen sollte. Dann schob sie eine Kiste vor die
Tür. Die Alte hatte inzwischen die Tür geöffnet, und
ein vierschrötiger, junger Kerl schob sich herein. Von

seinen Backen kräuselte sich ein schwarzer Bart. Ober-
und Unterlippe waren bartfrei. Sein wettergebräuntes,
zerfurchtes Gesicht gab ihm das Aussehen eines Dä-
mons. Er fuhr die beiden Frauen an. „Warum habt ihr
nicht aufgemacht?" „Wir waren beschäftigt", antwortete Majuschka und stellte sich beleidigt. Die alte Frau
grinste hämisch und war mit einer Flasche Schnaps
angekommen. Der junge Mann ergriff das dargebo-
tene Glas und schüttete den Schnaps in sich hinein.
Kurz schüttelte er sich. Dann berichtete er von den
Schmugglern und einem Jungen, der ihnen entlaufen
war. „Habt ihr den Jungen gesehen?" Die beiden Frau-
en schüttelten gleichzeitig die Köpfe und sahen sich
fragend an. „Wenn ihr den Jungen seht, dann müsst ihr
uns unbedingt benachrichtigen. Er darf nie zur Polizei
kommen", rief er sehr wichtig und erhob das Glas
erneut. Die Alte schenkte ihm ein und grinste mit den
Augen.

Raimund wurde es in seinem Versteck ganz übel. Er
konnte den Mann nicht sehen, und er verstand ihn auch
nicht. Aber er war sich sicher, dass er gemeint war, und
das die Situation für ihn sehr schwierig war. Nachdem
der Mann eine kurze Zeit später gegangen war, entließ
Majuschka Raimund aus seinem engen Verließ. „Es ist
gefährlich", sagte sie ihm, und die Alte nickte heftig.
„Sie suchen nach dir. Ich werde dich heute Nacht
fortbringen, damit sie dich nicht kriegen." Dann erklärte sie Raimund ihren Plan.

Tief in der Nacht öffnete Majuschka leise die Tür, die
jedoch nur mit einem leisen Quietschen nachgab. Die
Kühle der Nacht belebte die Sinne der beiden Menschen, die den Weg, an der Lichtung vorbei, in Rich-

tung der nächsten größeren Siedlung nahmen. Ein leichter Wind fegte durch die Bäume, deren Rauschen einem Flüstern von guten Geistern glich. Der Mond war leicht eingebeult und lugte von Zeit zu Zeit zwischen den dunklen Wolken hindurch, so dass Raimund den unbekannten Weg besser vor Augen hatte. Er versuchte, der schnell, durch das Blättergewirr der Büsche, huschenden Majuschka zu folgen. Von Zeit zu Zeit blieb sie stehen und wartete auf den heranhumpelnden Jungen.

„Geht es nicht schneller?" flüsterte sie ihm zu und versuchte, ihn zur Eile zu bewegen. Doch Raimund schüttelte den Kopf. „Es tut noch so weh, wenn ich schneller gehe." So setzten sie ihren Weg etwas langsamer fort. Nach ein paar Minuten stießen sie auf eine asphaltierte Straße, der sie nun folgten, und dabei das Waldgelände hinter sich ließen.

Neben der Straße befanden sich jedoch genug Büsche, die ihnen die Möglichkeit gaben, sich rechtzeitig zu verstecken, wenn andere Personen auftauchen sollten. Die Straße machte plötzlich einen scharfen Knick nach links, und Majuschka erblickte in der Ferne einige Häuser, in denen, trotz der weit fortgeschrittenen Nacht, noch vereinzelt Licht zu erkennen war. Sie blieb stehen und zeigte geradeaus. „Da müssen wir hin", flüsterte sie Raimund zu. „Da bist du erst einmal sicher." Raimund nickte, wischte sich über den trockenen Mund, und dachte bei sich: „Ach, du meine Güte, so weit noch?" Aber er verschwieg der jungen Frau seine Gedanken, weil er froh war, dass sie ihn überhaupt begleitete. Doch Meter für Meter gingen sie weiter. Im Osten zeigte sich bereits ein schmaler, rötlicher Streifen am

Horizont. Der neue Tag kam herauf und wollte seine
Stärke zeigen. Es wurde nur ein wenig heller, da der
Mond sich schon vor kurzem zur Ruhe gelegt hatte, und
aus einer düsteren Wolke nicht mehr erschienen war.

Die Häuser waren nun deutlicher zu erkennen. Die ersten Hunde bellten den Morgen an und die ersten Menschen schienen schon auf den Beinen zu sein. Ein
Motorengeräusch erfüllte die Luft, und ein alter Lkw,
der nur mit einem Scheinwerfer ausgestattet war, der
sich eilig an der Straße entlangtastete, kam näher. Raimund und Majuschka huschten zur Seite und versteckten sich hinter einem Holunderbusch. Der alte
Lkw, aus dem Musik dröhnte, fuhr an ihnen vorbei.
Nach einer kurzen Pause nahmen die beiden wieder
ihren Weg auf.

Bald darauf erreichten sie die ersten Häuser.

Vogelgezwitscher tönte in der Luft. Stimmen ertönten
und Geklapper von Hausgeschirr war zu hören. Die ersten Bewohner kamen ihnen entgegen, beachteten sie
aber nicht. So schlichen sie durch die Straßen. Majuschka, die den Weg genau kannte, drängte erneut zur
Eile. Raimund humpelte hinter ihr her, in der Hoffnung, sich bald ausruhen zu dürfen. Sie passierten gerade ein Wirtshaus, aus dem Licht schien und lautes Grö-
len erklang. Sie waren noch nicht ganz an dem schäbigen Haus vorbei, als die Tür geöffnet wurde und einige dunkle, betrunkene Gestalten herauspolterten.
Raimund blieb erschrocken stehen, denn er erkannte
einen von ihnen. Es war Georg, Georg Grabowsky.
Majuschka, die Raimunds Verhalten wunderte und ihm
ein Zeichen gab, weiterzugehen, erkannte auf einmal
die Situation. Die Männer grölten, und einige schauten

auf die junge Frau und blieben stehen. Ihr falscher, fürchterlicher Gesang erstarb. Nun starrten sie alle die junge Frau an. Von dem Jungen nahm noch keiner Notiz. Majuschka begrüßte die Männer mit einem Lachen und rief ihnen freundliche Worte zu. Raimund, der ihr Verhalten begriff, humpelte zur Seite und verschwand hinter einer Mauer, die im Schatten lag. Die Männer lachten und wollten Majuschka ergreifen, doch die nutzte die Gelegenheit und lief vor ihnen weg. Doch nur so schnell, dass sie die Verfolgung aufnahmen. Auch Grabowsky, der so betrunken war, dass er Raimund nicht erkannt hatte, lief hinter den anderen her.

Doch die junge Frau war schneller, und die Gruppe war plötzlich außer Reichweite. Nur das Gelächter drang noch bis Georg zurück. Dieser blieb stehen, drehte sich zur Seite, und folgte einem menschlichen Bedürfnis. Er erleichterte sich, und plätschernd schoss sein Urin gegen eine Mauer. Dann spuckte er aus und kehrte torkelnd zur Gaststätte zurück.

Raimund, der hörte, wie sich die Gruppe entfernte, setzte sich auf eine Treppe, die zu einem Haus gehörte. Er wollte sich endlich nach dem langen Weg ausruhen. So merkte er nicht, wie eine torkelnde Gestalt plötzlich hinter ihm stand. „Ja, wen haben wir denn da?" brüllte Grabowsky und sein Rausch war auf einmal wie verflogen.

Die drei dunklen Limousinen verließen die Landstraße und bogen nach links auf eine kleine Zufahrtsstraße, die zu einem Gehöft führte. Es war kurz nach eins in der Nacht. Da der Himmel bedeckt war, hatte der Mond keine Chance, die Szenerie zu beleuchten. Das war Kommissar Jefcsny und seinen Männern gerade recht.

Die Wagen verringerten ihr Tempo und fuhren jetzt langsam. Die Scheinwerfer wurden auf Abblendlicht gestellt. Dann gab der Kommissar den Befehl, anzuhalten.

Geräuschlos stiegen die mit Maschinenpistolen bewaffneten Polizisten aus. Flüsternd gab Jefcsny noch einige Befehle. Dann bewegten sie sich nacheinander in Richtung ihres Zieles, wobei sie es vermieden, allzu viele Geräusche zu machen.

Nachdem sie ein paar Bäume passierten, erblickten sie das Gehöft, das etwas unterhalb der Straße lag. Im Wohnhaus brannte in einigen Räumen noch Licht. Sie schwärmten aus und bildeten nun eine Linie. Schritt für Schritt arbeiteten die Männer sich an die Häuser heran. Plötzlich erhellte ein riesiger Scheinwerfer den Platz vor den Stallungen. Motorengeräusch ertönte, und einige Männer liefen vom Wohnhaus zu den Stallungen hinüber. Die Polizisten blieben einen Augenblick stehen, da Kommissar Jefcsny ihnen ein Zeichen gegeben hatte. Er wollte sich über die neue Lage informieren. Stimmen tönten zu ihnen halblaut herüber. Jemand gab Befehle. Ein Lkw wurde rückwärts aus dem großen Stall gefahren.

Jefcsny gab seine Anweisungen. Die Hälfte der Gruppe schwärmte nach links aus und umging den kleinen Stall, der im Dunkeln lag und vom Scheinwerferlicht nicht erreicht wurde. Der Rest machte einen Schwenker nach rechts, direkt auf den großen Stall zu. Der Kommissar lief voran. Gebückt rannten sie weiter, trotz der Gefahr, im Scheinwerferlicht erkannt zu werden.

Die Männer vor dem Stall achteten jedoch nicht auf ihre Umgebung. Sie waren eifrig damit beschäftigt, den Lkw mit Kisten zu beladen. Gerade, als sie die letzte Kiste aufladen wollten, stürmte Kommissar Jefcsny mit seinen Männern auf den Schauplatz und brüllte: „Hände hoch! Umdrehen, Beine auseinander und keinen Mucks." Die Kiste polterte auf den Boden, Flüche wurden laut; aber es half nichts. Die Polizisten drängten sie an den Lastwagen, wo sie mit erhobenen Händen und einer massigen Wut im Bauch warteten, was die Polizei tun würde. Zwei der Männer die versucht hatten, zu fliehen, wurden nun unter lautem Gezeter der beiden von den anderen Männern Jefcsnys vor den alten Stall gezerrt. Aus dem Haus kamen nun schreiend Frauen gelaufen, die das Gebrüll draußen hörten, aber nicht wussten, was da vor sich ging.

„Na, da haben wir ja die ganze Sippschaft beieinander", triumphierte Kommissar Jefcsny und blickte auf die Gruppe. Inzwischen hatte einer seiner Männer telefonisch die Transportwagen herbeigerufen, die nun dröhnend auf das Gehöft fuhren. Alle Männer und Frauen wurden nun, mit Handschellen versehen, auf die Lkws verladen. Dann gab der Kommissar seinen Leuten einen Wink. „Sucht das ganze Haus nach dem Jungen ab, ich habe ihn hier nicht entdeckt."

Die Transporter waren inzwischen mit der Bande abgefahren, und der Kommissar wartete ungeduldig auf seine Männer und den Jungen. Nach gut einer Stunde konzentrierten Suchens kehrten sie aus dem Haus zurück und schüttelten den Kopf. „Wir waren überall, vom Keller bis zum Dach, und haben jeden Raum durchsucht. Doch wir haben den Jungen nicht gefunden." Dabei zuckten sie mit den Schultern. „Na, vielleicht bekommen wir das morgen aus ihnen heraus, wo sie den Jungen gelassen haben", erwiderte Jefcsny und begab sich in sein Auto. „Hoffentlich lebt er noch", bemerkte sein Beifahrer. Dann fuhr der Konvoi zurück. Kommissar Jefcsny sehnte sich nach seinem Bett.

Am nächsten Tag erschien Jefcsny erst gegen Mittag im Präsidium. Er hatte sich erst einmal ausgeschlafen. Im Traum hatte er die Razzia gegen die Bande wieder erlebt, jedoch waren sie ihm immer wieder durch die Lappen gegangen. Als er dann schweißgebadet endlich erwachte, wusste er im ersten Augenblick nicht, ob ihm der Coup nun gelungen war oder ob die Kerle ihm wirklich entkommen waren. Doch die Wirklichkeit setzte sich durch, und Jefcsny verschwand mit einem zufriedenen Grinsen im Bad.

Das Verhör, das er mit seinen Spezialisten durchführte, drohte zunächst ein Flop zu werden. Die Männer waren zäh und hartnäckig widersetzten sie sich den Fragen der Polizisten. Auch die fürchterlichsten Drohungen nutzten nichts. Erst als sich Jefcsny eine der jüngeren Frauen vorknöpfte, kam Bewegung in die Sache. Er erfuhr, dass der Junge von zwei Männern fortgebracht worden war. Dann verlor sich die Spur. Doch in der anderen Sache konnte er einen dicken Erfolg verbuchen. Die Bande schmuggelte Antiquitäten aus den östlichen Ländern nach Deutschland, Amerika und Frankreich. Er hatte vor einigen Wochen einen heißen Tipp bekommen und war dieser Spur gefolgt. Am Nachmittag meldeten sich die Leute aus Deutschland an. Kommissar Jefcsny bedauerte es, dass er ihnen, besonders der Mutter, nicht helfen konnte. Nachdem sie Platz genommen hatten, berichtete er, welche Kenntnisse er über Raimunds Verbleib hatte. Ratlos blickten sich Dr. Niehaus, Herr Hübner und Gisela Köster an.

„Was soll nun werden?" fragte Dr. Niehaus den Polizeioffizier. „Wir fahnden natürlich weiter", versicherte dieser. Gisela Köster saß wie versteinert. Ihr kamen plötzlich die Tränen, als sie sich vorstellte, dass ihrem Sohn etwas Schlimmes zugestoßen sein könnte. Herr Hübner reichte ihr ein Taschentuch, das sie wie abwesend annahm.

Eine junge Beamtin trat ein und servierte für alle Anwesenden Kaffee. Als der Kommissar gerade einen großen Schluck nahm, klopfte es an der Tür. Dann eilte ein Mitarbeiter ins Zimmer, trat zu dem Offizier und flüsterte ihm etwas ins rechte Ohr. Die anderen hielten inne und blickten auf Jefcsny, dessen Miene sich plötzlich aufhellte, nachdem er vorher seine Stirn in Falten gelegt hatte. „Frau Kester, meine Herren, ich glaube, ich habe eine gute Nachricht für Sie. Man hat ihren Sohn in einer kleinen Ortschaft, ungefähr zwanzig Kilometer von hier, gesehen. Einer von der hiesigen Polizei hat die Verfolgung aufgenommen, da er auf der Flucht schien.

Gisela stellte augenblicklich die Tasse auf den kleinen Tisch und verspritzte ein paar Tropfen Kaffee. „Aber das ist ja wunderbar", rief sie. „Können Sie uns in den Ort bringen?" fragte Dr. Niehaus, und Herr Hübner nickte eifrig, um die Sache zu beschleunigen. Kommissar Jefcsny gab seinem Mitarbeiter einige Anweisungen und antwortete dann: „Selbstverständlich, es ist mir eine Freide, Ihnen zu Ihrem Sohn zu verhelfen." Dann erhoben sich alle, um in die bereitstehenden Fahrzeuge zu steigen.

Grabowsky ergriff Raimund mit roher Gewalt an dessen linken Arm und riss ihn empor. Dieser drehte sich zu ihm und trat ihm mit voller Wucht mit dem gesunden Bein gegen das Schienbein. Ein grölender Aufschrei erreichte vorbeihastende Männer und ein heftiger Schmerz durchfuhr Georgs Bein. Augenblicklich ließ er den Jungen los. Raimund drehte sich um und rannte, so schnell es sein verletztes Bein zuließ, davon.

„Ein Dieb", brüllte Grabowsky hinter ihm her. „Ein Dieb! Haltet ihn! Er hat mich bestohlen." In die Männer und Frauen, an denen Raimund vorüber hastete, kam Bewegung. Sie nahmen die Verfolgung auf. Er konnte sich von einigen Händen los reißen, die ihn festhalten wollten. Dann stellte ihm ein alter Mann ein Bein, und Raimund stürzte vor ihm zu Boden. Es war, als fielen plötzlich alle Verfolger auf ihn. Er knallte mit dem Kopf auf's Pflaster und verlor die Besinnung.

Etwas später hörte er Stimmen wie aus weiter Ferne. Er öffnete blinzelnd die Augen. Viele Gesichter blickten ihn an. Plötzlich tauchte das Gesicht des betrunkenen Grabowsky auf. Er ergriff den Pulli, den Raimund von Majuschka bekommen hatte, mit der Faust und zog ihn hoch. Raimund roch seinen, nach Fusel stinkenden Atem, und es würgte ihn.

„Na, Bürschchen, diesmal kommst du mir nicht davon." Die Menge, die um ihn herumstand, klatschte

Beifall, und Stimmen murmelten durcheinander. Durch den Menschenauflauf war auch ein Polizist aufmerksam geworden. Dieser drängte die Männer und Frauen mit derben Worten auseinander und zwängte sich bis zu Grabowsky und Raimund hindurch.

„Was ist hier los?" sprach er Grabowsky mit amtlicher Miene an.

„Dieses Schwein hat mich bestohlen, Capitan", antwortete dieser mürrisch, da es ihm gar nicht passte, dass der Gesetzeshüter nun anwesend war. Raimund, der sich nur denken konnte, was Grabowsky meinte, die Worte aber nicht verstanden hatte, wollte nun seine Haut retten. „Irrtum, Herr Wachtmeister", rief er. „Dieser Kerl ist ein Gangster. Er hat mich entführt. Ich gehöre zu einer deutschen Schulklasse, die in der Nähe von Prag in einer Jugendherberge wohnt." Der Polizist kratzte sich hinterm Ohr. Da er nicht deutsch sprach, stellte er fest, dass die beiden Kontrahenten sich gegenseitig beschuldigten. Alle anderen standen um die drei herum und warteten gespannt, wie sich die Sache entwickeln würde. Es war wie in einem Film. Endlich war in diesem Kaff mal etwas los.
So entschied er, dass die beiden mit zur Wache sollten. Er befahl den beiden, ihm zu folgen. Der Rest der Menge folgte ihnen, da es noch spannender zu werden schien. Als sie um die nächste Straßenecke bogen, hörten sie eine Frauenstimme rufen. Es war Majuschka, welche die anderen Männer abgeschüttelt hatte. „He, Raimund, was soll das?" rief sie. Der Polizist und die Menge hielten an und blickten auf die junge Frau. Sie rief schon von weitem: „Ich kann Ihnen alles erklären." Die Miene des Wachtmeisters erhellte sich. Er war

froh, dass es hier einen Menschen gab, der wohl etwas Klarheit in die Angelegenheit bringen konnte.

Grabowsky sah seine Felle wegschwimmen und verdrückte sich leise durch die Menge. Als Majuschka die Leute erreicht hatte und dem Polizisten erklärte, was mit Raimund war, wollte dieser sich an Grabowsky wenden. Doch dieser war wie vom Erdboden verschwunden. Plötzlich rief eine der Frauen: „Da hinten läuft er!" Doch er war schon zu weit fort, um noch gefangen zu werden. Majuschka und Raimund folgten dem Polizisten in seine Amtsstube. Dort telefonierte er mit dem Präsidium in der nächsten Stadt. Die Menge löste sich auf, und die Leute gingen wieder ihren Geschäften nach. Es gab jedoch für Tage und Wochen Gesprächsstoff, was sie gesehen und gehört hatten. Und bei jedem Gespräch wurde die Situation spannender und wichtiger.

Eine Stunde später hielt eine Limousine vor der kleinen Polizeistation. Neben dem Kommissar stiegen auch die Gäste aus Deutschland aus. Gisela stürzte auf ihren Sohn und nahm ihn unter Tränen in die Arme. Sie hatte ihn endlich wieder. Dann wurde erst einmal alles berichtet.

Sieben Jahre später

XVII

Sven Carstens lauschte der ruhigen, aber befehlenden Stimme, die aus dem Lautsprecher an der Decke ertönte und den Raum mit Informationen füllte. Gleichzeitig roch es unangenehm nach Zigarettenqualm, der in grauen Schwaden aus den glühenden Köpfen der Zigaretten oder aus den Lungen herausgestoßen wurde und schwebend durch den Raum zog. Hinzu kam der Gestank nach ekligem Männerschweiß. Sven fühlte sich wie in einem Pumakäfig.

Die Stimme aus dem Lautsprecher gab die Befehle für die nächsten Aktionen an die Gruppe weiter. Es war der türkische Akzent, den Sven nicht ausstehen konnte, und der seine ohnehin miese Laune langsam in eine schwelende Wut steigerte. In einer gewissen Vorahnung war er davon überzeugt, dass er sich irgendwann einmal mit einem dieser Knoblauchfresser anlegen würde. Die Stimme gehörte zu einem der Bosse, der auf der Abteilungsebene der Firma arbeitete, und Ömer Mustapha direkt unterstellt war. Insgeheim wünschte sich Sven, dort einmal hinzukommen. Denn die Leute schwammen im Geld, und das wollte er auch haben.

Er blickte mit einem leichten Grinsen kurz zu Toni hin, seinem Partner aus Angola, den er vor einigen Jahren vor der russischen Mafia gerettet hatte. Diesem fielen die sonst vor Eifer sprühenden Augen vor Müdigkeit zu. Er quittierte Svens Blick mit einem kurzen Lächeln und versuchte, sich wieder auf die neuen Anweisungen zu konzentrieren.

Svens Versuch, es Toni gleichzutun, misslang, denn seine Gedanken wichen immer wieder ab und führten ihn zurück in die Vergangenheit.

Nach der üblen Geschichte mit dem Blonden war er auf Druck seines Vaters in die Schweiz gegangen und hatte dort einen mittelmäßigen Abschluss gemacht.

Kaum war er wieder zurück in der elterlichen Villa, wollte ihn sein Vater in die Firma stecken, damit er die einzelnen Abteilungen durchlaufen konnte. Da Sven dieses, seiner Meinung nach unmögliche Vorhaben, schon aus manchen Gesprächen mit seinem Vater erahnte, war seine Ablehnung, eines Tages in die Firma seines Vaters einzusteigen und sie später zu überneh men, in ihm immer größer geworden, und ein Ekel würgte ihn, wenn er überhaupt daran dachte. So musste es zwangsläufig zum Eklat kommen. Carl Carstens tobte wie ein mordlustiger Fuchs in einem vollen Hühnerstall. Doch Sven wehrte sich mit aller Macht gegen die Forderung seines Vaters, es sich noch mal zu überlegen.

Ein paar Tage später übermittelte das Sanatorium die Schreckensnachricht per Fax, dass seine Mutter bei einem Unfall sehr schwer verletzt worden und ins Koma gefallen war. Der Vater flog sofort in die Schweiz, um sich nach dem Unfallhergang zu erkundigen und bei seiner Frau zu sein. Sven war nun doch gezwungen, ein paar Tage in der Firma zu arbeiten. Dort machte er keinen Hehl daraus, dass ihn diese Firma ankotzte und er am liebsten abhauen würde. Ein paar Tage später kehrte Carl Carstens völlig genervt, und von der dort angetroffenen Situation völlig überfordert, aus der Schweiz zurück. Er hatte erfahren, dass seine kranke Frau wohl kaum aus dem Koma aufwachen und nie wieder gesund würde. Als er am anderen Morgen den Bericht von seinem Abteilungsleiter hörte, wie sich Sven in der Firma danebenbenommen hatte, brannte bei ihm am Abend bei einer weiteren Auseinandersetzung mit Sven die Sicherung durch. Er warf ihn zornerfüllt auf die Straße. „Du bist nicht mehr mein Sohn!" hatte er ihm nachgebrüllt und die Türe ins Schloss geknallt. Sven war ebenfalls voller Zorn, jedoch mit der Genugtuung, nicht mehr nach seiner Pfeife tanzen zu müssen, in den Abend hinausgestürzt. In einem drittklassigen Hotel hatte er dann übernachtet.

In seinem Herzen brannten giftige Rachegefühle. Er würde es dem Alten irgendwann fürchterlich heimzahlen, das schwor er sich dabei. Seine ohnehin geringe Zuneigung war in lodernden Hass umgeschlagen.

Doch wo sollte er in diesem Zustand hingehen? Es gab keine Freunde, die ihn aufgenommen hätten. Da saß Sven nun in diesem drittklassigen Hotelzimmer, zählte seine paar Habseligkeiten und blickte hin und wieder zum Fernseher, der nebenbei lief. Gerade wurden die Nachrichten gesendet. Als der Sprecher auf eine neue, kriegerische Auseinandersetzung zwischen den Rebellen und den Regierungstruppen in Angola hinwies, fiel ihm plötzlich Antonio, der Junge aus Angola ein.

Sofort durchsuchte er seine sämtlichen Taschen nach der Telefonnummer, die ihm der Schwarze, bevor er aus seinem Blickfeld verschwand, damals gegeben hatte. Schließlich fand er sie. Kurz entschlossen machte er sich auf und verließ das hässliche Hotel.

In der nächsten Telefonzelle, die sich auf seinem Weg befand, versuchte Sven, Kontakt mit Antonio aufzunehmen. Das Rufzeichen klingelte ziemlich lange, und Sven wollte gerade enttäuscht den Hörer wieder aufhängen, da ertönte eine verschlafene Stimme. „Hallo? Wer ist da?" „Hallo! Ist dort Antonio aus Angola?" rief Sven in den Hörer. „Ja! Was gibt's? Wer bist du?"

Sven schilderte ihm seine Situation. Auf einmal war die Stimme auf der anderen Seite hellwach. „Isch komme gleisch zu dir", antwortete Antonio. Sven erklärte ihm den Ort, wo er sich befand, und Antonio legte auf. Eine gute halbe Stunde später sah Sven den Schwarzen mit grinsendem Gesicht, in dem die Zähne weiß leuchteten, auf sich zukommen. Die Begrüßung war kurz, aber freundlich. „Komm mit", rief er ihm zu. „Isch kenne hier ein gemutliches Lokal."

Das wurde der Anfang einer langjährigen Freundschaft. Sven hatte zum ersten Mal in seinem Leben das Gefühl, dass es jemanden gab, der ihn mochte. Ein weiteres Gefühl war neu und erstmalig bei ihm aufgetreten, denn auch er mochte den Schwarzen.

Toni führte ihn in die Firma ein. Einige Tage später, nachdem sie sich eingehend beschnüffelt hatten, nahm Toni ihn mit und stellte ihn seinem Boss vor. Ömer Mustapha stammte aus Istanbul. Es gab dort einen riesigen Clan seiner Familie, die alle im Drogengeschäft tätig waren. Ömer war in den letzten Jahren fleißig damit beschäftigt, seinen Geschäftsbereich zu erweitern. Zielstrebig hatte er in Deutschland Fuß gefasst und seinen Einfluss in der Drogenszene ausgebaut. Doch der Konkurrenzkampf auf diesem Gebiet war groß. Es ging um Milliardengewinne. Die Russenmafia und die Kolumbianer waren in diesen Auseinandersetzungen nicht kleinlich. Terraingewinne wurden heiß erkämpft und Verluste zähneknirschend und wuterfüllt hingenommen. Oft genug gab es Kriege mit den anderen Mafiakreisen und es hatte schon manche hieb- und stichfesten Auseinandersetzungen mit den Mitgliedern der anderen Firmen gegeben. Auch über Ömers Bauch zog sich eine dreißig Zentimeter lange Narbe, die von einem Kampf mit einer Russenbande herrührte.

Nun, dieser Ömer Mustapha betrachtete Sven von allen Seiten und vertraute ihn dann Tonis Ausbildung an. Toni war einer seiner besten Dealer, der die größten Summen hereinbrachte. Sven bewies sich als gelehriger Schüler, als Toni ihn unter seine Fittiche nahm und ihn das Handwerk lehrte. Zunächst lernte er alle Drogen kennen, durfte auch ein wenig probieren. Gleichzeitig wurde er jedoch scharf verwarnt, dieses Zeug zu nehmen. Denn dann, so erklärte ihm Toni, wäre er ein toter Mann und ´raus aus der Firma. Etwas später nahm er ihn auf Streifengang mit. Er machte die Bekanntschaft mit den Junkies der Stadt und des weiteren Umkreises, die mit ihren gierigen Augen und schmutzigen, teils durch Verletzungen entstellten Händen, den Stoff aus seinen Händen rissen, nachdem sie ihm das meist durch Diebstahl oder Prostitution erlangte Geld ablieferten.

Sven bekam ein Gefühl dafür zu erkennen, ob die Luft rein war, wenn er mit Stoff handelte, oder ob sich irgendwelche Bullen in der Nähe aufhielten. Auch lernte er die zuständigen Drogenfahnder und deren Spitzel kennen. Ein paar Mal wurde er beim Dealen erwischt und hochgenommen. Doch Ömer sorgte immer dafür, dass er schnell wieder draußen war. Er war wie ein echter Vater zu ihm, was Sven vorher nie kennengelernt hatte. So fühlte er sich bald in der Firma heimisch. Er war richtig stolz, zu dieser eingeschworenen Truppe zu gehören, von denen keiner die Firma jemals verraten hätte.

Er lernte mit dem Messer und der Pistole umzugehen. Denn Auseinandersetzungen mit den anderen Firmen kamen immer wieder vor. Ein paar blaue Augen, zwei gebrochene Rippen und ein Messerstich in seinen rechten Oberschenkel, zeugten nach einem halben Jahr von diesen außergewöhnlichen Begegnungen. Doch das machte Sven härter und entschlossener. Er gehörte bald zu den Spitzenleuten der Dealer wie Toni, und er war stolz darauf. Hier wurden seine Fähigkeiten anerkannt.

Langsam fanden seine Gedanken in die Gegenwart zurück. Die Stimme aus dem Lautsprecher war verstummt. Toni blickte ihn stirnrunzelnd mit fragenden Augen an. Durch einige, geöffnete Fenster zog frische Luft in den großen Raum, welche die letzten Rauchschwaden und die schlechten Gerüche vertrieb. Sven griff nach einer Kanne Kaffee und goss sich die lauwarme, schwarze Brühe in die Tasse. Er nahm einen Schluck und stellte die Tasse angewidert zurück.

„Hast du das gerade mitbekommen?" wollte Toni von Sven wissen. Dieser schüttelte seinen Kopf. „Nee, hab ich nicht. Bin mit meinen Gedanken spazierengegangen."

„Dann hör' zu!" erwiderte Toni. Dann schilderte er Sven in kurzen Worten die Anweisungen des Drogenbosses. Dabei machte er ein ernstes Gesicht, das Sven signalisierte, die Sache nicht auf die leichte Schulter zu nehmen, wie er es manchmal zu tun pflegte.

„Ömer Mustapha will die Russen hier 'raushaben. Wir sollen das Gebiet Stück für Stück übernehmen."

„Heißt das endlich draufhauen und einen Krieg beginnen?"

„Nee! Eigentlich sollen wir die Sache erstmal langsam antesten. Wenn die Iwans etwa Schwierigkeiten machen, sollen wir heftiger werden. Wie ich letztens hörte, hat er wohl die Bullen hier geschmiert."

„Dann kann's ja gleich heute Abend losgehen, wenn wir bummeln gehen und unsere Ware an den Mann bringen."

„Ja, Ali begleitet uns und bleibt mit vier Mann im Hintergrund." „Der sollte lieber zu Hause auf dem Diwan bleiben und seine Wasserpfeife rauchen", entgegnete Sven grinsend. Denn er traute diesem Kümmeltürken Ali nicht über den Weg.

„Es ist nötig, sich was einzustecken, falls die Jungs unbequem werden", bemerkte Toni und stand auf. „Dann kann es ja ein richtiges Feuerwerk werden", antwortete Sven grinsend. Dann verließen beide das Sitzungszimmer.

Sven und Toni schlenderten lässig durch die Straßen von Lüneberg. Es sah aus, als wenn die beiden einen Bummel machten. Aber sie waren für ihren Basar bestens gerüstet. Aufmerksam beobachteten sie die Passanten, denn sie wussten, dass neben der Konkurrenz die Hüter des Gesetzes nicht schliefen und ebenfalls ihre Runden drehten. Alle Drogenfahnder kannte Sven noch nicht, und die Hunde wechselten auch ihr Revier und streunten mal hier und mal da.

Es war inzwischen dunkel geworden. Der Himmel war bewölkt, und ein kühler Wind ließ Toni ein wenig erschauern. Die Straßenlaternen waren technisch überholt worden und sorgten für genügend Beleuchtung. Sie schlenderten weiter und befanden sich auf dem Weg in ihr Revier. Nach außen hin lässig wirkend, waren sie jedoch auf der Hut und blickten alle Augenblicke prüfend um sich. Die beiden wussten, dass Ali mit den Männern ihnen in einem Abstand von einem Kilometer folgte. Das gab ihnen ein Gefühl der Sicherheit. Trotzdem liebten sie keine unvorhergesehenen Überraschungen.

Langsam näherten sie sich dem, in der Abendstunde kaum belebten, Marktplatz. An der Marienkirche saßen und lagen nur die Schiffbrüchigen der Gesellschaft, Alkoholiker, Drogenabhängige, solche, die ihren Job verloren hatten und keinen Anschluss mehr an das soziale Netz gefunden hatten. Der Diakon sah es als seine Christenpflicht an, den Ausgestoßenen von Zeit zu Zeit eine warme Mahlzeit zu reichen. So war der Platz um die Kirche der Aufenthaltsort der Gestrandeten geworden, sehr zum Leidwesen des Stadtrates und mancher wohlhabender Bürger.

Sven und Toni kannten ihre Kundschaft. Es wunderte sie immer wieder aufs Neue, mit welchen Tricks diese Junkies das Geld besorgten, um ihre Sucht zu befriedigen und die Ware zu bezahlen. Aber eigentlich war es ihnen auch egal. Hauptsache die Mäuse kamen 'rein und Ömer war mit ihnen zufrieden.

Langsam liefen sie im Schatten der alten Häuser vorbei und erreichten ihre Ecke. Von dort hatte man einen guten Überblick über den Marktplatz. Doch die beiden Dealer waren vor neugierigen Blicken geschützt, und ihr Standort war nicht einzusehen. Die Junkies jedoch kannten ihren Platz und hatten sie längst erspäht und aus den Augenwinkeln verfolgt. Es würde nicht lange dauern, bis der erste Kunde erscheinen würde.

Sven zündete sich eine Zigarette an und trat leicht von einem Fuß auf den anderen, da die Kälte bis hier vorgedrungen war. Toni überprüfte seine Ware, die er im Innenfutter seiner warmen Jacke verstaut hatte. Da erschienen auch schon die ersten beiden Junkies, die nach ihrer Mahlzeit hungerten. In schmutzigen, zerrissenen Klamotten, die dünnen, von Nadelstichen übersäten Arme entblößt, traten sie an die Dealer heran. Der eine von ihnen hatte noch eine schwere Blessur von einer Rauferei letzte Woche

„Hi, Toni", begrüßte der mit der Blessur behaftete den Schwarzen und grinste ihn an. Seinen gelben Zähnen fehlte im Oberkiefer ein Schneidezahn. Die Augen lagen tief und dunkel in den Höhlen. Ungepflegt, mit einem filzigen Bart in seinem schmutzigen Gesicht, stand er da und streckte Toni seine zitternde Hand entgegen. Toni grinste zurück. „Hi Loser, wie steh'n die Aktien?" „Ich brauch wieder was. Gib' mal drei Briefe, das sollte fürs Erste langen. Hab' sowieso nich so viel Knete."

Während Toni drei kleine Briefchen mit Heroin aus dem Innenfutter seiner Jacke zog, beobachtete Sven prüfend das Gelände, um vor Überraschungen der Bullen sicher zu sein.

„Hier nimm! Sechzig Mäuse bar auf die Kralle." „Waaasss?" brüllte der Loser wütend auf und rotzte auf die Straße. „Letzte Woche hab' ich nur vierzig bezahlt.

Ihr werdet ja immer verrückter mit euren Preisen. Da kann ich ja gleich zu den Russen gehen."

Toni steckte sofort die Briefchen zurück, schnappte sich Loser und zog ihn zu sich heran. Er roch den widerlich stinkenden Atem des Junkies und hielt ein wenig mehr auf Abstand. „He, was ist mit den Russen?" brüllte er ihn an. Der andere Junkie war ein paar Schritte zurückgewichen und drehte sich um im Begriff, fortzulaufen. Schon war Sven bei ihm und riss ihn zu sich heran. „Hiergeblieben, Freundchen! Erst einmal runter mit den Hosen und ausgespuckt, was ihr von den Russen wisst." Die beiden Junkies hoben abwehrend die Arme hoch. „Is ja gut, wir sagen schon, was damit ist." Toni und Sven lockerten den Griff, hielten die beiden aber noch fest.

Dann berichtete Loser, dass die Russen vor einigen Tagen bei ihnen aufgekreuzt waren und ihnen Stoff für billiges Geld angeboten hatten. Sie wollten die Junkies von den Türken abwerben. „Das machen die nur am Anfang und verkaufen euch die Ware billig. Hinterher fordern die viel mehr, das könnt ihr mir glauben", erwiderte Toni. Die beiden Männer grinsten und schüttelten den Kopf. Sie glaubten Toni nicht.

„Wat is nu mit meiner Post? Krieg ich se nun zugestellt, oder nich?"

Toni zog die Briefchen aus dem Futter. „Fünfzig, für heute. Nächstes Mal musste mehr abdrücken."

Loser kramte sein Geld heraus und entriss Toni gierig die Briefe mit dem Stoff.

Bevor der zweite Junkie seinen Wunsch äußern konnte, wurden ihre Blicke jedoch von einem anderen Ereignis angezogen.

Ein schwarzer Mercedes stoppte gerade bei den anderen Junkies. Ihm entstiegen zwei junge, kräftige Männer, die ohne Zweifel als Russen oder Osteuropäer identifiziert werden konnten. Sie gingen langsam auf die Gruppe zu, und die Junkies umringten sie sofort.

„Ich fress ´nen Besen quer", rief Sven. „Die spinnen wohl, diese Iwans. Wollen uns das Geschäft vermiesen." Dann ließen sie die beiden Junkies stehen und näherten sich langsam der Gruppe Junkies. Toni spuckte unterwegs sein Kaugummi aus, das er sich gerade erst in den Mund geschoben hatte.

„Was ist mit meiner Ware?" rief der andere Junkie ihnen nach. Toni drehte sich um, winkte ab und rief: „Später!" Dann gingen sie weiter. Die Junkies in der Gruppe lauschten den Ausführungen der beiden Russen, so dass sie die beiden Dealer nicht bemerkten, die plötzlich hinter ihnen standen und zuhörten.

„Ihr bekommt euren Stoff viel billiger von uns", hörten Sven und Toni gerade. „Außerdem ist unser Stoff viel besser als der von den Kümmeltürken", fügte der andere Russe hinzu und grinste zufrieden dabei.

„Woher willst du wissen, dass euer Stoff besser ist, Iwan?" rief Toni mit scharfer Stimme dazwischen. Es herrschte auf einmal eine gefährliche Stille, wie vor einem Sturm. Die Junkies drehten sich langsam zu Toni und Sven um, wobei einige grinsten und andere erschrocken reagierten. Dann räumten sie den Platz, so dass die beiden den Russen nun gegenüber standen. Diese starrten sie ungläubig, in Überraschung verharrend an, dass plötzlich zwei Leute von den Gegnern vor ihnen standen.

„Na, was ist, Iwan? Ich habe dich etwas gefragt", wiederholte Toni seine Frage und blickte verächtlich auf die Russen.

Der Angesprochene begann, sich plötzlich unsicher zu fühlen. Seine Hände fielen schlapp nach unten, und Schweiß trat auf seine Stirn. „Äähh! Ich habe...äähh!" begann er zu stottern. Sven, dem die Situation auch nicht ganz geheuer war, fasste in die Innenseite seiner Jacke, in der sich seine Waffe befand. Er fühlte den kalten Stahl an seiner Hand. Bevor die Situation eskalieren würde, wollte er sicher sein, rechtzeitig eingreifen zu können. Doch Toni war ganz besonnen. Er hatte die Sache im Griff.

„Ich will dir was sagen, Iwan", fuhr er ruhig fort. „Bestell deinem Oberguru einen schönen Gruß von mir. Er soll sich seine Kunden in der sibirischen Taiga suchen. Hier ist kein Platz für ihn."

Die beiden Russen blickten sich verstohlen an. Sie waren sich unsicher, wie sie darauf reagieren sollten. Der eine sprach ein paar Worte russisch und der andere nickte daraufhin.

„Was glaubst du Nigger? Wenn wir hier mit unseren Leuten aufkreuzen, dann werden wir euch in die sibirische Taiga schicken", antwortete der Größere der beiden Russen.

Toni grinste, und seine weißen Zähne blitzten. „Und wenn du nicht gleich in die transsibirische Eisenbahn steigst, um dorthin zu fahren, wo du hergekommen bist, alter Bolschewiki, dann werden wir euch dorthin katapultieren." Mit diesen Worten wurde er sehr ernst. Seine Augen sprühten vor Entschlossenheit. Sven hatte das Gefühl, als wenn Toni mit seinen Messern spielen wollte.

Den beiden russischen Dealern wurde es zunehmend unwohl in ihrer Haut. Sie überlegten, ob sie handgreiflich werden sollten. Doch dann erblickte der Kleinere, dass sich ein paar Türken, die zu Tonis und Svens Truppe gehörten, auffällig der kleinen Gruppe näherten. Er stieß den anderen Russen an. Da sie bei einer tätlichen Auseinandersetzung den Kürzeren gezogen hätten, machten sie sich mit der Bemerkung „Könnt eurem Boss bestellen, wenn er Krieg haben will, dann kann er ihn haben", aus dem Staub.

„Das ging ja noch mal gut", antwortete Sven, und man spürte die Erleichterung in seinen Worten. „Die kommen wieder", entgegnete Toni. „Und dann geht der Tanz erst richtig los."

Die Junkies hatten sich auch wieder gefasst und sahen, dass die Gefahr vorbei war. Sie spürten, dass ihre Bedürfnisse wieder lebendig wurden, die keinen Aufschub duldeten. Toni und Sven machten ihren großen Deal und verschwanden danach in der Dunkelheit.

Tonis Aussage bestätigte sich schon in den nächsten Tagen. Zwei türkische Dealer wurden von den Russen angegriffen und tüchtig verprügelt. Sie würden Wochen benötigen, um wieder einsatzbereit zu sein.

Sven spuckte auf seine ungeputzten Stiefel und wischte mit einem Lappen darüber, um ihnen ein wenig Glanz einzureiben. Toni reinigte mit seinem Wurfmesser die schmutzigen Fingernägel. „Wir sollen zum Boss persönlich kommen", rief er und blickte zu Sven herüber, der sich eine neue Jeans anzog.

„Was, Ömer Mustapha gibt sich die Ehre? Dann wird's 'n heißes Eisen." Toni nickte grinsend in sich hinein. „Ja, ich glaube, Sven, du kannst dir bald deine ersten Sporen verdienen. Denn der Alte will dich wohl aufbauen." Sven legte den Gürtel in die Schlaufe. Tonis Worte schmeichelten ihm, und er konnte ein selbstgefälliges Grinsen nicht unterdrücken.

„Aber bilde dir nichts drauf ein", fuhr Toni fort, der Svens Grinsen mitbekommen hatte. „Ömer schenkt dir nichts. Du musst es dir sauer erarbeiten und!" - Dabei machte er eine Gedankenpause, um Svens Blick zu erhaschen. Dieser betrachtete sich gerade wohlgefällig im Spiegel. Über sein Spiegelbild sah er zu Toni herüber.

„Du kannst dabei draufgehen", vollendete Toni seinen Satz. Sven warf einen Blick auf sein Spiegelbild und grinste sich an. „Nein!" sagte er zu sich selbst. „Drauf gehst du noch lange nicht!"

Dann machten sie sich auf den Weg zu Ömer Mustapha. Dieser saß wie eine dicke, fette Spinne hinter seinem Mahagonischreibtisch, flankiert von seinen beiden Bodyguards, deren Erscheinung nicht minder hässlich wirkte und zu Ömer passte. Sein schwarzes, fettiges, stark gegeltes Haar wirkte wie ein Plastikteil auf seinem quadratischen Kopf. Über seinen tiefhängenden

Tränensäcken steckten zwei schwarze, funkelnde Wieselaugen, die alles gleichzeitig zu prüfen schienen. Eine stark gebogene Nase saß wie ein Haltegriff in seinem pausbackigen Gesicht. Stark geschwungene, eher weibliche Lippen, die zwischen der großen Nase und einem schwabbeligen Doppelkinn ruhten, verliehen ihm das Aussehen eines Buddhas. An seinen Fingern funkelten goldene Ringe, mit verschiedenen Edel- und Halbedelsteinen besetzt. Sein fülliger Körper steckte in einem beigen Samtanzug, der seinen massigen Körperumfang noch betonte. Das Kurioseste an ihm war eine, einem Eunuchen ähnliche Fistelstimme, mit der er die beiden, die sich nach seiner befehlsgewohnten Handbewegung schweigend setzten, ansprach.

„Ihr wisst, dass die Russen hier im Stadtbereich wahrscheinlich eine zweite Revolution anzetteln wollen." Dabei grinste er bei seinem eigenen Witz, dass die Pausbacken wie fette Luftballons aufgeblasen wurden. Sogleich wurde er wieder todernst, und seine Fistelstimme wurde schneidend wie eine Damaszenerklinge.

„Mohamed und Oktan liegen im Krankenhaus. Ich schicke euch in die Schlacht, um den Krieg mit den Russen zu gewinnen. Sucht euch die besten Leute aus. Enttäuscht mich nicht, ich verlass' mich auf euch." Dabei hatten Sven und Toni das Gefühl, dass seine Wieselaugen sie durchbohren würden.

„Geld und Waffen spielen keine Rolle. Nur treibt sie hier vom Markt. Wir müssen den Krieg gewinnen."

Toni hob zaghaft die Hand und unterbrach Ömers Rede, was dieser nicht ausstehen konnte. Abrupt gab er Toni ein Zeichen zu reden.

„Was ist mit den Bullen?" wollte dieser wissen. „Über die Bullen kümmere ich mich, das ist kein Problem. Sonst noch etwas?"

Die beiden schüttelten den Kopf. „Wendet euch an Rafi. Der wird euch unterrichten." Diesmal nickten sie mit dem Kopf. Mit einem Wink wurden sie entlassen. Zwei Abende später war es soweit. Durch seine geschmierten Kontaktmänner, die er sowohl bei der Polizei als auch bei den Junkies eingeschleust hatte, und die flink wie die Wiesel jede erdenkliche Neuigkeit ausspionierten, hatte Ömer Mustapha erfahren, dass die Russen eine riesige Ladung Heroin erhalten würden. Dieses Geschäft sollten Sven und Toni ihnen verderben.

In zwei alten BMWs, die schon einige Roststellen aufweisen konnten, aber sonst in einem tadellosen Fahrzustand waren, machten sie sich mit acht Männern auf den Weg. Die vorherrschende Dämmerung hatte sich inzwischen verflüchtigt und war einer dunklen, mondlosen Nacht gewichen. Leichter Nieselregen setzte ein, als sie sich dem Zielort, einer alten Baumaschinenfabrik, die kaum noch produzierte und kurz vor dem Konkurs stand, näherten.

Stinkender Zigarettenqualm erfüllte das Innere des Wagens, in dem Sven auf dem Beifahrersitz saß und nervös mit seinen Händen in seiner Jackentasche fummelte. Auf der Rückbank bekam einer der Männer plötzlich einen schrecklichen Hustenanfall. „Halt die

Schnauze und lass die blöde Qualmerei", schnauzte
Erik, der Fahrer, ihn an. Er war Schwede und ein ehemaliger Junkie, der seit Jahren zu Ömers Truppe gehörte. Der Angesprochene versuchte, sein Keuchen zu unterdrücken.

Die Scheinwerfer fraßen sich gierig über den dunklen,
vom Regen glänzenden Asphalt. Die Scheibenwischer
quietschten und zogen im gelangweilten, gleichmäßigen Tempo über die Scheiben, die nur unzureichend
gesäubert wurden. Erik hatte Mühe, dem Wagen vor
ihnen zu folgen. Ab und zu spritzte Wasser hoch, wenn
sie durch eine Pfütze rasten. Da die Stadtverwaltung
mit Laternen in dieser Gegend gegeizt hatte, war die
Gegend zum größten Teil in Dunkelheit getaucht, was
den Männern nur recht war.

Sie befanden sich nun auf der Zufahrtsstraße zur alten
Fabrik. Der Wagen vor ihnen bremste kurz, die roten
Bremsleuchten strahlten auf, dann bog er in einen Seitenweg nach links ab. Erik folgte ihm wie ein zäher
Wolf, der von seiner Beute nicht mehr abließ. Augenblicke später leuchtete es erneut rot auf, und der Wagen
hielt. Erik steuerte seinen Wagen daneben, und vier Türen klappten in unregelmäßigem Rhythmus.

„Kommt mal hier ´rüber", rief Toni im Flüsterton, da
er seine Männer noch mal informieren wollte. Sie
schar-ten sich um ihn. „Wir schleichen uns unbemerkt
an die Fabrik heran. Dort verstecken wir uns zunächst.
Laut Ömer soll der Transport gegen 23.30 Uhr dort eintreffen. Wir merken uns, wo sie die Ware hinschlep-
pen. Dann warten wir, bis die Iwans weg sind und vernichten das ganze Zeug." Dabei grinste er im Genuss

seiner geistigen Vorstellung, dass seine weißen Zähne und seine Augen in der Dunkelheit aufleuchteten.

„Vergesst nicht, etwas von dem Zeug mitzunehmen, damit wir die Ware prüfen können", fügte Sven halblaut hinzu. Toni und die anderen nickten. Dann blickte Toni auf seine Uhr. Das Zifferblatt leuchtete grün und zeigte viertel vor elf. „Habt ihr eure Püster bei euch, falls die Iwans aufmucken und ́ne Bleifüllung brauchen?" Alle tasteten nach ihren Waffen und murmelten Laute, die wie eine Bestätigung klangen. Toni fühlte den kalten Stahl seiner Wurfmesser. Er verließ sich lieber darauf, den Gegner lautlos auszuschalten.

Dann marschierten sie los. Toni führte die Gruppe an, das Schlusslicht bildete Sven. Ihre Augen hatten sich bereits an die Dunkelheit gewöhnt. In der Ferne bellte ein Hund, dessen Gebell von mehreren Artgenossen beantwortet wurde. Jetzt hatten sie das Fabrikgelände erreicht. Toni gab ein Handzeichen, und die Gruppe verharrte regungslos. Die Gebäude lagen wie verrottete, schwarze Ungetüme vor ihnen. An der linken Seite gab eine alte Funzel ein erbärmliches Licht von sich. Doch das genügte, um Toni, der sich aus seiner Kindheit im Busch Fähigkeiten erhalten hatte, die bei zivilisierten Stadtmenschen seit Generationen abgestumpft waren, den Blick auf zwei dunkle Punkte zu lenken, die auf dem Gelände standen. Zwischen ihnen leuchteten in kurzen Abständen rote, glühende Punkte auf wie die Augen eines Dämon.

Toni wandte sich an seinen Nebenmann: „Gib́ weiter, Sven zu mir!" Sekunden später stand dieser neben ihm. Toni spürte seinen warmen Atem in seinem Nacken. Er wies auf die dunklen Punkte links vor sich. „Da sind

zwei Wagen mit Russen", flüsterte er. „Siehst du sie?"
Sven nickte und fasste ihn zur Bestätigung am Arm.
„Die rauchen gerade. Nimm dir zwei Männer mit und
schalte sie aus." „Okay!" flüsterte Sven, tippte zwei
Männer an und schlich vorsichtig mit ihnen davon.

Der Afrikaner zog mit dem Rest der Männer weiter. Sie
schlichen nun in Meterabständen nebeneinander auf die
Gebäude zu. Da sie das große Tor, dass zwar weit offenstand, nicht nutzen konnten, ohne Gefahr zu laufen,
gesehen zu werden, schnitt einer mit einem Seiten-
schneider den Maschendraht auf, so dass sie nach
einigen Augenblicken schnell durchhuschen konnten
und sich hinter einigen Büschen verbargen.

Sven hatte sich mit seinen Leuten bis fast an den ersten
Wagen herangepirscht, als ein lautes, brummendes Geräusch ertönte, das rasch näher kam und immer lauter
wurde. Scheinwerferkegel schwenkten auf die Fläche,
und tauchten die Dunkelheit in gleißendes Licht. Wie
ge-hetztes Wild rannten die Männer geblendet umher
und suchten Deckung. Sven duckte sich keuchend
neben einen Wagen, die anderen suchten Schutz hinter
zwei alten Tonnen, die verloren in der Gegend standen.
Der Lkw mit der Ware war eingetroffen. Das brüllende
Mo-torengeräusch erstarb plötzlich. Die Scheinwerfer
wurden auf heruntergeschaltet. Die beiden Russen, die
zwischen den Wagen geraucht hatten, warfen ihre
Kippen weg und liefen auf den Lkw zu. An dem nächsten Fabrikgebäude gabenen nun zwei riesige Scheinwerfer genug Licht auf die Szenerie, die sich augenblicklich mit Leben erfüllte. Dutzende von Männern
rannten aus den Häusern und riefen unverständliche

Worte. Dann sammelten sie sich hinter der Ladefläche des Wagens.

„Verdammte Scheiße", fluchte Sven und sah sich nach seinen Leuten um. Er konnte sie nicht erblicken. Mit dieser Situation hatte keiner gerechnet. Sven schob seinen Kopf langsam nach oben, um zu sehen, ob in dem Wagen neben ihn jemand säße. Er hatte Glück. Es war niemand drin. Plötzlich keuchte jemand hinter ihm. Sven fuhr erschrocken zurück. Es war Murat, einer seiner Männer. „Wo ist Erik?" Achselzucken war die Antwort.

„Was machen wir jetzt?" rief Murat halblaut. Diesmal zuckte Sven die Schultern. „Abwarten! Wir können jetzt nichts machen. Die killen uns, wenn die uns sehen." Murat nickte und senkte seinen Kopf noch tiefer.

Toni und seine Leute hatten das erste Gebäude bereits unerkannt erreicht, als der Lkw mit lautem Getöse auf's Gelände fuhr und vor dem zweiten Gebäude hielt. Da sie sich im Schatten des Gebäudes aufhielten, konnten die Männer sich unauffällig weiter vorarbeiten. Toni schob sich langsam an der schmutzigen Mauer entlang, als er auf eine angerostete Metalltür stieß. Er fasste die Klinke, und die Tür gab nach. Bevor er in das dunkle Gebäude trat, winkte er den Männern, ihm zu folgen.

Ein übler Geruch von altem Modder, Metall und stinkendem Wasser erfüllte den Raum, und die Männer hatten Mühe, ein Würgen zu unterdrücken. Langsam tasteten sie sich vorwärts, immer bemüht, nirgends anzustoßen. Ungefähr fünfzehn Meter vor sich entdeckte Toni einen spärlichen Lichtschein. Von dort drangen auch Geräusche an sein Ohr, als wenn Dutzende von Leuten etwas Schweres trugen. Je weiter sie kamen, desto besser konnten sie die Dinge um sich herum erkennen. Dann standen sie plötzlich vor einer riesigen, hölzernen Schiebetür. Toni blinzelte durch den offenen Spalt, durch den das Licht gefallen war, um die Situation auf der anderen Seite zu erfassen. Er erblickte fast ein Dutzend der Russen in einer großen Halle, welche die Kisten vom Lkw hier ablegten. Nach rechts blickend, sah er einige Männer an einer offenen Kiste stehen. Einer hatte ein Päckchen weißes Zeug, das wie Mehl aussah, und prüfte etwas mit der Zunge. Dann nickte er und sagte etwas, was Toni nicht verstehen konnte.

Das war also der Stoff, den sie vernichten sollten. „Gar nicht so leicht zu lösen, diese Aufgabe", dachte Toni. Doch er kam nicht dazu, weiterzudenken. Es ging alles so schnell. Plötzlich tauchten zwei hässliche Gesichter vor ihm auf. Er rief seinen Männern schnell zu: „Verschwindet!" Dann wurde die Tür weit aufgerissen. Sie klemmte ein wenig. Das genügte den Männern, um sich schnell hinter einigen Schränken und Kisten in Sicherheit zu bringen.

Als die Russen brummend, und verärgert eintraten, da die alte Schiebetür geklemmt hatte, verfolgten vier Augenpaare ihre Bewegungen sehr genau. Toni fühlte eines seiner Messer in seiner Hand und wagte kaum zu atmen.

„Hoffentlich haben die anderen genug Geduld und drehen nicht durch", war sein Gedanke, als er plötzlich zwei dunkle Schläge hörte. Ein geräuschvolles Stöhnen wurde hörbar, und seine Männer standen bei ihm. „Die schlafen sanft", flüsterte Hassan grinsend, der ein wenig schielte, aber ein durchtrainierter Kämpfer war.

Die anderen Russen schienen in ihrer Geschäftigkeit nicht darauf geachtet zu haben, dass zwei Männer fehlten. Langsam schlichen die Männer wieder in Richtung der nun halboffenen Schiebetür. Ali wollte gerade an Toni vorbeiziehen. Dabei stieß er ihn an. Diesem fiel das Messer auf den Boden, das er gerade einstecken wollte. Die scharfe Klinge reflektierte das Licht, und dieses kurze Aufblitzen fiel einem der Russen, die auf einer der Kisten standen, auf. Er blickte in die Richtung des ihn blendenden Gegenstandes und sah Toni.

„Der Nigger ist da!" brüllte er und zeigte in die Richtung des dunklen Raumes. Obwohl Toni und seine Männer die Worte nicht verstanden, wussten sie, dass sie entdeckt waren. Schon peitschten Schüsse auf. Toni und seine Türken drehten sich um. Sie rannten ins Dunkle zurück, um sich zu verstecken und zu verteidigen. Ein Inferno an Schüssen hagelte ihnen hinterher. Toni hatte nur seine Wurfmesser, die ihm im Augenblick nichts nutzten. Dann erblickte er in dem chaotischen Durcheinander und dem höllischen Lärm, der durch die Schießerei in seinen Ohren dröhnte, dass zwei seiner Männer bereits ausgeschaltet waren. Er sprang zu Ali, der mit einem stierenden Blick in gekrümmter Haltung regungslos dalag. Blut sickerte über sein Gesicht und tropfte nach unten. Toni ergriff schnell die Pistole und feuerte in die Halle, die von Pulverdampf erfüllt war. Schreie wurden laut, die den Türken signalisierten, dass auch sie erfolgreich waren.

Toni sah die Ausweglosigkeit ihrer Situation und rief auf türkisch: „Zurück! Lasst uns abhauen." Dann begann er mit dem Rückzug, feuerte aber noch in die Halle. Soweit er es sehen konnte, folgten ihm zwei seiner Männer. Einer von ihnen, Hassan, humpelte stark. Sie wunderten sich nur, dass sie nicht verfolgt wurden.

Sven kauerte noch regungslos neben dem Wagen. Sein Bein begann einzuschlafen, und er wechselte, leise fluchend, sein Standbein. Da drang der Schrei nach außen, und schon begann die dröhnende Schießerei. Die Russen, die draußen die letzten Kisten abluden, ließen alles stehen und liegen und rannten, laut rufend, ins Gebäude. Sven rannte mit seinen Männern auf den Lkw zu. Er war verlassen. Sie brachen eine Kiste schnell auf und rissen zwei Pakete von dem Stoff an sich. Da sie nicht wussten, wo Toni und die Männer sich aufhielten, rannten sie den Russen nach, um die eigenen Leute zu unterstützen.

Sven lud seine Waffe durch und stürmte in die Halle, gefolgt von Murat und Erik. Sie erblickten die Russen vor sich, die in den dunklen Raum vor ihnen schossen. Da sie ihnen den Rücken zuwandten, waren sie eine leichte Zielscheibe. Sven zögerte einen Augenblick. Das genügte einem anderen Russen, der nach hinten blickte, zu schießen. Sven spürte einen starken Schlag und einen dumpfen Schmerz in seiner rechten Hand. Die Waffe war ihm aus der Hand gefallen.

Murat und Erik schossen wie wild. Die Russen drehten sich um und erwiderten das Feuer aus allen Ecken. Erik war zu Sven gesprungen und riss ihn mit sich fort nach draußen. Murat folgte ihnen. Die beiden Männer hörten einen Schrei hinter sich. Ein klatschendes Geräusch verriet ihnen, dass Murat getroffen war. Ohne sich umzusehen, stürmten sie nach draußen und trafen auf Toni und die beiden anderen.

„Los, abhauen", brüllte Toni, und sie rannten, so schnell sie konnten, in die, sie aufnehmende Dunkelheit. Die Russen rannten ihnen bis zum Tor nach und schossen in die Finsternis. Dann kehrten sie, siegreich brüllend, zurück.

Schweigend und keuchend erreichten sie die Wagen. „Hassan und Oktan fahren mit Erik. Ich nehme Sven mit", rief Toni keuchend. Schweiß stand auf seiner Stirn. Die Motoren heulten auf, Türen klappten zu, und schon jagten die Wagen, Steine hinter sich aufspritzend, davon. Die erste Schlacht hatten sie verloren.

Zwei Stunden später, nachdem sie ihre Wunden und Blessuren versorgt hatten, standen sie verlegen wie dumme Schuljungen, die bei einem ihrer Streiche ertappt wurden, vor Ömer Mustapha.

Dessen Gesicht war vor Zorn rot angeschwollen und glich dem Gesäß eines Pavians. Sich kaum im Zaum haltend, brüllte er die Männer an. Schaum bildete sich auf seiner Unterlippe.

„Ihr Idioten, ihr verdammten Idioten. Was habt ihr bloß angerichtet? Ich schicke euch los, damit ihr den Russen zeigt, dass wir die Herren in der Region sind. Und ihr lasst euch abknallen wie dämliche Schulkinder. Ich hätte nicht übel Lust, für die Russen den Rest zu besorgen. Noch so eine Schlappe, und ich jage euch nach Sibirien. Dann können euch die Iwans ja nehmen. Aber sie werden euch zur Hölle jagen."

Langsam beruhigte er sich. Einer seiner Leibwächter reichte ihm ein weißes Taschentuch. Er wischte seinen Mund ab.

„Ich will morgen einen ausführlichen Bericht von Toni. Dann sehen wir weiter." Damit waren sie entlassen. Mit hängenden Köpfen und demoralisierter Stimmung verließen sie Ömers Büro.

Die Russen hatten natürlich auch viele Verluste zu beklagen. Sie schickten die toten Türken mit einem Empfehlungsschreiben an Ömer zurück, welches bei diesem einen neuen Tobsuchtsanfall bewirkte. Doch damit gaben sich die hartgesottenen russischen Mafiosi nicht zufrieden. Es dauerte nicht lange und die Türken erhielten eine passende Antwort auf ihre verlustreiche, erste Auseinandersetzung.

Ömer hatte Anweisung gegeben, dass sie nur noch in einer größeren Gruppe von mindestens fünf Personen agieren sollten. Doch manchmal war das leichter gesagt als getan.

Der BMW stand in einer geschützten Seitenstraße, die Einsicht in die Hauptstraße bot. Dort floss der Verkehr, wie an Nachmittagen üblich, etwas zäh. Der beginnende Feierabendverkehr mit den nach Hause jagenden Angestellten und Arbeitern deutete sich bereits an.

Toni hatte die Scheibe an der Fahrerseite heruntergedreht und döste ein wenig vor sich hin. Die Augen fielen ihm immer wieder zu, da es ziemlich schwül war. Hinter ihm grunzte Hasan, der seit Minuten schlief. Sven und Sükran, ein neuer Mann, der erst kürzlich aus Istanbul gekommen war und sich in dieser Stadt noch sehr fremd fühlte, waren in den türkischen Imbiss um die Ecke geschlendert, um für alle etwas zu essen zu holen.

Tonis Mundzüge umspielten ein leichtes Lächeln, da ihm Sonya zulächelte. Sie war in Ömers Büro angestellt und hatte ihm schon öfter schöne Augen gemacht. Doch war es bisher zu keinem Rendezvous gekommen, aus welchen verflixten Gründen, wusste Toni auch nicht. Und nun stand sie plötzlich vor ihm und lächelte ihn verzaubert an. Er musste schlucken, da sich sein Speichel vermehrt hatte, und unterhalb seiner Gürtellinie klemmte plötzlich was. Toni wollte nach Sonya greifen, als er hinter sich ein metallisches Klicken hörte, das ihm sehr bekannt vorkam. „Wieso gerade jetzt?" dachte Toni noch, als er einen heftigen Stoß gegen seinen Arm bekam. Toni schreckte hoch. Aus war der Traum und keine Sonya mehr da. An ihrer Stelle grinste ihn ein asiatisches Breitgesicht mit zusammengepressten Schlitzaugen an.

Es war einer der russischen Scharfschützen, die aus Usbekistan kamen und zur Russenmafia gehörten. Toni hatte schon von ihnen gehört, aber noch keinen zu Gesicht bekommen.

„Du machst 'ne schöne Fresse, wenn du träumst, Nigger", grinste der Asiate und hielt ihm den kalten Stahl seiner Waffe an den Kopf. Hassan war inzwischen auch wach geworden und blickte mit ungläubigen Kinderaugen auf den grinsenden Russen, der neben ihm saß und ihm ebenfalls eine Pistole unter die Nase hielt.

„Wir machen jetzt eine kleine Spritztour", murmelte der Usbeke und saß augenblicklich neben Toni. Dem blieb nichts anderes übrig als den Motor anzulassen und loszufahren.

Sven und der Neue standen in der Imbissbude und warteten auf ihre Abfertigung. Da der Laden mit Kunden ziemlich voll war, dauerte es einige Zeit, bis sie an der Reihe waren. Sven trommelte nervös mit seinen Fingern auf dem Tresen, an dem sie standen. Sükran warf vor Ungeduld ein paar Münzen in einen Spielautomaten, der neben ihnen an der Mauer angebracht war. Endlich waren sie an der Reihe.

Sven knallte das Geld auf den Tisch und wartete nicht ab, bis er das Wechselgeld herausbekam. Sie ergriffen hastig ihre Burger und die Getränke und eilten, dabei mehrere Leuten anstoßend und zur Seite drängend, dem Ausgang zu.

„Mach' schnell, Mensch, dass dauert mir schon zu lange", brüllte Sven zu Sükran herüber, der ihm in kurzem Abstand folgte.

Sie waren gerade dabei, in die Seitenstraße einzubiegen, in der ihr Wagen stand, als der mit mindestens 50 km/h, Staub und Dreck hinter sich hochwirbelnd, an ihnen vorbeischoss.

Im Bruchteil einer Sekunde starrten die beiden dem Wagen, der sich schnell in Richtung Stadtausgang entfernte, nach. Dann brüllte Sven laut auf: „Verdammte Scheiße, ich hab' es geahnt!" Wütend warf er die Burger und Getränke auf die Straße, so dass einigen Passanten, die vorbeihasteten, die Cola an die Hosenbeine spritzte. Auf ihre empörten Drohgebärden reagierte er nicht. Sükran, der riesigen Hunger hatte, griff sich einen Burger und biss erst einmal herzhaft hinein. Sven überlegte kurz. Bevor der Wagen nicht mehr zu verfolgen war, musste er handeln. Da sah er, wie ein älterer Herr aus einem Mercedes stieg und seinen Wagen abschließen wollte.

„Komm mit!" rief er Sükran zu und rannte auf den alten Mann zu. „Polizei!" rief er lauthals. „Wir brauchen dringend ihren Wagen."

Ehe der ältere Herr eine Reaktion auf die Worte finden konnte, hatte Sven ihm die Wagenschlüssel aus der Hand gerissen, sprang auf den Fahrersitz und startete den Motor. Sükran saß bereits auf dem Beifahrersitz. Bevor die Passanten, die in der ganzen Situation neugierig gaffend stehengeblieben waren und ihre Kommentare an den Mann bringen wollten, es begriffen, raste Sven davon. Zitternd, mit aufgerissenen Augen, aus denen Tränen herab liefen, schaute der alte Mann ihnen nach.

Sven jagte durch die Straßen und kümmerte sich nicht um die Autos, die neben ihm fuhren und ihm entgegen kamen. Er wollte unbedingt den BMW einholen, von dem er vermutete, dass der aus der Stadt herausgefahren war. Ein Hubkonzert der anderen Verkehrsteilnehmer ließ ihn ein wenig nervös werden. Er starrte auf die Benzinanzeige. Sprit war genug vorhanden. So raste er mit 90 Sachen auf eine Kreuzung zu. Gerade war die Ampel auf rot umgesprungen. Sven gab Gas. „Bist du verrückt?" schrie Sükran und verschränkte die Arme über seinem Kopf. Er befürchtete einen Zusammenstoß. Die andere Ampel schaltete gerade auf grün, und die Wagen fuhren an. Sven drückte auf die Hupe und raste in Schlangenlinien durch die Gasse der abrupt bremsenden und quietschenden Wagen, deren Fahrer beim Ertönen der Hupe voll in die Bremse traten.

Sükran nahm seine Arme 'runter und starrte bleich nach hinten, wo ein Chaos entstanden war. Doch Sven kümmerte sich nicht darum. Er fuhr gerade aus der Stadt heraus auf die Landstraße. Da vorne raste ein Wagen. Das konnte der BMW mit seinen Leuten sein. Er trat auf's Gas und war schon bei 170 km/h. Doch musste er vom Gas 'runter, da die Straße mehrere scharfe Kurven hatte und die Gefahr bestand, gegen einen Baum zu knallen, von denen es genug auf der Strecke gab. Der Abstand zu dem vermeintlichen Zielwagen wurde wieder größer. Sie durchfuhren mehrere kleine Ortschaften mit überhöhter Geschwindigkeit. Trotzdem schafften sie es nicht, an dem anderen Wagen dranzubleiben.

An einer langgezogenen Kurve, der Wagen, den sie verfolgten, war nicht mehr zu erblicken, und Sven zwei-felte nun langsam daran, dass es der Gesuchte war, brüllte Sükran auf. „Halt, halt! Da vorn!"

Ein alter Bulldozer bewegte sich langsam mit einem großen Anhänger voller Rüben aus einem Gehöft und versperrte so für kurze Zeit die Straße. Sven trat mit aller Wucht in den Anker. Der Wagen schleuderte hin und her, die Reifen quietschten, und es stank plötzlich eklig nach verbranntem Gummi. Qualmwolken versperrten kurz die Sicht. Aber es gelang Sven, heil an dem Anhänger vorbeizukommen. Doch jetzt hatte er die Schnauze voll. Er fuhr rechts heran, stellte den Wagen ab, öffnete die Wagentür und krümmte sich vor

Schmerzen. Sükran, der nicht wusste, was los war, stieg aus und lief zur Fahrertür, wo sich Sven übergeben musste. Er würgte, laut brüllend. Sein Gesicht war weiß wie eine frisch getünchte Wand.

„Kann ich was tun?" fragte Sükran unbeholfen. Sven schüttelte den Kopf und saß schweigend auf seinem Fahrersitz. „Das ist alles zu viel", brummte er stöhnend. „Ich hab´ seit heut' morgen nichts mehr gegessen und getrunken. Dazu kommt die Scheiße mit Toni und Hasan."

Sükran zuckte mit den Schultern. Ihm machte es nichts aus, stundenlang ohne Essen zu sein. Und die Geschichte mit den beiden Kumpeln ließ ihn sowieso kalt. Dazu war er erst zu kurz in der Firma, um sich so etwas wie Sorgen um die Männer zu machen.

Doch Sven hatte Angst. Er hatte große Angst um seinen Freund Toni und auch um Hassan. Sie waren seine Familie geworden. Auch wenn es manchmal verdammt hart zuging, und sich einige nicht ausstehen konnten. Aber Sven und Toni waren so etwas wie Brüder. Und Sven wusste, dass auch Toni so dachte.

„Wir müssen sie finden", murmelte er mehr zu sich selber. „Aber erst muss ich was essen." Sükran war wieder eingestiegen, und Sven startete den Motor. Langsam rollte der Wagen auf die Straße. Sven beobachtete nicht nur die Straße sondern auch die Umgebung, um schnell zu reagieren, wenn ihnen etwas Ungewöhnliches auffallen sollte.

Beim nächsten Bäcker, den sie auf ihrem Weg passierten, kaufte Sükran ein paar Kuchenstücke. Sie aßen und tranken unterwegs. Die Zeit war zu kostbar. Sie mussten die beiden finden. Sven schüttelte sich, und ein Schauer lief ihm über den Rücken. Das Leben hing für Toni und Hassan davon ab, dass sie die Männer bald fin-den würden.

„Aber wo?" fragte sich Sven und blickte nach rechts. Plötzlich zeigte Sükran nach links auf eine Anhöhe. Von dort raste ein Wagen herunter, eine Staubfahne hinter sich aufwirbelnd. Doch war er zu weit entfernt, um als der BMW erkannt zu werden.

Aber für Sven war auf einmal alles klar. „Das waren die Schweine", rief er wütend. Dann riss er das Lenkrad herum und lenkte den Wagen auf die Anhöhe. Je höher sie hinaufkamen, desto mehr verdeckten Büsche und Bäume ihre Sicht. Fast oben angekommen, fanden sie einen kleinen Parkplatz vor. Auf der Erde sahen sie frische Reifenspuren, die von einem Schnellstart herrühren konnten. Sven lenkte den Wagen auf den Platz und hielt ihn an.

„Wir müssen hier alles durchkämmen. Sie müssen hier irgendwo sein." Beide stiegen aus und begaben sich an den Rand des Platzes. Dort fiel das Gelände kräftig ab, so dass man Mühe hatte zu gehen, ganz zu schweigen von den Ästen, die ihnen in Körperhöhe entgegenschlugen.

„Such' du da vorn, ich gehe hier 'runter", wies Sven den Türken an. Dieser nickte stoisch und machte sich auf den Weg.

Sven lief durch das buschige Waldgelände. Er bog die Zweige auseinander, um auch unter den Büschen zu

suchen. Laub raschelte, und Zweige knackten unter seinen Schritten. Das lustige Vogelgezwitscher, das auf
einmal ertönte, lenkte ihn nicht ab. Etwas entfernt hörte
er das Hacken eines Spechtes. Doch nirgends war eine
Spur zu entdecken.

Gerade wollte er eine Vertiefung unter die Lupe nehmen, als er Sükran laut rufen hörte. „Sven, Hier!
Schnell, komm her! Ich glaube, ich habe sie gefunden.
Sven eilte, so schnell er konnte, zu ihm hinüber. „Wo?"
rief er. Sükran deutete auf eine menschliche Gestalt,
die, ungefähr drei Meter entfernt, halb mit Laub zugedeckt lag. Es war Hassan. Seine Pupillen blickten starr
geradeaus. An seinem Hinterkopf klebte ein schwarzer
Fleck, der sich kaum von den Haaren unterschied. Blut,
er war tot. Sven blickte Sükran mit bleichem Gesicht
an. Dieser lotste ihn ein paar Meter weiter nach rechts.
Dort lag Toni. Sven rannte zu ihm und achtete nicht auf
die Zweige, die peitschend über sein Gesicht fuhren. Er
kniete nieder und beugte sich über Toni. Er fühlte sich
noch warm an, also lebte er noch. Sein Atem ging flach.
Sven war wie von Sinnen, er wusste nicht, was er tun
sollte. Doch er ließ sich nicht dazu hinreißen, Toni
hochzunehmen. Dann siegte sein Verstand, und er
wandte sich an Sükran.
„Du bleibst hier, ich fahre zurück. Rufe Ömer an, dass
sie zwei Wagen schicken. Rühr dich nicht von der Stelle."

Dieser nickte, und Sven verschwand, durch die Büsche
eilend. Das Rauschen der Zweige hörte man noch kurz,
dann röhrte der Motor, und der Wagen entfernte sich.
Stunden später lag sein Freund Toni auf der Intensivstation des Kreiskrankenhauses. Ömer hatte auch dort
seine Leute. So wurde nicht viel nach dem Woher
gefragt. Auch hier beruhigte Geld die Gemüter.

Sven stand an seinem Bett. Er war allein mit ihm. Tränen liefen ihm die Wangen herunter. „Mensch, du
schaffst es", rief er halblaut. „Du darfst mich hier nicht
allein lassen." Je mehr Sven über die vergangenen Wochen nachdachte und über diese Russengangster, desto
finsterer wurde es in ihm. Er knirschte mit den Zähnen
und ballte die Fäuste in seinen Hosentaschen.

Dann blickte er auf Tonis Gesicht, das einen grauen
Schimmer aufwies. Er atmete sehr flach. Der Monitor
zeigte jedoch immer noch mit gleichmäßigem Geräusch die Herztöne an.

„Ich werd' es denen vergelten, Alter", murmelte er.
Und es wurde ihm immer klarer. Er wusste, was er zu
tun hatte. Zehn Minuten später verließ er die Klinik.

In ihm war eine Entscheidung gereift. Als sich die
Portaltür hinter ihm schloss, war der Entschluss gefasst. Er wollte es den Russen zeigen. „So einfach kommen die Schweine nicht davon", rief er sich selber zu.

XVIII

Im halbkreisförmigen Foyer der Polizeiakademie der
Kreisstadt hatten sich gut zwei Dutzend Studenten
versammelt, um die aushängenden Studienpläne einzusehen. Hier, in der Hochschule, wurden sowohl Ver-
kehrspolizisten als auch Kriminalbeamte des gehobenen und höheren Dienstes ausgebildet. Das Stimmengewirr der sich unterhaltenden, zum Teil laut lesenden
Menschen erfüllte die Halle. Professoren und Dozenten
bahnten sich mit teils forschen Aufforderungen den

Weg durch die Menge, da sich das Foyer im-mer mehr füllte.

Raimund, der mit anderen Studenten seines Jahrgangs das Abschlussjahr seiner Ausbildung im gehobenen Kriminaldienst begonnen hatte, stand mit seinen beiden Kumpels Jasper und Ludwig vor der großen Informationstafel. Er suchte gewissenhaft seine Fächer und notierte mit schneller Schrift einige Angaben auf einen Notizblock. Nachdrängende Studenten, die weniger Geduld aufbrachten, stießen ihn dabei an.

„He, hoppla, nicht so wild! Lass mich doch erst einmal meine Fächer notieren", rief er einem rothaarigen, jungen Mann zu, dessen Fülle an Sommersprossen sein Gesicht fast wie ein Schokoladenfleck aussehen ließ. „Mensch, Opa, du brauchst ja Stunden", erwiderte dieser maulig und schubste Raimund erneut zur Seite, um sich vorzudrängeln.

„Schau dir den kleinen Ziegenbock an", rief Ludwig empört und ergriff den Rothaarigen an seinem Nacken, um ihn zurückzuziehen. Dieser fuhr wütend hoch und wollte seine Faust auf Ludwig niedersausen lassen. Doch Raimund und Jasper hielten den kleinen Wüterich schnell fest, dass er mit Mühe Luft holen konnte. Nach ein paar fiependen, leicht röchelnden Tönen, wobei sich sein Gesicht ins Dunkelrote verfärbte, lockerte Raimund den Griff und rief: „Nun beruhige dich mal wieder, du HB-Männchen. Dir nimmt keiner was weg. Die Fächer stehen auch noch in einer Stunde an der Tafel."

Als die beiden den kleinen Draufgänger losließen, verschwand er, wütend wilde Flüche ausstoßend, in der Menge der Studenten und war nicht mehr zu sehen.

Ein paar Kommilitonen aus Raimunds Jahrgang hatten den Vorfall mitbekommen und bestätigten die Handlungsweise der drei mit Gelächter und kumpelhaften Bemerkungen.

„Na dem habt ihr aber 'ne saubere Ölung erteilt", rief einer grinsend aus der Menge. „Wisst ihr eigentlich, dass er der Sohn eines Polizeidirektors sein soll, irgendwo aus dem Osten?" Die drei schüttelten ihren Kopf. „Dann führt er sich ja toll auf, wie 'ne Diva." bemerkte Jasper und steckte seinen Notizblock ein. „So ist das, wenn Kollege Protektion die Posten vergibt", rief Eberhard, ein langer Student, der alle um einen Kopf überragte. Ein schallendes Gelächter der Umstehenden ertönte als Antwort.

Raimund wandte sich etwas später dem Ausgang zu. Er wollte noch in das Café um die Ecke gehen. Seine Kumpel und zwei andere Studenten, die sie von der Vorlesung über Wirtschaftskriminalität kannten, folgten ihm, sich dabei angeregt unterhaltend. Als Raimund mit seinen Kommilitonen lauthals das Café betrat, wurden sie freundlich von Maria, der brünetten Bedienung, empfangen und an einen freien Tisch im hinteren Bereich verwiesen.

Lachend nahmen sie Platz und führten ihre Unterhaltung weiter, bis Maria, bewaffnet mit Notizblock und Kugelschreiber, an ihren Tisch trat, um die Bestellung aufzunehmen.

„Na, was soll's denn in dieser fröhlichen Runde heute sein?" Zwischen Cola und Bier, Wasser und Kaffee wirbelten die Bestellungen durch den Raum, und Maria eilte zum Tresen, um ihre Wünsche zu erfüllen.

Adrian, der neben Ludwig saß, schaute die anderen eindringlich an. An seinen blitzenden Augen konnte man merken, dass er unbedingt etwas loswerden wollte. „Habt ihr schon das Neuste gehört?" „Nee!" und „Nein!" tönte es ihm entgegen, begleitet mit Kopfschütteln. Adrian genoss die erwartenden Blicke seiner Mitstudenten wie ein Schauspieler, der seinen ersten Auftritt hat, und grinste überlegen.

„Nu mach schon, und spann uns nicht auf die Folter", rief Jasper und stieß ihn an. Dann ließ Adrian die Katze aus dem Sack.

„Wir bekommen nächste Woche in Kriminalistik einen neuen Prof. Er soll von einer Uni aus Sachsen kommen. Was sagt ihr dazu?"

„Ist nicht möglich", antwortete Ludwig und wischte sich über das Kinn. „Der Bergesreiter ist doch erst seit einem dreiviertel Jahr bei uns und unterrichtet uns in diesem Fachgebiet."

„Ja", entgegnete Adrian und pfiff leicht durch die Zähne. „Der Bergesreiter geht nach London. Soll eine Stelle bei Scotland Yard erhalten haben; wird gemunkelt."

„Das hätt' ich dem nie zugetraut", wunderte sich Jasper. Nun meldete sich Bastian, der andere Student, der die drei Freunde begleitet hatte, zu Wort.

„Ich hab' so´n bisschen Kontakt zu der Sekretärin im Personalressort. Die hat mir gesteckt, dass Bergesreiter tatsächlich nach London gehen soll und dass der Neue ganz schön kompetent sein soll."

„Wir werden es sehen", meldete sich Raimund zu Wort und trank den Rest seiner Cola aus. Dann sah er auf seine Uhr. Doch bevor er weitersprechen konnte, fiel Ludwig grinsend ein. „Na, wie weit geh´n denn deine Kontakte bei der süßen Britta?" Bastian errötete leicht und brummte so etwas wie „Alles nur dienstlich!" und erhob sich.

„Ja," bestätigte Raimund. „Ich wollte sowieso zum Aufbruch mahnen. Die nächste Vorlesung ist in einer Viertelstunde."

Dann zahlten sie und verließen rasch das Café.

Die nächste Vorlesung bei Dr. h.c. Schmidt war bei den Studenten beliebt. Es ging um die Entwicklung der Jugendkriminalität. Raimund war jedoch nicht so recht bei der Sache. Er folgte den Ausführungen des Professors nicht so begeistert wie bei seinem Lieblingsthema über Drogenkriminalität.

„Es gibt verschiedene Ursachen und Bedingungen der kriminellen Gewalt", fuhr Dr. Schmidt fort. „Sie können durch Aggressionen, durch Frustrationen entstehen oder aber erlernt werden. Dabei muss vor allen Dingen die körperliche Entwicklung des Jugendlichen berücksichtigt werden. Die krisenhaften Störungen des kontinuierlichen Übergangs vom Kind zum Erwachsenen können den Minderjährigen auch zu gewaltkriminellen Handlungen veranlassen - "

Raimund bemerkte nicht, wie er von einem Kommilitonen, der rechts hinter ihm saß, beobachtet wurde. Es
war der Rothaarige, mit dem er vor gut zwei Stunden
den Zusammenstoß in der Halle hatte. Seinem finsteren
Blick war anzumerken, dass es keineswegs freundliche
Gedanken waren, die er sich über Raimund machte.

Plötzlich fühlte sich Raimund etwas unwohl in seiner
Haut. Er spürte, dass ihn jemand anstarrte. Langsam,
fast unmerklich, drehte er sich nach links herum. Doch
von dort war alles in Ordnung. Die Blicke seiner Kommilitonen waren auf den Sprecher vorne gerichtet.
Doch als er sich nach rechts wandte, trafen sich die
beiden Blicke Raimunds und des Rothaarigen. Raimund fühlte eine große Abneigung, die ihm von dort
entgegenstrahlte, ja, es war fast Hass, der ihn aus diesen Augen anfunkelte. Doch dann wich der Rothaarige
seinem festen Blick aus und sah wieder nach vorne.

„Ich werde mich wohl vor diesem Burschen in Acht
nehmen müssen", sagte sich Raimund und versuchte
dem Vortrag von Dr. Schmidt weiterzufolgen. „Vielleicht kann ich ja mal mit ihm reden", tröstete er sich
und verscheuchte diese Gedanken, die ihn gefangenzu-
nehmen schienen.

Doch zu der geplanten Unterredung kam es nicht. Am
nächsten Tag sah der Unterrichtsplan Pistolenschießen
vor. Jeder der Auszubildenden in Raimunds Jahrgang
besaß eine Dienstpistole, für die er auch verantwortlich
war. Es gab in der Schießhalle im Keller abschließbare
Fächer, in denen die Waffen aufbewahrt wurden.

Als Raimund sein Fach aufschloss, blickte er zweimal
hin. Außer dem Reinigungssatz für die Pistole war es

leer. Raimund schoss es heiß durch den ganzen Körper. Er wusste genau, dass er die Waffe das letzte Mal hier verschlossen hatte. Krampfhaft überlegte er, wann er zuletzt an diesem Fach war.

Jasper, der sich bereits den Hörschutz um den Hals gehängt hatte, stieß ihn an. „Nun komm schon, wir sind als Nächste an der Reihe."

Da Raimund keine Reaktion zeigte und weiterhin verständnislos in sein Fach sah, folgte Jasper seinem Blick und stieß ein überraschtes „O, Scheiße, wo ist denn deine Wumme?" aus.

Raimund errötete und blickte rasch um sich, um zu prüfen, ob nicht andere Kollegen Jaspers Ausruf mitbekommen hatten. „Mensch, nimm doch gleich ′n Megaphon, und gib das der ganzen Uni bekannt", knurrte er ihn verärgert an.

Jasper zuckte entschuldigend mit seinen Schultern. Doch er musste Raimund auf etwas hinweisen: „Es hilft nichts. Das musst du melden!" „Ich weiß", knurrte dieser und zog seine Stirn in Falten. „Kannst du denn nicht, - ?"

Jasper wusste sofort, was Raimund meinte. „Bist du bescheuert? Das ist streng verboten. Ich kann dir meine Waffe nicht geben, wenn ich an der Reihe war."

Raimund nickte ärgerlich. Er musste sich in diese verzwickte Situation schicken. Wer ihm wohl diese vermaledeite Sauerei eingebrockt hatte? Raimund war zu keinem klaren Gedanken fähig. Jasper war schon an seinen Stand getreten und begann mit den Schießübungen. Raimund drehte sich verzweifelt und wütend um und verließ die Schießhalle, um sich beim diensthabenden Beamten zu melden.

Das Malheur mit der Pistole machte wie ein Lauffeuer die Runde in der Uni. Jeder, der ihm begegnete und der ihn kannte, starrte ihn an. Er wurde nicht direkt angesprochen, aber hinter seinem Rücken wurden so manche Meinungen über den Vorfall getuschelt. Sein Gruppenchef und Klassenlehrer bestellte ihn sofort zu sich, als die Meldung ihn erreichte. In diesem Gespräch wurde Raimund die Tragweite dieser Situation nochmals vor Augen geführt. Aber er hatte bis jetzt keinen Anhaltspunkt, wer ihm diesen bösen Streich gespielt haben könnte. Sicherlich streifte ein Gedankenblitz zu dem Rothaarigen hin; aber Raimund verwarf diesen Gedanken sofort. Denn dieser hätte nie die Möglichkeit gehabt, an den Spind zu kommen.

Raimund fühlte sich elend, denn er bekam einen Verweis in seine Personalakte. Bei drei Verweisen musste er die Uni verlassen, und seine Polizeikarriere wäre dann für immer vorbei.

Natürlich wurde alles versucht, herauszufinden, wer wohl an die gut verwahrten Zweitschlüssel gekommen sein konnte und ihn in diese missliche Lage gebracht hatte.

Seine Freunde Jasper und Ludwig nutzten noch am gleichen Tag die Gelegenheit, mit dem wachhabenden Beamten in der Schießhalle zu sprechen. Doch dieser konnte ihnen keine genauen Informationen darüber geben, ob überhaupt an diesem oder am Vortag jemand den Schlüssel verlangt oder ihn an sich genommen hatte.

„Der Raum, in dem der Tresor steht, in dem auch die Schlüssel verwahrt werden, ist den ganzen Tag bewacht. Außerdem ist hier im Kontrollbuch keine Eintragung", erhielten sie zur Antwort.

Die nächsten Tage verliefen verhältnismäßig ruhig. Doch schon eine Woche später gab es die nächste Auseinandersetzung, die Raimund zu schaffen machte.

Es war bei einem Volleyballspiel, das seine Mannschaft gegen den ersten Verband der Kreisliga machte. Raimund war zunächst als Mannschaftskapitän aufgestellt worden. Doch dann las er kurz vor dem Spiel in der Aufstellungsliste, dass er darin als Mannschaftskapitän gestrichen war.

Als er den Sportlehrer danach fragte, erhielt er zur Antwort, dass es eine Regelung von oben war. Wütend verließ er den Raum und traf auf dem Flur auf Jasper. Noch erregt über diese Auskunft, berichtete er diesem von der ungerechten Entscheidung. Japser starrte ihn ungläubig an. Ehe er jedoch etwas entgegnen konnte, rief der Rothaarige schmutzig grinsend aus einem Pulk anderer Kommillitonen heraus, die während Raimunds empörter und dementsprechend lauter Berichterstattung an Jasper stehengeblieben waren. „Ja, wer auf seine Wumme schon nicht aufpassen kann, der ist es auch nicht wert, Mannschaftskapitän zu sein."

Raimund und Jasper fuhren herum und starrten den Roten an. In Raimund begann es zu brodeln. Am liebsten hätte er sich auf den Roten gestürzt und ihm welche verpasst. Jasper, der eine drohende Explosion von Raimund kommen sah, hielt ihn zurück und murmelte halblaut: „Lass ihn, der Arsch ist zu klein, dass du dich mit ihm anlegst. Außerdem steckst du schon genug in Schwierigkeiten. Das muss nicht noch mehr ausgebaut werden."

Raimund kochte innerlich, aber er sah ein, dass Jasper recht hatte. So ließ er sich beruhigen. Abrupt drehte er sich um und stapfte zur Sporthalle herüber, von Jasper gefolgt. Hinter sich vernahmen sie nur noch das Gelächter der anderen Kommilitonen.

Seine ganze Wut setzte er im Spiel ein, so dass die Mannschaft der Polizeiakademie mit 21 zu 11 Toren gewann. Allein sechs Tore gingen auf das Konto von Raimund. Im Mannschaftsraum wurden die Torjäger hoch gelobt. Doch Raimund war das egal. Ihn beschäftigte die Aussage des Rothaarigen, und er nahm sich vor, dieser Sache weiter nachzugehen. „Irgendwer muss doch die Pistole gestohlen haben, um mir eins auszuwischen." Wie er noch, so in seinen Gedanken verloren, auf der Bank im Umkleideraum saß und der um ihn tönende Lärm, wie abgeschirmt, keinen Eindruck auf ihn machte, mahnte Jasper zur Eile.

„Wir wollen doch noch ins Kino heute Abend", sprach er Raimund an, wobei er ihn besorgt beobachtete. Doch Raimund schüttelte den Kopf. „Nein! Ich bleibe heute hier. Mir ist nicht nach Kino zumute", war seine Antwort. Dann zog er sich weiter wortlos an und verstaute sein Sportzeug in der Tasche. Dann verließ er, immer noch schweigend, die Sportanlagen, gefolgt von einem ratlosen, kopfschüttelnden Jasper.

In den kommenden Wochen ging Raimund dem Rothaarigen aus dem Weg. Er befürchtete, dass er sich den Burschen nochmals vorknöpfen würde, um einige

Informationen aus ihm herauszuprügeln. Ludwig und Jasper sprachen immer wieder auf ihn ein, um ihn zu beruhigen. Doch Raimund hatte seinen eigenen Kopf. Er verstand seine Freunde nicht mehr und wollte sich nicht ihren Ratschlägen anschließen. Zum Glück war bald ein verlängertes Wochenende, und er plante, zu seiner Mutter zu fahren, um ein wenig Abstand von allem zu bekommen.

Auch seine Freunde beabsichtigten, ihre Familien zu besuchen. So fuhren sie mit dem Taxi zum Bahnhof. Es war ein schöner Tag in diesem frühen März. Die Sonne hatte sich vorgenommen, den Menschenkindern von ihrer wohligen Wärme abzugeben. Nur, der Staub und Blätter aufwirbelnde, kühle Westwind wollte es ihr vermiesen, und die Menschen zwingen, sich in ihre Jacken und Mäntel zu hüllen. Als ihm das nicht gelang, jagte er die Wolken wie eine Herde Schafe vor sich her und pfiff dabei ein fröhliches Lied.

Die drei Freunde saßen in der Bahnhofscafeteria und tranken einen aromatischen Kaffee. „Na, was wirst du machen, Raimund? Deine Sache scheint im Sande zu verlaufen."

„Weißt du, Ludwig", entgegnete dieser und steckte sich ein Bonbon in den Mund. „Vielleicht muss man manchmal etwas Geduld aufbringen. Ich habe das Gefühl, dass die Sache noch nicht ausgestanden ist. Irgendwann werden wir wieder davon hören."

„Wir werden jedenfalls die Augen und Ohren offenhalten und bei der kleinsten Gelegenheit zuschlagen", stimmte Jasper in das Gespräch mit ein.

Dann tranken sie aus und machten sich auf den Weg zu ihren Bahnsteigen. „Macht's gut, Jungs", rief Raimund und stieg als erster die Stufen zu seinem Abfahrtsplatz hoch. Jasper und Ludwig verschwanden im Gedränge der vorbeihastenden Menschen.

Am Nachmittag saß Raimund mit seiner Mutter und der Mutter seines verstorbenen Freundes Ulli, die sich mit Gisela Köster angefreundet hatte, beim Kaffee und plauderten über vergangene Zeiten. Raimund, der sich aufgrund der damaligen Drogensituation mit Ulli und dessen Todesfolge entschlossen hatte, zur Polizei zu gehen, wehrte sich jedoch gegen die aufkommenden Bilder, die sich aus der Vergangenheit seinem inneren Auge aufdrängten. Er hatte jetzt genug eigene Probleme, um sich mit den damaligen Situationen wieder einzulassen.

„Na", bemerkte Gisela und schaute ihren Sohn etwas stirnrunzelnd an. „Mit dir stimmt doch etwas nicht!"

Raimund fuhr aus seinen Gedanken hoch und starrte seine Mutter ein paar Sekunden etwas irritiert an. Dann schüttelte er den Kopf und setzte ein entwaffnendes Lächeln auf, um irgendwelche, aufkommenden Zweifel an seinem positiven Gemütszustand auszuräumen.

„Nein, Gisi", wie er sie seit kurzem nannte, um als erwachsener Sohn nicht immer Mama sagen zu müssen. „Es geht mir gut! Ich habe keine Probleme!"

Regina Krause setzte die Tasse Kaffee von den Lippen und schluckte herunter. Dann lächelte sie und meinte: „Da brauchst du dir bestimmt keine Sorgen zu machen, Gisela. Raimund hat die Sache doch immer im Griff gehabt. Das war schon bei Ulli so." Dabei strahlte sie ihn an. Doch Raimund fand nun, dass die Aussage von Frau Krause, wie er sie immer noch nannte, ein wenig abgehoben war.

Er schüttelte den Kopf und erwiderte lässig: „Auch mir gelingt nicht alles. Aber ich bin bemüht, die Probleme zu lösen." Dann stand er eilig auf, um diesen einengenden Worten zu entfliehen. Vor allen Dingen hatte er Sorge, dass ihm ein falsches Wort entfahren könnte und damit der Verdacht auf seine echten Probleme gelenkt würde. Mit entschuldigenden Worten verließ er das Wohnzimmer. Die fragenden Blicke seiner Mutter sah er nicht mehr.

Das Wochenende zu Hause war längst vorüber. Gisela hatte ihren Sohn nicht mehr gefragt, aber bei seinem ganzen Gehabe erfüllte sie der dringende Verdacht, dass er sich mit schweren Problemen herumquälte. Doch sie drang nicht weiter in ihn ein und versuchte ihm die Tage daheim schönzumachen.

Raimund und seine Freunde stürzten sich nach den Ferien wieder in die Arbeit, da weitere Klausuren und Prüfungen bevorstanden. Die Sache mit der Pistole rückte daher weiter in den Hintergrund. Ja, sie löste sich zunächst in Wohlgefallen auf, da zwei Ereignisse das Interesse der jungen Männer in Anspruch nahmen.

Das Abschlusssemester erhielt überraschend Zuwachs. Drei junge Polizistinnen, die aus verschiedenen Bundesländern in die Stadt gezogen waren, traten als Seiteneinsteigerinnen, wie das verwaltungstechnisch ausgedrückt wurde, in die Abschlussklasse.

Für die jungen Männer, die zum größten Teil ledig waren, eine willkommene Abwechslung. Man merkte schon nach kurzer Zeit, dass der männliche Ehrgeiz angestachelt wurde, da sich die Polizisten gegenüber den weiblichen Fähigkeiten arg ins Zeug legen mussten. Denn die drei jungen Damen, die sich übrigens vorher nie gesehen hatten, trieben den Klassenspiegel bei den Klausuren ganz schön hoch.

Jasper und Ludwig stöhnten jedenfalls auf, wenn die weiblichen Kommilitonen in den Fächern Gesetzeslehre, Kriminalistik, Schießlehre, usw. im oberen Drittel, wenn nicht sogar an der Spitze lagen.

Nur Raimund berührte das alles nicht. Er thronte in allen Fächern mit zwei anderen Kommilitonen und den drei Frauen an der Spitze. Da er die Riege der Besten anführte, war er seit einem halben Jahr der Klassenprimus. In den weiblichen Mitstudenten sah er nur Kolleginnen. Weiteres Interesse zeigte er an ihnen nicht.Gut drei Wochen später kam die nächste Überraschung. Die Schule erhielt einen neuen Dozenten. Er unterrichtete die Abschlussklasse in Kriminalistik, Verbrechensbekämpfung und vertrat einen erkrankten Kollegen in der Schulung über Drogen und andere Rauschmittel.

Sämtliche Schüler waren nach kurzer Zeit von ihm eingenommen. Er hatte eine interessante Art, den Stoff zu vermitteln, dass sämtliche Studenten mit Begeisterung seinen Vorlesungen folgten.

„Die Frage, welche Rolle die Gewalt in der Kriminalität Jugendlicher spielt, kann mit vielen Aspekten beantwortet werden. Betrachtet man die Auslagen der Bücher über Gewalt in den Buchläden, die von Gewalt nur so strotzenden Filme im Kino und im Fernsehen sowie die Computer- und Videospiele, die den jungen Menschen zur Verfügung stehen, - "

Raimunds Konzentration beim Vortrag des neuen Dozenten, Dr. Daimers, ließ immer mehr nach. Sein Blick verlagerte sich von dem etwas monoton wirkenden Sprecher auf die drei neuen Kolleginnen. Es war für die oftmals raue Männergesellschaft eine willkommene Abwechslung, dass sie nun drei Mitkämpferinnen in ihren Reihen hatten.

Raimund hatte für sich selbst die Frage, wie er sich zum anderen Geschlecht hingezogen fühlte, noch nicht diskutiert. Außer seiner Mutter, seiner Tante Lisbeth und einigen, flüchtigen Bekanntschaften in der Schulzeit, waren ihm die Geschöpfe betörender, weiblicher Reize noch nicht nähergekommen. Er spürte jedoch seit kurzer Zeit ein leises Gefühl des Interesses, wenn er seinen Blick auf die Kollegin mit dem schönen, gelockten, haselnussbraunen Haar gleiten ließ. Wenn das Licht auf ihr Haar fiel, glänzten ein paar blonde Strähnen darin, als würde es golden sein. Auch ihr ausdruckvolles Gesicht, mit der langen, geraden Charakternase, gefiel ihm sehr. Er musste lächeln, denn es fiel ihm ein, dass er noch nicht mal ihren Namen wusste.

Bevor er jedoch seinen Gedanken weiterhin ermöglichen konnte, sich tiefer mit der Angelegenheit zu beschäftigen, schwoll die Geräuschkulisse um ihn herum derart an, dass er verdutzt aufblickte.

Seine Mitkommilitonen hatten sich erhoben und begannen, laut zu reden. Die Zeit war um, der Dozent packte seine Bücher ein und schickte sich an, den Hörsaal zu verlassen. Raimund beobachtete, da er sich noch nicht erhoben hatte, wie die Kollegin, über die er gerade nachgedacht hatte, auf den Dozenten zuging und ihn ansprach. Natürlich konnte er nicht verstehen, worüber die beiden sich unterhielten, aber irgendwie kam ein leichter Anflug von Eifersucht auf den Dozenten in ihm hoch, und er wunderte sich eigentlich darüber.

Dann kam ihm eine Idee. Schnell erhob er sich, packte seine Unterlagen zusammen und verließ den Hörsaal. Draußen stellte er sich hinter eine der dort stehenden Säulen und wartete. Nicht lange darauf, hörte er Schritte. Er kam leicht hinter der Säule hervor. Da sah er, wie der Dozent mit seiner Kollegin, die er gerade ansprechen wollte, nach links abbog, und schon waren die beiden verschwunden. Raimund schaute etwas dumm aus der Wäsche, als sich hinter ihm zwei bekannte Stimmen meldeten. „Da wird uns doch nicht jemand untreu werden?!"

Er fuhr verärgert herum und starrte in die grinsenden Gesichter seiner Kumpel Jasper und Ludwig. Da konnte Raimund auch nicht anders. Sein Ärger verflog augenblicklich und er musste ebenfalls lachen. Dann nahmen ihn seine Kumpel in die Mitte, und die drei zogen ab zu ihren Unterkünften.

Als er abends im Bett lag, konnte er nicht einschlafen. Immer wieder musste Raimund an seine hübsche Kollegin denken. Er nahm sich vor, in den nächsten Tagen mehr Informationen über sie einzuholen. Doch dass er ihr persönlich gegenüberstehen sollte, und zwar schon am nächsten Tag, daran dachte Raimund mit keiner Silbe.

Von ferne hörte Raimund am nächsten Morgen ein dumpfes Dröhnen. Es dauerte einige Sekunden, bis er dieses Geräusch als den Alarm seines Weckers identifizierte. Erst öffnete sich sein rechtes Auge und blickte noch wie durch einen Nebel auf die Uhr. Jäh fuhr er hoch. Verschlafen. „Auch das noch", knurrte er und sprang mit einem Satz aus dem Bett. Duschen, Anziehen und ein paar Erdnüsse als Frühstück schlucken, geschahen in einer Schnelligkeit, die jedem Rekruten bei einer Alarmübung alle Ehre gemacht hätten. Der Griff zur Tasche, noch einige Unterlagen und Bücher ´reingestopft, dann in die Schuhe geschlüpft, die Jacke vom Haken gerissen, und schon knallte die Tür seiner Studentenbude zu.

Auf dem Flur zum Hörsaal drei war niemand zu sehen. Er rannte um die Ecke, war mit seinen Gedanken schon beim Prof, der es hasste, wenn jemand zu spät in seine Vorlesungen kam. Da krachte es plötzlich. Ein lauter Schrei ertönte, und dieses Etwas, mit dem er zusammengekracht war, lag vor ihm auf dem Boden. Drum herum lagen Bücher, Blätter lagen zerstreut daneben. Er selbst bemerkte, dass seine Tasche aus der Hand gefallen war und ebenfalls vor seinen Füßen lag, den Inhalt vor sich ausbreitend.

Dann registrierte er einen Schmerz in seinem Kopf. Doch dies alles war vergessen, als er genau hinsah und sie erblickte. Sie lag auf dem Boden und sagte keinen Ton. Rasch bückte Raimund sich nieder und sah ihr hübsches Gesicht.

„Wie friedlich sie daliegt", dachte er und wollte ihren Kopf anheben, um ein Buch darunterzulegen. Da schlug sie die Augen auf. Ihr Blick war verwundert, ihn zu sehen. Als sich ihr Erinnerungsvermögen langsam in die Realität zurückbrachte, wollte sie rasch aufstehen. Aber mit einem Stöhnen fiel sie erneut zurück und schloss die Augen.

„Ganz ruhig", sagte Raimund mit sanfter Stimme. Dann hörte er Schritte. Plötzlich standen fünf, sechs Studenten um ihn herum und riefen wild durcheinander. „Was ist mit ihr?" „Was ist passiert?" Raimund hob seinen Arm und wies sie an, ruhig zu sein. „Sie muss in den Krankenflügel!" rief er.

Plötzlich nahten einige Leute in weißer Kleidung. Es waren ein Arzt und zwei Helfer, die von einem der stehengebliebenen Kommilitonen über Handy informiert worden waren.

Die kalkweiß aussehende Mitstudentin wurde auf eine Krankentrage gehoben und fortgebracht. Der Pulk der Studenten verlief sich langsam. Raimund suchte seine Sachen und ebenfalls die Bücher und Unterlagen seiner Kollegin zusammen. Dann erhob er sich, den Kopfschmerz wieder mit leisem Stöhnen registrierend, und ging zurück in sein Zimmer.

„Na, für heute ist die Vorlesung vorbei", sagte er sich. Er warf die Tasche und die Bücher auf einen kleinen Tisch und legte sich dann auf sein Bett. „So hab´ ich mir die Begegnung mit ihr auch nicht vorgestellt."

Der Vorfall mit Raimund und seiner Kollegin verbreitete sich unter den Studenten wie ein Lauffeuer. Jasper und Ludwig stürmten in der nächsten Pause in seine Bude und überschütteten ihn mit Fragen. „Sag´ mal, du bringst ja die Mädchen eher um, als sie kennenzulernen", begann Jasper mit breit grinsendem Gesicht die Untersuchung des Falles und setzte sich rittlings auf einen Stuhl, den er an Raimunds Bett schob. Ludwig ließ sich auf das Bett plumpsen, dass Raimund mit seinem Körper leicht nach oben katapultiert wurde.

„Da musst du jetzt aber ´ne Menge anstellen, um die Kleine wieder zu besänftigen", meinte er und steckte sich ein Bonbon in den Mund.

Raimund stützte sich auf seine Ellenbogen und sah seine Freunde kopfschüttelnd an. „Was meint ihr, wie ich mir schon den Kopf zerbrochen habe, die Sache wieder in Ordnung zu bringen", antwortete er dann.

„Du kaufst ihr am besten einen riesigen Blumenstrauß, gehst in sämtliche Vorlesungen, die sie auch besuchen will, und bringst ihr den ganzen Lehrstoff nahe, damit sie nichts versäumt. Das ist die beste Möglichkeit, sie zu gewinnen", machte Jasper den Vorschlag.

Ludwig nickte kräftig zur Bestätigung, und Raimund sah sich schon in Gedanken vor ihrem Bett stehen. „Aber woher weißt du, welche Vorlesungen sie besuchen will?" grinste Ludwig mit seinem runden Gesicht.

„Da sind noch die beiden anderen Mädchen, die hocken doch bestimmt zusammen. Müssen die doch, bei so ´ner Männergesellschaft", gab Jasper zur Antwort.

So wurden noch einige Möglichkeiten angedacht, bis Jasper, auf die Uhr sehend, plötzlich ausrief: „ O Schiet, die nächste Vorlesung bei Daimers. Kommst du mit, Raimund?" Dieser nickte, obwohl ihm noch leicht übel war und die Kopfschmerzen immer noch ein wenig pochten. Doch dann gab er sich einen Ruck, und schon saßen die drei bald in der Vorlesung und lauschten den Worten des neuen Dozenten.

Gegen Nachmittag, er hatte sich inzwischen von dem Zusammenstoß wieder erholt, machte sich Raimund stadtfein. Er legte sein Lieblingsrasierwasser auf, lief ein paar Ecken von der Uni zu einem bekannten Blumenladen und kaufte einen großen Blumenstrauß.

Von den beiden anderen Mädchen hatte er erfahren, dass Evelyn, so hieß sie übrigens; also, dass Evelyn im Krankenflügel lag und an einer leichten Gehirnerschütterung litt.

Darüber war Raimund sichtlich froh. Sämtliche Unterlagen von den Vorlesungen am Vormittag trug er in seiner Collegetasche unter dem Arm. Ein wenig Hemmungen hatte Raimund schon, als er die Treppe zum zweiten Stockwerk des Krankenflügels empor stieg. Dann stand er auf dem Flur. Er blieb kurz stehen, atmete tief durch und ging auf eine Krankenschwester zu, die ihm bereitwillig Auskunft gab.

Dann klopfte er an der Tür des Zimmers 265.

Eine dünne Stimme sagte: „Herein!" Raimund öffnete langsam und sah in drei erstaunte Gesichter. Evelyn hatte Besuch von ihren beiden Kommilitoninnen. Diese sprangen rasch auf, als Raimund mit leicht errötetem Gesicht eingetreten war, und verabschiedeten sich lächelnd von ihrer Kollegin. Mit vielsagenden Blicken auf ihren männlichen Kollegen und einem leisen Kichern stolzierten sie an Raimund vorbei und verließen leise das Zimmer.

Nun war Raimund mit ihr alleine. Evelyn sah ihn an und musste lächeln. Er stand vor ihr wie ein kleiner Junge, der nicht wusste, was er sagen sollte.

„Äähh! Es tut mir leid, das von gestern Morgen", begann Raimund und erwiderte das Lächeln von Evelyn. „Das ist schon in Ordnung", antwortete sie. „Ich habe auch nicht genug aufgepasst."

Dann gab Raimund ihr den Blumenstrauß.

Ihr Blick zeigte, wie sehr sie sich darüber freute. Sie hob sich etwas höher, um ihm zu sagen, wo die Vasen sind, legte sich aber schnell mit einem leisen Stöhnen hin, da der Kopf noch sehr schmerzte.

Raimund versorgte die Blumen mit Wasser und setzte sich dann zu ihr. Dann fragte er sie, ob er für sie die Unterlagen für die Vorlesungen sammeln und bringen sollte. „Schönen Dank, aber das machen schon Esther und Judith, die du gerade gesehen hast."

„Okay, aber ..."

„Du kannst gerne vorbei schauen und mir ein wenig Nachhilfeunterricht geben, wenn du möchtest."

Und ob Raimund mochte. Ihm fiel ein Stein vom Herzen, und er hatte das sichere Gefühl, dass sie ihn ein wenig mochte.

Schnell waren fünfzehn Minuten im Gespräch vergangen, als die Krankenschwester eintrat und darauf hinwies, dass die Kranke noch unbedingt Ruhe brauche und der Besuch zu anstrengend sei.

Raimund nickte höflich und verabschiedete sich von Evelyn. Auf dem Flur war ihm, als wenn eine Wolke ihn aufhob und nach draußen trug. So ein Gefühl kannte er bis dahin überhaupt nicht. Aber er fühlte sich wohl dabei, als wenn er die Tür zum Paradies aufgestoßen hätte.

Nach einer Woche wurde Evelyn Brandstätter, so hieß sie mit vollem Namen, als gesund entlassen. Und hinfort gingen nicht nur drei Studenten nachmittags oder abends in ihr Stammlokal, sondern drei Studenten und drei Studentinnen. Jasper und Esther konnten sich gut miteinander unterhalten. Judith zog es irgendwie zu Ludwig hin. Na, und Raimund wurde immer mehr in seiner Schaffenskraft beflügelt, seitdem er Evelyn näher kennenlernte.

Die Zeit verging wie im Fluge. Es war an einem schönen Aprilabend. Die Sonne hatte den ganzen Tag über mit ganzer Kraft geschienen, und die Luft war richtig angenehm. Raimund und Evelyn verließen gerade die Abendvorstellung des Palasttheaters und schlenderten, eng umarmt, die Wilhelm-Schröder-Straße entlang. Sie plauderten interessiert über den Film, den sie sich angesehen hatten. Zwischendurch blieben sie stehen, sahen sich verliebt in die Augen und küssten sich zärtlich.

„Ich weiß gar nicht, wie ich ohne dich gelebt habe", flüsterte Raimund und gab ihr einen Kuss auf ihr braunes Haar, das im Laternenlicht glänzte und wunderbar duftete.

Evelyn lächelte, blickte ihn spitzbübisch von unten nach oben mit ihren smaragdgrünen Augen an. „Bis vor

ein paar Wochen hast du das noch gut gekonnt",
antwortete sie.

Raimund blieb abrupt stehen, zog sie an sich heran und
sprach mit todernster Miene, nur die Augen lächelten
verschmitzt: „Wie kannst du das Leben nennen? Es war
ein Dahinvegetieren, ein armseliges Dasein fristen, in
einem Slum existieren."

Evelyns herzhaftes Lachen ertönte und erstickte seine
weiteren Ausführungen. „Wie poetisch du bist. Man
könnte meinen, du schreibst gerade an einem Roman
und bist kein präzise recherchierender Bulle", flötete
sie und riss sich von ihm los.

Verdutzt schaute er ihr nach, und schon sprintete er los.
Kurz danach hatte er sie wieder eingeholt. Sie befanden
sich kurz vor der Polizeikaserne mit ihren Unterkünften.

Raimund umfasste ihre schlanke Taille und wollte
seinen Schnellspurt mit einem Kuss belohnen lassen,
als sie Schritte hörten. Instinktiv nahm Raimund seine
Freundin an die Hand und zog sie hinter einen Flieder-
strauch, der sie vor den Augen eines Mannes verbarg,
der herangekommen war und nun ungefähr fünf Meter
vor ihnen stand. Es war, als ob er auf etwas wartete.

Die beiden starrten zu ihm herüber. Leider konnten sie
das Gesicht nicht sehen. Still verharrten sie und atmeten leise. Ungefähr fünf Minuten später näherte sich ein
alter Golf. Er hielt vor dem Wartenden, und ein wie-
terer, kräftig gebauter Mann entstieg dem Wagen.
„Hast du das Päckchen?" fragte der Stämmige. Der
andere nickte schweigend und übergab ihm ein kleines

Päckchen. Jetzt drehte er sich, so dass der Laternenschein, der sein bleiches Licht auf die Szenerie fallen ließ, etwas entdecken ließ. Der Mann hatte rötliche Haare. Leider konnten sie beide nicht erkennen, wer es war. Dann stieg der Stämmige in den Wagen zurück und brauste los. Der andere drehte sich kurz um und marschierte los, in Richtung Polizeikaserne. Raimund und Evelyn folgten ihm in kurzer Entfernung. Plötzlich blinkte et-was vor Raimund auf. Er hielt an und bückte sich nach dem Gegenstand. Es war ein Metallknopf, der sich im Licht eines Autoscheinwerfers gespiegelt hatte. Ein Löwenantlitz war darauf abgebildet. Evelyn, die ebenfalls stehengeblieben war, blickte sich nach dem Fremden um. Doch dieser war und blieb verschwunden.

„Egal", murmelte Raimund. „Wir haben diesen Knopf. Und dieser wird uns schon auf die Spur dieses Fremden führen."

Dann begleitete er seine Freundin zu ihrem Block und verabschiedete sich mit einem innigen Kuss.

Doch zunächst ereignete sich gar nichts, was im Zusammenhang mit dem Unbekannten gebracht werden konnte. Raimund hatte seinen Freunden Ludwig und Jasper von dem Abend berichtet. Es wurden einige Vermutungen geäußert, wer damit zu tun haben könnte, aber es ergaben sich keine Beweise, die zu einem hieb- und stichfesten Bild hätten zusammengetragen werden können.

Die kommenden Tage waren wieder mit viel Arbeit angefüllt. Langsam mussten sich die Damen und Herren des Abschlusssemesters auf ihr Examen vorbereiten, und es hagelte Teste und Klausuren. So hatten auch Raimund und Evelyn kaum Zeit, sich zu sehen.

An einem grauen Morgen trafen sich die Freunde am Aushang, wo sie von den jungen Frauen erwartet wurden.

„Habt ihr das schon gelesen?" wurden sie begrüßt. Die Freunde drängten ans schwarze Brett und lasen die Nachricht selber. Professor Daimers, dieser hatte vor einer Woche die Professur in der Polizeiakademie erhalten, suchte einen Assistenten. Er garantierte die Unterstützung beim Examen sowie ein angemessenes Taschengeld.

„He, Ludwig", frozzelte Jasper und grinste über das ganze Gesicht. „Willst du nicht Daimers Collegemappe vor ihm hertragen und ausrufen: „Macht Platz für den Großmufti der Polizeiakademie?"

„O, ja natürlich", konterte Ludwig, der für seine Scherze bekannt war. „Und du gehst hinter ihm her und trägst die Schleppe. Und jedem, der uns überholen will, stellst du ein Bein."

Raimund schüttelte den Kopf über die Albernheit seiner Freunde. Ihm schoss so einiges durch den Kopf. Da er nicht so viele Mittel besaß und vermögend wie seine Freunde war, musste er sein Studium durch Arbeit in den Ferien mitfinanzieren. Er konnte sich wohl vorstellen, dass so ein Assistenzposten sehr von Vorteil war. Er beschloss, den Professor bei der nächsten Gelegenheit anzusprechen. Dann machten sie sich, laut unterhaltend, auf den Weg in die erste Vorlesung.

Diese Gelegenheit bot sich ein paar Tage später. Professor Daimers hatte seine Vorlesung über Kriminalistik gerade beendet. Die Studenten verließen geräuschvoll den Hörsaal, nur Raimund blieb zurück. Daimers, der seine Unterlagen in die Tasche gepackt hatte, blickte auf, als er den Studenten bemerkte.

„Gibt es noch etwas?" fragte er ihn. „Ja, Professor", erwiderte Raimund und wischte sich etwas verlegen über den Mund. „Ich wollte Sie fragen, ob sie schon einen Assistenten haben oder ob die Stelle noch vakant ist?"

Über Daimers Gesicht fuhr ein leichtes Lächeln. Doch dann gab er ihm eine klare Antwort. „Noch ist die Stelle vakant. Sie haben sicherlich Interesse, die Stelle zu übernehmen?"

Raimund nickte und erhoffte sich schon eine Zusage. Doch als Daimers weitersprach, machte sich Enttäuschung in seinem Inneren breit.

„Ich habe noch weitere Angebote", antwortete er. „Aber ich bin bereit, Ihnen einen Termin zu geben. Wie wär's, wenn Sie nächste Woche am Donnerstagabend gegen 19.30 Uhr zu mir kommen?"

„Ja gern", antwortete Raimund. Auf die Frage, ob er wisse, wo er wohne, nickte Raimund und verabschiedete sich von dem Professor. Die nächsten Tage waren wieder mit Klausuren schwersten Grades, sportlichem Training und Schießübungen ausgefüllt, so dass Raimund keine Zeit aufbrachte, an die Assistentensache zu denken.

Gerade verließ er den Klassenraum, in dem er über eine Ausarbeitung der Entwicklung der Drogenkriminalität in Europa gebrütet hatte. Sich den Schweiß abwischend, der sich während der Klausur auf seiner Stirne gesammelt hatte, trat er ans Flurfenster und blickte auf die Straße. Es war Vormittag, und ein mäßiger Verkehr floss durch die Straßen. Fußgänger eilten zu ihren Zielen, kaum einer nahm sich Zeit, den Tag zu genießen. Raimund fiel bei der Betrachtung der Straßenszene seine erste Übung als Verkehrspolizist ein, als die Ampeln gerade im größten Berufsverkehr an den Hauptstrecken ausgefallen waren. Mutterseelenallein stand er zwischen Fahrzeugen und Menschen, die, wie immer keine Zeit zu haben schienen und nur sich selbst und ihre Ziele sahen. Wie war er froh, als diese Verkehrsleitaktion nach zwei Stunden wieder vorüber war und die Ampeln wieder funktionierten.

Jasper und Ludwig gesellten sich zu ihm. Auch sie waren mit ihrer Klausur fertig. „Na," bemerkte Raimund. „Habt ihr euch ausgetobt?"

„O ja", entgegnete Jasper grinsend und erleichtert seufzend. „Das war wieder Berg- und Talfahrt durch die Statistiken des Jahrhunderts. Bei der zwölften Seite hatte ich keine Lust mehr, und mein Kugelschreiber hat gestreikt."

„Bist du wahnsinnig", rief Ludwig und puffte seinen Freund in die Seite. „Bei mir war nach sechs Seiten 'ne Sperre im Hirn. Da musst du ja 'ne anständige Dröhnung von dem Zeugs genommen haben, um darüber so viel zu schwafeln."

Raimund lachte und beruhigte Ludwig. „Keine Angst, Ludwig! Auch ich habe nur acht Seiten fertiggebracht, und ich denke, das reicht auch."

Immer mehr Studenten verließen den Raum und stellten sich in Grüppchen zusammen. Zigarettenqualm zog durch den Flur und erreichte die Nasen der Studenten. Einige husteten plötzlich und verlangten, dass die Glimmstengel ausgemacht würden. Der Geräuschpegel der Unterhaltungen wurde immer lauter.

Da öffnete sich die Tür, und der beaufsichtigende Lehrer ermahnte die Studenten zur Ruhe.

Inzwischen hatten sich auch die Frauen zu den dreien gesellt. Evelyn legt ihren Arm um Raimunds Hüfte und lächelte ihn an. „Na, bist du zufrieden mit dem Ergebnis?"

„Ich weiß nicht", antwortete er und drückte Evelyn einen zärtlichen Kuss auf die Nase. „Entscheidend ist, ob Lankemeyer mit der Arbeit zufrieden ist. Danach wird beurteilt."

Er wollte gerade weitersprechen, als er ein paar Studenten von den anderen Jahrgängen ankommen sah. Der Rothaarige wurde von seinen engsten Freunden begleitet. Seine überaus wichtig klingenden Worte waren bis zu Raimund und seinen Leuten zu hören. Dabei tat er so, als sähe er Raimund nicht. Als er auf seiner Höhe war, prahlte er vor allen: „Stellt euch vor, da hat sich so einer von den Klugscheißern aus der Abschlussklasse bei Daimers als Assistent gemeldet. Ich weiß mit Sicherheit, dass der den Job nicht kriegt."

In Sekundenschnelle blickte der Rothaarige bei seiner Aussage Raimund an und grinste. Dann sah er stur wieder geradeaus, vor seinen Leuten weiterhin prahlend.

Raimund schoss im nächsten Augenblick die Röte ins Gesicht. In ihm stieg eine Stinkwut hoch, und er war nahe daran, sich auf den affektierten Angeber zu stürzen. Evelyn und auch die anderen wussten von Raimunds Anfrage bei Daimers. Sie blickte Raimund erschrocken an und legte die Hand auf seinen Arm. „Bleib ruhig, Raimund", flüsterte sie ihm zu. „Es hat keinen Zweck, wir kriegen ihn noch, glaub' mir."

Raimund atmete tief durch. Sein Brustkorb hob und senkte sich geräuschvoll. Dann blickte er Evelyn an, und in seinen Augen funkelte noch etwas Zorn mit. Doch dann versuchte er zu lächeln. „Du hast recht, mein Schatz. Ich glaube, wir kriegen ihn noch ganz anders, als wir uns das jetzt überhaupt vorstellen.

Die Glocke erklang. Die Klausur war zu Ende, und der ganze Studentenpulk strömte auf den Hof, um frische Luft zu tanken.

Der besagte Abend, an dem die Entscheidung über den Assistenzjob fallen sollte, war gekommen. Evelyn begleitete ihren Freund zum Hause des Professors. Auch ihr Herz klopfte, als sie vor dem Eingang standen und läuteten. Der Summer brummte, und mit einem lauten Knacken öffnete sich die große, schmucke Holztür. Professor Daimers empfing seine Studenten und begrüßte sie freundlich.

„Bitte hierher, nehmen Sie doch noch einen Augenblick Platz. Es sind noch nicht alle da."

Mit diesen Worten entließ er die beiden die sich in das genannte Zimmer begaben.

Dort saßen bereits drei Studenten erwartungsvoll. Da weder Raimund noch Evelyn einen der anderen kannten, begrüßten sie diese nur kurz und setzten sich etwas abseits hin, nachdem sie ihre Jacken ausgezogen und aufgehängt hatten.

Die anderen hatten den Gruß, kaum hörbar, erwidert und starrten verstohlen auf die beiden.

Plötzlich ging die Tür erneut auf, und der Rothaarige trat mit seinen, etwas dümmlich dreinblickenden Begleitern den Raum. Raimund und Evelyn würdigten die drei keines Blickes und antworteten auch nicht auf die laute Begrüßung. Die anderen schienen sich alle zu kennen. Kaum war wieder Ruhe eingekehrt, öffnete sich die Tür erneut, und der Professor bat die Personen, die sich beworben hatten, in sein Arbeitszimmer und bot ihnen einen Platz an.

Raimund setzte sich ans linke Ende neben einen der anderen Studenten, die er nicht kannte. Er wollte unter keinen Umständen in Berührung mit dem Rothaarigen kommen. So saßen beide an den äußeren Enden.

Der Professor machte es sich auf seinem mächtigen Ledersessel bequem, schaute seine Studenten, etwas süffisant lächelnd an, strich sich über das Kinn und begann seine Rede.

„Nun, meine Herren Studenten. Jetzt ist der Augenblick gekommen, Ihnen mitzuteilen, wer die begehrte Assistenzstelle bei mir bekommt. Sie haben sich alle für diese Stelle beworben, und ich muss Ihnen sagen, es fiel mir nicht leicht. Nein! Ganz und gar nicht fiel es mir leicht, eine Entscheidung zu treffen.

Und ich denke, die Herren, die leer ausgehen, sollten darin keine Wertmessung meinerseits sehen; denn ich kann leider nur einen von Ihnen zu meinem Assistenten machen."

Wieder strich er bedächtig über sein Kinn, ehe er fortfuhr. „Also, ich habe nach Abwägung aller positiven und zu bedenkenden Punkte zu meinem persönlichen Assistenten Herrn Sebastian Schleimig erkoren."

Da Raimund den Namen nicht kannte, blickte er nach rechts auf die anderen Männer. Er sah neben sich enttäuschte Gesichter. Nur einer, der Rothaarige, grinste wie ein Honigkuchenpferd.

„Dann ist er also dieser Schleimig", begriff Raimund in diesem Augenblick und konnte, trotz einer ihm innewohnenden Enttäuschung, ein Grinsen nur schwer unterdrücken. „Der Name passt zu diesem Heini", war sein nächster Gedanke.

Doch dann sprach der Professor wieder. „Ich möchte Sie nicht so auseinanderlaufen lassen", fuhr er fort und erhob sich. „Ich habe nebenan einen kleinen Imbiss auftischen lassen und bitte Sie, wer Lust hat, mit mir den Abend noch ausklingen zu lassen."

Alle erhoben sich, und Raimund spürte in seinem Rükken deutlich einen triumphierenden Blick des rothaarigen Schleimers. Aber er wollte ihm nicht die Genugtuung geben und drehte sich nicht um. Als auch die im anderen Raum Wartenden zu der Gruppe geholt wurden, verabschiedete sich Raimund von dem Professor und verschwand mit Evelyn schnurstracks aus dem Haus.

Jasper und Ludwig und auch die anderen beiden Frauen regten sich über die Entscheidung des Professors natürlich sehr auf, und die Diskussion darüber bei den Treffen der Studenten in ihrem Lokal verstummte erst nach Tagen.

Doch das Leben sorgt für genügend Gesprächsstoff, der bei den Stammtischen durchgekaut werden kann und an dem sich die Gemüter erhitzen können.

Tage später erschütterte ein Ereignis die Lokalpresse in der Kreisstadt, die in ihrer Berichterstattung mit allen Blättern im Umkreis wetteiferte, wobei auch das Fernsehen und der Rundfunk seine Nachrichten in aktuellen Sendungen ausstrahlte, um die Bürger auf das Genaueste zu informieren, das für weiteren, nicht versiegenden Gesprächsstoff für Wochen sorgen sollte.

Beim Juwelier Suderkamp war am frühen Abend des gestrigen Tages gegen 18.35 Uhr, der Juwelier wollte seinen Laden gerade schließen, ein schwerer Raubüberfall verübt worden, wobei Schmuck und Uhren im Werte von ungefähr 200 000 DM geraubt wurden.

Zwei maskierte Männer waren in den sonst, bis auf den Juwelier, leeren Laden gestürmt und hatten ihn angebrüllt, in einen mitgebrachten Sack Schmuck und Uhren zu füllen. Juwelier Suderkamp, der ansonsten kein ängstlicher Typ war, hatte es jedoch im Anblick der

ihm vorgehaltenen Waffe vorgezogen, den Anweisungen der Verbrecher nachzukommen.
Als er ihnen den gefüllten Sack übergab, überkam es
ihn, den Knopf der Alarmanlage zu drücken, der einen
halben Meter neben ihm unter der Ladentheke angebracht war. Langsam näherte er sich dem Knopf. Er
fühlte unter seine Theke. Doch bevor er ihn drücken
konnte, sah einer der Gauner beim Verlassen des Ladens seine Hantierungen. Er drehte sich um und schoss
auf den Juwelier. Dieser stürzte mit einem Aufschrei zu
Boden. Blut, das aus der Schusswunde sprudelte, bedeckte den Boden, und Suderkamp verlor die Besinnung.

Viel später wachte er auf der Intensivstation des örtlichen Krankenhauses auf. Seine Frau hatte ihn, laut
schreiend, nach dem Überfall, auf dem Boden liegend,
gefunden. Ein paar Passanten, die ihre Schreie hörten,
eilten in den Laden und riefen von dort den Krankenwagen, der ihn ins Spital brachte.

Die Polizei versuchte fieberhaft, den Überfall aufzuklären. Nach einigen Wochen eifrigen Recherchierens
stieß sie darauf, welche Tatwaffe die Gangster benutzt
hatten.

Man untersuchte das aus dem Körper des Juweliers
herausoperierte Projektil und stellte fest, es stammte
aus der Waffe, die vor einigen Monaten aus der Polizeischule gestohlen worden war.

Raimund wurde unverhofft und unwissend zum Leiter
der Polizeiakademie gerufen. Mit Sorgen, und doch
keinem schlechten Gewissen, machte er sich auf den
Weg in das Gebäude. Als er den Raum betrat, empfin-

gen ihn der Leiter der Polizeiakademie sowie Professor Daimers und einige Herren in Zivil mit be-denklichen Gesichtern.

XIX

Während Sven Carstens, so schnell er konnte, zur Firma zurückraste, plante sein auf höchster Aufmerksamkeit aktiviertes Gehirn fieberhaft die Möglichkeiten, die ihm zur Verfügung standen. Dabei reifte in ihm der Entschluss, die geplante Racheaktion nach Mitternacht durchzuführen. Viele Namen filterten durch seinen Erinnerungsspeicher, die für diese Aktion geeignet waren, doch blieben nur ein paar außergewöhnliche Kämpfer hängen. Kurz bevor er sich nun verbissen durch den plötzlich dichter werdenden Verkehr schlängelte, der mal wieder zu einem ungeeigneten Zeitpunkt herrschte, hatten sich alle Pläne bereits wieder in Luft aufgelöst. Als er schließlich vor dem unscheinbar grauschmutzigen Firmengebäude stand, jagten bereits neue Gedanken durch sein Hirn. Ja, das war die Idee! Er wollte es ganz alleine durchführen. „Irgendwie verrückt, was ich mache!" gestand er sich ein. „Aber das bin ich Antonio schuldig!"

In seinem Inneren pulsierte eine gewaltige Spannung, als er aus seinem alten Ford ausstieg, den er eigentlich vor Jahren schon einmotten wollte. Langsam und vorsichtig wanderte sein Blick über die Straße. Ihn interessierten nicht die Passanten, die vorübergingen und die ihn auch nicht bemerkten. Auch der Autoverkehr

war nicht das Ziel, das er in Augenschein nahm. Selbst
die unüberhörbaren, lauten Verkehrsgeräusche rauschten unbemerkt an seinem Wahrnehmungsvermögen
vorüber. Trotzdem untersuchte er sein Umfeld wie eine
höchstsensible Satellitenkamera das Land des Feindes.
Dabei fiel ihm ein alter Ford auf, der, zirka zwölf Meter von ihm entfernt, parkte. In diesem Ford saß ein
Mann, der scheinbar gelangweilt in der Zeitung las.
Doch Sven bemerkte genau, wie er aufmerksam über
den Rand einer Sonnenbrille das Geschehen um sich
herum beobachtete.

Svens Blick glitt langsam herüber auf die andere Straßenseite. Dort standen vier Männer in dunkler Kleidung, die sich ganz beiläufig zu unterhalten schienen.
Doch Sven stellte fest, wie sich ihre Köpfe bewegten
und ihre Augen, die ebenfalls hinter einer Sonnenbrille
verborgen waren, nervös hin und her fuhren. Er wurde
beobachtet.

Nachdem sein Gehirn dieses Geschehen fotografisch
registriert hatte, schloss er seinen Wagen mit einer lässigen Handbewegung ab und begab sich sofort in das
graue Firmengebäude. Als er im Eingang verschwunden war, lockerte sich seine Haltung, die sich, beim
Beobachten der Straßenszene und Entdecken des auf-
fälligen Wagens und der Observanten, auch äußerlich
angespannt hatte. Er wusste, dass die Firma und alle,
die dort hinein- und herausliefen, stets beobachtet wurden. Nur hatte er noch keine Gewissheit darüber, ob es
dieses Mal die Russen oder die Bullen waren.

Schnell lief er zum Fahrstuhl, der, nachdem er den
Knopf gedrückt hatte, sich quietschend und rumpelnd
in Bewegung setzte. Als er eingestiegen war, fuhr Sven

hinunter in den Keller, in der sich die Waffenkammer der Firma befand.

Die Tür zum Waffenraum quietschte ebenfalls jammervoll und hatte ein paar Tropfen Öl bitter nötig. Als er den Raum betrat, roch es nach Metall und dem Waffenöl, das einen ähnlichen Duft wie seine Schuhcreme hatte. Sven war froh, dass Alex dort Dienst machte und die Waffen ausgab. Mit ihm verstand er sich sehr gut.

„Hallo, Sven, wie ist die Lage?" begrüßte ihn dieser, Kaugummi kauend. Dabei strich er sich bedächtig über seinen dicken Schnurrbart, der ihm das Aussehen eines Seehundes verlieh. „Alles klar", erwiderte Sven und zwang sich ein Lächeln ab. „Brauch' was Besonderes heute. Spezialauftrag von Ömer", fuhr er fort.

„Na, was soll's denn sein?" fragte Alex und hob dabei seine buschigen Augenbrauen an. Dann notierte er Svens Wünsche. Kurz darauf verschwand er hinter einer festen Stahltür und kam mit den geforderten Waffen und der Munition zurück. Sven betrachtete die Waffen genau. Zwei Schnellfeuerpistolen mit Halfter und eine Popgun mit der dazugehörigen Munition. Er griff nach einer ledernen Tragetasche, die auf einem Stapel alten Zeitungspapiers auf dem Tresen lag, und packte die Waffen und die Munition hastig ein. Dann quittierte er die Auslieferung und verschwand mit einem freund-lichen Gruß aus dem Waffenarsenal.

Sven trat gerade aus dem Fahrstuhl, als die Stimme Ömer Mustaphas von hinten an sein Ohr drang. Er blickte in die Richtung, aus der die Laute kamen, und er entdeckte seinen Chef, der sich mit zwei anderen, ihm unbekannten Personen unterhielt. Dabei näherten die drei sich langsam seiner Position. Da der Boss intensiv ins Gespräch vertieft war und die beiden Männer angestrengt lauschten, gelang es Sven, unerkannt schnell nach rechts um die Ecke in das nächste Zimmer zu eilen. Sein Glück war, dass auch dieser Büroraum nicht besetzt war. Doch das konnte nicht lange her sein, da noch ein wenig Zigarettenrauch die Luft erfüllte und Sven zum Husten reizte. Er ließ seinen Blick über den unordentlichen Schreibtisch an die gegenüberliegende Wand schweifen, wo er einen kleinen Kasten anvisierte. Hinter einer Glaswand hingen die Autoschlüssel der Wagen, die für augenblickliche Aktionen auf dem Hof standen. Ein Gedankenblitz durchfuhr ihn sofort, als er die Schlüssel sah und ebenso an den Wagen dachte, der vor dem Haus zur Beschattung stand.

Schnell eilte er gebückt auf den Kasten zu, nahm einen Schlüssel heraus, als er näher kommende Schritte vor der Tür hörte. Es war nur die Angelegenheit eines Augenblicks, dass er in das angrenzende Zimmer sprang und sich hinter einem großen Schrank verstecken konnte, als sich die Zimmertür nebenan öffnete. Ömer Mustapha war, seine schweißnasse Glatze wischend, eingetreten und blickte sich in dem Raum um. Dann trat er an den Schreibtisch, wühlte nervös in einem Poststapel und griff zum Telefonhörer. Sven hörte das Freizeichen bis zu seinem Versteck.

„Ja, hier ist Ömer", klangen die Worte seines Chefs zu ihm herüber. „Gib mir Murat! He, Murat, hast du Sven gesehen? Ich muss ihn unbedingt sprechen. Wenn du ihn siehst, dann halt ihn davon ab, etwas gegen die Iwans zu unternehmen. Wir müssen eine andere Regelung mit denen treffen. Ja! Gut! Also unbedingt verhindern, dass er etwas anstellt."

Dann knallte er den Hörer auf, wobei man seine aufkommende Wut spürte, dass er Sven noch nicht gefunden hatte. Laut stöhnend verließ er das Zimmer.

Als sich die Schritte entfernten und wieder Stille eingetreten war, fühlte sich Sven wie betäubt hinter dem Schrank. Er spürte plötzlich Zorn in sich aufsteigen, der ihn innerlich heiß werden und erröten ließ. Er roch nach Schweiß und wünschte sich eine Dusche. Mit seiner rechten Hand fasste er die Popgun, die er schwer in seiner Hand fühlte.

„Nein!" murmelte er halblaut. Erschrocken blickte er hinter dem Schrank hervor, in Sorge, dass ihn jemand gehört haben könnte. „Nein", fuhr er in Gedanken fort. „Ich soll Toni nicht rächen und es den Schweinen von Russen nicht heimzahlen? Selbst, wenn er mich rauswirft. Die Tour wird er mir nicht vermasseln!" Nachdem Sven sich wieder etwas beruhigt hatte, eilte er vorsichtig zur Tür, drückte leise die Klinke herunter, und blickte auf den Flur. Niemand war zu sehen.

Dann lief er, von Zeit zu Zeit sich vergewissernd, dass ihm niemand folgte oder entgegen kam, über die Treppe hinunter zur Hofseite. Unten angekommen, zog er den Wagenschlüssel aus der Tasche. Es war der 125er Hudson. Schnell sprang er zum Wagen. Als er ihn öffnete, hörte er jemanden seinen Namen rufen. Doch er reagierte nicht, warf die Tasche mit den Waffen nach hinten, kletterte auf den Fahrersitz und verließ mit quietschenden Reifen den Hof zur Straße, obwohl zwei der Türken, wild mit den Armen rudernd, auf den Wagen zurannten, um ihn aufzuhalten.

An einem der Fenster im zweiten Stock stand ein wütender Ömer Mustapha und blickte mit rotem Kopf dem flüchtenden Sven nach.

Dieser fädelte sich in den etwas mäßiger gewordenen Verkehr ein und steuerte den Wagen in den Bezirk der Stadt, in dem das Hauptquartier der russischen Drogenmafia lag. Ein wiederholter Blick in den Rückspiegel verwunderte Sven, denn er hatte damit gerechnet, dass ihm Ömer seine Leute nachhetzen würde, die ihn, wie ein Rudel nach Blut lechzender Hunde einen Fuchs jagen, verfolgen würden. Doch er hatte sich getäuscht, denn er konnte nicht wissen, dass Ömer eigentlich daran interessiert war, den Russen eine empfindliche Niederlage zu verpassen. Der Drogenboss war jedoch überzeugt, dass er nun einen seiner aufstrebenden Mitarbeiter, den er eigentlich sehr schätzte und mit dem er in seinen Plänen noch viel vorhatte, nicht mehr lebend sehen würde. Im Geheimen lobte er dessen Mut, obwohl er seine Tat als leichtsinnig betrachtete.

Da nun seinen Leuten zumindest im Groben klar sein musste, welche Pläne Sven in die Tat umsetzen wollte, entschied sich dieser, augenblicklich nach seiner Entdeckung, seinen Racheplan an den Russen sofort umzusetzen.

Er bog in die Senator-Brüggemann-Str. ein, wartete mit trommelnden Fingern auf dem Lenkrad, was seine Nervosität zeigte, an der roten Ampel und überholte, als die Ampel erst rot, dann gelb anzeigte, den vor ihm stehenden Wagen mit heulenden Reifen. Die Fahrerin war so überrascht, dass sie abrupt auf die Bremse trat und der hinter ihr anfahrende Wagen fast aufgefahren wäre. Sven hörte das Hupkonzert, aber es störte ihn nicht weiter. Seine Gedanken mahlten in seinem Hirn, wie er seine Sache perfekt beenden könnte.

Er schoss mit siebzig Stundenkilometern über die Raphaelbrücke und wäre fast von der falschen Seite in die Kirianstraße gesaust, da sie eine Einbahnstraße war. Sven kannte den trutzigen Bau, in dem die Russen sich eingenistet hatten. Es war eine alte Gründervilla, deren Eingang mit einem großen, von vier Säulen getragenen Baldachin versehen war. Der graue Putz war stellenweise abgebröckelt, und das Mauerwerk lugte neugierig hervor. Insgesamt sehnte sich der Bau nach einer Gene-ralrenovierung, den ihm die jetzigen Bewohner leicht hätten geben können. Formell hatte sich in dem Gebäude Nr. 112 eine renommierte Handelsfirma angesiedelt, die weltweite Kontakte pflegte und ihre Geschäfte tätigte. Nur Eingeweihte, darunter ein paar höhere Beamte der Polizei und Ömers Firma, wussten, was sich wirklich hinter diesen Mauern abspielte. Doch die Polizei konnte bisher keine Beweise für eine kriminelle Tätigkeit in der geschäftlichen Leitungsebene oder deren Mitarbeiter entdecken, obwohl die Firma bereits des öfteren von mehreren Polizeidienststellen observiert und von Finanzprüfern ebenfalls unter die Lupe genommen worden war.

Sven stoppte seinen Wagen sacht in einer schmalen Seitenstraße. Von dort aus konnte er sehen, dass er, über einige Grundstücke hinweg, an die Rückseite des Gebäudes herankommen konnte, in das er einzudringen wünschte. Er stieg aus, nahm die Tasche mit den

Waffen und blickte die Straße auf und ab, um sich zu
vergewissern, dass niemand Notiz von ihm nahm. Da
die Straße menschenleer war und, außer einigen, ge-
parkten Wagen, sich kein Fahrzeug darauf bewegte,
schloss er den Wagen ab und suchte ein Grundstück
aus, von dessen Rückseite er in die nächste Straße
vordringen konnte.

Kurz darauf fand er das betreffende Gebäude und betrat, sich mit der Zunge über die Lippen fahrend, das
Grundstück. Vorsichtig drang er weiter, links und
rechts blickend, ob nicht auch irgendwelche Leute sein
Vorgehen beobachten würden. Doch alles verhielt sich
ruhig. Schon befand er sich im Garten und schlich sich
an ein paar Tannen vorbei in Richtung des Zaunes. Da
dieser nur bis zu seiner Hüfte ging, hatte er ihn schnell
überklettert. Die Waffen in der Tasche klickten metal-
lisch aneinander, als er die Tasche auf die andere Seite
fallen ließ.

Nun befand er sich auf dem Hof eines ihm unbekannten
Firmengeländes. Eine rostige, alte Schubkarre stand
neben einem kleinen Schutthaufen. Rechts daneben befand sich eine Garage, die offenstand. Er lief schnell,
sich überall umsehend, daran vorbei, immer darauf gefasst, von irgendwelchen Leuten angesprochen zu
werden. Als er an dem großen Firmengebäude angekommen war, hörte er plötzlich Stimmen. Zwei Männer im Arbeitsanzug stritten über die Art und Weise,
wie sie eine Arbeit durchführen wollten. Sven versteckte sich hinter einer Mauerecke und wartete, in der Hoffnung, dass die beiden den Platz bald verlassen würden.

Ein wenig später taten sie ihm auch den Gefallen, und er pirschte sich weiter vor. Als er die andere Seite des Grundstücks erreichte, stand er etwas ratlos vor einem großen Tor, das verschlossen war. Zu allem Übel befand er sich nun vor einem alten Hundezwinger, aus dem ihm der Geruch alter Kothaufen entgegen kam. Der Zwinger schien leer zu sein. Sven überlegte gerade, wie er das Hindernis überwinden konnte, als er hinter sich ein schmatzendes Geräusch vernahm, dass durch ein dunkles, lauter werdendes Knurren übertönt wurde.

Er fuhr herum und blickte in die ihn anstarrenden Augen eines bejahrten Rottweilers, der ihn missbilligend beäugte und seinen Bewegungen mit großen Kulleraugen folgte. „Auch das noch", entfuhr es Sven. „Wenn der jetzt bellt, dann lockt er Leute an, und ich sitze in der Klemme." Sven fasste in seine Tasche, in der er, auf Rat seines Freundes Antonio hin, immer so etwas, wie eine Kaustange, dabeihatte. Doch er fasste ins Leere. Er hatte in all den Situationen, die mit Antonios Verletzung zu tun hatten, vergessen, seinen Bedarf aufzufüllen.

Das Knurren hatte sich gelegt. Mit sabberndem, halb geöffnetem Maul, aus dem ein übler Geruch ausströmte, der Sven fast zum Atemstillstand verhalf, verfolgte der hässliche, ungepflegte Köter weiterhin die Bewegungen seines Gegenübers.

Da hörte er wieder Schritte. Schnell versteckte sich Sven hinter der Mauerseite des Zwingers und beobachtete einen schrulligen, alten Mann mit zerzausten Haaren, der mit einem gefüllten Napf auf den Hundezwinger zuschlenderte, und dem hechelnden Hund sein Futter brachte. Dieser stürzte sich sofort gierig über den

Napf und schlang die Bissen herunter, wobei er grunzende Geräusche machte.

Auch von draußen kam plötzlich Bewegung, und sein Warten nahm ein Ende. Vor dem Tor hupte ein Wagen. Der Mann schlurfte, einige Flüche ausstoßend, zum Tor und öffnete es mit einem Schlüssel. Dann rollte er das Tor mit lautem Getöse auf, und ein Lieferwagen fuhr auf das Gelände. Bevor er das Tor schließen konnte, rannte Sven an dem mit aufgerissenem Mund verblüfft schauenden Mann vorbei auf die Straße. Diese Hürde hatte er überwunden. Sven überquerte hinter einem röhrenden, durch den qualmenden Auspuff stinkenden, alten, verrosteten Minibus die Straße und suchte auf der anderen Straßenseite nach einem passenden Eingang, um zum Firmengelände der Russen zu gelangen. Da er das Gebäude nur ein einziges Mal von hinten gesehen hatte, fiel es ihm schwer, das Bild in seine Erinnerung zu rufen. Ungefähr auf der Mitte der Straße stand er vor einem hübschen, weißen Bungalow, auf dessen Grundstück er bis in den hinteren Bereich blicken konnte. Dann sah er ein Stück des gesuchten Gebäudes. Langsam, nach rechts und links sehend, öffnete er die Gartenpforte und näherte sich vorsichtig dem Bungalow. Hier schien er mehr Glück zu haben als vorhin, da ihn niemand ansprach und er unerkannt bis an den rückwärtigen Zaun gelangte.

Doch hier türmte sich das nächste Hindernis auf. Wohl hatte er, von der Straße aus, das Gebäude der Firma sehen können. Aber am Zaun war eine zirka vier Meter hohe Mauer errichtet worden, die es nun zu überwinden galt. Er blickte um sich und erkannte zu seiner Freude einen Schuppen etwas weiter rechts. Über dessen Dach konnte er gut auf die Mauer gelangen. Aber wie kam er auf der anderen Seite wieder herunter? Sicherlich war er von dort zu sehen und die Russen würden nicht so dumm sein, den hinteren Bereich unbeobachtet zu lassen. Vielleicht hatten sie eine Kamera dort angebracht, und er würde sofort erkannt werden.

Seine Wut auf die Iwans war auf dem Weg zu ihnen und den Hindernissen, die er bisher überwunden hatte, ganz schön abgekühlt. Sein Plan schien ihm auf einmal zu gewagt, ihn bei Tage durchzuführen. Doch in seiner Sturheit hielt er daran fest. Er wollte sich an ihnen für Antonio rächen. Dabei war ihm klar, dass er nicht einfach so ein Blutbad anrichten konnte, ohne dass sie ihn selbst töten würden. Dieses Risiko wollte er eingehen. Doch bei längerem Überlegen sank ihm der Mut immer mehr.

„Nein, du Feigling!" schalt er sich selbst und schob diese Gedanken mit Gewalt beiseite. „Du wirst das jetzt durchstehen. Egal, was dabei herauskommt."

Langsam näherte er sich dem alten Schuppen und versuchte, durch die verschmutzten Scheiben in das Innere zu blicken. Dort hing ein dickes, langes Seil, aufgerollt an einem Haken. „Das kommt mir gerade richtig", frohlockte er und rüttelte an der Tür. Sie gab knarrend nach. In dem Halbdunkel suchte er nach weiteren Utensilien, die er gebrauchen konnte. Zwei Haken ließ er in seiner Tasche verschwinden. Dann entnahm er das Seil dem Wandhaken und verließ den Schuppen. Die andere Seite schien ihm sicherer zu sein, da man den Schuppen dort nicht einsehen konnte. Zu seiner Überraschung lag dort eine alte, fast schwarze Holzleiter angelehnt. Er hob sie hoch, prüfte die Sprossen auf ihre Haltbarkeit und lehnte sie gegen die Schuppenwand. Langsam kletterte er hoch und legte sich bäuchlings auf das Schuppendach. Neben sich hatte er die Tasche mit den Waffen und den Haken gestellt. Sven kroch Stück für Stück nach vorn und blickte auf den leeren Hof der Russenfirma, der ungefähr vier Meter unter ihm lag. An der dreistöckigen Hausseite konnte er keine Kamera erblikken. Suchend forschte er, ob jemand zu sehen war. Zu seiner Überraschung fand er die Hinterseite des Gebäudes unbeobachtet.

Sven konnte nicht wissen, dass fast alle Mitarbeiter der Drogenmafia ausgeflogen waren und nur der Boss und vier seiner Leute sich im Hause befanden. Es war eigentlich der ideale Zeitpunkt, ins Haus einzudringen.

Nach weiteren zehn Minuten bedächtigen Wartens entschied sich Sven zu handeln. Er knotete das Seil an einen der Haken und befestigte diesen hinter einem Balken am Schuppen. Dann warf er das Seil über die Mauer, wo es auf dem Boden aufklatschte. Dann wartete er wieder, um sich blickend, ob es eine Reaktion vom Hause geben würde. Doch alles blieb still. Nun ergriff er seine Tasche, befestigte das Seil an einem der Haken und ließ sich an der Mauer herab. Ängstliche Minuten später stand er unten auf dem Hof und blickte wieder ge-spannt um sich. Es blieb immer noch alles still, was ihn sehr verwunderte. Dann näherte er sich vorsichtig, um nicht aufzufallen, dem Haus. Dabei versuchte er, langsam zu atmen, um sein pochendes Herz zu beruhigen.

Dort angekommen, erblickte er eine Steintreppe, die nach unten zu einer Stahltür führte. Langsam stieg er herunter. Als er die Türklinke anfasste, war sie zu seiner Verwunderung nicht verschlossen. „Entweder habe ich so viel Dusel", dachte Sven bei sich. „Oder ich tappe jetzt in eine Falle, aus der ich nicht mehr herauskomme."

Er knipste den Lichtschalter an und schloss die Tür. Vorsichtig ging er weiter, vorbei an verschlossenen Kellerräumen. Plötzlich ließ ihn ein brüllendes, fast explosionsartiges Geräusch zusammenfahren. Es war die Heizung, die angesprungen war. Sven musste über sich selbst grinsen. Dann setzte er die Taschen ab, entnahm die Waffen, schraubte die Schalldämpfer auf und steckte die Munition in seine Jackentaschen. Die Popgun schnallte er mit dem Riemen über die Schulter. Dann arbeitete er sich weiter vorwärts.

Links führte eine Treppe nach oben. Er verharrte kurz und horchte auf irgendwelche Schritte oder Geräusche, die auf sich nähernde Menschen schließen ließen. Doch es blieb still. Oben, an der Treppe, drückte er leise die Klinke herunter. Leise öffnete er die Tür und trat, links und rechts nach Gefahr ausschauend, auf den Flur. Ein roter Läufer verschluckte seine Schritte, und langsam, Stufe für Stufe kurz wartend, arbeitete er sich nach oben. Dort waren Geräusche zu hören. Er hörte einen Mann telefonieren. Russische Worte drangen an sein Ohr. „Mensch, wo sind die denn alle? Sonst scheint es doch hier nur von Iwans zu wimmeln", wunderte sich Sven und verstand die Situation überhaupt nicht. Es schien, als würden sie seiner Rache alle aus dem Wege gehen.

Oben angekommen, schlich er langsam zu dem Raum, aus dem das Gespräch kam. Die Tür stand angelehnt.

Er schob sie ein klein wenig weiter auf. Am Schreibtisch saß ein kräftig gebauter Mann mit grauen Haaren, ihm den Rücken zudrehend. Plötzlich sprach der Mann deutsch. „Also, du weißt Bescheid. Übermorgen, gegen Mitternacht, kommt die Ladung an. Wir haben sie mit dem Zug kommen lassen, das ist unauffälliger. Ja, auf dem Güterbahnhof, Gleis zehn. Das Losungswort ist „Gdinia". Also, übermorgen, gegen Mitternacht." Dann sprach der Mann wieder russisch, das Sven nicht verstehen konnte.

Er wollte sich gerade umdrehen und fortschleichen, als er hinter sich ein leises Klicken vernahm. Dann spürte er einen heftigen Schmerz am Kopf, der von einem Schlag herrührte, und alles um ihn herum versank in schwärzeste Nacht.

Ömer Mustapha war gerade im Begriff, die neuesten Nachrichten aus der türkischen Heimat in seiner Türk Cumhuriyet zu lesen, als er durch das scheppernde Klingeln seines Telefons aus seiner Ruhe gerissen wurde. Wütend starrte er auf den Apparat, der sich nicht stören ließ, weiterhin nervend zu klingeln. Eigentlich wollte Ömer das Telefon ignorieren, doch dann er entschloss er sich doch, den Hörer abzunehmen.

„Ja!" bellte er ins Telefon und wollte den Sprecher auf der anderen Seite gehörig mit Worten abledern. Doch meldete sich die schneidende Stimme seines größten

Kontrahenten, Igor Kassarov. Da wusste Ömer, dass sie den Jungen hatten.

„Hallo, Mustapha, hier ist Igor. Ich weiß nicht, wie es ihm gelungen ist, aber eine deiner Ratten ist bei uns durchs Kellerloch geschlüpft. Doch ist er bei uns in die Falle gegangen. Normalerweise hätte ich dir jetzt ein Paket geschickt. Aber ich kann die Sache etwas anders bewerten. Das heißt, wenn er dir das wert ist." Ömer hustete nervös und unterbrach den Russen. „Rede, was willst du?"

„Nun, wir können ins Geschäft kommen. Wenn du ihn nicht als Geschenk haben willst, dann solltest du uns hier mitmischen lassen."

„Was soll ich?" fauchte Ömer wütend in den Hörer, wo-bei er ihn bespuckte. „Ja, beruhige dich. Wenn wir uns das Geschäft in der Region teilen, dann können wir beide leben, und wir werden alle genug haben. Wenn du einschlägst, dann werden wir darüber verhandeln, wer welchen Bereich bekommt, damit wir uns nicht ins Gehege kommen."

Ömer atmete schwer. Es war eine Ad-hoc-Entscheidung, die er jetzt zu treffen hatte, aber wenn er seinen Mitarbeiter so kalt abservierte, würde das keinen guten Eindruck auf die anderen machen und sich irgendwann rächen. Außerdem mochte er den Deutschen und wollte ihn noch für andere Zwecke einsetzen. Mit dem intelligenten Schwarzen zusammen, waren die beiden ein gutes Team.

„Okay, einverstanden!" brummte Ömer in den Hörer hinein. „Gut, den Termin für die weitere Verhandlung werden wir noch festmachen. Dann schicken wir ihn unversehrt zu euch zurück." Unversehrt bedeutete für den Russen nur, dass Sven noch lebte. Vorher nahmen sie ihn noch gehörig in die Mangel, um ihn auszuquetschen. Wäre er als Geschenkpaket zu Ömer geschickt worden, dann hätten die Russen nur seinen Kopf an Ömer geschickt. Doch trotz aller Peinigung schwieg Sven und verriet nichts. Er konnte sich nur noch dunkel an das Telefongespräch des russischen Gangsterbosses erinnern. Als die Tortur vorüber war, schleppten sie ihren Gefangenen in einen Wagen und brachten ihn zu den Türken zurück. Dort legten sie ihn vor dem Haus auf die Treppe und klin-gelten.

Vorsichtig trugen ihn die türkischen Mitarbeiter, welche die Tür geöffnet hatten, nach oben, und legten ihn auf ein Bett. Dann rief Ömer nach einem Arzt, der sich rasch um den Gesundheitszustand von Sven kümmerte. Ein paar Stunden später war Sven wieder ansprechbar. Verlegen lächelte er Ömer an. Selbst das schmerzte. Er konnte seinen Chef kaum durch den Spalt seiner Augen anschauen, die grün und blau geschwollen waren.

„Na, die haben dich ja schön zugerichtet", brummte Ömer und spuckte ein Stückchen von seiner Zigarre aus, das er in den Mund bekommen hatte. Dann tat er einen tiefen Zug. „Was hast du dir eigentlich dabei gedacht?" wollte er wissen. Dabei funkelte er Sven mit seinen dunklen Augen zornig an.

„Chef, ich wollte Antonio rächen", flüsterte Sven halblaut. „So, Antonio rächen", fuhr der Chef gereizt fort. „Dabei setzt du leichtsinnig dein Leben auf's Spiel, und die Firma schädigst du, indem ich so eine bescheuerte Abmachung mit den Russen machen musste, um dich herauszuhauen. Kannst dich freuen, dass ich noch einiges mit dir vorhabe. Sonst hätt' ich dich sausen lassen." Dann drehte er sich links um, und es sah aus, als wollte Ömer das Zimmer verlassen. „Chef", rief Sven etwas lauter, wobei ihm alles an seinem geschundenen Körper schmerzte. „Ich hätte da noch etwas Wichtiges "

Der Boss drehte sich zu ihm um und fragte stirnrunzelnd: „Und was?"

„Nun, der Russe war so dumm und hat seine nächste Lieferung jemandem in deutscher Sprache ins Telefon gebellt."

„Na und? Sollen wir da wieder so einen Reinfall erleben wie neulich?" Ömers Augen blitzten wieder gefährlich auf.

„Nein, Chef, diesmal ist es totsicher. Das Zeug kommt übermorgen. Halt! Welchen Tag haben wir heute?" „Den vierzehnten", tönte Ömers unfreundliche Antwort.

„Dann ist es ja schon heute. Ja! Heute, gegen Mitternacht, auf dem Güterbahnhof, Gleis 10, kommt die Ladung an. Wenn wir zuerst da sind, können wir sie für uns schnappen. Ich weiß sogar das Codewort. Es heißt Gdinia."

Nun blickten Ömers Augen interessiert. Ein breites Grinsen machte sich auf seinem fetten Gesicht breit und zeigte durch den ewigen Tabaksqualm braungelbe Zähne.

„Bist du auch hundertprozentig sicher?" Sven nickte und jammerte über den Schmerz, den ihm dieser Vorgang verursachte. Ömer erhob sich. „Okay", rief er. „Sorge dafür, dass du, so bald wie möglich, wieder fit bist. Übrigens, Antonio ist über den Berg. Noch ein paar Tage, dann kann er nach Hause. Doch ich habe jetzt keine Zeit, muss alles für heute Abend erledigen."

Dann war er fort. Sven ließ seinen Kopf nach hinten sinken. Zwei Tränen rollten an seiner Nase herunter. Das war die schönste Nachricht, die er gehört hatte. Antonio war über dem Berg.

Sven erwachte nach einem unruhigen Schlaf, in dem immer wiederkehrende Alpträume ihn quälten. Verunsichert blickte er um sich. Es war bereits dunkel geworden. Sein Blick wanderte auf den Wecker, der neben ihm tickte. „Gleich halb elf! Die sind sicherlich schon alle unterwegs." Langsam hob er seinen Oberkörper hoch und versuchte, in eine sitzende Stellung zu kommen. Ein stechender Schmerz durchfuhr seinen Brustkorb, der ihn laut aufstöhnen ließ. Seine Gedanken bewegten sich um den Einsatz, den Ömer mit seinen Leuten heute Nacht bei den Russen durchführen würde. „Warum machen die das ohne mich? Verdammt! Ich muss dabei sein."

Mit zusammengebissenen Zähnen bewegte er sich in eine senkrechte Lage. Leichter Schwindel befiel ihn, und er musste sich gleich wieder hinsetzen. Doch das Gefühl ging vorüber. Ein wenig schwankend, schlurfte er zu seinem Kleiderschrank. Er nahm seine gefütterte Lederjacke vom Bügel und zog sie über. Dann ging er zurück zu seinem Schränkchen und holte die Pistole mit der dazugehörigen Munition heraus und verstaute sie in seinen Taschen. „Es geht nicht", murmelte er immer wieder vor sich hin. „Es geht nicht, dass die das Ding ohne mich drehen."

Dann streckte er sich. Es knackte in seinen Knochen, und Sven verzog das Gesicht vor Schmerzen. Sein Gesicht drückte seinen unmissverständlichen Willen aus. Er musste dabei sein. Etwas wackelig stakste er durch das Zimmer, öffnete die Tür und begab sich nach unten. Eines der Büros war geöffnet. Im Hof stand nur noch der alte Ford. Er eilte, so schnell es seine Schmerzen zuließen, mit Gestöhne hinunter und klemmte sich ächzend hinter das Lenkrad.

Ein kühler Wind pfiff ihm um die Nase. Er sog die Luft tief ein und spürte eine körperliche Frische, die ihn mobil machte. Dann zog er noch einmal an seiner Zigarette, die er sich auf dem Weg nach draußen angezündet hatte, und warf die Kippe in den Rinnstein. Die Scheinwerfer eines herannahenden Taxis blendeten ihn kurz. Dann startete er den alten Wagen und fuhr los. Da er eine Abkürzung zum Güterbahnhof wusste, benutzte er sie. Als er kurz davor war, parkte er zunächst ungesehen den alten Ford und machte sich zu Fuß weiter.

Seitdem Sven seinem Chef Ömer von der zu erwartenden heißen Ware berichtet hatte, arbeitete dieser fieberhaft an einem Plan, das Rauschgift in seine Gewalt zu bringen. Am frühen Nachmittag war dieser in seinem fülligen Kopf komplett entworfen. Er befahl den Männern, die er für diese Aktion auserkoren hatte, in seinen Besprechungsraum zu kommen.

Neben seinen türkischen Mitarbeitern, die sich bei der Aktion zunächst im Hintergrund halten sollten, damit die Sache nicht gleich an der Abfertigung auffiel, begleiteten fünf deutsche Männer das Team, wobei zwei slawische Verwandte hatten und sogar ein wenig russisch sprachen. Selbst, wenn die Leute am Bahnhof die Russen kannten, hätte man die Möglichkeit, sie als Ersatzleute einzuschleusen, zumal ihnen das Codewort bekannt war.

„Ihr beide", dabei deutete er mit seinem fleischigen Zeigefinger auf Roger und Mike, „werdet mich begleiten. Die anderen verteilen sich auf zwei Wagen und halten sich mit schussbereiten Waffen bereit im Hintergrund."

Die Angesprochenen nickten stumm. Dann lauschte die Gruppe den weiteren Anweisungen ihres Bosses. Nach einer Viertelstunde beendete Ömer Mustapha seine Instruktionen. Plan „G" würde um 22.00 Uhr anlaufen.

Die Dunkelheit breitete ihren, mit Sternen besetzten Mantel heute früh über der Stadt aus, als zwei Kleinbusse und der Wagen Ömers den Hof verließen. Sie fuhren in Richter-Kehrmann-Straße auf den Höllerichweg und schwenkten nach kurzer Zeit auf die Zufahrtsstraße zum Bahnhof. Es herrschte kaum Verkehr zu dieser frühen Nachtzeit. Nur einige Taxis rasten an ihnen vorbei. Durch die Ampelschaltungen verloren sich die Wagen jedoch für einen kurzen Augenblick aus den Augen. Sie trafen jedoch zusammen am Bahnhof ein.

Ömer blickte nervös auf seine, mit Juwelen besetzte Armani Uhr. Der Zeitpunkt für die Abholung der Ware rückte ungebremst näher. Der erste Bus bog jetzt in die Straße zum Bahnhof ein. Ömer wischte sich mit seinem Taschentuch die Schweißperlen von der Stirn. „Fahr etwas langsamer", zischte er den Fahrer an. „Wir müssen alle zusammen dort ankommen. Ich weiß nicht, ob die Iwans auch schon dort sind."

Was Ömer Mustapha nicht wissen konnte, war, dass die Russen durch einen Fehler einen späteren Zeitpunkt übermittelt bekamen. Dadurch verzögerte sich ihre Abfahrt zum Bahnhof um mehr als eine halbe Stunde.

Die Wagen hielten auf einem Parkplatz kurz vor dem Haupteingang. Der Chef schickte Roger und Mike in die Halle zum Abfertigungsschalter für Güter. Kurz vorher hatte er ihnen das Codewort mitgeteilt.

Brüllende Lautsprecheransagen, die das Gemurmel der von und zu den Bahnsteigen eilenden Passagiere übertönten, vermischten sich mit den plärrenden Ansagen der Informationsstände. Die beiden Männer kämpften sich durch die Menge der Passanten und erkundigten sich an einem Info-Schalter nach dem Gütertransfer. Da dieser außerhalb des eigentlichen Bahnhofes lag, verließen sie die Bahnhofsvorhalle. Eine von fernem Autoverkehr und verschiedenen Huptönen angereicherte Stille schnitt den lauten Geräuschpegel aus der Vorhalle wie mit einem Messer ab.

Die Männer eilten zu den Wagen. Das Motorengeräusch ertönte laut, die Lichtkegel schnitten durch die Dunkelheit, und schon fuhren die Wagen in Richtung Gütertransfer, der neben Gleis 23-31 lag.

Die Straßen waren in diesem entlegenen Teil des Bahnhofs mit Löchern übersät, da der Güterverkehr in den letzten Jahren stark nachgelassen hatte. So schaukelten die Wagen unter lauten Flüchen der Insassen, die sich ein paar Mal den Köpfe an der Decke der Wagen anschlugen, zu ihrem Bestimmungsort.

„Los, raus mit euch", zischte Ömer seine Leute an, die bereits die Informationen im Bahnhof geholt hatten. Er selbst stöhnte schwerfällig beim Aussteigen aus dem Wagen und schloss sich, leicht schlurfend, seinen Männern an.

Eine mickrige Lampe gab kaum Licht auf dem Weg zur Eingangstür. Wäre sie nicht vorhanden gewesen, wären sie sicher über die herausgebrochenen Steine gestolpert, die mit etwas Schutt vor der Treppe lagen. Mit einem leisem Fluch kickte Roger einen Stein zur Seite, der nach ein paar kurzen Überschlägen liegenblieb. Die Tür quietschte, als die Männer sich in den düsteren Flur schoben. Mike roch im Vorbeigehen Ömers fette Pomade und rümpfte die Nase. Auch hier hatten die verantwortlichen Behörden mit Licht gegeizt. Wahrscheinlich war es nicht das Einzige, an dem es hier mangelte. Ömer zeigte auf eine alte Tür, bei der die Holzfaser an einigen Stellen schon gesplittert war. Auf einem verblichenen, fast unlesbaren Schild waren einige Öffnungszeiten mit krakeliger Schrift angebracht.

„Los, dort rein", murmelte er halblaut. Die Tür quietschte ebenfalls beim Öffnen. Dieses Geräusch ließ ein uralt aussehendes, buckliges, glatzköpfiges Männlein aufblicken. Auf seinem faltenreichen Gesicht war der Ärger über die Störung abzulesen. Die kleinen Wieselaugen blickten missmutig auf die drei Männer, die an einem dunklen Tresen standen, der sie von dem übrigen Raum trennte. „Was kann ich für Sie tun?" versuchte sich eine quäkende, dünne Stimme in einer freundlichen Art und Weise zu üben, wobei sich die Lippen kaum bewegten. Roger legte seine stämmigen, stark behaarten Arme auf den alten, abgewetzten Tresen und antwortete mit leicht belegter Stimme: „Wir woll'n hier 'ne Ladung abhol'n." Das alte Männchen zuckte leicht mit dem rechten Auge. Sein Gesichtsausdruck wurde zusehends misstrauischer.

„Was wollen Sie?" Roger trommelte leicht nervös mit seinen Fingern auf den Tresen. Ömer, dessen Hals langsam anschwoll, blickte mit einem auf Interesse getrimmten Blick die Lampen an, um nicht auf den Buckligen starren zu müssen.

Nun schob sich Mike nach vorn an den Tresen. Er lächelte den Alten an, als wenn er vor sich einen guten Kumpel hatte. Dann sagte er laut und deutlich: „Wir woll'n hier Ware abholen, die für Dimitrij bestellt ist. Er schickt uns!"

Das alte Männchen starrte ihn an, als wenn er nicht richtig gehört hätte. Dann nickte er mit dem kahlen Kopf, und sein Gesicht signalisierte Einverständnis. „Wo ist der Beleg?" murmelten seine Lippen fast bewegungslos. Dabei nähert er sich dem Tresen und streckte seine rechte, gelblich gefärbte Hand den Männern entgegen.

„Wir haben keinen Beleg", antwortete Mike und grinste ihn wieder an. „Aber wir haben ein Codewort, das einem Beleg gleichkommt."

Der Alte griff unter den Tresen und legte einen ver-
gilbten Zettel und einen Bleistiftstummel darauf. Mike
ergriff das Stückchen Bleistift und schrieb das Wort
auf. Mit leicht zitternder Hand, ergriff das Männchen
den Zettel und führte ihn an seine blanken Augen, die
leicht tränten.

„Warten Sie hier", murmelte er dann und schlurfte in
den Raum hinein und verschwand hinter einer Tür. Die
Männer blickten sich fragend an. Die Zeit rannte ihnen
davon. Jeden Augenblick konnten die Russen hier auftauchen. Es schien ihnen wie eine kleine Ewigkeit zu
dauern, bis sie die schlurfenden Schritte des alten
Männleins wieder hörten.

Er öffnete die Türe weit und rief halblaut: „Am besten,
Sie kommen hier durch, dann kann ich sie Ihnen
zeigen." Leicht aufatmend, folgten sie dem Mann. Nun
schien die Sache ja klarzugehen. Dann standen sie auf
einer Rampe, von der eine fünfstufige Steintreppe nach
unten führte. Das Männlein befand sich schon unten
und winkte, ihm zu folgen. Sie liefen durch eine Halle, die zur Hälfte mit Kisten und Säcken gefüllt war.
Hohl hallten ihre Schritte. Es roch nach Fisch, und
Ömer hielt sich die fleischige Nase zu. Die beiden anderen grinsten sich an. Dann hatten sie die Halle durch-
quert und folgten dem Alten durch eine weitere Tür in
den nächsten Raum. Dieser war nicht ganz so groß und
besser durch seitlich angebrachte Neonröhren erleuchtet. Einige Metallschränke standen an der hinteren
Wand, und in der Mitte des Raumes stand eine große
Kiste.

Auf diese war der Alte zugesteuert. Dann drehte er sich
zu den Männern um. „Das ist die Kiste", knurrte er und

hielt Mike einen Zettel hin. „Da, ich brauch' 'ne Unterschrift", erklärte er, und Mike unterschrieb das Blatt mit einem unleserlichen Namen. „Sie können mit ihrem Wagen bis an die Rampe fahren", rief der Alte und wies mit seiner gelblichen Hand auf eine Wand, die durch ein Aluminiumtor verschlossen war. Dann schlurfte er zu einem kleinen Kasten, auf dem drei Knöpfe zu sehen waren. Er drückte auf den mittleren, und mit einem lauten Ruck kam Bewegung in das Tor, und es hob sich langsam. Dabei wurde es oben knarrend und laut aufgerollt.

Roger, der zu dem Alten herüberblickte, meinte, für den Hauch eines Augenblickes, ein spöttisches Lächeln auf seinen Lippen und ein kurzes Blitzen in seinen Augen zu sehen. Dann wandte er den Blick wieder geradeaus zu dem sich quietschend öffnenden Rolltor. Er glaubte, einer Sinnestäuschung erlegen zu sein. Hinter dem, nach oben ruckenden Tor wuchsen immer deutlicher auf der Rampe Männerbeine. Mindestens fünfzehn Paare konnte er rasch überfliegen. Die Beine vereinten sich zu Körpern. Dann blickten die drei auf zahlreiche Waffen. Maschinenpistolen und Handfeuerwaffen waren auf sie gerichtet.

Ömer griff sich mit dem Finger an seinen Halsansatz. Sein Kopf war rot angeschwollen. Schweißperlen glänzten auf seiner Glatze. Mike und Roger waren unter dem sich bietenden Anblick erbleicht. Hier konnten sie nichts mehr dagegen tun. Das Rolltor hatte inzwischen die Gesichter zu den Körpern freigegeben. Dimitrij und seine Russengang standen, überlegen grinsend, vor Ömer und seinen Männern. Zwischen ihnen, kleinlaut, mit gesenktem Blick, die Hände auf dem Rücken gefesselt, erblickte Ömer seine anderen Männer. Sie waren auf Gedeih und Verderben den Russen ausgeliefert.

„Dobre wetscher", begrüßte Dimitrij mit schmierigem Grinsen seine Kontrahenten. „Ich bin sehr überrascht, Sie hier zu sehen. Hätten Sie mich doch vorher angerufen, dann hätten wir eine schöne Party feiern können." Das Grinsen in seinem Gesicht wurde breiter, und Dimitrij genoss es, wie man nur einen totalen Triumph über seinen Gegner genießen kann, den man voll in der Hand hat.

„Doch leider", dabei veränderten sich bei Dimitrij der grinsende Gesichtsausdruck im Nu, und sein eiskalter Blick, bei dem es Ömer und den beiden anderen Männern gefror, blitzte ihnen entgegen. Seine Wangenmuskeln mahlten, und ein Knirschen der Zähne war zu hören. Es war, als wenn ein Tiger sich auf sein Opfer freut, um es im nächsten Augenblick zu zermalmen. „Doch leider", wiederholte er sich bewusst, „werden wir diesen Ort verlassen und unser gemütliches Gespräch woanders fortsetzen. Dimitrij nickte seinen Leuten kurz zu. Einer von ihnen warf dem alten Mann ein paar Geldscheine zu, die dieser mit ehrfurchtsvoller Verbeugung und mit einem gierigen Griff aufsammelte und in die Tasche steckte. Dann verließen sie die Rampe, und der Alte ließ das Rolltor wieder herunter.

Mit halblauten Befehlen wurden Ömer und seine Männer auf die Busse und Ömers Wagen verteilt. Jeweils zwei der Iwans stiegen mit ein. Dann ging die Fahrt zurück in Richtung Stadt, wobei auf die Löcher auf dem Weg keine Rücksicht genommen wurde.

Mehrmals stießen sich die Männer den Kopf an und fluchten halblaut vor sich hin. Ömer, der sich immer mehr der augenblicklichen Situation bewusst wurde, in der er und seine Männer steckten, verließ langsam der Mut. „Sollte es nun das Ende sein"? dachte er bei sich. Doch er hatte wenig Hoffnung. Bis auf Sven und Antonio, der ja noch im Krankenhaus lag, befanden sich nur noch zwei Mitarbeiter in seiner Firma. Und diese wussten nicht, wo sie hingeführt würden, um erledigt zu werden.

Mittlerweile verließ die Autokolonne, die aus sechs Wagen bestand, die Straße in Richtung Stadt und wandten sich in die dunkle Nacht, dem freien Gelände zu. Ömer konnte bei allen Bemühungen nicht ausmachen, in welche Richtung sie fuhren.

Was er jedoch nicht wissen konnte, war, dass noch ein siebter Wagen in einigem Abstand der Kolonne folgte. Sven, der, auf der Suche nach seinen Leuten, von einer Kolonne Autos überholt wurde, erkannte in einem der letzten Wagen einen Russen, der an seinem Verhör teilgenommen hatte. Diese Erinnerung ließ ihn zunächst ruckartig erschauern, erweckte zum anderen eine ohnmächtige Wut, so dass er das Gaspedal schneller durchtrat und bald auf einen VW-Kombi aufgefahren wäre, der vor ihm ein wenig trödelte. Instinktiv trat er auf die Bremse und fädelte sich nach rechts ein, um der Kolonne der Russen zu folgen. Wie er sich in Gedanken ausmalte, sollte er auch bald auf seine Leute stoßen.

Sven war dem letzten Wagen der Russenmafia gefolgt. Da es schon dunkel war, hatte er keine Sorge, entdeckt zu werden. Trotzdem parkte er seinen Wagen etwas abseits und folgte den Russen vorsichtig zu Fuß. Dabei hielt er einen sicheren Abstand. „In dieser Situation kann ich gegen diese Menge doch nichts ausrichten", sagte er sich und beschloss, erst einmal abzuwarten, als die Russen bei den Autos von Ömer ankamen und dessen Männer überwältigten, die zurückgeblieben waren.

Da sich die Russen sehr sicher waren, ließen sie bei den Wagen der Türken keine Wache zurück. Sven zündete sich eine Zigarette an und wartete ungeduldig. Ungefähr zwanzig Minuten später hörte Sven Stimmen, die sich vom Güterbahnhof den Autos näherten. Schnell drückte er die zweite Zigarette aus, die er sich aus Nervosität bereits angezündet hatte. Dann eilte Sven zu seinem Wagen und stieg ein, um dem Konvoi, der sich bald an ihm vorbeibewegen würde, folgen zu können.

Nun fuhr er schon eine halbe Stunde hinter den Russen her. Sein Gehirn versuchte in der Zwischenzeit, die Dinge zu ordnen und einen Plan zu entwickeln, um Ömer und seinen Leuten zu helfen. Aber es wollte sich nichts entwickeln. „Na toll", sprach er halblaut zu sich selbst. „Das haben die mal wieder gut hingekriegt. Ich muss die jetzt da rauspauken und weiß nicht wie!" Irgendwo da vorne bog der erste Wagen nach links ab. Die anderen folgten. Auch Sven fuhr hinterher, schaltete aber das Licht aus. Da der Mond gerade aufgegangen war, der die Gegend unter sich in einem fahlen Licht erleuchtete, konnte Sven den Russen gut folgen.

Eine kurze Zeit später erschien im Scheinwerferlicht der ersten Wagen ein dunkles Gebäude. Die Wagen hielten, und Gesprächsfetzen drangen zu Sven herüber, als die Männer aus den Autos ausstiegen.

Sven konnte gerade hinter einem Busch abbremsen. Er schaltete den Motor aus und folgte den Männern in sicherem Abstand. Quietschend wurde eine Tür geöffnet. Licht drang nach draußen, und schon waren die vielen Männer im Haus verschwunden.

Gerade wollte sich Sven an den Autos der Russen vorbeischleichen. Da entdeckte er einen kleinen, roten Punkt, der plötzlich wie ein Glühwürmchen aufleuchtete. Sofort blieb Sven stehen. Da stand zumindest einer der Männer und hielt Wache. Plötzlich hörte er jemanden reden. Also waren es mindestens zwei Leute. Sven bückte sich hinter einem Wagen und schlich sich langsam an die beiden heran, die sich unbesorgt unterhielten.

„Na, ich denke, die Türken sind wir los", bemerkte einer mit russischem Akzent. „Dimitrij wird gleich ganze Sache machen", antwortete der andere. Er schien ein Deutscher zu sein.

Sven hatte seine Pistole in der Hand. Er wollte sie zunächst als Hiebwaffe verwenden. Doch wie kam er an die beiden heran, ohne entdeckt zu werden? Da kam ihm das Schicksal zur Hilfe. Die Tür, durch die alle in das Haus gegangen waren, öffnete sich, und jemand rief etwas zu den beiden Wachen. Einer der beiden lief zu dem Anrufer hin, und beide verschwanden im Haus. Wieder war es stille. Nur der Mond ließ sein silbernes Licht leuchten. Aber die Szenerie da unten interessierte ihn nicht. In der Ferne bellte irgendwo ein Hund, der jedoch keine Antwort bekam.

Sven stand nun hinter dem Russen. Er hielt den Atem an und sprang hoch. Dann sauste seine Waffe auf den

Kopf des Russen, der mit leisem Stöhnen zu Boden sank. Erleichtert atmete Sven durch. Er hatte keine Zeit, den anderen zu fesseln. Jedoch steckte er seine Pistole in die Tasche und nahm die kleine Maschinenpistole des Russen mit. Dann eilte er, so schnell wie möglich, zur Tür des Gebäudes, bevor sich diese wieder schloss.

Er befand sich in einem gekachelten Flur, der durch zwei Neonröhren hell erleuchtet war. Es roch nach altem Bohnerwachs. Sven kniff die Augen zu und öffnete sie langsam wieder, um sich an das Licht zu gewöhnen. Vorsichtig schritt er weiter. Vor ihm befand sich eine schwarze Holztür, die in ihrer oberen Hälfte bereits stark beschädigt war. Sie stand einen Spalt offen. Langsam drückte Sven sie weiter auf, um den dahinter liegenden Raum einzusehen. Er betrat einen großen Raum, der im Halbdunkel lag. Außer einer alten Holzbank enthielt er kein Mobiliar. Links führte eine Treppe nach oben, die durch zwei spärliche Glühbirnen erleuchtet war. Von oben drangen Stimmen an sein Ohr.

Sven atmete tief durch. Er näherte sich Schritt für Schritt der Treppe und stieg, stets nach oben sehend, weiter. Die Maschinenpistole im Anschlag, drang er nach oben vor. Dort angekommen, registrierte er, dass die Stimmen von links etwas lauter sein Ohr erreichten. Doch konnte er nicht verstehen, was dort gesprochen wurde. Sven vermutete die Männer hinter der großen Mahagonidoppeltür. Dort konnte er jetzt nicht hereinplatzen. Dann würde er alles vermasseln. Fieberhaft blickte er um sich, um eine andere Möglichkeit zu erkunden, die ihn weiterbringen würde. Vor ihm befand sich eine zweite, schäbige Tür. Sven ging darauf zu und öffnete sie leise. Er hatte Glück, dass sie nicht in ihren Angeln quietschte. Eine alte, abgewetzte Holztreppe führte nach oben. Zögernd betrat er die erste Stufe. Ein leichtes Ächzen des Holzes schreckte ihn zunächst ab, weiterzugehen. Doch er musste da hoch, um zu sehen, was sich da oben befand. Beim zweiten Anlauf benutzte er die zweite Stufe, die keinen Ton von sich gab. So bewegte er sich gebückt weiter und übersprang ein paar Stufen. Sven befand sich nun in einem alten Tonstudio. „Welche Stars hier wohl mal mit ihrer Musik die Welt erobern wollten?" dachte Sven im Anflug einer Sekunde. Die Anlagen dafür waren sicher jahrelang nicht benutzt worden. Zur linken Seite befand sich ein großes Fenster, durch das man in den Raum darunter blicken konnte. Langsam schob sich Sven an das Fenster heran und sah, dass Dimitrij und seine Männer ungefähr drei Meter gegenüber Ömer und seinen Männern standen. Dimitrijs Truppe hatte die Waffen im Anschlag. Dimitrij sprach immer noch eindringlich auf die Türken ein. Sein Gesicht war dabei vor Zorn zu einer Fratze entstellt. Wahrscheinlich wollte er Ömer und seinen Leuten, bevor er sie zur Hölle schickte, noch einige Informationen abtrotzen. Der Raum, in den Sven hineinblickte, war schalldicht abgesichert. Von dort wurden sicher früher die Tonaufnahmen aufgenommen. Ein idealer Platz, um Menschen ins Jenseits zu befördern, ohne dass der Krach der Schüsse nach außen drang und Aufmerksamkeit verursachte.

Sven spürte, dass die Zeit für Ömer und seine Männer kurz vor dem Ende war. „Was mach' ich jetzt bloß?" dachte er, ein wenig hilflos. Nervös untersuchte er nun das Studio, in dem er sich befand. Er hastete zum Mischpult und suchte nach einem Schalter, um die Technik in Gang zu bringen. Ein roter Schalter nahm sein Interesse gefangen. Sven drückte ihn herunter. Einige Lämpchen leuchteten farbig auf, und ein Knakken war zu hören. Die Anlage war in wieder Betrieb. Schnell setzte sich Sven vors Mikrofon und drückte den Knopf „Aufnahmeraum". Wieder knackte es in der Leitung. Dimitrij war durch das erste Knacken leicht irritiert worden. Doch er wollte die Sache mit den Türken zu Ende bringen und sprach weiter wütend auf Ömer und seine Leute ein. „So, du Türkenhund! Für dich und deine Männer ist nun leider das Ende der Geschäftstätigkeit gekommen. Hättest du dich mit mir arrangiert, könnten wir jetzt beide im Geschäft sein. Aber da du mich mit der Ware über's Ohr hauen wolltest, die für mich bestimmt war, können wir leider keine Partner mehr werden."

Wieder ertönte dieses Knacken von oben, und Dimitrij beendete seine Ansprache. Irritiert blickte er nach oben und gab einem seiner Männer einen Wink, die Sache zu untersuchen.

Plötzlich drang eine Stimme aus dem Lautsprecher: „Achtung, hier spricht die Polizei! Ihr seid umstellt. Werft eure Waffen zu Boden und tretet zwei Schritte zurück." Dimitrij und seine Leute schauten verdutzt nach oben. Sie glaubten nicht, was sie da hörten. Deshalb zögerten sie auch, die Waffen abzulegen. Der beauftragte Mitarbeiter der Russen, oben nach dem Rechten zu sehen, blieb verdutzt vor der Tür stehen. Er wusste nicht, was er nun machen sollte. Verwirrt starrte er Dimitrij an. Doch der war ebenfalls einige Sekunden

unentschlossen. „Hoffentlich wird's bald!" ertönte die
Stimme von oben erneut. Dimitrij wollte kein Risiko
eingehen. Sollte wirklich die Polizei gefolgt sein, dann
könnte ein Blutbad alles vernichten, was er sich jahrelang aufgebaut hatte. Das wollte er nicht riskieren. So
bückte er sich und legte seine Maschinenpistole nieder.
Dann trat er zwei Schritte zurück. Seine Männer blick
ten ihn verunsichert an und folgten langsam sei-nem
Beispiel.

Ömer, der die ganze Sache ungläubig mit erhobenen
Händen mitverfolgt hatte, glaubte, zu träumen. „Sollte
hier wirklich die Polizei ihre Hand im Spiel haben?"
Doch er kam nicht weiter. Durch den Lautsprecher ertönte ein türkisches Wort, das ein Signal für ihn und
seine Leute war.

„YAKALA!" (Ergreift sie!)

Ömer und seine türkischen Landsleute sprangen vor
und rissen die Waffen an sich. Die Deutschen folgten
im Sekundenbruchteil ihrem Beispiel. Jetzt hatte sich
das Blatt gewendet, und Dimitrij und seine Männer waren in der Verliererposition. Im Fenster oben erschien
Sven und grinste auf die Szene herunter. Dann sprang
er die Treppen hinab und stürmte zu seinen Leuten.
Einige russische Flüche ertönten, weil die Russenmafia
überrumpelt wurde. Ömer ergriff das Wort: „Nun hört
mal her, ihr Iwans! Ich habe nicht vor, euch umzulegen,
wie ihr es mit uns machen wolltet." Dann wandte er
sich direkt an Dimitrij. Er stellte sich dicht vor ihn hin,
so dass dieser seinen stinkenden Knoblauchatem angewidert roch. „Das eine sag' ich dir, Russe. Lass mich in
Zukunft in Frieden. Du kannst hingehen, wohin du

willst. Aber halt' dich 'raus aus unserm Revier, verstanden?'' Dabei piekste Ömer mit dem Lauf seiner Waffe in Dimitrijs Bauch, um seine Aussage zu bekräftigen.

Dimitrij nickte und verzog angewidert sein Gesicht. Er wollte von diesem stinkenden Knoblauchatem loskommen und drehte sich rasch zur Seite.

Ömer befahl nun drei seiner Männer, die Russen in Schach zu halten. Die anderen zogen mit den Waffen ab. Als sie in die sternklare Nacht hinaustraten, fröstelte es sie. Draußen war alles ruhig. Der Russe, den Sven niedergeschlagen hatte, schlief immer noch. Schnell stiegen sie in ihre Wagen. Zwei seiner Leute sprangen in den Kombi, der die Kiste mit Rauschgift enthielt. Dann drückte einer auf die Hupe. Die restlichen Türken erschienen einen Augenblick später. Dann zerschossen sie die Reifen der restlichen Autos, die zur Verfolgung durch die Russen möglich waren, und rasten zur Straße hin. Als Ömer mit seinem Wagen auf die Bundesstraße fuhr, blinkte er nach rechts. Die Stadt leuchtete mit ihren tausenden von Lichtern in der Ferne. Das war ihr Ziel.

Als die Wagen auf den Hof von Ömers Firma fuhren, erwartete sie eine Überraschung. Besonders Sven, der von Ömer gefeiert wurde, freute sich darüber. Antonio, sein Kumpel, saß im Besprechungszimmer auf der schwarzen Ledercouch. Er war noch leicht lädiert, aber er lächelte. Nun war für Sven die Welt wieder in Ordnung. Sein Freund war endlich zurück.

XX

Nun wurde es Raimund doch bedenklich zumute und das Herz schlug ziemlich heftig in seiner Brust. Er atmete tief durch und versuchte, sich dadurch zu beruhigen. Professor Daimers räusperte sich und begann mit seinen Worten, wobei er ein Gesicht machte, als müsste er einen Schwerverbrecher verurteilen.

„Herr Köster, wir haben Sie hierher bestellt, weil wir Sie noch einmal zu dem Vorfall mit ihrer Waffe befragen wollen. Sie wissen inzwischen, dass mit ihrer Dienstpistole beinahe ein Mord geschehen wäre."

Raimund nickte leicht. Schweißperlen standen ihm auf der Stirn. Der Professor fuhr in seinen Ausführungen fort: „Können Sie uns noch irgendwelche Angaben über das Verschwinden Ihrer Pistole machen, Herr Köster? Sie können sich denken, wie sehr wir darauf bedacht sind, diesen Fall aufzuklären. Allein, dass Sie von dem Vorwurf befreit werden, auch nur irgendetwas mit dieser Angelegenheit zu tun zu haben." Dabei huschte ein fieses Grinsen kurz über sein Gesicht.

Raimund horchte befremdet auf. „Was war da gerade angeklungen? Er sollte etwas mit diesem Überfall zu tun haben?" Die Gedanken schlugen wie wild durch sein Hirn. Dann blickte er den Professor fest an und antwortete: „Das glauben Sie ja wohl selbst nicht, Professor Daimers, dass ich etwas damit zu tun haben könnte!" Dabei war die Röte in sein Gesicht geschossen. Beschwichtigend hob der Rektor die Hand. „Nun beruhigen Sie sich, Herr Köster. Dieser Vorwurf ist sicher nicht ernst gemeint gewesen." Dabei schoss er einen unwilligen Blick zu Professor Daimers hin. Dieser blickte unbeteiligt nach oben. Und Raimund schien, als wenn erneut ein schmutziges Lächeln, kaum sichtbar, um seine Mundwinkel zuckte.

Dann wurde Raimund aus der Befragung entlassen. Schnurstracks eilte er zu seinen Freunden, die sich gerade eine verdiente Pause gönnten. Er berichtete ihnen, noch aufgeregt von der Befragung. Auch seine Freunde, besonders Evelyn, waren empört über die Aussage von Daimers.

Am späten Nachmittag, als Raimund mit Evelyn, die er immer zärtlich „seine kleine Eva" nannte, auf der Terrasse des großen Aufenthaltsraumes saß und zusammen eine Tasse Cappuccino trank, schlug er vor, den Juwelier im Krankenhaus zu besuchen. „Vielleicht erhalten wir von ihm einen Hinweis", bemerkte Raimund. Evelyn nickte zustimmend. Auch sie war der Ansicht, dass das eine gute Idee war, die sie weiterbringen könnte.

Am nächsten frühen Abend machten sich die beiden auf den Weg ins Krankenhaus. Auf der Station erfragten sie die Zimmernummer und hörten, dass es dem Juwelier schon etwas besser ging. Vorsichtig drückten sie die Klinke herunter und traten ein. Herr Suderkamp, der in einer Tageszeitung las, blickte sie fragend über seinen Brillenrand an. Raimund und Evelyn stellten sich vor und befragten ihn nach seinem Zustand. „Ach, es geht schon wieder", antwortete Herr Suderkamp.

„Bei manchen Bewegungen schmerzt die Schusswunde jedoch noch. Das finde ich aber nett, dass Sie mich besuchen."

Raimund und Evelyn berichteten ihm von den bisherigen Ermittlungen, soweit sie im Bilde waren. Herr Suderkamp nickte von Zeit zu Zeit zustimmend, denn er hatte einiges aus der Tageszeitung erfahren.

„Können Sie sich an gar nichts mehr erinnern?" fragte Raimund nach einiger Zeit. Herr Suderkamp schüttelte den Kopf und verharrte einen Augenblick in nachdenklichem Schweigen. Dann leuchteten seine Augen auf, und er sah Raimund an, als wenn er eine große Entdeckung gemacht hätte. „Wissen Sie, der Gangster war ja mit einer Maske vermummt. Aber was mir auffiel, das waren so seltsame Knöpfe an seiner Jacke, die waren nicht zu übersehen."

Raimund fasste in seine linke Jackentasche. Er fühlte einen kleinen Gegenstand. Das war der Knopf, den sie an dem Abend, als der Fremde dem Autofahrer ein Päckchen übergab, auf der Straße gefunden hatten. Wissend holte Raimund nun diesen Gegenstand heraus und hielt ihn Herrn Suderkamp vor die Nase.

„Ist er das?" fragte Raimund. Herr Suderkamp besah den Knopf einen kleinen Augenblick. Dann nickte er aufgeregt und rief: „Ja, ja! Das ist der Knopf, solche befanden sich an der Jacke. Ich erinnere mich ganz genau." Raimund und Evelyn bedankten sich bei Herrn Suderkamp und verließen ihn eine kurze Zeit später. Nun, da hatten sie jetzt einen kleinen Anhaltspunkt. Sie mussten nur die Jacke und den Träger dazu finden.

Doch in den nächsten Tagen schien alles, als wenn ihnen die Petersilie verhagelt wäre, und vor lauter Terminen und Klausuren gab es keine Möglichkeit, über den augenblicklichen Stand des Falles zu sprechen oder etwas zu unternehmen, das sie weitergebracht hätte.

Keiner von den sechsen, die den Fall lösen wollten, um Raimund aus seiner verzwickten Situation zu helfen, kam ein Stück weiter. Es war wie verhext. Kein Hinweis ergab sich. Keine, der zumindest vermeintlich verdächtigen Personen, machte eine unbedachte Äußerung oder agierte auf eine Weise, bei der man weitergekommen wäre.

So zogen ein paar Wochen ins Land. Da gab Raimunds Freunden „Kommissar Zufall" einen Hinweis, den sie beinahe übersehen hätten. Ludwig und Jasper spazierten gerade fröhlich aus einem Supermarkt, in dem sie ein paar günstige Hemden erstanden hatten, zu Ludwigs Wagen zurück. Sie stiegen lachend ein, und Ludwig wollte gerade den Motor anlassen. Da erblickte Jasper aus dem Augenwinkel Professor Daimers offenen Porsche, der an ihnen vorbeibrauste. „War das nicht gerade Daimers?" erkundigte sich Ludwig und startete den Motor. Jasper nickte und meinte plötzlich etwas aufgeregt: „Du, mach' schnell, fahr dem hinterher. Ich hab' es irgendwie im Urin, dass wir auf was stoßen, wenn wir ihm folgen." „Meinst du?" knurrte Ludwig und jonglierte um einen weißen Honda herum. Der Motor seines Wagens heulte laut auf, und schon verfolgten sie den Professor.

Die Verfolgung dauerte fast eine halbe Stunde. Ein paar Mal rasten sie über einige Kreuzungen, obwohl die Ampeln schon mehr orange als gelb anzeigten. Doch sie hatten Glück und verloren Daimers nicht aus den Augen. Der Professor schien auch nichts von seinen Verfolgern zu ahnen.

Die beiden wunderten sich nur, dass Daimers seinen
Wagen in ein Viertel lenkte, das sie bisher nicht kennengelernt hatten. Die Häuser wurden immer düsterer,
und die Menschen auf den Straßen kamen ihnen
schmutzig und ziemlich verwahrlost vor. Häufig saß
jemand auf dem Bürgersteig und bettelte. Doch Ludwig
und Jasper war es nicht möglich, auf weitere Einzelheiten zu achten. Plötzlich wurde der Wagen mit dem
Professor langsamer und bog in eine schmutzige Nebenstraße ein. Er parkte seinen Wagen hinter einem
verbeulten und verrosteten Lancia. Beim Aussteigen
schaute er sich zögernd nach allen Seiten um. Dann
eilte er schnellen Schrittes über die Straße und verschwand auf einem Hinterhof.

Ludwig brachte den Wagen einige Meter hinter dem
Porsche zum Stehen. Bevor Daimers im Hinterhof verschwand, waren die beiden ihm gefolgt. In einem sicheren Abstand sahen sie gerade noch, wie der Professor eine alte, schäbige Haustür öffnete, die quietschend den Weg freigab, und im Hauseingang verschwand. Kurz danach quietschte die Tür noch mal, als
Ludwig und Jasper in den dunklen Flur folgten. Über
sich hörten sie Schritte. Sie mochten im zweiten Stock
sein. Dann war es still. Leise setzten die Freunde ihre
Füße auf die Treppe. Sie waren besorgt, dass sie zu viele Geräusche machen würden. Doch sie kamen rasch
vorwärts. Da schellte plötzlich eine Türklingel, und
eine schimpfende Stimme gab Antwort. Schnell stiegen
die Freunde höher. Dann hörten sie schlurfende Schritte, und eine Tür wurde geöffnet. „Was ist?" hörten sie
eine gurgelnde, dunkle Stimme rufen. Dann vernahmen
sie die Worte: „Ach, du bist's. Komm 'rein!" Ludwig

war Daimler so weit gefolgt, dass er noch dessen rechten Schuh sehen konnte, als er in die Wohnung trat. Dann wurde die Tür mit lautem Knall geschlossen.

Ludwig und Jasper folgten nun, bis sie auch vor dieser Wohnungstür standen. Jasper las den Namen. „Chrusztowicz". „Den kannste dir ja kaum merken", bemerkte Ludwig grinsend. Dann lauschten sie beide, ob sie nicht etwas verstehen konnten. Zunächst war es stille. Dann wurde es in einem Zimmer lauter. Wortfetzen wie „Ich mache nicht mehr mit!", „Halt die Schnauze!" tönten zu ihnen heraus. Dann näherten sich rasch Schritte. Ludwig und Jasper eilten zum nächsten Treppenabsatz nach oben. Kaum waren sie eine halbe Treppe höher gesprungen, da öffnete sich die Wohnungstür und wurde knallend ins Schloss geworfen. Eine Person rannte schnell die Treppe herab. Unten heulte nun ein Motor auf, und ein Wagen raste davon. Jasper meinte, dass es der Porsche von Daimers gewesen wäre.

Beide saßen sie nun auf dem Treppenabsatz und überlegten, was sie machen sollten. Zunächst verharrten sie regungslos. Ihr Atem ging stoßweise. Ungefähr zwei Minuten später näherten sich wieder Schritte. Erneut wurde die Wohnungstür aufgerissen und wieder zugeknallt. Ein Mann polterte die Treppe hinab und verschwand nach draußen.

„Ob da noch jemand drin ist?" flüsterte Jasper. Ludwig zuckte die Schultern. Dann begann er zu ahnen. „Du willst da doch nicht etwa ′reingehen?" Jaspers Augen blitzten einen Augenblick belustigt auf. Dann nickte er und schob sich langsam die Treppe herab. Vor der Wohnungstür zog er seinen besonderen Stift. Wozu war man bei der Polizei? Er steckte ihn in das Türschloss. Ein leiser Dreh nach rechts, und es klickte, leicht hörbar. Schon hatte Jasper die Tür geöffnet und schob sich vorsichtig in die Wohnung. Ludwig folgte ihm auf zwei Schritte. Sein Herz polterte unwirklich laut. Er hatte das Gefühl, es müsse im ganzen Haus gehört werden. Sie betraten das Wohnzimmer. Auf einem Vertiko standen eine Reihe Fotos, die sie sich interessiert anschauten. Jasper zeigte auf ein Foto, auf dem Prof. Daimers neben einer Frau in den Dreißigern abgebildet war. Daneben stand ein Typ mit lockigen, schwarzen Haaren und einem Dreitagebart. Ludwig griff nach dem Foto, das in einem kleinen Alurahmen platziert war, und steckte es ein. „Vielleicht brauchen wir das mal", flüsterte er Jasper zu. Sie waren gerade im Begriff, ins nächste Zimmer zu gehen, als sie hörten, wie ein Schlüssel in der Tür gedreht wurde.

Erschrocken blickten sich die beiden Studenten an. Was nun, wenn es dieser Typ war, der vorhin die Wohnung verlassen hatte? Sie horchten mucksmäuschenstill, wie jemand etwas an die Garderobe hängte, und leise vor sich hin summend, in einen anderen Raum hineinging. Wahrscheinlich war es die Küche, die gleich vom Korridor abzweigte.

Man hörte Geräusche von Hantieren mit irgendwelchen Gegenständen. Vorsichtig, auf Zehenspitzen, schlichen Ludwig und Jasper zur Tür des Wohnzimmers. Langsam kamen sie im Flur der Eingangstür immer näher. Jasper konnte einen Blick in die Küche werfen. Er blickte auf eine Frau, die sich am Küchenherd zu schaffen machte. Sie war dunkelhaarig, wie die Frau auf dem Foto, welches sie eingesteckt hatten.

Ludwig drückte leise die Türklinke nach unten und zog vorsichtig an der Tür, um sie zu öffnen. Ein kleines Geräusch ging von der Tür aus. Doch die Frau in der Küche öffnete gerade den Wasserhahn, und das Rauschen des Wassers übertönte das Türgeräusch. Langsam öffnete Ludwig die Tür weiter und trat in den Flur. Jasper, der ihm folgte, blickte noch schnell in die Küche und erkannte nun, dass es die Frau auf dem Foto war.

Er zog die Tür leise ´ran, ließ sie aber nicht ins Schloss fallen. Dann sprangen die beiden Männer, mehr als sie liefen, die Treppe herunter. Oben aus der Wohnungstür hörten sie plötzlich eine Frauenstimme rufen: „Ist da wer?" Dann standen sie bereits auf der Straße und rannten zu ihrem Wagen. Im Auto mussten sie erst einmal richtig durchatmen. Ludwig wischte sich den Schweiß von der Stirn und ließ den Motor an. Sofort ordnete er sich in den Straßenverkehr ein, und sie fuhren so rasch, wie es der Verkehr erlaubte, zum Studenten-wohnheim zurück. „Mann, das war aber knapp", stöhnte Jasper und schnäuzte sich die Nase. „Wenn das schiefgegangen wäre."

„Ist es aber nicht", erwiderte Ludwig und lächelte bereits wieder. „Wir haben erst einmal das Foto. Vielleicht bringt uns das weiter."

Raimund und die Mädchen waren überrascht, als ihnen die beiden von ihrer Tour berichteten und ihnen das Bild zeigten, das sie mitgebracht hatten. Gespannt betrachteten sie es. „Also, die Frau habe ich noch beim Hinausflitzen in der Küche erkannt", brüstete sich Jasper, um einen besonderen Beifall zu erhaschen. Dieser fiel aber etwas spärlich aus. Raimund blickte Evelyn an. „Vielleicht ist sie ja eine Bekannte von Daimers", versuchte er, irgendeine Erklärung dafür zu finden.

„Kann ja auch sein, dass sie sogar mit ihm verwandt ist", entgegnete Judith und blickte die Freunde fragend an. Ludwig und Jasper zuckten mit den Schultern. Daraufhin antwortete Judith, etwas enttäuscht: „Ich mein´ ja nur."

Nun, sie konnten keinen Zusammenhang herausfinden. Aber dieses Bild hatten sie schon mal. Es musste einen Weg geben, der sie weiterbrachte. In einigen Wochen standen die Prüfungsarbeiten an, und sie hatten nicht mehr viel Zeit, um dafür zu pauken.

Ludwig schlug vor, dort noch einmal hinzufahren und die Frau persönlich zu fragen. Doch das lehnte Raimund ab. Er befürchtete, dass es Ärger mit Daimers geben würde, wenn er dahinterkäme, dass sie ihm auf der Spur waren.

Wieder einmal kam ihnen der Zufall zu Hilfe. Evelyn, Judith und Esther schlenderten über den Flur, in dem sie ihre Vorlesung hatten. Sie plauderten über die aktuellen Hits, die gerade frisch gepresst waren. Plötzlich hörten sie eine bekannte Stimme. Evelyn hob ihren Arm hoch und veranlasste die beiden Freundinnen zu schweigen. Dann schlichen sie sich leise an den nächsten Pfeiler heran. Evelyn schob ihren Kopf vorsichtig nach vorn. Dort stand der Rothaarige mit einem Kommilitonen zusammen und prahlte wieder herum. „Hör mal, du brauchst keine Sorge über deine Klausur zu haben. Ich spreche mit Daimi, und dann geht das klar. Bin doch nicht umsonst sein Assi. Mir hat er letztens auch bei ´ner Klausur geholfen. Aber kein Wort zu den anderen, klar?" Der Angeredete nickte eifrig und schaute ihn et-was dümmlich durch seine Brille an. Irgendwie hatte er das nicht ganz verstanden. Aber er vertraute dem Rothaarigen blind. Dann gingen die beiden in Richtung Mensa und waren nicht mehr deutlich zu verstehen.

„Na, hör sich einer das an", meinte Esther und grinste breit. „Der Daimers frisiert Noten. Ist ja ´n Ding! Das müssen wir unbedingt den anderen erzählen." Evelyn und Judith nickten zustimmend. Dann machten sie sich auf den Weg in ihre nächste Vorlesung.

Als sie gegen Abend den Männern von ihrem Erlebnis berichteten, waren diese außer sich. Raimund versuchte sie zu beruhigen, da alle durcheinander redeten. „Seid doch mal bitte ruhig", rief er und fuchtelte dabei mit seinen Armen. Langsam kam Ruhe in die Gruppe. „Also, Fakt ist, dass Daimers dadurch Dreck am Stecken hat", nahm nun Raimund die Rede auf. „Und vielleicht, steckt da wieder noch viel mehr dahinter", stimmte Ludwig mit ein. „Ich denke da so an die Banküberfälle, die sich in der letzten Zeit gehäuft haben", warf Jasper mit ein. Alle nickten und blickten Raimund an. „Ich glaube, wir müssen uns aufteilen", überlegte dieser laut. „Ludwig und Jasper übernehmen den Roten und heften sich an seine Spur. Evi und ich kümmern uns um Daimers." „Und was sollen wir machen?" platzte Judith heraus. „Ja", riefen nun beide, Esther und Judith. „Wir gehören doch auch zum Klub und können nicht leer ausgehen." „Für euch habe ich ´was Besonderes", schmunzelte Raimund. „Ihr guckt euch den Unterrichtsplan an, wann Daimers in der Uni ist und wann nicht. Und dann horcht ihr bei den anderen herum, ob noch welche ihre Zensuren von ihm frisieren lassen." Die beiden Mädchen nickten einfach. Nun hatten sie einen Plan und hofften, auf diesem Wege weiterzukommen.

Es war kurz vor fünfzehn Uhr. Gleich würde die letzte Stunde für Daimers an diesem Tag enden. Raimund hatte sich den Wagen von Ludwig ausgeliehen. Die Stunde über Kriminalistik war vorüber, und Daimers verließ rasch die Uni. Raimund und Evelyn folgten ihm, ohne dass er es bemerkte.

Sie saßen bereits im Auto. Raimund startete den Motor, als Daimers in seinem Porsche vorbeirauschte. Mit sicherem Abstand nahmen sie die Verfolgung auf. Daimers fuhr wieder in Richtung des Viertels, in welches die Freunde ihn schon begleitet hatten. Doch dieses Mal hielt er, kurz darauf, vor einem Café und stoppte mit quietschenden Reifen. Einige Passanten schauten ihm kopfschüttelnd nach, als er sich rasch auf den Weg ins Café machte.

Raimund und Evelyn betraten kurz darauf ebenfalls das Cafe und entdeckten Daimers etwas weiter hinten in einer Nische. Er blickte nervös auf seine Armbanduhr und blickte immer wieder zur Tür. Die beiden drehten sich weg, um nicht von ihm erkannt zu werden und nahmen, ein paar Tische weiter, Platz. Daimers schien viel zu aufgeregt zu sein, dass er darauf geachtet hätte, verfolgt zu werden. Es dauerte noch einige Minuten, da öffnete sich erneut die Tür zum Café. Herein trat die Dame, die sie bereits vom Foto kannten. Sie wurde von einem jüngeren Mann begleitet, der etwas klobig wirkte und dessen Augen etwas merkwürdig schräg standen. Als sie Daimers erblickten, steuerten sie auf seinen Tisch zu und nahmen geräuschvoll Platz.

Evelyn saß mehr mit dem Rücken zum Tisch der drei Personen, die sie observierten, und bot Raimund damit einen Sichtschutz. Raimund hatte die drei genau im Visier, wobei Daimers etwas schräg, Raimund abgewandt, saß, so dass er ihn nicht sehen konnte.

Nachdem sie sich etwas zu trinken bestellt hatten, begannen der Professor und die beiden anderen, heftig zu diskutieren. Es war so laut, dass sich Raimund und Evelyn gar nicht anstrengen brauchten, um etwas mitzubekommen. In ihrem Eifer nahmen sie keine Rücksicht auf die anderen Besucher des Cafés.

Der junge Mann beugte sich nach vorne und blitzte Daimers an. „Ich soll dir von Dad sagen, Jo, dass du nicht aussteigen kannst." Dieser wollte wütend reagieren. Die Frau hielt seinen Arm fest und versuchte, ihn zu beruhigen. „Ich habe gesagt, dass ich nicht mehr mitmache", konterte er nun bissig zurück. „Das ist mir zu viel. Du kannst deinem Dad bestellen, dass es noch andere Mittel gibt, ihn ruhigzustellen." Die Frau machte ein sorgenvolles Gesicht, als wollte sie anfangen zu weinen. Der jüngere Mann lehnte sich plötzlich zurück und fing laut und fett an zu lachen. Daimers blickte ihn irritiert an und versuchte erneut, seinen aufkommenden Zorn zu unterdrücken. Dann lehnte sich der Junge nach vorne, fasste Daimers Arm und sprach fast im Flüsterton. „Jo, komm wieder auf die Erde. Dad ist so mächtig, dass er dir aus dem Knast die gesamte Polizei auf den Hals schickt, verstehst du? Und dann hat er noch andere Möglichkeiten, dich stillzukriegen." Professor Daimers sah plötzlich alt und grau im Gesicht aus. Er schien langsam zu begreifen. Nun saß er in der Falle, aus der er nicht mehr herauskam. „Vielleicht jetzt nicht", dachte er und schöpfte schon wieder Hoffnung. Dann wandte er sich der Frau zu. „Lydia, was sagst du dazu? Du bist doch meine Schwester. Kannst du nicht mal mit ihm reden? Ich würde - ". Bevor er seinen Satz vollenden konnte, schüttelte die Frau den Kopf. „Nein, mein lieber Bruder. Ich würde es gerne machen. Aber da habe ich keinen Einfluss. Und du weißt, er hat genug von dir in der Hand, um dich über die Klinge springen zu lassen."

Enttäuscht und sichtlich angeschlagen lehnte sich Daimers zurück und stützte den Kopf in seine Hände. „Dann lass es so, ich hoffe, es gibt noch einen Weg, die Sache anders zu beenden." Dann blickte er den jungen Mann erneut herausfordernd an, der ihn nun mitleidig belächelte. „Grins' du nur", dachte Daimers. „Also, wie sieht euer Plan aus?" Viktor, so hieß der junge Mann, beugte sich vor und sagte nur lächelnd: „Darüber bekommst du noch Bescheid. Halte deinen Assi bereit am nächsten Freitag um 23.00 Uhr." Mutter und Sohn blickten sich an, und dann standen sie auf und verließen Daimers mit kurzem Nicken. Dieser blieb noch einige Minuten sitzen und stand dann auf. Dabei stieß er gegen den Tisch und machte ein lautes Geräusch. Wie ein alter Mann schlurfte er zur Tür und war verschwunden.

Raimund und Evelyn blickten sich zufrieden an. Wenn das keine guten Nachrichten für ihre Ermittlungen waren. Nachdem Daimers mit seinem Porsche fort war, verließen sie das Café und begaben sich nach Hause. Ihre Nachricht schlug bei den anderen wie eine Bombe ein. Wie gewöhnlich, redeten alle durcheinander. Jeder von ihnen meinte, den richtigen Hinweis zu liefern, wie es weiter gehen sollte. Doch dann hob Raimund seinen Arm und bat um Ruhe. „Also, lasst uns mal überlegen", begann er. Dann räusperte er sich kurz und fuhr fort. „Bis Freitag sind es noch gut vier Tage. Ich denke, dass nur die Männer den beiden folgen sollten, wenn sie beide zum Treffpunkt gehen, den wir noch nicht kennen. Die Frauen übernehmen die Observation hier im Gelände und gehen dem nach, der von beiden zurückbleibt." Erst waren Esther und Judith nicht so ganz mit Raimunds Plan einverstanden. Doch dann sahen sie es ein, dass es besser war, nicht so viel zu riskieren.

„Schalten wir die Polizei schon ein?" wollte Jasper wissen. Raimund überlegte kurz und antwortete: „Du, ich denke, es ist besser, die Sache erst einmal selbst in die Hand zu nehmen. Wir informieren die Frauen, die dann immer noch beim Revier anrufen können. Die Nummer habt ihr ja?" Damit wandte er sich den Kolleginnen zu. Evelyn nickte: „Klar, die haben wir bereits notiert!"

Die nächsten Tage waren wieder mit viel Lernen und einer immensen Stoffverarbeitung für die Prüfung angefüllt. Es folgte der Donnerstag, der wieder einen besonderen Einschnitt in Raimunds Leben brachte.

Sie erhielten die Klausuren in Kriminalistik in der Vorlesung von Professor Daimers zurück. Raimund, der wie die drei weiblichen Kommilitonen stets an der Spitze war, meinte, seinen Augen nicht zu trauen, als er ein „mangelhaft" auf seiner Arbeit erblickte. Das durfte doch nicht wahr sein. Er hatte mit mindestens einer Zwei gerechnet. Zornesröte stieg in sein Gesicht, und sein Herz pochte wild und laut. Jasper hatte eine Drei plus und Ludwig eine Zwei minus. Die Mädchen kamen alle mit einer Zwei davon; wobei Evelyn noch mit einem plus belohnt wurde.

Evelyn sah zu Raimund hinüber und merkte an seinem Gesicht, dass etwas nicht stimmte. Sie setzte sich neben ihn und wollte ihn gerade fragen, was er hätte. Dann blickte sie auf seine Arbeit und sah die Note Fünf. Überrascht nahm sie die Arbeit zu sich heran und prüfte sie durch.

Professor Daimers hob seine Hand, um das allgemeine Raunen zu mildern. „Ich hoffe, jeder hat seine Klausur entdeckt. Sind noch irgendwelche Fragen?" wandte er sich an die Studenten. Raimund streckte sofort seinen Arm in die Höhe, obwohl Evelyn bemüht war, ihn davon abzuhalten. Sie wusste, dass Raimund in seinem Zorn nicht zu bremsen war; und sie befürchtete ein neues Dilemma. Mit Raimund hatten noch einige, weitere Studenten ihren Arm erhoben, und so wandte sich der Professor zunächst den anderen zu, obwohl er Raimund mit einem kurzen Blick gestreift hatte.

Endlich kam auch Raimund an die Reihe. „Können Sie mir mal erklären, Professor Daimers, warum ich hier ´ne fünf bekommen habe? Wenn ich die Arbeit mit Evelyn hier vergleiche, dann - ". Weiter kam er nicht. Der Professor unterbrach ihn mit einem eiskalten Lächeln. „Ebendarum, Herr Köster, die Arbeit ist mit der Arbeit von Frau Brandstätter vollkommen identisch, so dass ich davon ausgehen musste, dass sie von ihr abgeschrieben haben."

Jetzt rastete Raimund vollkommen aus. „Wie bitte? Ich
habe bei der Arbeit zwei Reihen hinter Eva gesessen
und konnte gar nicht abschreiben, wie sie es nennen".
Professor Daimers schüttelte den Kopf. Sein Lächeln
war erstorben, und er blickte mit erhobenen Augenbrauen auf Raimund. „Egal, wo sie gesessen haben. Die
Arbeit ist identisch! Und so etwas kann es nicht geben.
Die Zensur besteht zu recht." Bevor Raimund antworten konnte, kramte der Professor seine Unterlagen zusammen, schob sie in seine Aktentasche und war im
Begriff zu gehen. Bevor er jedoch den Hörsaal verlassen konnte, brüllte Raimund hinter ihm her: „Dann
muss ich mich ja wohl an ihren Assistenten wenden.
Vielleicht legt der ja ein gutes Wort für mich ein, und
Sie verändern meine Zensur."

Das hatte gesessen. Wie von einer Tarantel gestochen,
fuhr der Professor herum und starrte Raimund mit zornigen Augen an. „Was haben Sie da gerade behauptet?"
rief er, voll aufkommender Wut. Die restlichen Studenten, die sich noch im Hörsaal befanden, waren stehen
oder sitzengeblieben. Keiner sagte ein Wort. Es war so
still, dass man eine Stecknadel hätte fallen hören können.

„Sie haben es doch gerade gehört", entgegnete Raimund mit fester Stimme und blickte dem Professor
starr in die Augen. „Ich kann es auch gerne wiederholen. Vielleicht muss ich mich an ihren Assistenten
wenden und Sie ändern meine Zensur."

Es schien, als würde der Professor vor Zorn platzen.
„Sie", rief er wütend, und zeigte mit seinem rechten
Arm auf Raimund, wobei sein rechter Zeigefinger stark
zitterte. Leichte Schaumbläschen zeigten sich auf sei-

nen Lippen. „Sie behaupten, dass ich Zensuren mani-
pulieren würde. Das, mein lieber Herr Köster, das hat
noch ein böses Nachspiel." Dann drehte er sich um und
rannte aus dem Hörsaal. Raimund, der inzwischen aufgestanden war, fiel auf seinen Sitz zurück. Egal, jetzt
war es heraus. Beweise für seine Behauptung hatte er
nicht. Das wusste er und auch die anderen, die von der
Sache Kenntnis hatten.

„Wie konntest du nur?" sagte Evelyn und schaute Raimund strafend und mitleidig zugleich an. „Wie willst
du da wieder herauskommen?" Raimund zuckte die
Schultern und erhob sich. „Ich weiß es auch nicht",
antwortete er halblaut und entfernte sich aus dem Hörsaal. Evelyn trottete hinter ihm her. Die übrigen Studenten hatten nichts Eiligeres zu tun, als diese Bombennachricht an der ganzen Hochschule zu verbreiten.
Und so kam es, dass dieses Thema in den nächsten Tagen bei allen Studenten das Gesprächsthema Nummer
eins war. Nur einige beteiligten sich nicht daran. Diejenigen, deren Zensuren tatsächlich bereits frisiert worden waren.

Die vier Freunde waren sprachlos. „Das hast du ihm
tatsächlich an den Kopf geworfen?" wollte Jasper immer wieder wissen. Ludwig schüttelte seinen Kopf.
„Aber wir haben doch keine Beweise", meinte er. Die
Mädchen schwiegen. Dann meldete sich Judith. „Wir
haben doch den Roten mit diesem anderen Typen gesehen. Ich weiß, wo der wohnt. Vielleicht können wir
ihn ja mal fragen, ob Daimers seine Zensuren schon
manipuliert hat." „Und du meinst, der gibt das zu?"
entgegnete Evelyn. „Irgendwie müsste man ihn dazu
überreden", antwortete Esther und wollte damit Judith

in ihrer Aussage unterstützen. „Warum um alles in der Welt sollte er das", meldete sich Raimund. „Aber was ist mit morgen, das geht ja völlig unter?" warf Jasper in die Runde. Sie blickten sich an, und Ludwig meinte: „Ja, das ist wahr!" Zu Raimund gewandt, sagte er: „Und? Willst du noch mit?"

„Ja, klar doch. Wir dürfen doch diese Sache nicht vergessen. Vielleicht ist das der Schlüssel gegen Daimers, und wir fangen ihn darin, bevor er etwas unternehmen kann." Alle nickten, und schon wurde der Plan betreffs des morgigen Abends noch einmal durchgesprochen.

Der Freitagmorgen begann ziemlich übel mit einem Dauerregen, der bis zum Abend nicht weniger geworden war. Irgendwie bedrückte dieses miese Wetter auch die Stimmung von Raimund und seinen Freunden. „Gerade heute muss so ein Mistwetter sein", knurrte Ludwig und warf seine Bücher und Unterlagen, die er für die heutige Vorlesung benötigte, in seine Tasche. „Es hilft nichts, wir müssen umso mehr auf den Roten aufpassen, dass er uns nicht durch die Lappen geht." Ludwig nickte und knurrte etwas, das Jasper nicht verstand. Da es Zeit war, in die Vorlesung zu gehen, fragte er auch nicht mehr nach.

Der Rote war am Vormittag und auch am Nachmittag nirgendwo zu sehen. Raimund befürchtete schon, dass die ganze Aktion am Abend im wahrsten Sinne ins Wasser fallen würde. Doch dann hatten sie Glück, ihn zu entdecken. Es war kurz, bevor sie in der Mensa aßen. Da sah Judith den Roten, wie er sich aus der Mensa schlich. „Adieu, Abendbrot", murmelte Raimund und winkte seinen beiden Mitstreitern, ihm zu folgen.

Es war stockdunkel draußen. Der Regen peitschte ihnen ins Gesicht, da auch noch heftiger Wind aufgekommen war. „Das hat uns ja noch gefehlt", brummte Ludwig und eilte zu seinem Wagen. Nachdem sie dort Platz genommen hatten und vor weiteren Unbilden des Wetters sicher waren, rannte der Rothaarige an ihnen vorbei auf einen alten Chevrolet zu, der bereits mit laufendem Motor auf ihn wartete.

Die drei Verfolger hörten, wie die Tür des Chevrolets zugeschlagen wurde, und schon verschwand dieser vor ihnen in der Dunkelheit. Ludwig hatte Mühe, hinterherzukommen, da der Verkehr im Augenblick ziemlich heftig war. Doch dann holte er wieder auf und hielt sich zwei Autolängen hinter dem Chevi.

Raimund versuchte, sich zu vergewissern, in welche Gegend sie fuhren. Doch er gab es nach einiger Zeit auf und konzentrierte sich mit den beiden Freunden, das Auto, welches sie verfolgten, nicht aus dem Auge zu lassen. Wieder fuhren sie an einem Juweliergeschäft vorbei. Nachdem der Chevrolet nach links abgebogen war, fuhr er kurz darauf rechts an den Straßenrand und blieb stehen. Vier Männer stiegen aus und verschwanden in einer alten Wäscherei, die von innen von einem anderen Mann geöffnet wurde. Ludwig, der so schnell nicht anhalten konnte, war gut zehn Meter vorgefahren und hatte dann rechts gehalten.

Raimund und Jasper blickten aus dem Rückfenster des Wagens und sahen die Männer in der Wäscherei verschwinden. Schnell stiegen er und seine Freunde aus und eilten zunächst zu dem Chevrolet. Es saß niemand im Auto. Raimund schloss daraus, dass sich diese Leute sehr sicher sein mussten. Dann eilten sie zur Wäscherei

Herüber, und Ludwig drückte die Türklinke herunter.
„Verschlossen", brummte er. „Aber das ist für uns kein
Hindernis", zischte Jasper. Sie wollten sich gerade am
Türschloss zu schaffen machen, als sie von innen
Schritte hörten. Schnell zogen sie sich hinter dem Haus
in eine Ecke zurück, die vollständig im Dunkeln lag.
Der Rote trat mit dem jungen Mann, den sie letztens
mit Daimers zusammen gesehen hatten, aus der Tür.
„Hör zu", sprach dieser halblaut. „Du bleibst hier und
stellst dich an die Ecke. Aber so, dass du nicht gleich
zu sehen bist. Klar?" Der Rothaarige nickte eifrig.
„Solltest du die Bullen hören, drückst du hier drauf,
Mann!" Mit diesen Worten übergab er ihm einen Pie-
per, der die anderen warnen sollte.

„Noch Fragen?" bellte der junge Mann. Der Rote
schüttelte den Kopf, und der andere verschwand wieder
im Laden. Da der Rothaarige ihnen den Rücken zu-
drehte und an die Ecke der Straße schlenderte, wobei er
sich seine Kapuze überzog, um sich vor dem noch
immer heftigen Regen zu schützen, nutzte Raimund die
Ge-legenheit und hatte die Tür zu der Wäscherei in der
Hand, bevor sie ins Schloss fiel.

In Sekundenbruchteilen waren die drei ebenfalls im
Dunkel des Ladens verschwunden. Von dem anderen
Typen fehlte jede Spur. Zunächst wischten sie sich den
Regen aus dem Gesicht. Langsam gewöhnten sich ihre
Augen an die Dunkelheit, die hier herrschte. Von ir-
gendwo da vorn erreichte sie etwas Licht. Raimund
drehte sich um und deutete den anderen, ihm zu folgen.
Schweigend setzten sie ihren Weg fort. Am Ende des
Flures stand eine alte Holztür angelehnt, die den spär-

lichen Lichtschein in den Flur fallen ließ. Raimund nickte den beiden Freunden zu und öffnete langsam die Tür, die ein wenig beim Öffnen in den Angeln knarrte. Vor ihnen lag ein gefliester Raum, der wohl als Lagerraum genutzt wurde, da dort einige Kisten und Kartons ungeordnet herumstanden. Eine Neonröhre brannte dort hell und einsam. Nun hörten sie irgendwelche Stoßgeräusche, die aus dem nächsten Raum zu ihnen drangen.

Raimund wies Ludwig mit dem rechten Arm, zu ihm zu kommen. „Du bleibst an meiner Seite, und Jasper bleibt hinten", flüsterte er. Beide Männer nickten, und dann schlichen sie zur nächsten Tür, die ebenfalls ein wenig offenstand. Nun dröhnten die Geräusche eines Bohrhammers an ihr Ohr. Irgendjemand schien etwas zu brüllen, was sie aber nicht verstanden. Raimund schob die Tür weiter auf und erblickte zwei Männer, die dabei waren, die gegenüberliegende Mauer mit dem Bohrhammer zu durchbrechen. Durch den Krach, den sie verursachten, merkten sie nicht, dass die drei hinter ihnen standen. Raimund erblickte zwei Schränke, die ein ideales Versteck für sie waren. Mit dem Zeigefinger deutete er Ludwig und Jasper, sich dahinter zu verstecken. Zwei Schritte weiter, und die beiden waren für die Gangster nicht mehr zu sehen. Raimund duckte sich hinter eine Theke, die rechts vor ihm stand. Plötzlich hörte das Bohrhämmern auf, und eine Taschenlampe flammte auf, die auf die Mauer gerichtet wurde.

„Na also", brummte einer der Gangster. „Wir sind durch!" Dann nahm er einen Vorschlaghammer und wummerte gegen die Wand. Die Steine gaben nach und flogen in den gegenüberliegenden Raum vor der Mauer. Es dauerte nicht lange, und das Loch war groß genug, dass die beiden Männer durchpassten. Der eine warf den Hammer zur Seite und stieg in den anderen Raum. Der zweite folgte, einen grauen Leinensack mit sich tragend.

Raimund und seine Freunde blickten in den anderen Raum. Sie sahen einige Verkaufstheken und Schränke. In den Schränken standen Uhren, und Halsketten hingen an kleinen, schwarzen Büsten. „Der Juwelierladen", schoss es Raimund augenblicklich durch den Kopf. Da die Gangster beschäftigt waren, konnte er seinen Freunden etwas zuflüstern. „Wir warten hier, bis sie he-rauskommen, dann hauen wir zu." „Okay", erwiderten die beiden und verkrochen sich wieder hinter den Schränken. Raimund hatte den Mauerdurchbruch im Auge und wollte ein Zeichen geben.

Eine geraume Zeit wurde ihre Geduld auf die Probe gestellt. Dann erschien der erste Gangster im Mauerdurchbruch. Er hielt ein Säckchen mit Diebesgut in der Hand. Danach folgte der zweite Gauner, der den schweren Sack trug. Kaum waren sie in Höhe der Schränke, als Ludwig und Jasper aufsprangen und sich auf die Gangster warfen. Diese waren so überrascht, dass sie die Säcke sofort auf den Boden fallenließen. Einige Schmuckstücke fielen dabei klirrend auf den Fußboden. Raimund warf sich ebenfalls dazwischen und hieb mit den Fäusten auf den ersten, der Ludwig hart bedrängte, ein. Doch dieser Gangster konnte sich, trotz der Angriffe der beiden Männer, losreißen, und stürmte aus dem Zimmer auf die Straße. Dort traf er auf den erschrockenen Rothaarigen, der ihn entgeistert anstarrte. „Mensch, hau bloß ab! Da drinnen sind wohl die Bullen. Die haben Henner im Griff." Dann drehte er sich um und stürmte in die Nacht davon.

Inzwischen hatten die drei den zweiten Gangster bewusstlos geschlagen. Raimund zwängte sich durch das Mauerloch und erblickte ein Telefon. Er legte ein Taschentuch über den Hörer und wählte die Polizei. „Hier Revier 14, Hauptwachtmeister Ebersen am Apparat." „Schicken Sie sofort einen Wagen zu Juwelier Rothermund. Hier wurde eingebrochen!" tönte es diesem entgegen. „Ja, wer ist denn da?" fragte der Hauptwachtmeister nach, doch Raimund hatte schon aufgelegt. „Los, kommt!" rief er seinen Gefährten zu. „Wir warten draußen im Wagen, bis die „echte" Polizei kommt. Dann verduften wir." Ludwig und Jasper nickten, und sie verschwanden ebenfalls nach draußen. Sie brauchten nicht lange im Auto zu warten, da hörten sie schon die Polizeisirene und sahen das Blaulicht. Der Polizeiwagen traf mit dem Juwelier Rothermund ein, der vom Revier aus tiefstem Schlaf geweckt worden war. Im Schlafanzug und Bademantel schloss er sein Geschäft auf. Dann sahen er und die Beamten die Bescherung. Der niedergeschlagene Gangster erwachte gerade aus seiner Bewusstlosigkeit und stierte die Beamten dumm an.

Ludwig und seine Freunde waren derweil fast an der Kaserne. „Warum sind wir nicht dort geblieben?" fragte er Raimund mit einem Seitenblick. „Denk' doch mal nach", antwortete er. „Erstens haben wir meine Dienstpistole noch nicht wieder, und zweitens müssen wir noch Daimler und den Roten dingfest machen."

„Das wird noch ein ganzes Stück Arbeit", warf Jasper ein, und die anderen nickten zustimmend.

Am nächsten Morgen überschlugen sich die Nachrichten im Radio und Fernsehen. In der Zeitung stand es am darauffolgenden Tag: „Juwelenraub vereitelt – Anonymer Anruf bei der Polizei!" Darunter stand dann die Geschichte, wie sie von der Polizei und vom Juwelier gesehen wurde.

Innerlich frohlockten die sechs. Die Mädchen waren noch in derselben Nacht unterrichtet worden, da sie ohnehin nicht schliefen und Professor Daimers observierten. Doch dieser war in seinem Zimmer geblieben und hatte die Polizeikaserne nicht verlassen. Auch in der Polizeischule und an der Uni war die Tat Tagesgespräch. Der Rote, stellten Raimund und seine Leute fest, schlich umher wie ein geprügelter Hund.

Eines Morgens wurde der Zeitraum der Abschlussklausuren bekanntgegeben. Es sollte also nächste Woche Mittwoch losgehen. Eine ganze Woche wurden sie dann bis zum Letzten gefordert. Doch bevor es galt, die Endhürde zu nehmen, wartete auf Raimund die Auseinandersetzung mit Daimers.

Wieder stand Raimund vor dem Rektor der Hochschule. Dieser sah ihn ernst und enttäuscht an. Denn der Rektor mochte Raimund. Daimers stand daneben, und in seinem Gesicht war der Wunsch nach Genugtuung zu lesen. Raimund blickte ihn trotzig an. Er versuchte seinen Zorn zu zügeln, der beim Anblick des Professors in ihm aufstieg. „Herr Köster", begann der Rektor zu reden. „Haben Sie zu der Auseinandersetzung mit Professor Daimers noch etwas zu sagen?" Raimund blickte ihn an. „So einen Vater wie diesen, hätte er sich immer gewünscht", schoss es ihm augenblicklich durch sein Gehirn. „Nein!" antwortete er auf die Frage des vor ihm Stehenden. „Aber Sie müssen doch Anhaltspunkte für ihre Behauptungen haben", entgegnete Rektor Lammers und legte bedenklich seine Stirn in Falten. „Herr Lammers, ich habe genug Anhaltspunktc für meine Behauptungen, aber ich habe leider keine Beweise. „Noch nicht!" Damit schwieg Raimund. Im Geheimen wusste er, was nun auf ihn wartete. Professor Daimers verzog das Gesicht zu einem hämischen Grinsen.

„Dann wissen Sie ja, was Ihnen auf die falschen Anspielungen gegenüber dem Lehrkörper der Universität jetzt blüht, Köster." Und zu sich selbst gewandt, murmelte er: „Ich glaub's fast gar nicht."

Der Rektor bedeutete Raimund, hier zu warten und zog sich mit Daimers zur Beratung zurück. Nach ungefähr zehn Minuten trat er allein ins Zimmer zurück. Raimund hörte vorher, wie die beiden Professoren heftig miteinander argumentierten.

„Es tut mir leid, Herr Köster", begann Rektor Lammers und runzelte die Stirn erneut. „Ich muss Ihnen den zweiten Verweis geben. Sie wissen, was das bedeutet? Wenn Sie sich nur noch eine Kleinigkeit zuschulden kommen lassen und diese in einem weiteren Verweis endet, dann müssen Sie die Hochschule verlassen und Ihre Polizeikarriere ist damit gelaufen." Nun sah er Raimund wie ein Vater an, der zwar enttäuscht über seinen Sohn ist, aber trotzdem noch Hoffnung hegt, dass alles in Ordnung kommt.

Raimund nickte ernst. Dann drehte er sich um und verließ den Konferenzraum. Ein ratloser Rektor sah ihm wehmütig hinterher. Raimund war an diesem Tag nicht mehr zu gebrauchen. So sagte er ein Treffen mit seinen Freunden ab und zog sich auf sein Zimmer zurück. Selbst Evelyn konnte nicht zu ihm, um ihn zu trösten. Und das hieß schon etwas bei Raimund. Enttäuscht drehte sich Evelyn vor Raimunds Zimmertüre um und ging zu den Freunden zurück, da auf ihr Klopfen keine Antwort gekommen war.

Stark in seinem psychischen Gleichgewicht angeschlagen, verfolgte Raimund in der nächsten Zeit die gesamten Vorlesungen mit einer gewissen Gleichgültigkeit. Selbst das Wochenende vor den Abschlussarbeiten wollte Raimund in Ruhe allein verbringen. Aber da kannte er seine Freundin Evelyn schlecht.

Am Donnerstagabend befanden sich die beiden in Raimunds Zimmer. Evi stand vor ihm und stemmte die Arme in die Seiten: „Mein lieber Raimund, hör endlich auf, dir selbst leid zu tun. Schließlich hast du es dir ja selbst eingebrockt, dass du Daimers die Vorwürfe gemacht hast, ohne Beweise zu haben. Du hast selbst gesagt, dass wir noch einen weiten Weg haben, bis wir die beiden, Daimers und den Roten, überführt haben. Und nun willst du klein beigeben?"

Mit blitzenden Augen sah sie Raimund an. Dieser blickte erst gar nicht hoch, sondern brummelte nur etwas Unverständliches vor sich hin.

„Ach so, knurrig und beleidigt ist der Herr auch noch", fauchte sie und setzte sich entrüstet auf den nächsten Stuhl. Dann blickte sie starr geradeaus. Im Augenblick war Funkstille. Beide schwiegen vor sich hin. Ein paar Minuten später blickte Raimund zu Evelyn herüber. Doch diese war jetzt selbst eingeschnappt und sah wie gelangweilt, auf ihre Fingernägel. Raimund räusperte sich.

Evelyn warf ihm einen feurigen Blick zu. Dann blickte sie in seine treuen „Hundeaugen" und musste lächeln. „Eigentlich hast du ja recht", begann er zaghaft und zog Evelyn zu sich heran. Dann küsste er sie zärtlich auf ihre weichen Lippen. „Meine süße Eva", flüsterte er und knabberte sanft an ihrem Ohrläppchen. „Iiiih, das kitzelt so", wehrte sie sich und zog ihren Kopf rasch zurück. Doch dann lagen sie sich in den Armen und küssten sich leidenschaftlich. Das Verlangen sich zu haben, und sich zu lieben, wurde immer stärker. So zogen sie sich gegenseitig aus, und der Rausch ihres gegenseitigen Begehrens ließ ihre dampfenden Körper miteinander verschmelzen, bis sie sich in der Ekstase seliger Liebeslust im Höhepunkt entluden. Stöhnend und glücklich tauschten sie weitere Küsse aus.

„Ich möchte mit dir bis ans Ende der Welt gehen", säuselte Raimund und streichelte ihren schönen, vollen Busen. „Aber nur, wenn du auch eine Familie ernähren kannst", entgegnete Evelyn und grinste ihn spöttisch an. „Wieso?" begehrte Raimund auf. Leichte Röte überzog sein Gesicht. „Nun, bei deiner Art, Probleme mit Gewalt und Zorn zu lösen, könnte ich mir vorstellen, dass es nicht lange dauern wird, bis du den nächsten Verweis bekommst." Bei dieser Antwort schaute er ein wenig dümmlich zu Evelyn. „Ist es wirklich so schlimm?" sagte er dann gedehnt. Sein Blick wünschte sich eine Verneinung seiner Frage.

Aber Evelyn nickte und sah ihn ernst, aber mit liebenden Augen an. „Ja, mein Schatz", erwiderte sie. „Es ist wirklich sooo schlimm; und ich denke, dass ein wenig mehr Geduld dich weiterkommen ließe. Erst denken, dann handeln!"

Raimund schaute weg und sie hatte das Gefühl, als wenn er sich selbst beschauen würde, ob Evelyn die Wahrheit sagte. Nach ein bis zwei Minuten drehte er sein Gesicht ihr wieder zu, und dann nickte er. Mit fast pathetischen Worten sprach er: „ Verehrte Frau Brandstätter, das wird nicht wieder vorkommen. Von jetzt ab werde ich auf mich achten und mich beherrschen lernen." Dann mussten sie beide laut lachen, und mit ihren Küssen besiegelten sie Raimunds feierlichen Schwur. „Es ist schön, einen Menschen, wie dich zu kennen", begann er erneut. „Ich würde dich gerne Gisela vorstellen." „Gisela?" „Meine Mutter", sprach er, und sein Blick schien auf einmal in weite Ferne gerichtet. „Sie ist die beste Frau der Welt", sagte er nun und blickte Eva an, die ihn erstaunt ansah. Dann lächelte er wieder. „Außer dir, natürlich", kam die Einschränkung. Nun musste Evelyn lachen. „Keine Angst, Liebster; ich nehme dir die Liebe zu deiner Mutter nicht weg." „Aber weißt du, wenn du so von ihr sprichst, dann muss sie eine wundervolle Frau sein. Und ich freue mich schon jetzt darauf, sie kennenzulernen."

Raimund blickte Evelyn zärtlich an. In seinem Augenwinkel blinkte kurz und verdächtig, eine Träne auf. Er beugte den Kopf vornüber und küsste zärtlich die Hände seiner Geliebten. „Es ist schön, wenn du das sagst. Und ihr werdet euch bestimmt gut verstehen."

„Bleib heute Nacht hier", bat er Evelyn. Sie nickte und antwortete: „Langsam bekomme ich Hunger." „Soll ich nachsehen, was im Kühlschrank ist, oder wollen wir noch ʹne Pizza essen gehen?" Lass uns hierbleiben", flüsterte sie und verschwand im Bad. Raimund erhob sich, um die Reste im Kühlschrank zusammenzustellen, damit sie noch ein köstliches Mahl ergeben würden.

Zur gleichen Zeit saßen zwei Männer in einem mittleren Raum, der neben dem großen Hörsaal lag. Der eine, Professor Daimers, rannte fast durch das Zimmer vor Aufregung. In seinem aufgebrachten Zustand schrie er den anderen, nämlich seinen rothaarigen Assistenten, an. Dabei war sein Gesicht weiß vor Zorn wie eine Kalkwand. „Wie hatte das nur passieren können? Seid ihr denn von allen guten Geistern verlassen?"

Mitten in seinem Lauf blieb er plötzlich stehen und drehte sich abrupt zu Sebastian Schleimig um. Mit seinem rechten Zeigefinger, den er auf den Mann richtete, schien er ihn fast zu durchbohren. Dieser hing wie ein Häufchen Unglück auf seinem Stuhl, die Schultern ergeben nach vorne gefallen und bewegte sich nicht. Man hörte ihn kaum atmen. „Kannst du mir vielleicht mal eine Antwort auf meine Fragen geben?" brüllte Daimers ihn erneut an.

Zaghaft blickte er nun empor, kaum dass sein Blick die Augen von Daimers suchten, die immer noch vor Wut funkelten. Dann zuckte er mit den Schultern. „Ich weiß ja auch nicht mehr. Plötzlich kam der dicke Benny auf mich zugestürzt und rief: „Nur weg hier, die Bullen kommen." Dann hörten wir beide eine Polizeisirene, die immer näher kam. Vor Schreck bin ich ihm nachgelaufen, bis wir außer Reichweite waren. Dann haben wir erst einmal Luft geholt und uns verpustet. Danach sind wir zu deiner Schwester gelaufen und haben mit dir telefoniert. Alles Weitere ist dir bekannt." „Verdammt!" fluchte Daimers. „Wer hat nur die Bullen gerufen?" Erneut blieb er in seinem nervös machenden Lauf durch das Zimmer stehen. „Ob der Köster etwas damit zu tun hat? Seitdem ich von ihm in der Zensurensache angegriffen worden bin, habe ich das Gefühl, der weiß viel mehr. Du hast doch wohl wegen der Noten nicht geklatscht?" Wieder wandte er sich dem Rothaarigen zu, der erneut in sich zusammenfiel, als er so scharf von Daimers angesprochen wurde.

„Iiich?" stotterte er ein wenig, und vor Unsicherheit wurde er puterrot im Gesicht. „Ich habe niemanden davon erzählt." Da im selben Augenblick vor seinem geistigen Auge die Situation aufblitzte, wo er einem Kommilitonen davon erzählt hatte, schlug er schnell seine Augen nieder, als könnte der Professor sein Gehirn durchdringen und die geistigen Bilder mit ansehen.

Dieser schien für einen Augenblick, wie geistesabwesend, dazustehen, um etwas zu überlegen. Dann wandte er sich Sebastian wieder zu. „Du wirst mit deinen Leuten dem Köster und seinen Kumpeln nachspionieren, klar? Ich will so schnell wie möglich wissen, ob der etwas mit der Polizei zu tun hatte und wie weit der uns noch gefährlich werden kann. Wenn ja, überleg' ich mir noch etwas, um ihn von der Schule zu schmeißen. Dann sind wir ihn los." Dabei grinste er kurz in sich hinein. Sebastian Schleimig nickte, und als der Professor plötzlich den Raum verließ, erhob er sich, sichtlich erleich tert, dass er dieses, für ihn peinliche Treffen mit seinem Boss überstanden hatte.

Am nächsten Mittag reihten sich Raimund, Ludwig und Esther in die lange Schlange der Studenten ein, die in der Mensa essen wollten. Es gab drei Gerichte zur Auswahl. Als Ludwig am Ausgabetresen ge-rade Spaghetti mit leckerer Bolognese in Empfang neh-men wollte, wurde er von einem dunkelhaarigen Typen leicht angerempelt.

„Eh, pass doch auf!" knurrte Ludwig ihn von der Seite an und wollte Raimund nachfolgen, der bereits auf dem Weg zu ihren Plätzen war.

„Ich glaub' es nicht", rief der Mann, der ihn angerempelt hatte. „Wenn das nicht Ludwig Hagenbaum ist, dann fress' ich 'nen Besen quer." Ludwig drehte sich um und blickte den Typen jetzt erst richtig an. Dann erhellte sich sein Gesicht, und er strahlte plötzlich voller Begeisterung. „Ich fass' es nicht, Tim! Tim Rockstroh! Meine Güte, das ist ja 'ne Ewigkeit her, dass wir uns nicht mehr gesehen haben."

Die anderen Studenten, die diese Begrüßungsszene mitbekamen, grinsten die beiden an. Esther trat mit ihrem Essen an die beiden jungen Männer heran und meinte: „Lasst uns 'rüber zu Raimund gehen, ihr haltet hier bloß den Verkehr auf." Die Männer nickten und folgten Esther zu den Plätzen, wo Raimund bereits wartete und sie fragend anblickte. Kurz berichtete Ludwig nun, dass er Tim seit seinen Kindheitstagen kannte und sie als Kinder unzertrennliche Freunde waren. „Na, was treibst du denn hier?" fragte er dann Tim, der zunächst kauend einen Bissen herunterwürgte, bevor er antworten konnte: „Ooch, das ist wirklich ´ne lange Geschichte. War eigentlich auf ´ner Sozialakademie in Lüneburg und wollte dort studieren. Hab' auch schon zwei Semester hinter mir. Dann traf ich ´nen Kumpel, der mir mitteilte, dass die Polizei noch dringend Leute suchte. Und da ich schon immer was von Abenteuerlust in mir verspürte, hab' ich den Job gewechselt und bin hier gelandet. Und, gefällt es dir hier?" „Na klar, gefällt's mir hier. Bei solchen Kumpels", dabei zeigte er auf Raimund und Jasper und die Mädchen. „Aber wir können das ja heute Abend, bei einem Bierchen, besser bekakeln, klar?" Tim nickte mit kauendem Unterkiefer und widmete sich seinem Essen.

In den nächsten Tagen war Ludwig fast nur mit Tim zusammen. Dieser versuchte, nachdem er mit seinem Freund aus Kindertagen wieder engen Kontakt besaß, auch in die Gruppe mit Ludwigs Freunden zu gelangen. In einem Gespräch mit Raimund versuchte Ludwig, für Tim eine Lanze zu brechen. „Weißt du, Raimund, er hat ja auch noch keine Kumpels hier. Wir könnten ihm doch das Leben mit uns ein wenig angenehm machen. Was meinst du dazu?" Raimund schwieg erst einmal. Dann blickte er Ludwig an, und in seinen Augen las dieser, dass es sich Raimund nicht einfach machte. „Nun, Ludwig, du wirst zugeben müssen, dass wir bisher mit den Frauen eine gute Truppe waren und auch noch sind. Irgendwie passt dieser Tim hier nicht herein. Ich habe eigentlich gar nichts gegen ihn; aber so ein unbehagliches Gefühl. Vor allen Dingen möchte ich nicht, dass er von unserer Sache hört, hinter der wir her sind." Dabei wurde sein Blick sehr ernst und ein wenig streng. Ludwig kannte den Blick seines Freundes, wenn diesem eine Sache besonders wichtig war.

Ludwig schwieg auch einen kleinen Augenblick, ehe er antwortete: „Okay, von unserem Fall mit Daimers darf er nichts hören. Aber ich denke, wir sollten ihm das Eingewöhnen in unseren Kreis leichtmachen. Vielleicht findet er ja auch noch andere Freunde, oder es findet sich noch ein Mädchen in unserer Hochschule ein." „Da haben wir aber wenig Zeit, das herauszufinden", entgegnete Raimund. Damit wies er auf die Abschlussklausuren hin, die bald anstanden. „Ich glaube, wir haben wenig Zeit für deinen Freund. Denn wir müssen bald für die Prüfung pauken." Damit war das Gespräch beendet.

In den nächsten Tagen waren die sechs fast ausschließlich zusammen, um für die Prüfung zu lernen. Selbst in den Vorlesungen wurde immer wieder der Stoff vom Vorjahr durchgekaut. Die Sache mit Daimers konnten unsere Freunde nicht weiter verfolgen. Dieser führte seine Vorlesungen trocken und bürokratisch durch. Raimund würdigte er keines Blickes.

Eine kleine Episode, die Ludwig erlebte, als er mal wieder mit seinem ehemaligen Freund Tim zusammen war, hätte ihn aufhorchen lassen müssen. Aber Ludwig war zu sehr mit den Prüfungen beschäftigt, als das ihm diese Sache aufgefallen wäre. Tim fragte Ludwig nach der Sache mit Raimunds Dienstpistole aus; und Ludwig gab ihm bereitwillig darüber Auskunft. Das ging so weit, dass er ihm über den Verdacht mit Daimers und dem Rothaarigen berichtete. Erst am Abend, als sich Ludwig zu Bett begab, dachte er noch mal über das Gespräch mit Tim nach. Dabei fiel ihm Raimunds Anweisung siedend heiß ein, Tim nichts darüber zu berichten. Ludwig spürte, wie er errötete und sich schämte, das Versprechen doch gebrochen zu haben.

„Nur nichts Raimund und den anderen davon erzählen", dachte er noch, bevor er das Licht auslöschte. Heute war Dienstag, und die letzte Vorlesung von Professor Daimers war fällig. Raimund, der heute irgendwie allein sein wollte, machte sich schon auf den Weg in den Hörsaal. Als er dort eintraf, stand der Professor bereits an seinem Pult und suchte etwas in seiner Tasche. Er blickte kurz auf. Als er Raimund sah, wandte er sich sofort wieder seinen Unterlagen zu. Raimund nahm seinen Platz ein und sah sich im Hörsaal um. Kurz darauf verließ der Professor den Raum. Seine Tasche ließ er unbeaufsichtigt liegen.

Dieses wunderte Raimund zunächst. Aber er machte sich darüber keine weiteren Gedanken. Inzwischen füllte sich der Hörsaal mit weiteren Kommilitonen. Auch Professor Daimers kehrte zurück und begann mit seiner letzten Vorlesung.

Eine Woche später brüteten die Studenten des Abschlusssemesters über ihren Prüfungsklausuren. Als erstes Fach stand Gesetzeskunde auf dem Plan. Zwei Fälle waren zu lösen, die es in sich hatten. Ludwig stöhnte nach der ersten Viertelstunde und wischte sich den Schweiß von der Stirn. Selbst Jasper hatte an den Aufgaben zu knabbern. Raimund, als auch Evelyn mit Judith und Esther, fanden die Aufgaben später normal. Evelyn gab als Erste ihre Klausur ab und verließ den Raum. Beim Treffen am Nachmittag wurden die Fälle durchdiskutiert, und einigen fielen dabei unter Seufzen und Stöhnen ihre Fehler auf.

Am nächsten Tag wurde die Klausur in Kriminalistik geschrieben. Hier gab es einen allgemeinen Einführungsteil. Danach waren drei Fälle unter besonderen kriminalistischen Theorien zu lösen. Man hätte eine Stecknadel fallen hören können, so angestrengt brüteten die Studenten über ihren Prüfungsaufgaben.

Plötzlich klopfte es an die Tür. Der Professor, der in der Prüfung zugegen war, rief mürrisch: „Herein!" Die Tür öffnete sich, und der Rektor mit Professor Daimers betraten mit ernsten Gesichtern den Prüfungsraum. Einige Studenten blickten überrascht auf. Andere waren so in ihre Aufgabe vertieft, dass sie die Hereintretenden nicht zur Kenntnis nahmen.

Der Rektor trat vor die Studenten und bat sie, mit der Klausur aufzuhören. Nach und nach legten sie das Schreibzeug hin und blickten, erstaunt und teilweise befremdet, auf den Rektor.

„Meine Damen und Herren, ich bedaure zutiefst, Sie in ihrer Arbeit zu stören. Doch Professor Daimers sind wichtige Unterlagen über die Prüfungsaufgaben abhanden gekommen. Wir sind leider gezwungen, ihre gesamten Fächer sofort nachzuprüfen, ob jemand von ihnen die Unterlagen entwendet hat."

Ein ruheloses, teilweise empörtes Raunen ging durch die Reihen der Studenten, und sie blickten sich fragend an. Bevor jedoch eine Diskussion die Handlung des Rektors beeinflussen und stoppen konnte, forderte er die Studenten auf, ihm und Professor Daimers zu den Schränken zu folgen, in denen die Studenten ihre fachlichen Unterlagen ablegten, die sie nicht in den Vorlesungen oder bei Nacharbeiten benötigten. Auch Professor Ventura, der die Prüfung beaufsichtigt hatte, folgte der sich unterhaltenden Gruppe. Die ersten Schränke wurden geöffnet und durchsucht. Gespannt schauten alle dem Rektor und Professor Daimers zu, welche die Untersuchung durchführten.

Bei einigen Studenten standen Schweißperlen auf der Stirn. Sie atmeten auf, dass sich in ihren Fächern nichts fand. Nun trat Raimund vor und öffnete mit einem sicheren Gefühl seinen Schrank. Er war sich sicher, dass auch hier die Prüfenden nichts finden würden, denn er hatte ein reines Gewissen. Der Rektor entnahm einen Schnellhefter und zwei Bücher, sowie einige Stifte. Nichts! Raimund wollte seinen Schrank gerade wieder schließen, als Professor Daimers ihn aufforderte, den Schrank nach einmal zu öffnen. Raimund schaute ihn fragend und irritiert an. Der Professor griff in den Schrank und holte einen weiteren Schnellhefter hervor.

Erstaunt blickte er Raimund mit weit geöffneten Augen an.

„Was haben wir denn hier?" rief er und machte dabei ein angewidertes Gesicht. Alle starrten auf Professor Daimer und Raimund. Der Professor legte den Schnellhefter dem Rektor in die Hand und bemerkte mit innerer Genugtuung: „Da sind meine Unterlagen. Ich hatte es mir schon gedacht. Als ich letzten Dienstag den Hörsaal verließ, befand sich dort nur Herr Köster." Dabei wechselte ein triumphierendes Grinsen seinen vorherigen Gesichtsausdruck. Der Rektor blickte Raimund mit offenem Mund entgeistert an.

„Stimmt das?" fragte er diesen. Doch Raimund blickte ebenfalls entgeistert auf die Unterlagen des Professors.

Er konnte es nicht glauben. Dann blickte er den Rektor an und schüttelte den Kopf. „Glauben Sie mir, ich habe keine Ahnung, wie die Sachen in meinen Schrank gelangt sind." Auch die Kommilitonen waren sprachlos. Evelyn traten die Tränen in die Augen. Sie wandte sich von der Gruppe ab, begleitet von Judith und Esther. Ludwig und Jasper standen neben Raimund. Auch sie konnten nicht glauben, was sie sahen. Sie kannten ihren Freund und wussten, dass dieser so etwas niemals machen würde. Er hatte es gar nicht nötig, Unterlagen zu stehlen.

Es kam, wie es kommen musste. Raimund erhielt seine dritte Abmahnung. Er musste die Hochschule verlassen. Seine Polizeikarriere war damit beendet. Nach zwei Tagen verließ er, zutiefst gedemütigt, mit seinem Koffer die Hochschule. Noch einmal blickte er auf die Fenster, hinter denen seine Mitstudenten an den Prüfungsaufgaben weiterschrieben. Doch er fuhr nicht nach Hause, sondern mietete sich in ein Hotel in der Nähe ein. Irgendwas war faul an der Sache; und er wollte der Sache auf den Grund gehen, koste es, was es wolle.

XXI

In den nächsten Tagen hatten sich Sven und Antonio viel zu erzählen. Immer wieder wollte Antonio die Geschichte mit der Russenmafia hören. Hinzu kam, dass Ömer in den folgenden Wochen vor seinen Leuten einige Vorträge hielt und mit ihnen die neue Vorgehensweise besprach, damit es nicht wieder zu solch einer miserablen Situation kommen konnte. Die Wachen wurden im Haus massiv verstärkt, und ein paar seiner Leute bespitzelten in Zukunft die Russen, die sich jedoch an die neuen Abmachungen hielten. Ja, es sah sogar so aus, als wenn sich Dimitrij mit seinen Leuten aus der unmittelbaren Nachbarschaft der Türken zurückziehen wollte.

Auch bei den Türken, so hatte Sven in den letzten Tagen den Eindruck gewonnen, war irgendwie die Luft 'raus. Es gab keine interessanten Einsätze mehr, und der Drogenverkauf brachte nicht die erwarteten Umsätze.

Der Grund war eigentlich Ömer Mustapha. Der Chef hatte sich seit der Auseinandersetzung mit den Russen zunehmend in seinem Verhalten verändert. Sven, dem das nicht allein aufgefallen war, platzte eines Tages mit seiner Meinung heraus.

„Eh, ich sag' euch was. Der Chef hat keinen Mumm mehr. Seit der Sache mit den Iwans läuft das hier nicht mehr so richtig."

Antonio, der Svens Aussage so beiläufig mitgehört hatte, da er in ein Playboy-Heft vertieft war und sich an den Bildern von ein paar sexy Blondinen erhitzte, blickte irritiert auf. Zwei der Türken, die mit ihnen im Zimmer anwesend waren, schauten sich zunächst ein wenig verdutzt an. Dann sprang jedoch Yussuf, ein breitschultriger, aber gedrungener Typ auf und wollte Sven gerade an seinem Kragen packen. Doch Sven war schneller. Der Stuhl, auf dem er noch vor einer Sekunde gesessen hatte, fiel mit lautem Gepolter um. Gleichzeitig trat Sven mit seinem rechten Fuß dem Türken so gegen das Knie, das dieser wegknickte und vor Sven zu Boden fiel. Ein schmerzhaftes Gebrüll entfuhr seinem halb geöffneten Mund. Sein Gesicht verzerrte sich durch die Schmerzen zu einer Maske.

Gleichzeitig war auch der andere Türke aufgesprungen. In seiner Hand blitzte eine Messerklinge auf. Mit leicht vorgebeugtem Körper, wiegte er sich vor Sven. Dabei stierte er ihn mit wütenden Augen an. Er knirschte mit den Zähnen. Dann brüllte er Sven an: „Was willst du deutsche Schwein? Willst du Zoff machen? Kannst du haben!"

Sven duckte sich ebenfalls, wie ein Tiger zum Sprung, und blickte dem Türken fest in die Augen, bereit, auch ihn zu Fall zu bringen.

Antonio erhob sich ganz ruhig und stellte sich neben den Türken. In seiner schwarzen Hand lag eine Pistole, deren Lauf er an die Schläfe des Türken hielt.

„Jetzt sei ruhig und leg' das Messer weg", sprach er mit sanfter Stimme, aber entschlossen auf ihn ein.

Yussuf jammerte immer noch und hatte sich auf den Boden gelegt. Wahrscheinlich hatte ihm Sven das Bein gebrochen. Noch immer hielt der andere Türke das Messer in der Hand. Aber diese Hand begann nun zu zittern.

Plötzlich vernahmen alle Anwesenden die dunkle Stimme Ömers hinter sich, die vor Zorn zu zittern schien. Ein Blick in die Richtung ließ sie augenblicklich zusammenfahren. Der Türke steckte sein Messer weg. Antonio zog seine Pistole zurück. Auch Sven streckte seinen Körper und schaute Ömer Mustapha, nichts Gutes erwartend, an. Dieser stand da, flankiert von zwei seiner Männer, die Maschinenpistolen auf die vier gerichtet hatten, und kochte vor Wut. Nur das Stöhnen und Jammern von Yussuf war noch zu hören.

„Was habt ihr euch dabei gedacht, ihr verflixten Idioten?" brüllte Ömer mit hochrotem Kopf. „Ich müsste euch alle erschießen lassen. Wie könnt ihr euch so daneben benehmen, ihr Schwachköpfe?"

Dann wandte er sich an den Mann rechts von ihm. „Sag' den anderen Bescheid, in fünf Minuten im Konferenzraum. Ich glaub', wir müssen schleunigst etwas klären." Zu den anderen gewandt, die nun etwas verlegen dastanden, sagte er: „Wenn ich das noch einmal von einem von euch erlebe, dann knall ich ihn persönlich ab. Ist das klar? Nun trollt euch auch in den Konferenzraum. Ich habe euch allen etwas zu sagen." Damit drehte er sich auf dem Absatz um und verließ schnaufend den Raum.

In den nächsten zehn Minuten trotteten Ömers Gefolgsleute gehorsam in den Konferenzraum. Ein unruhiges Gemurmel schwebte wie eine dunkle Wolke über den Köpfen der Männer. Plötzlich trat augenblicklich Stille ein. Ömer Mustapha, noch erregt durch die vor einigen Minuten erlebte Situation, stellte sich mit hochrotem Kopf hinter das Pult. Alle Augen richteten sich auf den Chef.

„Leute, ich habe euch rufen lassen, um die Unruhe, die in der letzten Zeit hier herrscht, zu beseitigen und euch wieder Kraft und Zufriedenheit bei der Durchführung unserer Geschäfte zu geben. In der letzten Zeit konntet ihr den Eindruck haben, dass ich, nach der Begegnung mit den Russen, die Zügel ein wenig habe schleifen - lassen. Das stimmt aber nicht. Ich habe noch alles fest im Griff. Im Gegenteil! Ich habe neue Betätigungsfelder aufgerissen, und es gilt für euch, sich darin in der Zukunft zu bewähren. Die Einzelheiten erfahrt ihr darüber später.

Doch etwas Anderes. Da ich für einige Zeit ins Ausland muss, um Geschäftsverbindungen aufrechtzuerhalten und neue Verbindungen zu knüpfen, werde ich eine gewisse Zeit fort sein. An meiner Stelle wird mein Neffe Kemal Kadrioglu die Geschäfte hier übernehmen. Ich erwarte von euch, dass ihr ihm genauso Folge leistet, wie ihr es bei mir macht. Sollte ich Klagen hören, wenn ich zurückkomme, wird es für denjenigen unangenehme Folgen haben. Kemal wird übermorgen vom Flughafen abgeholt. Die Fahrer werde ich noch bestimmen. Ich hoffe, dass der Laden auch unter seiner Führung hier läuft."

Zwei Tage später standen Sven und Antonio auf dem Flughafen und starrten auf die Anzeigetafel der ankommenden Maschinen. Sven zeigte nach oben. „Siehst du, Antonio, Ankunft der Maschine aus Istanbul um 16.30 Uhr. Also in genau zehn Minuten. Verspätung hat die Maschine auch nicht."

Langsam füllte sich die Halle mit Menschen, die ihre Angehörigen oder Freunde vom Flugplatz abholen wollten. Der Geräuschpegel in der Halle nahm rasch zu. Laufend ertönten die Lautsprecherdurchsagen für die an- und abfliegenden Maschinen. Sven blickte auf zwei Polizisten, die, mit einem Schäferhund an der Leine, durch die Halle patrouillierten. Etwas weiter

weg wehte der Lärm von einer abfliegenden Maschine
herüber. Eine Weile später füllte sich der, durch Glas-
scheiben getrennte, große Raum der Gepäckempfangs-
stelle mit Passagieren. Sie alle wollten schnell an ihren
Koffer oder ihre Tasche kommen. So entstand ein au-
genblickliches Gedränge, als sich die Transportbänder
mit den darauf liegenden Gepäckstücken in Bewegung
setzten.

Sven und Antonio starrten auf das Gedränge und versuchten Kemal zu entdecken. Da sie von ihm kein Foto
hatten, dachten sie bei jedem südländisch aussehenden
Typen, er wäre es. Die ersten Passagiere schoben sich
mit den Gepäckwagen, auf denen die Koffer manchmal
meterhoch getürmt waren, durch die, sich geräuschvoll
öffnenden Glastüren und blickten, fragend und nach
bekannten Gesichtern suchend, in die Runde.

Plötzlich eilte ein mittelgroßer Türke mit je einem
schweren Koffer an jeder Seite in die Halle. Sein run-
des, etwas plattes Gesicht, wurde durch eine gerundete
Säbelnase geziert, die einem jüdischen Händler gehören könnte. Seine dunklen Wieselaugen suchten unter
buschigen Augenbrauen die Menschen ab, die in der
Halle standen. Über seinen vollen Lippen prangte ein
übergroßer, schwarzer Schnurrbart, dessen Enden das
Kinn zu beiden Seiten fast berührte. Er war elegant
gekleidet und trug über der Schulter einen beigefarbi-
gen Trenchcoat.

„Das könnte er sein", raunte Sven Antonio zu, der den
Türken abschätzend begutachtete. Sven trat auf den
Türken zu und fragte ihn: „Sind Sie Kemal Kadrioglu?"
Der Türke stellte seine schweren Koffer ab, atmete tief

durch und antwortete mit einem strahlenden Lächeln.
„Ja, das bin ich! Schickt Sie Onkel Ömer?" Sven nick-
te, und schon nahmen Antonio und er die Koffer auf.
Gemeinsam machten sich die drei auf und verließen die
Halle. Kurz darauf lenkte Antonio den alten Ford vom
Flughafengelände und reihte sich in den Verkehr ein.
Wie immer, dauerte es fast eineinhalb Stunden, bis sie
auf den Hof der Firma fuhren.

Ömer Mustapha stand an seinem Bürofenster und telefonierte. Dabei blickte er auf die drei Männer. Als er
seinen Neffen erkannte, winkte er ihm zu. Dieser blieb
stehen und hob den rechten Arm und winkte zurück.
Dann hörte man sie auch schon die alte, hölzerne Treppe heraufpoltern, und kurz darauf begrüßte Ömer seinen Neffen in türkischer Weise mit einem Kuss auf die
Wangen.

„Bringt sein Gepäck in den zweiten Stock in die freien
Räume. Ich habe sie für Kemal herrichten lassen", be-
fahl er Sven und Antonio, die leise ächzend mit den
Koffern des Neffen in die Halle traten. Dann legte
Ömer seinen Arm auf Kemals Schultern und murmelte
fettig grinsend: „Wir wollen erst einmal die Begrüßung
feiern, mein lieber Neffe. Dazu habe ich eine kleine
Feier inszeniert."

Sven und Antonio sahen sich grinsend an, verdrehten
die Augen bei Ömers schmalzigem Gefasel, und brachten die Koffer an den bestimmten Platz.

In den nächsten Wochen wurde Kemal, der sich in
manchen Situationen etwas begriffsstutzig zeigte, wie
Sven feststellte, in die Geheimnisse der Firma eingeweiht. Eines Nachmittags begleitete er Sven und Anto-

nio in die Stadt, wo sie einige Dealer kontrollierten, da vor einigen Tagen bekannt wurde, dass zwei Dealer die Einkünfte in die eigene Tasche gesteckt haben sollten. Zwei der türkischen Mitarbeiter hatten diese Kunde verbreitet und diese Kontrollaktion ausgelöst, die Ömer augenblicklich befahl.

Die drei Männer schlenderten über den Marktplatz, der zu dieser Zeit kaum belebt war. Nur ein paar Schüler des Gymnasiums lümmelten sich auf den Stühlen des kleinen Cafés und leckten ihr Eis. Dabei unterhielten sie sich, laut scherzend.

Sven, der einen Scirocco an sich vorbeipassieren ließ, schlug die Richtung in die Kathrinengasse ein. Antonio und Kemal folgten dicht. Plötzlich blieb Sven stehen und drehte sich zu den Schülern um. Diese waren plötzlich still geworden. Die drei Männer sahen zwei breitschultrige Männer auf die Jungen und Mädchen zukommen.

Zu Kemal gewandt, erklärte Antonio: „Das sind zwei Leute von Dimitrij. Die solltest du dir merken, Kemal." Dieser nickte und kaute dabei auf dem kleinen Stiel einer Gewürznelke. „Wollen wir ihnen mal auf den Zahn fühlen?" murmelte er und machte sich auf den Weg zu der Gruppe Menschen.

Antonio wollte Ömers Neffen festhalten, doch Sven hielt ihn davon ab. „Wir folgen ihm. Mal sehen, wie er sich dabei anstellt", gab er zur Antwort. In einem Abstand von zwei Metern folgten sie dem Türken, der die ersten Tische des Cafés bereits erreicht hatte. Die beiden Russen sprachen auf die Jugendlichen ein, als der eine Russe den Kopf wandte und Kemal ansah, der, angespannt wie ein gereizter Tiger langsam näher kam. Nun blickten auch der andere Russe und die Jugendlichen auf die, sich nahenden Männer.

„Was wollt ihr denn hier?" maulte der Russe verärgert, der Kemal am nächsten stand. Kemal blieb vor ihm breitbeinig stehen, verschränkte die Arme und blickte dem Russen furchtlos, auf seiner Gewürznelke kauend, ins Gesicht. Sven und Antonio bezogen ihre Position hinter Kemal. Sven hatte bereits seine Hand an seiner Waffe, bereit, sie zu ziehen, wenn es nötig sein sollte.

Einen Augenblick maßen Kemal und der Russe sich mit Blicken, wobei jeder den anderen abschätzte. Dann spuckte Kemal seine Gewürznelke vor die Füße des Russen aus. Dabei legte er ein freundliches Grinsen auf sein Gesicht und antwortete: „Ich bin neu hier im Geschäft und wollte nur mal die Konkurrenz kennenlernen. Vielleicht können wir ja mal gemeinsame Interessen wahrnehmen." Damit ging sein stechender Blick, den er in solchen Situationen aufsetzte, kurz zu dem anderen Russen herüber und schwenkte dann wieder zu dem ersten zurück, der ihm gegenüberstand. Die Jugendlichen hatten inzwischen das Weite gesucht, um nicht in eine heftige Auseinandersetzung zu geraten. Die beiden Russen atmeten hörbar und erleichtert aus. „Ja, vielleicht können wir mal etwas zusammen machen", murmelte nun der erste und streckte Kemal die Hand entgegen. Doch Kemal blickte nur angewidert auf die ausgestreckte Hand des Russen. „Man sieht sich", rief er. Dabei drehte er sich um, und gefolgt von Sven und Antonio, verließen sie die beiden Russen, die ihnen sprachlos nachblickten.

Es war schon ein paar Tage her, dass Ömer die Firma verlassen und nach Afghanistan gereist war. Kemal hatte die Firma übernommen, und schon spürte man, dass die Türken ihre Position in der Firma festigten. Sven und Antonio, sowie die anderen drei deutschen Gefolgsleute Ömers, spürten das an Kleinigkeiten. So sandte Kemal die Leute nur zu zweit aus. Jeweils einen Deutschen und einen Türken, wenn sie ihre Arbeit machten und die Dealer aufsuchten oder neue Dealer anwarben. Vorgestern fand die erste Besprechung mit Kemal, als dem neuen Chef, statt. Sven fiel auf, dass Kemal am Schluss der Besprechung die deutschen Kollegen und Antonio schon entließ, während er noch eine Viertelstunde mit den Türken zusammensaß. Als Sven diese Situation Antonio mitteilte, war dieser ganz überrascht. Er verdrehte seine dunklen Augen und meinte: „Da braut sich wohl was zusammen. Wir müssen die Augen offenhalten." Sven hatte nur genickt und war in den alten Ford eingestiegen, mit dem die beiden Freunde immer ihre Touren machten.

Sven, der heute am Steuer saß, blickte kurz in den Rückspiegel und reihte sich in den fließenden Verkehr ein. Die Fahrt verlief zunächst schweigend, da jeder von den Freunden mit seinen eigenen Gedanken beschäftigt war. „Pass auf, wir müssen die nächste links fahren", murmelte Antonio leise. Sven nickte und ließ den Blinker klicken.

„Hast du schon etwas von der neuen Disko in Neuenkirchen gehört?" fragte Sven beiläufig seinen Partner. „Nein", gab dieser knapp zurück. „Ich hoffe, wir erfahren gleich von Jeremy was darüber."

Nun bogen sie auch schon in die Straße ein, in der der Dealer wohnte, den sie heute als ersten besuchen wollten. Antonio zeigte auf einen freien Parkplatz direkt neben der Wohnung von Jeremy, den Sven auch benutzte. Die Türen klappten laut zu, als sie das Auto verließen. Zwei Passanten, die vorbeigingen, blickten eher gelangweilt auf die beiden, die erst einen Motorradfahrer vorbeiknattern ließen, bevor sie über die Straße zur richtigen Häuserreihe wechselten.

Im Treppenhaus roch es nach Bohnerwachs. Die hölzernen Treppenstufen ächzten stöhnend, als die beiden bis in den dritten Stock vorrückten. Dann standen sie vor der Wohnungstür. Sven drückte auf den Klingelknopf, der etwas zögernd ein wimmerndes Signal von sich gab, um anzuzeigen, dass jemand vor der Tür stand. Eine Weile tat sich gar nichts, und Sven drückte den Klingelknopf erneut. Dann ertönte eine verschlafende Stimme von drinnen, die so etwas wie: „Augenblick, ick komm ja schon", quäkte.

Dann wurde die Kette von innen weggeschoben, und hinter der halb geöffneten Tür tauchte ein schmächtiger Körper auf. Eine Hand wischte sich durch das verschlafene Gesicht, und Jeremy blickte etwas dösig auf die beiden Männer. Dann registrierte er wohl, wer vor der Tür stand. „Ach, ihr seid's! Kommt ´rein!" Dann schlurfte er beiden voran, die den, nach altem Tabak und abgestandenem Essen, stinkenden Flur betraten.

Jeremy betrat das unaufgeräumte Wohnzimmer, machte mit einer kurzen Handbewegung die Couch frei, indem er seine Sachen auf einen weiteren Sessel warf. Mit der anderen Hand bot er den Männern Platz an. Dann schlurfte er ins Bad zurück. Man hörte, wie er in die Toilettenschüssel pinkelte. Einen Augenblick später kehrte er brummend mit drei Flaschen Bier, aus der Küche kommend, ins Wohnzimmer zurück.

Sven winkte gleich ab. Auch Antonio wollte noch kein Bier sehen. Jeremy ploppte eine Flasche auf, und glucksend schluckte er das kalte Bier herunter. Nach einem langen Rülpser stierte er nun auf die Freunde. „Nun, was gibt's Neues?"

Sven grinste Jeremy an. „Das wollten wir dich gerade fragen, Alter."

Dieser nickte etwas lethargisch. Dann begann er sich herauszureden, wie es alle Dealer taten, die ihr Soll nicht erfüllten. „Die Geschäfte gehen zurzeit schlecht, müsst ihr wissen. Habe noch nicht alles abkassiert. Außerdem wird es immer schwieriger, Kunden zu bekommen. Die Konkurrenz schläft nicht. Gerade vor kurzem hat eine neue Gang unseren Mann in Neuenkirchen aus dem Geschäft gekickt."

Bevor Jeremy seinen Redeschwall fortsetzen konnte, hob Sven die rechte Hand. „Eh, Alter! Ganz langsam! Auf die Sache in Neuenkirchen kommen wir gleich zu sprechen. Wir sind hier, um dich abzukassieren. Also, wieviel?"

Jeremy blickte wie ein Schaf, das zum Schlachten geführt wird. Er wollte gerade wieder anfangen zu reden. Dabei verschluckte er sich heftig, lief rot an und hustete plötzlich lautstark. Antonio sprang auf und klopfte ihm kräftig auf den Rücken. „Nu is ja gut, Alter. Verreck' uns hier nicht. Wir wollen nur das Geld und ein paar Infos. Dann verschwinden wir wieder. Sei froh, dass

Kemal nicht die Türken geschickt hat. Die wären etwas unsanfter mit dir umgesprungen."

Jeremy erhob sich und humpelte, weiter vor sich hin hustend, ins Schlafzimmer. Dann kehrte er mit einem schmutzigen Briefumschlag zurück. Das sind fünftausend! Mehr konnte ich beim besten Willen nicht bekommen." Dabei spuckte er in einen stinkenden, qualmenden Aschenbecher, der in seiner Nähe stand.

Sven nahm den Umschlag entgegen und zählte das Geld nach. Dann blickte er Jeremy prüfend an. „Hoffe ja nur, dass Kemal damit zufrieden ist. Ansonsten hast du die Türken hier zu Besuch. Kannst dir ja vorstellen, dass die nicht so freundlich sind wie wir." Jeremy nickte trocken und war froh, dass die beiden Männer ihn so glimpflich behandelten.

„Nun rück mal raus mit den Nachrichten über Neuenkirchen", fiel nun Antonio den beiden ins Wort. Er wollte schleunigst weiter. Dann berichtete ihnen Jeremy, dass in Neuenkirchen vor drei Tagen mehrere Typen in der Disko aufgetaucht waren. Es schienen Armenier zu sein. Sie sprachen mit dem Wirt und schienen diesem ziemlich handgreiflich klarzumachen, dass sie nun das Drogengeschäft in diesem Gebiet übernehmen wollten. Nachdem die Männer noch ein paar Einrichtungsgegenstände zertrümmert hatten, verließen sie das Lokal. Zurück blieben ein wütender Wirt, der sich sein rechtes Auge zuhielt, das augenblicklich angeschwollen war und sich blau-violett verfärbte, und ein paar verstörte Gäste, die an einem Tisch in der Ecke ihr Bier tranken. Mehr wusste Jeremy nicht zu berichten. Sven und Antonio hatten genug gehört. Schnell standen sie auf und verließen die stinkende Wohnung.

Als sie wieder im Auto saßen, meinte Sven, leicht zu Antonio gewandt: „Ich mach' mir Sorgen. Auf nach Neuenkirchen und sehen, was sich da abspielt." Antonio nickte, rückte seine Sonnenbrille zurecht. Dann befanden sie sich schon auf der Zufahrtsstraße in den benannten Ort.

Schweigend überholte Sven einen stinkenden Laster, auf dem Schafe blökten, und konnte gerade noch einem entgegenkommenden Mercedes ausweichen, der sie voll anblinkte und ärgerlich auf die Hupe drückte. Antonio verzog das Gesicht zu einem Grinsen, während Sven sich ein paar Haare aus dem Gesicht wischte. Dann fuhren sie auch schon mit erhöhter Geschwindigkeit an dem Ortsschild vorbei. Eine blinkende Anzeigetafel informierte sie umgehend über die zu hohe Geschwindigkeit, und Sven drosselte die Fahrt sofort.

Antonio, der die Adresse des Dealers kannte, zeigte ihm den Weg. Als sie in die Straße einbogen, sahen sie ein paar Kinder, auf einer Wiese, lärmend Fußball spielen. Ein paar Fußgänger überquerten zögernd die Straße, und Sven bremste ein paar Mal, bis sie vor dem Wohnhaus, das als letzte Adresse des Dealers galt, anhielten und den Wagen parkten.

In diesem Treppenhaus roch es nach altem Müll. Ein alter Opa kam ihnen von oben entgegen und blickte den beiden Männern fragend nach, als sie im nächsten Stockwerk verschwanden. Auch hier knarrte die Holztreppe unter ihren Schritten. Sven wollte Antonio gerade fragen, in welchem Stock der Gesuchte wohne, als sie im fünften Stock vor einer Wohnung anlangten, deren Tür leicht offenstand. Antonio schien Svens Frage zu erahnen. Er nickte und deutete mit einem

Blick zu der offenen Wohnung. Sven griff zu seiner Waffe, welches Antonio ebenfalls machte. Nach einem kurzen Atemzug öffnete Sven die Tür weiter und bewegte sich vorsichtig schrittweise in die Wohnung, gefolgt von seinem Freund.

Langsam tasteten sie sich von Zimmer zu Zimmer vor. In der Wohnung sah es aus wie nach einem Bombeneinschlag. Alle Möbelstücke waren umgeworfen, die Schubladen aus den Schränken gerissen und der Inhalt auf dem Boden verstreut. Auch roch es eklig nach alter Wäsche und Essensresten. Doch die beiden hatten dafür keinen Blick, noch gestatteten sie ihren Nasen, die Gerüche wahrzunehmen. Sie fürchteten nur, auf irgend-welche Gegner zu treffen. Doch die Wohnung war leer. Plötzlich vernahmen sie aus dem Badezimmer das Glucksen von Wasser, das von einer überlaufenden Badewanne zu kommen schien. Schon patschten ihre Füße auf einen nassen Teppich, und Wasser floss in die Wohnung. Antonio eilte mit schnellen Schritten ins Bad und stellte den laufenden Wasserhahn ab.

Dann sahen sie die Bescherung. In der Wanne lag der Körper des Dealers. Seine aufgerissenen Augen starrten ins Leere. Aus einer Schusswunde an der linken Schläfe sickerte Blut, welches das Wasser rot färbte. Sein blutverschmierter Arm ragte über den Wannenrand.

Hier hatte die Konkurrenz ganze Arbeit geleistet.

Sven schaute Antonio an, als sie aus der Ferne Sirenengeheul hörten, das rasch näher kam. Antonio eilte ans Wohnzimmerfenster und blickte auf die Straße.

Unten hielten mehrere Polizeiwagen, und die Bullen rannten bereits ins Treppenhaus.

„Die Bullen", rief er und hetzte, gefolgt von Sven, an die Wohnungstür. Von unten hörten sie die polternden Schritte der Beamten. Dieser Weg nach unten war ihnen versperrt. Ein Blick nach links, zeigte ihnen den Weg nach oben, zum Dach hin. Gewandt hetzten sie nach oben. Antonio knallte mit dem Kopf gegen die Metalltür, als er diese im Laufen öffnen wollte. „Verfluchter Mist", knurrte er und machte Sven Platz, der bereits seine Dietriche aus der Tasche genommen hatte. Unten hörten sie die Polizisten in die Wohnung rennen. Svens Atem ging stoßweise, als er mit seinen Dietrichen im Türschloss herumstocherte. Antonio rollte mit den Augen und blickte abwärts, wo er jeden Augenblick das Gesicht eines Bullen erwartete. „Nun, beeil dich", flüsterte er. „Mach' ich doch", keuchte Sven zur Antwort und plötzlich klickte es, und die Tür ließ sich öffnen. Als die beiden auf's Dach rannten und die Tür wieder zuschlug, hörte Antonio noch die Worte von unten: „Oben, auf dem Dach!"

Sie rannten nach links. Das Dach ächzte unter ihren Füßen. Sven erreichte die nächste Tür im Nachbarhaus. Diese ließ sich wenigstens öffnen. Hinter ihnen riefen die Polizisten: „Halt, stehenbleiben!" Im Nu waren die beiden im Treppenhaus verschwunden. Sie polterten die Treppe herunter. Ihr Atem ging stoßweise. Doch bevor sie das zweite Stockwerk erreichten, wurde unten die Haustüre aufgerissen, und zwei Bullen stürmten lärmend nach oben. Sven blickte auf eine der Haustüren im dritten Stock. Mit seinem Dietrich öffnete er schnell eine Tür, und die beiden huschten in die Wohnung. Sie eilten durch die Räume und fanden einen alten Opa in der Küche, der gerade über seinen Bratkartoffeln saß und diese mit einem Schluck Pfef-ferminztee herunterspülte. Als ihm die beiden Männer gegenüberstanden, war er gar nicht ängstlich. Er lächelte sie an und bot ihnen Platz. Sven und Antonio waren derart überrascht, dass sie sich ein wenig dümmlich anschauten.

„Hallo, Opa", grüßte Sven den Alten. Dieser nickte und antwortete: „Hallo, Jungs, endlich hab' ich mal Besuch. Bei mir war schon seit Monaten keiner mehr." Draußen hörte man die Polizisten vorbeirennen. Die Geräusche ihrer Schritte verliefen sich nach oben. Sven versuchte, dem Alten die Situation zu erklären. „Da draußen sind die Bullen. Sie suchen zwei Männer. Wir sind nur zufällig vorbeigekommen, und sie wollen uns mitnehmen. Wenn sie klingeln, sag' nichts von uns, klar?" Dabei legte er zwei Fünfzig-DM-Scheine auf den Tisch. Der Alte sah das Geld. Da er nur eine kleine Rente hatte, kam ihm das Geld sehr gelegen. Er nickte und strich das Geld ein.

Nun hörte man, wie oben an den Wohnungstüren geklingelt wurde. Sven und Antonio nickten dem Alten zu und verschwanden zur Wohnungstür. Vorsichtig öffnete Antonio die Tür. Sie hörten, wie die Polizisten die Bewohner nach den Flüchtigen befragten. Antonio zog seine Schuhe aus. Er winkte Sven, es ihm gleichzutun. Dann öffneten sie die Tür und schlichen vorsichtig, nach oben blickend, an der Hauswand angelehnt, die Treppe herunter.

So gelangten sie bis in den Keller. Durch den Kellerausgang kamen sie ins Freie. Jeder von ihnen hatte sich ein Fahrrad unter dem Arm geklemmt. Vorsichtig, sich nach allen Seiten umblickend, stiegen sie auf's Rad und fuhren langsam davon. Drei Nebenstraßen weiter stellten sie die Räder an die Hauswand und verschwanden in einer Kneipe, um die Zeit abzuwarten. „Da haben wir noch mal Glück gehabt", raunte Antonio seinem Partner zu. Dieser nickte und bestellte zwei Bier.

Stunden später saßen sie vor Kemal und berichteten ihm von den letzten Stunden. Kemal runzelte zunächst seine Stirne, auf der sich bei jedem Wort immer mehr Falten auftürmten. Dann wechselte seine Gesichtsfarbe. Über schweinchenrosa ging sie von purpurrot in einen violetten Ton über, der unsere beiden Helden ein wenig erschrecken ließ. Sie befürchteten, dass Kemal einem Herzanfall zum Opfer fallen würde. Doch bevor dieses Ereignis eintreten konnte, machte sich der Ersatzchef in einer gewaltigen Gefühlsexplosion Luft. Er schrie, er tobte, sprang von seinem Sessel auf und hüpfte vor Zorn auf und ab. Dann blieb er abrupt stehen, stierte die beiden Freunde an, und setzte sich wieder. In dieser Position wechselte seine Gesichtsfarbe langsam wieder in ein normales Niveau von bleich bis schweinchenrosa zurück.

Langsam atmete er tief durch. Dann gelang es ihm zu antworten. „Diese Höllenhunde, diese Schweine von Armenier, werden uns das Geschäft nicht kaputtmachen. Ja, dafür werde ich, Kemal, sorgen." Seine Stimme wurde lauter, und je lauter sie wurde, desto schriller wurden die Töne, die aus seiner Kehle sprudelten. Zum Schluss glichen sie dem Piepsen einer zornigen Maus.

Sven und Antonio schauten sich verlegen an. Das konnte doch nicht ihr Chef sein, oder? Ihre Mundwinkel zuckten verdächtig. Doch konnten sie sich beherrschen, dass sie nicht in lautes Gelächter ausgebrochen wären. Bevor die Situation weiter eskalieren konnte, klopfte einer der Türken an die Tür. Auf einen Zuruf von Kemal, trat dieser ein und meldete die Ankunft der anderen Gruppen, die unterwegs waren.

„Lasst uns erst einmal über die Angelegenheit schweigen", gebot er den beiden. „Ich werde mir noch eine Strategie ausdenken." Damit waren sie entlassen. Gegen Nachmittag, als Kemal die Berichte der anderen Gruppen hörte, die er entsandt hatte, saß er in seinem Chefsessel und zog an einer dicken Havanna. Dicke Rauchschwaden stiegen nach oben und umnebelten seinen Kopf. Ähnlich nebulös sah es in seinen Gedanken aus. Seit Ömer ungefähr eine Woche im Ausland weilte, ereigneten sich viele Dinge in der Firma, die ihn ein wenig überforderten. Doch er wollte sich diesen Anforderungen stellen und allen zeigen, dass er Ömer ebenbürtig war und die Firma durchaus von ihm geleitet werden konnte. Ja dieses wollte er seinem Onkel beweisen, wenn er zurückkäme. Wenn er zurück käme? Dieser Gedanke durchzog sein Gehirn, und eine Frage blieb dabei hängen. Warum soll Ömer überhaupt zurückkommen? Doch diesen Gedanken verdrängte er auf spätere Zeit. Jetzt erst wollte er es den Armeniern und seinen Leuten zeigen, dass er kämpfen konnte. Ja, er wollte sich als der große Boss präsentieren. Dann würden sie ihn schon anerkennen und ihm zu Füßen liegen. So dachte er und zog genüsslich an seiner Havanna. „Als erstes werde ich die beiden, den Deutschen und den Afrikaner, trennen", sagte er sich. „Die werden mir ein bisschen zu arrogant und könnten mir vielleicht gefährlich werden, wenn ich die Sache mit Ömer angehe."

Als ein paar Tage später der Befehl Kemals die beiden Freunde trennte und sie den Türken zugeteilt wurden, platzte Sven der Kragen: „Dieser verdammte Hund, dieses Kamel! Kommt einfach daher und meint, die Sache auseinanderreißen zu müssen. Ja, er ist eigentlich ein Kamel und nicht Kemal." Antonio sah die Sache etwas gelassener. „Das ändert doch nichts an unserer Freundschaft, Sven", antwortete er auf den Wutausbruch des Genannten. „Vielleicht ist es ja noch besser. Wir hören dann mehr von den Türken und können uns ein Bild von Kemal machen. Wir sehen, wohin sein Weg führt." Sven sah seinen Kumpel etwas ungläubig an. „Du meinst, es wäre gar nicht so schlecht, wenn wir getrennt arbeiten? Dann könnten wir das „Kamel" besser kontrollieren?"

Antonio nickte und grinste ihn dabei an, dass seine weißen Zähne strahlten. Damit war die Sache zunächst für die beiden Freunde erledigt, und sie fügten sich den Anordnung Kemals. Doch Sven sprach in Zukunft nur noch von dem „Kamel", wenn er seinen Pseudo-Chef meinte. Jedoch wusste nur Antonio davon, da Sven ihn nur in seiner Gegenwart so nannte.

In den nächsten Tagen war Kemal nicht gut drauf. Der Grund waren die Armenier. Wenn er in seinem Büro saß, stierte er Löcher in die Luft und zerfraß fast sein Gehirn, wie er die richtige Lösung für dieses Problem finden konnte. Seine Landsleute wollte er nicht fragen, denn er misstraute ihnen noch, ganz zu schweigen von den Deutschen und dem Afrikaner. Er musste es ihnen zeigen, dass er der neue Boss war und auch blieb. Gerade, als er sich eine Havanna ansteckte und genüsslich an der Zigarre zog, klopfte es an seine Bürotür. „Herein!" rief er und setzte sich in seinem Sessel zurecht, als Yussuf eintrat.

Kemal blickte ihn fragend an. „Was gibt's?" Yussuf grinste, wobei ein paar dunkle, vergammelte Zahnstummel zum Vorschein kamen. „Wir haben neue Nachrichten vom Wirt aus Neuenkirchen", stieß der Türke hervor, und ein paar Speicheltropfen landeten auf Kemals Schreibtisch. Etwas angewidert, runzelte Kemal die Stirn. „Na und?"

„Na, die Armenier planen ´n großes Ding dort, und - ". Bevor Yussuf seinen Satz beenden konnte, sprang Kemal auf und brüllte: „Genau das werden wir ihnen vermiesen, Yussuf. Ruf die Leute zusammen. Wir werden einen Plan aushecken; und dann wird den Arme-niern Hören und Sehen vergehen." Bei diesen Worten blitzte es in seinen Augen auf, als wollte er wie Zeus Blitze vom Olymp schleudern.

Sven war nun mit Yussuf zu einem Team eingeteilt worden. Zuerst hatte ihn das sehr aufgebracht, und er ließ sich bei seinem Freund über das „Kamel" aus. Doch Kemal hatte ihn ganz bewusst mit Yussuf zusammengebracht, damit er mehr Kontrolle über diesen Deutschen hatte und er ihn ohnehin nicht leiden konnte, da er ganz auf Ömers Linie eingeschworen war.

Ein paar Touren hatten sie nun schon miteinander gefahren. Doch Sven spürte deutlich die Abneigung, die Yussuf ihm gegenüber deutlich spüren ließ. Er selbst fand diesen Türken widerlich. Bei einer Auseinandersetzung mit den Gegnern wäre es Sven bestimmt nicht eingefallen, seinem neuen Partner zu Hilfe zu eilen, wie er es bei Antonio immer machte.

Seit Stunden fuhren sie durch die Gegend um Neuenkirchen. Sie suchten einen der Dealer, die auf die Seite der Armenier gewechselt waren, um den Aufenthaltsort dieser Drogenbosse herauszubekommen. Yussuf steuerte den alten Taunus, der schon ein wenig angerostet war, in die nächste Straße. Sven blickte ein wenig gelangweilt aus dem Wagen und unterdrückte ein Gähnen. Doch plötzlich erhob er sich in seinem Sitz. Sein Körper spannte sich augenmerklich, und er blickte konzentriert auf die gegenüberliegende Straßenseite. Dort lief der Dealer schnellen Schrittes und schob dabei einige Passanten zur Seite, die ihm überrascht und wütend ein paar Schimpfwörter nachriefen.

Auch Yussuf war auf den Mann aufmerksam geworden und folgte dem Blick Svens, wobei er noch den Verkehr im Auge behielt.

„Da drüben läuft er", rief Sven und zeigte mit dem Finger auf den laufenden Mann. Vor ihnen tuckerte ein blauer Fiat 500 seelenruhig dahin. Nun schaltete auch noch die Ampel vor ihnen auf rot. Der Dealer wich nach links aus und überquerte die Straße, nach entgegenkommenden Autos ausschauend. Yussuf riss den klapperigen Taunus nach links und drückte auf's Gas. Dabei schoss er an dem blauen Fiat vorbei. Als er auf die Kreuzung fuhr und den Blinker nach links klickte, schoss ein Passat auf ihn zu, der grün hatte. Von rechts brummte ein Kleinlaster heran, dessen Fahrer mit entsetztem Gesicht auf die Hupe drückte. Dabei wich er

rasch nach rechts aus. Yussuf presste seinen Fuß auf
das Gaspedal und schlängelte sich mit quietschenden
Reifen an beiden Autos vorbei, bis er die Straßenmitte
erreichte. Sven, der die ganze Sache mit weit aufgerissenen Augen verfolgte, wobei sich seine Nackenhaare
sträubten, stöhnte laut auf, als sich der Taunus wieder
in den Verkehr einreihte. Den Dealer hatten sie kurz
aus den Augen verloren. Doch entdeckte ihn Sven wieder, als er die Straße wechselte und in einer kleinen
Gasse verschwand. Dieses Mal blieben sie dicht dran
und folgten ihm in einem sicheren Abstand. Als der
Dealer in einem alten, grauen Haus verschwand, da
bremste Yussuf scharf ab, und Sven sprang aus dem
Wagen, die Verfolgung des Dealers aufnehmend.

Als der Dealer merkte, dass ihn jemand verfolgte,
rannte er die Treppenstufen polternd nach oben. Sven
nahm den alten Geruch von Bohnerwachs und abge-
standener Suppe kaum wahr. Er hastete dem Flüchtenden mit langen Sätzen nach. Kurz vor dem letzten
Stockwerk, hörten die lauten Schritte vor ihm auf. Sven
blieb abrupt stehen. Sein Atem ging keuchend. Seine
Augen suchten das dunkle Umfeld in seiner Nähe ab.
Doch von dem Gesuchten war nichts zu sehen. Er wollte sich gerade umdrehen, als der Dealer sich mit einem
Schrei der Wut, hinter einer Nische hervorspringend,
auf Sven stürzte. Überrascht hob dieser abwehrend
seinen Arm. Er spürte einen scharfen Schmerz in
seinem Oberarm. Mit einem lauten Schrei schlug Sven
in das Gesicht des Angreifers, das ihm nahe gekommen war. Der Dealer zog sein Messer aus Svens
Arm und wollte erneut zustechen. In diesem Augenblick schnellte Yussuf an Sven vorbei und hieb eben-

falls auf den Mann ein, der seine Hände nun schützend vor sein Angesicht erhob. Kurz darauf lag der Dealer brüllend am Boden. „Hört auf, hört auf! Was wollt ihr von mir?" Aus seiner Nase schoss Blut und bedeckte rasch sein schmutziges T-Shirt. Yussuf hielt seine Pistole auf den Dealer gerichtet, und Sven band mit einem großen Taschentuch seinen Oberarm ab, aus dem ebenfalls Blut sickerte.

„Wir wollen von dir wissen, wo die Armenier ihr Quartier haben!" stieß Sven hervor und konnte dabei vor Schmerzen ein Stöhnen nicht unterdrücken. „Ich weiß nicht, wo es ist", log der am Boden Liegende. Yussuf schlug brutal in sein Gesicht, und Blut spritzte erneut aus des Dealers Nase. Abwehrend hob dieser wieder die Hände hoch. „Du kommst hier nicht lebend 'raus, wenn du uns nicht sagst, wo wir die Hunde finden", knurrte Yussuf, und man sah es ihm an, dass er es ernst meinte. Der Dealer lag eine Weile stöhnend am Boden. Er schien zu überlegen, welche Chance er hatte, hier überhaupt noch lebend herauszukommen. Dann stieß er unter Stöhnen die Anschrift der Armenier hervor. Sven notierte sich die Anschrift.

„Und wehe, du hast uns angelogen! Wir finden dich wieder, und dann ergeht es dir schlecht", brummte Yussuf. „Noch schlechter?" knurrte der Dealer. Dann ließen die beiden ihn auf dem Treppenabsatz zurück und machten sich auf den Weg, zumal Sven dringend ärztlicher Hilfe bedurfte.

Zwei Abende später war der Plan gegen die Armenier in Kemals Kopf fertig, und er teilte es seinen Leuten mit. Heute sollte die Vergeltungsschlacht losgehen. Es war günstigerweise Neumond und ein leichter Niesel-

regen machte die Sicht noch schlechter. Die Scheibenwischer quietschten über die Autoscheiben, und die
Scheinwerfer fraßen sich gierig durch das Gelände. Es
war bereits seit einer Stunde stockdunkel. Bei diesem
Sauwetter waren kaum Autos unterwegs. Die Menschen waren froh, in ihren Wohnungen warm und trok-
ken zu sitzen. Kemals Männer ließen Neuenkirchen auf
der linken Seite und fuhren weiter ins Land. Ungefähr
fünfzehn Minuten später bog der erste Wagen, in dem
auch Kemal saß, links ab. Die anderen Wagen folgten
in sicherem Abstand. Der Regen war noch stärker geworden und die Sicht noch schlechter. Die Fahrer konzentrierten sich scharf auf den Weg. Plötzlich bremste
der erste Wagen und hielt seitwärts auf einem Gras-
stück. Die anderen Wagen stellten sich daneben. Wortlos stiegen die Leute aus. Die Autotüren klappten gedämpft zu. Kemal rief flüsternd seine Männer um sich
herum. „Ihr wisst Bescheid, ungefähr in zwei Kilometern in dieser Richtung"; wobei er mit seinem rechten
Arm in die Richtung zeigte; „liegt das Gehöft, wo sich
die Armenier eingenistet haben. Haltet eure Waffen
bereit. Sollten sie uns entdecken, werden sie sofort
schießen. Und haltet euren Schnabel, wenn wir uns nun
heranpirschen." Einige nickten wortlos. Dann machten
sie sich in zwei Gruppen zu je zehn Mann auf den Weg.

Der Regen durchnässte die Haare in wenigen Minuten,
und das Wasser lief den Männern das Gesicht ́runter.
Sie umfassten ihre Popguns und Maschinenpistolen.
Entschlossen liefen sie durch das Gelände.

Nach einigen Minuten zeigte Kemal nach vorn. Dort
tauchten die Gebäude des Gehöftes auf. Hinter drei
Fenstern brannte Licht. In der Ferne wimmerte ein

Käuzchen. Ein Hund schlug an und erhielt von irgendwoher Antwort. Kemal wies die andere Gruppe unter Yussufs Führung an, an der Scheune vorbei einen Bogen zu schlagen, um dann seitlich an das Hauptgebäude heranzuschleichen. Er ging mit seinen Männern direkt auf das Hauptgebäude zu. Aus irgendeinem Gebäude, wahrscheinlich war es der Stall, drang das Wiehern eines Pferdes, dann folgten scharrende Hufgeräusche. Kemals Männer waren nun auf einer Breite von vier Mann ausgeschert und pirschten vorsichtig auf die Eingangstür zu. Von den Armeniern war kein Geräusch zu vernehmen. Sie hatten keine Wachen aufgestellt, was zeigte, dass sie sich sicher in ihrem Domizil fühlten.

Die Männer hatten sich dem Eingang auf drei Meter genähert, als sich die Eingangstür öffnete und zwei Armenier heraustraten, um zu rauchen. Bevor Kemals Männer diese Situation erkannten, machten sie beim Laufen Geräusche, die die Armenier aufhorchen ließen. Einer brüllte plötzlich etwas nach innen ins Haus. Dann verschwanden die Männer sofort im Haus. Die Tür polterte laut zu. Die Lichter hinter den Fenstern wurden gelöscht. Eine Scheibe wurde von innen zerschlagen. Die Scherben fielen klirrend zu Boden. Bevor Kemals Männer sich verstecken konnten, blitzte Mündungsfeuer aus einer Maschinenpistole auf, und laut hallten die Schüsse durch die Nacht. Einer von Kemals Männern schrie laut auf und fiel stöhnend zu Boden. Kemal und seine Männer rasten nach rechts hinter die Scheune. Eine zweite Maschinenpistole bellte auf, aber die Schüsse verfehlten ihr Ziel. Inzwischen erreichte Yussuf mit seinen Männern die Seitentür des Gebäudes.

Die Tür war verschlossen. Ein kurzer Schuss aus der Pistole genügte, und die Tür gab den Weg frei. Yussuf stürmte mit seinen Männern ins Haus, während Kemal und seine Leute das Feuer der Armenier erwiderten. Durch diese Ballerei wurden sämtliche Hofhunde in der Umgebung rebellisch. Sie bellten wie verrückt, doch das störte die Männer von Kemal nicht.

Yussuf rannte als erster ins Haus. Bei jedem Geräusch vor ihm schoss er gleich. Einige Armenier, die vom oberen Stockwerk nach unten polterten, schrien laut auf und fielen getroffen nach unten. Schon waren die Männer Yussufs an der Treppe. Dieser wies drei seiner Leute an, die Räume unten und im Keller zu untersuchen. „Knallt sie ab, macht keine Gefangene", brüllte er und rannte die Treppe ins obere Stockwerk, gefolgt vom Rest seiner Leute. Als er sich auf halber Höhe der Treppe befand, wurde eine Tür aufgerissen. Zwei junge Armenier stürmten auf den Flur und eröffneten das Feuer. Yussuf schoss zurück, doch seine Schüsse verfehlten die Männer und zerstörten die Decke. Dann brüllte er vor Schmerzen auf. Seine Brust wurde von den Kugeln der Armenier zerfetzt. Blut schoss aus seinem Mund, und er stürzte nach unten. Die anderen Türken hatten inzwischen das Feuer eröffnet. Nun fielen die Armenier getroffen zu Boden. Sven, der hinter den ersten Türken nach oben stürmte, rannte an diesen vorbei und war an der oberen Tür angelangt. Er riss die Tür auf, sprang gleichzeitig zur Seite und schoss in den Raum. Dann lief er vor und hielt seine Waffe im Anschlag. Gefolgt von zwei Türken, stürmten sie in den Raum. In der Mitte lagen zwei tote Armenier über dem Sofa und einem Sessel. Ein weiterer ganz junger Bursche stand zitternd mit erhobenen Händen in einer Ecke und starrte Sven mit angsterfüllten Augen an. Bevor Sven etwas sagen konnte, hatte einer der Türken das Feuer auf den Jungen eröffnet. Dieser fiel, lautlos blutend, zusammen. „Keine Gefangene, hat Yussuf gesagt", brüllte der Türke und starrte Sven wütend an.

Inzwischen schwiegen die Waffen der Armenier. Kemal und seine Leute liefen geduckt auf die Eingangstür zu und verschwanden im Inneren des Hauses. In einer großen Diele trafen sie auf zwei Türken, die zwei Arme-nier vor sich hertrieben, die Maschinenpistolen im Anschlag. Kemal gab einen kurzen Wink, und zwei seiner Leute schossen die Armenier nieder. Antonio durchsuchte mit zwei Türken die Kellerräume. Doch dort befand sich keiner von den Drogenhändlern. Dann trafen sich die Männer unten in der Diele.

In der Ferne ertönten Sirenen. „Das können die Bullen sein", rief Kemal. „Es wird Zeit, dass wir hier abhauen. Die Armenier werden uns nicht mehr stören. Fackelt die Bude ab, damit wir keine Spuren hinterlassen." Zwei von Kemals Männern zückten Feuerzeuge und brannten Gardinen und leicht brennbare Möbelstücke an. Weitere Männer rannten nach oben und taten das Gleiche.

Schnell verließen sie das Gehöft und liefen zu ihren Wagen zurück. Hinter ihnen züngelten die Flammen hoch, wie sie durch die Fenster sehen konnten. Als sie von der schmalen Zufahrtsstraße auf die Bundesstraße abbogen, brannte bereits das Dach des Hauptgebäudes. Einige Minuten später kamen ihnen bereits Krankenwagen und Polizeiautos mit heulenden Sirenen und blitzendem Blaulicht entgegen. Kemals Wagen fuhren stur weiter und erreichten eine Stunde später ihr Hauptquartier.

Die Zeitungen und anderen Medien waren in den nächsten Tagen voll von dem Geschehen auf dem Gehöft. Das Hauptgebäude war nicht mehr zu retten gewesen. Als die ersten Feuerwehren eintrafen, konnten die Tiere aus dem Stall befreit werden. Außerdem wurde das Ausbreiten des Feuers auf die Nebengebäude verhindert. Neben den acht, meist verkohlten Leichen der Armenier, die nicht identifiziert werden konnten, fand die Polizei noch die Leichen der Hofeigentümer und des Sohnes, die in einer Kühltruhe im Keller lagen und von den Armeniern umgebracht worden waren. Kemal hatte mit seinen Männern ganze Arbeit geleistet.

Die türkische Drogenbande hatte neben Yussuf noch drei weitere Männer verloren, einen weiteren Deutschen und zwei Türken. Die verletzten Männer wurden ärztlich versorgt. Langsam kehrte wieder Ruhe ein. Kemal war mit dem Ergebnis und mit sich zufrieden. Hatte es doch sein Image bei seinen Leuten, besonders bei den Türken, verstärkt. Und darauf kam es ihm schließlich an.

Doch nicht alle Männer waren mit den Führungsqualitäten von Kemal einverstanden. Neben Sven und Antonio waren es noch weitere Türken, welche die baldige Rückkehr von Ömer erwarteten.

So machte auch Ibrahim, der von Kemal als neuer Partner für Sven bestimmt worden war, aus seinem stillen Wunsch, der alte Chef möge zurückkommen, keinen Hehl. Doch wurde er von den meisten der anderen Türken ausgelacht. Ibrahim, der durch sein schielendes rechtes Auge den Eindruck eines leicht Behinderten erweckte, war jedoch clever genug, die Ansicht seiner Mitkumpel zu seinem Vorteil zu nutzen. Sven erkannte die Taktik des Türken, nachdem er bereits mehrere Wochen mit ihm zusammenarbeitete. So öffnete er sich dem Türken zusehends, und beide, Sven als auch Antonio, ließen Ibrahim an ihrer Partnerschaft teilhaben.

Eines Morgens, fuhr Sven, nach einem Arztbesuch, mit dem alten Ford durch die Stadt, als er im Rückspiegel Kemal erkannte. Dieser lief gerade in eine Seitenstraße. Nachdem er sich vorsichtig umblickte, überquerte er die Straße und setzte sich auf einen freien Stuhl eines Straßencafés, etwas abseits, wo er nicht so gesehen werden konnte. Sven stoppte den Ford und beobachtete seinen Boss, der eigentlich nie allein unterwegs war. Nicht mal seine „beiden Tiger", seine Bodyguards, waren in der Nähe. Das machte Sven besonders stutzig. Wahrscheinlich wollte Kemal alleine sein für das, was er beabsichtigte.

Es dauerte auch nicht lange, als sich zwei andere Männer dem Tisch, an dem Kemal saß und gerade an seinem Kaffee schlürfte, näherten. Nach kurzem Kopfnicken nahmen sie Platz und redeten miteinander.

Sven waren bei dieser Situation fast die Augen aus dem Kopf gefallen. Da saß ihr Boss und redete mit zwei Männern der Russenmafia. Das musste ja etwas ganz Besonderes sein, dass Kemal, ohne seine Männer, mit den Russen verhandelte. Sven hätte zu gern gewusst, was die drei miteinander zu reden hatten. Er stieg aus dem Wagen und eilte über die Straße, als sich die Russen und Kemal erhoben und sich nach kurzem Gruß voneinander verabschiedeten. Sven nahm sofort die Verfolgung der beiden Russen auf. Sie verschwanden in einer kleinen Gasse, und er hatte Mühe, sie dort einzuholen. Als er die Gasse erreichte, sah Sven, wie sich die beiden Russen trennten. Einer verschwand in einem Hauseingang, während der andere seinen Weg fortsetzte.

Sven legte einen Schritt zu und folgte dem Russen, der nun ebenfalls in einem Hauseingang verschwand. Als Sven in den dunklen Hausflur trat, hörte er noch, wie die Haustüre wieder ins Schloss sprang. Er rannte dem Russen nach, der gerade auf der anderen Straßenseite in ein Auto stieg. Verärgert ließ Sven von der Verfolgung ab, als der Wagen anfuhr und mit dem Verkehrsfluss bereits weg war. Aber er hatte sich das Gesicht dieses Mannes eingeprägt. Früher oder später würde er ihn erwischen und ausquetschen. Das Wissen um die Zusammenkunft von Kemal mit den Russen behielt er erst einmal für sich, da er den Grund dafür erfahren wollte.

Die Gelegenheit dafür, erhielt Sven einige Tage später. Der Russe stand an einem Zeitungskiosk und kaufte gerade eine russische Zeitung. Sven stellte sich neben ihn, drückte ihm durch seine Jacke den Lauf seiner Waffe in die Seite und flüsterte: „Wenn du bezahlt hast und dann das Weite suchst, bist du ein toter Mann. Folge mir bis zu der Bank dort drüben. Ich habe mit dir zu reden." Der Russe nickte unmerklich und befolgte Svens Anweisungen. Kaum hatten sie auf der Bank Platz genommen, befragte Sven den Russen nach dem Grund des Treffens mit Kemal. Der Russe blickte starr geradeaus, als er antwortete: „Darüber darf ich nichts sagen. Es wäre mein Todesurteil, wenn ich dazu etwas verraten würde."

„Dann ist es auch dein Todesurteil, wenn du mir jetzt nichts sagst", antwortete Sven mit scharfer Stimme. Dabei wusste er genau, dass er den Russen hier nicht einfach erschießen konnte. Der Russe grinste leicht und blickte Sven kurz mit seinen dunklen Augen an: „Frag' doch deinen Boss selbst. Er war es doch, der sich an uns gewandt hat." Dann stand er auf und ließ den verblüfften Sven einfach sitzen.

„Verdammt", knurrte dieser. Er war zornig, dass er den Grund für dieses Gespräch nicht herausgefunden hatte. Er war sich im Klaren darüber, dass er das „Kamel" nicht dazu befragen konnte. In Sven stieg ein Unbehagen hoch, das er sich nicht erklären konnte. Als er sich erhob, wusste er nicht, dass sein Gespräch mit dem Russen von zwei der Türken beobachtet worden war.

Diese hatten nichts Eiligeres zu tun, ihrem Boss darüber zu berichten. Kemal nahm die Nachricht mit gemischten Gefühlen zur Kenntnis. Er befahl seinen Leuten, über die Angelegenheit Stillschweigen zu bewahren. Im Geheimen nahm er sich jedoch vor, diese Tatsache zur rechten Zeit für sich zu nutzen.

Zwei Wochen später, die Ermittlungen der Polizei in der Mordsache an den Armeniern waren noch in vollem Gange, da erreichte die Türkenmafia die frohe Botschaft, Ömer sei auf dem Rückweg. Die Männer, die sich auf diese Rückkehr des Bosses freuten, wurden von den anderen mit scheelen Blicken und giftigen Worten bedacht.

„Na, ich denke, Ömer wird die Sache schon wieder ins Lot bringen, wenn er da ist", bemerkte Antonio, als er die dunklen Mienen von Sven und Ibrahim sah, die gerade ein paar dumme Bemerkungen über sich ergehen lassen mussten. „Das will ich auch schwer hoffen", antwortete Sven knapp. „Sonst habe ich das Gefühl, dass der Clan hier auseinanderbricht und wir uns bald einen anderen Arbeitgeber suchen müssen." Antonio und Ibrahim sahen sich kopfschüttelnd an, denn sie verstanden die Andeutungen Svens nicht.

Ömer hatte seine Ankunft mitgeteilt. Er würde heute gegen vierzehn Uhr mit dem Zug aus Frankfurt kommen. Die ganze Truppe der Türkenmafia war auf dem Bahnsteig versammelt, um ihren Chef zu empfangen. Dicht gedrängt, standen sie zwischen den Reisenden, die auf ihre Züge warteten. Lautsprecherdurchsagen schallten von allen Seiten. Das Geräusch einlaufender und fortfahrender Züge erhöhte den gewaltigen Geräuschpegel auf dem Bahnsteig. Gerade wurde der Zug angesagt, mit dem Ömer kommen würde. Man sah die Diesellok mit den angehängten Wagen in der Ferne auftauchen. Ungefähr zwei Kilometer vor Eintreffen des Zuges auf dem Bahnsteig, ertönte plötzlich eine Detonation. Scheiben flogen aus einem Waggon, dem ein Feuerblitz und anschließende Flammen folgten. Die Menge der Menschen schrie vor Entsetzen auf, und Ratlosigkeit machte sich auf den Gesichtern der Zeugen dieses Geschehens breit. Der Zugführer hatte die Detonation ebenfalls gehört und bremste den Zug mit allen, zur Verfügung stehenden Mitteln ab, damit er nicht in den Bahnhof einfahren würde. Dann blieb der Zug mit kreischenden Bremsen stehen. Dampf stieg von den Rädern auf. Ein paar Minuten später ertönten die Sirenen von Polizei und Rettungswagen. Rettungssanitäter rannten mit Bahren und Hilfsgeräten auf den Zug zu, aus dem die Reisenden, die nicht in Mitleidenschaft des Unglücks gekommen waren, bereits ausstiegen. Zum Teil liefen sie verstört zum Bahnsteig, um dem Flammeninferno, das sich inzwischen weiter ausgebreitet hatte, zu entkommen. Schnell bildete sich eine Traube von Zuschauern, welche die Rettungsarbeiten behinderten. Schmerzensschreie von Verletzten wurden hörbar. Feuerwehrleute und Polizisten, Befehle brüllend, rannten etwas konfus durcheinander, bis sie mit ihrer Hilfe beginnen konnten. Einige Polizisten trieben die Augenzeugen auseinander.

Kemal und seine Leute wollten sich nicht alle unter die Menschen mischen. Er befahl drei seiner Leute, Kontakt zu halten. Die anderen verließen mit Kemal den schrecklichen Ort des Geschehens und begaben sich zu ihren Autos. Kemal wollte im Hauptquartier mit den anderen auf weitere Nachrichten, besonders über Ömer, warten, die laufend durch die Medien übermittelt wurden.

Sven und Antonio eilten sorgenvoll auf den Wagen zu, in dem das Unglück geschehen war. Die Feuerwehrleute hatten inzwischen das Feuer unter Kontrolle gebracht und waren dabei, die restlichen Flammen zu löschen. Sanitäter und weitere Helfer bargen mit blutverschmierter Bekleidung die Verletzten und auch bereits die Toten, die auf Bahren auf dem Bahnsteig abgelegt wurden. Es war chaotisch. Per Lautsprecherdurchsagen versuchten Bahnangestellte, die Arbeiten der Rettungskräfte zu koordinieren, wobei sie mehr Panik verbreiteten. Der Zugverkehr war kurz nach dem Unglück völlig eingestellt worden. Reisende, die nicht weiterkamen, standen verloren auf den anderen Bahnsteigen und blickten neugierig und entsetzt auf die Rettungsarbeiten.

Sven hatte versucht, von zwei Sanitätern zu erfahren, ob auch Ömer unter den Verletzten gewesen sei. Doch er erhielt nur Bruchstücke von Antworten. Er blickte zu Antonio herüber, der bei den Toten auf dem Bahnsteig stand und ihm aufgeregt zuwinkte. Unter den Leichen lag jemand, dem der halbe Kopf abgerissen war. Sven und Antonio erkannten die Kleidung und den Ring, den Ömer immer trug. Sven untersuchte die Anzugtasche des Toten. Er fand die Brieftasche, in dem auch der Ausweis von Ömer zu finden war. Zwei heraneilenden Polizisten erklärten sie die Zusammenhänge. Die Brieftasche gaben sie der Polizei, den Ausweis nahmen sie mit. Stumm verließen sie den düsteren Ort des schrecklichen Geschehens. Es war also unabänderlich. Ihr Chef, Ömer Mustapha, kehrte nicht mehr zurück.

Während der Fahrt steuerte Antonio, der sich immer wieder Tränen aus den Augen wischte, den Wagen. Sven schwirrten viele Gedanken durch den Kopf. Auf einmal dachte er an den Russen. Wie ein Geistesblitz fuhr die Erkenntnis in sein Gehirn. Sollte Kemal den Russen den Auftrag gegeben haben, Ömer umzubringen? Dieser Gedanke war ungeheuerlich, so dass er ihn nicht auszusprechen wagte. Im Geheimen nahm er sich vor, die Sache bis auf den letzten Rest zu untersuchen und die Wahrheit über Ömers Tod herauszufinden.

Als Sven und Antonio Kemal den Tod Ömers mitteilten und ihm seinen Pass übergaben, vergoss dieser ein paar Tränen. Sven drehte sein Gesicht von ihm weg, um ihm nicht seinen Zorn zu zeigen, der ihn übermannte. Dann entließ Kemal seine Mitarbeiter.

Es war ein paar Tage später, die Trauerfeier für Ömer war seit einer Stunde vorbei. Alle hatten daran teilgenommen. Sven begab sich in seine Unterkunft. In ihm wühlten die Gedanken, und der Zorn über das „Kamel" übermannte ihn erneut. Er musste die Wahrheit herausfinden. Dieser Russe musste ihm endlich sagen, was damals zwischen den Russen und Kemal besprochen wurde. Da hörte Sven vor seiner Tür laute Schritte. Die Tür wurde aufgerissen, und Antonio hastete ins Zimmer.

„Schnell", rief er atemlos. „Sie sind hinter dir her!"

Sven schaute seinen Freund fragend an. Er begriff nicht, was dieser von ihm wollte. „Die Türken wollen dich umlegen. Kemal hat ihnen gesagt, dass du beobachtet wurdest, wie du mit einem Russen gesprochen hast. Und - "

„Du glaubst doch nicht etwa, dass ich Ömer verraten habe?"

Antonio blickte seinen Freund irritiert an. Seine Augen füllten sich mit Tränen. „Ja, warum hast du denn mit dem Russen gesprochen?" Von draußen hörte man Lärm. Aufgeregte Stimmen riefen durcheinander. Die Türken näherten sich der Unterkunft.

Sven langte nach seiner Pistole. Er schob sie in den Halfter, griff nach seiner Jacke und den Autoschlüsseln. Dann wandte er sich zur Tür, um vor den Türken zu verschwinden. „Vergiss nie", rief er beim Hinausgehen Antonio zu. „Vergiss nie, dass ich dein Freund bin und dass das „Kamel" vorher mit den Russen gesprochen hatte. Ich wollte nur herausfinden, was." Dann war Sven verschwunden. Als die Türken wütend in Svens Zimmer stürmten, hörten sie von draußen das Aufheulen des alten Fords. Sven hatte die Firma für immer verlassen.

XXII

Die ersten Nächte verliefen für Raimund sehr unruhig. Immer wieder wälzte er sich im Schlaf hin und her und träumte von Daimers und seiner Entlassung. Tagsüber ließ er nur Evelyn zu sich, die aber auf Grund der Prüfungsarbeiten auch wenig Zeit für ihn hatte. So saß er in seinem Hotelzimmer und grübelte über den Schachzug des Professors nach, der ihn von der Hochschule katapultiert hatte. Wieder war er in seine trüben Gedanken vertieft und grübelte stumpf vor sich hin. Das erste Klopfen an der Hotelzimmertür überhörte er dabei. Doch es klopfte erneut. In Gedanken, es wäre wohl Evelyn, rief er: „Herein!" Doch es war Ludwig, der in das Zimmer trat. Raimund blickte kaum auf, als er seinen Freund aus den Augenwinkeln heraus erkannte. „Setz dich", flüsterte er und schwieg erneut. Ludwig blickte mit ernstem Gesichtsausdruck auf seinen Freund. Dann runzelte er seine Stirn. „So geht das nicht weiter, Raimund", brachte er schließlich ein wenig gepresst, hervor. Dann fasste er ihn an der Schulter, um einen Blick von seinem Freund zu erhaschen. Raimund blickte ihn fragend und zweifelnd an. „Was meinst du damit?" „Na ja, dass du dich hier im Hotelzimmer verkriechst und in die Defensive gehst." „Was soll ich denn machen? Es ist doch sowieso alles vorbei. Das Schlimmste ist, wie bring ich es meiner Mutter bei?"

Ludwigs Stirn glättete sich wieder. Mit einem freundlichen Lächeln antwortete er: „Noch brauchst du deiner Mutter nichts zu erklären. Wir müssen dich erst einmal wieder aufbauen, mein Lieber. Draußen stehen deine Freunde, und es ist ihnen ein Bedürfnis, dich wieder als Kämpfer zu sehen. Ja, wir wollen, dass du wieder der Boss bist und uns Anweisungen gibst, damit wir gemeinsam den Fall erledigen können." Dabei stupste er ihn leicht an der linken Schulter an.

Raimund blickte ihn fragend an. „Welchen Fall meinst du?" „Na, den Fall Köster gegen Daimers und die damit verbundene Lösung. Wir haben den Fall noch nicht gelöst und deine Waffe auch noch nicht wiedergefunden. Aber wir sind alle fest davon überzeugt, dass wir diesen Fall gemeinsam lösen können." Dann wandte er sich zur Tür und rief laut: „Kommt ´rein, Kinder. Er benötigt eure Unterstützung!"

Dann öffnete sich die Tür und sie strömten herein: Evelyn, Judith, Jasper, Esther; auch Tim und noch einige andere, die zu Raimund hielten und ihn unterstützen wollten. Mit einem Mal war das Hotelzimmer voll mit jungen Menschen, die aufgeregt durcheinander riefen und Raimund etwas Liebes zur Unterstützung sagen wollten. Raimund fiel der Unterkiefer nach unten, als er seine Freunde und noch einige andere Kommilitonen sah.

Nun blitzte es in seinen Augen auf, und er wischte schnell ein paar feuchte Tropfen weg. Dann stand er auf und lächelte seit Tagen zum ersten Mal wieder. „Ich danke euch Freunde. Ja, ich danke euch von ganzem Herzen."

Ludwig ergriff erneut das Wort: „Nun setzt euch mal alle! Zuerst, Raimund möchte ich dir sagen, dass du bei meiner Tante wohnen kannst. Sie freut sich schon darauf, dich kennenzulernen. Dann wird es Zeit, dass wir einen Schlachtplan entwerfen, wie wir gegen Daimers und seine Leute vorgehen werden." Ein entschlossenes Gemurmel kam aus den Mündern der anderen. Dann ergriff Raimund wieder das Wort.

„Liebe Freunde", begann er. „Zunächst steht ihr alle noch vor den restlichen Prüfungsaufgaben. Das ist für euch zunächst der wichtigste Part. Inzwischen werde ich bei Ludwigs Tante mein Quartier einrichten und mich ein wenig umsehen. Das heißt: Ich werde Kontakt zu Daimers Verwandte suchen und ein wenig schauen, was der rothaarige Assistent so nach Dienst treibt. Ihr könnt mir dann alle Informationen zutragen, die ihr in der Hochschule erfahrt. Vielleicht ergibt das schon mal ein Bild, an dem wir uns weiter orientieren können."

Laute Beifallsrufe bekundeten, dass die Gruppe mit Raimunds Vorschlag einverstanden war. Die ersten verabschiedeten sich alsbald, während die Freunde noch einen Kaffee tranken und sich mit ein paar Keksen stärkten. Dann gingen auch sie, und Raimund war mit Evelyn allein.

„Die Prüfungen sind übernächste Woche vorbei. Dann haben wir noch ungefähr zwei Wochen Zeit, bevor wir

unsere Dienststellen erhalten und auseinanderschwir-
ren, wie die Vögel, jeder in sein neues Nest. Und was
machst du dann?" wollte Evelyn wissen.

Raimund schaute sie zunächst fragend, doch dann mit
einem verschmitzten Lächeln an. „Ja, ich hoffe, dass
uns die Zeit nicht durch die Finger rinnt. Ich möchte
eigentlich bis dahin eine Entscheidung haben. Entweder können wir die Sache aufklären, oder? Oder ich
muss mir bald einen neuen Job suchen. Vielleicht beim
Wachdienst eines großen Hotels, oder so etwas." Evelyn schaute ihn verdutzt an: „Das glaubst du doch wohl
selbst nicht, oder? Wo es doch dein großer Wunsch ist,
bei der Polizei zu sein. Da kannst du doch nicht einfach
die Flinte ins Korn werfen."

„Will ich ja auch gar nicht. Ich habe große Hoffnung,
dass sich in den drei Wochen noch ´ne Menge ereignen
wird. Doch vorher möchte ich noch etwas anderes machen." „Was denn?" „Ich möchte dich endlich am Wochenende meiner Mutter Gisela vorstellen. Das finde
ich, ist schon längst überfällig. Aber kein Wort, dass
ich bei der Polizei ´rausgeflogen bin, klar?"

„Ist doch selbstverständlich", antwortete Evelyn und
leckte sich über die Lippen. Dann trank sie den Rest des
Kaffees aus. „Du, ich muss jetzt los. Pack schon mal
deine Sachen, dann können wir sie heute Nachmittag
zu Ludwigs Tante bringen, ja?" Raimund nickte brav,
gab ihr einen Abschiedskuss, und dann saß er wieder
allein in seinem Hotelzimmer.

„Wär' doch gelacht, wenn wir das nicht auf die Reihe
bekämen", bestätigte er sich selbst und begann, seine
Sachen in die bereitstehenden Kartons zu packen.

Zwei Stunden später stand Raimund vor der beige angestrichenen Villa in der Petuniengasse 14, nachdem ihn ein gelbgrünes Taxi dort abgesetzt hatte, und klingelte an der schweren, mit Schnitzereien versehenen, dunklen Eingangstür. Es dauerte eine Weile. Gerade, als er das zweite Mal seinen Finger auf die Klingel drücken wollte, öffnete sich die rechte Türhälfte, und eine farbige, junge Frau, die mit einem schwarzen Kostüm mit kleiner, weißer Schürze und einem kleinen weißen Häubchen bekleidet war, stand im Türeingang und fragte nach seinem Begehr.

„Mein Name ist Raimund Köster", stellte er sich vor. „Mein Freund Ludwig hat…" Doch weiter kam er nicht. Als er den Namen seines Freundes nannte, bat ihn die junge Dame herein. „Bitte nehmen Sie hier Platz", wies sie Raimund an. „Ich werde Sie der gnädigen Frau melden!" Raimund nahm erstaunt Platz. „Junge, Junge", dachte er sich. „Was für ein feudales Haus. Na, ob es das Richtige für mich ist, weiß ich noch nicht." Eine kleine Weile später öffnete sich eine der vielen Türen im Erdgeschoss. Die junge Farbige bat ihn herein. „Bitte, treten Sie ein, Frau von Bahrenburg wird gleich kommen", flötete sie und verschwand über den riesigen Korridor in einem anderen Zimmer.

Raimund blickte sich ein wenig um. Dieses musste der Salon sein. Er war angefüllt mit barocken Möbeln, die auf bunten, schweren Teppichen standen und jeden Schritt schluckten. Zwei riesige Ölgemälde in ebenso riesigen, schwülstigen Goldrahmen, füllten die Wand, auf die er blickte. Darunter stand ein fülliger, dunkler Schrank, auf dem zahlreiche Nippesfiguren in ihrer Schönheit um die Wette prahlten. „Sicherlich ein Hobby der gnädigen Frau", dachte Raimund, als er plötzlich von einer sympathischen Stimme angesprochen wurde.

„Guten Tag, junger Mann", begrüßte ihn Frau von Bahrenburg. In ihrer angenehmen Altstimme schwang ein leichtes, dunkles Timbre mit. Ihr rundliches, mütterliches Gesicht zeigte Offenheit und Herzlichkeit. Ihrem Alter entsprechend, war sie ein wenig füllig geworden. Doch ihr weites, dunkelblaues Kleid mit glitzernden Streifen kaschierte diesen Zustand in gekonnter Weise.

Sie reichte dem jungen Mann vor ihr die Hand, und Rai-mund versuchte sich in einem flüchtigen Handkuss. „Wie aufmerksam", lächelte sie ihn an. „Wenn ich an meinen Neffen Ludwig denke, dann muss ich feststellen, dass er nicht so elegante Manieren hat." Raimund errötete leicht und blickte verlegen zur Seite. Diese unfreiwillige Geste brachte ihm noch weitere Pluspunkte bei der Tante ein.

„Bitte, sagen Sie Tante Lisa zu mir", wiederum umspielte ein sanftes Lächeln ihre Züge. „Ich bin Raimund", antwortete er schnell. Da klingelte es plötzlich. „Das werden meine Sachen sein", beeilte sich Raimund zu sagen. „Dann werden Inga und Eusebius sie in ihr Zimmer tragen", antwortete Tante Lisa und läutete gleich nach ihrem Personal. „Ihr Zimmer liegt im ersten Stock", wandte sie sich erneut an Raimund. „Eusebius wird es Ihnen zeigen." Bevor sich Tante Lisa von ihm verabschieden konnte, erbat sich Raimund die Möglichkeit, einen Hausschlüssel zu bekommen, da er in der nächsten Zeit viel außer Haus sei und erledigen müsse.

„Gern", kam die Antwort von Tante Lisa. „Dann sehen wir uns um 15.30 Uhr zum Tee, wenn es Ihnen recht ist, Raimund?" Mit diesen Worten rauschte sie aus dem Salon in eines der angrenzenden Zimmer.

Nachdem Raimund sich in dem schönen, hellen, großen Zimmer eingenistet und seine Sachen in den Schränken verstaut hatte, blickte er durch das Fenster auf die Straße. Draußen floss kaum Autoverkehr. Dieses war hier eine ruhige Lage, in der Bankiers, Geschäftsleute und Rechtsanwälte ihre Villen und schönen Häuser besaßen und residierten. Dann blickte er auf die Uhr. Es war bereits zehn Minuten nach drei. In ein paar Minuten würde er zum Tee gerufen, wie es Tante Lisa gesagt hatte. Er musste ein wenig schmunzeln. Bei all dem Unglück, dass ihn getroffen hatte, gab es doch noch Augenblicke der Freude, die ihn von seiner Misere ablenkten. Tante Lisa war eine fabelhafte Frau, und er freute sich schon auf das Gespräch mit ihr. Als er gerade seine Strickjacke überzog, klingelte es unten. Ein wenig später klopfte es an die Tür. Es war Inga, das schwarze Dienstmädchen, das ihn zum Tee rief.

Als er die Treppe herunterkam, hörte er bekannte Stimmen und staunte nicht schlecht, dass bereits Ludwig und Evelyn im Salon saßen und mit Tante Lisa plauderten.

Die Dame des Hauses wandte sich ihm zu: „Kommen Sie, Raimund, wir haben nur noch auf Sie gewartet." Dann erhob sie sich mit einem feinen Lächeln um ihre Mundwinkel und bat die jungen Leute an den runden Tisch, auf dem bereits alles gedeckt war.

Nachdem der Tee eingeschenkt war, begann eine muntere Unterhaltung über die Zeitverhältnisse im Allgemeinen und die augenblickliche Situation der jungen Leute im Besonderen. Tante Lisa lauschte den jungen Leuten bei ihrem lebhaften Austausch ihrer Gedanken und Meinungen. Als die Wogen doch ein wenig hochschwappten und die Geräuschkulisse der Sätze und Worte zu einem Crescendo anschwoll, erhob sie die Hand und wandte sich mit ihrer warmen Stimme an ihren Neffen: „Ludwig!" Im Nu verharrten alle drei mit ihren verbalen Attacken und starrten Tante Lisa, wie in einer Pantomime, fragend an.

„Ihr lieben, jungen Menschen", begann sie nun aufs Neue. „Ein wenig habe ich von euren Problemen verstanden. Doch die Möglichkeit, euch zu treffen und auch mit mehreren Personen auszutauschen, habt ihr doch hier. Dann kommt ein wenig Leben in dieses, manchmal so stille Gebäude, und ich werde wieder an meine Jugend erinnert, wo es hier ebenso lebendig und fröhlich zuging."

Ludwig fand als erster seine Stimme wieder. „Aber dann ist ja alles klar, Tante Lisa", dabei schmunzelte er, stand auf und gab seiner Tante Lisa einen sanften Kuss auf die Wange. Diese lächelte zurück. „Ich glaube, ich muss euch mehr solcher Angebote machen, um mal einen Kuss von meinem Neffen zu bekommen." Leichte Röte überzog nun Ludwigs Gesicht, das im befreienden Lachen der drei unterging und kaum bemerkt wurde.

Die Freunde waren alle am Bahnhof erschienen, um Raimund und Evelyn zu verabschieden. Die Prüfung war vorüber. In etwa drei Wochen würden sie ihre Zensuren erfahren, und die neuen Arbeitsbereiche würden dann bekanntgegeben werden.

Ludwig hatte eine Flasche Sekt mitgebracht, die nun unter lautem Gelächter geöffnet wurde. Unter einem lauten Knall, der wie ein Schuss wirkte, flog der Korken in hohem Bogen auf den Bahnsteig. Esther und Judith hielten die Gläser hin, und dann prosteten sie sich lachend und voller Ausgelassenheit zu. Zugreisende, die in ihrer Nähe standen, nahmen zum Teil freudig Anteil an der Verabschiedung. Ein älterer Herr zog seine Stirne kraus und drehte sich spontan weg. Die jungen Leute waren ihm zu laut und ausgelassen. Auch Raimund wirkte in sich gekehrt. Er freute sich darauf, Evelyn seiner Mutter vorstellen zu können. Aber seine Situation mit dem Rausschmiss aus der Polizeiakademie machte ihm große Sorgen. Er wusste einfach noch nicht, wie es weitergehen würde.

Eine Lautsprecheransage ertönte und sagte die Abfahrt ihres Zuges an. Raimund fühlte sich aus seinen Gedanken gerissen, als ihn Esther und Judith umarmten und ihnen eine gute Fahrt wünschte. Auch Ludwig und Jasper verabschiedeten sich von den beiden und klopften Raimund auf die Schulter. Da der Bahnhofsvorsteher die Kelle für die Zugabfahrt hob, stiegen Evelyn und Raimund schnell in den Zug. Sie hatten kaum ein Fenster geöffnet, um zu winken, da setzte sich der Zug schon langsam anrollend in Bewegung. Ein wenig später plumpste Evelyn auf den Sitz in ihrem Abteil und Raimund schloss das Fenster. Beide hingen nun ihren Gedanken nach. Dann schloss Evelyn die Augen, um ein wenig zu entspannen. Raimund blickte aus dem Fenster und sah die Landschaft an sich vorbeirasen. Zu viele Fragen wurden in seinen Gedanken aufgeworfen, auf die er noch keine Antwort wusste. Doch er vertraute darauf, dass es immer wieder eine Tür gab, durch die man hindurchgehen konnte.

Beide lächelten sich an, als sie vor der Haustür standen, hinter der Raimund lange Jahre gewohnt hatte. Etwas zögernd und innerlich gespannt, drückte Raimund auf die Klingel. Es dauerte eine Weile, und als er gerade erneut auf den Klingelknopf drücken wollte öffnete sich die Tür und Gisela stand mit fragendem Blick im Türrahmen. Als sie ihren Sohn erblickte, war es, als wenn die Sonne aufgehen würde, und ein strahlendes Lächeln machte das Gesicht seiner Mutter noch schöner, obwohl es von Sorgenfalten umrahmt war.

„Oh, Raimund", rief sie lachend, und schon umschlang sie seinen Hals. Raimund drückte sie an sich und küsste sie auf ihr brünettes Haar, das schon von einigen Silberfäden durchwoben war.

Als sich Gisela von ihrem Sohn gelöst hatte, wandte sie sich Evelyn zu. „Du musst Evelyn sein, von der Raimund schon so viel Schönes erzählt hat", begrüßte sie die Freundin ihres Sohnes. Diese errötete leicht und wurde dann ebenso liebevoll in den Arm genommen wie der Sohn und willkommen geheißen. „Nun kommt erst mal ´rein, sonst wachsen wir hier noch an", scherzte Gisela und machte ihnen den Weg frei, ins Haus zu kommen. Nachdem sie ihre Taschen verstaut und sich ein wenig frisch gemacht hatten, saßen sie im Wohnzimmer. Wohlriechender Kaffeeduft lag schon seit einiger Zeit in der Luft. Nun trat Gisela mit einer Kanne Kaffee in der Hand ein und bat die jungen Leute an

den Tisch. Auf diesem stand Raimunds Lieblingsku-
chen Mohnstriezel und Bienenstich. „Dass du dich daran noch erinnern kannst", schmunzelte er und langte
herzhaft zu.

Das Gespräch am Tisch streifte den Alltag von Gisela,
die eine kleine Tätigkeit in einem Blumenladen in der
Nachbarschaft angenommen hatte. Dann berichteten
die beiden von sich. Raimund erzählte, wie sie sich
kennengelernt hatten, und alle drei mussten über diese
Situation lachen. Als das Gespräch auf die Prüfung an
der Polizeiakademie kam, weil Gisela wissen wollte,
wie es ihrem Sohn beruflich geht, spürte sie plötzlich,
wie Raimund in der Unterhaltung kurz stockte und einen fast flehenden Blick auf Evelyn warf. Doch diese
ließ sich nichts anmerken. Gekonnt berichtete sie, dass
alle die Prüfung abgeschlossen hatten und nun auf ihre
Zuweisung zu den neuen Dienststellen warteten. Gisela
vermeinte in dem Zögern ihres Sohnes erkennen zu
können, dass er vielleicht keine guten Noten erwarten
würde. Aber sie kannte ihren Sohn doch. Er war immer
sehr gewissenhaft, und was er anfasste, machte er
gründlich. Etwas war ihr darin fremd, und sie wollte es
vielleicht von Evelyn herausbekommen. Oder sollte sie
es so belassen, bis ihr Sohn damit herausrückte? Vielleicht war es besser so.

Evelyn gefiel ihr sehr, und sie hatte das Gefühl, das war
genau die richtige Frau für ihren Sohn. Als sie den
Tisch abräumte, stand Evelyn augenblicklich auf und
half ihr, ohne dass es eines Winkes bedurft hätte. Das
erfreute Gisela, und so hatte sie ein wenig die Gelegenheit, mit ihr beim Abwasch zu plaudern. Dabei
mied sie wohlweislich das Thema der Polizeihochschu-

le. Raimund machte unterdessen einen Spaziergang rund um den Block, um alte Erinnerungen aufzufrischen, die beim Anblick der alten Straßen und Häuser unwillkürlich in sein Gedächtnis gerufen wurden. Immer wieder musste er schmunzeln, wenn er sich in Gedanken als Jugendlicher auf den Straßen herumtollen sah.

Das Wochenende raste nur so vorbei. Sie hatten am Sonnabend einige Orte aufgesucht, an denen Gisela und ihr Sohn früher so manche Stunde verbracht hatten. Nun saßen sie nach dem Mittagessen im Wohnzimmer und tranken noch eine Tasse Kaffee. Danach wollten die beiden wieder losfahren.

Als Evelyn für einen Augenblick im Bad verschwunden war, blickte Gisela ihren Sohn an: „Wenn du klug bist, behältst du dieses Mädchen, Raimund. Sie ist mir nicht nur sehr sympathisch, sondern ich habe sie in diesen wenigen Tagen in mein Herz geschlossen. Ich glaube, ich könnte mir keine bessere Schwiegertochter wünschen."

Raimund blickte seine Mutter mit einem ernsten Blick an. Einen kleinen Augenblick glitzerte es darin, als wenn zwei Diamanten im Bruchteil einer Sekunde aufleuchteten. „Danke, Mama!" antwortete er. „Du könntest mir keine schönere Nachricht übermitteln. Dann stand er auf und schloss seine Mutter in die Arme und drückte sie ganz fest. In seinen Gedanken formulierte er die Worte: „Auch mit der Polizei, das werden wir in Ordnung bringen. Und dann, Mutter, kann ich dir endlich die richtige Nachricht übermitteln."

Eine Stunde später saßen die beiden im Zug. Gisela und ihre Freundin, die Mutter von Ulli, hatten sie noch zum Zug begleitet und sie herzlich verabschiedet. „Das hätten wir überstanden", murmelte Raimund und lächelte Evelyn erleichtert an. „Es war doch nicht so schlimm", antwortete diese. „Obwohl mir ja das Herz bis zum Hals schlug, deine Mutter zum ersten Mal kennenzulernen. Was hat sie eigentlich von mir gesagt, als ich im Bad war?"

Raimund schaute sie fragend an und meinte schmunzelnd: „Was meinst du mit - eigentlich von mir sagen?" Evelyn boxte ihn leicht gegen die Brust und errötete. „Na ja, du weißt schon! Es ist mir wichtig zu wissen, was meine vielleicht „zukünftige Schwiegermutter von ihrer zukünftigen Schwiegertochter" hält."

Raimund spannte sie ein wenig auf die Folter und tat so, als wenn er scharf überlegen musste. Dann blickte er sie mit einem Blick an, in dem seine ganze Liebe für diese Frau lag, die ihm gespannt gegenüber saß. „Deine vielleicht zukünftige Schwiegermutter sagte - ." Dabei machte er wieder eine Pause, um die Spannung zu erhöhen. Dabei rutschte ihm Evelyn entgegen, dass sie ihm bald auf dem Schoß saß. „Also, deine zukünftige Schwiegermutter hat gesagt, dass sie sich keine bessere Schwiegertochter wünschen könnte als dich."

Mit einem lauten Schrei sprang Evelyn von Raimunds Schoß hoch und küsste ihn leidenschaftlich. Als dieser nach einem, scheinbar nie endenden Augenblick nach Luft schnappte, antwortete Evelyn mit einem süßen Lachen. „Das ist die schönste Nachricht, die du mir geben kannst. Ich habe deine Mutter auch gleich in mein Herz geschlossen. Sie ist eine liebe Frau." Dann setzte sie sich ihm wieder gegenüber. Evelyn war glücklich. Dieses Glück wollte sie mit beiden Händen festhalten. Egal, was die Zukunft bringen würde.

Rico schlurfte über die Platten des Gefängnishofes und zog dabei ein wenig das rechte Bein nach. Seit dem Zusammenprall mit dem Wäschewagen, den er nicht gesehen hatte, litt er zeitweilig an stechenden Schmerzen in seinem rechten Knie. Das passte ihm gar nicht. Denn morgen sollte er entlassen werden. Wie sollte er sich da eine Unterkunft suchen und seine Angelegenheit beim Arbeitsamt erledigen? Leise stöhnte er durch die Zähne. Die anderen brauchten nichts davon mitkriegen. Er wollte gerade aus dem langweiligen Trott der anderen Gefangenen ausweichen und sich auf die Bank vor ihm hinsetzen, als er merkte wie jemand versuchte, ihm etwas von hinten in die Hand zu legen. Er öffnete seine Hand, ohne Aufmerksamkeit zu erregen. Dann hörte er die Stimme von Borneo, dem Mulatten. „Vom Boss", zischte der, kaum vernehmbar. Rico nickte und klickte sich aus der Runde aus. Er humpelte nun auf die Bank zu. Kaum saß er, da trat schon ein Wärter neben ihn. Der tickte ihn an und raunzte: „He, Rico, wird wohl morgen nichts mit deiner Entlassung. Musst wohl erst zum Doktor, und der wird dich krankschreiben." Rico atmete tief durch. Er blickte den Wärter nicht an, denn er wusste, dass es der blöde Typ von der zweiten Schicht war, den er sowieso nicht ausstehen konnte. Dann fiel ihm der Zettel vom Boss ein. Nein, morgen nicht entlassen zu werden, konnte er sich nicht leisten. Denn das war sicher ein Auftrag vom Boss, den er zu erledigen hatte. Stöhnend stand er auf und biss die Zähne zusammen, als der stechende Schmerz durch sein Knie zog. „Nur jetzt nicht schlappmachen", dachte Rico, denn der allmorgendliche Rundgang war bald vorbei.

Als er sich eine Viertelstunde später erschöpft auf sein Bett in seiner Zelle warf, musste Rico erst einmal tief durchatmen. Dann fasste er in seine rechte Hosentasche und holte den Zettel heraus. Darauf stand: Treffen am 22. bei Julio im Hinterzimmer. Folgende Personen: du, Hannes, Waffen-Ede, mein Sohn, mein Schwager, Niklas und Rhinozeros; ja und der kleine Rote. Das sollte Rico also organisieren. Ein Treffen in drei Tagen bei Julio im Hinterzimmer. Dazu musste er die aufgeführten Personen informieren. Rico lernte ungefähr eine halbe Stunde die Namen auswendig, dann zerknüllte er den Zettel und schluckte ihn kauend herunter. Damit war garantiert, dass kein Unbefugter davon Kenntnis erhielt. Dann humpelte er zum Waschbecken herüber. Er zog ein kleines Handtuch vom Haken, durchnässte es am laufenden Wasserhahn. Dann wrang er es kurz aus und legte es vorsichtig auf sein krankes Knie, worin der Schmerz erneut pochte.

Am nächsten Morgen bemühte sich Rico, bei seiner Entlassung aufrecht durch das Seitentor zu gehen. Er trug einen kleinen Pappkoffer mit seinen Habseligkeiten bei sich, als er die ersten Schritte nach acht Jahren Gefängnisaufenthalt, in dem er wegen schweren Raubes eingesessen hatte, in die Freiheit machte. Die Sonne blinzelte ein wenig durch ein paar dunkle Wolken hindurch, als wollte sie ihm die ersten Schritte ins neue Dasein erleuchten. Rico blieb stehen und blickte um sich. Er stutzte. Den lauten Verkehrslärm war er nicht mehr gewohnt, und auch so viele Autos, die vor ihm in die verschiedensten Richtungen fuhren, waren ihm sehr fremd. Gerade wollte er seinen Gang fortsetzen, als ein alter Ford auf ihn zufuhr und mit quietschenden Bremsen hielt. Rico wollte sich Luft machen und den Fahrer gerade anschnauzen, da erkannte er ihn. Es war Pawels Sohn Viktor. Dieser stieg aus dem Wagen und rief grinsend: „Hi, Rico, ich dachte, ich komme schon zu spät. Steig' ein, dann fahr ich dich zuerst zu uns nach Hause." Rico öffnete die hintere Tür, warf seinen kleinen Koffer auf den Sitz und nahm dann auf dem Beifahrersitz Platz. „Na, das ist ja toll", brummte er. „Wo ich sowieso schlecht laufen kann. Das tut mir richtig gut." Dann gab Viktor Gas, und mit quietschenden Reifen sauste der alte Ford davon.

Raimund lag auf seinem Bett und studierte eingehend den Ablaufplan der Abschlussfeier seiner Hochschule. Er war mit seiner Freundin Evelyn schon vor ein paar Tagen zurückgekehrt, als ihm Ludwig den Plan brachte. Mit Bedauern stellte Raimund fest, dass er nicht dabei sein würde. Wahrscheinlich wäre es gut, an diesem Tag aus der Stadt zu verschwinden. „Hör auf mit deinem Selbstmitleid", hatte ihn Evelyn zur Besinnung gerufen. Da auch in den vergangenen Tagen von den anderen aus der Hochschule keine wichtigen Informationen kamen, schien es, als wenn die ganze Angelegenheit abgehakt werden könnte und seine Kommilitonen sich nach der Feier in alle Winde zerstreuen würden. Er selbst würde sich einen Job in der Stadt suchen, in der Evelyn ihre Dienststelle hatte. Wahrscheinlich würde er halbtags den Hausmann machen und Evelyn würde den Polizeidienst schieben. Solche Gedanken zogen seit einiger Zeit oft durch sein Gehirn, und beschwerten sein Gemüt, und er konnte sich nicht einmal dagegen wehren.

Irgendjemand klingelte unten. Da Ludwigs Tante für einige Tage nach Wien verreist war, würde sich das Personal schon darum kümmern. Von den beiden war ja immer einer da. Raimund dachte schon gar nicht mehr an das Klingeln, als es an seiner Tür klopfte. „Herein", rief er verwundert. Esther und Judith stürmten mit roten Wangen in sein Zimmer. Raimund sprang von seinem Bett auf und bot den beiden, etwas wirr durcheinander plappernden jungen Frauen, einen Platz an. „Na, was seid ihr so aufgeregt?" rief er dazwischen. „Es hört sich ja so an, als hättet ihr eine Bombennachricht."

Judith kicherte und errötete noch mehr. „Ja, Raimund, so ist es auch. Stell' dir vor, dieser Tim - ". Judith wollte weiterreden, doch sie merkte an Raimunds irritiertem Blick, dass er ihr nicht folgen konnte.

„Dieser Tim Rockstroh, der ehemalige Freund von Ludwig, gehört mit zu den anderen." Raimund blickte die beiden Frauen noch etwas dösig an, doch dann sah man, wie ein Strahl der Erkenntnis durch sein Gehirn fuhr. Seine Augen schauten verständnisvoll zurück.

„Ach, ihr meint, dieser Tim macht gemeinsame Sache mit Daimers und dem Roten und allen, die darin verwickelt sind?"

Die beiden Frauen nickten und sprudelten mit ihren Worten wieder durcheinander. Raimund hob seine rechte Hand, um sie zu unterbrechen. „Also, ich glaube wenn ihr der Reihe nach erzählt, dann wird ein Schuh daraus, den ich anziehen kann". Dann gab er Judith das Zeichen, weiterzureden. „Ja, wir haben gehört, dass da irgendwo so ein Treffen sein soll. Dort sind alle eingeladen, der Daimers und der Rote, nur Tim nicht. Darum war er so sauer darüber und hat das einem anderen gepetzt. Wir wissen leider nicht wo und wann das ist und worum es geht." „Doch das müsste herauszubekommen sein", warf nun Raimund ein. „Wir werden Ludwig darauf ansetzen, der kennt ihn ja gut."

Ein paar Stunden später setzte sich Ludwig, wie zufällig neben Tim, der mit einem trübsinnigen Blick auf der Bank in der Mensa saß und vor sich hinstarrte. „Na, Alter, was is'n los?" begann Ludwig ein Gespräch und blickte ihn mit einem leichten Lächeln an. „Ist dir die Petersilie verhagelt?" Tim blickte leicht blöd Ludwig von der Seite an. „Die Peter was - ?" fragte er. „Ach, lass es", antwortete Ludwig. „Es ist so ein Spruch. Aber ich habe das Gefühl, dass es dir nicht gutgeht." Dabei blickte er seinen ehemaligen Freund von oben bis unten an. Dieser stierte wieder vor sich hin und zuckte mit den Schultern.

„Nu komm schon", begann Ludwig erneut ihn auszufragen. „Wir sind so lange alte Freunde, dass wir schon wie ein Ehepaar wissen, wenn dem anderen irgendwo der Schuh drückt."

Das schien für Tim das Signal zu sein. „Weißt du, irgendwie bin ich da in eine Clique geraten, wo ich noch nicht weiß, ob das am Ende gut für mich ist." „Hmhm!" machte Ludwig nur, und Tim fuhr mit seinen Gedanken fort.

„Die treffen sich da irgendwo bei einem Julio. Ich weiß nicht, wer der Kerl ist und wo das ist, aber ich bin stinksauer, dass sie mich nicht eingeladen haben."

„Nun mal suttsche piano", unterbrach Ludwig ihn. Dabei waren seine Ohren vor Aufregung rot geworden. Es schien, als ob er nun an die notwendigen Informationen kommen würde.

„Wer trifft sich wo?"

„Nun, unser ehemaliger Professor Daimers mit seinem Schwager und einigen anderen Leuten, die ich nicht kenne." „Und wer ist dieser Julio?"

Gerade wollte Tim ihm eine Antwort geben, als ein weiterer Kommilitone in die Mensa stürmte und Tim rief. Dieser sprang auf und stürmte mit dem anderen ohne eine weiteres Wort zu sagen, davon.

„So ein Mist", knurrte Ludwig. „Ich war so nah dran. Da kommt mir dieser Idiot dazwischen." Verärgert stand er auf und beeilte sich, die spärlichen Informationen Raimund zu überbringen.

Kurz darauf saßen die Freunde bei Raimund im Zimmer zusammen und zerbrachen sich den Kopf über Tims Aussagen.

„Vielleicht sollten wir die Telefonbücher durchstöbern, um diesen Julio zu finden", bemerkte Jasper halblaut, mehr zu sich selbst, als zu den anderen. Raimund blickte ihn fragend an, dann klopfte er ihm mit einem lauten Knall auf die Schulter. Jasper verzog das Gesicht ein wenig vor Schmerz. Doch Raimunds strahlendes Gesicht ließ ihn diesen sofort vergessen. „Genau, Jasper stöbert durch die Telefonbücher und versucht jede Kneipe im Umkreis von zehn Kilometern nach ihrem Eigentümer oder Pächter herauszubekommen. Vielleicht finden wir dann den richtigen Julio."

„Ich werde mir noch mal Tim vornehmen", rief Ludwig dazwischen. „Wir müssen unbedingt den Tag wissen, wann die sich treffen." Raimund schüttelte den Kopf. „Nein Ludwig, für dich habe ich was anderes. Das soll Esther machen. Die bezirzt ihn ein wenig und versucht, die Info herauszulocken." Esther nickte und bekam einen scheelen Seitenblick von Jasper. „Aber, dass du dich nicht in ihn verknallst", murmelte er und grinste in sich hinein. Schon bekam Jasper seinen zweiten Klatscher auf die Schulter. Diesmal jaulte er ein wenig auf und rieb sich seinen Arm. „Ludwig, du observierst mir Daimers. Und Judith be-schatte den Roten, damit wir so viele Informationen wie möglich erhalten. Jasper und ich werden dic Schwester von Daimers besuchen." Alle nickten zu Raimunds Anweisungen. Dann löste sich die kleine Gesellschaft rasch auf.

Rico saß allein in der Küche von Pawels Wohnung und weichte seine wunden Füße in einer alten Emailleschüssel mit heißem Wasser ein. So war es auch bitter nötig, dass Wasser an diese Bewegungsapparate kam. Dazu kühlte er mit einer Kompresse sein kaputtes Knie, das noch fürchterlich schmerzte. Neben ihm stand eine Flasche Korn, in der nur noch ein Rest mühselig dahinschwappte. Mitunter stieß er einen lauten Rülpser aus, dessen Geruchswolke ihn selbst befremdete.

Krampfhaft versuchte Rico, alle Personen in seine Gedächtnis zu rufen, die er in Pawels Auftrag für das Treffen zu informieren hatte. Zwischen zwei Rülpsern strich er sich zufrieden über seinen Bauch, da er seiner Meinung nach alle Leute benachrichtigt hatte. Plötzlich klingelte es an der Tür. Rico war so in seinen Gedanken vertieft, dass er das Klingeln überhörte. Wieder klingelte es, dieses Mal stürmischer. „Jaaah", brüllte Rico aus der Küche und trocknete seine Füße ab. Als es das dritte Mal heftig schellte, sprang Rico auf und stieß dabei die Schnapsflasche um. „Verdammte Scheiße, auch das noch", brüllte er laut und verschluckte sich fast an seinen Worten. Dann war er an der Tür und öffnete. Draußen stand Schleimig, der Rothaarige, und glotzte Rico fragend an.

„Ach, du! Komm ´rein! Ich bin Rico", antwortete dieser und humpelte in die Küche zurück. Schleimig folgte ihm mit schnüffelnder Nase, denn es roch überall nach Fusel. Er nahm auf dem zweiten, alten Stuhl Platz, der neben dem Küchentisch stand. „Wo sind die alle?" fragte er dann.

„Wieso, wo sind die alle?" äffte Rico ihn nach und schielte dabei. Der Korn zeigte Wirkung. Dabei fiel ihm plötzlich ein, dass er den „kleinen Roten" vergessen hatte. Bevor Schleimig ihm eine giftige Antwort entgegenschleudern konnte, brabbelte Rico ihm etwas über einen Termin bei Julio vor. „Aha, ist ja interessant, dass man auch mal was erfährt", maulte Schleimig und blickte sich nach einem Kaffee um, der sonst immer bereitstand.

Bevor Rico antworten konnte, klingelte es erneut. Dieses Mal richtig scharf und ungeduldig. Schleimig erhob sich und schlurfte zur Tür. Als er geöffnet hatte, wich er erstaunt zurück. Vor ihm stand Pawel mit einer Kotzlaune. Dieser schob ihn barsch beiseite und eilte gleich in die Küche. Rico blickte erschrocken hoch und sprang auf, wobei er fast den Stuhl umwarf, den er gerade noch fangen konnte. Dann hatte er sich in der Gewalt. Der Anblick seines Bosses ließ ihn gleich ernüchtern. „Was soll die Scheiße hier? Wo sind Viktor und meine Frau, die wollten mich doch abholen?" brüllte er Rico verärgert an. Dieser zuckte mit den Schultern. „Weiß nicht wo sie sind. Sind vor 'ner Stunde hier weg, ham aber nischt gesacht, wo sie hin sind."

Pawel blickte auf den Roten, der ihn kaum ansah. „Eh Bastian, mach' mal 'n Kaffee", brummte Pawel, wobei er seinen Ärger zunächst herunterschluckte, um ihm später umso mehr Geltung zu verschaffen. Dann holte er sich den Hocker, der in der Ecke stand. Sebastian Schleimig sprang auf und bot dem Chef seinen Platz an. Dann machte er sich daran, den Kaffee zu brühen.

Kurze Zeit später hörten sie, dass sich der Schlüssel im Schloss drehte. Dann hörten sie die Stimmen von Lydia und Viktor.

Erschrocken blickten diese auf Pawel, als sie die Küche betraten. „Du bist schon hier? Dann haben wir uns wohl verpasst", flüsterte Lydia ein wenig ängstlich und setzte dabei ein künstliches Lächeln auf. Dann trat sie auf Pawel zu und wollte ihn mit einem flüchtigen Kuss begrüßen.

Dieser war aufgesprungen und knallte ihr gleich eine ins Gesicht. Dann brüllte er los, dass es im ganzen Haus zu hören war: „Sagt mal, seid ihr bescheuert? Ich steh´ mir die Beine in den Bauch und warte auf euch. Wenn ich gesagt habe, dass ich abgeholt werden will, dann erwarte ich, dass das auch gemacht wird." Lydia weinte vor Schmerzen und hielt ihre linke Wange die knallrot und stark angeschwollen war. Viktor stellte sich vor seinen Vater.

„Nu mach´ mal halblang, Pawel", kochte er vor Zorn. „Wir haben doch gesagt, dass wir uns verpasst haben. Wenn's dir nicht passt, dann verzieh´ dich. Wir brauchen dich nicht." Seine geballten Fäuste waren kalkweiß geworden.

Pawel war auf diese Reaktion seines Sohnes nicht gefasst. Er hatte seinen Ruf im Knast als Boss, dem niemand widersprechen durfte. Und nun bot ihm sein eigener Sohn Paroli.

Er wollte sich gerade auf ihn stürzen als Rico und Bastian versuchten, ihn zu beschwichtigen.

„Es hat doch keinen Zweck, sich gleich zu kloppen", brummte Rico. Angst stand in seinen Augen, dass die Sache weiter eskalieren würde. Doch dann beruhigten sich die Gemüter, und alle gingen ins Wohnzimmer.

Pawel brummte seine Frau an: „Mach was zu essen!" Dann plumpste er in den zerschlissenen Sessel. Lydia nickte und verschwand in der Küche. Kurz darauf, hörte man sie mit Töpfen und Geschirr klappern.

Die Männer unterhielten sich nun ruhiger. Bald war die Stube voller Zigarettenqualm, der die Sicht vernebelte.

Rico bejahte die Frage, ob alles für das Treffen in Ordnung sei. Spät in der Nacht, suchten sich alle einen Platz zum Schlafen, und es kehrte Ruhe ein.

Zwei Abende später, es war gegen 23.00 Uhr, saßen die Männer, die zum Treffen geladen waren, in der Kneipe „Zum langen Jammer" bei Julio im Hinterzimmer. Die total dreckigen Fensterscheiben wurden durch ebenso schmutzige Vorhänge verhängt und ließen kein Licht nach außen dringen. Dichter Qualm, zog wie Morgennebel an der Küste, durch den Raum. Es stank nach Schnaps und ungewaschenen Menschen.

Pawel, ihr Boss, hatte allen ein Essen ausgegeben, an dem sie sich gütlich getan hatten. Nun warteten sie darauf, was ihr Boss ihnen zu sagen hatte. Das leise Gemurmel der Stimmen machte einer fast toten Stille Platz, als er leicht mit dem Löffel gegen sein Glas klopfte.

Rhinozeros, ein grobschlächtiger Hüne von 2,09 Meter stieß Niklas in die Rippen und gebot ihm, ebenfalls das Maul zu halten. In der Ecke saß Daimers, der Professor von der Polizeiakademie, und spitzte die Ohren. Der Rote hüstelte kurz und erhielt ebenfalls einen Stoß ins Kreuz.

„Also, ich hab´euch hergerufen, weil wir ein großes Ding drehen wollen." Erwartungsvoll blickte er die Spitzbuben an, die an den Lippen ihres Chefs klebten.

„Ein wirklich großes Ding", fuhr Pawel fort. „Ihr kennt doch alle die Firma Gauweiler in Frankenthal?" Einige nickten eifrig, andere blickten fragend auf ihren Boss.

„Also, die Firma Gauweiler bekommt in drei Tagen ihre Löhne per Lieferung. Ich weiß es aus todsicherer Quelle. Diese Löhne werden wir uns schnappen."

Pawel Chrusztowicz machte eine künstliche Pause. Fragen wurden laut, und das Stimmengewirr nahm wieder zu. Pawel hob die Hand, um sich erneut Gehör zu verschaffen, und erklärte seinen Leuten nun die Einzelheiten.

Draußen, in der Dunkelheit und Kälte der Nacht, klebten zwei Männer an der Mauer zum Hinterzimmer und versuchten, mit moderner Abhörtechnik, Einblick in die Machenschaften der Gauner dort drinnen zu erlangen. Raimund stieß Ludwig an. Dabei pustete er in seine Hände und trat von einem Bein auf das andere. „Und, verstehst du was?" Ludwig hob eilig die Hand, um Raimund zu stoppen. Dann legte er den Finger an den Mund.

„Nicht alles! Aber sie wollen die Lohngelder der Firma Gauweiler ausrauben." „Wann?" flüsterte Raimund. „Übermorgen", flüsterte Ludwig zurück.

Plötzlich knackte in ihrer Nähe etwas. Schnell lösten die beiden das Gerät von der Fensterscheibe und verschwanden in der Dunkelheit zu ihrem Wagen, in dem Jasper auf Warteposition saß. Als sie eingestiegen waren, schaltete Jasper den Motor an und rollte ohne Licht ein paar hundert Meter weiter, ehe er es anschaltete.

„Das ist ja an dem Tag, an dem wir unsere Abschlussfeier haben", murmelte Ludwig. Raimund nickte und meinte: „Das müssen wir mit den anderen durchsprechen und organisieren." Dann fuhren sie nach Hause.

„Du siehst wirklich hübsch in deinem neuen Kleid aus", rief Raimund lächelnd und hob dabei seinen rechten Daumen, um sein Urteil zu bestärken. „Damit stichst du alle auf der Feier aus."

Evelyn schüttelte den Kopf und küsste Raimund leidenschaftlich auf den Mund. Der Geruch des Parfüms, das er ihr letztens gekauft hatte, zog in seine Nase und wirkte verführerisch. Doch jetzt war für andere Dinge keine Zeit. Als sie sich von ihm löste, war ihr Blick ein wenig traurig.

„Schade, dass du nicht dabei bist", rief sie aus dem offenen Bad heraus, in das sie gerade geeilt war, denn die Zeit drängte.

„Du weißt doch", rief er zurück. „Ich muss die Gangster aufhalten, damit sie nicht zu ihrem Erfolg kommen." Dabei zog er sich an und hörte seine „Königin" im Bad hantieren.

Plötzlich stand Evelyn im Wohnzimmer und sah ihn ernst an. „Pass auf dich auf!" Raimund stand auf, da er sich gerade die Schuhe zubinden wollte, und umarmte seine Freundin. Dann erwiderte er ihren ernsten Blick. „Du weißt doch", wiederholte er sich. „Es wird schon nichts passieren."

Da klingelte es. Sie hatten sich alle bei Raimund verabredet. Das Dienstpersonal öffnete, und die junge Meute strömte, ausgelassen lärmend in die Empfangshalle. Evelyn war wieder ins Bad gerauscht, um sich fertigzumachen.

Eine Viertelstunde später fuhren zwei Taxis vor. Tante Lisa, die ebenfalls mit eingeladen war, freute sich auf diese Feier, auf der ihr Neffe Ludwig sein Diplom mit den anderen erhielt.

„Na, dann woll'n wir mal", murmelte Arthur, der Fahrer des Transporters, der die Lohngelder zur Firma Gauweiler bringen sollte. Ächzend setzte er sich hinter das Steuer und ließ den Motor an. „Es wird schon schiefgehen", brummte sein Kollege Heinz. „Bisher hat das doch immer geklappt."

Arthur nickte und machte sich so seine Gedanken. Er war ein wenig abergläubisch. Da ihm heute Morgen eine schwarze Katze von der falschen Seite über den Weg gelaufen war, konnte er ein leichtes Grummeln in seiner Magengegend nicht verbergen, wenn er an den heutigen Auftrag dachte.

Das Radio dudelte leise vor sich hin. Heinz döste ein wenig. Gleich würden sie durch die „Traubener Schleiche" fahren, eine ziemlich einsame Gegend, auf der selten ein anderes Fahrzeug anzutreffen war.

Sie waren schon fast eine halbe Stunde unterwegs und hatten es in ungefähr zehn Minuten geschafft. Da kam ihnen auf der Gegenspur ein grüner, schmutziger Lkw entgegen. „Wo kommt denn der her?" dachte Arthur noch. Ehe er auch nur reagieren konnte, war der Wagen vor ihnen, bremste mit quietschenden Reifen und drehte sich quer. Heinz erwachte aus seinem Schlaf und brüllte überrascht: „Was'n los? Wo brennt's denn?"

„Wir werden angegriffen", brüllte Arthur und zog seine Waffe. Aus dem Lkw waren inzwischen drei maskierte Männer gesprungen, die mit erhobenen Waffen auf den

Transporter zurannten. Von hinten stoppte plötzlich ein schäbiger Austin, aus dem ebenfalls drei bewaffne-te und maskierte Männer eilends ausstiegen.

„Lass sein, Opa", rief einer der Gangster aus dem Lkw. „Es hat eh keinen Zweck." Arthur sah es ein und hob die Hände. Heinz tat es ihm gleich. Langsam krochen sie aus dem Transporter. Dabei spuckte er dem einen Gangster vor die Füße, um seine Abscheu zu zeigen.

„Mach' die Karre auf", kommandierte nun einer von den Leuten aus dem Austin. Es blieb Arthur nichts wei-ter übrig, als zu gehorchen. Quietschend öffnete sich die Laderaumtür des Transporters. Schnell waren die Säk-ke mit den Lohngeldern in den Kofferraum des Austin geladen. Dann wurden die Fahrer aufgefordert, in den Laderaum zu klettern. Dort fesselten sie zwei Gauner und klebten ihnen den Mund mit Klebeband zu. Dann stieg einer der Gangster in den Transporter und fuhr Richtung Brodacher Wäldchen, wo er den Wagen zwi-schen Tannen und Büschen abstellte. „Na, da wer-det ihr 'ne Weile schmoren", brummte er grinsend, als er aus dem Transporter stieg. Der Austin war ihnen ge-folgt und nahm den Verbrecher mit. Inzwischen war der Lkw in Richtung Frankenthal weitergefahren.

Niklas, der den Wagen fuhr, grinste in sich hinein. „Das war ja mal 'n dicker Fischzug", dachte er dabei. Selbst, wenn der Boss wieder im Knast sitzt, dann kann er sich doch jetzt alles leisten." Er stellte das Radio lauter, zum Missfallen von Rhinozeros, der ihn anknurrte und bis-sig leiser stellte. „Wir haben's noch nicht geschafft", brummte er und blickte Niklas böse an. Doch dieser störte sich nicht an dem Riesen. Für ihn war die Sache erledigt.

Gerade kam die steile Kurve vor der Penthiner Brücke. Er fuhr herum und glaubte, seinen Augen nicht zu trauen. Da standen mindestens sechs Bullenautos und draußen fast ein Regiment Bullen, die sie schon sehnsüchtig erwartet hatten.

Niklas bremste scharf, und der Laster hielt mit quietschenden Reifen. Vor Schreck ließ er den Motor ausgehen. Dann war es auch schon geschehen. „Endstation, alles aussteigen", brüllte einer der Bullen. Die Männer im Lastwagen hatten die schnelle Situation nicht mitbekommen und stierten dusselig in die vorgehaltenen Maschinenpistolen der Polizei. „Ja, das war's dann", knurrte Niklas und hörte die Handschellen um seine Gelenke klicken.

Der Austin mit Pawel, Viktor und dem Roten fuhr die Frankenthaler Chaussee entlang und bog in die Viniusgasse ein. „Gleich ist es geschafft", meinte Viktor und freute sich schon auf einen duftenden Kaffee, den seine Mutter wohl schon fertig hatte. Sie parkten den Wagen etwas von der Wohnung entfernt, und stiegen aus. Die Treppen knarrten, als sie nach oben in die Wohnung gingen.

Pawel war als erster an der Tür. Ihm folgte Viktor. Sebastian Schleimig war vier Schritte hinter ihnen. Als Pawel klingelte, öffnete Lydia die Tür. Er ging an ihr vorbei und bemerkte in seinen Augenwinkeln, dass Lydia anders war als sonst. Er wollte gerade ins Wohnzimmer gehen, als er einen Schatten sah, der sich bewegte. „Schnell 'raus hier", brüllte er und stieß Lydia beiseite, die hinter ihm stand. Doch es war schon zu spät. Drei Polizisten und Raimund stürzten aus dem

Wohnzimmer und hielten ihnen Pistolen entgegen. „Hände hoch und an die Wand", brüllte der Anführer der Polizei. „Und die Beine auseinander, aber dalli", fügte ein zweiter hinzu. Auch hier klickten die Handschellen bald darauf.

Schleimig, der gerade in den Flur trat, erkannte die brisante Situation. Er machte auf dem Absatz kehrt und schoss die Treppe herunter. Einen heraufeilenden Polizeibeamten stieß er grob beiseite. Dann rannte er mit keuchender Lunge los. „Bloß weg hier", hämmerte es in seinem Hirn.

In der Aula der Hochschule war die Verteilung der Diplome im vollen Gange. Dieses Mal war man mit den Namen von hinten angefangen, was sehr ungewöhnlich war. Evelyn saß neben Esther und lauschte der Rede des Rektors. Dabei machte sie sich Gedanken um Raimund. „Hoffentlich hat alles geklappt", dachte sie. Dann blickte sie zum Podium, auf dem das Professorenkollegium saß. Sie erblickte Daimers, der seelenruhig der Szenerie beiwohnte. Ihn so ruhig zu sehen, machte sie ein wenig nervös.

„Ich geh´ mal eben zur Toilette", hauchte sie zu Esther, die es nur im Vorbeigehen mitbekam. Auf dem Weg dorthin sah sie plötzlich Schleimig, der aufgeregt Daimers winkte. Dieser sprang auf und eilte zu ihm hin. Soweit sie es erblicken konnte, machte Daimers plötzlich ein entsetztes Gesicht. Dann blickte er aufgescheucht zu den Schülern. Er suchte wohl jemand. Dann spürte sie seinen Blick auf sich. Da war ihr klar, dass er sie haben wollte. Sie eilte in Richtung Toilette. Kurz vorher sprang Sebastian auf sie zu und hielt sie an ihrem linken Arm fest. Es schmerzte, und sie versuchte, sich loszureißen. Dann fühlte sie plötzlich den kalten Druck einer Waffe in ihrem Rücken, und die kalte Stimme Daimers zischte: „Halt jetzt den Mund und komm mit, sonst leg' ich dich gleich um." Mit seinen Worten drang säuerlicher Mundgeruch in ihre Nase und erzeugte ein Ekelgefühl in ihr. Sie hatte keine andere Wahl und folgte den beiden. Schleimig ging voran. Kaum waren sie aus dem Gebäude getreten, zerrte Daimers sie in Richtung des Gebäudes, in dem die Hörsäle lagen. Niemand war auf der Straße, den sie hätte um Hilfe anrufen können.

Raimund hatte, nachdem die Polizei die drei gleich ins Gefängnis gefahren und den Austin mit der darin liegenden Beute beschlagnahmte, sich auf den Weg zur Hochschule gemacht. Er befürchtete, dass Schleimig bereits Daimers informiert hatte. Die anderen waren jetzt in Gefahr. Fast wäre er über einen kaputten Eimer gestolpert, der im Wege lag. Es roch irgendwie nach Kaffee. Doch Raimund hatte dafür keine Zeit und sprang schnell in seinen Wagen. Als er sich in den Verkehr einreihte, übersah er fast einen grauen Daimler, dessen Fahrer wütend hupte und ihm den Vogel zeigte.

Raimund übersah die freche Geste und gab Gas. Er stellte seinen Wagen vor der Aula ab und stürmte nach oben. Dort ging die Verteilung der Diplome weiter, als wäre nichts geschehen. Raimund rannte an einigen Kommilitonen vorbei, die ihn überrascht und befremdet ansahen. Dann stand er hinter Ludwig, der gerade stolz sein Diplom seiner Tante vorhielt. „Wo ist Eva?" rief er halblaut. Ludwig fuhr erschrocken herum. „Äh,

ich weiß nicht", antwortete er. „Gerade war sie noch
hier." „Sie war auf der Toilette", rief Esther, die nun zu
ihnen trat. „Soll ich mal nachsehen?" Raimund nickte
eilig und rannte mit ihr zur Damentoilette. Kurz danach, kam Esther mit zuckenden Schultern heraus. „Da
ist sie auch nicht."

„Wen sucht ihr", fragte ein Mädchen aus den jüngeren
Jahrgängen, die im Service tätig war. „Wir suchen Evelyn Brandstätter", rief Raimund aufgeregt. „Hast du sie
gesehen?". Sie nickte und sagte: „Ja, vor einer Viertelstunde lief sie mit Daimers und dem Roten aus dem
Gebäude, aber ich weiß nicht, wohin."

Nun konnte sich Raimund eins und eins zusammen-
zählen. Wenn Schleimig hier war, dann wusste Daimers Bescheid, und sie hatten Evelyn mitgenommen.
Vor Wut stiegen ihm die Tränen in die Augen. „Ich
bring' die um, wenn die Eva was getan haben", brachte
er zornig hervor. Dann rannte er zurück zu Ludwig.
„Du, komm mit! Die haben Eva. Sag' Jasper, er soll die
Polizei und den Rettungsdienst informieren." Ludwig
nickte und eilte davon, Jasper zu suchen. Inzwischen
wartete Raimund in der Vorhalle. Als Ludwig zurückkehrte, rannten die zwei zu den Hörsälen herüber.

Unterwegs informierte Raimund seinen Freund kurz
über die Lage. Dann hatten sie das Gebäude erreicht.
Auf dem Flur rief Raimund laut nach Evelyn, in der
Hoffnung, dass sie ein Zeichen geben konnte, wo sie
sich befand. Von oben hörte er einen vagen Schrei, war
sich aber nicht sicher, woher er genau kam.

„Eeevaaa! Melde dich, wenn du kannst." Auf einmal
vernahmen die Freunde deutlich einen unterdrückten

Wutschrei, der von einem Mann stammte. Es war im oberen Stockwerk. Beide rannten los, um in den Hörsaal zu kommen, in dem Daimers früher seine Vorlesungen hielt. Raimund war einen Schritt voraus. Ludwig keuchte hinter ihm.

Am Hörsaal angekommen, riss Raimund die Tür auf und stürzte in den Raum. Was er sah, ließ sein Blut vor Zorn in seinen Adern kochen. Dort stand Daimers hinter Evelyn und hielt ihr, die gefesselt war, eine Pistole an den Kopf. Daimers Gesicht war kreidebleich. Seine Züge hatten sich zu einer Fratze verzerrt.

„Bleib', wo du bist, Köster", rief Daimers zornig. „Sonst holt ihr euch beide 'ne Kugel in den Schädel."

Raimund blieb zunächst stehen und hob leicht die Hände. „Du hast keine Chance, Daimers", rief er von oben und trat langsam Schritt für Schritt vorwärts. Dadurch näherte er sich langsam den beiden. Außerdem wunderte sich Raimund für den Augenblick einer Sekunde, wo Ludwig wohl geblieben war. Aber diesen Gedanken schob er schnell beiseite. Daimers zielte nun mit der Pistole auf ihn.

„Was ist das für ein Gefühl, Köster, mit der eigenen Dienstpistole erschossen zu werden?" rief Daimers. Speichel lief diesem dabei aus dem Mund. Raimund blieb einen Augenblick stehen und zuckte zurück. „Jaa, Köster! Deine Dienstwaffe hat bisher gute Dienste geleistet." Dabei erklang ein fast diabolisches Lachen aus seinem Mund. Evelyn die bislang entsetzt auf Raimund gestarrt hatte, roch wieder diesen ekligen Mundgeruch von Daimers und schüttelte sich. „Na, junge Dame? Gefällt dir wohl nicht, dass dein Liebster jetzt bald den Löffel abgeben muss." Dabei presste er sie noch mehr an sich. Aus dem Augenwinkel bemerkte Evelyn plötzlich eine kleine Bewegung. Sie wagte nicht, in die Richtung zu sehen, da bereits Raimund wieder ihre Aufmerksamkeit auf sich zog, und sich weiter langsam den beiden näherte.

„Bleib' stehen, Köster! Die Grenze ist erreicht", brüllte Daimers und drückte ab. Es gab einen lauten Knall, und das Projektil schoss an Raimund vorbei und knallte in die Wand. Der Putz blätterte ab und rieselte auf die hintere Bank.

Raimund war stehengeblieben. Auch er hatte aus den Augenwinkeln erfasst, dass Ludwig am Eingang des Hörsaals kniete, den die Professoren immer benutzten, um sofort hinter dem Vortragspult zu stehen. Es konnte nur noch eine Frage der Zeit sein, bis auch Daimers die Gegenwart von Ludwig entdecken und auf ihn schießen würde. Noch war er zu sehr auf Raimund konzentriert.

Ein leises Geräusch, das Ludwig machte, ließ Daimers herumfahren. Er erblickte Raimunds Freund und schoss sofort auf ihn. Doch dieser hatte sich in Deckung begeben. Raimund sprang die letzten Stufen auf Daimers und Evelyn zu. Doch plötzlich hörte er einen lauten Knall und spürte einen stechenden Schmerz in seiner linken Hüfte. Er fasste danach. Es war feucht. Als er die Hand hob, war sie voller Blut. Kurz vor den beiden sank er zu Boden. Doch auch Ludwig hatte die Gunst des Augenblicks genutzt und war, als sich Daimers mit Raimund beschäftigte, nach vorne gesprungen, hatte eine Flasche mit einer Flüssigkeit ergriffen und sie Daimers, als er sich gerade zu ihm umdrehen wollte, voll auf den Kopf gehauen.

Mit einem stöhnenden Laut sank dieser zu Boden. „Das klang hohl", knurrte Ludwig. „Als wenn da nichts drin war!" Die Waffe polterte auf die Fliesen. Überall war nun Blut. Das von Raimund und von Daimers Kopfwunde.

Evelyn hatte sich losgerissen und war auf Raimund zugestürzt. „Liebster", rief sie, und das Entsetzen war in ihrem Gesicht zu lesen. „Mach' jetzt nicht schlapp! Ich brauche dich, ich liebe dich", schrie sie laut. Inzwischen hatte sie seinen Kopf in ihren Schoß gelegt und streichelte sein Gesicht. Raimund öffnete kurz die Augen, erblickte seine Liebste. Er versuchte zu lächeln, aber es gefror auf Grund der Schmerzen in seiner Hüfte zu einer halbstarren Maske. Dann verdrehte er die Augen, und es wurde dunkel um ihn.

Ludwig hatte gerade die beiden Freunde erreicht, da hörten sie von draußen laute Stimmen. Jasper stürzte mit zwei Sanitätern und zwei Polizeikollegen in den Hörsaal. Schnell kümmerten sich die Sanis um Raimund und Daimers. Die Sache war endlich ausgestanden.

Raimund erwachte in einem weißen, weichen Bett im Klinikum der Stadt. Über ihn sah er Evelyn gebeugt, die eine Träne aus ihrem Augenwinkel fortwischte. Dann lächelte sie Raimund an und gab ihm einen zärtlichen Kuss.

„Bin ich im Himmel?" fragte er und lächelte, noch etwas gequält zurück. Nun erfuhr er von Evelyn und Ludwig, der auch im Zimmer war, was weiterhin geschehen war. Daimers lag im Gefängniskrankenhaus. Die anderen waren hinter Schloss und Riegel.

„Ja, und der Rektor hat gesagt, wenn du wieder hergestellt bist, sollst du so schnell wie möglich dein Examen machen. Kann doch nicht angehen, dass so ein großartiger Polizist und Verbrecherjäger leer ausgeht."

Raimund lächelte. Da klopfte es an der Tür, und zwei Herren in Anzügen traten mit ernsten Gesichtern in den Raum. Die drei Freunde blickten fragend auf die eingetretenen Personen.

Diese grüßten freundlich und stellten sich vor. Es war der Seniorchef der Firma Gauweiler und dessen Prokurist. Sie wollten dem Helden persönlich gratulieren und sprachen deshalb im Krankenhaus vor.

„Ja, und da wir die gesamten Lohngelder zurückbekommen haben, möchten wir Ihnen, Herr Köster, eine Anerkennung für diese ausgezeichnete Tat geben. Hier sind fünftausend DM als Wertschätzung und Anerkennung für Ihr tadelloses Verhalten."

Evelyn und Ludwig sprangen auf und jubelten laut. Raimund war sprachlos und puterrot geworden. Eine solche Ehrung hatte er nicht erwartet. „Es war doch nur meine Pflicht als Polizist", murmelte er und blickte nach unten. „Außerdem war das Leben meines Schatzes in Gefahr". Dabei sah er Evelyn mit glänzenden Augen an und streichelte ihre Hand.

Nachdem die beiden Herren der Firma Gauweiler gegangen waren, grinste Ludwig die beiden an und meinte: „Jetzt könnten wir ja eigentlich Hochzeit feiern, bei dem vielen Geld." Raimund und Evelyn prusteten los und stießen Ludwig fast um. Dann blickten sie sich an und gaben sich einen wunderschönen Kuss.

Raimund bestand sein Examen, nach einigen Wochen Genesungsruhe, die er mit fleißiger Vorbereitung für seine Klausuren nutzte, mit Eins, in einigen Fächern sogar mit Auszeichnung. Bei der Übergabe des Diploms waren alle Freunde anwesend. Gisela, Raimunds Mutter, stand neben Tante Lisa, mit der sie sich angefreundet hatte. Sie strahlte vor Glück, war aber entsetzt, als sie die ganze Geschichte erfuhr, die ihr bis dato vorenthalten worden war.

Bei der anschließenden Hochzeit von Raimund und Evelyn, die ein paar Tage später stattfand, war die ganze Hochschule eingeladen. Raimund und seine Freunde bekamen noch eine Auszeichnung der Stadt für ihren großen Einsatz. Dann war es soweit. Sie hatten alle ihre neuen Kommandos erhalten. Raimund und Evelyn fuhren zwar in dieselbe Stadt, jeder aber zu einer anderen Dienststelle.

XXIII

Sven hatte sein Autoradio eingeschaltet und summte ein wenig vor sich hin, ohne die Melodie des Liedes, das er hörte, zu erreichen. Doch das störte niemand. Die Landschaft, durch die er fuhr, wechselte gerade von einer weiten Ebene, die reich mit Gras- und Ackerflächen bedeckt war, in ein hügeliges Gelände. Laub- und Tannenwälder begrenzten abwechselnd die gut ausgebaute Straße. Von Zeit zu Zeit lugten ein paar Sonnenstrahlen durch die grauen, sich aufplusternden Regenwolken, als wollten sie Sven zu seinem nächsten Ziel leiten.

Dieser nahm sich vor, beim nächsten Rasthaus zu halten, um seinen immer lauter knurrenden Magen zu füllen, damit er endlich Ruhe gab. Dabei fiel ihm ein, dass er seit seiner schnellen Flucht vor Kemal und seinen Männern ungefähr acht Stunden nichts mehr gegessen hatte.

Die Straße vor ihm führte in einem weiten Bogen in eine Ortschaft. „Bogenhausen" las er auf dem gelben Ortsschild, dem sich bald die ersten grauen und weißen Häuser anschlossen. Einige Kinder, die gerade Fußball spielten, sahen ihm nach. Ein Hund zog an einer langen Kette und bellte seinen Missmut heraus. Als er an einer roten Ampel halten musste, erblickte er schräg gegenüber einen Gasthof „Zur blauen Rebe", der ihm zusagte. Als die Ampel auf grün wechselte, erinnerte ihn sein Magen durch erneutes, vernehmliches Knurren daran, dass er ihn füllen wollte. Sven steuerte seinen Ford zum Parkplatz vor dem Gasthof. Dann drehte er den Schlüssel herum, und der Motor erstarb mit einem blubbernden Geräusch. Sven stieg aus und begab sich in den Gasthof.

Um diese Zeit war kaum ein Tisch mit Gästen besetzt. Es roch bereits nach Mittagessen. Sven steuerte auf einen der Tische zu und setzte sich auf einen Fensterplatz. Aus einer versteckten Nische näherte sich eine Bedienung. Sven, der in seine Gedanken vertieft war, hörte erst beim zweiten Mal, dass er angesprochen wurde. „Guten Tag, möchten Sie etwas essen?"

Sven nickte, und die Kellnerin reichte ihm die Speisekarte. „Darf ich Ihnen etwas zu trinken bringen?"

Sven nickte erneut und murmelte: „Bringen Sie mir einen Kaffee!" Dann vertiefte er sich in die Speisekarte. Eine Weile später erhielt er seinen Kaffee und bestellte sich etwas zu essen. Als dieses kam, aß er kaum mit Appetit, da seine Gedanken sich immer noch mit seiner Flucht vor den Türken und seinem Freund Antonio beschäftigten. Würde er ihn wiedersehen? In seinen Gedanken wechselten Bangen und Hoffen ab. Dann überdachte Sven seine gegenwärtige Situation, und er überlegte sich, was er nun machen sollte. Auf keinen Fall wollte er sich um einen ganz normalen Job kümmern. Nein, er wollte unbedingt in seiner Sparte bleiben. Also musste er Kontakt zu Dealern und deren Auftraggebern suchen. Und diesen fand er am besten in einer Disko.

Als er zahlte, erkundigte er sich nach einer solchen und erhielt zur Antwort, dass sich in der nächsten Ortschaft in „Obergengenbach" eine Disko befände.

Wieder in seinem Auto, fiel Sven ein, dass eine Disko erst spät am Abend die „richtige Betriebswärme" inne hatte und dann am meisten los war. Also entspannte er sich und fuhr gemächlich los. Unterwegs hupten einige Fahrer hinter ihm, die es eilig hatten und ihn mit lautem Motorgebrüll und bösen Blicken überholten. Sven war gesättigt und zufrieden, so dass er ihnen nicht seinen ausgestreckten Mittelfinger zeigte, was er sonst in gleichen Fällen zu tun pflegte.

Als er in den Ort fuhr, fielen ihm zunächst die sauberen Einfamilienhäuser mit ihren gepflegten Vorgärten auf.

Die Leute auf der Straße grüßten sich freundlich. Fast in der Mitte des Ortes bemerkte er eine Landkarte, die man für Touristen aufgestellt hatte. Sven hielt seinen klapprigen Ford an und stellte sich vor die Karte, um sie zu studieren.

Langsam glitt sein Blick über den gegenwärtigen Standpunkt heraus, der angezeigt war, und erforschte die nahe und weitere Umgebung. „Aha, sogar ein Kino und ein Gymnasium gibt es hier", murmelte er vor sich hin.

Dann entdeckte er die Disko und prägte sich deren Standort ein. Weiter suchte Sven nach Wohnsiedlungen mit mehrstöckigen Mietskasernen, in denen viele junge Leute lebten. Nach einer Weile fiel sein Blick auf ein paar Siedlungen. „Die werde ich mir jetzt vornehmen und dann das Gymnasium", überlegte er und kehrte zu seinem Wagen zurück.

Er blickte auf seine Uhr und entschied sich, doch zuerst das Gymnasium aufzusuchen, da sich bereits das Ende der Schulzeit näherte. Nachdem er sich verfahren hatte, erkannte er das Gebäude an dem Strom der jungen Menschen, die das Gymnasium verließen und laut in die bereitstehenden öffentlichen Busse stürmten. Er hielt in unmittelbarer Nähe und beobachtete die jungen Menschen. Nirgends entdeckte er Schüler, die in irgendeiner Ecke standen und von Dealern angesprochen wurden. Dafür hatte Sven einen geschärften Blick. Nach ungefähr zwanzig Minuten, nur vereinzelt kamen jetzt noch Schüler und Lehrer aus dem Schulgebäude heraus, ließ Sven den Motor an und verschwand in Richtung einer der Wohnsiedlungen, die er sich gemerkt hatte.

Dort angekommen, parkte er in der Nähe eines Kinderspielplatzes, dem ein Bolzplatz angegliedert war. Hier bestand die Möglichkeit, auf Dealer zu treffen, die ihre Ware jungen Leuten anboten. Das Radio dudelte leise vor sich hin. Sven wurde ein wenig müde und schloss vorübergehend seine Augen. Als er sie wieder öffnete, sah er einen hageren Typen, der sich immer wieder scheu umblickte, langsam auf den Kinderspielplatz zuschlendern, und sich hinter ein Gebüsch stellen. Dort zündete er sich eine Zigarette an und trat hin und wieder von einem Bein auf das andere. Er schien auf Kundschaft zu warten.

Es dauerte nicht lange, da näherten sich diesem Typen drei, vier Jugendliche, die ebenfalls genau ihre Umgebung absuchten. Sofort war Sven hellwach. Genau das war es, was er gesucht hatte.

Die Jugendlichen trafen auf den Typen, der gleich sein Geschäft begann, in dem er ein paar Mal in seine Taschen griff und kleine Päckchen an die um ihn Stehenden verteilte. Dann kassierte er das Geld ein.

„Diesen Typen werde ich mir mal genauer ansehen", dachte Sven und war im Begriff, aus dem Wagen zu steigen, als er zwei Männer erblickte, die von rechts über den Bolzplatz, auf die Gruppe zueilten. Sven blieb zunächst sitzen und beobachtete das Geschehen weiter. Als der hagere Typ die beiden Männer sah, rief er etwas zu den Jugendlichen. Diese spritzten sofort auseinander und liefen auf die Siedlung zu, jeder in eine andere Richtung.

Der hagere Typ war ebenfalls davongerannt. Doch er hatte Pech und lief zwei anderen Männern in die Arme, die ihn sofort überwältigten, auf den Boden zwangen und festnahmen. Nun waren auch die beiden anderen Männer zur Stelle, und gemeinsam ging es zu einem Transporter, der nicht weit vom Kinderspielplatz parkte.

„Ja, so kann's gehen", murmelte Sven und konnte sich ein Grinsen nicht verkneifen. Er hatte bisher großes Glück gehabt, der Polizei nicht in die Hände zu gelangen. Dann fuhr Sven auf einen großen Parkplatz in der Mitte des Ortes, wo er in einem Imbiss zu Abend aß.

Die Dunkelheit war bereits seit zwei Stunden hereingebrochen, und der Uhrzeiger stand fast auf zweiundzwanzig Uhr. Sven war auf dem Wege zur besagten Disko. Auf dem Parkplatz stellte er fest, dass dieser zu zwei Drittel gefüllt war. Dann stieg er aus und ging auf den Eingang zu. An der Tür standen zwei dicke, gut durchtrainierte Typen, die einem Sumo-Ringer gefallen hätten. Sie waren in schwarze Anzüge gekleidet. An ihren dicken Wurstfingern glänzten mehrere Ringe um die Wette. Sie prüften Sven mit einem scheelen Blick und ließen ihn dann passieren.

Dieser trat durch die protzige Glastür und stand in einem riesigen Vorraum, der spärlich beleuchtet war. Auf der linken Seite befand sich die Garderobe, an der sich zwei junge Männer, die jedoch nicht so dick wie die „beiden Säulen" vor dem Eingang waren, leise unterhielten.

Sven ging auf die Tür zu, hinter der laute Musik dröhnte. Im Seitenblick sah er auf der rechten Seite noch die Toiletten, auf denen auch gerne Geschäfte gemacht wurden.

Die Musik war ohrenbetäubend. Im Halbdunkel hopsten vierzig bis fünfzig junge Menschen auf der Tanzfläche zum Takt der Melodie. Zwei Lichtorgeln erhellten den Raum gespenstisch mit grellen Farben. Sven kniff die Augen zusammen und steuerte auf einen der Tische zu, die nicht besetzt waren. Ein grotesk aussehender Diskjockey mit spitzer Föhnfrisur, die einem Hahn alle Ehre machte, legte eine neue Scheibe auf, die mit einem Ge-johle der jungen Menschen begrüßt wurde. Sven setzte sich und bestellte eine Cola. Dann versuchte er, sich in dem Gewimmel der Menschen zu orientieren.

Ungefähr eineinhalb Stunden waren vergangen. In diesem Zeitraum waren Menschen gegangen und gekommen. Doch nirgends entdeckte Sven auch nur die Spur eines Drogenhandels. Entweder waren die Kerle sehr gerissen, oder es gab hier nichts dergleichen. Sven trank gerade an seiner zweiten Cola, als er den Drang verspürte, zur Toilette gehen zu müssen. Es war ihm zur dröhnenden Musik eine willkommene Möglichkeit, den Aufenthaltsort zu wechseln. Vielleicht würde sich ja dort die gesuchte Tätigkeit abspielen, nach der er Ausschau hielt.

Als er die Tür des großen Saales hinter sich geschlossen hatte, verringerten sich das Wummern der Bässe und die laute Musik auf ein normales, erträgliches Maß. Während er die Herrentoilette ansteuerte, forderte ein anderes Geschehen seine Aufmerksamkeit. An der Garderobe stand ein junges Paar, das laut miteinander stritt. Normalerweise würde sich Sven in solche Streitigkeiten nicht einmischen. Als der Typ, der zwei Köpfe größer als die junge Frau war, jetzt laut wurde und auf die Frau einschlug, verhielt Sven in seinem Schritt und blieb stehen. Die junge Frau duckte sich schreiend und versuchte, sich mit den Flächen ihrer Hände zu schützen. Doch es gelang ihr nicht. Als plötzlich Blut aus ihrer Nase schoss, sah Sven rot. Vor seinem geistigen Auge stand das Bild seines Vaters, der auch immer unberechenbar auf ihn eingeschlagen hatte, wenn er mal wieder etwas angestellt hatte.

Mit zwei, drei Sprüngen war er bei dem Paar. Er hielt den Arm des Typen fest, der gerade wieder brutal auf die Frau einschlagen wollte. Zornig registrierte dieser, dass von irgendeiner Seite eine Störung in das Geschehen trat. „Verpiss dich", rief er und schleuderte die junge Frau von sich, die weinend gegen die Garderobenwand krachte und wimmernd liegenblieb. Dann zog er ein Messer und wollte auf Sven einstechen. Doch dieser war auf der Hut, kannte er sich doch in diesen Zweikämpfen aus. Es genügten drei bis vier Schläge von Sven, um den Typen außer Gefecht zu setzen. Da lag er nun ebenfalls auf dem Boden und wischte sich Blut von seinem Gesicht. Dabei stöhnte er laut vor sich hin. Vor Wut wollte er erneut aufspringen, als sich Sven nach dem Messer beugte. Doch Sven erledigte die Sache mit einem gekonnten Fußtritt, der den Typen ins Reich der Träume schickte.

Inzwischen waren noch andere junge Menschen auf die Schlägerei aufmerksam geworden. Sie umringten die drei in sicherem Abstand und starrten auf die Szene, die eigentlich zu Ende war. Die beiden Ringertypen, die am Eingang der Disko gestanden hatten, liefen nun herbei und brüllten durcheinander: „Eh, was ist los? Seid ihr verrückt! Die Polizei…". Weiter kamen sie nicht. Sven hob seinen Arm und wollte sie damit zum Schweigen bringen. „Es ist alles in Ordnung. Der Typ hat die Frau geschlagen, da hab' ich eingegriffen."

Inzwischen war auch ein Sanitätswagen eingetroffen. Die Männer in Weiß kümmerten sich um die Frau und den bewusstlosen Typen. Sie wollten die beiden ins Krankenhaus schaffen, doch die junge Frau wehrte nach einer kurzen Behandlung ab. Sie wollte nach Hause. Sven bot sich an, sie dorthin zu fahren. Nun erst sah sie ihren Retter an, dann nickte sie. Sven stützte sie unter dem Arm und führte sie zu seinem Ford. Dann fuhren die zwei in die Nacht hinaus.

Inga, so hieß die junge Frau, lag eine Weile später bei Sven auf ihrer Couch, nachdem sie noch einen Kaffee zusammen getrunken hatten. Sven schaute auf sie herunter und streichelte ihr Gesicht. Inga berichtete von ihrem Freund, dem Typ, der sie geschlagen hatte. Er war Dealer für eine Gang, die sie nicht kannte. Es war in der letzten Zeit immer wieder zu Streitigkeiten gekommen, bei denen er sie geschlagen hatte. Heute Abend wollte sie sich von ihm trennen. Deshalb war der Typ so ausgerastet.

Sven blickte auf Inga herunter. Sie sah nicht schlecht aus, meldete ihm sein Gehirn. Sven musste ein wenig in sich hineinschmunzeln. So wie sie halb auf seinem Körper lag, regte sich plötzlich etwas in seinen Lenden. Dabei fiel ihm ein, dass er schon längere Zeit nichts mehr mit einem Mädchen gehabt hatte. Vorsichtig beugte er sich zu ihr nieder und gab ihr erst einen zarten Kuss auf die Nasenspitze, dann auf den Mund. Inga blickte ihn mit ihren braunen Augen an. Dann schlang sie ihre Arme um ihn, zog ihn näher zu sich, öffnete ihren Mund und küsste ihn leidenschaftlich. Ihre Zunge spielte mit der seinen und reizte ihn dadurch immer mehr. Es dauerte nicht lange, und die beiden lagen nackt auf Ingas großem Bett.

Svens Regungen in seiner Lendengegend waren übermächtig geworden. Inga spürte, wie er sein festes Glied langsam in sie hineinschob und stöhnte vor Lust. Langsam bewegten sie sich hin und her. Immer stürmischer liebten sie sich, bis Sven, voller Lust aufstöhnend, seinen Samen in ihr ergoss. Auch Inga war zum Höhepunkt gekommen und erhielt einen Wonneschauer nach dem anderen.

Dann lagen sie beide nebeneinander und streichelten sich zärtlich. Sven, der sonst immer robust mit Frauen umgegangen war, erlebte dieses zum ersten Mal und genoss es sehr. Inga küsste ihn zärtlich. Da bemerkte sie, dass seine Hand aufgehört hatte, sie zu streicheln. Sven war tatsächlich eingeschlafen. Dann zog Inga die Bettdecke über sie beide, kuschelte sich an Sven und schloss ebenfalls die Augen. Für diesen Augenblick fühlte sie sich wie im Paradies.

In der St. Christopherus-Klinik lag Ingas ehemaliger Freund in einem abgedunkelten Zimmer und wurde langsam wach. Er verzog sein Gesicht vor Schmerzen und versuchte, sich an seinen Kopf zu fassen. Doch eine Kanüle an seiner rechten Hand, verbunden mit einem kleinen Schlauch an einem Beutel mit flüssiger Medizin, verhinderte diese Tat. Langsam kam die Erinnerung in sein Gehirn zurück. Augenblicklich war damit auch Zorn verbunden, der in ihm aufwallte über den Typen, der ihn zusammengeschlagen hatte. „Wenn ich den kriege", knurrte er halblaut vor sich hin.

In diesem Moment trat eine ältere Krankenschwester mit einem Fieberthermometer ein.

Ingas Freund blickte sie etwas dümmlich an. „Wo bin ich hier?" wollte er wissen. Die Schwester erklärte ihm, in welchem Krankenhaus er läge und wie lange er ohne Bewusstsein gewesen war. Dann fühlte sie den Puls und maß Fieber.

Als sie gegangen war, fiel ihm ein, dass er nicht krankenversichert war und die Behandlung auch nicht bezahlen konnte. Sofort stand er auf. Doch augenblicklich wurde ihm übel, und er schwankte hin und her. Als er wieder festen Boden unter den Füßen hatte, zog er die Infusionsnadel aus der Hand, rieb das Blut an der Bettdecke ab und tapste zur Tür. Leise öffnete er diese und blickte auf den Flur. Es war niemand vom Personal zu sehen. Schon schloss er leise die Tür und tapste langsam über den Flur, bis er eine Glastür erreichte, die zum Treppenhaus führte. Schnell verschwand er darin, da er Stimmen hörte und zwei Ärzte ihm entgegenkamen. Langsam, Schritt für Schritt, stolperte er nach unten. Dort angekommen, zog er den Reißverschluss seiner Jacke zu und ging, noch leicht schwankend, ohne einen Blick auf die seitlich liegende Informationsecke zu werfen, dem Ausgang zu. Er wurde ohnehin nicht bemerkt, da die dort sitzende Verwaltungskraft gerade telefonierte und nicht hinsah.

Draußen empfing ihn ein scharfer Ostwind, der ihn frösteln ließ. Er steuerte auf einen Taxistand zu und setzte sich schnell in einen der bereitstehenden Wagen. Dann nannte er seine Adresse. Der Wagen sprang rasselnd an und schon ging es in die Dunkelheit, dem angegebenen Ziel zu.

An irgendeiner Ecke in der Nähe seines Wohnortes stieg er aus. Gerade wollte er sich davonmachen, als eine Gruppe von vier Ausländern auf ihn zueilte. Verängstigt blieb er stehen. Sein Messer hatte er nicht mehr dabei. Vergebens fasste er in seine Taschen, um ein waffenähnliches Objekt zu finden, mit dem er sich verteidigen konnte.

„Eh, du", sprach ihn der erste der Türken an. „Was ist?" fragte er zurück. Ein leises Zittern war darin zu vernehmen. Er versuchte, die aufkommende Angst zu unterdrücken. Sein Atem ging stoßweise.

„Eh, bleib ruhig! Wir suchen jemanden und wollten nur wissen, ob du ihn gesehen hast." Dann hielt ihm ein anderer der Männer ein Foto unter die Nase. Ingas Freund blickte darauf und erkannte den Typen, der ihn verprügelt hatte. Sein Gesicht hellte sich augenblicklich auf, und die Angst war verflogen. „Na, klar kenn ich den, der hat mich; - hat mir Probleme bereitet", bemühte er sich, den anderen zu sagen. Sie brauchten ja den eigentlichen Grund nicht zu wissen.

„Wo finden wir ihn?" Er dachte einen Augenblick nach. „Vielleicht ist der noch bei Inga", dachte er. Dann blickte er die Türken entschlossen an. „Kommt mit, ich führ' euch dorthin." Dann drängten sie sich in einen alten Kombi, und Ingas Freund zeigte dem Fahrer den Weg. Es roch gewaltig nach Männerschweiß, und Ingas Freund wurde ein wenig übel.

Hinter Svens altem Ford hielten sie an. Die Türken sprangen heraus. Einer zeigte auf Svens Wagen. Dann klappten auf einmal vier Messer auf, und die Türken stachen wie wild auf die Reifen ein. Nach kurzer Zeit zischte es, und die Reifen waren platt. Ingas Freund zeigte auf den Hauseingang. „Du bleibst hier", rief einer der Türken. Dann eilten sie davon zu der angezeigten Tür. „Im ersten Stock rechts", brüllte der Zurückgebliebene und trollte sich davon. Mit Inga würde er später abrechnen, die käme nicht davon. Dann verschwand er in der Nacht.

Sven hörte von ferne ein kratzendes Geräusch. Instinktiv schaltete sein Gehirn auf rot und signalisierte sofort „höchste Gefahr". Sein Herz ballerte los. Er saß im Bett und hörte, wie sich jemand am Türschloss zu schaffen machte. Sofort sprang Sven auf, zog sich eilends seine Sachen an und rannte zum Fenster. „Scheiße, erste Etage", zischte er. Dann hörte er, wie die Wohnungstür mit lautem Krach geöffnet wurde. Einer der Türken hatte sich dagegen geworfen. Stimmen wurden laut. Er hörte türkische Worte und erkannte auch die Stimmen. Es waren Kemals Leute, die ihn suchten. Im Nu sprang er zum Fenster, öffnete es und blickte hinaus. Schräg unter ihm war ein Balkon. Er stieg auf das Fensterbrett, als der erste der Türken die Tür aufmachte und hereinstürmte. Inga war ebenfalls wach geworden und schrie laut um Hilfe. Das lenkte den Türken zunächst von Sven ab. Dieser sprang in Richtung des Balkons. Mit den Armen berührte er die Brüstung. Im Fallen versuchte er, das Gitter zu ergreifen. Es gab einen kräftigen Ruck in seinen Armen, verbunden mit einem tüchtigen Schmerz. Er stöhnte leicht auf und hielt sich an der Balkonbrüstung fest. Dann wollte er sich daran hochzuziehen, was ihm jedoch nicht gelang.

Inzwischen waren zwei der Türken nach unten gerannt. Sie versuchten, auf die hintere Seite des Blockes zu kommen, an dem Sven am unteren Balkon hing. Keuchend liefen sie an zwei Eingängen vorbei, bevor sie auf die hintere Seite gelangten.

In der Wohnung war einer der Türken damit beschäftigt, Inga zu beruhigen, die im Bett saß und immer noch schrie. Vor Angst hatte sie die Bettdecke vor ihre Brust gezogen. Der andere Türke holte eine Pistole heraus und wollte gerade auf Sven schießen. „Nicht schießen", brüllte der andere. „Der Boss will ihn lebend!"

Sven, dem es nicht gelang, sich hochzuziehen, denn er hatte sich wohl eine Muskelzerrung zugezogen, weil der rechte Arm immer mehr schmerzte, entschied sich, sich fallenzulassen. Er schaute seitlich in die Tiefe. Es waren wohl drei oder vier Meter. Dann kniff er die Augen zusammen und ließ sich fallen. Mit den Füßen knallte er auf weichen Rasenboden. Sein Körper schlug Sekunden später ebenfalls auf. Dann lag er auf dem Rasen. Da hörte er schon die herannahenden Türken keuchen. Er erhob sich, sprang auf und rannte los, irgendwo hin. Doch die beiden Gangster waren ihm auf den Fersen. Er spürte, wie ihn einer von hinten ergriff.

Der andere war nun auf gleicher Höhe und stellte Sven ein Bein, so dass Sven stolperte und auf den Rasen schlug. Auch einer der Türken hatte das Gleichgewicht verloren und lag in seiner Nähe. Während der andere sich jetzt auf Sven niederbeugte und auf ihn einschlug, wehrte sich Sven, so gut er konnte. Der andere Türke war wieder aufgesprungen und näherte sich den beiden. Da ertönten plötzlich zwei Polizeisirenen in ihrer Nähe. Die beiden Türken hielten mit den Schlägen inne und ließen Sven zurück. Das war ihnen zu gefährlich. Im Nu waren sie verschwunden. Wahrscheinlich waren sie der Meinung, dass Nachbarn die Polizei gerufen hatten. Und so war es auch. Acht Polizisten stürmten Ingas Wohnung, in der sie zwei Türken verhafteten, die noch auf ihre Kollegen warteten. Die beiden anderen wurden geschnappt, als sie mit ihrem Wagen fliehen wollten.

Sven lag, wie betäubt, auf dem Boden. Er schmeckte Blut, das ihm aus der Nase floss. Seine Schulter schien gebrochen, und er fühlte sich hundsmiserabel. Da hörte er Inga aus dem Schlafzimmerfenster nach ihm rufen. Er versuchte zu antworten, aber es kam nur ein erbärmliches Krächzen aus seinem Mund. Nach mehrmaligem Rufen hörte Inga ihn schließlich. Sie eilte zu ihm und half ihm auf. Dann humpelte er mit Ingas Unterstützung wieder in ihre Wohnung zurück. Inzwischen war wohl das ganze Viertel wach. Menschen lehnten sich aus dem Fenster, um die Geschehnisse zu beobachten. Gegenseitig riefen sie sich die kühnsten Meldungen zu, da jeder mehr wusste als der andere, was dort vorgefallen war.

Es dauerte einige Tage, bis sich Sven wieder erholt hatte. Seine Schulter war zum Glück nicht gebrochen, aber sie schmerzte noch unentwegt. Inga kümmerte sich rührend um ihn. Nachdem sein Wagen wieder vier gebrauchte Reifen erhalten hatte, plante Sven seine Weiterfahrt. Er hatte von Inga erfahren, dass ihr ehemaliger Freund Dealer war. Doch hier war keine große Abnahme von Drogen, da die Polizei sehr auf der Hut war und den zu überwachenden Landbezirk voll im Griff hatte. Nach einer weiteren, gemeinsamen Nacht mit Inga, stand Sven, ohne das es die junge Frau merkte, sehr früh auf und verschwand aus der Wohnung und aus ihrem Leben.

Sven war fast zweihundert Kilometer in östlicher Richtung gefahren. Die Umgebung hatte mehrfach gewechselt und ihm immer wieder ein neues Bild gezeigt. Bauerngehöfte mit brachliegenden und bewirtschafteten Äckern wechselten mit Mischwaldgebieten. Von Zeit zu Zeit fuhr Sven durch saubere und geschmückte Dörfer und Leben sprudelnde Kleinstädte.

An einem größeren Waldstück legte er eine Pause ein und verzehrte sein gekauftes Mittagsmahl.

Die Sonne schien warm vom Himmel. Vogelgezwitscher erfüllte die Luft und drang an sein Ohr. Plötzlich hörte er einen Laut, der nicht in diese Gegend passte. Zuerst verdrängte Sven dieses Geräusch, das nach einigen Augenblicken erneut erklang. Es klang wie das Brüllen eines Löwen. Doch das konnte nicht sein. Sven unterbrach seine Mahlzeit, stieg aus dem Auto und orientierte sich in Richtung des Waldes. Da, das Brüllen erklang erneut, dieses Mal lauter. Langsam bahnte sich Sven seinen Weg durch Büsche an Bäumen vorbei, wobei er herunterhängende Äste beiseite bog.

Da vorn schien eine Lichtung zu sein. Ein ohrenbetäubendes, erneutes Brüllen erschreckte ihn. Dann sah er, was er vor sich hatte. Mehrere Wagen standen im Kreis auf einer großen Lichtung. Pferde, zwei Kamele und einige Esel waren seitwärts an den Bäumen angebunden und fraßen ihr Futter aus einem umgehängten Sack.

Menschen jonglierten auf einer kleinen Wiese, und ein Mann lief mit einem großen Stück Fleisch an einem

Metallhaken zu einem Wagen. Als das Löwengebrüll erneut ertönte, rief der Mann: „Nur ruhig, Sultan, du bekommst dein Futter ja schon!" Dann schob er den Batzen Fleisch durch die Gitterstäbe, die ein paar Löwentatzen begierig schnappten. Grunzend und schmatzend fiel der Löwe über das Futter her.

„Ein Zirkus", bemerkte Sven bei sich selbst und trat nun zwischen zwei Wagen in den Kreis der Zirkusleute. Zuerst sahen ihn einige der übenden Kinder fragend an. Sie beendeten ihr Training und blickten ihm nach. Dann löste sich ein großer Mann aus einer Gruppe Männer und kam auf ihn zu.

„Hallo, ich bin Jobs, der Zirkusdirektor." Dann streckte er ihm seine Hand zur Begrüßung entgegen.

Sven blickte in ein offenes, fröhliches Gesicht. Er ergriff die Hand des Direktors und stellte sich ebenfalls vor. „Was treibt Sie in diese Gegend?" fragte ihn Jobs, und ein paar Falten auf seiner Stirn unterstrichen die Frage.

„Ich bin unterwegs nach nirgendwo", antwortete Sven, und ein Gedanke schoss ihm durch den Kopf. Doch bevor er ihn aussprechen konnte, hatte der Direktor ihn schon aufgegriffen und offenbart: „Wie wär's, wir können noch einen guten Mann hier im Zirkus gebrauchen." Dabei grinste er, und eine Reihe gelber Zähne kam zum Vorschein.

Sven lächelte ebenfalls. „Ja, gern! Ich wollte Ihnen gerade denselben Vorschlag machen", entgegnete er nun. „Abgemacht!" klang es vom Direktor, und ein Handschlag besiegelte das Geschäft. „Kommen Sie doch nachher in meinen Wagen. Dann sprechen wir über die Einzelheiten." Sven nickte und fragte bei den anderen Männern, die mittlerweile die beiden umringten, nach dem Weg zur Lichtung, damit er seinen Wagen holen konnte. Dabei machte er sich mit den Männern bekannt.

In den nächsten drei Monaten, in denen sie mit dem Zirkus Barnelli in den umliegenden Dörfern und Städten gastierten, lernte Sven eine ganze Menge. Zuerst mistete er die Ställe der Pferde und Esel, die eigentlich aus Zelten bestanden, aus. Dann wechselte er mit der Säuberung zu den Kamelen und Fred, dem Lama. Dieses spuckte ihn zum Dank für die Säuberung zweimal an. Als Sven dieses eklig klebrige und stinkende Zeug abwusch, dachte er schon daran, den Zirkus wieder zu verlassen. Aber er verwarf diesen Gedanken gleich wieder. Zur Zeit fühlte er sich in seiner neuen Umgebung wohl. Er hatte einen Job, sein Essen, und irgendwie würde er auch Geld erhalten. Also blieb er. Mit einigen der Zirkusleute hatte Sven bereits nähere Bekanntschaft geschlossen. Sie hatten ihn wie einen verlorenen Sohn aufgenommen und fragten nicht, woher er kam und was er vorher getan hatte. Seinen Wagen teilte Sven mit Georgio, dem Löwendompteur. Georgio war Italiener, und seine Worte sprudelten nur so heraus, wenn er redete. In seinem, mit Akzent gesprochenem deutsch, mischte er immer wieder italienische Worte hinein, an die sich Sven gewöhnen musste. Doch bald hatte er den Haken ´raus und verstand Georgio immer besser.

Wieder einmal zogen sie durch ein kleines Dorf und klebten Plakate an Zäune und freie Flächen, um auf die allabendliche Zirkusvorstellung aufmerksam zu machen.

„Wir sollten die Vorstellung vielleicht eine halbe Stunde später ansetzen", bemerkte Sven und blickte dabei auf Pedro, einen der Hochseilartisten, der mit ihm und Georgio die Plakattour heute übernommen hatte.

„Wieso kommst du darauf?" fragte Pedro über seine Schulter und wischte sich die Finger mit Leim an seiner Hose ab. „Na ja, weil die Leute in so einem Dorf ziemlich lange arbeiten, bevor sie sich anderen Dingen zuwenden können." „Am besten", rief Georgio dazwischen, „erzählst du das Jobs. Wenn er eine offene Ohr dafür hat, können wir das ja bei nächste Ort umsetzen." Sven nickte und machte sich daran, die nächsten Flächen auszukundschaften, die sie noch bekleben könnten. Da kam der Dorfpolizist angeradelt und hielt bei ihnen an. Er setzte seine hoch offizielle Amtsmiene auf, zückte sein Notizbuch und fragte, etwas von oben herab: „Haben Sie auch eine Genehmigung dafür, dass Sie die Plakate ankleben dürfen?" Sven schaute auf seine beiden Kollegen. Georgio grinste und erwiderte: „Eh, Capitano, wir aben eine Genähmigung von den Kreisdirektor persönlich geolt." Dann fasste er in seine Brusttasche und hielt dem Polizisten, der inzwischen seine Stirne in krause Falten gelegt hatte, das amtliche Schreiben entgegen.

Nachdem dieser es gelesen hatte, gab er es Georgio wieder zurück und wünschte noch gute Verrichtung. Dann radelte er wieder los.

„Diese deutsche Land isse so ulkig", murmelte Georgio. Sven und Pedro schauten ihn fragend an, wobei

Sven ein spitzbübisches Grinsen nicht vermeiden konnte. „Wieso, meinst du?" fragte Pedro und steckte sich eine Zigarette an. Tief zog er den Rauch ein. Ein kurzes Husten war die Antwort. „Ja", erwiderte Georgio. „Es gehte nichts über Ordnung und Befugnis in disse Land". Nun lachten sie alle drei. „Wird Zeit, dass wir Feierabend machen", rief Sven und packte seine Sachen ein. „Siehst du", antwortete Georgio und wandte sich an Pedro. „Diese Sven sprichte von „Feierabend", dabei isse das erst Mittag." Pedro schüttelte lachend den Kopf, und die drei machten sich auf den Weg zum Zirkus, wo Mama Violetta eine leckere Suppe mit viel Speck und Fleisch gekocht hatte, deren Duft die drei Männer empfing und ihre Mägen vor Hunger knurren ließ.

Der Zirkusdirektor hatte den Vorschlag von Sven überlegt und angenommen. Die Anfangszeit der Vorstellung wurde nach hinten verschoben. Es war gegen neunzehn Uhr dreißig. Draußen war es stockdunkel, weil der Himmel wolkenverhangen war und der Mond noch keine Zeit hatte, dem Treiben der Menschen auf der Erde zuzusehen.

Im großen Zirkuszelt war alles hell erleuchtet. Die kleine Kapelle, bestehend aus zwei Trompeten, zwei Violinen, einer Klarinette, dem Cellisten Battino und Raskolnikow, der die beiden Trommeln und die Pauke bediente, spielte leise ein paar lustige Weisen.

Die Besuchertribüne hatte sich zu drei Viertel mit Publikum gefüllt, das schwatzend und lachend auf den Beginn der Vorstellung wartete.

Plötzlich erklang ein lauter Tusch, und die Trompeten
bliesen mit der Klarinette zusammen das Signal zum
Beginn der Vorstellung. Nach einem kleinen, anschließenden Trommelwirbel, betrat Jobs der Direktor, in
seinem schwarzen Frack sah er direkt feierlich aus, mit
einem breiten Lächeln die Manege.

„Sehrr verehrrtes Publikum", begann er und rollte mit
seinen dunklen Augen. „Ich begrüße Sie zu der einzig-
artigen Vorstellung des Zirkus Barnelli und wünsche
Ihnen viel Freude dazu. Wenn es Ihnen am Ende
gefallen hat, dann sagen Sie es bitte weiter. Wenn nicht,
dann sagen Sie es mirrr!" Dabei verdunkelte sich seine
Stimme, und er verbeugte sich vor den Zuschauern.

Das Publikum klatschte, und das Orchester spielte ein
altes Evergreen mit viel Temperament. Dann erhob
Jobs die Hand. „Das Fest kann beginnen! Sehen Sie
zuerst die ausgezeichneten Artisten, die „Gebrüder
Parcellus", mit ihrem weltberühmten Programm."
Dann machte er die Bühne frei, und fünf Artisten
schossen mit Überschlag und Salto in die Manege. Das
Publikum klatschte begeistert Beifall. Immer wieder
wurden die Akrobaten durch lautes Klatschen unterbrochen, die sich vor dem Publikum verbeugten.

Danach schleifte Lucius, der Clown, seinen Koffer an
einem langen Seil hinter sich her und unterhielt die Zuschauer mit seinen Späßen und Kunststücken. Die
Lacher und der Beifall der Zuschauer wollten nicht enden, als aus dem Koffer vier kleine Pudel krochen, die
auf den Vorderpfoten balancierten.

Dann folgte die Reitertruppe „die Bardinis". Profes-
sionell, und von den Dorfbewohnern mit frenetischem

Applaus begleitet, balancierten drei Männer und zwei
Frauen stehend auf den trabenden Pferden, die selbst
vor Begeisterung schnaubten. Abwechselnd sprangen
sie herunter oder hingen seitwärts, einmal sogar unter
dem Bauch der Pferde, wobei die Frauen sogar Saltos
auf den Rücken der Pferde vollführten. Die Begeisterung kannte kein Ende.

Sven gehörte mit zu den Leuten, die den Käfig für die
Löwennummer aufbauen mussten. Vorher war noch
die Aufführung mit den beiden Kamelen und Fred, dem
Lama. Auch da klatschten die Zuschauer vor Begeisterung.

Nach einer viertelstündigen Pause, die vom Orchester
mit fetziger Musik ausgefüllt wurde, bauten die Männer den Käfig mit dem Laufstall für Sultan auf. Kurz
danach, die Besucher hatten bereits wieder Platz genommen, schlich der Löwe, leicht knurrend, in die Manege und hockte sich auf seinen Platz, den er immer
innehatte. Da er schon etwas schlecht hörte, knallte
Georgio zweimal mit der Peitsche und forderte den
Löwen auf, durch den Ring zu springen. Dieser knurrte
und hob seine rechte Tatze, als wäre er damit nicht
einverstanden.

„Sultan, allez hopp", rief Georgio und knallte erneut
mit seiner langen Peitsche. Doch dann besann sich
Sultan und machte einen langen Satz durch den Ring.
Am anderen Ende landete er auf dem, dort stehenden
Podest. „Fein", rief der Dompteur und warf dem Löwen
einen kleinen Brocken Fleisch zu, das er bei seiner
Nummer immer in der Tasche hatte. Dann machte er
sich auf den Weg zum Löwen. Als er vor ihm stand
schaute er ihn an und rief: „Zeig mal dem verehrten

Publikum, wie laut ein Löwe brüllen kann!" Sultan schüttelte seinen riesigen Kopf. Die Mähne flog hin und her. Dann öffnete er seinen Rachen und ließ ein fürchterliches Gebrüll ertönen. Die Zuschauer klatschten, und der Löwe kratzte sich, an seiner linken Seite. „Na, ob du wohl noch lauter brüllen kannst?" Doch Sultan reagierte nicht. Er drehte dem Dompteur den Rücken zu. „Ist das eine Art, dem Publikum den Rücken zuzukehren?" rief Georgio. Doch plötzlich warf sich der Löwe herum, sprang vom Podest und landete vor Georgio, der ihn mit finsterem Blick anstarrte. Dann riss der Löwe seinen Rachen erneut auf, und ein weit lauteres, tierisches Gebrüll erfüllte die Manege, so dass sich einige Zuschauer in der ersten Reihe erschreckt wegduckten. Dann trottete Sultan wieder auf sein Podest zurück.

Ein kleines Kind fing plötzlich an zu schreien, und die Zuschauer blickten entsetzt auf den Laufgang. Da spazierte ein kleines, weißes Lamm in die Manege und zeigte so gar keine Angst. „Na, hast du dich verlaufen, Flöckchen?" sprach Georgio es an. Das Tier blieb vor ihm stehen, blickte nach oben und ließ ein zaghaftes Gemecker erklingen.

„Hättest du wohl Lust auf einen kleinen Ausritt auf Sultan?" fragte nun der Dompteur. Das Lämmchen nickte und blickte zu dem majestätischen Löwen hoch. Dieser blickte wie ein gewaltiger Herrscher zu ihm herunter und ließ ein leises Knurren ertönen. Dann hob Georgio das Lamm auf den Rücken des Löwen. „Nun Sultan, Flöckchen möchte gern einen kleinen Ausritt machen. Bist du damit einverstanden?" Die Antwort war wieder ein leichtes Knurren. Dann trabte der Löwe von seinem Podest herunter und lief einmal im Kreis in der Manege. Als er wieder beim Podest anlangte, bedankte sich Flöckchen durch ein lautes Meckern. Georgio hob Flöckchen hoch und zeigte mit der anderen Hand auf Sultan. Die Menge raste erneut vor Begeisterung und klatschte Beifall.

Das Orchester leitete die Schlussnummer wieder mit einem flotten Stück ein. Dann erschien Sam mit seinen Seelöwen, die mit den Bällen und Reifen jonglierten, welche Sam ihnen auf ihre Schnauzen setzte. Sie vollführten damit tollkühne Kunststücke.

So ging das nun schon über sieben Monate. Aufbauen, Werbematerial ankleben, Vorführung, abbauen und weiterziehen. Sven hatte diesen Rhythmus schon ein paar Mal mitgemacht. Der Oktober begrüßte die Menschen nun mit satten Regenschauern und kräftigen Nordwestwinden. Jobs, der Direktor, gab seinen Leuten den Auftrag, alles für den Abzug ins Winterquartier fertigzumachen. Sven war dabei, die Stallzelte abzubauen. In zwei Tagen sollten sie mit einem Trupp voraus ziehen und die Stallzelte im Winterquartier aufstellen.

Da bekam einer der Artisten Besuch von seinem Neffen. Der junge Mann fragte die Gruppe am Zelt nach Mahmoud, dem Artisten. Sven der gerade dabei war, einige Zeltstangen aus dem Boden zu ziehen, drehte sich zu dem jungen Mann um. Er hatte ihn noch nie gesehen. Doch als der Besucher sich für die Auskunft bedankte, wo Mahmoud sich aufhielt, blickte er Sven an. Sein Gesicht schien dabei zu einer Maske zu erstarren, und er wurde kreidebleich. Sven verwunderte sich über die Reaktion des jungen Menschen und wandte sich wieder seiner Arbeit zu. Der junge Mann hatte sich schnell wieder gefasst, stolperte jedoch ein wenig, als er weiterging, um seinen Onkel zu treffen. Dabei drehte er sich noch einige Male zu Sven um, der dieses jedoch nicht bemerkte.

Die Begrüßung verlief herzlich, und Mahmoud forderte seinen Neffen auf, ihn in seinen Wagen zu begleiten. Dann stellte er diesen seinen Mitartisten vor, die ihn auch freundlich begrüßten. Als die beiden allein waren, ergriff der Neffe den Arm seines Onkels, der gerade dabei war, beiden einen Tee einzuschenken. „Was ist, mein Neffe, du machst so ein sorgenvolles Gesicht?" bemerkte er, als er seinen Neffen ansah. „Du, Onkel, da ist jemand in eurer Truppe, den ich kenne." „Nun, das ist nichts Außergewöhnliches", erwiderte Mahmoud und lächelte seinen Neffen an. „Doch, Onkel Mahmoud", entgegnete dieser und blickte ernst zurück. „Dieser Mann war bei diesem Massaker dabei, als meine Brüder von den Türken umgebracht wurden." Nun war es beim Onkel, ein besorgtes Gesicht zu machen. Heftig ergriff er den Arm seines Neffen und schrie fast: „Sag mir, wer ist es?"

„Ich kenne seinen Namen nicht, aber er arbeitet bei dem Zelt da vorne mit ein paar anderen Männern." „Zeig' ihn mir", rief Mahmoud erregt und öffnete die Wagentür um herauszustürmen. Sein Neffe begleitete ihn. Als sie bei den Stallzelten ankamen, machten die Männer gerade Pause. Mahmoud blieb stehen und blickte auf seinen Neffen. Fragend sah er ihn an. Dieser wies mit dem Kopf auf Sven, der gerade auf einem umgedrehten Kübel saß und sein Pausenbrot verzehrte. Dabei blickte er auf Mahmoud und seinen Neffen.

Freundlich lächelte er zu den beiden herüber. Mahmoud lächelte zurück und beugte seinen Kopf ein wenig nach unten zur Begrüßung. Dann verschwanden die beiden Männer wieder in Richtung der Wohnwagen. Sven schüttelte den Kopf. „Was die beiden bloß haben?" dachte er sich und sann dieser Situation nicht weiter nach.

„Bist du sicher?" fragte ihn Mahmoud und fasste dabei seinen Neffen erregt an seiner Jacke. „Absolut", entgegnete dieser. „Ich habe sein Gesicht genau gesehen, wie er mit den anderen Türken in das obere Stockwerk stürmte. Mahmoud blickte seinen Neffen finster an. „Dann muss er sterben", war seine Antwort. „Doch wie, wir können ihn hier nicht erschießen?" antwortete der Neffe. „Wir werden heute Abend in Ruhe darüber nachdenken", erwiderte Mahmoud. „Doch nun bleibe hier, ich muss noch einige Arbeiten mit meinen Leuten erledigen." Der Neffe nickte und machte es sich auf Mahmouds Bett bequem, während dieser den Wohnwagen verließ.

Drei Tage und Nächte waren vergangen. Sven saß auf der Treppe seines Wagens und rauchte eine Zigarette. Da es bereits dunkel war, sah man nur einen glühenden Punkt, der sich von Zeit zu Zeit bewegte, dann flammte er kurz auf und verbreitete einen kurzen, rötlichen Schein. Es war bewölkt und der Mond versuchte sich durch den Wolkenvorhang durchzukämpfen. Er wollte mal wieder nachsehen, wie es auf der Erde zugeht.

Sultan knurrte leicht im Schlaf, und etwas entfernt schnaubten die Pferde. Eines scharrte mit dem Fuß. Selbst die Kamele käuten noch wieder und machten

dabei sanfte Schmatzgeräusche, die zu Sven herüber-
klangen.

Gerade zog er das letzte Mal an seiner Zigarette. Dann
drückte er sie an der Treppe aus und warf die Kippe im
hohen Bogen von sich. Da knackte es irgendwo in seiner Nähe. Sven maß diesem Geräusch keine Bedeutung
zu und erhob sich, um in seinen Wagen zurückzukehren. Plötzlich standen vier Männer um ihn herum. Sie
waren schwarz angezogen. Ihre Gesichter waren vermummt, so dass er nur ihre Augen im aufkommenden
Mondlicht blitzen sah. Dann prügelten sie mit Knüp-
peln auf ihn ein. Sven setzte sich immens zur Wehr. Er
trat mit den Füßen nach dem Nächsten und hieb einem
anderen die Faust ins Gesicht. Dieser sank mit einem
Seufzer zu Boden. Doch die anderen hörten nicht auf,
ihn zu bedrängen und zu schlagen. Wieder trat er zu
und traf einen der Männer gegen die Brust. Dieser
wurde mit einem Stöhnen nach hinten geschleudert. Er
krachte mit seinem Kopf gegen den Wohnwagen und
blieb bewusstlos liegen. Ein Schlag der restlichen Ha-
lunken sorgte dafür, dass Sven das Bewusstsein verlor.
Nun lag er vor ihnen auf dem Boden.

„Uff, das war nicht leicht", flüsterte eine raue, kehlige
Stimme. „Komm, wir tragen ihn zum Käfig", fuhr sie
fort. Dann machten sich die beiden Männer daran, Sven
zum Löwenkäfig zu tragen.

Bei den Geräuschen des Kampfes war der Löwe wach
geworden. Er knurrte böse vor sich hin, als er zwei
dunkle Gestalten sah, die einen anderen Menschen an
Armen und Beinen zu ihm schleppten. Zunächst
schaute er die Wesen verwirrt an. Dann sprang er nach

vorne und ließ ein hörbares Brüllen hören. „Ruhig, Sultan", rief die raue Stimme wieder. Die Wohnwagentür des Dompteurwagens öffnete sich, und Georgio rief in die Nacht hinaus: „Sultan, sei ruhig, wir wollen schlafen!" Da der Löwe nicht weiter reagierte, schloss der Dompteur die Tür wieder und löschte das Licht an der Treppe.

Der Wagen für Sultan war durch eine Zwischenwand geteilt. In der Mitte war unten eine Öffnung, die man mit einem Riegel verschließen konnte. Die Männer legten Sven auf den Boden, und einer der Männer, der sich mit den Gepflogenheiten auskannte, zog den Riegel unter dem Wagen nach vorn und schloss damit die Öffnung. Der faulige Atem des Löwen drang bis zu den Männern herüber. Dann ging der zweite zur Käfigtür, an der leeren Wagenseite, und schob sie auf. Dann nahmen sie Sven hoch und schoben ihn langsam in den Käfig hinein. Als Sven zur Hälfte im Käfig lag, hob der eine der Männer seine Hand. Der zweite sah den anderen fragend an, und hielt Sven fest. „Wir wollen doch Sultan sein Nachtmahl schmackhaft machen, nicht wahr?" Dann zog er ein Messer aus der Tasche und machte auf Svens Armen eine paar Schnitte, nachdem er die Ärmel der Jacke hochgeschoben hatte. Sven blutete augenblicklich. Dann schoben die Männer ihn ganz in den Wagen hinein. Einer schob die Zwischentür wieder auf und rief halblaut zu dem Löwen: „So Sultan, dein Nachtmahl ist angerichtet, lass es dir schmecken". Dann verschwanden sie schweigend in dem Dunkel der Nacht. Sven wachte langsam auf, und hörte sich im Unterbewusstsein stöhnen. Er spürte ziemliche Schmerzen an seinen Armen. Als er sie anfasste, fühlte er, dass die Arme feucht waren. Er stöhnte laut, und versuchte sich aufzurichten. Diese Bewegungen hörte Sultan und erhob sich gähnend. Langsam trottete er zur Öffnung und erblickte einen Körper vor sich. Es roch nach Blut, und sein Instinkt ließ seinen Magen vor Hunger kollern. Er knurrte leise und kroch durch die Öffnung in den anderen Wagenteil. Sven hörte den Löwen und roch seinen Schweiß. Leichter Ekel stieg in ihm hoch, als der Atem des Löwen zu ihm herüberwehte und er war nahe daran, das Bewusstsein erneut zu verlieren. Sven versuchte, sich aufrecht zu setzen und sprach leise auf das Tier ein. Der Löwe stutzte zunächst, als er die menschliche Stimme vernahm, die ihm inzwischen vertraut war. Doch dann siegten sein Jagdtrieb und Hunger. Er knurrte laut auf und näherte sich Sven gefährlich. Dieser roch seinen stinkenden Atem und drehte sich weg. Todesangst kroch in ihm hoch, die ihm fast den Atem nahm. Gerade wollte der Löwe mit seiner dicken Pranke Sven berühren, als ein weiteres, menschliches Wesen vor dem Käfigwagen auftauchte, und einen Haken durch die Gitter schob. Damit berührte er den Löwen. Dieser brüllte verärgert auf, und versuchte mit seiner Pranke den Haken zur Seite zu schieben. Doch der Mensch draußen hatte auf diese Reaktion gewartet und den Haken rasch aus dem Käfig gezogen. Dann fuhr er wieder hinein, und stach den Löwen damit. Dieser schrie jetzt wütend vor Schmerz auf und fegte mit einem Schlag seiner Pranke den Haken zur Seite, dass das Holz, an dem der Haken befestigt war, zersplitterte.

Im gleichen Augenblick öffnete Georgio seinen Wagen und sprang zum Löwenkäfig hin. Er sah einen Fremden in der Dunkelheit und rief: „Was ist hier los, was machst du mit meinem Löwen?" „Sven liegt da drin", erhielt er zur Antwort. Da erst erblickte Georgio, dass ein Mann im Käfig lag. Der Löwe war inzwischen wild geworden. Er fauchte und brüllte laut. Dabei hieb er mit seinen Pranken gegen die Gitter. Ein paar Mal kam er Sven gefährlich nahe, der sich inzwischen ganz in die Ecke des Käfigs zurückgezogen hatte. Georgio sprang an das Gitter und redete sanft auf Sultan ein, um ihn zu beruhigen. Der andere Mann hatte inzwischen die Käfigtür geöffnet. Er rief Sven einige Worte zu. Dieser schob sich langsam in Richtung der offenen Tür. Georgio gelang es inzwischen, den Löwen zu beruhigen. Schnell holte er ein Stück Fleisch aus seinem Wagen und warf es dem Löwen zu. Dieser machte sich, noch wütend, darüber her und schlang es herunter. Inzwischen war Sven mit Hilfe des anderen Mannes aus dem Käfig geklettert.

Das Geschehen war natürlich nicht ungehört für die anderen Zirkusangehörigen abgelaufen. Als Sven, von Georgio und dem anderen unterstützt, in seinen Wagen gebracht wurde, standen die meisten der Kollegen im Bademantel oder in Jacken gehüllt um den Löwenkäfig herum und verfolgten die Szene. Auch der Neffe des Artisten hatte die Szenerie im Hintergrund mit angesehen. Dann sprang er schnell in den Wagen seines Onkels zurück und rief den anderen Männern, die sich darin befanden, zu: „Es hat nicht geklappt, sie haben ihn gerettet!" „Dann wisst ihr, was zu tun ist", befahl Mah-moud den Männern. Diese nickten und verließen den Wagen. Am nächsten Morgen war das Artistentrio mit Mahmouds Neffen verschwunden. Da ahnte jeder, dass sie damit zu tun hatten.

Inzwischen saß Sven auf einem zerschlissenen Sessel und ließ sich von der Trapezkünstlerin Laura die Arme desinfizieren und verbinden. Jobs, der Direktor, saß ihm gegenüber und schüttelte über diese grausame Tat noch seinen Kopf. „Ich glaube, morgen werden wir wissen, wer das gewesen ist", murmelte er in seinen Dreitagebart. Sven bedankte sich bei Georgio und fragte dann: „Wo ist denn der andere Mann hin? Weißt du, wer das war?" Georgio schüttelte den Kopf und deutete ihm an, dass besagter Retter nach draußen gegangen sei. Sven wollte aufstehen und erhob sich aus dem Sessel. Da wurde seine Wagentür geöffnet, und jemand kam herein.

„Da hast du ja verdammt viel Glück gehabt, Alter", hörte er eine Stimme sagen. Sven stutzte. Er kannte diese Stimme. Dann drehte er sich um und blickte in das schwarze, grinsende Angesicht seines Freundes Antonio, dessen weiße Zähne strahlten und das Schwarze seiner Haut verstärkten. Augenblicklich fielen sich die beiden Freunde, zum Erstaunen der übrigen Anwesenden in die Arme und klopften sich auf die Schulter. „Antonio, dass ich dich wiedersehe", brachte Sven hervor. Seine Gefühle überschlugen sich und ließen seine Augen feucht werden. So sehr freute er sich über die Begegnung. Antonio strahlte ebenso, und nannte Sven ein „Stehaufmännchen", der sogar einen Weltuntergang überstehen würde.

Dann berichtete Sven von seiner Freundschaft mit Antonio und beide berichteten den, interessiert zuhörenden Zirkusleuten ein paar Episoden aus ihrem gemeinsamen Leben. Als die anderen den Wohnwagen später verließen, hatten sie sich noch viel zu erzählen, so dass der Tag bereits begann, als sie sich schlafen legten.

XXIV

„So, jetzt noch die beiden Bilder aufhängen, dann machen wir erst einmal eine Pause." Raimund, der dieses seiner jungen, hübschen Ehefrau Evelyn zurief, schraubte gerade die linke Flügeltür eines Schrankes an. Von der Küche zog der Duft von frischem Kaffee durch die Wohnung und reizte den Magen von Raimund, ihn augenblicklich zu genießen.

Seit einer Woche befanden sich die beiden nun an ihrem neuen Arbeitsort in Heiligenstadt, einem Ort mit sechzigtausend Einwohnern, der mitten an der Grenze zu Baden-Württemberg, jedoch noch in Franken lag. Evelyns neuer Arbeitsbereich lag gleich mitten in der Stadt im 12. Polizeirevier, wo sie am nächsten Mittwoch ihren Posten in der Spurensicherungsabteilung antreten würde. Raimunds neuer Arbeitsplatz befand sich etwas außerhalb des Ortes in einem alten, in der Jahrhundertwende gebauten Komplex, den sich das Drogendezernat, dem er fortan angehörte, mit dem Bauamt und der Sozialbehörde teilen musste. So herrschte erheblicher Platzmangel, und es kam hin und wieder zu komplizierten Auseinandersetzungen, die in der höchsten Chefetage meistens wieder geglättet und manches Mal auch geklärt werden konnten.

Heiligenstadt wurde malerisch von einer Kette von Hügeln umrahmt, zu deren Füßen Weinberge angepflanzt waren, die um die Gunst des Sonnenlichtes warben. Der Ort wetteiferte mit Städten und Ortschaften des Regierungsbezirkes, zum europäischen Kulturerbe aufzusteigen. Neben seinen kulturellen Einrichtungen von zwei Kinos und einem Theater, an dem schon namhafte Schauspieler ihr Debüt gaben, kämpfte der Stadtrat nun um den Bau der Klinik, die für den ganzen Regierungsbezirk und die acht Ortschaften zuständig, und die auf dem Gebiet von Heiligenstadt gebaut werden sollte.

Doch davon ahnten unsere beiden Neulinge nichts. Sie waren weiterhin mit der Einrichtung ihrer Wohnung beschäftigt, sollte sie doch bis zum Wochenende fertig sein, da die große Einweihungsparty dann steigen würte.

„Hast du auch die Einladungskarten verschickt?" rief Eva aus dem Bad und säuberte dabei die Fliesen in der Dusche. Raimund überlegte kurz und hätte sich dabei mit dem Hammer fast auf den Daumen geschlagen. Er verkniff einen Ausruf des Schmerzes, wobei es ihm siedendheiß einfiel, dass die Karten noch im Auto lagen. „Jaaa", rief er gedehnt, aber etwas unsicher. Es war sein Glück, dass Eva gerade mit einem Fleck beschäftigt war und nicht richtig zuhörte.

Etwas später erklärte Raimund, noch etwas besorgen zu müssen und eilte, sich im Treppenhaus die Jacke anziehend, zu seinem Wagen. Kurz danach warf er die ausstehenden Einladungskarten in den Briefkasten und besorgte noch einige Sachen zum Mittagessen. Gerade legte er seine eingekauften Sachen in den Wagen, als er die Stimme einer alten Frau hörte, die aufgeregt um Hilfe schrie. „Hilfe, Hilfe, dieser Kerl hat mir meine Tasche geraubt", schrie sie, und ihr Gesicht wurde vor Schreck puterrot. Raimund blickte auf die alte Dame und dann schnell in die Runde, wo er einen jungen Mann auf einem Rad in die nächste Straße einbiegen sah. Geistesgegenwärtig sprang er ins Auto und verfolgte den Dieb. Dieser war von der falschen Seite in eine Einbahnstraße gefahren. Autos, die ihm entgegenkamen, hupten laut und die Fahrer schimpften über den rücksichtslosen Raser. Raimund nahm die nächste Nebenstraße, um den Radler von der anderen Seite abzufangen. Doch als er an der Straße ankam, war weit und breit nichts zu sehen. Er hielt sein Auto an und entdeckte das Rad, das auf dem Bürgersteig lag. „Ja, wo der wohl hin ist?" überlegte Raimund. Sein Verstand sagte ihm, dass er in das Haus gehen sollte. Er folgte dieser Eingebung und stand nun horchend im Treppenhaus. Nichts rührte sich. Da hörte er über sich ein Geräusch, als wenn jemand die Treppen heraufschlich. Raimund folgte dem Geräusch. Er nahm gleich zwei Stufen auf einmal. Als er nichts mehr hörte, stoppte auch er und horchte weiter nach oben. Dabei blickte er durch das Treppengeländer nach oben, ob er den Dieb nicht entdecken konnte. Plötzlich klappte eine Tür. Dann war es still im Treppenhaus.

Raimund stieg weiter nach oben und horchte an jeder Tür, ob er nicht Stimmen wahrnehmen konnte. Zwei Stockwerke höher unterhielten sich zwei Menschen aufgeregt. Raimund klingelte. Das Gespräch verstummte augenblicklich, und es tat sich nichts. Dann klingelte Raimund erneut. Nach längerem Zögern öffnete sich die Tür, und eine Dame mittleren Alters stand vor ihm. „Sie wünschen?" fragte sie Raimund. Dieser fragte nach, ob nicht gerade ein junger Mann hier hereingekommen sei. Die Frau verneinte und entschuldigte sich. Dann schloss sie die Tür. Raimund, der wieter nichts ausrichten konnte, telefonierte mit der Polizei, die das Fahrrad in Gewahrsam nahm und nach dem Eigentümer forschte. Da es registriert war, konnte später der Besitzer ausfindig gemacht werden. Dabei stellte es sich heraus, dass es der junge Mann war, der der alten Dame die Tasche geraubt hatte.

Evelyn, die gerade den Rest ihres Kaffees trank, wunderte sich, wo ihr Göttergatte so lange ausblieb, als sie hörte, wie der Schlüssel ins Schloss gesteckt wurde und Raimund, mit seinen Sachen bepackt, zurückkam.

„Wo warst du so lange?" wollte Eva wissen und blickte ihn fragend an, als er zu ihr in die Küche trat und die Taschen auf den Tisch stellte. Dann berichtete Raimund ihr von seinem kleinen Abstecher, in dem er der alten Dame geholfen und den Dieb verfolgt hatte. „Du hast doch sicherlich erst die Karten eingeworfen?" erwiderte seine Frau, und ihr kritischer Blick ließ ihn ein wenig erröten. Da er mit der Antwort zögerte, nickte Eva und meinte nur mit einer abwehrenden Handbewegung, die ihren Unmut darüber bekundete: „Na, hoffentlich kommen die Karten noch rechtzeitig an!"

Am anderen Morgen waren die beiden schon um sieben Uhr hoch, da die Möbelpacker sich angemeldet hatten, um die Möbel für das Wohn- und Schlafzimmer zu bringen. Pünktlich um neun klingelte es an der

Haustür. Vor der Tür standen die Möbelpacker, die schon den unteren Teil des Schrankes in die erste Etage geschleppt hatten. Raimund hängte die Eingangstür aus, damit die Packer ungehindert die Möbel ins Haus bringen konnten. Dann waren die beiden beschäftigt, den Männern, denen der Schweiß schon auf der Stirn stand, zu zeigen, wo die Möbelstücke hingestellt werden sollten.

Plötzlich hupte ein Wagen auf der Straße, und kurz darauf drangen lautes Lachen und Schritte auf den Treppenstufen. Evelyn, die gerade dabei war, eine Vase in Sicherheit zu bringen, machte zunächst ein verdutztes Gesicht, als eine Gruppe von Menschen lärmend in die Wohnung polterte. Dann hellte sich ihr Gesicht auf, und lachend stürzte sie Judith und Esther entgegen und umarmte sie. Dahinter sah sie die sich diebisch freuenden Gesichter von Ludwig und Jasper, in deren Schlepptau noch zwei weitere, ehemalige Kommilitonen waren, die eine Kiste Bier in den Händen hielten.

Raimund, der von dem Lärm aus dem Schlafzimmer angelockt worden war, glaubte seinen Augen nicht zu trauen. Zunächst begrüßten sich alle mit freudigen Umarmungen und Schulterklopfen. Dann wurden die Freunde ins Wohnzimmer gebeten, wo man sich schon hinsetzen konnte, da die Couch und zwei Sessel schon platziert waren. Auch die Möbelpacker machten erst einmal eine Pause und griffen freudig in die Bierkiste. Das gab ein Hallo und ein Geschnatter. Jeder wollte zuerst berichten, bis Jasper die anderen überstimmte und berichtete, wie der Überfall auf die beiden geplant und schließlich durchgeführt wurde. Von den Einladungskarten wusste keiner der Eingetroffenen etwas.

Sie wollten die Freunde überraschen, was ihnen auch gelungen war. Eine halbe Stunde später waren alle beschäftigt, denn dazu waren sie ja alle gekommen, um beim Umzug zu helfen. So geschah es, dass die Wohnung nach zwei weiteren Stunden eingeräumt war und alles dort stand oder hing, wo es hingehörte.

Evelyn hatte Raimund kurz vor der Fertigstellung in die Küche geholt und besprach mit ihm die Situation, wie sie die Freunde beköstigen sollten, da sie erst gegen Nachmittag einkaufen wollten. Judith, die ein paar Wortfetzen darüber aufschnappte, gab den anderen einen Tipp. Daraufhin stürmte Ludwig mit den anderen Männern nach unten zum Kleinbus, mit dem sie gekommen waren, und schon schleppten sie Platten und Schüsseln mit Frikadellen und Salaten und anderen, köstlich zurechtgemachten Speisen nach oben.

Evelyn und Raimund staunten nur so darüber. Dann deckten die Frauen den Tisch im Wohnzimmer. Bevor sie sich zu Tisch setzten, stellte Raimund fest, dass Ludwig plötzlich fehlte. Etwas später klingelte es erneut, und eine weitere Überraschung ließ es in den Augen von Evelyn und Raimund blinken. Denn vor der Tür stand Ludwig mit Gisela, Raimunds Mutter, und Tante Lisa. Nun war das Fest komplett, das einen Tag vorher, auch ohne Einladungskarten, stattfand. Bis spät gegen Abend war die Stimmung fröhlich, ja sogar manchmal ausgelassen. Dann verabschiedeten sich die Freunde mit Gisela und Tante Lisa, um in einem nahen Hotel zu übernachten.

Evelyn und Raimund saßen beide glücklich auf ihrem Sofa und schauten sich in die Augen. Raimund wischte seiner Frau eine kleine Träne aus dem rechten Auge. Dann küsste er sie zärtlich. „Ich bin jetzt rechtschaffen müde", sagte sie. „Es war der schönste Tag in unserem neuen Heim. Daran werden wir sicher noch lange denken", antwortete Raimund. Ein wenig später verbrachten sie die erste Nacht in ihrem neuen Zuhause und schliefen tief und fest.

Am nächsten Morgen hatte Tante Lisa gegen elf Uhr ein Frühstück im Hotel organisiert. Danach wurde das kleine Städtchen inspiziert, damit sich alle einen guten Einblick über den jetzigen Wohnort unserer neuen Mitbürger machen konnten. Gegen Nachmittag verabschiedeten sich alle, nachdem sie noch genüsslich im Hotel einen kleinen Imbiss zu sich genommen hatten. Evelyn und Raimund ließen den Tag ruhig ausklingen, denn es war das letzte Wochenende, bevor sie ihre neuen Dienststellen antraten.

Nach diesem schönen Wochenende, mit seiner jungen Frau Eva und seinen Freunden, machte sich Raimund am Montagmorgen auf den Weg in seine neue Dienststelle. Er erwischte gerade noch einen Parkplatz in der Nähe des Dienstgebäudes. Auf dem Weg zu seinem neuen Arbeitgeber musterte er das alte Haus mit den braunen Steinen. Die Treppe zum Eingang war abgewetzt und an verschiedenen Stellen ausgebessert worden. Die schwere Eingangstür öffnete sich von selbst, und er trat in eine riesige Halle, an deren rechte Seite eine große Informationstafel hing, die jedem Besucher zeigte, wohin er gehen musste. Raimund suchte das Dezernat D7, das sich im ersten Stock befand. Als er leichtfüßig die Treppe nach oben nahm, erkannte er an einem Hinweisschild, dass er sich nach rechts wenden

musste. Gleich das erste Zimmer auf der linken Seite
war offen. Darin befand sich eine lange Theke aus alten
Zeiten. Raimund trat ins Zimmer und sah außer den
beiden Schreibtischen mit den dazugehörigen Stühlen
und großen Wandregalen, die voller Bücher und Akten
waren, niemand. Eine kurze Weile wartete er geduldig.
Dann drehte er sich um, das Zimmer zu verlassen, da
sich niemand näherte. Plötzlich ertönte hinter ihm eine
piepsige Frauenstimme, die Raimund erstaunt herumfahren ließ, um zu sehen, welchem Vogel diese Stimme
wohl gehörte. Eine kleine Frau mit kurzem Bubi-
haarschnitt schaute ihn mit großen Augen an, und die
piepsige Stimme ertönte erneut: „Hallo, junger Mann,
was kann ich für Sie tun?" Dabei schaute sie ihn von
oben bis unten musternd an. Es sah aus, als wollte sie
ihn schnell abwimmeln.

„Entschuldigen Sie, junge Frau", antwortete Raimund,
und ein kleines Lächeln huschte augenblicklich über
sein Gesicht, als die kleine Person, einem scheuen Reh
gleich, bis in die Haarspitzen errötete. „Ich soll eigentlich hier anfangen zu arbeiten, und heute ist mein erster
Arbeitstag."

Die kleine Person strich sich verlegen über ihr Haar und
fragte ihn: „Wie ist denn ihr Name?" Raimund stellte
sich vor, und die Kleine blickte in eine Mappe, die vor
ihr auf der Theke lag.

„Ach ja, Herr Köster! Sie werden schon sehnsüchtig
erwartet. Leider ist unser Chef noch nicht da. Er wird
aber in einer halben Stunde kommen." Dann stellte sie
sich vor. Ihr Name war Florina Danzer. Sie war hier für
die Personalabteilung des Hauses zuständig. Aus Platz-
gründen hatte man sie im Drogendezernat mit unterge-

bracht. Dann reichte sie Raimund die Hand, hieß ihn als Kollegen herzlich willkommen, und bat ihn, auf der Bank im Flur Platz zu nehmen, bis der Chef kommen würde.

Raimund schaute sich zunächst interessiert den Dienstbetrieb an, in dem er in Zukunft mitarbeiten würde. Aus einem der Zimmer kam ein Schönling, der dem jugendlichen Alter wohl noch nicht entwachsen war. Aber er musste sicher älter sein. Er trug einen Hefter unter dem Arm und sprach mit einem anderen Mann, der ihm entgegen kam. Seine Stimme klang zart und weich, so dass Raimund sich so seine Gedanken machte. Doch später sollte sich herausstellen, dass dieses nicht der Fall war. Kurz blickte er auf seine Uhr, als die Flurtür polternd geöffnet wurde, und eine cholerische Stimme brüllte: „Welcher Idiot hat meinen Parkplatz besetzt?" Ein älterer, dicklicher Mann schoss mit hochrotem Kopf, seinen Bauch vor sich herschiebend an ihm vorbei und verschwand in einem der angrenzenden Zimmer, indem er die Tür laut zuknallte. „Das ist doch wohl hoffentlich nicht der Chef", dachte Raimund bei sich. Doch seine Ahnung sollte sich bestätigen, als die piepsende, kleine Kollegin von vorhin, die auch noch Sekretärin des Cholerikers sein musste, ihn zum Chef bat.

Raimund klopfte an und betrat das Dienstzimmer. In diesem Augenblick sah er, wie das feiste Gesicht seines zukünftigen Vorgesetzten auftauchte, und er in einen Raum hineinbrüllte, dessen Tür offen stand: „Frau Danzer, haben Sie den Halter schon ausfindig gemacht?" Dabei ähnelte er einer Bulldogge, die drohend ihre Zähne fletschte, um jemanden anzugreifen.

Raimund lächelte und räusperte sich. Sein Vorgesetzter blickte überrascht auf, und forderte ihn auf, Platz zu nehmen. Bevor jedoch die kleine Piepmaus etwas erwidern konnte, ergriff Raimund das Wort. „Entschuldigen Sie, Herr? Vielleicht kann ich die Sache aufklären?" Das Gesicht seines Gegenübers setzte eine Miene auf, in dem fünf Fragezeichen Platz gehabt hätten.

„Wieso?" Doch weiter kam er nicht. Raimund erklärte ihm, dass er wohl seinen Wagen aus Versehen auf den Platz des Chefs gestellt hätte, da dieses der einzige freie Platz war. Herr Bänziger, so hieß sein neuer Chef, entspannte sich, als die Sache aufgeklärt war. „Nun wissen Sie ja, Herr?" Dann schlug er den Aktenhefter auf und warf einen Blick hinein. „Herr Köster, direkt von der Polizeiakademie", murmelte er leise vor sich hin. Dann blickte er mit kleinen Wieselaugen seinen neuen Mitarbeiter an. „Ich habe mir Ihre Akte durchgelesen. Sie haben ja schon einiges auf der Akademie erlebt." Dann zog ein pralles, wohlwollendes Lächeln über sein dickes Gesicht. „Gratuliere, dass Sie mit ihren Freunden den Fall so gut gelöst haben. Solche Leute können wir hier gut gebrauchen."

Dann hieß er Raimund willkommen. Kurz danach beauftragte er die Danzer, in einer halben Stunde eine kleine Konferenz einzuberufen, dass Raimund auch die anderen Kolleginnen und Kollegen kennenlernen sollte und sie ihn. Nachdem Raimund entlassen worden war, ging er noch kurz in die Kantine, die im Erdgeschoss lag, und genoss einen Kaffee und ein Stück Mohnkuchen. Er musste die ersten Augenblicke in seiner neuen Dienststelle erst einmal verdauen. Eine Stunde später öffnete er die schwere Tür zum Konferenz-

raum. Florina hatte in der Zwischenzeit ein wenig ge-
zaubert. Zwei Kannen Kaffee standen in der Mitte des
ovalen Eichentisches und ließen ihr Aroma verführerisch durch den Raum streichen. Ein paar Teller mit
Gebäck standen neben den Gedecken ebenfalls schon
bereit. Raimund zählte sechs Gedecke. Ehe er dazu
kam, sich darüber Gedanken zu machen, wer zu dieser
Arbeitsgruppe gehörte, öffnete sich die Tür und neben
Florina betraten eine weitere Frau und zwei Männer
den Raum. Die Frau blickte ihn interessiert fragend an,
während die Männer kurz nickten und wie gewohnt
ihre Plätze einnahmen. Auch die Frau setzte sich auf
ihren Platz, während Florina etwas nervös zur Tür
blickte. Sie schien den Chef zu erwarten. Raimund war
stehengeblieben und schaute sich seine zukünftigen
Kollegen und die Kollegin aus den Augenwinkeln an.

Dem Schönling war er bereits auf dem Flur begegnet.
Der andere Mann konnte gegensätzlicher nicht sein. Er
war ein echter Machotyp mit dunkler, voller Mähne,
die an den Schläfen leicht ergraut war. Sein Zweita-
gebart ließ ihn sicher für Frauen, die es mochten,
interessant wirken. Seine scharfe, leicht gebogene Nase
erinnerte an einen Orientalen. Sein schmallippiger
Mund machte von Zeit zu Zeit einer Reihe blitzender
Zähne Platz, die wirkungsvoll sein Äußeres betonten.
Seine hellblauen Augen blickten ein wenig kalt und
neugierig, wenn sie sich Raimund kurz zuwandten.

Ein ebenso krasser Gegensatz zu der kleinen Piepmaus
Florina war die andere Kollegin. Sexy und mondän
schüttelte diese mehrmals ihre Kurzhaarfrisur wie ein
Löwe seine Mähne. Raimund fand, dass sie gut aussah,

besonders gefiel ihm ihre feine Nase mit den sinnlichen, vollen Lippen darunter. Ihre braunen Augen blickten mehrmals sanft, aber begierig zu ihm herüber. Ihre beachtliche Oberweite stand im krassen Gegensatz zu ihrer Wespentaille, und Raimund vermutete, dass sie sich fast nur von Salat und Rohkost ernähren würde.

Bevor er den Schönling etwas genauer betrachten konnte, hörte er es draußen poltern. Geräuschvoll wurde die Tür geöffnet, und schnaufend stampfte der Chef, bepackt mit Unterlagen, ins Konferenzzimmer. Florina eilte ihm gehorsam entgegen und erleichterte ihn von seinen Lasten, um sie an seinen Platz zu legen. Bevor sich der Chef knurrend setzte, lud er Raimund mit einer lässigen Handbewegung ein, sich ebenfalls zu setzen. Raimund nahm Platz, und der Chef, mit richtigem Titel Hauptkommissar namens Rüdiger Bänziger, ergriff das Wort. „Also, Leute, bevor wir zum eigentlichen Dienstgeschäft kommen, möchte ich euch unseren neuen Kollegen vorstellen, der frisch von der Akademie kommt." Dabei wies er auf Raimund und bat ihn, sich selbst vorzustellen. Dieser gab kurz seine Personendaten bekannt und berichtete, warum er sich eigentlich zur Polizei begeben und speziell zum Drogendezernat gemeldet hatte. Der Hinweis, dass er frisch verheiratet sei, ließ die mondäne Kollegin etwas enttäuscht dreinblicken und den Macho leicht grinsen. Dann wurde die Kaffeetafel für eröffnet erklärt. Nach kurzem Einschenken des duftenden Kaffees, ergriff der Chef zwischen zwei Keksen, die er kurz kauend herunterschluckte, erneut das Wort.

„Nachdem wir das geklärt haben, können wir uns nun der eigentlichen Dienstbesprechung zuwenden. Wie ihr wisst, sind wir schon seit längerem hinter einer Drogenmafia her, die seit über einem Jahr in unserem Bereich ihr Unwesen treibt und massiv tätig ist. Bisher konnten wir nur kleinere Dealer dingfest machen. Aber an den großen Fisch, den Boss dieser Bande, sind wir noch keinen Millimeter näher herangerückt, beziehungsweise konnten wir noch keine Kontakte durch Mittelsmänner bis in die höhere oder höchste Ebene knüpfen. Das einzige, was uns vom BKA herübergesandt wurde, ist ein etwas undeutliches Bild des Mannes, der der Kopf der Bande sein soll. Er nennt sich pathetisch der „Slawenkönig".

Dann gab er Florina ein kurzes Zeichen. Diese drückte auf einen Knopf, und eine Leinwand schob sich von der Decke nach unten. Darauf projizierte sie ein undeutliches Foto eines Mannes mittels eines Bcamers, der aus der Mitte des Konferenztisches gehoben wurde. Alle schauten sich das Bild an. Die meisten der Polizeibeamten zuckten die Schultern, um anzudeuten, dass sie diesen Mann noch nie gesehen hatten.

Als der Chef mit seinen Instruktionen fortfahren wollte, meldete sich Raimund zu Wort. Hauptkommissar Bänziger blickte erstaunt auf, unterbrochen zu werden. Dann erteilte er Raimund das Wort. „Ich kenne den Kerl." Alle Augen starrten ihn wie gebannt an. „Das ist Georg Grabowsky. Ich erkenne ihn genau wieder. Dieser Mistkerl hat mir schon als Jugendlicher das Leben zur Hölle gemacht. Ich weiß, wovon ich rede. Es wäre mir ein Genuss, diesen Typen zur Strecke zu brin-gen."

Allgemeines Gemurmel erfüllte augenblicklich den Raum, nachdem Raimund mit seiner Aussage geendet hatte. Der Chef verschaffte sich kurzerhand Gehör, in-

dem er mit der Faust auf den Tisch schlug. „Nun seid
mal ruhig! Bitte, Kollege Köster, können Sie uns weitere Einzelheiten schildern, die wir dem BKA melden
können, so dass wir ganz sicher sind, wen wir da vor
uns haben?“

Raimund nickte und berichtete den Kolleginnen und
Kollegen aus seiner Jugendzeit und der Begegnung mit
Grabowsky. Als er geendet hatte, meldete sich Florina
zu Wort. „Ja, was gibt's?“ fragte Bänziger. „Wir haben
noch nicht geklärt, mit wem der neue Kollege ein Team
bilden soll“, antwortete sie. Der Chef nickte. Dann
blickte er die anderen an, die ihn erwartungsvoll ansahen in der Hoffnung, bestehende, eingespielte Regelun-
gen nicht aufzulösen. „Eigentlich ist das doch klar“,
knurrte der Hauptkommissar. „Philipp ist ohne Partner,
dem wird der Neue zugeteilt.“ Daraufhin lehnten sich
die „Femme-fatale-Kollegin“ und der Macho erleichtert in ihren Stühlen zurück. Der Schönling grinste,
stand auf und reichte Raimund die Hand. Dieser ergriff
sie zögernd und dachte bei sich: „Auch das noch!“ „Auf
gute Zusammenarbeit“, hörte er Philipp sagen. Es sollte
sich später herausstellen, dass Philipp ein guter Partner
war.

Nach Beendigung der Konferenz führte ihn sein neuer
Partner in den zweiten Stock, wo er seinen Schreibtisch
einnehmen konnte. „In einer halben Stunde komme ich
wieder, dann kann ich Ihnen mal die Gegend hier zeigen“, sagte Philipp und verschwand auch schon aus
dem Büro. Zunächst betrachtete Raimund sein neues
Zuhause, in dem er jetzt arbeiten sollte, etwas genauer.

Auf dem schon etwas ramponierten Schreibtisch, dessen Unterlage mit Kugelschreiber bekritzelt war, lagen

einige Akten, die darauf warteten, gelesen und bearbeitet zu werden. Das Telefon sah schon reichlich modern aus, und Raimund überlegte, ob es auch einige Finessen beim Gebrauch aufzeigen würde. Neben einem alten, schäbigen Kleiderschrank standen zwei weitere Schränke, die neben einem Aktenregister noch diverse Schubladen enthielten und begierig waren, allen möglichen Krimskrams aufzunehmen, der sich in einem Büro so tummelte. Raimund ließ sich auf den Bürostuhl fallen, der bereit war, seinem Besitzer einen gewissen Komfort zu gönnen. Der Besucherstuhl vor seinem Schreibtisch gönnte der Person, die sich darauf breitmachten konnte, nicht diese Atmosphäre. Er war mit hellgrünem Leder bezogen, das schon an der Seite aufgeplatzt war. Raimund überlegte kurz, wie viele Menschen dort schon Platz genommen haben mochten, als sein neuer Partner lächelnd ins Zimmer trat und ihn aufforderte, mitzukommen. Schnell steckte Raimund seine Sonnenbrille in die obere Seitentasche seines Jakketts und folgte Philipp, der ihm schwungvoll voranging.

Während Philipp seinem neuen Partner die Stadt zeigte und besonders die Stellen anfuhr, an denen sich die Drogenabhängigen mit ihren Dealern trafen, berichtete er aus seinem Leben. Raimund versuchte, sich die neuen Örtlichkeiten einzuprägen und hörte nur mit einem Ohr zu, was sein jetziger Partner ihm erzählte. Es wunderte ihn nicht, dass der Junge mit seinen sechsundzwanzig Jahren noch im „Hotel Mama" wohnte. Als Philipp darauf zu sprechen kam, dass er vor kurzer Zeit eine Partnerschaft zu einer Frau aufgelöst hatte, da sie sich aus beruflichen Gründen kaum noch sahen und die Verbindung dadurch gelockert und schließlich auseinandergedriftet war, dachte Raimund nur: „Aha, doch nicht schwul!" Dabei entspannte sich seine unbewusste Einstellung zu Philipp, und er begann nun, ein wenig, von sich zu erzählen. Philipp bemerkte die Veränderung bei Raimund, reagierte jedoch nicht darauf, da er den Gedanken, er sei schwul, schon von anderen Menschen gehört hatte, da sie ihn wegen seines Ausschens so eingeschätzt hatten. Zu Anfang hatte es Philipp amüsiert, dass man so über ihn dachte, doch je häufiger er diese Vermutungen hörte, desto mehr ärgerte es ihn und fand es schließlich zum Kotzen. Um nicht psychische Probleme damit zu bekommen, hatte er solche Gedanken zum Schluss verdrängt und die Leute für verrückt gehalten, die so etwas äußerten. Nun hatte er das bei seinem neuen Partner auch gespürt, auch wenn es unausgesprochen zwischen ihnen stand. Doch heute fand er es als Erleichterung und begann, die neue Situation, mit Raimund zusammen den Dienst zu verbringen, als wohltuend zu empfinden. Das sollte sich in den nächsten Wochen noch verstärken.

Sie waren nun in der Innenstadt angekommen, und Philipp hatte vorgeschlagen, einen Kaffee zu trinken, als Raimund plötzlich aufgeregt aus dem Fenster starrte. Er stieß seinen Partner an und rief: „Du, halt doch mal an." Philipp schaute kurz in den Rückspiegel, ob nicht ein anderer Wagen dicht hinter ihnen war, und brachte den Dienstwagen mit laufendem Motor zum Stehen. Raimund zeigte in eine Gruppe Menschen, die leicht rechts über den Zebrastreifen auf die andere Seite wechselten. „Siehst du den Mann mit der grauen Jacke da, der so ein wenig nach vorne gebeugt geht?" Philipp versuchte, den Genannten zu finden und nickte, als er ihn schließlich entdeckte. „Das ist er, Philipp!" rief Raimund nervös. „Das ist Grabowsky, der Gangsterboss. Ich schwör's dir." Nun wurde auch Philipp von der Nervosität seines Partners angesteckt. Er fuhr langsam an und folgte dem Gangsterboss, der ganz gemächlich weiterlief, sich aber von Zeit zu Zeit umblickte, als suche er etwas Bestimmtes. Die beiden Polizisten hielten sich im gebührenden Abstand von ihm fern, dass Grabowsky nicht auf sie aufmerksam werden konnte, und folgten ihm. Dieser blieb vor einem grauen Gebäude stehen, dessen Fassade einen unansehnlichen Eindruck machte. Dann las er die Namen auf den Klingeln, drückte auf eine und verschwand kurz darauf im Haus, als ihm durch einen Summer geöffnet wurde.

Sie entschlossen sich, mindestens eine Viertelstunde zu warten, ehe die beiden nachsehen wollten, wo der Gangsterboss abgeblieben war. Raimund fasste gerade ungeduldig den Türgriff an, um weitere Schritte einzuleiten, als ein schwarzer Mercedes die Straße entlang kam und vor dem grauen Haus hielt. Ihm entstiegen zwei stämmige Typen, die ebenfalls Schwarz gekleidet waren und Sonnenbrillen trugen. „Aha, die „Men in Black" flüsterte Raimund und zögerte, die Wagentür zu öffnen. Die beiden Männer blickten die Straße auf und ab. Nachdem sie sich versicherten, dass keine anderweitigen Besucher unterwegs waren, um vor dem Haus zu halten, gingen sie ins Haus. Den Wagen mit den beiden Polizisten hatten sie kurz mit ihrem Blick gestreift, aber nicht für verdächtig gehalten. Diese waren jetzt nicht untätig, sondern folgten den Männern sofort. Bevor die Eingangstür polternd ins Schloss fallen konnte, hielt Philipp die Tür an, und beide verschwanden ebenfalls darin. Das Haus hatte seine Besucher geschluckt, und nichts deutete darauf hin, dass sich in wenigen Minuten etwas ereignete, mit dem die beiden Drogenfahnder nicht gerechnet hatten.

Langsam folgten sie den Männern in Schwarz nach oben, deren Tritte sie hörten. Die Stufen knarrten leicht, und die beiden Polizisten versuchten, die Nebengeräusche beim Weiterkommen zu vermeiden. Je höher sie stiegen, vernahmen sie Stimmen aus einer der Wohnungen. Dann hörten die Schritte der vorangehenden Männer auf, und ein Klingelton, zweimal kurz, war zu hören. Kurz darauf wurde die Wohnungstür geöffnet und die Männer in schwarz verschwanden in der Wohnung. Philipp war langsam höher gestiegen. Er sah die Füße der beiden Gangster noch, als sie die Wohnung betraten. Langsam schoben sich Philipp und Raimund höher. Dann standen sie, leise atmend, vor der Tür und versuchten, etwas von dem Wortgeschwafel zu verstehen, das ungenau durch die Wohnungstür drang. Doch die Wortfetzen, die zu ihnen drangen, blieben undeutlich. Philipp fasste in seine rechte Hosentasche und holte einen Spezialdietrich heraus. Langsam führte er ihn in das Schloss ein, ohne Lärm zu machen, und drehte vorsichtig das Schloss. Es machte kurz „klick", und die Tür war geöffnet. Nun drangen die Wortfetzen deutlicher an ihr Ohr. „Wenn die Ware bis nächsten Donnerstag nicht geliefert wird, werde ich mir neue Geschäftspartner suchen", hörten sie eine, ihnen fremde Stimme sprechen. Nun ertönte die Stimme von Grabowsky, die Raimund nur zu gut kannte. „Das wird nicht nötig sein", hörten die Polizisten ihn antworten.

„Wir liefern pünktlich wie immer", kam als Zusatz. Gerade wollte Raimund die Tür langsam öffnen. Philipp hatte seine Dienstwaffe bereits in der Hand und hielt sie in Richtung der Wohnung. Plötzlich hörten sie, wie etwas durch eine Glasscheibe geworfen wurde. Mit lautem Knall explodierte etwas, dem das Klirren der Fensterscheibe vorangegangen war. Raimund und Philipp waren schnell einen halben Treppenabsatz nach oben geeilt, als die beiden Männer in Schwarz mit Grabowsky aus der Wohnung gestürmt kamen. „Verdammte Scheiße!" brüllte dieser. Dann polterten die drei Männer so schnell sie konnten die Treppe herunter. Bevor die Polizisten ihnen folgen konnten, drang beißender, dunkler Rauch aus der Wohnung und verpestete die Luft im Treppenhaus. Die beiden Drogenfahnder hielten sich Taschentücher vor den Mund und stürmten die Treppen nach oben. Dort wurden inzwischen Türen geöffnet und die Hausbewohner riefen aufgeregt, was denn los sei. „Türen zu!" riefen die Polizisten. „Da ist 'ne Rauchbombe hochgegangen!" Schnell wurden die geöffneten Wohnungstüren geschlossen, hinter denen angstverstörte Hausbewohner warteten, bis das Theater vorbei war. Inzwischen hatte Raimund über Handy die Feuerwehr und seine Kollegen informiert. Alle trafen gleichzeitig nach wenigen Minuten ein, obwohl den beiden dieses wie eine Ewigkeit vorkam. Die Kollegen von der Feuerwehr drangen mit Atemschutzmasken in die Wohnung. Auch Raimund und Philipp erhielten zwei Masken und begaben sich ebenfalls mit den heraufstürmenden Kollegen in die Wohnung. Dort fanden sie drei bewusstlose Männer, die auf schnellstem Wege ins Krankenhaus transportiert wurden. Dann machte sich die Spurensi-

cherung auf, die wenige Minuten nach Raimunds Anruf informiert worden war, die Wohnung nach Spuren
und Beweismaterial zu untersuchen.

„Kaum sind Sie da", brummte der Chef und sah Raimund etwas überrascht an, als sie diesem wenig später
in seinem Büro Bericht erstatteten. „So, da haben Sie
also den „Slawenkönig" zu Gesicht bekommen", bemerkte der Hauptkommissar und schaute Raimund
erneut etwas befremdet an, als wolle er es nicht glauben. Dann wandte er sich zu Philipp und sagte: „Da
kannste mal sehen. Wir Hornochsen suchen seit Monaten nach dem Typen, und so einer von der Akademie
kommt daher, und schon hat er Kontakt zu diesem
Menschen. Ich kann's noch nicht glauben." Dann
schlug er Raimund wohlwollend auf die Schulter und
meinte: „Ich muss jetzt leider in eine Besprechung.
Schreiben Sie einen Bericht, den ich dann weiterrei-
chen kann." Bevor er sich erhob, schlug Raimund vor,
sich um die drei Männer in der Wohnung zu kümmern
und sie zu verhören, sobald sie dazu in der Lage waren.
Der Chef nickte und verschwand, auffällig schnaufend,
durch die Tür. Philipp sah Raimund an und grinste bis
über beide Ohren. „Da haben wir doch ´nen tollen Chef,
nicht wahr?" meinte er ironisch. Raimund grinste seinen Partner an und schlug ihm auf die Schulter. „Du
hast recht, Philipp. Ich glaube, hier muss man alles
selber machen." Als die beiden aus dem Büro traten,
wurden sie von den anderen Kollegen mit Applaus
begrüßt. So schnell hatte sich die Begegnung mit Grabowsky herumgesprochen. Als Raimund eine kurze
Verschnaufpause in seinem Büro machte, dachte er bei
sich: „Da habe ich ja Evi heute Abend eine Menge zu
erzählen."

Als Raimund am nächsten Vormittag seinen Bericht beim Chef einreichte, zeigte dieser ihm den Bericht der Spurensicherung, der vor wenigen Minuten auf den Tisch des Revierleiters gelangt war. Raimund überflog ihn kurz und schaute Hauptkommissar Bänziger fragend an. „Da ist kaum Fleisch dran", brummte der Chef, dabei seine dicke Nase kratzend. Ja, und so war es. Der Bericht wies auf die Spuren der drei Männer und Grabowsky hin, aber das, was die Drogenpolizisten benötigten, um die Männer anzuklagen, wie Stoff oder Hinweise, die sich auf Hintermänner bezogen, enthielt dieser dürftige Bericht nicht.

„Chef, was halten Sie davon, wenn Philipp und ich uns die Wohnung noch einmal genau ansehen?" Dieser schaute seinen neusten Mitarbeiter mit begeisterten Augen an und nickte heftig. Dabei kratzte er wieder seine Nase, die noch nicht aufgehört hatte zu jucken.

„Na klar! Ein guter Gedanke." Dann fügte er grinsend hinzu, indem er sich mit einem schweren Klatschen auf seinen Bürosessel fallen ließ und nach dem Telefonhörer griff: „Und kommen Sie mir ja nicht ohne Ergebnis wieder!" Damit war Raimund entlassen. Dieser zog grinsend von dannen und begab sich in Philipps Büro, der gerade ein Puddingteilchen verzehrte und sich die Finger ableckte. Bei dieser Prozedur blickte er auf den Hereinkommenden und hatte dabei das Gefühl, dass seine Pause nun ein jähes Ende finden würde.

So war es auch. Schnell schob er den Rest des Kuchenstücks in den Mund, griff dann nach seinem Jackett und folgte Raimund, der mit schnellen Schritten auf den Fahrstuhl zulief und schon den Knopf gedrückt hatte. „Erklär' ich dir im Wagen", sagte er, sich halb zu Phi-

lipp drehend, und verschwand im Fahrstuhl. Philipp
war interessiert gefolgt. Die Fahrstuhltür war kaum geschlossen, als sich der Fahrstuhl ächzend in die Keller-
region senkte. Raimund fädelte sich in den laufenden
Straßenverkehr ein und berichtete seinem Partner von
der kurzen Unterredung mit dem Chef. „Na, meinst du,
das wir was finden?" zweifelte Philipp und blickte Raimund fragend an. Dieser zuckte mit den Schultern und
schaltete den Polizeifunk weg, aus dem eine Stimme,
gerade für sie störend, dazwischen sprach. „Wir
werden es sehen, Philipp".

Dann standen sie vor der Wohnungstür. Raimund entfernte die Banderole der Polizei und öffnete die Tür mit
dem Schlüssel, den er sich vorher von einem Kollegen
hatte geben lassen. Es roch ein wenig muffig nach
schlechter Luft, als sie den Flur betraten. Dann streiften
sich die Polizisten weiße Handschuhe über und begann-
nen, akribisch jedes Teil in der Wohnung umzudrehen.
Dabei klopften sie an die Wände, um irgendwelche
Hohlräume zu entdecken. Nach einer Stunde eifrigen
Suchens, in der sie absolut nichts fanden, bemerkte Philipp: „Lass uns ´ne Pause machen." Raimund nickte,
und beide nahmen sie im Wohnzimmer Platz. Während
Philipp ein wenig die Augen schloss, sah sich Raimund
im Zimmer um und nahm besonders ein Bücherregal in
Augenschein. Nachdem er einige Buchtitel gelesen hatte, stand er auf und griff nach einem Buch, das ihn interessierte. Kaum hatte er dieses Buch berührt, als mit
einem quietschenden Geräusch der mittlere Teil des
Regals aufschwang und den Blick in ein dunkles Loch
freigab. Raimund pfiff leicht durch die Zähne und
bückte sich, um den kleinen Raum zu betreten. Dabei
griff er nach rechts und links, um einen Lichtschalter

zu erwischen. Auf der linken Seite hatte er Glück. Eine Neonröhre flammte auf, flackerte ein wenig, und spendete dann ein helles, künstliches Licht für den Eintretenden. Philipp war wach geworden und überrascht aufgesprungen. Im Nu stand er hinter seinem Partner und schubste ihn ein wenig zur Seite, um einen Blick in das Innere des Raumes zu erhaschen. Ein alter Eichenschrank füllte fast den Raum aus. Raimund griff nach vorne und zog die rechte Tür auf, die seiner Hand ächzend folgte. Raimund pfiff wieder leise durch die Zähne. „Schau mal, Philipp, was wir hier haben." Sauber gestapelt lagen mindestens ein Dutzend kleine Plastiksäckchen mit einem weißen Pulver in den oberen Fächern des Schrankes. Darunter lagen Kartons, die mit Röhrchen gefüllt waren. Die beiden Fahnder ermittelten ungefähr zwanzig Kartons mit Tabletten und Pulver. Links waren einige Schubfächer im Schrank angebracht. Raimund zog sie auf und fand beschriebene Papiere und Listen. „Vortrefflich", frohlockte Philipp. „Damit haben wir die Bande. Müssen wir nur noch diesen „Slawenkönig" aufspüren und zur Strecke bringen." „Das wird nicht leicht sein, Philipp. Der ist vielleicht schon außer Landes", antwortete Raimund. Dann suchten sie in der Wohnung nach Taschen und Beuteln, um die gefundene Ware abzutransportieren. In der Küche wurden sie fündig, und etwa eine Viertelstunde später saßen die beiden Drogenfahnder wieder im Auto. Eine wahrhaft fette Beute lag im Kofferraum und würde den Chef erfreuen.

Einige Tage später, Raimund hatte bereits gegen siebzehn Uhr Feierabend gemacht, was untypisch für seinen Beruf war, räkelte sich dieser vor dem Fernseher, die Beine auf dem flachen Wohnzimmertisch wohlig ausgestreckt und trank genüsslich ein Bier. Die Sendung im Fernsehen verfolgte er nicht wirklich, sondern er war mit seinen Gedanken bei seinem ersten Fall: Die Überführung und Verhaftung des Slawenkönigs Grabowsky. Doch dieser war sehr durchtrieben. Zunächst mussten sie seinen Aufenthalt finden, bevor man ihn observieren und schließlich dingfest machen konnte. Doch er hatte zurzeit keine Ahnung, wie man näher an ihn herankommen konnte. Auch seine Kollegen, „die schöne Betsie" und der „Macho", wie sie von den anderen genannt wurden, hatten bisher keinen Erfolg beim Verhör der drei anderen Männer, die noch immer im Krankenhaus lagen. Hauptkommissar Bänziger hatte die vier Beamten unter der Leitung „des Neuen", wie er immer sagte, aufgefordert, den Fall „Slawenkönig" so schnell wie möglich zu erledigen. Seine Vorgesetzten saßen ihm ohnehin deswegen im Nacken und drängten ihn, dass er ihnen eine Erfolgsmeldung bringen sollte. Der Fund des Kokains und der anderen Pillen war schon ein Teilerfolg, der von oben honoriert wurde. Es hatte dadurch ein wenig Luft gegeben. Raimund wollte gerade seinen Gedanken wieder freien Lauf lassen, als sich ein Schlüssel in der Eingangstür drehte und Evelyn, ein wenig müde, eintrat. Auf seinen „Guten Abend, mein Schatz", erfuhr Raimund nur ein leicht geknurrtes „Hast du das Essen schon fertig gemacht?" Dann stand Evelyn im Rahmen der Wohnzimmertür und blickte ihn ein wenig ärgerlich an. Raimund schaute sie an und murmelte: „Ach du armes Kind bist ja richtig geschlaucht. Komm setz dich, ich hol dir ein Bier." Dann stand er eilig auf, um seine Aussage durch die entsprechende Handlung zu bestätigen, während sich Evelyn gähnend auf die Couch fallen ließ. Mit einem versöhnten Blick und einem kleinen Kuss bedankte sie sich für das gereichte Bier und trank gierig die ersten Schlucke.

„Ich denke, wir gehen zu Mario, dem Italiener, und essen dort", fuhr Raimund mit seiner Konversation fort. Evelyn blickte ihn zunächst überrascht an, denn sie war eigentlich hundemüde. Doch dann glänzten ihre Augen und sie nickte eifrig. Dann nahm sie einen weiteren großen Schluck, stellte die Flasche Bier auf den Wohnzimmertisch und erwiderte: „Okay, ich mach' mich nur schnell ein wenig frisch, und dann können wir abdüsen". Damit stand sie auf und verschwand im Bad.

Kurze Zeit später saßen die beiden im Restaurant „Bei Mario" und bestellten sich hungrig die Spaghetti „Mario Speziale". Evelyn versuchte, ihrem Mann von dem zu berichten, was sie in den letzten zwei Tagen auf ihrer neuen Dienststelle erlebt hatte. „Stell' dir vor", begann sie mit ihrem Bericht und erzählte ihm, dass sie vor zwei Tagen mit ihrem Teamkollegen zu einer Arztpraxis gerufen wurde, in der alle morphiumhaltigen Medikamente gestohlen worden waren. Die Glastür des Schrankes, die zwar mit einem Spezialschloss gesichert war, welches den Dieb nicht abgehalten hatte, die Glastür zu zertrümmern, um an die begehrte Ware zu kommen, lag zersplittert auf dem Boden. Die Sprechstundenhilfe, die als erste den Einbruch entdeckte, rief sofort ihren Chef an. Dieser verständigte vor Ort die Polizei, als er die Situation begutachtet hatte. „Unsere Spurensicherung konnte keinen einzigen Fingerabdruck auf dem Glas finden. Der Dieb hat wohl mit

Handschuhen gearbeitet", fuhr Evelyn mit ihrem Bericht fort. Raimund lächelte seine Frau an und küsste sie auf die Hände. „Wie heißt denn der Arzt?" wollte er wissen und unterbrach so ihren Redefluss. Einen Augenblick überlegte Evelyn und legte ihre Stirn in Falten. Dann erhellte sich ihre Miene, und sie sagte: „Staudinger! Dr. Staudinger. Ja, so heißt der Arzt", murmelte sie. Dabei fiel ihr Blick auf den herannahenden Ober, der das Essen brachte, das appetitanregend dampfte und einen Geruch von sich gab, der ihre Magenwände bis aufs Äußerste reizte. Raimund zog ihn tief in die Nase und schnalzte mit der Zunge. Sein Appetit war übermächtig, und so stürzten sich die beiden über ihre „Mario Speziale". Dazu tranken sie ihren Burgunder. „Ah, welch ein Genuss!" rief Eva zwischen zwei Bissen, während Raimund nur nickte und genüsslich seinen Wein trank.

Die Angelegenheit mit dem Morphiumdiebstahl wurde zunächst von den Beamten des Reviers weiter verfolgt, bei dem der Anruf des Arztes eingegangen war. So erfuhr Raimund von seiner Frau die weitere Entwicklung des Falles. Nachdem man die gesamte Belegschaft der Praxis und den Arzt vernommen hatte, wollte Evelyn auch die Familie des Arztes in die Ermittlung einbeziehen und die Frau und den Sohn des Arztes vernehmen. Doch Dr. Staudinger sträubte sich bei Verlangen der Polizei, diese Personen zu verhören. Nachdem Evelyn auch rotes Licht von ihrem Chef erhielt, verzögerte sich die weitere Vernehmung der genannten Personen um zwei Wochen.

Philipp und Raimund, die sich inzwischen aneinander gewöhnt hatten, fuhren in ihrem Dienstwagen auf Streife, wobei sie die Stadt hinter sich ließen und die weitere Umgebung erkundeten. Diese Fahrten waren für Raimund wichtig, um sich die Gegend genau einzuprägen und kennenzulernen. Die Stille im Wagen, die durch das Motorengeräusch und die zeitweise Ansage der Zentrale unterbrochen wurde, störte die beiden nicht. Raimund war in die Betrachtung der Landschaft versunken, während Philipp sich Gedanken um seinen Geburtstag machte. Er sollte nächste Woche stattfinden. Philipp überlegte, wen er dazu einladen sollte. Sicher war er sich, dass er seinen Partner und dessen Frau einlud. Bei den weiteren Einladungen schwankte Philipp noch in seiner Entscheidung. Auf einmal zeigte Raimund auf mehrere Jugendliche, die aufgeregt umherrannten. Sie winkten ihnen zu. Sofort lenkte Philipp seinen Wagen auf die Gruppe zu. Kurz, vor den Jugendlichen, stellten sie den Wagen ab und stiegen aus.

„Na, wo brennt's denn?" sprach Philipp den ersten Jungen, den er auf fünfzehn oder sechzehn schätzte, an. „Wir haben ein Problem", antwortete dieser. „Einer unserer Kumpels ist gestürzt und hat sich wohl das Bein verstaucht oder vielleicht gebrochen. Nun näherten sich die beiden Polizisten den anderen Jungen. Einer von ihnen lag auf dem Boden und stöhnte. Er schien Schmerzen zu haben. Als sich Philipp niederbeugte, um den jungen Mann näher unter die Lupe zu nehmen und zu prüfen, inwieweit er verletzt war, geschah etwas, womit die beiden Polizisten nicht gerechnet hatten. Zwei der Jugendlichen standen plötzlich neben Philipp, und sie hieben mit Ästen auf ihn ein. Raimund, der das zunächst mit ungläubigem Staunen ansah, wollte seinem Partner augenblicklich zu Hilfe eilen. Doch ein anderer der Jugendlichen trat ihm von hinten in die Kniekehlen, so dass er sofort einknickte. Dann erhielt auch er einen kräftigen Schlag gegen den Kopf. Augenblicklich wurde es schwarz um ihn, und er sank wie ein Sack zu Boden.

Der Junge, der auf dem Boden lag, war im Nu aufgesprungen. Die anderen starrten ihn an. „Was machen wir jetzt?" Grinsend warf der Angesprochene sich in die Brust und brüllte lachend: „Jetzt machen wir erst einmal ´ne Spritztour mit dem Wagen, und dann sehen wir weiter". Das Gejohle der anderen bezeugte Zustimmung, und schon rannten sie auf den Wagen zu, aus dem es plötzlich knackte und eine Stimme aus dem Lautsprecher die beiden Kollegen rief, die schon seit einiger Zeit überfällig waren. Im Nu stoppten die Jungen und verharrten zunächst regungslos und schweigsam. „Ach, du dicke Scheiße!" rief einer. „Das sind ja Bullen! Schlechter hätten wir's nicht antreffen können." „Na und", prahlte der Junge, der auf dem Boden gelegen hatte und der Anführer der Gruppe war. „Wir fahren jetzt los, und wenn die rufen, kriegen wir mit, was die vorhaben. Und wir können uns elegant verpissen". Die anderen nickten zustimmend, und schon nahm die Meute johlend im Polizeiwagen Platz. Der Anführer drehte den Zündschlüssel herum, der Motor sprang jaulend an und heulte hoch auf, als der Fahrer zu viel Gas gab. Dann fuhren sie, zunächst ein wenig holpernd und stockend, los, und schon waren sie auf der Landstraße und fuhren in Richtung des Nachbarortes Klein-Steckenheim. Nach kurzer Einfahrzeit fuhr der Anführer flott im vierten Gang und drehte anständig auf. Mit stolz geschwellter Brust wollte er das Höchste aus der Karre herausholen, wie er seinen Kumpels lauthals verkündete.

Er fuhr gerade mit 135 Stundenkilometern in eine Kurve, als ein riesiger Brummi auftauchte und ihnen entgegen kam. Der Fahrer des Lkws drückte auf die Hupe, die ein mächtiges Konzert von sich gab, da der Wagen mit den jungen Leuten gefährlich auf ihn zusteuerte. „Brems ab, du Idiot!" schrie der Junge, der auf dem Beifahrersitz saß und sich angstvoll am Armaturenbrett festklammerte. Auch die anderen, die hinten saßen, brüllten auf den Fahrer ein. Diesem schossen die Schweißperlen auf die Stirn. Er bremste abrupt, und der Wagen kam ins Schleudern. Dann lenkte er nach rechts, und sie schossen an dem Lkw vorbei. Zwischen beiden Wagen war kaum zehn Zentimeter Platz. Als der Anführer sich gefangen hatte und den Wagen weiter abbremste, so dass sie gerade siebzig km/h fuhren, brüllten die anderen, dass er anhalten sollte. Der Anführer wurde rot vor Zorn und bremste den Wagen ab. Dabei würgte er gleichzeitig den Motor ab. Der Wagen stand, und aus dem Motor qualmte es ein wenig. Im Auto war es still geworden. Jeder war noch mit der vorangegangenen Situation beschäftigt, die sie gerade erlebt hatten.

Nach einer Weile meinte der Junge auf dem Beifahrersitz: „Ich bin dafür das Joe fährt und du nach hinten gehst!" „Wieso", antwortete der Anführer trotzig und blickte ihn wütend an. „Es ist doch nichts passiert." „Nichts passiert", meldete sich Joe von hinten. Du hättest uns bald zu Tode gefahren, du Schussel!" Ein weiterer der Jungen von hinten meldete sich zu Wort: „Joe hat Ahnung, der fährt seit zwei Jahren Trecker." Der Anführer wollte erneut aufbegehren, aber er sah an den Gesichtern der anderen Jungs, dass sie nicht mehr weiter fahren wollten, wenn er den Wagen steuerte.

Widerwillig stieg er aus, und Joe nahm seinen Platz ein. Schmollend saß Till, der Anführer, zwischen den beiden anderen Kumpels, die bewusst aus dem Fenster starrten, als Joe den Wagen anließ und eleganter anfuhr, als es Till zu Beginn getan hatte.

Langsamer fuhren sie nun, dem Straßenverkehr angepasst, aufs Land hinaus. Während der weiteren Fahrt, ertönte des Öfteren die Stimme aus der Polizeizentrale, die die beiden vermissten Polizisten rief. Doch keiner der Jungs wagte es, den Hörer und Lautsprecher zu betätigen, um sich nicht zu verraten.

Sie überquerten gerade eine Bundesstraße, als ein anderer Wagen an ihnen vorbeifuhr. In diesem Wagen saßen die Kollegen der beiden Polizisten, der Macho und die mondäne Lady. „Eh, halt mal an! Das war doch gerade der Wagen der beiden Kollegen?!" Der Macho, der den Dienstwagen gerade fuhr, blickte etwas träumend vor sich hin. „Wo hast du den denn gesehen?" „Na, gerade an der Kreuzung. Komm, dreh hier! Wir wollen die Sache mal überprüfen." Gehorsam bremste der Macho ab, und fuhr zur Kreuzung zurück. Der andere Wagen war weit und breit nicht zu sehen. „Bieg' mal nach rechts ab, die wollten nach Krückenfels und Biedersheim." Der Macho blinkte nach rechts, und schon nahm er die Richtung der genannten Orte ein.

Raimund fühlte von fern, wie ihn etwas Feuchtes berührte und über sein Gesicht wischte. Dabei drang ein unangenehmer Geruch in seine Nase und wollte sich in seinem Gehirn bemerkbar machen. Als er nach einer Weile krampfhaft und mit größter Anstrengung seine Augen aufschlug, blickte er auf eine große Hundeschnauze, die ihn genüsslich abschleckte und wieder ins Leben zurückbrachte.

„Es ist gut, Senta!" hörte er eine undefinierbare Stimme reden. Sofort hörte der Hund auf, den am Boden liegenden Mann abzuschlecken. Raimund versuchte, sich zu erheben, wurde aber durch einen stechenden Schmerz daran gehindert, sein Vorhaben zu verwirklichen. Er fasste sich an den Hinterkopf. Der Schmerz wurde intensiver. Er fühlte etwas Feuchtes auf seinen Haaren, und als er seine Hand herunternahm und sie ansah, blickte er auf Blut, das an seinen Fingern klebte. Etwas weiter lag noch jemand. „Ach ja", schoss es ihm durch den Kopf. „Das ist ja Philipp." Dann fielen ihm auf einmal die Jugendlichen ein, die sie aus heiterem Himmel niedergeschlagen hatten.

„Was ist denn geschehen?" wollte nun die fremde Stimme wissen. Raimund blickte auf und sah in das Gesicht eines älteren Mannes, der aus Mitgefühl seine Stirn in Falten gelegt hatte und dessen Schnauzbart dabei auf und ab wippte. „Wir wurden von mehreren Jugendlichen überfallen", antwortete Raimund. Dann blickte er sich um. Der Wagen war fort. „Dann haben sie uns auch noch den Dienstwagen gestohlen."

Raimund berichtete dem Mann, der sich als Waldaufseher zu erkennen gab, die Situation. Inzwischen war auch Philipp stöhnend, mit schmerzverzerrtem Gesicht, aufgewacht, und versuchte sich hinzusetzen. Auch an seinen Haaren klebte Blut, das inzwischen geronnen war.

Der Waldaufseher wusste ein kleines Haus in der Nähe, von dem man aus telefonieren konnte. So machte er sich auf den Weg. Etwa zwanzig Minuten später kam ein Streifenwagen an, der die beiden Polizisten zur Behandlung ins Krankenhaus fuhr.

Inzwischen hatte der „Macho" Verstärkung angefordert. Er fuhr hinter dem Dienstwagen her. Die Jugendlichen hatten inzwischen mitbekommen, dass sie verfolgt wurden. Joe, der Treckerfahrer, drückte auf das Gaspedal, um den hinter ihnen fahrenden Wagen abzuhängen. Er bog auf die Bundesstraße 228 ab, auf der sich die Zufahrt zur Autobahn befand. Doch kurz bevor sie diese erreichten, ertönte von vorne und von einer anderen Straße, die auf die Bundesstraße führte, ein lautes „Tatü-tata". Im Nu wurde der Wagen mit den Jugendlichen umstellt. Sie saßen in der Falle. Einige der jungen Leute versuchten, sich zu wehren, wurden jedoch gewaltsam in die Streifenwagen gedrückt. Ein anderer Polizist setzte sich dann in den Dienstwagen und fuhr ihn zum Revier zurück.

Raimund und Philipp drängten trotz noch vorhandener Schmerzen darauf, bei den Verhören der Jugendlichen dabei zu sein. Sie knöpften sich zunächst den Anführer der Gruppe vor. Als Raimund den Namen des vor ihm sitzenden jungen Mannes hörte, der noch zornig in Abwehrhaltung vor sich hin stierte, stutzte er. Dann überlegte er, obwohl sein Kopf sich wegen der noch vorhandenen Schmerzen noch weigerte, tiefschürfende Gedanken zu machen. „Sagtest du, Till Staudinger ist dein Name?" Der Angesprochene nickte und schaute ihn desinteressiert an. Dann hellte Raimunds Miene sich auf. „Jetzt hab ich's. Da ist doch die Sache mit dem Diebstahl bei Dr. Staudinger. Ist das dein Vater?" Der junge Mann sagte zunächst nichts und senkte seinen

Blick nach unten. Doch Raimund bohrte weiter und stellte ihm zu der Sache noch weitere, gezielte Fragen. Irgendwann war es mit der Selbstbeherrschung des Jugendlichen vorbei. Er riss seinen Kopf hoch, und Raimund blickte überrascht in zwei glühende Augen, die einen ungeheuren Hass ausstrahlten. „Ja, ich bin der Sohn von diesem Arsch", platzte es nun aus ihm heraus. „Dieser Wichser hat mich bestraft und geschlagen, wo er konnte. Ich habe das Zeug geklaut, weil ich einfach Stoff brauchte", hauchte er nun mehr, als er wollte. Philipp, der bei dem Verhör der zweite Mann war, pfiff leicht durch die Zähne. „Guck an", sprach er. „Jetzt wird es interessant!"

Dann berichtete der junge Mann plötzlich von seiner Kindheit, in der er oft geschlagen wurde und nie Zuneigung und Verständnis erhalten hatte. Seine Mutter war gestorben, als er sieben Jahre alt war, und die zweite Frau, die sich sein Vater nahm, entpuppte sich als unmenschliche, kalte Person, die den Jungen schikanierte, wo sie konnte. Dr. Staudinger, der die meiste Zeit seinem Beruf widmete, sah nicht, wie sich sein Sohn immer mehr verschloss und innerlich zurückzog. Als er zwölf Jahre alt war, kam er mit anderen Jugendlichen zusammen, die ihm das Kiffen beibrachten. Mit dreizehn stieg er dann auf Exstasy-Pillen um und spritzte hin und wieder Kokain. Dazu brauchte er natürlich viel Geld, und das beschaffte er sich dadurch, dass er aus der Praxis seines Vaters Morphium stahl und verhökerte. Der Junge, der auf einmal die Beichte seines Lebens abgelegt hatte, saß vor ihnen wie ein Häufchen Unglück. Tapfer versuchte er Tränen zurückzuhalten, die ihm immer wieder in die Augen schossen.

Philipp und Raimund sahen sich schweigend an. Da kam Raimund auf einmal eine Idee. Er winkte dem Vollzugsbeamten, der als dritter dem Verhör beigewohnt hatte, den Delinquenten abzuführen. Dann sagte er zu Philipp: „Lass uns mit dem Alten reden, ich habe eine Idee, aber ich benötige sein Okay dazu." Philipp nickte und folgte seinem Partner ins Büro des Chefs.

Dieser beendete gerade ein Telefonat, lehnte sich zurück und blickte die beiden eintretenden Männer fragend an. Nachdem sie sich gesetzt hatten, berichtete Raimund über das Verhör und unterbreitete dem Chef die Möglichkeit, den Jungen als Lockvogel einzusetzen, um weiter an den Slawenkönig und seine Gang heranzukommen. „Wie alt ist der Junge?" fragte Bänziger. „Er ist achtzehn geworden", antwortete Philipp. „Gut, dann brauchen wir den Vater nicht zu fragen, wenn der Junge einverstanden ist. Aber seid vorsichtig, ich möchte nicht, dass der Junge zu Schaden kommt oder womöglich abgeknallt wird, wenn die Gauner dahinterkommen sollten." Raimund und Philipp nickten und verließen zufrieden das Büro des Chefs.

XXV

Sven und Antonio waren beide in bester Stimmung und sangen aus lautem Halse den Song mit, der gerade im Radio gespielt wurde. Auch wenn einige falsche Töne sich dazwischen mischten, störte es die beiden nicht. Ein weiteres Zeichen für Svens gute Stimmung, war, dass er die Geschwindigkeitsbegrenzung von 70 Stundenkilometern einhielt. Das machte er sonst nie. Einige Wagen hinter ihnen hupten und überholten dann in der kurvenreichen Strecke nach Salzhausen, wo es möglich war. Sven zeigte den überholenden Fahrern noch nicht einmal dabei seinen Mittelfinger, was ein besonderer Tatbestand für seine gute Laune war.

Auf der rechten Seite bot sich ihnen, nach vielen Tannen, die die Straße säumten, plötzlich ein wunderschöner Blick ins weite Tal bis hin zu einer entfernten Stadt, deren Namen sie nicht kannten. Antonio bat Sven, anzuhalten. Dieser fuhr rechts auf eine kleine Plattform und brachte den alten Ford zum Stehen, der sich dabei schüttelte. Sie stiegen gemächlich aus dem alten Wagen aus, als es plötzlich zweimal laut knallte. „Schüsse!" brüllte Sven und duckte sich auf den Boden. Auch Antonio war sofort hinter dem Ford in Deckung gegangen. Da knallte es erneut, und ein Projektil musste von einem der nahen Felsen, die von Moos überwuchert waren, abgeprallt sein. Es knallte in die linke hintere Scheibe von Svens Wagen und auf der rechten Seite wieder heraus. Die zerberstenden Scheiben verursachten ein lautes Klirren, und unzählige Splitter fielen auf die Hintersitze des Wagens und nach draußen. Antonio fühlte, wie einige Splitter in sein Gesicht drangen. Sie steckten wie kleine Rasiermesser auch in seiner Jacke. Sven spürte ebenfalls einen kurzen Schmerz in seinem Gesicht und fühlte etwas Feuchtes seine linke Wange herunterlaufen. Es war Blut. Beim Wegwischen mit der Hand spürte er, schmerzhaft, dass auch einige Glassplitter sich in seinem Gesicht festgebissen hatten. „Welcher Idiot ballert hier herum und schießt auf harmlose Mitbürger?" brüllte er laut, um den Schützen darauf aufmerksam zu machen, damit aufzuhören.

Dann hörten sie noch zwei Schüsse, die aber in einiger Entfernung irgendwo aufprallten. Gerade wollte Sven die hintere Tür seines Fords öffnen, da vernahmen beide ein Stöhnen, das aus unmittelbarer Nähe ihre Ohren erreichte.

Sich immer wieder duckend und Schutz vor weiteren Schüssen suchend, bewegten sie sich schnell vorwärts, in alle Richtungen spähend, um nicht von irgendeinem der Schützen überrascht zu werden. Sven hatte nun ebenfalls seine Pistole gezogen, entsichert und schussbereit immer in Blickrichtung gehalten. Antonio zeigte plötzlich nach rechts. Da lag ein Mann halb im Gebüsch und stöhnte laut. Mit zwei Sprüngen waren die Freunde bei ihm. Er blutete stark aus der rechten Hüfte. Antonio zog sein einigermaßen sauberes Taschentuch heraus und drückte es sacht auf die Wunde. Das Stöhnen des Mannes erhöhte sich sofort. Seine Augen zuckten vor Schmerz, blieben aber geschlossen. Plötzlich hörten sie ein Geräusch von hinten. Ein jüngerer, bärtiger Mann mit undefinierbarem, schmutzigem Gesicht war aufgetaucht. Er stank, als hätte er sich tagelang nicht gewaschen. Er gehörte zu dem anderen, der auf dem Boden lag.

„Wir müssen sofort weg hier. Er braucht unbedingt Hilfe". Dabei zeigte er auf seinen Kumpel. Dann schaute er die beiden Freunde an und fragte: „Habt ihr ein Auto?" Sven nickte und knurrte: „Aber das müssen wir erst von den Glassplittern der Scheiben befreien, die irgendein Idiot mit seinen Schüssen zertrümmert hat." Dann zogen Antonio und der Fremde den Verletzten zum Auto. Dieser hatte inzwischen das Bewusstsein verloren.

Nachdem Sven mit einem alten Handfeger die Splitter aus dem Auto gefegt hatte, setzten sie den Verletzten vorsichtig auf den Rücksitz. Der andere Fremde setzte sich dazu. „Ich kenne einen guten Arzt. Ich führe euch dorthin", rief er Sven keuchend zu. Dieser saß schon in seinem Wagen und ließ den Motor an, der beleidigt aufheulte. Antonio blickte kurz nach hinten, ob alles in Ordnung war. Dann jagte Sven auf die Straße zurück, den Anweisungen des jungen Mannes folgend. Nach ungefähr einer Viertelstunde erreichten sie den nächsten Ort. Sven versäumte es, das Ortsschild zu lesen, so sehr war er konzentriert, die Richtung einzuhalten, die ihm von hinten zugerufen wurde. Während der schnellen Fahrt hatte der Kumpel des Verletzten sein Hemd zerrissen und versucht, dem keuchenden Freund einen Druckverband anzulegen, denn die Wunde blutete immer noch stark.

Die Gegend wurde immer unfreundlicher, und Menschen oder Autos waren kaum auf der Straße anzutreffen. Dann forderte der Wegweisende Sven auf, anzuhalten. „Dort drüben ist das Haus, wir müssen ihn ´rübertragen".

Vorsichtig zogen sie den Bewusstlosen aus dem Auto und trugen ihn, nachdem sie sich versichert hatten, dass die Straße frei war, zum Haus des Arztes. Antonio läutete Sturm. Nach einiger Zeit, die für die anderen schier endlos schien, öffnete sich die Tür, und eine vollschlanke Helferin mit zerknautschtem Gesicht schaute fragend heraus. Als sie die drei Männer mit dem Verletzten sah, riss sie sofort die Tür weit auf und forderte die Männer auf, ihr zu folgen. Diese stöhnten beim Hereintragen des Verletzten, der nicht leicht war und legten ihn dann auf einen blanken Metalltisch, der für

Operationen bereitstand. Es roch nach Desinfektionsmittel und dem Blut des Verletzten. Nachdem die drei
aufatmeten, war die Helferin sofort herausgeeilt, um
den Arzt zu rufen. Dieser erschien umgehend. Er war
ein kleiner Mann mit Glatze und grauen Haaren,
welcher die Männer über seine Brille fragend und
zugleich wissend anstarrte. Dann fiel sein Blick auf den
Verletzten, und ein leichtes Stöhnen kam aus seinem
Mund. „Sieht ja ziemlich ernst aus", bemerkte er und
begann, den Verletzten zu entkleiden, der im Unterbewusstsein vor Schmerzen stöhnte. Inzwischen schickte
die Helferin die anderen Männer ins Wartezimmer.
Dort nahmen sie erschöpft Platz. Da noch einige Splitter in den Gesichtern von Sven und Antonio steckten,
von denen noch Blut lief, erschien sie jedoch einen
Augenblick später mit Desinfektionsmittel und Pinzet-
te. Dann machte sie sich bei den beiden an die Arbeit,
um die Splitter zu entfernen. Ohne einen Mucks verlau-
ten zu lassen, erduldeten die Männer die Prozedur.

Die Minuten schienen sich, wie eine Ewigkeit lang zu
dehnen. Endlich erschien der Arzt, dessen Kittel blut-
verschmiert war, und teilte den Wartenden mit, dass die
Kugel entfernt war. Er könne aber noch nicht einschät-
zen, ob der Verletzte durchkomme, denn die Situation
war sehr ernst und lebensbedrohlich. Nachdem der Arzt
wieder gegangen war, saßen die drei noch einige Minuten schweigend, im Wartezimmer. Dann blickte Sven
auf Antonio und fragte: „Was wird jetzt aus uns?" Der
Kumpel des verletzten Gangsters blickte sie an und
meinte: „Ihr könnt zunächst bei uns wohnen, Kalle
wird ja sowieso noch hierbleiben müssen, und für euch
sind Betten da, wenn ihr keine Bleibe habt und es euch
reicht." Erleichtert nickten die beiden. Dann machten

sie sich auf den Weg zur Wohnung des jungen Mannes. Im Auto bedankte sich dieser noch mehrmals, dass die beiden Fremden ihm und seinem Freund so geholfen hatten. „Ihr werdet sehen, der Boss wird euch das gut belohnen, wenn ich ihm davon berichte", fuhr er dann fort. Fragend sahen sich Sven und Antonio kurz an. Dass die beiden nicht bei der Heilsarmee arbeiten würden, war ihnen klar, aber welchem Geschäft gingen die Männer nach? Der junge Mann druckste zunächst ein wenig ´rum, doch dann berichtete er ihnen von dem Drogengeschäft, dass sie für einen gewissen Slawenkönig machen würden. Sven pfiff leicht durch die Zähne, und Antonio grinste, bis seine Ohren Besuch bekamen, wobei sein strahlendes, weißes Gebiss nur so glänzte. „Da liegen wir ja genau richtig", antwortete Sven und lachte leise in sich hinein. Auch Antonio lachte mit, denn es schien, dass sie jetzt wieder die richtige Arbeitsstelle gefunden hatten. Der junge Mann war so erleichtert, dass er Antonio freudig auf die Schulter klopfte und weiter begeistert von seinem Job erzählte.

Als der junge Mann die Wohnungstür aufsperrte, schlug den Freunden ein unangenehmer Geruch von altem Essen und muffiger Luft entgegen, dass es sie würgte. Doch sie unterdrückten das aufsteigende Gefühl, brechen zu müssen, schnell herunter. „Mach' mal'n Fenster auf, hier fällste ja um", knurrte Antonio und blickte Sven an, wobei er die Augen verdrehte.

„War'n jetzt 'ne Woche weg auf Tour", gab der junge Mann zur Erklärung wieder, der sich Chris nannte und was wohl die Abkürzungsform von Christian bedeutete. Dann öffnete er schnell ein Fenster in der Küche und im Wohnzimmer, so dass Sven und Antonio wieder normal durchatmen konnten. „Ich zeig' euch erst die Räume", meinte Chris und ging den beiden voran. „Ihr könnt hier im Schlafzimmer schlafen, ich nehme die Couch im Wohnzimmer", erklärte er den Männern. Diese nickte zustimmend, wobei sie die Unordnung in der Wohnung schaudernd zu Kenntnis nahmen. Dann zeigte Chris ihnen die anderen Räume. Sven und Antonio holten ihre Habseligkeiten aus dem Auto, während Chris den Versuch machte, die Wohnung nur halbwegs aufzuräumen.

„Kann einer von euch kochen?" fragte er dann beiläufig, als sie später im Wohnzimmer saßen und einen Kognak tranken. Antonio erhob seine Hand und meinte: „Habt ihr überhaupt was im Haus, oder müssen wir erst einkaufen?" „Im Kühlschrank ist kaum was, aber du kannst ja die Küche überholen." Antonio erhob sich und begab sich knurrend in die Küche. Nach einer kurzen Zeit kam er stirnrunzelnd zurück. „Es ist kaum was da". Dann wandte er sich Sven zu. „Komm, wir fahren was einkaufen und erkundigen uns nach `ner Werkstatt, wo die Scheiben repariert werden können." Sven nickte. Dann verließen sie gemeinsam die Wohnung, während Chris weiter aufräumte.

Nach einigen Tagen hatten die drei Männer es sich richtig wohnlich gemacht. Bei einem Besuch des Arztes erfuhr Chris, dass Kalle ins Krankenhaus eingewiesen werden musste, da sein Zustand auf der Kippe stand. Zwei Tage später hörten die beiden Freunde von Chris, dass Kalle es nicht geschafft hatte. „Nun könnt ihr erst einmal hierbleiben, wenn ihr wollt", sagte er dann. Sven nickte, denn im Augenblick hatten sie nicht vor, sich eine andere Bleibe zu suchen.

Plötzlich klingelte es an der Tür. Chris öffnete und ein junger Typ mit einer dunklen Warze auf der rechten Wange, der auch sonst ungewaschen wirkte, stand draußen. Als er ins Wohnzimmer trat, blickte er Sven und Antonio fragend an, die seinen Blick ebenfalls fragend erwiderten. Dann verschwand der Mann mit Chris in der Küche. Nach einer Weile kam Chris etwas später grinsend ins Wohnzimmer zurück und meinte, zuversichtlich den Daumen nach oben zeigend: „Der Chef will euch heute Nachmittag noch sehen. Ich glaub', jetzt geht's ins Geschäft für euch". „Wird aber auch Zeit", knurrte Sven und freute sich dabei doch, wobei er leicht Antonio angrinste. „Wir versauern schon hier, und unsere Kohle geht auch langsam zu Ende."

Gegen den frühen Nachmittag wurden die drei Männer von einer schwarzen Limousine abgeholt. Der Fahrer mit dem Dreitagebart knurrte beim Einsteigen etwas, was die Männer nicht verstanden. Dann saßen sie hinten im Wagen, und der Fahrer gab Gas. Sie fuhren ungefähr eine Dreiviertelstunde durch die blühende Landschaft, dann bog der Fahrer in einen schlecht einzusehenden Seitenweg ab. Der Weg führte nun fast in eine Wildnis. Nach wenigen Minuten hielten sie vor einer pompösen Villa, die man hier draußen nicht vermutet hätte.

Sven und Antonio bewunderten die hellen Marmortreppen und die beiden Säulen, die einen Balkon stützten, der über das Portal ragte. Vor den klobig wirkenden Eichentüren stand ein elegant gekleideter Butler, der sie mit verneigendem Kopf einließ. Schon die riesige Eingangshalle machte auf die beiden Männer einen kolossalen Eindruck. Etwa zwei Meter vor einer riesigen Fensterfront, deren Doppeltür zu einem pedantisch gepflegten Garten führte, stand ein weißer Flügel. Neben einigen weißen Hochschränken, die mit Antiquitäten besonderer Art gefüllt waren, standen chinesische Vasen, mit Jasmin gefüllt. Auch einige Nachbildungen antiker Figuren, ebenfalls aus bestem Carrera-Marmor, füllten die Halle geschmackvoll aus. Über mächtige, orientalische Teppiche, die ihre Schritte diskret verschluckten, wurden sie nun vom Butler, der plötzlich neben ihnen stand, über eine pompöse, doppelt geschwungene Treppe, nach oben geführt.

Nachdem der Butler sie schweigend aufforderte zu warten, klopfte er leise an eine der kunstvoll geschnitzten Eichentüren. Auf einen Zuruf hin, öffnete er die Tür und meldete mit einer tiefen Verbeugung den Besuch an.

„Sollen hereinkommen", hörten Sven und Antonio. Bei-den war auf einmal irgendwie mulmig zumute, und ihr Herz klopfte kräftig. Sie folgten der Aufforderung des Butlers und traten in das geöffnete Zimmer.

Auch dieses Zimmer besaß riesige Ausmaße. Der Fußboden war ebenfalls mit dicken Teppichen bedeckt, die jeden Schritt verschluckten. Geschmackvolle Schränke mit Schnitzereien, die auch hier mit vielen Antiquitäten und Büchern gefüllt waren, schmückten den großen Raum. In der Mitte des Zimmers thronte ein riesiger Schreibtisch mit einer Marmorplatte als Auflage. Davor lagen zwei deutsche Doggen, die ihre Köpfe auf die Pfoten gelegt hatten und die beiden Besucher keines Blickes würdigten. Auf dem Schreibtisch lagen verschiedene Ordner und Papiere. Neben zwei Telefonen war er ansonsten sehr nüchtern ausgestattet. Links und rechts neben dem mächtigen Sessel hinter dem wuchtigen Schreibtisch standen zwei Männer, die Kleiderschränken glichen, in schwarzen Anzügen. Sie standen wie Statuen aus einem James-Bond-Film und hatten die Hände vor sich gekreuzt. Auf dem Sessel, der eher einem Thron glich, saß ein etwas kleinerer Mann mit grauen Haaren. Er winkte die beiden Freunde heran und forderte sie mit einer lakonischen Handbewegung auf, vor dem Schreibtisch auf den luxuriösen Stühlen Platz zu nehmen. Eine kleine Lesebrille mit halben Gläsern wippte auf seiner scharfen Adlernase. Sein Gesicht war etwas faltig. Doch seine hellblauen Augen warfen einen kalten, stechenden Blick auf die beiden, der sie einen Augenblick erschauern ließ. Dann begann der Mann hinter dem Schreibtisch zu sprechen.

„Ich begrüße euch und freue mich, euch kennenzulernen. Chris hat mir von euch berichtet, wie ihr ihm und Kalle geholfen habt. Sven wollte etwas erwidern, doch eine kurze Geste seines Gegenübers ließ ihn sofort schweigen. „Ich habe gehört, dass ihr im Augenblick arbeitslos seid und einen guten Job gebrauchen könnt". Sven und Antonio nickten gleichzeitig.

Dann forderte der Slawenkönig, denn es war kein Geringerer als der Boss des Drogenringes, der weltweit mit anderen Drogenkartellen verknüpft war, ihm von ihrer früheren Tätigkeit zu berichten. Antonio überließ Sven das Wort, und dieser schilderte ihre Arbeit bei den Türken. Er erwähnte auch die Auseinandersetzung mit den Russen und Armeniern. Bei der Schilderung des vergangenen Lebensabschnittes verzog der Slawenkönig keine Miene, als würde er ein Roboter sein. Doch als Sven seinen Bericht beendet hatte, lächelte er ein feines, dünnes Lächeln. Er nickte und sagte dann leise: „Danke für eure ausführlichen Informationen. Sie decken sich fast mit den meinigen. Ich bin bereit euch einzustellen, wenn ihr euch in der Aufgabe bewährt, die ich euch gleich gebe. Und je besser ihr euch anstellt, desto höhere Aufgaben halte ich für euch bereit."

Sven lächelte Antonio unmerklich zu, und beide wandten sich dann wieder an den Drogenboss. „Als erstes habe ich folgende Aufgabe für euch. Wir haben da drei Kunden, die mit ihren Zahlungen in Verzug sind. Ihr sollt sie aufsuchen und sie veranlassen, endlich zu zahlen. Ein wenig Druck kann nicht schaden, aber nicht zu heftig, dass sie nicht mehr in der Lage sind, ihren Zahlungen nachzukommen. Habt ihr verstanden?"

Sven und Antonio nickten zustimmend. „Gut! Dann wird euch Chris über alles informieren und euch bei dieser Aufgabe begleiten. Denkt dran, je besser ihr die Aufgabe löst, desto gezielter kann ich euch für künftige Aktionen gebrauchen." Dann drückte er auf eine Klingel und der Butler öffnete die Tür. Damit waren unsere beiden Freunde entlassen, die irgendwie froh waren, dem Ort den Rücken zu kehren. Dieser Slawenkönig war doch ein anderes Kaliber als ihr damaliger Chef Ömer und der dusselige Kemal.

Unten erwartete sie bereits Chris in einem schnieken Volvo, den er kurz zuvor übernommen hatte, und fuhr mit ihnen in die Wohnung zurück. Dort gab er ihnen die genauen Instruktionen für die bevorstehende Aktion. Sie planten, morgen in der Frühe den ersten „Kunden" zu besuchen. Was die drei jedoch nicht wissen konnten, war, dass der erste Kunde, den sie in der Frühe besuchen wollten, inzwischen die Seiten gewechselt hatte und verantwortlich für die Schießerei war, in der Kalle getötet wurde.

Gegen fünf Uhr in der Früh rasselte laut der Wecker. Antonio erhob sich gähnend und reckend. Dann tapste er barfuß in die Küche, um Kaffee zu kochen. Sven verschwand grunzend als erster ins Bad. Inzwischen war auch Chris aufgestanden und half Antonio, das Frühstück zu bereiten. Eine Stunde später waren die drei Männer startbereit. Jeder überprüfte seine Kanone. Dann saßen sie im Wagen, und Chris zündete den Motor. „Alles klar?" fragte er, ohne eigentlich wissen zu wollen, ob es sich so verhielt. Sven und Antonio nickten kurz. Chris machte das Radio an. Dann schob er den Gang ´rein, und sie machten sich auf den Weg. Leise dudelte eine etwas einschläfernde Melodie aus dem Lautsprecher. Sven und Antonio verfolgten den Weg aus dem Fenster blickend, soweit es in der Dunkelheit möglich war. Hinter ihnen, im Osten, begrüßte sie ein heller Lichtstreifen und kündigte den neuen Tag an. Das Motorengeräusch erklang gleichmäßig und ließ Antonio ein wenig müde werden. Von Zeit zu Zeit fielen ihm die Augen zu. Doch er riss sie angestrengt wieder auf, um nichts zu verpassen. Inzwischen hatten sie den kleinen Ort verlassen und fuhren auf der Landstraße, vorbei an Tannenwäldern und braunen Äckern. „Wir kommen jetzt gleich an eine Abzweigung, die man normalerweise leicht übersieht", brummte Chris und zündete sich eine Zigarette an. „Nicht weit dahinter liegt ein Gehöft, in dem der erste Kunde, Frank Twister, wohnt. Aber dort ist er nicht immer anzutreffen. Wenn er nicht da ist, müssen wir ihn suchen." Die beiden Freunde nickten leicht knurrend, dass sie Chris verstanden hatten. Dann bog dieser links ab. Da es inzwischen heller geworden war, konnten sie die Häuser in einiger Entfernung bereits erblicken.

Kurz vor einer kleinen Biegung, hielt Chris den Wagen an. „Das kommt mir irgendwie komisch vor", meinte er und sah die anderen stirnrunzelnd an. „Wir lassen den Wagen hier und machen uns zu Fuß auf den Weg. Dann stiegen sie aus, und sie folgten Chris, der ihnen voranging. Der Weg war leicht uneben und an verschiedenen Stellen matschig, was einige deftige Flüche der Männer zur Folge hatte. An einigen Stellen wichen sie Pfützen aus, die der Regen vom Vortag gebildet hatte. Inzwischen war die Dunkelheit durch das Tageslicht fast vertrieben, so dass sie das Haus gut erkennen und auf irgendwelche Bewegungen an den Fenstern achten konnten.

Hinter einer Buschgruppe duckten die drei sich und beobachteten das vor ihnen liegende Gelände. Nach einigen ungeduldigen Minuten, in denen sich nichts rührte, gab ihnen Chris ein Zeichen, ihm zu folgen. Nicht mal ein Auto stand vor dem Gebäude. Wahrscheinlich war niemand im Haus. Vorsichtig näherten sie sich der Eingangstür, den Blick immer wieder auf die Fenster werfend, ob sich dort etwas bewegen würde. Doch nichts tat sich. Nur einige Vögel sangen ihr Morgenlied, und Verkehrslärm drang von weitem an ihre Ohren. Es war kalt, und Chris schüttelte sich vor Unbehagen. Nun warteten sie ungeduldig vor der Eingangstür. Chris wies den beiden Freunden durch Zeichen an, ums Haus zu gehen und irgendeine Möglichkeit zu erspähen, wie sie ins Haus kommen könnten. Sven und Antonio machten sich getrennt auf den Weg. Sie würden sich in der Mitte auf der anderen Seite treffen. Inzwischen war Chris dabei, das Schloss der Eingangstür zu öffnen. Doch dieses gestaltete sich schwierig.

Sven behielt bei seinem Rundgang die Fenster im Auge. Doch nichts regte sich dort. Er war bereits auf der Rückseite des Hauses angekommen, und er sah Antonio auf sich zukommen. Dieser signalisierte ihm, dass alles in Ordnung sei. Dann blieb er stehen und zeigte auf eine Tür, die zu einer Terrasse führte und leicht geöffnet war. Schon stand Sven neben ihm.

Vorsichtig öffneten sie die Tür vollständig und betraten eine große Diele. Es dauerte einen Augenblick, bis sich ihre Augen an das diffuse Licht gewöhnt hatten. Sven erspähte eine Treppe, die nach oben ins Erdgeschoss führte. Schnell benutzte er sie und öffnete Chris, der mit seinem Öffnungsversuch bisher kläglich gescheitert war, die Eingangstür.

Flüsternd wies Chris die beiden Freunde an, die Räume auf den beiden oberen Etagen zu durchsuchen. Er steuerte auf das erste Zimmer im Erdgeschoss zu. Nach einigen Minuten erfolglosen Suchens trafen sich die drei Männer wieder im Erdgeschoss. Chris wollte gerade den Vorschlag machen, das Haus zu verlassen, als von draußen eine Stimme ertönte. Chris wollte etwas sagen, doch Sven deutete ihm an, still zu sein. Dann eilten er und Antonio an die Eingangstür. Durch den Briefkastenschlitz, den sie öffneten, sahen sie mehrere Männer, die mit Maschinenpistolen vor dem Haus standen. Ein großer Hüne im piekfeinen Nadelstreifenanzug begann, erneut zu rufen: „Eh, ihr da drin! Wir haben euch genau beobachtet. Einen schönen Gruß an euren Mistkerl von Boss. Frank ist ausgestiegen aus seinem Ge-schäft und beginnt jetzt ein eigenes. Sagt eurem Scheißkerl von „Slawenheini", er soll Frank nicht in die Quere kommen. Sonst geschieht ihm das, was euch jetzt passiert!"

Dann gab er den Typen mit den Maschinenpistolen ein Zeichen, und diese ballerten nun auf die Eingangstür, was das Zeug herhielt. Ein ohrenbetäubender Lärm war mit der Schießerei verbunden. Sven und Antonio warfen sich hinter einen Schrank, der in der Nähe stand. Einige Patronen schossen durch die massive Eichentür und blieben platt vor ihnen liegen. Chris hatte sich hinter eine Mauerecke zurückgezogen. „Diese Scheißkerle!" brüllte er wütend und fluchte weiter vor sich hin. Sven kam ein Gedanke. Er gab Antonio ein Zeichen und rannte, so schnell er konnte in die erste Etage in eines der Zimmer. Durch das Fenster sah er nur noch, wie die Typen den Schauplatz verließen und sich in mehrere bereitstehende Wagen zwängten.

„Schade", murmelte er vor sich hin. „Ich hätte so gerne einige von ihnen erwischt." Dann eilten sie wieder nach unten zu Chris. Einige Minuten später öffneten sie vorsichtig die Tür. Es war niemand mehr zu sehen. Nur der kalte Wind empfing sie. Es schauerte sie ein wenig. Dann rannten sie zu ihrem Wagen und mussten feststellen, dass diese Mistkerle ihre Reifen durchschossen hatten. Bevor Chris wieder anfing zu fluchen, meinte Antonio: „Es hat keinen Zweck zu fluchen, das bringt uns auch nicht weg hier." Dann machten sie sich zu Fuß auf den Weg zur nächsten Busstation, die einige Kilometer entfernt war. Stunden später, nach einem langen Fußmarsch von zweieinhalb Stunden inklusive einer Busfahrt von einer Stunde, saßen die Männer wieder im Wohnzimmer von Chris. Dieser steckte mit seinen Füßen in einer Schüssel mit kaltem Wasser, weil er das zu Fuß gehen gar nicht gewohnt war, während Sven und Antonio ihre Füße auf den Couchtisch gelegt hatten, um zu relaxen.

„Ich könnte sonst was machen", murmelte Chris halblaut und sah die beiden wütend dabei an. „Lass gut sein, Mann!" erwiderte Antonio seine knurrige Bemerkung. „Das bringt uns auch nicht weiter. Wir müssen nur zusehen, dass wir den Wagen wiederbekommen." Dabei blickte er Sven an, dass dieser etwas dazu sagen sollte. Doch der schien mit seinen Gedanken ganz weit weg zu sein. Schließlich kehrte er zum augenblicklichen Ort zurück und meinte: „Man sieht sich immer zweimal. Es wird noch die Möglichkeit geben, es diesen Hunden heimzuzahlen." Dann holte er sich aus dem Kühlschrank eine Flasche Bier, die er zischend öffnete.

Svens Bemerkung sollte sich in kürzester Zeit bewahrheiten. Es war ungefähr drei Wochen später. Die drei Männer, wobei sich Chris schon sehr an seine neuen Partner Sven und Antonio gewöhnt hatte und froh war, dass sie bei ihm wohnten, verbrachten einen freien Abend in einer der vielen schummrigen Diskos, die neuerdings wie Pilze aus dem Boden schossen, und die jungen Menschen magisch in ihren Bann zogen.

Die überlaute, dröhnende Musik endete für einen kurzen Moment, und einige der jungen Paare verließen die Tanzfläche, während andere nicht genug bekamen und gierig auf den neuen Hit warteten, den der DJ auflegen sollte. Sven schluckte den Rest Bier aus seiner Flasche herunter. Dabei ließ er seinen Blick in die unmittelbare Runde schweifen. Die Personen, die er dabei erhaschte, rauschten zunächst wie ein Nebel an ihm vorbei. Auf einmal zuckte er und fuhr mit seinem Kopf zurück. Im Halbdunkel sah er einen Typen, der ihm bekannt vorkam. Er stieß Chris an und winkte mit seinem Blick in die Richtung, in der der Typ stand, der sich nun zur Seite drehte. Chris blickte zunächst fragend in die angegebene Richtung, dann blitzten auch seine Augen auf. Er hatte den Mann erkannt. „Das ist Bruno, einer von Franks Männern", rief er zu Sven herüber, da die Musik wieder dröhnend den nächsten Hit spielte. Sven deutete den beiden Freunden an, ihm zu folgen. Er machte sich auf in Richtung des Typen, der auch gerade im Begriff war, den riesigen Diskoraum zu verlassen.

Vorsichtig folgten die drei Männer diesem Mann und duckten sich dabei hinter jeder möglichen Gelegenheit, um nicht erkannt zu werden. Draußen war es zwar schon dunkel geworden, dafür schienen aber genug Laternen in der Nähe der Disko. Bruno hätte also leicht feststellen können, dass er verfolgt wurde, wenn er sich nur einmal umgedreht hätte. Doch dieser schoss zielsicher zu einem alten Chevrolet, klemmte sich hinter das Lenkrad und ließ den Motor an.

Sven, der diese Möglichkeit, dass Bruno schnell mit seinem Wagen fortfahren würde, bedachte, saß einige Sekundenbruchteile später an dem Steuer seines Wagens und ließ ebenfalls den Motor an. Der Verfolgte war bereits einige hundert Meter gefahren, als Antonio und Chris ins Auto eilten. „Heute noch?" grunzte Sven und gab Gas. Der Motor heulte leicht auf, und der Wagen schoss dem Flüchtenden nach. Ein paar Minuten später hatte Sven diesen Wagen eingeholt und folgte ihm im sicheren Abstand, dass Bruno keinen Verdacht schöpfte. Während Sven sich auf die Straße konzentrierte, versuchte Chris, die Gegend zu erkennen, durch die sie fuhren. „Wir fahren Richtung Bundesstraße 87 nach Persensweiler", raunte er den beiden anderen zu. Sven nickte kurz. Es dauerte nicht lange, da leuchteten die Bremslichter von Brunos Wagen auf, und er scherte nach rechts aus, ohne zu blinken. Sven knurrte leicht vor sich hin und stoppte seinen Wagen ebenfalls, um Bruno zu folgen. Dabei löschte er die Scheinwerfer, um sich nicht zu verraten.

Anstrengend auf die tanzenden, roten Schlusslichter des Wagens vor ihnen starrend, folgten sie aufmerksam dem Komplizen ihres ehemaligen Kunden. Ein paar Minuten fuhren sie nun durch den Regen, der nun einsetzte, wobei die Räder aufgeweichte Erdteile von sich schleuderten. Es hörte sich ein paarmal so an, als wenn sie plötzlich den Boden unter sich verlieren würden, und der Motor heulte dabei wütend auf. Dann leuchteten die Schlusslichter des Vordermannes warnend auf, was bedeutete, dass er bremste. Kurz danach erloschen sie ganz. Eine Autotür klappte zu. Die Schritte des von ih-nen eilenden Mannes waren nicht zu hören. Schnell brachte Sven seinen Wagen zum Stehen, und alle drei Männer sprangen aus dem Auto, um den Flüchtenden nicht zu verlieren. Erdklumpen klebten dabei zäh an ihren Füßen.

Ein Silberstreif des verlöschenden Tages gab ihnen noch so viel Licht, dass sie den Mann sehen konnten,

der auf ein dreistöckiges Haus zulief, dass plötzlich wie
eine Trutzburg vor ihnen auftauchte und sich drohend
in den Weg stellte.

Dann klappte eine Tür im Dunkeln vor ihnen, und der
Mann war verschwunden. Zunächst schauten sich unsere Freunde verdutzt an. Dann gab Sven den anderen
ein Zeichen, sich aufzuteilen, um das Haus zu umgehen. Er hoffte, eine Stelle zu finden, in die er einsteigen
könnte. Von vorne zeigten die Zimmer im Erdgeschoss
ihre dunkle Seite. Nur in drei Zimmern im ersten und
zweiten Stockwerk brannte Licht. Auf der Rückseite
des großen Hauses zeigte sich den Männern ein ge-
pflegtes Gartenstück, das an einer breiten Treppe endete, die schwungvoll zu einer Terrasse führte. Sie
schlichen vorbei an Tannen, die sich leicht im Wind
bewegten, wobei ihnen einige nasse Äste das Gesicht
streiften. Es war ein unangenehmes Gefühl, das sie
schaudern ließ. Sven richtete seinen Blick starr auf die
Rückseite des Gebäudes. Sie erreichten gerade die
Treppe, die zur Terrasse führte, als dort am Ende derselben Licht aufflammte. Eine breite Doppeltür ge-
währte Einblick in den Raum dahinter. Sven deutete
den beiden anderen Männern mit einer abwärts ge-
richteten Handbewegung, Schutz hinter zwei großen
Steinfiguren zu suchen, während er, sich duckend, an
einigen Büschen vorbeischlich, um in die Nähe der Tür
zu gelangen. Sein Herz schlug kräftig und er versuchte,
sich, durch bewusstes Atmen, zu beruhigen.

Schließlich blieb er neben der rechten Flügeltür stehen,
und blickte vorsichtig in den Raum. Er sah zwei Männer, die miteinander redeten. Der eine davon war be-

sagter Bruno. Der andere war nur von hinten zu erblikken. Er hatte eine dunkle Hausjacke an und zog von
Zeit zu Zeit an einer Zigarre. Der Rauch erhob sich wa-
bernd in die Höhe und verschleierte die Köpfe der
beiden Männer. Plötzlich kam der Unbekannte auf die
Tür zu und öffnete einen Flügel der Tür, an der Sven
lauschte. Nun waren zwar die Stimmen zu hören, aber
er verstand die Worte nicht. Dann vernahm Sven
Schritte im Zimmer. Eine Tür klappte auf und zu. Es
war still geworden. Sven schob sich weiter zur Tür, um
einen besseren Einblick zu gewinnen, jedoch sehr vorsichtig, um nicht gesehen zu werden. Dabei knackte ein
Zweig unter seinen Füßen. Er stoppte erschrocken und
blickte gebannt auf den Fremden. Dieser hielt in seiner
augenblicklichen Bewegung inne und drehte seinen
Kopf in Richtung der Flügeltür. Da alles ruhig blieb,
setzte er seine Bewegungen und seine Worten fort.

Nun eilte dieser auf die rechte Seite des Zimmers.
Schnell wechselte Sven auf die Seite des offenen Flü-
gels, um mehr Einsicht zu gewinnen. Er roch den Zigar-
renrauch, der in seinem Hals kitzelte und einen Hustenreiz hervorrief. Entschieden unterdrückte er diesen.
Dann erblickte er den Mann, wie er vor einem Schrank
kniete. Es ratschte ein paarmal hin und her, als wenn
die Person im Raum einen Tresor öffnete. Einen Augenblick später bestätigte sich seine Vermutung. Sven
konnte die Öffnung nicht sehen, da sie von dem Körper
des Mannes verdeckt war. Plötzlich öffnete sich die
Zimmertür erneut, und ein anderes Gesicht erschien,
das dem Fremden vor ihm etwas erregt und mit
Nachdruck zurief. Dieser schaute zu dem anderen hin,
und der letzte Zug seiner Zigarre ließ ihn plötzlich
einen Hustenanfall bekommen, der ihn schüttelte. Keu-

chend und prustend folgte er dem Anderen, nachdem dieser das Zimmer wieder verlassen hatte. Dabei konnte Sven kurz das Gesicht dieses Mannes von der Seite sehen. Es war mit vielen Aknenarben bedeckt, und ein schmutziggrauer Dreitagebart verdunkelte dessen Miene noch mehr.

Dann kehrte Svens Blick auf den Tresor zurück, und er zuckte zusammen. Mehrere große Geldbündel lagen darin. Bevor er richtig weiterdenken konnte, schob Sven die Flügeltür auf, und stürmte auf den Tresor zu. Er kniete davor, öffnete seine Jacke und warf die Geldbündel, so schnell er konnte, hinein. Mit einem Ohr lauschte er auf Geräusche hinter der Tür. Drei Bündel musste er zurücklassen, da seine Jacke sie nicht mehr fassen konnte. Schnell zog er den Reißverschluss zu und hielt die Jacke unten fest, dass nichts herausfallen konnte. Dann stürmte er zur Tür zurück, und schon verschluckte ihn die Dunkelheit. Schnell rannte er auf seine Freunde zu, die ihm hinterher starrten. „Kommt!" rief er und eilte zum Wagen. Dann warf er Chris den Schlüssel zu. Sie saßen kaum im Auto, während Chris den Motor anließ, als ein tierischer Schrei aus dem Haus zu ihnen herüberschallte. „Nichts wie weg!" brüllte Sven, und Chris folgte seiner Anweisung. Dabei sträubten sich seine Nackenhaare, und ein Schauer rauschte über seinen Nacken in den Rücken. Er hatte das Gefühl, dass es jetzt gefährlich würde.

Sven schüttelte die Geldpakete auf den Rücksitz. Antonio, der dieses aus den Augenwinkeln sah, pfiff anerkennend durch die Zähne. Da hörten sie hinter sich die Motorengeräusche mehrerer Autos. Scheinwerferkegel suchten aufgeregt die Flüchtenden.

„Mensch, Chris, gib Gas, was das Zeug hält!" rief Sven und machte seine Waffe schussbereit. Antonio hatte seine Pistole ebenfalls entsichert und blickte wie Sven nach hinten, um die hinter ihnen herjagenden Wagen mit den Augen zu verfolgen.

Mit einem Satz knallte der Wagen auf die Landstraße, und Chris bog nach links ab. Die Insassen wurden hart durchgeschüttelt. „Warum das?" brüllte Sven. „Ich weiß eine Abkürzung", rief Chris zurück. Dann trat er das Gaspedal durch. Sven erkannte, dass ihnen die anderen Wagen dicht auf den Fersen waren. Glänzende Schweißperlen sammelten sich vor Aufregung auf seiner Stirn. Vor ihnen tauchte nach einer Kurve wieder ein Waldstück auf. Chris bremste scharf und fuhr in den Waldweg hinein. Dann schaltete er die Scheinwerfer aus, und der Motor erstarb. Zwei Sekunden später rasten die anderen Autos an ihnen vorbei.

Chris wartete ungefähr zehn Sekunden, dann ließ er den Wagen erneut an und fuhr mit Standlicht tiefer in den Wald hinein. Sven und Antonio war es etwas mulmig zumute. Doch Chris beruhigte sie und erklärte ihnen, dass er die Gegend wie seine Westentasche kenne.

Je tiefer er in den Wald fuhr, desto dunkler wurde es. Von Ferne hörte man die Autos auf der Landstraße. Die Scheinwerfer des Citroén bohrten sich in die Dunkelheit, und Chris fuhr sicher den Waldweg entlang. Schon nahte das Ende des Waldweges, als Chris plötzlich scharf rechts abbog, und einen Augenblick später fanden die Reifen wieder Kontakt mit der Landstraße.

Doch wenn sie dachten, ihre Verfolger abgeschüttelt zu haben, irrten sie sich gewaltig. Ein paar Schüsse peitschten hinter ihnen auf, und ein Projektil bohrte sich in den Kofferraum, während ein weiteres mit Gesurre am hinteren Kotflügel abprallte und dann eine Spur in den Asphalt zog. Erschrocken richteten Sven und An-tonio erneut ihre Blicke nach hinten, um zu sehen, wie weit entfernt ihre Gegner sich befanden.

Zwei der Wagen kamen ihnen gefährlich nahe. Chris trat das Gaspedal bis zum Ende durch. Der Wagen machte einen Satz nach vorn. Langsam gewannen sie mehr Abstand von ihren Verfolgern. Wieder ertönten Schüsse, die jedoch den Citroén nicht trafen. Projektile jaulten an ihnen vorbei in die Dunkelheit. Nun folgte eine weitere Linkskurve. Vor ihnen standen in einsehbarer Entfernung zwei weitere Pkw quer zur Landstraße. Es war der Rest des Haufens, der sie unbedingt abfangen wollte. In Sekundenbruchteilen erspähte Sven einen Seitenpfad, der zu einem Gehöft führte. „Hier 'rein!" brüllte er Chris laut an, der sofort reagierte. Er bremste scharf. Es stank nach radiertem Gummi. Der Motor jaulte auf, und der Wagen schüttelte sich wegen der rüden Behandlung. Chris riss das Steuer herum, und der Wagen hoppelte und schaukelte und schüttelte seine Insassen auf dem Pfad hin und her. Da Chris auch die Scheinwerfer gelöscht hatte, merkten die Verfolger nicht sofort, dass die Männer nicht mehr vor ihnen waren. Sie stoppten ihre Wagen vor der Barriere der anderen. Dann wendeten sie mit quietschenden und qualmenden Reifen und fuhren die Strecke erneut ab, um die Flüchtenden zu finden. Inzwischen hatte der Rest der Verfolger die Barriere aufgelöst und war den Suchern gefolgt.

Unsere Freunde erreichten ein uraltes Gebäude, das sich als Scheune entpuppte. Antonio und Sven stiegen schnell aus dem Wagen und öffneten mit lautem Quietschen ein altes, stark verwittertes Tor. Chris fuhr den Citroén hinein und stellte den Motor ab. Dann gesellte er sich zu den anderen. Gemeinsam schoben sie das Tor wieder zu. Dann rannten sie über eine Wiese, die mit vielen Büschen bedeckt war. Mit aller Kraft versuchten sie, ihren Verfolgern zu entkommen. Sven hatte in der Scheune einen alten Sack gefunden, der sehr verstaubt, aber unbeschädigt war. Darin verstaute er rasch das Geld, warf den Sack über den Rücken und folgte seinen Freunden. Keuchend überquerten sie wieder die Landstraße, und ein weiteres Waldstück verschluckte sie.

Inzwischen erreichten die Verfolger ebenfalls die Scheune. Sie fanden den abgestellten Citroén und zerschossen in ihrer Wut die Reifen. Dann gaben sie die Verfolgung auf und kehrten zornig und enttäuscht zu ihren Wagen zurück. „Wir kriegen diese verfluchten, elenden Schweine noch", knurrte einer der Männer, und die anderen bestätigten diese Aussage mit einem stummen Kopfnicken.

Unsere drei orientierten sich zunächst, wo sie sich befanden, als sie dabei feststellten, dass sie niemand der anderen mehr verfolgte. „Den Wagen habe ich kürzlich erst gekauft", maulte Chris und wollte zur Scheune zurückkehren. „Das können wir später immer noch erledigen", beruhigte ihn Sven. „Lass uns erst nach Hause kommen und das Geld zählen", war sein nächster Vorschlag. Die beiden stimmten ihm zu, und sie marschierten nahezu drei Stunden durch die Gegend. Chris machte mehrmals Pause, um sich zu erholen. Sven trieb die beiden jedoch weiter an. Müde und abgeschlafft erreichten sie ihr Ziel. „Ich glaube, die Gegend kennen wir jetzt langsam", knurrte Antonio, als er die Schuhe vorsichtig von seinen schmerzenden Füßen zog. Er hatte das Gefühl, dass seine Socken qualmten. Sie rochen jedenfalls sehr verdächtig. Dann ließ er sich in den ersten Sessel fallen, der in seiner Nähe stand, während Chris im Bad verschwand und Sven den Sack mit den Geldbündeln auf den Tisch im Wohnzimmer ausschüttete. Ein Fuder Sand folgte den Bündeln und staubte den Tisch voll. „Das werden einige Hunderttausende sein", bemerkte Antonio, der sich trotz seiner aufkommenden Müdigkeit interessiert dem Stapel zuwandte. Das Brennen seiner Füße war im Augenblick vergessen. „Lass uns erst einmal duschen und was essen", beruhigte ihn Sven und verschwand im Bad, da Chris bereits mit nassen Haaren im Wohnzimmer erschien.

Später, als sie sich wieder frisch fühlten und ihre Mägen zufrieden gesättigt hatten, saßen sie um den Wohnzimmertisch. Erwartungsvoll schauten Chris und Antonio auf Svens Hände, die das Geld zählten. „Weißt du wieviel dieser Twister deinem Chef schuldet?" wandte sich Sven an Chris. Dieser zuckte die Schultern und meinte mit einer lockeren Handbewegung. „Nicht genau! Aber es können schon einige Hunderttausende sein." Dann zählte Sven den Geldstapel weiter. Es waren genau achthundertsiebzigtausend DM, die vor ihnen auf dem Tisch lagen. Antonio pfiff leicht durch die Zähne. Auch Chris war über die Summe erstaunt. „Da wir nicht genau wissen, wieviel dein Chef bekommt und er überhaupt nicht weiß, dass wir das Geld haben, schlage ich vor, dass wir uns erst einmal etwas davon nehmen, denn wir können es gut gebrauchen." Dabei schaute Sven seine Kumpel mit erwartungsvollem Lächeln an, nun zuzugreifen. Die bissen sofort an und nickten eifrig. Dann meinte Sven, dass jeder von ihnen hunderttausend nehmen sollte. Der Rest wäre für den Chef immer noch gut genug. Dann schworen sie sich, kein Wort über diese Aufteilung an andere weiterzugeben.

Als sie am nächsten Tag feststellten, dass der Wagen in der Scheune nicht mehr fahren konnte, telefonierte Chris mit einem Abschleppdienst, der den Wagen in die Werkstatt fuhr und ihn wieder reparierte. Gerade als er den Wagen wieder abholen wollte, erreichte ihn ein Anruf in der Werkstatt. „Ihr sollt zum Chef kommen und das Geld mitbringen", hörte Chris die Stimme von der „Krummen Gurke", der für den Chef viele Dinge erledigte. Er hatte seinen Spitznamen von seiner krummen Nase, die ihm als Boxer früher zerschlagen worden und schief angewachsen war. Chris gab sein okay und wunderte sich dabei, woher der Chef das schon wieder wusste. Da „Krumme Gurke" keinen Betrag genannt hatte, ging er davon aus, dass sein Chef nicht wusste, wieviel Geld sie von Twister genommen hatten.

Wie immer, rauschte den Männern ein Schauer der Furcht über den Rücken, als sie das riesige Zimmer des Chefs betraten. Wie gewohnt standen die beiden „Kleiderschränke" links und rechts neben dem Sessel des Chefs und beäugten Sven und seine Freunde wie zwei wachsame Dobermänner, die jeden Augenblick zuschnappen würden, sollte nur einer von den Männern eine falsche Bewegung machen.

Der Slawenkönig thronte wie ein Fürst aus der Zeit des Absolutismus in seinem Sessel. Sein eiskalter Blick schien unsere Männer, die inzwischen vor ihrem „Gebieter" Platz genommen hatten, zu durchröntgen.

„Na, man hört ja so manches von euch", schnarrte die Stimme des Chefs an ihr Ohr. „So manches, was mir gefallen könnte, wenn ich die Aussage von Twister richtig interpretiere."

Verlegen schaute Chris auf Sven. Sein Blick signalisierte diesem zu reden. Sven, der seine anfängliche Furcht abgeschüttelt hatte, brach das kurze Schweigen, das sich erwartungsvoll zwischen ihnen und dem Slawenkönig gelagert hatte.

„Ja, Chef, ich glaube, Sie haben da einiges gehört, das wir Ihnen erklären müssen", begann Sven seine Rede. Dann räusperte er sich kurz, wobei er merkte, dass sich wieder einige Schweißtropfen auf seiner Stirn bildeten.

Der Slawenkönig stierte weiter auf Sven. Die Intensität seines Blickes zeigte diesem, dass er nur so nach einer Antwort gierte.

„Wir haben gestern Abend Bruno, einen der Männer von Twister, verfolgt." Dann berichtete Sven dem Chef die ganze Geschichte. Als er geendet hatte, stellte er eine Tasche auf den Schreibtisch und schüttete den Rest des Geldes vor dem Slawenkönig aus. Dieser blickte kurz auf die Banknoten und wies seine Dobermänner an, das Geld zu zählen. Als diese damit fertig waren und dem Chef die Summe nannten, nickte er, und es sah für den Bruchteil einer Sekunde aus, als wenn er mit dem Ergebnis zufrieden sei.

„Okay, Jungs", begann er dann. „Das sieht passabel aus. Es ist doch erheblich mehr, als Twister mir schuldet."

Dann schob er den drei Männern vor ihm je ein Geldbündel zu, um ihnen den zustehenden Anteil zu geben. Eine leichte, abwehrende Handbewegung von Chris, ließ ihn sofort damit innehalten. Dann verengten sich seine eiskalten Augen zu einem Schlitz. Er hatte sofort begriffen. „Nun gut, ihr habt euch euren Anteil schon gesichert", kam es wieder schroff von seinen Lippen.

Da der Slawenkönig jedoch mit seinem Anteil zufrieden war, fragte er nicht, wieviel sie sich genommen hatten. Doch er gab ihnen gleichzeitig eine Warnung mit. „Versucht es nicht noch einmal, mich zu betrügen. Es würde kein gutes Ende mit euch nehmen." Dann waren die drei entlassen.

Im Flur wurde ihnen ein Umschlag vom Butler überreicht. Diesen nahm Chris an, und sie verließen, etwas fluchtartig, das Gebäude. Die Aussage des Chefs hatte ihre Wirkung nicht verfehlt.

Als sie wieder im Auto saßen, stöhnte Chris: „Verdammt, hätte ich doch nur nicht diese Handbewegung gemacht. Der fühlt, glaube ich, schon fast unsere Gedanken." „Mach dir keine unnötigen Sorgen, das ist auch nur ein Mensch, der irgendwelche Schwächen hat, die wir noch nicht kennen", beruhigte Antonio ihn. „Ich brauch' jetzt 'nen Kaffee", brummte Sven. Die anderen stimmten dem zu, und sie fuhren zu einem Café in der Nähe.

Der aromatische Duft des Kaffees zog in ihre Nasen, und nach ein paar Schlucken fühlten sie sich besser in ihrer Haut. Chris holte den Umschlag aus seiner Jakkentasche und öffnete ihn. Dann reichte er ihn Sven, der den Inhalt durchlas. Seine Augen verengten sich zu schmalen Schlitzen, als er nachdenklich das Schreiben an Chris und Antonio zurückreichte. Nachdem diese beiden den Inhalt ebenfalls gelesen hatten, murmelte Sven, dass es nur seine Freunde hören konnten: „Darüber müssen wir uns erst einmal Gedanken machen und einen Weg ausklügeln, der uns diesen Auftrag erfolgreich durchführen lässt." Stumm nickten Chris und Antonio. Sven fügte noch hinzu, dass jeder von ihnen erst einmal allein darüber nachdenken sollte.

Später, als sie wieder in ihrer Burg saßen, machte Antonio den Vorschlag, dass sie sich trennen und jeder in einem anderen Teil des Bereiches, in dem ihr neuer Auftrag ausgeführt werden sollte, persönliche Eindrükke sammeln und danach in einem ersten Arbeitsgespräch mitteilen sollte. Chris und Sven waren einverstanden. Sven fügte noch hinzu, dass sie besonders darauf achten wollten, ob andere Interessenten ebenfalls an diesem Objekt arbeiten würden. Dabei könnten vielleicht entstehende Konflikte angegangen und die Lösung derselben besprochen werden.

So machten sich die drei am übernächsten Tag auf, die Gegend zu erkunden. Sven behielt den Wagen, nachdem er seine Freunde an den verabredeten Stellen abgesetzt hatte. Sie vereinbarten einen Zeitpunkt, an dem er sie wieder abholen würde. Dann fuhr er zunächst ziel- und planlos durch das Gebiet, das er erkunden sollte.

Er ließ sich treiben. Ein paar Kilometer weiter, las er im Vorbeifahren ein Straßenschild. „Nach Heiligenstadt fünfzehn Kilometer". Er blinkte nach rechts, um der Richtung, die das Schild anzeigte, zu folgen. Zuvor durchfuhr er einen anderen kleinen Ort mit dem Namen „Ritterschaft Kleinmulden". Schmunzelnd las er den Namen. Dann fuhr er langsam durch den Ort. Es roch nach Kuhdung und Auspuffgasen, die ein Traktor verursachte, der vor Sven hertuckerte. Aus einigen Ställen in der Nähe klang das Muhen der Milchkühe an sein Ohr. Nicht unweit, erblickte er das Schild einer Gastwirtschaft. „Zum feuchten Ritter" las er auf dem Eingangsschild und schmunzelte erneut über den fantasievollen Namen. Dann hielt er auf einem kleinen Parkstreifen und betrat einige Augenblicke später den Schankraum. Die Tür knarrte ein wenig, als sie sich schloss. Blankgescheuerte Eichentische mit ebenso klobigen Stühlen, deren Lackierung durch dauernden Gebrauch abgewetzt war, fielen ihm als erstes ins Auge. Von der Schanktheke roch es nach abgestandenem Bier. In einer düsteren Ecke saßen zwei verwegene Gestalten, die ihn mit fragendem Blick und offenem Mund anstarrten. Sven grüßte kurz und nahm an einem Fenster Platz, den Männern den Rücken zuwendend. Diese fuhren in ihrer Unterhaltung fort. Unverständliches Gemurmel drang an Svens Ohr.

Nachdem Sven kurz die Speisekarte ´rauf und ´runter geblickt hatte, erschien der Wirt. Sein aufgedunsenes, fettes Gesicht, in dessen Mitte ein roter Knubbel leuchtete, gab dem Mann das Aussehen einer Bulldogge, dessen herunterhängende Mundwinkel den Lefzen dieser Rasse sehr ähnelten.

„Was darf's sein?" fragte er Sven und strich die Tischdecke, die bereits einige Flecken aufwies, mit seinen
dicken Fingern glatt. Sven bestellte ein Radler und
einen kurzen Imbiss. Bevor der Wirt jedoch den Auftrag an die Küche weitergeben konnte, fragte ihn Sven
ein wenig aus. So erfuhr er, dass kaum Fremde hier im
Dorf anhalten, beziehungsweise geschäftlich zu tun
haben. Doch vor zwei Tagen seien zwei komische, aus-
ländische Typen im Wirtshaus aufgetaucht und haben
nach einem Jungbauern gefragt.

Nachdem der Wirt gegangen war, traten die beiden
dunklen Gestalten an seinen Tisch. Sven blickte sie fragend an. Mit einer Geste deutete der kleinere von den
Männern an, Platz nehmen zu dürfen. Sven nickte.

Dann schilderten die beiden ihm, wie die Ausländer
ausgesehen hatten und wo der Jungbauer wohnte, den
sie sprechen wollten. Am Ende ihrer Mitteilungen hofften sie, von Sven ein Trinkgeld zu erhalten. Dieser las
das Verlangen in ihren Augen und schob jedem einen
Zehner ´rüber. Mit übertriebenem Kopfnicken bedankten sie sich und verließen den Schankraum. Sven aß
und trank, nachdem ihm der Wirt alles serviert hatte.
Dann verließ er ebenfalls nach dem Zahlen das Lokal.
Danach suchte er den Hof des Bauern auf.

Am Abend des nächsten Tages saßen unsere Freunde
im Wohnzimmer, um sich ihre Erlebnisse mitzuteilen
und weitere Pläne zu schmieden, in der weiteren Umgebung, die zwischen drei großen Städten lag, einen
Drogenring aufzubauen und etwaige Konkurrenten
herauszudrängen. Das war der Auftrag, den der Slawenkönig ihnen gegeben hatte, und sie hatten dazu ein
halbes Jahr Zeit.

Sven berichtete als erstes von dem Jungbauern, dessen Hof nicht gut lief. Er war nicht abgeneigt, sich durch den Verkauf von Drogen etwas dazuzuverdienen. Wie Sven erfuhr, klopften ein paar Tage vorher schon zwei Afghanen oder Türken bei dem Bauern an, um ihm das Geschäft schmackhaft zu machen. „Wird nicht einfach sein, diese Typen herauszudrücken", meinte Antonio. Sven nickte. Dann gab er Chris zu verstehen, seine Erlebnisse mitzuteilen.

Chris hatte sich die Schulen aufs Korn genommen, die in der näheren Umgebung waren. Hier suchte er nach potentiellen Kunden, die den Stoff nehmen würden. Neben der Disko, die sie bereits kannten, gab es vier weitere Etablissements, die als Umschlagplätze infrage kämen.

Antonio hatte sich auf die Polizeistationen konzentriert, die es in der Nähe und weiteren Umgebung gab. „In Heiligenstadt gibt es ein Drogendezernat, das für den ganzen Bereich zuständig ist", teilte er seinen Freunden mit. „Vielleicht sollten wir oder die anderen Jungs, die uns noch dabei unterstützen können, die Station mal genau unter die Lupe nehmen", antwortete Sven darauf. Dann sprachen sie noch über weitere organisatorische Entscheidungen, die sie treffen mussten. Dabei tranken sie ihr Bier, das eisgekühlt auf dem Tisch stand. Zwei Stunden später beendeten sie ihre erste Arbeitssitzung, und jeder wandte sich anderen Dingen zu, die er gerade machen wollte.

Die ersten drei Monate waren bereits vergangen. Der Jungbauer entwickelte sich zum raffinierten Dealer, der seine Kunden in seiner nächsten Umgebung unter dem Jungvolk fand. Es waren nicht wenige, die an einer

Partydroge interessiert waren, um die Stimmung aufzuheizen. Sven und Antonio waren an ein paar der jungen Leute in den Diskos herangetreten. Hier fanden
sich zwei junge Männer, Kevin und Lasse, die arbeitslos waren und anbissen, als Sven ihnen den Nebenver-
dienst schmackhaft machte. Sie versuchten ihr Glück
an den Schulen. Bald bauten die beiden einen kleinen
Kundenstamm auf. Ecstasy und Partydrogen wurden
auch von den Schülern bevorzugt.

Chris übernahm es, die Aktivität der Polizei zu überprüfen. Denn sie wollten auf keinen Fall von den Bullen überrascht werden. An einem Vormittag fuhr er mit
Rudi, der auch ziemlich neu im Geschäft war, nach
Heiligenstadt, um ein Auge auf das Drogendezernat zu
werfen.

Sie parkten den Wagen nicht weit vom Eingang des
Polizeireviers und warteten erst einmal im Auto ab,
welche Personen ins Gebäude gingen und welche he-
rauskamen.

Chris wurde müde und döste ein wenig vor sich hin. Da
stieß ihn Rudi an. Verwirrt wurde er aus dem Schlaf gerissen und starrte etwas ärgerlich seinen Nebenmann
an. Dieser zeigte auf den Eingang und rief aufgeregt:
„Du, ist das nicht einer unserer Männer, der da mit
einem Bullen spricht?" Chris rieb sich die Augen, um
deutlicher sehen zu können. Erschrocken weiteten sich
seine Pupillen. „Du hast recht, Rudi, das ist Sven. Was
macht der denn bei den Bullen?" Nun verabschiedete
sich der Polizist von Sven und dieser ging in das
Gebäude. „Du bleibst im Wagen", knurrte Chris. „Das
will ich mir näher ansehen." Mit einem Satz war er aus
dem Auto gesprungen und hastete zum Polizeirevier

hin. Eine angenehme Kühle empfing ihn im großen Vorraum. Von Sven war nichts zu sehen.

Deshalb ging er durch die zweite Tür und gelangte ins Treppenhaus. Auch hier keine Spur seines Freundes. Verdutzt und ärgerlich zugleich, schaute er sich um. Da hörte er Svens Stimme von oben. Langsam stieg er die knarrenden Holzstiegen empor, den Blick nach oben gerichtet, um Sven zu erspähen. Sein Atem ging stoßweise, denn er spürte eine innere Erregung. Nicht auszudenken, wenn Sven ein Spitzel der Bullen war. Er wehrte diesen Gedanken entschieden ab, doch er drängte sich immer wieder in sein Hirn. Dann erblickte er Sven. Vorsichtig duckte sich Chris, um nicht von ihm gesehen zu werden. Doch Sven drehte ihm den Rücken zu. Als Chris die obere Etage erreichte, sah er, wie Sven hinter einer der Türen auf dem Flur verschwand. Chris näherte sich dem Eingang und las auf einem Schild: Drogendezernat I – Kriminalinspektor Philipp Steiner. Da niemand auf dem Flur zu sehen war, legte Chris kurz sein Ohr an die Tür. Er hörte Stimmengemurmel, konnte jedoch nichts verstehen. Um nicht entdeckt zu werden, eilte Chris zur Treppe zurück. Keinen Augenblick zu spät, denn die Tür öffnete sich. Da Chris keine Zeit verlieren wollte, rannte er die Treppe herunter und verschwand eilends aus dem Revier. Dann eilte er zum Wagen. Der erschreckte Rudi starrte ihn verwundert an, denn er war auch eingeschlafen. Schnell ließ Chris den Motor an und fuhr zur Wohnung zurück. In seinem Kopf tobten die Gedanken. „Sollte Sven wirklich ein Spion sein? Nicht auszudenken!" Die Fahrt verlief schweigend. Chris setzte Rudi an seiner Wohnung ab und fuhr zu seiner Unterkunft zurück. Wie gut, dass niemand zu Hause war. So konnte er in Ruhe ein Bier trinken und über die Sache nachdenken.

XXVI

Als Sven und Antonio am späten Nachmittag nach Hause zurückkehrten, fanden sie einen seltsam reagierenden Chris vor. Dieser blickte kaum hoch, als er von Sven angesprochen wurde. „Na, was ist denn mit dir los? Ist dir 'ne Laus über die Leber gelaufen?" Chris murmelte etwas Unverständliches und drehte sich von Sven weg. Er wollte ihm nicht in die Augen sehen. Denn noch rumorte es in seinen Gedanken, und die Situation, die er vor einigen Stunden im Polizeirevier in Heiligenstadt erlebt hatte, stand noch lebendig vor ihm. Da die beiden ihn nicht mehr beachteten, stand er auf und verließ murrend das Wohnzimmer. Er suchte einen Platz, um in Ruhe nachzudenken.

Sven und Antonio saßen in der Küche und aßen genüsslich von den Resten des Essens, dass Antonio gestern zubereitet hatte. Auf einmal stand Chris, erregt atmend in der Tür und fragte Sven in einem vorwurfsvollen Ton: „Wo warst du heute Nachmittag gegen zwei?"

Sven, der gerade kaute, würgte seinen Bissen herunter. „Mit Toni zusammen in Waggershausen. Wieso fragst du?" „Weil es nicht stimmt!" antwortete Chris, und Zornesröte färbte sein Gesicht fast violett. Sven nahm sich nicht einmal die Mühe, Chris anzublicken. „Was heißt: Weil es nicht stimmt?" wollte er nun von Chris wissen. Ihm kam die Sache langsam komisch vor.

Antonio, der Chris anblickte, spürte die Ernsthaftigkeit, um die es diesem ging. „Weil ich dich zu diesem Zeitpunkt im Polizeirevier in Heiligenstadt gesehen habe!" rief Chris, und seine Stimme zitterte dabei. Nun war Sven plötzlich hellwach, und er hörte auf zu essen. „Weil ich wo war?" „In Heiligenstadt, im Drogendezernat, und du hast mit einem Bullen gesprochen. Ich habe Rudi als Zeugen, der kann das bestätigen."

„Und ich habe Toni als Zeugen, der das auch bestätigen kann", konterte Sven, und seine Stimme erhob sich dabei ebenfalls wie die von Chris.

„Augenblick mal", versuchte nun Antonio, die beiden Streithähne zu beruhigen, die sich immer mehr in ihren Aussagen hochschaukelten.

„Sven soll gleichzeitig an zwei Orten gewesen sein? Das ist unmöglich! Und ich kann es wirklich bezeugen, dass er mit mir in Waggershausen war. Ja, sogar der neue Dealer dort hat mit Sven und mir gesprochen. Der ist auch noch Zeuge."

Nun schaute Chris ein wenig deppert drein. „Was ist hier los?" begann Sven nach einigen Sekunden erneut. „Du behauptest, mich gesehen zu haben, während ich mit Toni bei dem Dealer war?"

Chris nickte und bestätigte dieses erneut. Sein Zorn war inzwischen einer Erleichterung in seinem Gemüt gewichen. Er schien zu merken, dass da wohl eine Verwechslung vorliegen müsse, oder Sven gibt es zweimal. „Lass uns das an Ort und Stelle überprüfen", schlug er nun den beiden Freunden vor.

Sven und Antonio nickten. „Genauso machen wir es. Morgen ist Donnerstag. Wir fahren nach Heiligenstadt, am besten nach Feierabend, wenn die meisten der Bullen zu Hause sind. Das Revier wird ja einen Pförtner haben, und an dem werden wir meine Identität austesten." Sven war total davon überzeugt, dass Chris sich irrte und dieser Irrtum sich spätestens morgen Nachmittag aufklären würde.

Gegen sechzehn Uhr fünfundvierzig stiegen die zwei aus dem Auto. Sven schlenderte mit Chris zum Dezernat herüber, während Antonio im Wagen sitzen blieb, um die Umgebung zu beobachten. Chris öffnete die Tür und ließ Sven vor. Dieser stieg erwartungsvoll die Stufen empor. Oben schob ein Wachtmeister in Uniform das Fenster des Informationsbüros beiseite, als er Sven kommen sah. Freundlich lächelnd, tippte er seinen rechten Zeigefinger zum Gruße an den Kopf und rief: „Hallo, Herr Köster, na wieder aus dem Urlaub zurück?"

Sven schwieg verdutzt. Er war überrascht. Dann las er schnell den Namenszug an der Brust des Wachtmeisters und antwortete etwas aufgeregt: „Ja, Meier, will noch mal schnell ´reinschauen, bevor es Montag wieder losgeht." „Schlüssel haben Sie?" war die Frage von Meier. Nun kramte Sven in seinen Hosentaschen und tat, als wenn er den Schlüssel suchte. Dann schaute er den Wachtmeister fragend an und meinte: „Den hab' ich wohl in der anderen Jackentasche gelassen." Meier drehte sich um, lief auf ein Schlüsselbord zu und gab ihm den Zimmerschlüssel. „Zimmer dreihundertzwei, Sie wissen ja." Dann wandte er sich dem Telefon zu, das gerade klingelte.

Sven nahm den Schlüssel und näherte sich schnell der Flügeltür, die den Weg zum Treppenhaus nach oben freigab. Der Beamte sollte sein überraschtes Gesicht nicht sehen. Es roch nach Bohnerwachs, als sie das weite Treppenhaus betraten. Die Stufen knarrten, als die beiden Männer nach oben eilten. Chris wagte es nicht, Sven anzublicken. Ihm war ein siegesgewisses Grinsen anzusehen, das er nun versuchte, aus seinem Gesicht zu verbannen.

Sven konnte es noch immer nicht fassen. Er musste einem dieser Bullen in seinem Aussehen ähnlich sein. Oder? Es war nicht auszudenken, vielleicht gleich zu sein. Was wäre, wenn er einen Zwillingsbruder hätte, der - Sven zwang sich, diese Gedanken zu verdrängen. Erst wollte er das eine lösen. Sie waren jetzt auf dem Weg nach oben in das Büro von diesem Köster.

Etwas keuchend, gelangten sie in den dritten Stock. Nun standen sie vor der Zimmertür mit der Nummer 302. „Kriminalinspektor Raimund Köster", las Chris laut und pfiff leicht durch die Zähne. Sven holte den Schlüssel aus der Tasche und schloss auf. Chris öffnete die alte Eichentür und verbeugte sich vor Sven. „Bitte, Herr Kriminalkommissar", sagte er scheinbar unterwürfig. Dabei grinste er, dass seine Ohren fast Besuch bekamen. Dann ließ er Sven eintreten. Es roch muffig nach Akten und Staub, da wohl seit Wochen nicht mehr gelüftet worden war.

Mit einem Blick überflog Sven die geschlossen Aktenschränke. Auf den Fensterbänken standen einige Pflanzen, die wohl regelmäßig gegossen wurden. So sahen sie jedenfalls aus. Dann fiel sein Blick auf den Schreibtisch. Dort lag alles wohlgeordnet. Ein altmodisches

Telefon, ein Kugelschreiberset und eine Ablage bildeten die karge Ausstattung. Auf der Ablage lag ein kleiner Ordner. Daneben stand ein Foto mit Rahmen. Sven
ging auf den Schreibtisch zu und betrachtete das Bild.
Es zeigte eine sehr hübsche, brünette Frau, die Sven
wohl gefallen könnte. „Wird wohl seine Frau oder
Freundin sein", dachte er sogleich. Dann fiel sein Blick
auf den Ordner, den Chris aufgehoben hatte. Erstaunt
schlug ihn dieser auf und reichte den Ordner sofort an
Sven weiter mit der Bemerkung: „Da schau her, wir
haben ins Wespennest gestochen. Hier ist die Akte vom
Slawenkönig. Mensch, wenn wir das dem Boss bringen, sind wir gemachte Leute!"

„Zeig' mal her", rief Sven und blätterte kurz den Ord-
ner durch. Tatsächlich, das war die Polizeiakte ihres
Chefs. „Welcher Dussel lässt denn so etwas auf dem
Schreibtisch liegen?" brummte er und freute sich
diebisch, die-sen Fund gemacht zu haben. Dann blickte
er Chris an und meinte: „Hier ist sonst nichts zu holen.
Den Namen haben wir, und die Akte nehmen wir mit.
Steck' sie ein!" wies er Chris an. Dann verließen sie das
Büro. Sven schloss ab.

„Es ist besser, wenn du dich etwas hinter mich hältst,
damit sie dich nicht erkennen", sagte Sven, als sie
schon die Treppen abwärts gingen. Sven wollte sich
unbedingt einen Nachschlüssel machen. Deshalb liefen
sie am Fenster des Wachmannes vorbei, als dieser
gerade abgelenkt war. Antonio wartete ungeduldig im
Wagen. Als die beiden einstiegen, blickte er sie fragend
an. Chris grinste wieder überschwänglich und meinte
nur: „Die Überraschung zeigen wir dir zu Hause."

„Guten Morgen, mein Schatz", begrüßte Raimund seine Frau, die verschlafen und sich streckend in der Küche erschien. Evelyn hatte heute ihren letzten Urlaubstag. Sie wollte unbedingt mit Raimund noch frühstücken. Doch dieser war schon auf dem Sprung ins Büro. Schnell drückte er seiner Frau einen Kuss auf die Wange, nahm seine gefüllte Tasche, und schon klappte die Wohnungstür ins Schloss. Schnell entfernten sich seine Schritte.

Im Revier wurde er von den Arbeitskollegen begrüßt, die er auf dem Flur und im Treppenhaus antraf, als wenn er nur ein Wochenende fort gewesen wäre. Dann trat er in sein Büro und öffnete schnell ein Fenster, um den Mief, der sich hier seit drei Wochen gelagert hatte, hinauszujagen. Die Aktenschränke zu öffnen und seine Tasche zu verstauen, war schon seit zwei Jahren Routine geworden. Dann blätterte er den Kalender auf den aktuellen Tag und setzte seine Kaffeemaschine in Gang, die übrigens einziger Luxus in diesem sonst kargen Büro war.

Kaum saß er wieder, da schnellte sein Partner Philipp herein. Sein dunkel gebräunter Teint hob die weißen Zähne bei seinem Willkommenslächeln deutlich hervor. Nach einem regen Gedankenaustausch über den verbrachten Urlaub, der fast eine halbe Stunde dauerte, fragte ihn Phil plötzlich nach der Akte von Grabowsky. „Die Akte von Grabowsky? Als ich ins Büro kam, lag hier nichts auf dem Schreibtisch. Ich hoffe, du hast die Akte nicht so herumliegen lassen und sie im Schrank verschlossen", mahnte Raimund seinen Partner mit einer leicht hochgezogenen Augenbraue, die befürchtete Skepsis aufkommen ließ.

Phil starrte Raimund entsetzt an. Sein Unterkiefer fiel ein wenig nach unten, als er kleinlaut antwortete: „Ich habe den Vorgang am Donnerstag auf deinen Schreibtisch gelegt, in der Annahme, du würdest ihn heute sehen und durchlesen. Das Zimmer war doch die ganze Zeit abgeschlossen."

Raimund war jetzt aufgestanden und blickte in seinen Aktenschrank. „Hier ist sie auch nicht!" war seine enttäuschende Antwort.

Gerade wollte Philipp etwas erwidern, als die Zimmertür quietschend geöffnet wurde. Herein trat der Wachtmeister, der am Donnerstagabend Dienst hatte. „Eure Türen könnt ihr auch mal ölen", war zunächst sein Kommentar. Raimund blickte ihn erwartungsvoll an.

„Ich wollte den Zimmerschlüssel zurückhaben, den ich Ihnen am Donnerstag ausgeliehen habe."

Raimund und Phil starrten den Wachtmeister gleichzeitig ungläubig an. „Wie bitte?" war Raimunds spärliche Antwort. „Den Ersatzschlüssel von Ihrem Zimmer möchte ich haben. Sie hatten ihren Schlüssel doch nicht dabei." Die Stimme des Wachtmeisters wurde dabei etwas lauter, und er lief vor Verlegenheit leicht rot an. Er fühlte sich von den beiden Kriminalbeamten auf den Arm genommen.

„Ich glaube, das sind zu viele Überraschungen auf einmal", staunte Raimund und bot dem Wachtmeister Platz an. Dieser winkte ab, mit der Bemerkung, dass er wieder nach unten müsse. „Also, halten wir mal fest: „Jemand, der ich sein sollte, war am Donnerstag hier, und Sie haben ihm meinen Zimmerschlüssel ausgehändigt?" Der Wachtmeister nickte, und Phil starrte Raimund an. „Das Komische ist, ich bin den ersten Tag hier. Am Donnerstag war ich noch mit meiner Frau auf Teneriffa, und wir haben uns gesonnt."

Raimund wollte fortfahren. Der Wachtmeister hob seine Hand, um ihn zu unterbrechen. „Ich habe jetzt keine Zeit. Klären Sie das hier ab. Sie waren auf jeden Fall am Donnerstag gegen siebzehn Uhr zwanzig hier und sind in ihr Büro gegangen." Dann drehte er sich um und verließ den Raum. Die Tür knallte ein wenig, da er noch verärgert über Raimund war.

„Sag' mal Phil, sind jetzt alle verrückt geworden? Ich soll am Donnerstag hier gewesen sein, und die Akte von Grabowsky ist spurlos verschwunden. Das ist ein dolles Ei!" Raimund blickte noch immer ungläubig auf seinen Partner. Dieser erhob sich und meinte beim Hinausgehen: „Ich glaube, das müssen wir dem Chef sagen. Hier geht es auf einmal nicht mit rechten Dingen zu." „Ja, das müssen wir wohl", war Raimunds schnelle Antwort, die Phil schon nicht mehr hörte.

Die Akte des Herrn Grabowsky, wie der Slawenkönig mit bürgerlichem Namen hieß, lag im Augenblick auf dem pompösen Schreibtisch des Genannten. „Ja, das ist ja eine richtige Bettlektüre", bemerkte dieser, und ein schmieriges Grinsen lagerte sich auf seinem faltenreichen Gesicht ab. Dann blickte er seine drei Mitarbeiter Sven, Antonio und Chris an.

„Nun berichtet mir mal. Was ist da passiert?"

Sven, der wie immer vorgeschoben wurde, wenn es galt, dem Boss zu berichten, gab die Geschichte zum Besten, welche die drei vor einigen Tagen erlebten.

Beim Bericht der Situation blitzten die Augen des Slawenkönigs ein paar Mal interessiert auf. Das war ja ein geniales Ding. Daraus könnte man Kapital schlagen, waren seine Gedanken. Selbst die beiden Muskelpakete, die wie immer links und rechts neben seinem Thronsessel standen, konnten sich ein Lächeln nicht verkneifen.

„Also, wenn ich euch recht verstehe", unterbrach Grabowsky nun Sven, der seine Gedanken über die Möglichkeiten mitteilen wollte. „Ihr habt die Chance, ins Polizeirevier zu kommen. Doch denke ich, dass der richtige Herr Köster inzwischen wieder im Dienst ist und große Probleme wegen des Verschwindens meiner Akte haben wird. Ihr müsst die Sache sehr vorsichtig angehen. Versucht, euch noch ein paarmal ins Polizeihaus zu schleichen und noch andere Akten mitzunehmen, die für uns relevant sind. Vor allen Dingen denke ich auch an unsere liebe Konkurrenz, die sicher auch dort vertreten ist."

Die drei Freunde nickten und wurden von Grabowsky entlassen. Beim Hinausgehen rief er ihnen noch zu: „Werde euch diese Sache hier belohnen!"

Draußen grinsten die drei übers Gesicht. „Na, das war doch mal ein Erfolg", freute sich Antonio. Sein Gebiss glänzte in der Sonne. Auch die beiden anderen waren sehr zufrieden mit dem Ergebnis.

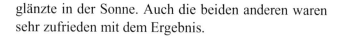

Als Raimund beim Abendessen seiner Evelyn von den Ereignissen des Tages erzählte, schüttelte sie darüber zunächst den Kopf. Dann wurde sie stille, weil sie darüber nachdachte, während ihr Mann das schmackhafte Essen genoss. „Weiß euer Chef schon darüber Bescheid?" fragte sie zwischen den beiden letzten Happen, die Raimund verputzte.

„Nein, wir haben heute intensiv nach dem Vorgang und dem Schlüssel gesucht. Spätestens in drei Tagen, wenn die Sachen nicht wieder auftauchen, melden wir das dem Bänziger. Der wird sicherlich toben. Aber wir können die Sache nicht zurückdrehen. Zu dumm auch von Philipp, dass er die Akte einfach auf dem Schreibtisch hat liegenlassen, anstatt sie einzuschließen."

„Was ist mit diesem Doppelgänger?" warf Evelyn ein. „Was soll damit sein? Wir werden in den nächsten Tagen intensive Recherchen anstellen, um diesen Kerl zu finden. Bisher ist er für mich nur ein Phantom."

Dann griff Raimund zu seinem Bier. Er wollte sich heute Abend nicht mehr damit belasten, obwohl ihm die Sache doch nicht mehr aus dem Kopf ging. Dann machte er sich's mit seiner Frau gemütlich und schaute sich einen spannenden Krimi im Fernsehen an. Doch so leicht, wie sich Raimund das vorgestellt hatte, entwikkelte sich der Fall nicht. Drei Tage später war noch nichts von beiden Sachen, der Akte und dem Schlüssel, zu sehen. Philipp erinnerte ihn während einer Dienstfahrt daran, dass sie doch in die Höhle des Löwen müssten, um die peinliche Angelegenheit zu beichten.

Raimund nickte, dann fuhren sie langsam zum Revier zurück. Dort angekommen, erwartete sie schon aufgeregt Wachtmeister Pläschke, der heute Dienst hatte. „Herr Köster, Herr Köster", rief er, als dieser mit Philipp durch das Eingangsportal trat. „Der Schlüssel ist wieder aufgetaucht!" Dabei strahlte er über das ganze Gesicht, so erleichtert war er darüber.

Phil und Raimund sahen sich fragend an. „Wo haben Sie ihn denn gefunden?" wollte Raimund nun wissen.

„Nun, als ich heute Morgen zum Dienst kam, lag er auf dem Drehteller innerhalb des Büros", war die Antwort von Pläschke. "Sie haben ihn doch auf Fingerabdrücke untersuchen lassen und ins Labor gebracht?" war die nächste Frage. Pläschkes Lachen verzog sich augenblicklich aus seinem breiten Gesicht. „Ach, du Schande", gab er, leicht stöhnend von sich. „Daran habe ich noch gar nicht gedacht." Phil schüttelte missbilligend den Kopf. Das hatte gerade noch gefehlt. Doch Raimund beruhigte den Wachtmeister, da dieser sich nun Vorwürfe über sein Fehlverhalten machte. „Ich hoffe, dass die Akte sich auch noch findet", meinte Raimund aufmunternd. „Vielleicht finden wir dann noch einige Abdrücke."

Sven Carstens saß schon fast eine Stunde allein im
Wohnzimmer und grübelte über die Ereignisse der
letzten Wochen nach. Wie konnten sie diese Gelegenheit, die sich ergeben hatte, weiterhin nutzen, ohne dass
ihnen die Bullen auf die Schliche kamen? Vor allen
Dingen vermutete er, dass das Schloss bereits im Zimmer des anderen ausgetauscht worden war. Aber das
war kein Problem für die Männer des Slawenkönigs.
„Als nächstes werden wir die Akte von Grabowsky
zurückbringen und uns nach anderen „Klienten" der
Polizei umschauen", dachte Sven und schlürfte genussvoll den Rest des Kaffees, den er sich gemacht
hatte.

Mitternacht war eben vorbei, als Toni den Wagen von
Chris in einer Nebenstraße parkte. Der Standort war
günstig, denn die Straßenlaterne, zwei Meter davon
entfernt, war defekt, und so fiel das nächste Licht je
hundertfünfzig Meter links und rechts auf den Geh-
steig. Der Himmel war bewölkt, und ein leichter Wind
wehte ein paar Blätter auf, die sich nach diesem Luft-
zug wieder müde zu Boden legten.

Sven und Toni trugen dunkle Kleidung. So waren sie in
der Dunkelheit nicht sofort zu erkennen. Im Schatten
der Häuser gelangten sie zum Polizeigebäude, das trut-
zig in die Nachbarschaft blickte. Toni fasste den Türgriff der schweren Eingangstür an, um sie zu öffnen.
Doch sie war verschlossen. Zu wissen, was nun zu tun
war, sahen sich die beiden Freunde an. Dann blickte
Toni nach links und rechts, um festzustellen, dass sie
nicht beobachtet würden. Sven hatte inzwischen seinen
Wunderdietrich aus der Tasche gezogen und machte

sich am Schloss der klobigen Tür zu schaffen. Es klickte kurz, und die beiden verschwanden im Haus. Leise ließ Sven die Tür ins Schloss klicken. Überall war Dunkelheit. Es dauerte eine kleine Weile, bis sich die Augen an das Dunkel im Treppenhaus gewöhnt hatten. Dann gingen sie leichtfüßig am dunklen Pförtnerzimmer vorüber und traten in den Treppenflur. Sven hatte festgestellt, dass die Stufen kaum knarrten, wenn sie den Außenrand als Trittfläche benutzten. Zwei Stufen auf einmal nehmend, gelangten sie in den dritten Stock. Sven nahm seinen Zimmerschlüssel aus der Tasche und steckte ihn ins Schloss. Siehe da! Er funktionierte noch. Das Schloss war noch nicht ausgetauscht. Leise öffnete er die Zimmertür, und die beiden Männer traten, leise atmend, ein. Dann nahm Sven die Grabowsky-Akte aus seiner Jackentasche und legte sie zunächst auf den Schreibtisch. Toni machte sich inzwischen daran, den Aktenschrank zu öffnen. Es machte leise Klick. Dann war auch dieser Schrank geknackt. Sven öffnete die obere Schublade, um den Buchstaben „G" zu finden. Dann schob er die Akte seines Chefs an den Platz, an den sie gehörte. Dann stöberten sie in Ruhe die anderen Fälle durch. Bei einigen verweilten sie und blätterten darin herum. Fünf Akten schienen den beiden interessant. Diese nahmen sie heraus, und Toni packte sie in eine Plastiktüte. Dann verschlossen sie den Aktenschrank, ohne Spuren zu hinterlassen, und machten sich auf den Rückweg. Sie wollten gerade die Treppe nach unten betreten, als der Lichtkegel einer großen Taschenlampe nach oben fiel. Augenblicklich trat Sven zurück in den Flurschatten. Dabei trat er Toni auf den linken Fuß. Dieser unter-

drückte sein Schmerzgefühl durch ein leises Stöhnen.
Nun warteten die beiden Männer darauf, wohin sich der
Mann mit der Taschenlampe wenden würde. Während
Sven überlegte, was sie machen würden, wenn der
Mann in die oberen Etagen käme, zog Toni sein Be-
täubungsspray aus der Tasche und zeigte ihn wortlos
Sven. Der nickte und trat leise hinter seinen schwarzen
Freund. Einige Minuten standen sie regungslos auf ihrem Platz. Von unten drangen Laufgeräusche nach
oben, die sich jedoch wieder entfernten. Dann klappte
eine Tür ins Schloss. Es war still geworden. Noch verharrten die Männer dort, wo sie standen. Dann gingen
sie vorsichtig die Treppe hinab, immer bemüht, keine
Geräusche zu machen. Doch die ließen sich nicht ganz
unterdrücken.

Als sie wieder vor dem Ausgangsportal standen, hatte
ein leichter Nieselregen eingesetzt. Schnell liefen sie in
die Nebenstraße, wo sie ihren Wagen geparkt hatten.
Dann fuhren sie nach Hause. Der Scheibenwischer
surrte gleichmäßig hin und her und gab den Blick auf
die nasse Fahrbahn frei.

Am nächsten Morgen wurde Raimund, der schon eine
Stunde früher in seinem Büro saß, von einem Kollegen
aus Dortmund angerufen. Dieser erkundigte sich nach
einem afghanischen Drogendealer, der im Augenblick
dort sein Unwesen trieb. Da er früher in der Nähe von
Heiligenstadt gearbeitet hatte, wollte der Kollege etwa-

ige Akten dieses Mannes anfordern. Also öffnete Raimund seinen Aktenschrank und suchte nach dem Namen dieses Maturgajahmad. Doch leider war ein diesbezüglicher Vorgang nicht vorhanden. Raimund beendete das Gespräch und wandte sich seinem Aktenschrank zu. Aus reiner Neugier griff er in den Bereich des Buchstabens „G". Er glaubte seinen Augen nicht zu trauen, als er auf die Akte von Grabowsky stieß. Die Akte aus dem Schrank reißend und die Nummer von Phil, seinem Partner wählend, war fast eine Handbewegung. Als dieser sich nach einigem Zögern, das Raimund wie eine leichte Ewigkeit vorkam, meldete, hörte er Raimunds aufgeregte Stimme. Sekunden später saß er im Zimmer seines Kollegen und starrte genauso ungläubig auf den Vorgang wie Raimund. „Ab, sofort in die Spurensicherung", meinte er dann. Raimund schob die Akte in einen Umschlag, nachdem er sich vorher Handschuhe angezogen hatte. Phil brachte den Vorgang in die genannte Abteilung und wartete gleich auf das Ergebnis. Ungefähr eine halbe Stunde später war es bekannt. Neben einigen unbekannten Fingerabdrücken waren auch die Abdrücke von Grabowsky auf der Akte zu erkennen gewesen. Raimund blickte Phil mit erhobener, in Falten gezogener Stirn, an. „Jetzt haben wir ein Problem!" Dieser nickte und seufzte enttäuscht. Seine Mundwinkel zogen sich, seinem Zustand entsprechend, nach unten.

Zehn Minuten später saßen sie vor Herrn Bänziger, ihrem Chef, der sie fragend ansah. Dessen Gesicht verfinsterte sich immer mehr, als die beiden ihm die Situation der letzten Woche schilderten. Kurz bevor Raimund ihren Bericht mit den Worten: „Es sieht so aus,

Chef, dass ich einen Doppelgänger habe, der auf der anderen Seite steht, und den wir - " Weiter kam er mit seinen Ausführungen nicht, denn das Gesicht des Kriminalrates Bänziger hatte die Form und die Farbe eines lila leuchtenden Ballons angenommen, der kurz vor dem Platzen schien.

Er starrte mit vor Ärger glühenden Augen auf seine Mitarbeiter, und kurz bevor er ihnen mit seinen Worten das restliche Leben versauern konnte, sank er auf seinen weichen Sessel und ließ die Luft hörbar aus seinem massigen Körper strömen. „Mir fehlen die Worte!" war sein einziger Kommentar.

Doch wenn unsere beiden Helden gemeint hatten, sie kämen so glimpflich davon, begann der Chef, nun eine Schimpfkanonade auf die beiden Polizisten herniederprasseln zu lassen, dass sie in ihren Stühlen immer kleiner wurden. Florina Danzer, die im Nebenzimmer an einem Bericht tippte, vernahm jedes Wort, und die Kollegen taten ihr unendlich leid.

Nachdem der Chef sich den angestauten Frust herausgeschrien hatte, wies er auf die Tageszeitungen hin, die auf seinem Schreibtisch lagen. „Hier", dabei tippte er noch verärgert auf den Blättern herum. „Hier steht in jedem dieser Blätter, dass der Drogenmissbrauch in unserem Land, für das wir verantwortlich sind, dass es nicht geschieht - ; dass der Drogenmissbrauch derart zugenommen hat, dass fast täglich in den umliegenden Krankenhäusern mehr Patienten mit Drogenvergiftung, so kann man es bald schon nennen, behandelt werden.

Also, ich erwarte von ihnen, dass Sie beide alles nur Mögliche tun, um dieser Lage Herr zu werden. Als erstes wird das Schloss in ihrem Zimmer erneuert. Und dann machen Sie sich auf die Suche, nach diesem, diesem Doppelgänger, um ihn dingfest zu machen. Dabei vergessen Sie Grabowsky nicht, der sein Unwesen noch immer treibt. Haben Sie das verstanden?!"

Die beiden Drogenfahnder nickten kleinlaut und erhoben sich von ihren Stühlen. Für den heutigen Tag waren sie bedient. Beim Verlassen des Zimmers rief ihnen der Chef noch nach: „Sie erhalten noch Verstärkung aus der Landeshauptstadt. Sie wird in den nächsten Tagen eintreffen."

Florina Danzer sah ihnen bedauernd nach, als sie in Raimunds Zimmer verschwanden.

Gleich nachmittags saßen sie mit ihren Kollegen Macho und der schönen Betsie im Vortragsraum und diskutierten über eine geeignete Strategie, den anderen „Köster" zu stellen. Die Kollegin und der Kollege waren den beiden zur Unterstützung zugeteilt worden, bis die besagten Helfer aus der Landeshauptstadt eintreffen würden. Nach einem zweistündigen Machtkampf, der hin und her wogte, einigten sie sich zunächst darüber, dass Raimund und Philipp in den nächsten zwei Wochen die intensive Suche und damit den Außendienst erledigten, während die beiden anderen die Recherchen im Innendienst vornehmen wollten, da noch andere Arbeit zu bewältigen war. Das war Raimund auch lieber, da bis dahin die Kollegen aus der Landeshauptstadt da wären und er darauf brannte, seinem Pendant endlich gegenüberzustehen.

Am nächsten Morgen, es war kurz nach sieben, saßen die beiden im Dienstwagen. Philipp fuhr. Er war noch übel gelaunt, da seine neue Freundin, die er erst vor einigen Tagen beim Schoppen im „Grinzing-Superkaufhaus" kennengelernt hatte, ihm einen Korb verpasst hatte und nicht zum Date erschienen war. Seine Übellaunigkeit zog wie ein schlechter Mief herüber zu Raimund. Der starrte ihn von der Seite an und grinste. „Na!" kam es gedehnt aus seinem Mund. „Hat wohl mit der Mutti nicht geklappt?" Als Antwort erhielt er einen sauren Blick von Philipp. „Mach dir keine Gedanken darüber", versuchte Raimund seinen Partner aufzumuntern. „Bei deinem Kaliber kriegst du das voll wieder hin." Doch dann trat der Dienst gebieterisch in ihre Gedanken, und Raimund schlug vor, die alte Tour zu fahren. Philipp nickte stumm und steckte sich ein Kaugummi in den Mund. Der erfrischende Geruch von Pfefferminz durchzog den Wagen und hellte die Stimmung ein wenig auf.

Als sie an der alten Chaussee einbogen, sahen sie auf der anderen Straßenseite Kandinsky, einen Drogendealer, der altbekannt war und schon ein ziemliches Strafenregister in seiner Akte besaß. Raimund zeigte auf den Dealer, und Philipp fuhr zur anderen Seite herüber. Dabei bremste er scharf, dass der Dealer erschrocken einen Satz zur Seite machte. Gerade wollte er mit einer Schimpfkanonade loslegen, da erblickte er Raimund, der aus dem Auto gehüpft war. „Was'n los?", begrüßte ihn Kandinsky. „Haste was vergessen?" Raimund, der nun stutzte, fragte: „Wieso?"

„Na, du warst doch erst vor zehn Minuten bei mir und hast mir - " Weiter sprach er nicht, denn er erkannte

Philipp, und wusste sofort, dass dieser ein Bulle war. Doch bevor der Dealer sich umdrehen und aus dem Staub machen konnte, erwischte ihn Raimund an seiner Jacke. Dann drehte er den linken Arm nach hinten, so dass Kandinsky sein Gesicht, etwas schmerzverzerrt mit leichtem Stöhnen, auf das Wagendach presste. Philipp war inzwischen auch aus dem Wagen geeilt und untersuchte den stöhnenden Mann auf Drogen. Und siehe da, fünf Päckchen weißen Pulvers förderte er aus dessen Jackentaschen.

„Ab ins Auto", befahl Raimund, und der Dealer wurde auf die hinteren Sitze verfrachtet. Dabei rieb sich dieser seinen noch schmerzenden Arm.

„Nun berichte mal, aber alles und die Wahrheit, sonst verschaffen wir dir einige Jahre, kannst du mir glauben", versuchte Philipp, den Dealer zum Reden zu bringen. Der stierte einige Augenblicke sauer vor sich hin. Ein eigenartiger Geruch strömte aus seinen Kleidern, der die beiden Polizisten die Nase rümpfen ließ. Dann ergab sich Kandinsky in sein Schicksal und begann zu reden.

Vor einigen Minuten waren der Doppelgänger von Raimund und ein Afrikaner bei ihm aufgetaucht und hatten ihm angeboten, die Seite zu wechseln und nur noch Stoff von ihnen anzunehmen. Denn „K", wie er in Fachkreisen genannt wurde, arbeitete für die Afghanen, die ebenfalls seit einem halben Jahr in dieser Gegend ihr Unwesen trieben und versuchten, hier in den Drogenmarkt einzudringen.

Als Philipp den Dealer fragte, wohin die beiden gegangen wären, zeigte er in die Richtung von Waggershausen. Mit den Worten: „Lass dich so schnell nicht wieder hier blicken", wurde er dann aus dem Wagen entlassen. Schnell rannte Kandinsky weiter und war auch schon um die Ecke verschwunden.

Raimund blickte Philipp an. Dieser drückte bereits auf das Gaspedal, und sie bogen nach links in Richtung Waggershausen ab. Nach einigen Minuten, sie hatten den kleinen Ort inzwischen erreicht und ihn mehrmals aufmerksam umherschauend durchfahren, hielten sie an einem Imbiss. „Ich hab' nen tüchtigen Schmacht", verkündete Phil und stieg aus dem Dienstwagen aus. „Soll ich dir was mitbringen?" Raimund nickte und gab seine Bestellung auf. Phil schob ab und verschwand im Imbiss.

Raimund dachte nach. Es war wie verhext. Dieser andere Typ war nirgends zu finden. Wenn sie eine Ahnung hätten, wo er sich aufhielt, dann könnte man ihn leichter aufspüren. Etwas später saßen die beiden Fahnder kauend in ihrem Wagen und ließen es sich schmekken.

Nachdem sie ihr kurzes Mahl beendet hatten, schlug Raimund vor, eine kurze Rundreise durch die nächsten Orte zu machen, um dann ins Revier zurückzukehren. Phil nickte und fuhr los. „Lass uns die Augen offenhalten, vielleicht findet sich etwas, das uns weiterbringt!" meinte er dabei. Raimund nickte und lehnte sich etwas entspannt zurück. „Dabei halten wir doch immer die Augen auf", dachte er dabei und grinste über seinen Partner in sich hinein.

Sven war mit seinen beiden Kumpeln Toni und Chris zum Chef bestellt worden. Sie wussten, dass sie nichts ausgefressen hatten, aber es war ihnen bei solchen Begegnungen mit dem Boss äußerst mulmig, da man diesem nie trauen konnte und das schönste Unwetter in Gestalt von Vorwürfen und Abmahnungen auf sie herabprasseln konnte.

Nun saßen die drei im gewohnten riesigen Tempel dem Chef und seinen „Dobermännern" gegenüber.

Dieser blickte sie über seinen Brillenrand scharf an, und seine Stimme glich, wie so oft, einem Eisblock. „Weshalb habe ich euch herbestellt?" begann er, fast zu leise, dass Chris sich anstrengte, die Ausführungen zu verstehen. Doch die Stimme blieb nicht so leise, sondern schwoll augenblicklich an. „Das Studium der Akten, die ihr mir besorgt habt, war äußerst interessant. Die Bullen sind den Afghanen auf der Spur, was ich sehr schätze. Doch was noch interessanter ist, - " Dabei wurde seine Stimme höher und schnitt fast wie ein Messer in ihre Ohren, so dass die drei ihre Gesichter unangenehm verzogen.

„Das Interessante ist, dass es in unseren Reihen einen oder zwei Whistleblower gibt, die mit den Bullen zusammenarbeiten." Diese Äußerung ihres Chefs schlug bei den drei Männern wie eine Bombe ein.

Sven machte den schwachen Versuch, etwas sagen zu wollen. Doch der Slawenkönig winkte scharf ab. Sein Gesicht hatte sich dabei noch mehr verfinstert, und er musterte seine Mitarbeiter, als wenn sie die Verräter in ihren Reihen wären. Doch dann glättete sich seine in scharfe Falten gelegte Stirn, und er fuhr fort. „Und ich will, dass ihr diesen oder diese Verräter findet und sie mir bringt!"

Jetzt blickten sich Sven und seine Freunde doch verdutzt an. „Okay, Chef, haben Sie ein paar Anhaltspunkte, wo wir anfangen können?" fand Sven den Mut, seinen Boss zu fragen. Dieser nickte und ließ sich von einem seiner Bulldoggen Feuer geben. Genüsslich zog er den Rauch einer Havanna ein, der bis zu den dreien drang.

„Ja, die habe ich", antwortete er dann. „Hier sind die Kopien der Polizeiakten, die könnt ihr lesen. Ich habe dazu einige Bemerkungen und Randnotizen gemacht, die euch weiterhelfen können. Die Originale sind inzwischen wieder bei der Polizei gelandet. Ich habe ja schließlich auch meine Verbindungen." Dabei huschte ein sehr schwaches Lächeln über sein Gesicht, als er bei seinen Worten die erstaunten Gesichter seiner Mitarbeiter bemerkte. Dann schob er ihnen die Unterlagen herüber. Sie nahmen die Akten in Empfang und waren damit entlassen.

Es war zum Verrücktwerden. Die letzten acht Wochen waren für die Polizeibediensteten ohne Ergebnis verlaufen. Sie hatten den Doppelgänger von Raimund nicht aufspüren können. Phil und Raimund teilten sich nun die Arbeit mit den beiden Kollegen aus der Landeshauptstadt. Einer von ihnen war noch ein frischer Hase, der gerade von der Akademie kam, wie Raimund vor zweieinhalb Jahren. Sein Name war Ingo Liebermann. Raimund und Phil fanden ihn ganz sympathisch. Der andere war ein knochentrockener Beamter, wie er einem Witzbuch entsprungen sein konnte. Der hatte gar keinen Sinn für Humor. Sein Name war Harald Sassnitzer.

Heute Morgen schoben Raimund und Phil ihren Dienst, bevor sie von den beiden anderen am späten Nachmittag abgelöst würden. Raimund, der noch ein wenig müde war, überließ Phil die Entscheidung, wohin sie fuhren und ihre Suche nach dem Unbekannten erneut beginnen würden.

Eine Stunde später schlenderten die beiden durch die Fußgängerzone von Sönkershausen, einem kleinen Ort ungefähr vierzig km von Heiligenstadt entfernt. Genüsslich leckten die Polizisten an einem Eis, das sie sich gönnten. Doch ihr Blick war aufmerksam auf die Menschen in ihrer Umgebung gerichtet. Es war kurz vor Mittag. Da wohl in allen Büros die Mittagszeit eingesetzt hatte, verdichtete sich der Strom der Menschen immer mehr, die durch die Innenstadt eilten. Raimund blickte gerade auf die Auslagen von Illustrierten, als er von Phil angestoßen wurde. Dieser ließ sich nur ungern von seiner Stöberei in den Illustrierten stören. Doch Phil stieß ihn erneut an. „Da, schau mal, da hinten!" rief er aufgeregt. Nun folgte Raimunds Blick seiner Hand, die nach vorne zeigte. Nun sah er es auch.

Da vorn, ungefähr fünfzig Meter voraus, lief sein eigenes Ich noch einmal, und neben ihm ging der Afrikaner.

„Au weia, das ist er!" rief Raimund, und schon setzte er sich in Trab. Phil folgte ihm augenblicklich. Doch es war nicht einfach, an den Leuten vorbeizukommen, die vor ihnen liefen oder ihnen entgegenkamen. Die Distanz zu den Männern wurde immer geringer. Nun verschwanden die beiden Gesuchten in einer Seitenstraße. Raimund und Phil mussten eine verkehrsreiche Straße überqueren. Als sie sich einen Weg durch die fahrenden Autos bahnten, ertönte lautes Hupen. Außerdem wurden ihnen so manche Schimpfwörter an den Kopf geworfen. Ebenfalls begleiteten sie das Geräusch von quietschenden Bremsen und der Geruch von abradiertem Gummi, bis sie die andere Straßenseite erreichten. Doch sie waren wieder zu spät. Von den Männern, die sie suchten, war weit und breit nichts mehr zu sehen. Enttäuscht brachen sie die Verfolgung ab. „Nun waren wir so nah dran", maulte Philipp und stieß vor Enttäuschung gegen einen Papierkorb, der seinen Frust abbekam. Der Tritt ließ eine Beule im Papierkorb zurück und einen Schmerz, der durch Phils Fuß zog. Dann gingen sie langsam zu ihrem Dienstwagen zurück.

Als sie am frühen Nachmittag, kurz nach drei Uhr, von den Kollegen abgelöst wurden, bemerkte der trockene Beamte Sassnitzer, dass Raimund und Phil ja über das Meeting, welches der Polizeichef mit ihnen um zwanzig Uhr vereinbart hatte, Bescheid wüssten. Doch die beiden sahen sich nur etwas verständnislos an. Daraufhin meinte der andere Kollege, Ingo Liebermann, dass sie doch Raimund vor zwei Tagen getroffen und informiert hatten. Als dieser die Aussage Liebermanns verneinte, war das Chaos vollkommen. Alle vier schauten dümmlich drein, bis Phil bemerkte, dass die beiden Kollegen wohl den Doppelgänger von Raimund informiert hätten. Mit dieser Erklärung gingen die Polizisten auseinander. Jeder von ihnen dachte mit Grausen an das Meeting am Abend. Die Fahnder aus der Landeshauptstadt hatten ihren neuen Chef bereits bei mehreren Gelegenheiten richtig kennengelernt und waren darüber überhaupt nicht erbaut.

Die Dunkelheit hatte sich bereits seit Stunden schützend über Heiligenstadt gelegt. In dieser gemütlichen Kleinstadt ließen zu dieser späten Zeit nur noch wenige Fenster ihr Licht auf die Straße fallen, und es wurden zunehmend weniger. Heiligenstadt legte sich langsam schlafen. Nur im Polizeigebäude brannte im Konferenzraum noch Licht. Dort brüteten die Drogenfahnder mit ihrem Chef, Herrn Bänziger, an einer Lösung, wie sie den Doppelgänger von Raimund Köster fassen und die gesamte Drogenmafia zerschlagen konnten. Ziel, des Leiters des Drogendezernats war, eine drogenfreie Landschaft zu erreichen, über die er mit seinen Mitstreitern zu befehligen hatte.

„Übrigens, Köster, mir ist die letzte Schlappe mit den Kollegen aus der Stadt zu Ohren gekommen", sprach er Raimund nun an. Dieser bewegte, schon etwas müde, seinen Kopf in Richtung des Chefs und sah ihn erstaunt an. „Was wohl jetzt wieder kommt?" dachte er dabei. „Deshalb halte ich es für geraten, Sie aus dem Geschäft herauszuziehen und für unbestimmte Zeit zu beurlauben!" Raimund glaubte, nicht richtig gehört zu haben und sah seinen Boss zweifelnd und frustriert an. „Ja, Sie haben richtig gehört, Köster. Sie werden bis zur Lösung des Falles beurlaubt. Ich möchte, dass die Kollegen nur dem falschen Köster begegnen und ihn deshalb leichter fassen können."

Das hatte gesessen. Es war wie ein Schlag in die Magengrube, und Raimund spürte in dieser Gegend auch einen undefinierbaren Schmerz. Er wollte gerade zu einer Erwiderung ansetzen, als ihn Phil am Arm fasste. Raimund wollte sich erheben und gegen die Entscheidung des Chefs protestieren. Doch Phil fasste ihn noch fester an seinem Arm, so dass Raimund schließlich Philipp seine Aufmerksamkeit schenkte. „Was willst du?" knurrte er ärgerlich und reagierte unwirsch. Doch dann sah er Philipps Blick und wusste, dass sein Protest eine falsche Entscheidung wäre. Aber so leicht wollte Raimund nicht aufgeben, doch der Chef, der ebenfalls müde war und die Uhrzeit sich dem neuen Tag näherte, beendete die Versammlung und erhob sich, um den Raum zu verlassen. Raimund ließ sich erschöpft auf seinen Stuhl plumpsen und seufzte verbittert. Die anderen Kollegen hatten bereits den Konferenzraum verlassen. Nur Phil saß noch neben ihm und sprach mit ruhiger Stimme auf ihn ein. Doch Raimund hörte ihn nicht, weil er mit seinen Gedanken weit weg war. Nach einiger Zeit erhob er sich und schlich müde und bitter enttäuscht nach draußen, ohne seinen Partner Phil zu beachten, der mit offenem Mund sprachlos seinen Abgang verfolgte.

Evelyn drückte verschlafen und laut gähnend auf den Wecker, der unbarmherzig schrillte und die schöne Nachtruhe abrupt beendete. Wie gewohnt, wollte sie sich auf ihre Bettkante setzen und den Rest Müdigkeit aus ihren Gliedern schütteln. Da fiel ihr Blick auf die andere Bettseite, wo ihr Mann Raimund mit offenem Munde, leise röchelnd, noch selig schlief. Plötzlich war sie hellwach. Das war doch sonst nicht so. Raimund war um die Zeit, wenn sie aufstand, bereits zum Dienst gegangen. Sie überlegte, ob er vielleicht verschlafen hätte oder sonst eine ungewohnte Situation eingetreten

war, die den Anblick ihres schlafenden Mannes recht-
fertigte.

Evelyn überlegte, ob sie ihn wecken sollte. Doch dann
entschied sie sich dafür, erst einmal ins Bad zu gehen.
Vielleicht war er danach von selbst erwacht. Dann
schlüpfte sie in ihre Pantoffeln und war auch schon im
Bad verschwunden. Die Tür hatte sie etwas lauter geschlossen, um ihn damit zu wecken, denn sie war neugierig, was er ihr wohl sagen würde, wenn er wach war.

Als sie erfrischt und für den Dienstbetrieb gestylt aus
dem Bad erschien, öffnete Raimund die Augen. Er
schaute seine Evelyn etwas fremd an, gähnte laut und
kratzte sich am Kopf. „Hallo, Schatz, du bist schon
hoch?" murrte er, etwas schwer verständlich. Evelyn,
die sich gerade ihre neue Bluse anzog, schaute ihn fragend an. „Schon hoch, ist gut!" gab sie zur Antwort.
„Eigentlich müsstest du schon hoch und auf dem Weg
zu deiner Dienststelle sein", war die nächste Antwort,
die auch gleich die Frage enthielt, warum er noch hier
war und sich träge im Bett aalte.

Raimund blickte sie an, zog seine Stirn in Falten und
erinnerte sich an den gestrigen Abend. Dabei stieg das
Blut in seinen Kopf, und der Blutdruck erhöhte sich augenblicklich. Dann berichtete er seiner Frau über die
gestrige Besprechung und das Ergebnis.

Evelyn hörte geduldig zu, ohne ihn zu unterbrechen.
Als er geendet hatte, blickte sie ihn wieder an, und ein
leichtes Lächeln huschte über ihr Gesicht. Sie wusste,
dass ihm das nicht gefallen würde, was sie jetzt sagen
würde. „Aber kannst du Herrn Bänziger nicht verstehen? Er hat dich aus dem Dienst beurlaubt, damit die

Kollegen nur einen Raimund verfolgen können. Außerdem hast du die Gelegenheit, persönliche Recherchen anzustellen, die vielleicht Licht in die Sache bringen." Raimund starrte seine Frau mit offenem Mund an. Eigentlich wollte er ihr eine scharfe Erwiderung auf ihre Äußerung geben, doch sein Gehirn war in diesem Augenblick schon wach, und er stellte fest, dass die Gedanken von Eve, wie er seine Frau zärtlich nannte, gar nicht so verkehrt waren.

Bevor er etwas sagen konnte, küsste Evelyn ihren noch müden Mann und rief ihm beim Herausgehen aus dem Schlafzimmer zu: „Bye, bye Schatz, ich bin spät dran. Übrigens komme ich heute später, da ich noch einen Termin beim Frauenarzt habe. Vielleicht überrascht du mich ja mit einem schönen Essen heute Abend, und ich berichte dir von dem heutigen Tag."

Raimund nickte und ließ sich wieder in die Kissen fallen. Er war noch müde von gestern und wollte noch ein wenig duseln, bevor er den Tag begann.

Doch kaum war er wieder eingeschlafen, da klingelte das Telefon. Es dauerte eine kleine Weile, bis das Klingeln den Weg durch seine Ohren in sein Bewusstsein fand. Verärgert griff er nach dem Hörer. Wie im Nebel hörte er die Stimme seines damaligen Kommilitonen und Freundes Ludwig Hagenbaum. Mit einem Schlag war er wach. Als Ludwig ihn mit seiner Frau während des Austausches über alte Zeiten, zu seiner Hochzeit einlud, stand die Sonne in seinem Inneren wieder am Horizont. Ja, trotz all der Belastungen, die auf seiner Seele lagen, konnte dieser Tag gut werden.

Zunächst genoss er nach dem Duschbad sein Frühstück. Dann machte er sich auf den Weg in die City von Heiligenstadt, wobei er das herausragende Polizeigebäude mied, um nicht wieder an den letzten Abend erinnert zu werden. Beim Italiener bestellte er einen Tisch für den Abend und arrangierte bereits das Essen, das sie zu sich nehmen wollten. Später saß er auf einer Bank im Zentrum und beobachtete die Menschen, die umherliefen, hörte das Plätschern eines nahen Springbrunnens und sah, wie eine ältere Dame die umherlaufenden Tauben fütterte, die gurrend herbeieilten und sich gegenseitig fortjagten. Einige Wolken zogen langsam vorbei, und Raimund genoss die Sonne, die sein Gesicht wohlwollend beschien. Langsam erlaubte er seinem Gehirn, die Gedanken von gestern zurückzuholen. Dabei versuchte er, sich einen Plan zurechtzulegen, wie er selbst, in Verbindung mit Philipp, der ganz auf seiner Seite stand, eigene Recherchen anstellen konnte, um sein Phantom zu stellen. Die Zeit verging. Die Sonne hatte sich inzwischen hinter ein paar Wolken versteckt. Ein kühler Wind war aufgekommen. Raimund schaute auf die Uhr. Es war Zeit, einen Imbiss zu sich zu nehmen. Dann wollte er noch in die Bibliothek, einige Bücher umtauschen, die er mitgenommen hatte.

Abends saßen sie dann bei Kerzenschein und schönen Klängen, die sanft im Hintergrund erklangen. Raimund erhob sein Glas Chianti und stieß mit Evelyn an, die wieder bezaubernd aussah. Er liebte sie sehr und wagte nicht daran zu denken, was wäre, wenn sie nicht da wäre. Luigi, der Besitzer, trug selbst die Teller mit den lecker duftenden Spaghetti und der köstlichen Soße mit Fleischbällchen auf und wünschte: „Guten Appetit!"

Raimund faltete seine Serviette auseinander, da spürte er die Hand von Evelyn auf seinem Arm. Überrascht sah er sie an. Sie strahlte von innen heraus und schien so glücklich zu sein, wie er das noch nie so bemerkt hatte. Sein leicht fragender Blick zauberte ein strahlendes Lächeln auf Eves Gesicht. Doch bevor er fragen konnte, flüsterte sie ihm zu: „Wir werden bald zu dritt sein!" Raimund machte so ein verdutztes Gesicht, dass Evelyns glockenhelles Lachen durch den ganzen Raum schallte. Einige Gäste schauten hoch und lächelten, als sie das Paar sahen. Raimund, der die Botschaft von Evelyn erst jetzt verarbeitet hatte, war aufgesprungen und küsste seine Frau mit Leidenschaft. Zwischen zwei Atemzügen flüsterte sie ihm zu: „Du, die anderen Gäste schauen schon zu." Raimund ließ seine Eve los und blickte die Gäste an. Dann rief er ihnen zu: „Wir bekommen ein Baby, ist das nicht ein Grund zur Freude?" Die Anwesenden im Restaurant freuten sich mit ihnen und klatschten Beifall. Evelyn errötete und bedankte sich mit Kopfnicken. Luigi eilte heran und goss den beiden einen Aperitif ein. Er freute sich mit ihnen. Das Essen wurde schon langsam kalt, als sie endlich dazu kamen, es zu verzehren.

Es war noch gar nicht so spät, als Raimund mit seiner Frau in die Wohnung zurückkehrte. Evelyn gähnte müde und wollte schon schlafen gehen. Doch Raimund war noch so aufgeregt über die wunderbare Botschaft, die seine Liebste ihm verkündet hatte, dass an Schlafen nicht zu denken war. Er setzte sich noch ins Wohnzimmer, um etwas abzuschalten, während Evelyn schon eingeschlafen war. Da klingelte das Telefon. Raimund nahm den Hörer ab. Es war die Freundin seiner Mutter. Sie berichtete ihm, dass Gisela, seine Mutter, noch an diesem Abend ins Krankenhaus gekommen war. Sie wusste nicht, was mit seiner Mutter war, bat ihn jedoch, so schnell wie möglich zu ihr zu kommen.

Als er den Hörer aufgelegt hatte, glitzerte es verdächtig in seinen Augen. Freude und Angst, wie nah waren sie doch beieinander und doch so weit entfernt. Dann zog er sich aus und legte sich grübelnd ins Bett. Erst weit nach Mitternacht schlief er seufzend ein.

XXVII

Sven saß mit seinen beiden Freunden Toni und Chris im Wohnzimmer. Seit Stunden schon diskutierten sie heftig und redeten sich die Köpfe heiß, wer denn wohl in ihren Reihen ein Verräter sein konnte, wie der Slawenkönig ihnen mitgeteilt hatte. Es fielen ihnen mehrere Namen ein, doch immer wieder verwarfen sie die Gedanken, die der andere äußerte, um einem eventuellen Verdacht nachzugehen. „Es hilft nichts", bemerkte Sven schließlich und gähnte lauthals dabei. „Wir müssen uns trennen und mit den anderen Männern Teams bilden, sonst bekommen wir keinen Kontakt zu ihnen und können die Aufgabe nicht lösen." Bisher war es die Taktik von Grabowsky, seine Mitarbeiter nicht zu mischen und voneinander fernzuhalten, damit sie keine Absprachen treffen und eventuell gegen ihn arbeiten konnten. Aber, um den Auftrag zu erledigen, den er den dreien gegeben hatte, war dieses nicht zu umgehen. „Ich möchte aber mit Toni zusammenbleiben", meldete sich Chris und schaute in die überraschten Gesichter der beiden anderen. Nach einer kurzen, aber heftigen Diskussion über den Wunsch von Chris, entschied Sven, dass es so sein sollte. Also rief er den Chef an und teilte ihm seinen Plan mit. Dieser bestimmte einen Mann für ihn, den Sven schon ein paarmal gesehen hatte, aber nicht weiter kannte.

Am späten Nachmittag fuhren Chris und Toni ins Nachbardorf. Sie hatten Informationen darüber, dass die Afghanen sich dort bereits niedergelassen und eine Kommandozentrale aufgebaut haben sollten. Chris saß am Steuer. Toni hatte es sich auf dem Beifahrersitz bequem gemacht und döste vor sich hin. Wie von ferne drang Chris Stimme an sein Ohr. „Findest du nicht auch, dass Sven manchmal sehr komisch ist?" Da Toni nicht sofort reagierte, wiederholte er seine Frage. Langsam kehrte Toni aus seinem dösenden Zustand in die Gegenwart zurück. „Wieso kommst du darauf?" war seine Antwort. „Nun ja, ich versteh' ihn manchmal nicht. Ich finde, er ist manchmal einfach komisch. Es ist so, als würde er seine eigene Suppe kochen."

Toni überlegte und schwieg. Er verstand Chris nicht. Bis jetzt lief doch alles gut, und er kannte Sven seit Jahren. Warum wollte Chris nun einen Keil zwischen sie treiben? Aber das war gerade die Absicht von Chris. Er wollte ausloten, wie Toni zu Sven stand und ob er sich im entscheidenden Augenblick auf ihn verlassen konnte. Da Toni weiterhin schwieg, unterließ es Chris, weitere Fragen zu stellen.

Inzwischen waren sie kurz vor dem genannten Dorf angekommen, und Chris blinkte nach links. Sie befuhren einen Wirtschaftsweg der Forstverwaltung, der zum Hauptquartier der Afghanen führen sollte. Nach

einigen Minuten ebnete sich der Weg und ging in eine
Straße über, die von links auf den Weg traf. Chris bog
rechts ab und fuhr an einem kurzen Waldstück vorbei.
Kurz dahinter blieb er stehen und schaltete den Wagen
aus. „Das Haus ist gleich dort drüben", deutete er mit
seinem rechten Arm die Richtung an. „Wir müssen
jetzt zu Fuß weiter."

Toni nickte zustimmend und wunderte sich nur, woher
Chris das alles immer wusste. Einige hundert Meter
weiter erblickten sie das Gebäude. Vor dem Haus standen einige Buschgruppen, die es ihnen ermöglichen
würden, von dort aus eventuelle Aktivitäten zu beobachten. Chris machte den Vorschlag, dorthin zu gehen
und abzuwarten. Wieder nickte Toni. Ihm kam das alles
zu glatt vor. Doch er verwehrte seinen Gedanken, in
eine bestimmte Richtung zu gehen.

Nun standen sie über eine Stunde hinter diesen Büschen. Im Haus tat sich nichts. Jedenfalls hörten sie
keine Geräusche. Keiner näherte sich bis jetzt zu dem
Haus oder war aus ihm herausgegangen. Langsam wurde es Toni ein wenig langweilig. Er verlagerte sein
Standbein auf den rechten Fuß, als plötzlich von fern
Motorengeräusch erklang. Ein Wagen näherte sich dem
Gebäude. Er fuhr einen ihnen unbekannten Weg bis vor
das Haus. Dann stiegen vier Männer aus, die von jemandem, der aus dem Gebäude kam, stürmisch begrüßt
wurden. Dann war wieder Stille. Nur ein paar Vögel
waren mit ihrem Gezwitscher zu hören. Chris wollte
sich gerade zu Toni wenden, als hinter ihnen eine dunkle Männerstimme erklang. „Hebt die Pfoten hoch,
wenn euch euer Leben lieb ist!" Toni und Chris zuckten

leicht zusammen. Wo zum Teufel war der Typ hergekommen? Toni versuchte, sich leicht umzudrehen. Da spürte er den Lauf einer Flinte, die sich kalt und hart gegen sein Gesicht presste. „Wagt es nicht, euch umzudrehen, dann schlaft ihr, ehe ihr noch denken könnt", war die Antwort des Fremden. Dann forderte er die beiden Männer auf, ihm zum Haus zu folgen. Widerwillig und zögerlich befolgten sie seine Anweisungen.

Als sie vor der Eingangstür ankamen, wurde diese geöffnet. Mit dem Lauf seines Gewehres wies der Fremde sie an, ins Haus zu treten. Ein dunkler Flur empfing sie und führte ins kaum beleuchtete Treppenhaus. „Nach oben", befahl die Stimme des Fremden. Es blieb den beiden nichts anderes übrig, als zu gehorchen. Oben angekommen, öffnete der Fremde eine Türe und wies sie an, ins Zimmer zu treten. Dabei konnten sie einen kurzen Blick auf sein Gesicht werfen. Buschige, dunkle Augenbrauen wuchsen wirr und ragten wie eine Hecke über ebenso dunklen Augen. Ein schwarzer Vollbart versteckte den Rest des Gesichtes, das fast nur aus den grimmigen Augen bestand. Schon standen die drei Männer in einem großen, mit Mahagonimöbeln elegant ausgestatteten Raum. Mehrere Männer, unbekannter Herkunft, standen um einen Tisch. Einige rauchten. Der Qualm zog durch das Zimmer und nebelte die Männer ein. Toni bekam einen kurzen Hustenanfall. Er und Chris blickten erstaunt auf die Männer, die sich nun der kleinen Gruppe mit fragenden Blicken zuwandten.

Einer der Männer, mit einem weißen Bart, sprach sie an: „Hoppla, Kerim, was bringst du uns da für einen unangemeldeten Besuch?" Dabei huschte ein leichtes Lächeln über sein teils narbiges Gesicht, das sich sofort wieder scheu entfernte. Dann forderte er alle auf, sich zu setzen. Der Mann, der die beiden Freunde aufgestöbert hatte, berichtete über seinen seltsamen Fund.

Es war eine Weile seltsam still im Raum, als der „Kerim" Genannte seinen Bericht endete. Nur ein alter Ventilator an der Decke quietschte leise vor sich hin. Die Stille wurde langsam unbequem und bedrückend. Dann drückte der Weißbärtige seine Zigarre aus, und ein eiskalter Blick lag auf Toni und Chris. „Ihr habt die Wahl. Entweder packt ihr jetzt aus und beantwortet meine Fragen, oder ich lasse euch unserer Spezialbehandlung unterziehen. Kerim und Alkah freuen sich darauf, jemand wie euch in die Mangel zu nehmen." Ein leises zynisches Lächeln, das von Kerim und den anderen Männern im Raum geteilt wurde, zog durch das Gesicht des Weißbärtigen.

Dann stellte er den beiden Freunden Fragen über den Grund ihres Besuches und ihre Herkunft. Doch diese schwiegen beharrlich. Auch als Kerim mit ein paar Schlägen nachhalf, um die Aussagefähigkeit der beiden Gefangenen zu wecken, schwiegen diese weiter. Nur Toni wischte sich mit dem Handrücken das Blut aus dem Gesicht, das von seiner geplatzten Lippe lief. Geduldig wartete der Weißbärtige. Doch als sich nach weiteren zehn Minuten nichts tat, gab er den Befehl, die Männer zur Sonderbehandlung in den Keller zu bringen. „Aber Einzelbehandlung", rief er Kerim und einem weiteren Mitarbeiter nach, als sie Toni und Chris nach unten brachten.

Toni hatte nicht mehr die Möglichkeit, Chris etwas zuzuflüstern. Nachdem er von ihm getrennt wurde, brachte man ihn in einen kargen Kellerraum und fesselte ihn
mit Stahlmanschetten auf einen Stuhl, der auch als Liege funktionierte. Er konnte sich nicht bewegen und lag
mehr als er saß, auf diesem Stuhl. Dann traten Kerim
und ein weiterer Mann in einem weißen Kittel in den
Raum. Dieser wandte sich einem Schrank zu und zog
eine Spritze auf. Dann drehte er sich zu Toni und murmelte: „Na, dann woll'n wir mal!" Dann spritzte er Toni ein Mittel in den Hals. Ein paar Sekunden später verschwamm ihm alles vor den Augen, und er verlor das
Bewusstsein. Doch das dauerte nicht lange. Dann
wachte er wieder auf und fühlte sich richtig gut. Er
hatte das Gefühl, als müsste er den Anwesenden seine
ganze Lebensgeschichte erzählen und plapperte munter
drauflos.

Sven wollte gerade mit seinem neuen Partner, einem
bulligen Russen, der ein vernarbtes Gesicht besaß und
es deshalb mit einem Vollbart verdeckte, vom Hof des
Hauptquartiers fahren, als er den Wagen von Chris herbeijagen sah. Die Bremsen quietschten laut, als er seinen alten Ford anhielt und aus dem Wagen sprang.
Sven hatte sein Seitenfenster heruntergekurbelt und
sprach Chris an, der an ihnen vorbeirennen wollte.

„Heh, was ist los, Chris? Wo ist Toni?" Chris wandte
sich zur Seite und ergriff mit irrem Blick Svens Arm.
„Du, die haben uns erwischt. Und Toni ist noch bei
ihnen. Ich konnte überraschend fliehen und will jetzt
Hilfe holen." Dann rannte er auf das Hauptquartier zu.
Sven gab seinem neuen Partner ein Zeichen, den Wagen zu stoppen. Dann folgten die beiden dem aufgereg

ten Chris ins Haus. Als sie ins Treppenhaus traten, hörten sie Chris laut lamentieren, der von den Leibwächtern des Chefs forderte, die Tür zum Chef zu öffnen. „Geht nicht!" sagten die Hünen nur lakonisch und stellten sich mit verschränkten Armen vor den zeternden Chris.

Sven und der Russe hatten die Etage gerade erreicht, als der Sekretär des Chefs aus dem Raum trat und Chris aufforderte, ihm zu folgen. Sie gingen in einen Raum drei Zimmer weiter. Als Chris den Raum betrat, folgten Sven und der Russe. Fjodor Bondarenko, der Sekretär, setzte sich hinter einen Schreibtisch und forderte die drei auf, ebenfalls Platz zu nehmen. Dann hörte er sich den Bericht von Chris an. Als dieser geendet hatte, griff Fjodor zum Telefon. Nach einem kurzen Gespräch erklärte er ihnen, dass der Chef gegen achtzehn Uhr eine Lagebesprechung durchführen würde. Damit waren die drei Männer zunächst entlassen.

In der Besprechung, die etwas verzögert begann, erklärte Grabowsky ihnen den Plan, der morgen gegen fünf Uhr in der Früh starten sollte. Nach einigen Fragen, die noch einige Mitarbeiter hatten und die von Grabowsky zufriedenstellend beantwortet wurden, war die Besprechung zu Ende. Beim Hinausgehen sah Sven, dass der Chef Chris noch zurückhielt. Es kam Sven merkwürdig vor, doch machte er sich keine weiteren Gedanken darüber.

Um vier Uhr schrillte der Wecker. Sven öffnete, noch müde, die Augen. Dann sprang er aus dem Bett und eilte unter die Dusche. Gegen vier Uhr dreißig stand er mit den anderen in der großen Halle. Fjodor gab die letzten Anweisungen. Dann eilten die Männer, es wa-

ren neun an der Zahl, nach draußen in die bereitstehenden Autos. Sven saß neben Chris. Dieser führte
die Kolonne an, da er den Weg kannte. Als sie eine
kurze Strecke unterwegs waren, tauchte hinter ihnen
am Horizont der erste Silberstreifen des kommenden
Tages auf. Die Sterne verblassten langsam. Chris hielt
seinen Wagen schon an dem kleinen Waldstück an. Die
anderen taten es ihm gleich. Eine kurze Zigarettenpau-
se, dann zog die Kolonne zu Fuß weiter. Die Waffen
wurden entsichert. Langsam näherten sie sich dieser
Buschgruppe, an der Chris und Toni gefasst wurden.
Chris sah Sven von der Seite an. „Es ist besser, wenn
wir zwei vorangehen und mit ihnen verhandeln. Die
sind sicher gewarnt, dass wir zurückkommen." Sven
blickte Chris an und überlegte kurz. Er wusste nicht,
worauf dieser hinauswollte. Doch dann nickte er. Ihm
kam das alles ein wenig sonderbar vor. Aber vielleicht
kam er leichter diesem Maulwurf auf die Spur, wenn er
Chris gewähren ließ.

Dieser hatte inzwischen die anderen zu sich herange-
wunken und flüsternd die Situation erklärt. Dann gab
er ihnen ein Zeichen. Sven und Chris traten hinter den
Büschen hervor und gingen langsam auf das Haus zu.
Im oberen Stockwerk brannte Licht. Als die beiden
Männer noch ungefähr zwei Meter von der Eingangstür
entfernt waren, öffnete sich diese, und sie wurden ins
Haus gewunken. Sven kam das verdammt eingefädelt
vor, aber er ließ die Sache auf sich zukommen. Sein
Ziel war zunächst, Kontakt mit Toni aufzunehmen und
zu sehen, wie es diesem ging. Dann trat er ins Haus.

Chris, der ihm folgte, gab den Männern hinter den Büschen einen Wink. Das war für die Leute der Anlass, wieder zum Stützpunkt zurückzufahren. Als sie dort ankamen, meldeten sie Fjodor, der sie bereits erwartete: „Das Paket ist angekommen!"

Raimund hatte seiner Frau Evelyn am nächsten Morgen von dem Anruf erzählt, den er erhalten hatte. Daraufhin hatte sie sich freigenommen und mit Raimund nach einigen Erledigungen auf den Weg ins Krankenhaus gemacht. Nach fünf Stunden Fahrt betraten diese die Klinik und erkundigten sich, in welchem Zimmer Gisela lag.

Diese blickte die beiden erstaunt an, als sie ins Krankenzimmer traten. Ein leichtes, dankbares Lächeln erhellte ihr Gesicht, ihre Kinder zu sehen. Nach einer herzlichen Begrüßung nahmen Raimund und Evelyn an Giselas Bett Platz. Dann wurden beiderseitig die Gefühle und Gedanken ausgetauscht. Dabei erfuhren die Kinder, dass Gisela von ihrer Freundin zu Hause ohnmächtig aufgefunden wurde. Diese verständigte darauf schnell den Krankenwagen, der sie vor einigen Tagen hier ins Krankenhaus brachte. Es folgten viele Untersuchungen, deren Ergebnisse zum Teil noch ausstanden. Nachdem Gisela ihren Bericht beendet hatte, ließ sie sich etwas erschöpft in die Kissen fallen. Raimund und Evelyn wurden dabei auf ein leichtes Geräusch neben ihnen aufmerksam. Jetzt erst stellten sie fest, dass Gisela nicht allein im Zimmer lag. Gisela blickte zu ihrer Mitpatientin herüber und flüsterte: „Sie ist erst vorgestern ins Zimmer gekommen. Ist schon fast neunzig und fast blind. Sie hat auch Krebs." Gisela wollte weitersprechen, als sich die alte Dame räusperte. Dann sprach sie mit einer festen Stimme: „Ich kenne Sie!" Die drei anderen achteten zunächst nicht auf die Worte der alten Frau. Wieder schallte es vom Nachbarbett: „Ich kenne Sie!"

Nun wurde Raimund aufmerksam, drehte sich zum Bett der Mitpatientin und antwortete ruhig: „Woher wollen Sie meine Mutter kennen?"

„Ich kenne Ihre Mutter. Sie war als junge Frau in unserer Klinik und hat Zwillinge geboren." Gisela stutzte, lächelte verlegen und murmelte: „Ich glaube, sie weiß nicht, was sie sagt."

Doch Raimund gebot ihr Einhalt. Jetzt erst wurde ihm einiges klar. Gisela wusste ja nichts von seinem Doppelgänger. Er bat die alte Dame, mit ihren Worten fortzufahren.

Dann berichtete sie von einem Arzt, der eines der Kinder an ein anderes Ehepaar gegeben hatte, die keine Kinder bekamen. Er hatte mit dem Geld seine Spielschulden bezahlt. Da Gisela durch die Narkose nichts mitbekam, wusste sie auch nichts von zwei Kindern.

Als die kranke Mitpatientin ihre Aussage beendet hatte, fragte Raimund leise, indem er an ihr Bett trat: „Kennen Sie auch noch den Namen des Arztes?" Sie nickte.

„Es war Doktor Staudinger. Er war noch sehr jung, aber der Spielsucht verfallen. Ich hatte mich damals in ihn

verliebt. Aus diesem Grunde habe ich dieses Spiel mitgemacht." Das waren ihre letzten Worte. Danach
schwieg sie, und Raimund stellte kurz danach fest, dass
sie eingeschlafen war. Es war, als wenn ein leichtes
Lächeln um ihre Züge spielte. Sie hatte ihre Lebens-
beichte abgelegt und war zufrieden verschieden. Gisela
drückte die Klingel nach dem Personal. Sie weinte
plötzlich heftig. Es war ihr alles zuviel. Evelyn und
Raimund trösteten sie. Nachdem sie sich beruhigt hatte
und die alte Dame aus dem Zimmer gebracht worden
war, blickte Raimund seine Mutter an.

„Du, Mama, ich muss dir etwas sagen." „Noch mehr
verrücktes Zeugs?" antwortete Gisela etwas ablehnend
und war doch begierig, es zu hören.

Dann berichtete Raimund von seinem Doppelgänger
und seinem Erleben bei der Polizei in Heiligenstadt.
Giselas Augen blickten ihren Sohn erstaunt an .Sie
konnte es nicht fassen. „Dann habe ich noch einen Sohn
wie du?" flüsterte sie, und ihr Blick schien weit entfernt, als suche sie diesen anderen Sohn. „Du, Raimund, tu mir einen Gefallen. Finde deinen Bruder und
bring' ihn zu mir. Ich werde nicht gehen, bevor ich ihn
gesehen und gesprochen habe!"

Raimund nickte und schwieg. Die beiden Kinder blieben noch eine gute Zeit, bis sie sicher waren, dass Gisela das plötzliche Geschehen einigermaßen verarbeitet
hatte. Sie bekam noch eine Beruhigungsspritze. Dann
verabschiedeten sich die beiden.

Evelyn fasste Raimunds Hand. Sie hatte plötzlich das
Bedürfnis, sich bei ihrem Mann auszuweinen. Doch
schluckte sie tapfer ihre Tränen herunter. Raimund

nahm sie in den Arm und streichelte über ihr Haar. Nach einigen Augenblicken erreichten sie das Auto und fuhren nach Heiligenstadt zurück.

Auch dieses Mal wurden die beiden Männer getrennt. Sven fand sich kurze Zeit in einem kahlen Raum im Keller wieder, der nur einen Stuhl und ein Metallbett enthielt. Er setzte sich automatisch auf den Stuhl. Seine Gedanken rasten fieberhaft durch sein Gehirn. Sven zwang sich innerlich zur Ruhe. „Bleib cool, Alter", flüsterte er sich selbst zu. Dann überlegte er, wie er Kontakt mit Tonio aufnehmen könnte. Er erinnerte sich daran, dass sie vor einiger Zeit rhythmische Klopfzeichen ausgemacht hatten, falls ihnen so etwas, wie im Augenblick, geschehen sollte. Da kein Gegenstand im Raum war, zog Sven einen Schuh aus und klopfte an die rechte Wand. Tok, tok tok, tok, tok tok schallte es durch den kleinen Raum. Sven hielt an und horchte auf ein Antwortsignal. Doch nichts war zu hören. Dann ging er zur nächsten Wand und wiederholte sein Signal. Wieder nichts. Diese Tätigkeit setzte er ein paarmal an allen Wänden fort. Danach horchte er auf Antwort. Doch nichts geschah. Enttäuscht setzte er sich wieder auf den Stuhl. Er wollte mit seinen Gedanken fortsetzen, als er von irgendwoher ein leises tok, tok tok… vernahm. Sven sprang auf und versuchte, sich zu orientieren, woher das Klopfen kam.

Nun war es still. Doch dann war es wieder zu vernehmen. Schnell rannte Sven auf die rechte Seite und wiederholte sein Signal. Nach kurzer Zeit kam die Antwort. Nun wusste er, dass Toni in der Nähe war. Die nächste Sache war, wie kam er zu ihm hin? Er rüttelte an der Tür. Doch diese war fest verschlossen. Dann fiel sein Blick auf den Stuhl. Sofort nahm er ihn und zerschlug ihn auf dem Boden, um einen „Knüppel" für den Wachposten zu haben. Dann setzte er sich aufs Bett und wartete. Doch es regte sich nichts. Langsam wurde Sven müde. Er kämpfte dagegen an, doch die Augen fielen ihm zu, und schon war er eingenickt.

Als jemand den Schlüssel ins Türschloss schob und aufschloss, war Sven sofort hellwach. „He, komm sofort hoch! Mittagessen!" brüllte der bullige Mann, leicht zornig, und schwang die Tür auf. Doch es waren seine letzten Worte. Es machte „klonk", als das Stuhlbein seinen Kopf traf. Das Tablett mit der Suppe kippte zur Seite und fiel laut auf den Boden. Die Schüssel zerbrach, und die warme Suppe verteilte sich auf dem Fußboden. Es roch nach Gemüse. Da erst spürte Sven, wie hungrig er war. Doch dafür war nun keine Zeit. Er nahm den Schlüssel hoch, durchsuchte den ohnmächtigen Mann vergeblich nach Waffen, wobei dieser leise stöhnte. Dann schloss er die Tür ab und suchte an den weiteren Zimmern nach Toni. Immer wieder rief er halblaut seinen Namen, bis er, etwas weiter, eine Antwort bekam. Schnell suchte er den passenden Schlüssel und öffnete die Tür. Da saß sein Freund und strahlte ihn an. Das rechte Auge war stark angeschwollen und die Haut tiefschwarz darum. Toni lag mehr, als er saß, auf einem Stuhl. Sven hatte den Eindruck, dass man seinem

Freund ein Rauschmittel verabreicht hatte. Er lallte komisch, als er Sven begrüßte

„Bist du okay?" rief Sven. Toni nickte, und bemühte sich, aufzustehen. Sven stützte ihn und legte dessen Arm um seine Schulter. Vor Freude drückte Toni seinen Freund an sich und drückte ihm einen Kuss auf die Stirn. So sehr war er erleichtert, ihn zu sehen und befreit zu sein. „Nun reicht's aber mit der Liebe", grinste Sven ihn an und führte ihn zur Tür.

Inzwischen war der Wächter in Svens Raum aufgewacht und hämmerte lärmend und rufend an die Tür. „Los komm, lass uns hier verschwinden", rief Sven. Toni nickte und die beiden Männer liefen zur Treppe, die nach oben führte. Leise, nach oben spähend, tasteten sie sich vorwärts. Dann vernahmen sie Stimmen. Es war Chris, der mit einem der Männer sprach. Aus den Worten vernahmen sie, dass die ganze Sache, die die beiden Freunde erlebt hatten, eingefädelt war. Doch be-vor sie weitere Informationen erhielten, wurden sie von zwei anderen Afghanen entdeckt. Diese brüllten los und stürmten auf die beiden lös. Chris und sein Gesprächspartner schreckten zunächst auf und sahen die Situation. Dann riefen sie nach Verstärkung. Es dauerte nicht lange, da waren Sven und Toni von vielen Männern umringt. Es hatte keinen Zweck. Sie mussten aufgeben, obwohl es nicht ihre Art war, so leicht zu resignieren.

Dann wurden sie in einen größeren Raum geführt. Chris stellte sich vor Sven und grinste diesen an. „Sieh mal einer an", sagte er. „Immer am Ball, nie aufgeben! Doch damit ist es jetzt vorbei." Sven sah ihn mitleidig an. Dann spuckte er Chris ins Gesicht. „Maulwürfe zertritt man, denn sie sind Schädlinge!" rief er dabei. Chris wischte sich mit dem Ärmel durchs Gesicht und schlug Sven dann ins Gesicht. Es klatschte, und Svens Unterlippe platzte auf. Dieser schmeckte das Blut, das ihm am Kinn herunterlief. Dann meinte Chris zynisch: „Das Schöne daran ist, das der Slawenkönig meint, du bist der Maulwurf. Ich konnte ihm das erklären."

Nun hielt es Sven nicht länger. Er wollte sich auf Chris stürzen. Doch wurde er von den Afghanen festgehalten. Der weißbärtige Anführer trat nun vor die beiden. „Ich weiß, dass die Polizei ein großes Interesse an euch beiden hat. Und ich meine, wir sollten mit der Polizei zusammenarbeiten und ihr ein schönes Gastgeschenk machen." Dabei lachte er heiser. Seine Landsleute stimmten in das Gelächter ein. Dann wurden die beiden Männer gefesselt und in einen Transporter gebracht, der schon mit laufendem Motor wartete.

Kaum saßen sie mit drei Mann Begleitpersonal im Transporter, fuhr der Fahrer los. Man hatte Sven und Toni vorher die Augen verbunden, dass sie die Fahrtroute nicht verfolgen konnten.

Nach einigen Kilometern auf der Autobahn ging es plötzlich über holprige Straßen und Wege. Nach gut einer Stunde hielt der Transporter an. Die Türen wurden lärmend aufgeschoben. Dann führte man sie in ein Haus und fesselte sie an irgendwelche Rohre. Danach entfernten sich die Männer laut. Eine Tür fiel ins Schloss, und es war stille. Eine Weile standen die beiden regungslos und lauschten auf irgendwelche Geräusche. Dann fragte Sven: „Toni?"

Dieser antwortete. „Möchte wissen, wo die uns hinge-schleppt haben." „Das kriegen wir noch ´raus. Aber ich denke, wir müssen schnell machen, dass wir hier weg-kommen. Die Bullen werden in Kürze hier sein, und dann ist Schluss mit lustig." Toni nickte, was Sven je-doch nicht sah. „Du, Toni, versuch mal, mit deinen Zähnen an meine Augenbinde zu kommen, dass wir erst einmal etwas sehen." Toni drehte sich zu Sven, dessen Stimme er noch vernahm, und öffnete seinen Mund.

Dann spürte er den Stoff an seinen Zähnen. Irgendwie versuchte er, an dem Knoten zu zerren, um diesen zu lösen. Es dauerte eine ganze Zeit und Sven wurde lang-sam ungeduldig. „Dauert das denn so lange?" murrte er. Toni gab nur ein leises Gestöhne von sich und nagte weiter an dem Knoten. Dann fühlte er, wie sich dieser löste. Die Augenbinde fiel von Svens Augen. Dieser blickte um sich. Sie waren in einem alten, verlassenen Gebäude eingesperrt. Die paar Möbel in dem Raum waren voller Staub und Dreck. Hier war schon lange niemand mehr. Er sah auch einige vertrocknete Fäka-lien und roch plötzlich den Gestank. „Was ist?" rief To-ni. „Jetzt bin ich dran!" „Ja, ja!" antwortete der unge-duldige Sven. „Ich muss mich doch erst einmal orien-tieren, wo wir sind. Dann drehte er sich zu Toni um und begann das gleiche Spiel an dessen Augenbinde. Etwas später konnte Toni die nicht einladende Umgebung sehen. Dann stellten sie fest, dass sie an die Hei-zungsrohre gefesselt waren. Weit und breit war nie-mand, der ihnen helfen konnte, sich von den Fesseln zu befreien. Durch ihre Tätigkeit war das Blut in Wallung geraten und hatte die Arme anschwellen lassen. Nun schmerzten die Fesseln deutlich. Es war allerhöchste

Zeit, davon freizukommen. Der fragende Blick von Toni ließ Svens Gemüt aufwallen. Wütend schrie er ihn an: „Ich weiß es doch auch nicht, was wir jetzt machen können, um frei zu sein." Von weitem hörte man Verkehrslärm. Darunter ertönten auch einige Signalhörner von Polizei- oder Notrufwagen.

Sven zermarterte sich das Gehirn über die Möglichkeit, hier herauszukommen. Da hörten sie beide plötzlich ein Geräusch nebenan. Toni wollte gerade etwas sagen, doch Sven mahnte ihn, still zu sein. „Hörst du das auch?" flüsterte er seinem Freund zu. Dieser nickte bejahend. Das Geräusch wurde lauter, und plötzlich stand ein Mann im Raum und starrte sie blöde an. Er schwankte hin und her. Jetzt erst sahen sie, dass es ein Obdachloser sein musste, der hier eine Unterkunft suchte. Sven rief ihn an. „Eh du, komm her und hilf uns, die Fesseln zu lösen!" Doch der Mann schwankte weiter hin und her und stierte sie nur an. „Komm her!" brüllte Sven energisch. Der Obdachlose grinste plötzlich und kam auf die beiden Freunde zu. Schon von zwei Meter Entfernung kam ihnen der Gestank von billigem Fusel, Schweißausdünstungen und Schmutz entgegen. Beide würgten und versuchten, die Ausdünstungen des Mannes zu ignorieren. Dann wankte der Penner neben Sven hin und her und zerrte an den Fesseln. Svens Arme schmerzten sehr, und er stöhnte dabei vor sich hin. Es schien endlos zu dauern. Doch dann lockerten sich die Fesseln, und Sven konnte seine Hände daraus lösen. „Okay", rief er dem Betrunkenen zu, der zur Seite torkelte. Plötzlich saß er auf dem Boden. Irgendwie klang es, als wenn eine Flasche auf den Boden knallte und zerbrach. Der Obdachlose griff in seine Jackentasche und zog einen zerbrochenen Flaschenhals hervor. Inzwischen hatte sich eine rote Weinlache auf dem Boden ausgebreitet, die sich aus der Tasche des Mannes einen Weg bahnte. Sven sah den Flaschenhals in der Hand des stinkenden Individuums. Er griff danach und zog ihn aus dessen Hand. Dann zerschnitt er die Fesseln von Toni damit.

Als sie frei waren, rieben sie erst einmal ihre Arme, um das Blut darin pulsieren zu lassen. Inzwischen war der Penner eingeschlafen und schnarchte vor sich hin. Sven zog einen Geldschein aus der Tasche und warf ihn dem Mann auf die Brust. „Da, sollst auch dafür belohnt werden, dass wir durch dich frei wurden", brummte er dabei.

Plötzlich ertönten Motorengeräusche. Mehrere Wagen waren vor dem Haus vorgefahren. „Das sind die Bullen", rief Sven. „Schnell weg hier. Ab in den Keller. Von irgendwo her muss der Kerl ja aufgetaucht sein." Sven hatte richtig geschätzt. Als sie in den Keller gelangten, wehte ihnen eine frische Luftbrise entgegen, die von einer offenen Tür stammte. Schnell eilten sie durch die Tür nach draußen. Von vorne hörten sie laute Stimmen, die Kommandos brüllten. Tonio erblickte eine Buschgruppe, auf die die beiden Männer zueilten. Dann waren sie den Blicken der Polizisten entzogen.

Phil rannte mit erhobener Pistole, begleitet von seinen Kollegen, in den Raum. Dort fanden sie nur den schlafenden und stinkenden Obdachlosen vor. Es war Phil nicht möglich, den Mann wachzukriegen. „Es lebe der Einsatz!" rief er und trat wütend gegen einen Sessel, der einen Satz machte und dabei eine Staubwolke aufwirbelte. „Einsatz abbrechen!" rief er den ins Zimmer folgenden Beamten zu und stürmte nach draußen.

„Du, Raimund", rief Evelyn ihren Mann, als sie ihren Mantel an die Garderobe hing und ins Wohnzimmer eilte, wo sie ihren „Göttergatten" vermutete. Doch dieser meldete sich mit einem unverständlichen Laut aus der Küche, wo er gerade eine brodelnde Soße kostete. „Ach, hier bist du", trat Evelyn in die Küche und schnupperte zunächst dem Duft nach, der von dem lekkeren Essen ausging, das auf dem Herd vor sich hin köchelte. „Hmhmhm!" kam es aus ihrem Mund, wobei sie sich schon mit der Zunge über die Lippen fuhr und in Gedanken bereits von dem Essen zu sich nahm. „Das ist aber lecker, bist du bald fertig? Ich habe einen Mordskohldampf".

Raimund legte den Probierlöffel zur Seite und begrüßte seine Frau mit einem schmatzenden Kuss. „Na, wie war's? Hast du etwas herausbekommen?" fragte er sie dann. „Ja, mein Schatz", war die Antwort. „Die alte Dame aus dem Krankenhaus war Olga Wettinger. Sie war eine der Hebammen im Reginen-Krankenhaus in Malente. Und der dortige Oberarzt war Dr. Staudinger. Er hat auch die Entbindung von euch beiden vorgenommen." „Wieso kommt mir der Name so bekannt vor?" fragte nun Raimund mehr sich selber, als das die Frage für seine Frau bestimmt war. Doch diese schaute ihn triumphierend an. „Erinnerst du dich noch an den Arzt, in dessen Praxis der eigene Sohn eingebrochen hatte, weil er drogenabhängig war?" Raimund dachte einen kurzen Augenblick nach. Dann erhellte es sich in seinen Gedankengängen, und er nickte eifrig. „Ja, den Jungen, den wir als Köder für diesen Dealer benutzten. So, der Vater war Dr. Staudinger?!" Eve nickte und küsste ihren Schatz als Belohnung für seinen positiven

Gedankenflug. - Ja, aber die Tat im Krankenhaus ist schon verjährt. Auch das habe ich herausbekommen. Wir können ihm nichts mehr anhaben. Ich meine, er ist schon mit seinem Sohn gestraft genug. Findest du nicht auch?"

Raimund nickte geistesabwesend. In seinen Gedanken war er bereits bei seinem Zwillingsbruder. „Wie war er? War er wirklich so kriminell und wie ist er auf die schiefe Bahn gekommen?" Alles Fragen, auf die es zurzeit keine Antworten gab. Doch die Zeit würde die Antworten schon bereithalten und dann ausspucken.

Sven und sein treuer Freund Antonio befanden sich auf dem Weg nach Heiligenstadt. Von dem letzten Geld, das die beiden noch hatten, kauften sie sich einen gebrauchten VW, der auch schon etliche Jahre hinter sich hatte. Doch für eine Weile würde er es wohl noch machen. So glaubten die beiden jedenfalls. Das Radio dudelte leise vor sich hin. Sven saß am Lenkrad, während Toni mal wieder vor sich hin döste. Durch Svens Kopf zogen jedoch die Gedanken. „Was machen wir nun? Zum Slawenkönig können wir nicht zurück. Wer weiß, wie der uns empfangen wird und was Chris, dieses Schwein, ihm von uns an Lügen untergejubelt hat. Wir brauchen dringend einen neuen Job. Die paar Kröten, die wir noch haben, reichen knapp für eine Woche. Aber immer zuversichtlich. Wir werden schon was finden. Bisher hat es ja immer geklappt." Ein leichter

Seufzer war ihm bei diesem Gedankenausflug entfahren. Toni sah seinen Freund von der Seite an. „Na, machst du dir Gedanken über unsere Zukunft?" fragte er ihn. Sven nickte. „Wird ja auch Zeit, dass wir was Anderes finden, nicht wahr?" Nun nickte Toni. „Wo fahren wir eigentlich hin?" wollte er nun wissen. „Eigentlich habe ich kein bestimmtes Ziel. Aber wir sollten nach Heiligenstadt fahren. Vielleicht ergibt sich dort eine weitere Möglichkeit!?"

„Lass uns nur nicht den Bullen in die Arme laufen. Wir haben sie gerade abgeschüttelt. Es wäre ein Fest für sie, wenn wir ihnen nun als Geschenk präsentiert würden."

„Keine Sorge, wir haben ja beide Augen im Kopf, um das zu verhindern. Aber ich hab `nen Mordskohldampf. Da vorn ist ein Restaurant. Lass uns erst einmal etwas zwischen die Kiemen schieben." Auch Toni spürte nun seinen Magen rumoren und bestätigte Svens Vorschlag mit einem „Ja, und ob!"

Der Raum, den sie betraten, war zu einem Drittel mit Gästen gefüllt, die sich angeregt unterhielten und speisten. Toni steuerte auf eine gemütliche Ecke zu und setzte sich so, dass er die Eingangstür im Auge hatte. Sven nahm ihm gegenüber Platz. Nachdem sie bei der freundlichen Kellnerin bestellt hatten, ließen sie ihre Blicke genauer durch die Räumlichkeit gleiten und die anwesenden Gäste mustern. Sven war kurz dabei, seinen Blickrundgang zu beenden, als er, wie hypnotisiert, bei einem Gast hängenblieb.

Toni bemerkte, dass sich sein Blick zusehends verändert hatte. „Was ist?" fragte er. „Gibt es ´was Bestimmtes?" Sven reagierte zunächst nicht auf seine

Anfrage und starrte weiter unablässig in die rechte Ecke. Dann sah er Toni an. „Dreh' dich vorsichtig um, und schau dir den Mann in der rechten Ecke an. Den hab' ich kürzlich im Fernsehen gesehen. Doch ich kann mich nicht erinnern, wer er ist."

Toni stand auf, als wollte er zur Toilette gehen, und blickte in die besagte Ecke. Dann verließ er das Lokal, um das stille Örtchen aufzusuchen. Dabei schossen seine Gedanken durchs Gehirn und überprüften die Erinnerungsschubladen, wer der Mann wohl sei. Als er sich die Hände wusch, wurde plötzlich die Tür geöffnet, und der besagte Mann ging an ihm vorbei, um seine Bedürfnisse zu stillen. In diesem Augenblick machte es bei Toni „klick!". Er kehrte zu seinem Freund zurück und beugte sich vor, um ihm den Namen zuzuflüstern. Da kam die Kellnerin mit dem Essen. Es dampfte und duftete gleichzeitig sehr lecker. Die Geschmacksnerven der beiden Männer wurden bis aufs Äußerte angeregt, und sie stürzten sich erst mal übers Essen.

Als der erste Appetit gestillt war, beugte sich Toni vor und flüsterte Sven den Namen zu. Sven blickte seinen Freund zunächst ungläubig an. Dann wurde seine Aufmerksamkeit auf die Eingangstür gelenkt. Herein stolzierten, Sven konnte es nicht glauben, der Slawenkönig mit seinen beiden „Dobermännern" in Begleitung. Diese blickten kurz in die Runde, musterten die Gäste in der Nähe und folgten ihrem Herrn, der auf den Tisch in der rechten Ecke zusteuerte.

„Blick' dich jetzt nicht um", hauchte Sven, dessen Haare sich im Nacken sträubten. „Gerade ist unser ehemaliger Boss mit seinen Hunden eingetreten." Tonis Augen kullerten vor Überraschung in ihren Höhlen.

Dann bemerkte Sven, wie sich die Herren am Tisch in der Ecke erhoben und in einem gesonderten Raum verschwanden. Die beiden Bodyguards stellten sich lässig vor die Tür und hielten Wache.

„Was da wohl vor sich geht?" murmelte Sven und war begierig, darüber mehr zu erfahren. Einen Augenblick später, die beiden schoben gerade die letzten Bissen ihres schmackhaften Mahles in den Mund, hielt ein weiterer, großer Wagen. Die Tür wurde geöffnet und zwei weitere Personen betraten das Lokal. Sie suchten Kontakt mit dem Wirt, der ihnen einen kurzen Wink in Richtung des hinteren Zimmers gab, vor dem die Wächter des Slawenkönigs Wache hielten. Dann verschwanden die Männer ebenfalls in diesem Raum.

Toni und Sven hatten bei der Musterung dieser Männer festgestellt, dass es sich um Politiker handelte, die vor kurzem erst in den Nachrichten gesprochen hatten. Nun brannte ihr Interesse lichterloh. Beim Bezahlen ihres Essens fragten sie die Kellnerin, ob es noch eine andere Zugangsmöglichkeit zu dem Zimmer gab. Sie lächelte und beugte sich zu Sven. Dann flüsterte sie: „Von der Küche aus, aber es wird Ihnen schwerfallen, dort hineinzukommen. Da stehen auch zwei Wachhunde davor." Dann räumte sie den Tisch ab. Sven und Toni erhoben sich und verließen das Lokal. Draußen wandten sie sich zur Rückseite des Gebäudes, wo sie das gewisse Zimmer vermuteten.

Sven blieb stehen und lauschte, denn er hoffte Gesprächsfetzen zu hören, an denen er sich orientieren konnte. Doch dieses Zimmer besaß wohl keine Fenster, schoss es ihm durch den Kopf. Die beiden Männer standen nun vor einem alten Schuppen. In einer Ecke lag

Bauschutt, und eine verrostete Schubkarre stand davor. Toni gab seinem Freund einen Wink, um den Schuppen herumzugehen, um die Örtlichkeit dort zu prüfen. Vorsichtig schlich er um den Schuppen herum und stoppte augenblicklich. Neben dem Schuppen war eine Tür, die ins Haus führte. Davor stand ein Bulle von einem Mann, der vor sich hin gähnte. Sven blickte zu Toni und gab ihm ein Zeichen, dass da ein Wachposten stand. Dieser nickte. Dann kam ihm eine Idee. Er ging an Sven vorbei, der ihn anstarrte, als wäre sein Freund jetzt durchgedreht. Doch dieser grinste leicht, zog eine Zigarette aus der Tasche und ging auf den Wachposten zu.

„He, du, haste mal Feuer?" sprach er ihn dabei an. Der Bulle blickte Toni irritiert an. Dann erwiderte er dessen breites Grinsen und griff in die Tasche, um sein Feuerzeug herauszuholen. In diesem Augenblick sprang Sven vor und knallte dem Mann seine Faust ins Gesicht. Doch dieser rührte sich nicht. Er blickte Sven an, als könne er nicht glauben, dass da plötzlich ein zweiter Mann aufgetaucht war. Dann schoss seine Faust vor, und Sven spürte einen stechenden Schmerz an seinem Kinn. Er taumelte zurück. Toni ergriff inzwischen eine Schippe, die in der Ecke stand und hieb sie dem Posten auf den Schädel. Der sah Toni ungläubig an. Dann verdrehte er die Augen und fiel, wie ein voller Kohlensack, zu Boden.

„So macht man das", war Tonis kurzer Kommentar. Sven rieb noch immer sein schmerzendes Kinn und nickte. Dann verschwanden sie hinter der Tür ins Haus.

Ein schmaler Gang führte ins Restaurant. Links befand sich eine doppelte Flügeltür. Als sie diese passierten, stellten sie fest, dass es sich um die Küche handelte, von der die Bedienung gesprochen hatte. Ein kurzer Blick durch das Bullauge in der Tür zeigte ihnen, dass die Küche im Augenblick nicht besetzt war. Schon waren die Männer in der Küche verschwunden. Es roch nach Essen. Irgendwo brodelte etwas in einem Kochtopf. Entfernt hörten sie undeutliche Stimmen, die von einem Aufzug herkamen, der sich in der linken Ecke befand. Sven lief darauf zu und öffnete die Klappe, die sich nach oben schob. Die Stimmen wurden deutlicher. Sven blickte in den Aufzug, der doch ziemlich eng war. Dann ertönten Stimmen vom Eingang her. Es war wohl der Koch oder Bedienungspersonal, das in die Küche zurückkehrte. So gab es nichts zu überlegen. Ein Blick zu Toni, der sich irgendwo zu verstecken suchte. Sven war in den Aufzug gekrochen und schloss die Klappentür hinter sich. Er konnte nur kauern. Dabei erlahmten seine Füße schnell. Die Stimmen, die er hörte, waren jetzt deutlicher. Dabei strengte er sich an, die Worte auch zu verstehen. Gesprächsfetzen drangen in sein Bewusstsein und wurden dort gespeichert. Doch nun näherte sich von der Küche der Koch und rief irgendwelche Anordnungen, so dass Sven kaum noch die Worte verstand, die im Zimmer nebenan gesprochen wurden. Ärger stieg in ihm hoch. Dann spürte er seine Beine nicht mehr. Es wurde sehr ungemütlich und die Luft immer knapper.

Toni hatte sich inzwischen hinter einem Herd versteckt. Es mussten sich mindestens zwei Personen in der Küche befinden, der Koch mit seiner Hilfe und ein Bediensteter, der Speisen anforderte. Langsam schob Toni seinen Kopf nach oben, um sich einen Überblick zu verschaffen. Gleich einen Meter neben ihm stand die

Küchenhilfe und drehte ihm den Rücken zu. Seitlich davor stand der Koch und redete auf seinen Hilfskoch ein, während der Kellner ein paar Speisen aufnahm und die Küche verließ. Tonis Gedanken schossen hin und her. Er war sich unschlüssig, etwas zu tun und hoffte, dass auch die beiden anderen die Küche verlassen würden, zumal er sich vorstellen konnte, dass sein Freund Sven den engen Platz im Aufzug mit der Küche eintauschen würde. Toni erblickte in seiner Nähe mehrere Bratpfannen, die an Haken hingen. Wenn er es vorsichtig versuchte, könnte er sich eine davon nehmen und die beiden Männer ausschalten. Doch soweit kam es nicht. Der Koch wurde gerufen, und auch seine Hilfe folgte ihm. Toni sprang erleichtert zum Aufzug, öffnete ihn und zog Sven vorsichtig heraus. Dieser konnte sich kaum bewegen. Auch schien er langsam weggetreten zu sein. Toni versuchte es mit einem nassen Lappen und feuchtete Svens Stirn an. Dieser blickte verstört seinen Freund an. Doch dann kam wieder Leben in ihn. Er wollte aufstehen, doch seine Beine versagten den Dienst, da sie eingeschlafen waren und er sie nicht fühlte.

Toni wollte seinem Partner auf die Beine helfen, als sich der Koch mit seiner Hilfe erneut näherte. Sven stand auf, zitterte ein wenig. Dann erblickte er eine Tür. Sie eilten darauf zu und verschwanden dahinter. Keinen Augenblick zu früh, denn der Koch und sein Adlatus traten wieder ein.

Toni und Sven atmeten tief durch. Das war nochmals gelungen. Doch dann stellten sie fest, wohin sie geflüchtet waren. Von der Decke hingen zwei Schweinehälften und mehrere riesige Fleischstücke. Jetzt erst spürten sie die Kälte, die sie umgab. Sie befanden sich im Kühlhaus. Sven blickte durch die kleinen Bullaugen in die Küche. Dort standen der Koch und seine Hilfe. Sie waren beschäftigt. Sven drückte die Klinke herunter. Doch die Tür öffnete sich nicht von innen. Sie konnte also nur von außen geöffnet werden. Sven war alles egal. Er und Toni wollten dieser Kälte nur entfliehen. Darum hämmerte er an die Tür, in der Hoffnung, die beiden Männer dort würden sie hören. Doch die störten sich nicht an seinem Klopfen. Kostbare Minuten vergingen, die ihnen wie eine Ewigkeit vorkamen. Nun verließen die Männer wieder die Küche. Es war zum Verzweifeln. Toni schlug sich die Hände um den Körper, um sich durch Bewegung vor der Kälte zu schützen. Sven war auf den Boden gerutscht und jammerte verzweifelt. Er blickte umher, um einen Gegenstand, wie einen Haken, zu finden, mit dem sie die Tür von innen öffnen konnten. Doch es war nichts Derartiges im Raum vorhanden. Nun setzte sich auch Toni neben ihn. Die Männer blickten sich an. War das nun das Ende? Nach weiteren kostbaren Minuten, die verstrichen, kroch die Kälte in ihre Glieder und ließ sie langsam zu einem unbeweglichen Klotz erstarren.

Inzwischen war die Tagung der Männer im geheimen Zimmer beendet. Das Personal räumte ab und brachte die gebrauchten Teller und Gläser in die Küche, wo sie der Küchengehilfe in die Spülmaschine stellte und dieselbe in Gang setzte.

Dann erblickte er den restlichen Nachtisch, der in den Kühlschrank zurück sollte. Als er dann die Tür zum Kühlschrank schloss, fiel ihm siedendheiß ein, dass er die Schnitzel für morgen noch aus dem Kühlhaus holen sollte, damit sie auftauen konnten.

In Gedanken über seinen Feierabend versunken, öffnete er die Tür zum Kühlhaus und bewegte sich in Richtung der Schnitzel, die bereits auf einem Tablett lagen. Auf dem Weg dahin, stolperte er über irgendwas. Doch er sah nicht hin, nahm das Tablett mit den Schnitzeln, drehte sich um, das Kühlhaus zu verlassen. Da stellte er fest, worüber er gestolpert war. Es waren zwei Männerbeine, die dort nicht hingehörten. Und einen Meter weiter, lagen noch mal zwei Männerbeine. Dann erblickte er die fast steif gefrorenen Reste der Mannsbilder. Die Augenbrauen waren bereits mit Raureif bedeckt, die Lippen bläulich dunkel. Sofort stellte er das Tablett mit den Schnitzeln auf die Theke zurück und stürmte nach draußen, um Hilfe zu holen.

Sven öffnete blinzelnd die Augen. Um ihn herum war es hell und warm. „Ich bin im Himmel", war sein erster Gedanke. Dann hörte er neben sich ein Stöhnen. Langsam drehte er schmerzvoll seinen Kopf zur Seite, um zu sehen, von wem das Stöhnen ausging. Er erblickte Toni, dessen Kopf verbunden war. Ebenso waren es seine Arme und Beine. Nur die dunklen Augen blickten ein wenig blöd durchs Zimmer.

Nun erst spürte Sven, dass auch er verbunden war. Als er sich weitere Gedanken machen wollte, wo die beiden nun waren, wurde die Tür geöffnet, und ein Mann und eine Frau in weißer Kleidung, traten zu ihnen ans Bett. Bedächtig blickte der Mann über seinen Brillenrand die beiden Patienten an. Er war der Chefarzt, der ihnen nun erläuterte, dass für sie beide höchste Lebensgefahr bestand. „Sie haben teilweise Erfrierungen zweiten Grades davongetragen, und es wird ein paar Wochen dauern, Sie wieder richtig herzustellen." Dann überließ er die weitere Therapie und Untersuchungen den beiden nun eingetretenen Assistenzärzten. Mit einem Kopfnicken verabschiedete er sich.

Raimund hatte seinen Dienst wieder aufgenommen. Seine Kollegen fanden seinen Doppelgänger nicht. Er schien wie vom Erdboden verschwunden. Deshalb erhielt er wieder den Befehl von seinem Chef, sich mit seinem Partner Philipp um die Drogenmafia zu kümmern und ihr Bestreben, den Verkauf von Drogen, in ihrem Bereich zu unterbinden und die Bande dingfest zu machen. Doch war das alles leichter gedacht und gesagt, als es in die Tat umgesetzt werden konnte.

Raimund rieb sich müde die Augen und streckte sich hörbar gähnend an seinem Schreibtisch. Tage wie diese waren ihm lästig. Es wartete viel Arbeit, jedoch wurde nichts Effektives getan, und er kam keinen Schritt vorwärts. Gerade wollte er seine Beine auf den alten Schreibtisch legen und die gesamte Situation nochmals durchdenken, als das Telefon schrillte. Etwas fremd schaute er den Apparat an und ließ ihn einige Male klingeln, bevor er den Hörer abnahm. Am anderen Ende der Leitung meldete sich ein Kommissar Anderwaldt, den er flüchtig auf einer Tagung in Hamburg kennengelernt hatte. Dieser berichtete ihm von einigen Afghanen, die von der Bundespolizei an der tschechischen Grenze aufgeschnappt worden waren. Nach einem Verhör der Männer stellte sich heraus, dass sie zu einer Gruppe Drogendealer gehörten, die in unserem Land eine große Sache aufziehen wollten. Dabei kam auch die Gegend um Heiligenstadt zur Sprache. Deshalb gab der Kommissar eine Menge Daten durch, die sich Raimund notierte. Nachdem sein Telefonpartner ihm noch die Zusage gab, die Daten schriftlich zu senden, war das Gespräch zu Ende.

Raimund legte den Hörer auf und murmelte: „Na, endlich geht es etwas weiter! Wird ja auch mal Zeit!" Dann erhob er sich, um seinen Partner Philipp aufzusuchen. Dieser schlürfte gerade genüsslich an seinem Kaffee, als Raimund eintrat.

„Hör zu, alter Junge", begann er. Dann berichtete er von dem gerade stattgefunden Gespräch. „Für'n Kaffee reicht's aber noch?" flachste Philipp und goss seinem Partner einen Becher des schwarzen Getränks ein. Dann arbeiteten sie schnell noch einen Plan aus, ehe sie sich auf den Weg machten.

Da ihnen gerade Florina Danzer über den Weg lief, informierten sie diese, dem Chef, der, wie immer, nicht in seinem Büro war, über ihren Einsatz zu berichten. Dann saßen sie auch schon im Dienstwagen und fuhren los.

Ihr Ziel war dasselbe Gebäude, von dem Sven und Antonio von den Afghanen vor einiger Zeit in das alte Haus gebracht worden waren, um der Polizei übergeben zu werden. Sie sahen das große Haus schon von weitem. Raimund hielt es für besser, den Wagen schon hier stehenzulassen, und den Rest des Weges per pedes zu erkunden. Philipp murrte zwar und teilte seine Meinung keineswegs. Er hatte keine Lust, so weit zu laufen, aber Raimund bestand darauf.

Das Haus war inzwischen außer Sichtweite und hinter einem Hügel verschwunden. Als die beiden Polizisten den Hügel erreichten und das Haus schon fast greifbar vor ihnen lag, blitzte aus einer der Baumkronen, rechts vor ihnen, etwas auf. Raimund blieb einen Augenblick stehen und schaute zu den Bäumen herüber. Doch dieses Aufblitzen wiederholte sich nicht.

Philipp wollte den Weg schon fortsetzen, doch Raimund rief ihn leise zurück. Mit fragendem Blick stand dieser neben seinem Partner. „Wir werden bereits beobachtet", flüsterte Raimund seinem Freund zu. Dieser versuchte nun, etwas zu erblicken, indem er die vor ihnen liegende Landschaft mit scharfem Blick beäugte. Doch er konnte nichts entdecken. „Ich muss erst noch etwas holen", flüsterte Raimund erneut und forderte Phil auf, hier auf ihn zu warten. Dann kehrte er zum Dienstwagen zurück. Dort entnahm er dem Kofferraum ein Gewehr mit eigenartiger Munition. Schon war er wieder bei Philipp, der ihn mit Fragezeichen in den Augen ansah. „Was soll das jetzt?" meinte er. „Das ist ein Betäubungsgewehr", war die Antwort. „Ich will den Kerl da oben ausschalten, so dass wir unbeobachtet zu diesem Haus gelangen." Die Sonne, die inzwischen hinter den Wolken verschwunden war, verließ ihr Versteck und warf großzügig ihre Strahlen auf die Erde. Da blitzte es erneut in der Baumkrone auf. Raimund, der hinter einem Strauch das Gewehr in Anschlag hatte, sah nun deutlich durch das aufgesetzte Fernrohr die Person eines Mannes, der die Gegend durch ein Fernglas beobachtete. Raimund zielte genau und schoss. Der Betäubungspfeil traf sein Ziel sicher. Der Mann zuckte zusammen und knickte dann mit den Beinen weg. So hing er halb über einem Ast und verharrte in dieser Position. Raimund brachte das Betäubungsgewehr in den Wagen zurück. Dann setzten die beiden Polizisten ihren Weg zum Haus der Afghanen ungehindert fort.

Sie erreichten unbeobachtet und unangemeldet ihr Ziel. Bevor sie in das Haus eindrangen, zückten beide ihre Dienstwaffen und machten sie schussbereit. Sie wollten vor unliebsamen Überraschungen geschützt sein. Raimund fasste den Türknauf an und drehte ihn. Mit einem leisen Klick öffnete sich die Tür, und die Männer drangen ins Innere des Hauses vor. Still verharrten sie im Flur. Kein Geräusch war zu hören. Sie setzten ihren Weg fort. Plötzlich hörten sie Stimmen von rechts. Schnell suchten sie Schutz hinter einer Mauerecke. Zwei hünenhafte Männer, schlenderten im Gespräch vertieft, an ihnen vorbei. Mit einem kurzen Wink von Raimund, folgten sie diesen in einiger Entfernung. Die beiden Hünen öffneten eine Tür, hinter der ebenfalls Gesprächsfetzen herausdrangen. Raimund und Philipp liefen an der Tür vorbei und versuchten, in den Nebenraum zu gelangen, aus dem sie erhofften, Näheres zu erfahren. Sie hatten richtig gedacht.

Nachdem die beiden Polizisten im Nebenraum verschwunden waren, drang von nebenan lautes Gemurmel. Philipp schlich zur nächsten Tür, die in den Raum führte, in dem laut Gesprächsfetzen mehrere Männer diskutierten. Langsam drückte Phil die Klinke herunter. und öffnete die Tür einen kleinen Spalt. Nun waren die Laute deutlich zu verstehen. Raimund und Phil hockten sich neben die Tür, um alles zu verstehen.

Eine sonore Stimme forderte Ruhe. Nach kurzem Gemurmel, trat diese ein. „Ich erwarte von euch, dass unser Plan auf das Genaueste durchgeführt wird." Dann erfolgte noch einmal die Schilderung des Planes.

Raimund blickte Phil an. Sie hatten genug mitbekommen. Es war Zeit, sich zurückzuziehen. Er gab seinem Partner einen kurzen Wink mit den Augen und drehte sich um, den Raum zu verlassen. Phil wollte ihm folgen, übersah jedoch einen kleinen Tisch, an den er mit dem Hacken seines rechten Fußes anstieß. Das Pech war nur, dass eine kleine Vase mit wenigen Nelken darauf stand, die umkippte und zu Boden fiel. Ein lautes Klirren der zerberstenden Vase, ließ es im Nebenraum augenblicklich stille werden. Dann wurde die Tür polternd aufgestoßen, und vier der Männer stürmten ins Zimmer. Die ersten sahen nur noch, wie die Tür des Raumes von außen geschlossen wurde.

Raimund und Philipp rannten den Flur entlang und stürmten die Treppe herunter. Doch unten standen bereits drei weitere Männer, die ihre Waffen auf die Polizisten richteten. Es war zu spät. Phil hob achselzuckend, mit einem sich entschuldigenden Blick auf Raimund, die Arme und stellte sich der Übermacht der Gangster. Dasselbe machte notgedrungen auch sein Freund. Sofort wurden sie unsanft in das Zimmer gestoßen, in dem vorher die Besprechung stattgefunden hatte. Rüde wurde ihnen befohlen, vor dem Schreibtisch Platz zu nehmen. Dahinter saß ein weißhaariger, sehr elegant wirkender Afghane. Seine scharf geschnittene Adlernase wurde von zwei dunklen Augen betont, die nun blitzartig auf die beiden Männer schauten. Der schmallippige Mund zuckte kurz, und ein leichtes, zynisches Lächeln machte sich breit. Dieses Lächeln unterstrich im höchsten Maße die Gefährlichkeit dieses Mannes. Die beiden Polizisten spürten sofort, dass von diesem Mann nichts Gutes zu erwarten war.

„Sieh an, wir haben Besuch", murmelte er leise, aber doch verständlich. „Würden Sie sich bitte vorstellen? Denn das gehört sich doch so in Ihrem Land, wenn man irgendwo hinkommt, nicht wahr?"

Phil räusperte sich kurz und wollte antworten. Doch Raimunds Blick ließ ihn augenblicklich verstummen. Dann lächelte Raimund sein Gegenüber kurz an, um die Situation ein wenig zu entspannen. „Wir sind von der hiesigen Polizei, und Sie tun gut daran, uns laufenzulassen. Denn Sie können sich sicher vorstellen, dass unsere Dienststelle von dem Besuch bei Ihnen weiß und Nachforschungen anstellen wird, wenn wir nicht in zwei Stunden wieder dort sind."

Der Gangsterboss zog seine buschigen, weißen Augenbrauen kurz zusammen, während sein Blick eine erschauernde Kälte zu den beiden herübersandte. Dann nickte er leicht vor sich hin. „Meine Herren, in zwei Stunden kann viel geschehen. Wir werden Ihre Kollegen würdig empfangen." Wieder zog ein diabolisches Lächeln über sein Gesicht. Dann befahl er seinen Männern, die Polizisten zum Verhör nach unten zu begleiten. Roh wurden sie von den Männerfäusten nach oben gerissen und aus dem Raum gestoßen. Man führte sie in den Keller und stieß sie in einen kahlen Raum, der nur mit einem alten Schemel versehen war. Wenn Raimund gewusst hätte, dass, Tage vorher, sein Zwillingsbruder in diesem Raum das Gastrecht der Afghanen in Anspruch nehmen musste, wäre ihm manches klargeworden.

Inzwischen waren drei Tage vergangen. Sven lag auf seinem Krankenhausbett und pendelte gelangweilt mit den Beinen. Antonio, der im Nachbarbett lag, las in einer Illustrierten und grinste ein wenig vor sich hin.

„Wie fühlst du dich, Toni?" fragte Sven und blickte zu seinem Freund herüber. „Wieso?" kam es zunächst zögernd zurück. „Na, ich meine, dass wir die letzte Zeit hier gewesen sind. Wir haben kein Geld mehr, und krankenversichert sind wir auch nicht."

Nun legte Antonio die Zeitung zur Seite. Seine leuchtenden Augen blickten aus dem schwarzen Gesicht erwartungsvoll auf Sven. Ein Augenblick überlegte er und pfiff leise durch die Zähne. „Du meinst, wir müssten jetzt abhauen, da wir die Kosten hier nicht zahlen können?"

„Wie gut du mich verstehen kannst", schmunzelte Sven und verzog das Gesicht zu einem breiten Grinsen, dessen Echo auf dem Gesicht von Antonio zu erkennen war. „Wir müssen hier weg. Darum habe ich dich gefragt, wie es dir geht. Denn wir brauchen unbedingt einen Job, sonst nix Knete und nix leben, verstehst du?"

Wieder kam ein leiser Pfiff durch Antonios Zähne. „Und wann gedenkst du, sollten wir das tun?" „Heute Nacht", kam kurz die Antwort. Dann erläuterte Sven seinem Freund den Plan, den er sich vor einigen Tagen ausgedacht hatte.

Als die Nachtwache kurz nach 22.30 Uhr ihren Gang durch die Zimmer abgeschlossen hatte, kleideten die beiden Männer sich an. Sven öffnete leise die Zimmertür und blickte den Gang auf und ab. Niemand war zu sehen und zu hören. Nur einige Schnarchgeräusche tönten aus den Zimmern nebenan. Auf Zehenspitzen schlichen die beiden Männer über den Flur und verschwanden im Treppenhaus.

Als sie die Tür öffneten, die zum Ausgangsflur führte, hielten sie kurz an. An der Anmeldung war niemand zu sehen. Langsam schlenderten sie in Richtung Ausgang. Die Tür öffnete sich automatisch, und die kalte Nachtluft wehte ihnen entgegen. Ein Pfleger eilte an ihnen vorbei, der sie aber nicht beachtete. Schon verließen sie das Krankenhaus und huschten vorbei an den Laternen, bis sie die Dunkelheit verschluckte.

Auf dem Parkplatz nahe dem Krankenhaus spendete nur eine Laterne ihr spärliches Licht und beleuchtete wenige Autos, die in ihrer Nähe standen. Die anderen Laternen brannten nicht. So schlichen die beiden zu einem alten Mercedes. Toni zog sein Spezialwerkzeug aus der Tasche, das er für solche Zwecke immer mit sich führte. Ein paar Sekunden später war die Fahrertür offen. Toni setzte sich ans Steuer und öffnete die Bei-

fahrertür für Sven. Als dieser eingestiegen war, hatte
Toni den Wagen schon kurzgeschlossen. Der Motor
brummte auf. Tonis schaltete das Licht ein, und sie fuhren langsam vom Parkplatz auf die Straße.

Einige Zeit fuhren sie schweigend durch die Nacht.
„Eigentlich habe ich noch Hunger", meinte Sven plötzlich. Toni grinste seinen Freund an und antwortete:
„Und ich erst…!" Dann lachten sie beide laut los. Der
ganze Stress und Frust der letzten Woche entlud sich in
diesem Lachen. Als sie sich beruhigt hatten, schaltete
Sven das Radio ein. Leise Musik dudelte vor sich hin.
„Haben wir noch Geld?" fragte Antonio, als sie ein
Ortsschild passierten. Sven fühlte in seine Brusttasche
und zog ein paar Scheine heraus. „Für ein Essen wird
es noch reichen", murmelte er als Antwort.

Sie durchfuhren den Ortseingang und ließen die Häuser, von denen kaum eines noch erleuchtet war, zurück.
Nach einer Kurve leuchtete ihnen die Reklame eines
Gasthauses entgegen, das noch geöffnet haben könnte.
Sie hielten kurz auf einem Parkplatz, und Sven ging
herüber zum Eingang. Tatsächlich, das Gasthaus war
noch geöffnet. Er winkte Toni, der den Motor ausstellte
und herübertrottete.

Als die beiden Männer, ein wenig müde, das Gasthaus
betraten, saßen noch einige Gäste an einem Tisch. Sie
beäugten die beiden Fremden. Jemand stand auf und
trat ihnen entgegen. Es war der Wirt, wie es sich herausstellte. Sven fragte ihn, ob sie noch etwas zu essen
bekommen könnten. Dieser nickte. Dann setzten sie
sich an einen Tisch am anderen Ende des Raumes. Eine
etwas dickliche Frau, deren beste Tage schon überschritten waren, brachte ihnen nach einiger Zeit das Es-

sen. Bevor sie ging, fragte Sven, ob es die Möglichkeit der Übernachtung gäbe. „Da muss I erst den Chef froagen", war die Antwort.

Sie ließen es sich schmecken. „Es geht doch nichts über ein schönes Essen und ein gutes Bier", knurrte Antonio zwischen zwei Bissen. Sven nickte und prostete seinem Freund zu. Dann kam die Bedienung und berichtete, dass noch ein Zimmer frei wäre. Sie müssten aber Vorkasse leisten. Sven nickte und bezahlte den verlangten Preis. Dann speisten sie zu Ende. Kurze Zeit später, hatte der letzte Gast das Haus verlassen. Sven und Toni machten sich auf in den ersten Stock zu ihrem Zimmer. Nach einem kurzen Besuch im Bad, warfen sie sich auf das Bett. Toni schnarchte als erster. Auch Sven versank danach in einen totenähnlichen Schlaf.

Sven wurde als erster durch Geräusche klappender Türen geweckt. Es mussten noch mehr Gäste hier sein. Schnell stieß er Toni an, der müde gähnend seine Augen öffnete. „Wo sind wir?" fragte er mit aufgerissenen Augen. „Na, wo wir gestern Nacht auch waren", antwortete Sven und grinste über das dumme Gesicht seines Freundes. „Lass uns schnell machen. Nach dem Frühstück müssen wir weiter, bevor wir vom Krankenhaus und der Polente gesucht werden." Dabei verschwand er im Bad.

Nach dem kurzen, aber schmackhaften Frühstück bezahlten sie und eilten zum Wagen. Toni ließ den Motor an, und Sven schaltete das Radio ein. Er wollte wissen, ob sie schon gesucht werden.

Sie durchfuhren den Ort, und Toni versuchte, sich zu orientieren, wohin sie fuhren. „Was haben wir denn nun vor, Sven?" wollte er wissen. Sven überlegte und meinte nach einigen Minuten: „Wir brauchen dringend einen Job. Vielleicht sollten wir es mal bei den Afghanen versuchen?" Toni blickte ihn dümmlich an und schüttelte den Kopf. „Find' ich nich gut", war seine Antwort. „Die Scheißer wollten uns an die Polizei liefern." „Trotzdem habe ich das Gefühl, wir sollten zu ihrem Hauptquartier fahren. Wir schleichen uns dann 'rein, und vielleicht können wir ja mit ihnen verhandeln." „Du musst das wissen", brummte Antonio. „Also müssen wir zur Autobahn in Richtung Heiligenstadt. Zurück ins Inferno." Sven grinste und machte die Augen zu. Er zog es vor, jetzt ein kleines Nickerchen zu machen.

Einige Stunden später stoppte Antonio den Wagen an der Stelle, an der zuvor das Auto der beiden Polizisten gestanden hatte. Dieses war von der Drogenmafia aus dem Wege geräumt worden, um unangenehmen Fragen der Polizei, die ja irgendwann erscheinen würde, aus dem Wege zu gehen.

Als die beiden auf das Hauptquartier der Afghanen zuschlichen, hatten sie Glück, denn der Aussichtsposten im Baum war nicht wieder besetzt worden, nachdem dieser wieder zu sich gekommen war und den Posten verlassen hatte, um sich hinzulegen, da er sich immer noch elend fühlte.

Es war nicht schwierig, ins Haus zu gelangen, da sich Sven und Toni noch bestens auskannten. Leises Stimmengemurmel war aus dem oberen Stockwerk zu hören, als sie zunächst den Weg zum Keller suchten, in welchem sie vor ein paar Wochen einige Stunden in Gefangenschaft verbracht hatten. Langsam, die Waffen bereithaltend, sich jederzeit zu verteidigen, liefen sie von Tür zu Tür. An der vorletzten hörten sie Geräusche von drinnen. Einen Augenblick horchten sie davor. Wieder drang ein leises Stöhnen an ihr Ohr. Toni probierte die Türklinke, obwohl er sich im Klaren war, dass sie verschlossen sein musste. Richtig! Schon war er da-bei, mit seinem kleinen Spezialwerkzeug das Schloss zu bearbeiten. Es klickte leise, und Toni öffnete die Tür. Ihr erster Blick fiel auf eine Liege, auf dem ein gefesselter Mann lag. Das leise Stöhnen kam von ihm. Da er mit dem Rücken zu ihnen lag, konnten sie nicht sehen, wer der Mann war. Toni bezog Posten an der Tür, damit sie von den Afghanen nicht überrascht würden. Sven legte seine Waffe zur Seite und löste die Fesseln des stöhnenden Mannes, der bewusstlos zu sein schien. Vorsichtig drehte er ihn auf den Rükken. Ein blaues, fast geschlossenes Auge verunzierte das Gesicht des Mannes. Aus Svens Mund kam ein ungläubiges Stöhnen. Er konnte es nicht fassen, denn er blickte in sein eigenes, mit blutenden Wunden verunstaltetes Gesicht.

„Toni, schau her", murmelte er und war immer noch aufgeregt. Tonis Augen wurden immer größer, als er auf den Mann blickte. „Haben wir jetzt zwei von dir?" war seine irritierte Frage. „Ich glaube, das ist mein Bruder", flüsterte er und schüttelte den Kopf, da er die Situation noch nicht begriff. „Das ist mein Zwillingsbruder!"

„Und was machen wir jetzt?" fragte Toni. „Wir müssen ihn wachbekommen, damit er uns etwas sagen kann."

Doch weiter kamen sie mit ihren Beratungen nicht. Sie hörten Schritte auf der Treppe, und schon standen zwei der Afghanen in der Tür. Diese waren genauso überrascht wie Sven und Toni. Doch Toni reagierte blitzschnell. Er zog einen der Männer in den Raum und haute ihm mit seiner Waffe an den Kopf. Im gleichen Moment hielt Sven seine Pistole dem anderen unter die Nase, der seine Hände hochhob, um sich zu ergeben. Sven forderte ihn auf, auch in den Raum zu kommen, um neben dem anderen Afghanen, der bewusstlos am Boden lag, zu knien.

„He", rief Sven und hielt ihm die Waffe an die Schläfe. Wer ist der Mann?" Der Afghane grinste breit und schwieg. Sven knallte ihm eine ins Gesicht. Blut floss augenblicklich aus dessen Nase. Schmerzverzerrt, mit zornigem Gesicht knurrte er: „Das ist Polizist von euch." „Wo ist der andere?" zischte Sven, denn er konnte sich nicht denken, dass dieser Mann allein hier wäre. „Ist oben und wird verhört", brummte der Afghane. Dabei spuckte er Blut auf den Boden.

Toni blickte fragend Sven an. Diesem schossen augenblicklich die Gedanken wie Blitze durch das Hirn. „Wir müssen ihn holen und die beiden hier herausbringen", war sein Gedanke, den er Toni mitteilte. „Na, denn viel Spaß", antwortete er und grinste Sven an. „Das wird eine Mordsgaudi", fuhr er fort. Sven nickte und wusste auch nicht, wie sie das schaffen sollten.

Zunächst fesselten und knebelten sie die beiden Afghanen. „Was machen wir mit ihm?" deutete Toni auf Svens Bruder. „Wir holen ihn später. Lass uns erst einmal den anderen befreien."

Dann schlossen sie die Tür zu und schlichen zurück, den Partner seines Bruders zu suchen. Vorsichtig stiegen sie die Kellertreppe nach oben. Im Flur war es still und niemand zu sehen. Sie horchten, um irgendwelche Stimmen oder Schreie zu vernehmen. Sven tippte mit dem Kopf nach oben und trat vorsichtig auf die Holztreppe. Er benutzte die rechte Außenseite, damit die Stufen beim Betreten nicht so knarrten. Toni war ihm auf den Fersen und nutzte die linke Seite zum Aufstieg.

Kaum waren sie im ersten Stock angekommen, als laute Stimmen, von oben als auch unten, an ihre Ohren drangen. Sven stürmte die restlichen Stufen nach oben und duckte sich hinter einem Schrank. Toni duckte sich auf den obersten Stufen. Zwei der Gangster verließen einen Raum und wendeten sich von den Freunden ab. Da sie ins Gespräch vertieft waren, bemerkten sie Sven und Toni nicht. Im Parterre liefen die beiden Männer ebenfalls an der Treppe vorbei, so dass sie nichts bemerkten.

Ein leiser Seufzer entrang sich Svens Brust. Dann lief er, gefolgt von Antonio, zu dem Zimmer, aus dem die Männer gekommen waren. Von drinnen hörte man Stimmen. Dann klatschte es plötzlich, als wenn jemand geschlagen würde. Eine wütende Stimme murmelte etwas, was die beiden nicht verstanden. Sven blickte Toni an und murmelte: „Los!"

Dann riss er die Tür auf und sprang ins Zimmer. Drei Männer standen dort vor einem anderen, der gefesselt auf einem Stuhl saß. Aus seiner Nase floss ebenfalls Blut. Ehe die drei Afghanen reagierten, war Sven beim ersten und setzte ihn mit einem Hieb seiner Waffe außer Gefecht. Der zweite wurde von Toni betäubt, während der dritte Mann, der das Verhör leitete, mit offenem Mund die schnelle Reaktion der beiden Freunde verfolgte. Doch schon hielt Sven ihm die Pistole an den Kopf. „Keinen Ton, wenn dir dein Leben lieb ist."

Philipp, der gefesselt auf dem Stuhl saß, glaubte nicht, was er sah. „Raimund, wie hast du das geschafft?" fragte er. Doch Sven schüttelte den Kopf. „Ich bin nicht Raimund", antwortete er. „Ich bin wohl sein Bruder, denn dein Partner liegt unten im Keller, schwer misshandelt." Philipp schluckte. Nun verstand er nichts mehr. Toni hatte inzwischen eine Gardinenkordel vom Fenster geholt. Sie fesselten den Afghanen, und Sven stopfte ihm einen Knebel in den Mund. Dann befreiten sie Philipp, der sich seine Arme rieb, die von den Fesseln kribbelten.

„Jetzt kommt der schwierige Teil.", meinte Sven. „Wir müssen zusammen hier ´rauskommen!"

Phil nickte und ergriff eine Waffe des Afghanen. Nun war ihm klar, der Mann, der neben ihm stand, war der, den sie seit Monaten suchten und der sie alle zum Narren gehalten hatte. Und nun stand er neben ihm und half ihnen hier ´raus. Innerlich schüttelte er den Kopf und konnte es nicht fassen. Es kam ihm vor, wie ein Märchen.

So schnell es der Zustand von Phil erlaubte, liefen sie in den Keller. Hinter ihnen ertönten laute Schreie, und das Getrappel von Schritten sagte ihnen, dass sie bereits von den Afghanen verfolgt wurden. Sie erreichten den Raum in welchem sie Raimund und die anderen Männer zurückgelassen hatten. Raimund saß bereits auf der Liege und blickte dösend, fern aller Wirklich-

Keit, um sich. „Ich weiß einen geheimen Ausgang",
rief Phil und wartete auf Sven und Toni. Diese ergriffen
die Arme von Raimund und hoben ihn hoch. Mit
schlurfenden Schritten folgte er den beiden Männern.
Phil hielt Tonis Pistole hoch und folgte den dreien. Als
sich ein Gesicht der Afghanen am Eingang zum Keller
zeigte, schoss er sofort. „Nach links", brüllte Phil. Er
konnte gerade den anderen folgen und im nächsten
Raum verschwinden, als hinter ihm Schüsse laut aufbellten und zwei Kugeln an der Wand abprallten. Zum
Glück war es nicht die Seite, in der sie verschwanden.
„Den Schrank beiseite", rief Phil erneut. Sven und Toni
setzten Raimund auf einen Stuhl. Dann räumten sie den
Schrank beiseite. Dahinter fanden sie eine kleine Metalltür. Sven trat dagegen, und die Tür sprang auf. Dann
schnappten sie sich Raimund und zogen und schoben
ihn durch die Öffnung. Eine kleine Treppe führte nach
außen, hinter das Haus. Als sich alle Personen draußen
befanden, hörten sie von Ferne Sirenengeheul. Sie
hofften, dass es die Kollegen sein würden. Sven und
Toni führten Raimund, dessen Zustand sich an der
frischen Luft besserte, und liefen in Richtung der lauter
werdenden Sirenen. Phil schoss ein paar Projektile auf
die Metalltüre, um die Verfolger im Haus zu halten.
Dann folgte er den Männern.

Inzwischen war das Haus umstellt. Ein Trupp von acht
Polizisten stürmte ins Haus und trieb die anwesenden
Drogenhändler ins Freie. Phil kümmerte sich um Rai-
mund, der sich auf den Boden gehockt hatte. Als der
Chef der Polizei, der die Befreiungsaktion selbst leite-
te, sich den beiden zuwandte, wollte Phil auf die beiden
Retter zeigen. Doch niemand war mehr da. „Ihren
Bericht können Sie später abliefern", knurrte der Chef.

Er war heilfroh, dass seine Männer nicht ernstlich verletzt waren. Dann war die Aktion zu Ende, und die Polizisten zogen mit elf Drogendealern wieder nach Heiligenstadt. Es würden nicht die letzten sein, die sie festgesetzt hatten.

XXVIII

Raimund und Philipp wurden in Heiligenstadt erst einmal ins Krankenhaus gebracht, um die erlittenen Blessuren zu behandeln. Kaum erfuhr Evelyn davon, eilte sie auch schon zu ihrem Mann ins Krankenhaus. „Oh, Schatz", rief sie, als sie an sein Bett trat. „Ich war krank vor Sorge, als du nicht nach Hause kamst. Im Revier teilten sie mir mit, dass du von einem Einsatz nicht zurückgekehrt warst."

Raimund vorschloss ihren Mund mit einem Begrüßungskuss und berichtete ihr danach, was geschehen war. „Und was ist mit deinem Bruder?" wollte Evelyn zwischen seinem Bericht wissen. Doch Raimund zuckte nur die Schultern und beide, Phil und ihr Mann antworteten: „Wir wissen nicht, wohin er mit seinem Kumpel gegangen ist."

Der, von dem die beiden Polizisten gerade sprachen, befand sich in einem schäbigen Absteigequartier, das auch als Stundenhotel benutzt wurde. Antonio schaute Sven missbilligend an. Er wirkte richtig aufgebracht und schüttelte immer wieder den Kopf. „Ich kann es nicht verstehen, Sven, dass du die Chance nicht nutzen willst und wir beide die Seite wechseln. Hier gibt es keine Möglichkeiten für uns, Geld zu verdienen. Dann müssen wir hier weg und uns anderen Gangs anschließen."

„Kommt überhaupt nicht infrage", konterte Sven heftig. Dabei schlug er mit der flachen, rechten Hand auf den Tisch, dass es laut klatschte und Toni zusammenzuckte. „Ich gehe hier nicht weg, und zu den Bullen gehe ich auch nicht. Selbst, wenn mein Bruder, den ich kurz kennengelernt habe und über den ich nichts weiß, bei den Bullen arbeitet. Unser ganzes Leben haben wir in diesem Drogengeschäft gearbeitet. Das kann man nicht so einfach aufgeben."

„Aber dann sag mir doch, wohin können wir gehen? Die Afghanen sind zerschlagen, und Grabowsky meint, du bist der Whistleblower. Zumal noch Chris in seiner Gang ist. Ehe wir denen klargemacht haben, was die Wahrheit ist, sind wir tote Leute. Ich weiß nur eins. Es muss etwas geschehen, sonst können wir betteln gehen." Toni war am Ende seines Lateins und blickte starr vor sich hin.

Auch Sven hatte dem Thema nichts mehr hinzuzufügen und starrte mit unbewegter Miene aus dem Fenster. Nur seine Kaumuskeln bewegten sich hin und her, so sehr beschäftigte ihn die Zukunftsfrage der beiden. Doch auch er wusste darauf noch keine Antwort.

So vergingen die Tage. Die sonst so sprichwörtliche Aktivität der beiden Freunde schien auf einem Nullpunkt angekommen zu sein. Und auch die Geldreserven näherten sich dem Status – Leere im Portemonnaie. Toni kehrte nach einem weiteren, vergeblichen Versuch, eine Arbeit als Schausteller bei einer kleinen

Kirmes zu bekommen, unverrichteter Dinge zurück. Im Flur der von ihnen gemieteten Unterkunft hörte er auf der Treppe lautes Schreien und Krachen, als wenn Möbel umgeworfen würden. Das Schlimmste ahnend, hastete er nach oben. Als er die Tür aufriss, traute er seinen Augen nicht, was er sah. Sven war sturzbetrunken. Gerade torkelte er auf einen Stuhl zu, erhob ihn und warf ihn mit lautem Gebrüll und Getöse gegen die Wand. Das Zimmer machte den Eindruck, als wenn ein Orkan darin gewütet hätte. Bevor er die Tür zuknallte, blickte er kurz in die verzweifelten, rötlich umrandeten Augen seines Kumpels. Dieser schien ihn nicht zu registrieren und fuhr mit seiner zerstörerischen Tätigkeit fort.

Antonio hastete erneut die Treppe herunter, eilte zu seinem Wagen und startete den Motor. Dann verließ er die ungastliche Stätte in Richtung Heiligenstadt, um Svens Bruder zu finden. Er hatte nur eine ungefähre Ahnung, wo er wohnen könnte.

In der Innenstadt des uns bekannten Ortes suchte Toni eine Telefonzelle auf, um aus dem Telefonbuch die Adresse des Gesuchten zu ermitteln. Leider fand er die gesuchte Anschrift nicht. Dann fuhr er zum Polizeipräsidium, das er bereits auswendig kannte. Schnell nahm er die Stufen zur Anmeldung. Der diensthabende Wachtmeister schaute ihn verwundert an. Er fragte nach Inspektor Köster und erfuhr, dass dieser unterwegs sei. Da er es sehr eilig hatte, bat er den Polizisten, mit Köster Kontakt aufzunehmen. Es dauerte eine Weile, bis der Wachhabende begriff, was Toni von ihm wollte, doch dann reichte er ihm den Hörer herüber.

Toni meldete sich und schilderte die Situation, in der er sich mit seinem Freund befand. Dann vereinbarte er mit Raimund ein Treffen an der Unterkunft. Daraufhin bedankte sich Toni bei dem Polizisten und eilte zu seinem Wagen zurück.

Fast gleichzeitig trafen sie am vereinbarten Ort ein. Zu zweit stürmten sie nun in das Gebäude. Wieder hörten sie lautes Schimpfen und Schreien. Doch dieses Mal kam es von dem Vermieter, der Sven eine Standpauke hielt. Als die Männer eintrafen und durch die geöffnete Tür blickten, sahen sie einen Sven Carstens, der wie ein heulendes Elend auf dem Boden zwischen den Trümmern der Möbel saß. Er presste seine Hände gegen seine Ohren, um das wütende Geschrei des Vermieters nicht zu hören.

Raimund forderte mit einer Handbewegung den Vermieter auf zu schweigen. Dieses gelang ihm erst nach einigen vergeblichen Versuchen. Als sich dieser abwandte und mit zornigem Blick beiseite trat, versuchte Raimund, mit Sven einen Blickkontakt aufzubauen, um mit ihm zu sprechen. Doch der Versuch scheiterte kläglich. Sven fiel wie ein toter Sack um und schnarchte laut los.

Raimund deutete Toni und dem Vermieter, ruhig zu sein und bat seinen Partner Philipp, einen Krankenwagen zu bestellen. Dieser sollte ihn zur Ausnüchterung ins Krankenhaus bringen. „Und was ist mit diesem Zimmer?" begehrte der Vermieter auf. „Hier ist alles zerstört. Das kostet Hunderte. Von den beiden kann ich doch nichts erwarten." Dabei zeigte er auf Toni, der verlegen die Hände in die Hosentasche steckte.

Raimund wies den Vermieter an, die zerstörten Sachen aus dem Zimmer zu schaffen und auf die Rechnung zu setzen. Dann wandte er sich an den nun verstörten Toni. „Am besten, Sie kommen jetzt mit uns. Nehmen Sie Svens und Ihre Sachen mit. Wir finden schon eine Unterkunft." Dieser raffte die wenigen Habseligkeiten zusammen und verstaute sie in seinem Wagen. Dann folgte er den Polizisten, die zurück nach Heiligenstadt fuhren.

Ein paar Tage später saßen Sven und sein Freund Toni bei Kösters im Wohnzimmer auf dem Sofa und hörten, was Raimund ihnen zu berichten hatte. „Ich kann euch einen Job besorgen, wenn ihr wollt. Wenn ihr den erst einmal habt, können wir Weiteres planen. Vor allen möchte ich dich, Sven, einmal mitnehmen. Toni kann uns auch begleiten, wenn er möchte."

Da Sven sich in den letzten Tagen von seinem Zustand gut erholt hatte, war er anders drauf. Beide Männer stimmten sofort zu, und so machten sich die drei Männer mit Evelyn auf den Weg.

Sven und Toni stand die Verwunderung im Gesicht geschrieben, als sie sich in einem Krankenhaus wiederfanden. Vor einem Zimmer im dritten Stock, klopfte Raimund an und öffnete die Tür. Eine ebenfalls verwundert dreinblickende Gisela, empfing den Besuch mit leuchtenden Augen. Als sie ihren Sohn zweimal erblickte, schossen ihr die Tränen in die Augen. Svens Herz klopfte heftig, denn er ahnte, wen er da vor sich sah. Raimund blickte ihn an und auf seine Mutter zeigend, sagte er mit leicht zitternder Stimme: „Deine Mutter, Sven!"

Auch Evelyn waren die Tränen gekommen. Selbst Tonis Augen wurden feucht. Sven setzte sich auf das Bett und ergriff Giselas Hand. Die beugte sich zu ihm hin und nahm ihren zweiten Sohn in den Arm. Ein fast lautloses Schluchzen schüttelte ihren schwachen, kranken Körper.

Raimund deutete den anderen, dass sie das Zimmer verlassen wollten. Diese Minuten des Wiedersehens wollte er nur den beiden gönnen. Mutter und Sohn hatten sich viel zu sagen, und so dauerte es über eine Stunde ehe die Tür geöffnet wurde und die drei, die in leiser Unterhaltung geduldig warteten, wieder hereingerufen wurden.

Sven trat auf seinen Bruder zu und umarmte ihn. „Ich danke dir, Raimund. Das war der schönste und wichtigste Augenblick in meinem Leben", sagte er, und die Tränen flossen auch ihm die Wangen herab. „Es ist, als wenn man ein neues Leben geschenkt bekommt."

Er sprach nicht darüber, was er mit seiner Mutter besprochen hatte, aber er schien ein anderer Mensch zu sein. Auch Gisela wirkte wie umgewandelt. Ihr gesundheitlicher Zustand veränderte sich zusehends. Die Ärzte sprachen von einem Wunder. Nach wenigen Wochen konnte sie nach Hause entlassen werden. Eine Haushaltshilfe unterstützte sie bei der weiteren Genesung.

Raimund erfüllte sein Versprechen. Toni und Sven bekamen einen Job bei einer Speditionsfirma und führten fortan ein Leben fern von allem Kriminellen. Sie waren jetzt auf die andere Seite gewechselt, wie Toni es gewünscht hatte, und es tat ihnen gut. Als sie das erste, nicht mit krimineller Energie, verdiente Geld in den Händen hielten, luden sie ihre neue, kleine Familie zum Essen ein. Toni gehörte nun auch dazu und freute sich darüber sehr. Sie hatten auch Philipp, Raimunds Partner, mit eingeladen. So verbrachten die fünf einen gemütlichen und erfreulichen Abend.

Doch die Wirklichkeit holte sie zurück. Der Afghanenring war zwar zerschlagen. Doch galt es nun, Grabowsky und seine Gangstercrew zu überführen. Wieder saßen die vier Männer bei Raimund zu Hause und diskutierten über die Möglichkeiten, eine Strategie für die Verbrecherhatz zu entwickeln. Evelyn, die Spätschicht hatte, setzte sich irgendwann dazu und gab auch einige wichtige Tipps, die in ihre Strategie einflossen. Nachdem Mitternacht weit überschritten war, meinte Raimund gähnend: „Also, ich habe für heute genug. Mein Bett ruft und wenn ich mich nicht irre, höre ich eure auch von ferne rufen." Sein Gähnen war ansteckend, und so verabschiedete sich Philipp, während die anderen Anwesenden kurz darauf ebenfalls, zu Bett gingen.

Am nächsten Morgen saßen Raimund und Philipp vor ihrem Boss und weihten ihn in die am Vorabend gemachten Pläne ein. Einige Zwischenfragen, bei diesem und jenem Vorhaben, von seiten des Hauptkommissar Bänziger, brachten noch zusätzliche Strukturen in den Ablauf. Am Ende waren alle zufrieden, und der Chef gab sein Okay. Für fünfzehn Uhr wurde eine Besprechung aller beteiligten Kräfte einberufen. Dabei wurden sie in die abgesprochenen Pläne eingeweiht. Start der Aktion „Grabowsky" wurde auf Samstag um vier Uhr festgelegt.

Gegen drei Uhr fünfundvierzig wurden einige Anwohner in der Nähe des Polizeipräsidiums durch laute Motorengeräusche unsanft geweckt. Die Spezialisten der Drogenfahndung wurden begleitet von Mannschaftswagen der Bereitschaftspolizei. Sie rückten aus Heiligenstadt aus, um die Aktion „Grabowsky" auszuführen und alle hofften, das Unternehmen auch zu einem guten Ende zu bringen.

Im Osten kündigte ein schwacher Silberstreifen den kommenden Tag an. Einige Sterne blinzelten scheu vom Himmel herab, einige Wolken stieben den ausrükkenden Wagen voraus, als wollten sie diese begleiten und Zeuge der geplanten Aktion sein.

Nach gut einer Stunde tauchte in der Ferne die Villa des Gesuchten und seiner Bande auf. Der ruhig und unwissend daliegende Bau wurde von der aufgehenden Sonne beschienen, die sich in einigen Fenstern spiegelte, als wolle sie die Schlafenden wecken.

Zwei Kilometer vor ihrem Ziel stoppte Bänziger, der Polizeichef, die Wagen. Die sechs Beamten der Drogenfahndung wurden begleitet von achtzehn Polizisten, die ihre Waffen durchgeladen bereithielten. Alle trugen sichere Schutzwesten, um etwaige Verletzungen so gering wie möglich zu halten. Langsam arbeitete sich der Trupp durch das Gelände, wobei Sichtschutz bietende Sträucher und Bäume genutzt wurden. Als sie ungefähr zwanzig Meter vor der Villa anlangten, befahl Bänziger der Gruppe, in geduckter Stellung abzuwarten. Es vergingen einige Minuten, die voller Spannung gewartet wurden. Sven hörte seinen Atem und fühlte sein Herz laut pochen. Raimund lauschte angestrengt, ob sie entdeckt worden waren, und wartete aufmerksam auf verdächtige Geräusche. Den anderen Männern schien es ähnlich zu gehen. Da erblickten sie das Zeichen des Chefs. Zugleich sprangen die Polizisten auf und erstürmten auf die Villa. Mehrere Beamte schossen auf das Türschloss und zerstörten es. Die Flügeltüren wurden aufgerissen, und die ersten Männer stürmten ins Haus.

Von der anderen Seite war bereits Raimund mit Philipp, gefolgt von Toni und Sven, durch die große Terrassenflügeltür in die Villa eingedrungen. Einige Beamte der Bereitschaftspolizei begleiteten sie, mit den Waffen im Anschlag.

Durch den erzeugten Lärm der eindringenden Polizei, schreckten die Gangster hoch, rissen ihre bereitliegenden Waffen an sich und sprangen aus den Betten. Doch sie kamen nicht dazu, ihre Waffen zu benutzen. Plötzlich waren überall uniformierte Polizisten um sie herum, die ihnen ihre Waffen unter die Nase hielten. Der Überraschungsangriff war gelungen. Auf den Befehl des Chefs wurden die Männer Grabowskys aufgefordert, in die große Vorhalle zu folgen. Dort befahl man ihnen, sich auf den Boden zu hocken, wo ihnen zunächst Handschellen angelegt wurden. Einige der Beamten kämmten die restlichen Räume durch, doch die Zimmer waren menschenleer.

Sven und Toni schauten auf die Männer, die auf dem Boden saßen, und sie teils mit wütenden und teils mit fragenden Blicken ansahen.

Sven wandte sich an seinen Bruder. „Grabowsky und Chris fehlen. Als wenn sie einen Riecher gehabt hätten", bemerkte er. „Okay, aber dafür haben wir diese

Hier, und wir werden sie verhören und herausbekommen, wo sich die beiden versteckt haben", war Raimunds Antwort. Toni stieß seinen Freund an. „Ich glaube, ich weiß, wohin die beiden sind", raunte er ihm zu. Sven zog seine Stirne kraus und fragte: „Okay, wohin meinst du?"

„Chris sprach einmal von einem Unterschlupf an der Grenze nach Tschechien. Dorthin könnten sie geflohen sein?" „Aber das hieße ja, sie haben von dieser Aktion gewusst."

„Wenn es so ist, dann gibt es bei der Polente einen Maulwurf", entgegnete Toni und pfiff leise durch seine Zähne.

Inzwischen waren die Gangster in die bereitstehenden Wagen gebracht worden und auf dem Weg nach Heiligenstadt. Sven hatte Raimund über ihre Vermutungen informiert. Der Chef, Herr Bänziger, ließ daraufhin den Männern einige Polizisten als Begleitung dort. Gleichzeitig hatten sie grünes Licht, die Sache weiterzuverfolgen.

Es sah aus, wie ein altes, seit Jahren verblichenes Ferienhaus, das schon lange keine Gäste mehr aus- und eingehen gesehen hatte. Versteckt in einem dichten Waldgelände, nahe der tschechischen Grenze, lag die letzte Bastion Grabowskys verträumt da. Innen jedoch war das Gebäude mit den neuesten technischen Sicher-

heitsstandards ausgerüstet. Vom Wohn- und Schlaf-
raum wurde die Umgebung ums Haus überwacht und
konnte auf mehreren Monitoren eingesehen werden.
Selbst wenn sich eine Katze oder ein Igel in der Nähe
befinden würde, meldeten die angebrachten Kameras
Besucher und zeigten sie auf.

Deshalb fühlte sich Grabowsky mit seinen „Wachhunde" und Chris, der als einziger seinem Chef gefolgt war, sicher. Die beiden Bodyguards waren dabei,
ein leckeres Menü zu zaubern, während Grabowsky
versuchte, mit seinen, in der Türkei befindlichen Ver-
bindungsleuten, über Telefon Kontakt aufzunehmen.
Chris saß derweil gelangweilt auf der Couch im Wohnraum und blätterte in einem alten Magazin aus den Vor-
jahren.

Sven, der eine ungefähre Ahnung hatte, wo sich der
Unterschlupf von Grabowsky befinden könnte, schlug
vor, im nächsten Ort vor der Grenze, den sie demnächst
erreichen würden, Rast zu machen und Erkundigungen
über das Haus einzuziehen. Raimund stimmte zu und
gab Befehl an den folgenden Wagen, ihnen in den
nächsten Ort zu folgen.

Kurz danach passierten sie ein Hinweisschild auf den
Ort Oberkrummsiedel und den Hinweis, dass kurz
danach die tschechische Grenze vor ihnen liegen würde. In den letzten Stunden waren sie auf Straßen gefahren, die durch ein dunkles Mischwaldgelände führten.
Plötzliche hellte sich der, durch die vielen Bäume
abgedunkelte Ausblick auf, und sie sahen unter sich
den kleinen, verträumt liegenden Ort. Vor einem Gasthaus hielten sie an. Ein Schäferhund lag gähnend am
Straßenrand, wedelte kurz mit Schwanz und wandte

sich weiter seinem Nickerchen zu. Die Männer stiegen aus den Autos und verschwanden im Gasthaus.

Als der Ober das Essen brachte, waren Raimund und die drei Männer ins Gespräch vertieft. Sie stritten ein wenig darüber, wie sie am besten weiter vorgehen sollten. Als sie nach zwanzig Minuten noch keinen gemeinsamen Plan erarbeitet hatten, war es Raimund zu viel. „Schluss!" murmelte er zwischen zwei Bissen. „Wir machen es, wie folgt." Dann erklärte er den Männern seine Strategie. Anfänglich schauten Sven und Toni noch skeptisch, doch je mehr sich der Plan vor ihrem geistigen Auge entfaltete, gaben sie auch ihr Einverständnis. Dann zahlte Raimund, und die vier Gangsterjäger kehrten mit den anderen Polizisten in ihre Wagen zurück.

Ungefähr drei Kilometer vor dem vermuteten Ziel, ließen sie die Wagen stehen. Raimund versammelte noch einmal alle Männer, auch die im zweiten Wagen befindlichen vier Polizisten, zu sich und instruierte sie über seinen Plan. Dann entsicherten sie ihre Waffen und liefen los, immer darauf achtend, keinem der Einwohner zu begegnen.

Grabowsky hatte sich ein wenig schlafen gelegt. Chris und die beiden „Dobermänner" übernahmen die Wache. Doch auch sie wurden mit der Zeit schläfrig und konnten es nicht verhindern, dass sie in einen Kurzschlaf sanken.

Durch ein leises Piepen wurde Grabowsky aus dem Schlaf gerissen. Verwirrt blickte er um sich. Er befand sich allein im Raum. Drüben aus dem Monitor ertönte wieder das leise Piepen. Grabowsky sprang auf und eilte zu seinem Monitor. Zunächst war nur ein Stück Wald zu sehen. Dann erschien plötzlich die Figur eines Polizisten im Bild. Dann wieder nichts. Einen Augenblick später trat Sven ins Bild. Grabowsky nickte und grinste entschlossen vor sich hin. „Nun geht es also los. Haben mich diese Schweine doch gefunden. Na, so schnell bekommt er mich nicht". Mit einem grimmigen Gesicht, das zu allem entschlossen war, sprang er auf und suchte Chris und die beiden Wachhunde. Chris fand er dösend in der Küche, und die beiden Wachmänner lagen auf dem Bett und schnarchten sorglos vor sich hin.

„Auf! Auf! Es geht los", brüllte Grabowsky und rüttelte Chris am Arm. Dieser sprang auf und stierte seinen Boss wie ein junges Kalb an. „Los, nehmt die Waffen. Sie kommen. Dein Kumpel Sven ist auch dabei. Dann ist der Schwarze nicht fern", knurrte der Chef. „Ihr besetzt die Westseite und ich beobachte sie vom Schlafzimmer aus", befahl er dann. Die Männer bezogen ihre Position.

Raimund erhob die Hand und stoppte seine kleine Truppe. Dann versammelte er sie um sich. „Habt ihr vorhin die Kameras in den Bäumen gesehen?" fragte er seine Männer. Sven, Toni und Philipp nickten. Auch zwei der Polizisten gaben ein positives Zeichen. „Da vorne ist die Hütte. Wir pirschen uns von allen Seiten heran. Das bedeutet, dass zwei Mann je eine Seite übernehmen. Seid vorsichtig. Sie wissen wahrscheinlich schon längst, dass wir im Anmarsch sind. Nutzt jede Deckung, damit sie euch nicht über den Haufen knallen. Und denkt daran, wir wollen sie lebendig haben. Also nur in Notwehr schießen. Verstanden?"

Die Männer nickten, und Entschlossenheit war auf ihren Gesichtern zu sehen. Dann gab er einen Wink, und die Männer bezogen ihre Positionen, wie Raimund es an-gegeben hatte. Er bewegte sich mit Philipp zur Westseite.

Langsam, Schritt für Schritt, näherten sie sich der Hütte. Sie befanden sich ungefähr 150 m vor ihrem Ziel, da blinkte es kurz am Fenster auf. Einer der Wachmänner hatte eine Bewegung gesehen und zielte darauf. Dann ertönte eine Schusssalve aus seiner Maschinenpistole. Raimund und Philipp duckten sich hinter zwei Bäumen. Die Geschosse schlugen mit leisem Plopp, plopp in den Baum, hinter dem Philipp Schutz gesucht hatte. Raimund gab ihm ein Zeichen, ihm Feuerschutz zu geben. Philipp nickte kurz und feuerte auf das Fenster. Tak, tak, tak! Mit lautem Klirren zerbarst die Scheibe. Dann war ein kurzer Aufschrei zu hören. Inzwischen war Raimund weiter auf die Hütte zu gelaufen und suchte erneut hinter einem Baum Schutz. Dann eröffnete er das Feuer, während Philipp sich näherte und ebenfalls Schutz suchte.

Während des Schusswechsels liefen Sven und Toni, zwei Meter voneinander getrennt, zur Hütte auf der Südseite zu. Hier lag Grabowsky auf der Lauer. Er sah die Bewegung der Pflanzen und schoss ebenfalls ins Grüne, da er die Männer noch nicht sah. Ein paarmal pfiffen die Geschosse über Sven und Toni hinweg. Sven gab Toni ein Zeichen, ihm Feuerschutz zu geben. Toni zielte auf das Fenster, das ebenfalls klirrend zerbarst. Sven sprang ein, zwei Schritte vor und suchte auch Schutz hinter einem Baum. Dann eröffnete er das Feuer, während Toni nach vorne sprang. Sven sah aus

den Augenwinkeln, wie Toni auf seiner Höhe auftauchte. Dann ertönten wieder Schüsse aus dem Fenster
vor ihnen. Toni wollte Sven warnen. Plötzlich spürte er
einen Schlag gegen seine Brust, und ein brennender
Schmerz erfasste seinen Körper. Mit einem Stöhnen
sackte er zu Boden. Sven hatte diese Bewegung mitbekommen. Er schoss wild und wütend auf das Fenster.
Dann sprang er zu Toni. Dieser lag auf der Seite und
stöhnte leise vor sich hin.

„Toni, mein Lieber, was ist los?" rief Sven. Er wollte
nicht glauben, was er sah. Da schlug Toni seine Augen
auf, blickte auf Sven und lächelte leise. Sven kniete
sich nieder und hob Tonis Kopf an. „Halt durch Alter,
hörst du!?" Toni nickte und flüsterte: „Danke, Sven, für
deine Freundschaft. Ich habe noch nie einen Freund
wie dich gehabt". Sven wollte ihn unterbrechen, doch
Toni zeigte ihm, dass er weiterreden wollte. „Halte dich
zu deinem Bruder, denn er ist jetzt dein Freund." Seine
Stimme wurde immer leiser. Sven streichelte Tonis
Gesicht. Die Tränen liefen ihm übers Gesicht. Dann sah
er, wie Tonis Blick auf einmal starr wurde. Sein Le-
benslicht war verloschen. Sven drückte ihm die Augen
zu und schrie laut auf: „Du verdammtes Schwein,
Grabowsky. Du verdammtes Schwein…". Dann sprang
er zornig und verzweifelt auf und schoss mit seiner und
Tonis Waffe, soviel er nur konnte.

Grabowsky war inzwischen an die Ostseite geeilt, wo
zwei der Polizisten das Feuer eröffnet hatten. Da Grabowsky im Obergeschoss am Fenster kniete, über-
blickte er die Gegend vor sich und sah die beiden Männer. Er zielte auf den einen und drückte ab. Mit einem
Ruck blieb dieser liegen. Grabowsky hatte ihn erledigt.

Der andere suchte Schutz hinter einer Tonne, auf die Grabowsky nun das Feuer eröffnete. Die Tonne wurde durchsiebt, und das Wasser floss in kleinen Rinnsalen aus den Einschusslöchern.

Chris hatte inzwischen das Feuer auf die anderen beiden Polizisten eröffnet. Doch diese nutzten jede Gelegenheit, Schutz zu suchen. So erhob sich Chris ein wenig am Fenster und zielte auf den rechten Bullen. Da spürte er einen Schlag an seiner Schulter. Er wurde in den Raum zurückgeworfen. Da seine Waffe leer war, wollte er sie laden. Da bemerkte er das Blut, das ihm über den Arm lief, und ein beißender Schmerz zog durch seinen Arm. „Scheiße!" brüllte er und versuchte, mit einer Hand die Waffe zu laden.

Inzwischen hatten Philipp und Raimund die Hütte erreicht und schossen auf das Schloss in der Tür. Es funkte, als das Geschoss die Verriegelung zerstörte. Dann trat Raimund die Tür ein. Nach vorne sichernd, drangen die beiden Polizisten ins Haus. Die ersten beiden Zimmer wurden durchsucht, aber niemand begegnete ihnen. Aus der nächsten Tür stürmte einer der Wachhunde und wollte gerade auf Phil anlegen. Raimund fackelte nicht lange und schoss den Verbrecher nieder. Phil warf seinem Freund einen dankbaren Blick herüber, dann standen sie vor der nächsten Tür.

Dahinter kniete Chris und richtete die Waffe zitternd vor sich auf die Tür. Raimund öffnete vorsichtig die Tür und stieß sie mit dem rechten Fuß auf. Da ertönten zwei Schüsse. Plötzlich klickte es nur noch. Raimund stand in der geöffneten Tür und brüllte: „Waffe auf den Boden und Hände hoch!" Chris stierte auf den Polizisten und rief: „Sven, du?" Raimund wiederholte seine

Aussage und richtete die Waffe weiter auf Chris. Dann traten beide Polizisten ins Zimmer. Philipp entriss Chris die Waffe, und dieser legte die Hände hinter seinen Kopf und ergab sich.

Sven hingegen war voller Wut in die obere Etage gerannt, wo er Grabowsky vermutete. Dieser hatte sich in dem Raum, in dem er sich befand verbarrikadiert. Eine alte Kommode war vor die Tür geschoben worden. Einen Tisch hatte Grabowsky umgestoßen und ihn als Kugelschutz vor sich liegen. Dahinter kauerte er zitternd. Seine Kaltschnäuzigkeit war von ihm gewichen. Er wusste, dass das Ende gekommen war. Doch er war zu feige, sich selbst die Kugel zu geben.

Draußen versuchte Sven, inzwischen die Tür zu öffnen. Als er den Widerstand spürte, kniete er neben der Tür und rief: „Grabowsky, ich weiß, dass du da drin bist. Es wird dir nichts nutzen. Ergib dich, es ist aus!" Von drinnen hörte er ein Stöhnen. Dann rief Grabowsky zurück: „Irrtum, mein Lieber. Ich werde nicht aufgeben. Noch habt ihr mich nicht. Aber, sag' mir eins, Sven. Bist du der Maulwurf gewesen, der uns an die Afghanen verraten hat?"

Ein Augenblick war Stille. Dann antwortete Sven: „Nein, Grabowsky! Das war dein letzter Kumpel Chris. Der hat alles eingefädelt." Von drinnen hörte er seinen ehemaligen Boss antworten: „Verdammt! Verdammt! Ich habe es geahnt - Ich habe es geahnt!"

Sven hörte wieder, ob sich sein ehemaliger Boss im Zimmer regen würde. Dabei achtete er nicht auf andere Geräusche. Plötzlich spürte er den kalten Lauf einer

Waffe an seinen Kopf. „Wirf die Waffe weg, und erheb' dich langsam." Sven hatte keine andere Wahl. Der zweite Wachhund stand hinter ihm und richtete die Waffe auf ihn. Nachdem Sven aufgestanden war und die Hände erhob, rief der Wachhund ins Zimmer: „He, Boss, kannst aufmachen. Ich hab den Typ hier." Grabowsky grinste zuversichtlich und setzte schon wieder ein sattes Siegerlächeln auf. Dann schob er die Kommode zur Seite und öffnete die Tür. Dann schob der Dobermann Sven ins Zimmer.

Raimund und Philipp fesselten Chris mit Handschellen an ein Heizungsrohr. Vorher hatte sie ihm einen Druckverband an der verletzten Schulter angelegt. Dann liefen die zwei Drogenfahnder aus dem Zimmer. Sie hörten von oben Stimmen. Vorsichtig, die Waffen nach vorne gerichtet und jederzeit schussbereit, stiegen sie Stufe für Stufe nach oben. Schließlich standen sie links und rechts vor der Tür, die nur angelehnt war. Stimmengemurmel drang an ihr Ohr. Raimund erkannte die Stimme von Grabowsky, der ihn schon in seiner Jugendzeit gequält hatte. Wut stieg in ihm hoch, als die Erinnerung an seinen Freund Ulli hochkam. Doch er bezwang sich, einen kühlen Kopf zu bewahren.

Auf ein Zeichen zu Philipp, stießen beide die Tür auf und richteten ihre Waffen auf Grabowsky und den Wachhund. Beide blickten mit großen Augen erstaunt auf die Männer, als sie Sven zweimal im Zimmer stehen sahen.

„Was ist das?" rief Grabowsky. „Du hast einen Zwillingsbruder?" Sven, der seine Hände gesenkt hatte, als die Polizisten in den Raum gestürmt waren, nickte, und ein leises Grinsen kam ihm, trotz der finsteren Situation, über sein Gesicht.

„Ja, Grabowsky", nahm Raimund das Wort auf. „Wahrscheinlich kennst du mich nicht mehr. Aber, du fieses Schwein hast meinen Freund Ulli auf dem Gewissen und mich als Jugendlichen genug gequält. Da habe ich mir geschworen, zur Polizei zu gehen und dich zur Strecke zu bringen."

Grabowsky starrte auf den Beamten. Zunächst konnte er sich aus den Worten von Raimund keinen Reim machen. Doch langsam zogen Bilder der Erinnerung durch sein Gehirn. Auf einmal wusste er, wer Raimund war. Nun war ihm klar, warum ihm das Gesicht von Sven bekannt vorgekommen war, obwohl er trotz längeren Grübelns niemals eine Antwort erhielt.

Er wollte gerade eine Antwort geben, als ein Schuss fiel. Sven blickte fragend auf Raimund. Dann wurde ihm plötzlich schwarz vor Augen. Ein heißer, stechender Schmerz durchzog seinen Körper, und er kippte ungebremst zu Boden. Raimund sah ihn fallen und sprang auf ihn zu, um ihn aufzufangen. Philipp hatte sich inzwischen zur Tür gedreht, woher der Schuss gekommen war. Der zweite Dobermann kniete dort mit blutverschmiertem Gesicht. Aus seiner erhobenen Waffe rauchte noch der Pulverdampf. Philipp zögerte nicht lange. Er erhob seine Waffe und schoss. Mit leerem Blick fiel der Dobermann nach vorne. Es war aus für ihn.

In diesem Augenblick erschienen die beiden Polizisten, die sich um ihren toten und verletzten Kollegen gekümmert hatten, auf der Bildfläche. Die Aktion war vorbei. Raimund, der auf der Suche durch die Zimmer ein Telefon gesichtet hatte, rief nun seinen Boss an und schilderte ihm die Situation. Dieser sorgte für einen Rettungshubschrauber, der die verletzten Männer ins nächste Krankenhaus brachte. Für die anderen gab es nur noch den Leichenwagen, der sie abtransportierte.

Ein paar Tage später saßen Raimund und Philipp bei ihrem Chef und schilderten nochmals ausführlich die ganze Aktion. Dieser nickte bei ihrer Schilderung und war mächtig stolz auf seine beiden Beamten, die Heiligenstadt und Umgebung von dem Drogenübel befreit hatten. Doch er wusste, neue Dealer und neue Gangster würden kommen, und der Kampf würde von vorne beginnen. „Schreibt mir bis nächste Woche euren Bericht darüber", war seine Antwort. Dann erließ er die beiden Freunde in den Urlaub.

Einige Wochen später fuhren Evelyn und Raimund in den Süden. Er hatte ihr eine schöne Tour ins Grüne versprochen, und sie genoss es, dass sie beide allein waren. Da sich ihr Bäuchlein schon sehr gerundet hatte und die Geburt ihres ersten Kindes immer näher kam, war es wohl das letzte Mal, dass sie zu zweit unterwegs waren.

Nach ungefähr einer Stunde Fahrt, bog Raimund in die nächste Ortschaft ab. Evelyn wandte ihren Blick fragend zu ihrem Mann. „Wo fahren wir hin?" „Lass dich überraschen", antwortete dieser.

Ungefähr fünf Kilometer weiter, bog er nach links ab. Evelyn las ein Schild im Vorbeifahren. Doch sie konnte so schnell nicht erkennen, was darauf stand.

Dann bog Raimund nach rechts, und sie sah einen Parkplatz, auf der viele Autos standen. Dahinter befanden sich mehrere Gebäude, vor denen Menschen in weißer Kleidung sich um andere Menschen kümmerten.

„Ein Krankenhaus?" fragte Evelyn. Raimund nickte und bat sie, auszusteigen. Dann gingen sie langsam auf das Haupthaus zu. Plötzlich wurden die beiden von einem Mann angesprochen, der auf einer Bank saß, die durch ein Gebüsch nicht gleich einzusehen war.

„Na, das wird aber auch langsam Zeit, dass ihr kommt. Ich warte schon seit Wochen, dass ihr euch bei mir sehen lasst."

Evelyn blickte den Mann erstaunt an. Dann ergoss sich ein strahlendes Lächeln auf ihr Gesicht, und sie eilte auf den Mann zu und umarmte ihn.

Raimund ergriff seine Hand und sagte: „Einen Zwillingsbruder zu haben, ist doch ein wunderbares Geschenk!" Sven umarmte seinen Bruder. Dann schritten die drei auf das Café zu, um sich zu unterhalten. Denn sie hatten sich sehr viel zu erzählen.

Ende

Im Verlag BoD – Book on Demand – sind vom Autor
Dietmar R. Horbach folgene Bücher erschienen:

Dieses Buch ist auch als E-Book erhältlich.

ISBN-Nummer: 978-3-7392-1239-5

Dietmar R. Horbach

zum Trost

und zur

Freude

Glaubensbezogene Gedichte
eines bekennenden Christen

ISBN-Nummer; 978-3-8370-2331-2